U0915621
经典传奇缠绵新编
新女驸马
上
毅轩◎著
重庆出版集团
重庆出版社

图书在版编目（CIP）数据

新女驸马/毅轩著.—重庆：重庆出版社，2009.6

ISBN 978-7-229-00770-6

Ⅰ.新… Ⅱ.毅… Ⅲ.长篇小说—中国—当代
Ⅳ.I247.5

中国版本图书馆CIP数据核字（2009）第086510号

新女驸马

XINNÜFUMA

毅轩　著

出 版 人：罗小卫
策　　划：光　南
责任编辑：陶志宏　李元一
责任校对：唐云沄
封面设计：小徐书装

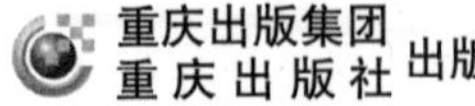

重庆长江二路205号　邮政编码：400016　http://www.cqph.com

深圳大公印刷有限公司制版印刷
重庆出版集团图书发行有限公司发行
E-MAIL:fxchu@cqph.com　邮购电话：023-68809452
全国新华书店经销

开本：787mm×1092mm　1/16　印张：33.5　字数：714千
2009年6月第1版　2009年6月第1次印刷
ISBN 978-7-229-00770-6
定价：46.00元（上下册）

如有印装质量问题，请向本集团图书发行有限公司调换：023-68706683

目录
CONTENTS

楔子

为什么，为什么……

空旷的大殿，回响着东方信发疯般的怒吼。

他紧握着剑柄，双眼如血，含着悲与痛，爱与恨，还有决绝。

剑尖早已穿透东方胜的胸口，鲜艳夺目的血顺着剑尖，一滴一滴，滴落在白玉般的玉石上，慢慢散开，如镶在玉石上的彼岸之花——曼珠沙华。

妖异浓艳得近于红黑色，但它却代表着灾难、死亡与分离的不祥之美。

霎时间，整个大殿寂静无声，只听到东方玉厉冽的哭喊声，还有欧阳天域惨白的脸颊、呆滞的目光。

黑水明霜白玉般的右手捂着张大的嘴，眼中却闪着惊恐。

而我的眼前却是一幕人伦惨剧——弑父。

难道这一切是欧阳凌天的错，水玉的错，东方胜的错，还是无辜的欧阳天域、东方玉、东方信三人的错？

我摇着头，心中大声吼着：都不是！

是我的错，是我来到这个朝代揭开了这场悲剧的序幕。

往昔如电影般一幕幕涌入我的脑海，有苦、有甜、有泪、有笑、有恨、也有爱，全都深深烙印在我心上。

第一章 第一美女

【1】

我出生在一个黄梅世家，从小听着黄梅戏长大。因为父母特别喜欢黄梅戏经典剧目《女驸马》中的冯素贞，所以生下我之后，也给我取名叫冯素贞。

从小到大我都是看着这出戏剧长大的，心中挺佩服这位女驸马。

我曾经幻想过如果我是她，会不会也如同她那样勇敢？

我的好友常取笑我，“真是败给你了。”

我的男朋友叫李兆廷，居然和剧中人同名。初次交往时，他曾说过第一眼见到我，好像认识了我许久似的。我并没有把这话当真，认为这是男孩追求女孩所惯有的招数。

大学毕业前夕，我们相约到黄山游玩，因为我们想把刻有我们名字的连心锁锁在栏杆上，让我们的爱千年不变。

雨后的黄山，被洗刷得更加翠绿。石阶虽滑，但兆廷强而有力的手紧紧抓着我，生怕我滑倒。他掌心所传来的温度，温暖着我的手，也温暖着我的心。

我一边欣赏着两旁的美景，一边与兆廷说着逗趣的话题，渐渐忘记了我们正在下山。

谈到兴起时还手舞足蹈，没想到因此一脚踩空，而兆廷的手也没抓住我，我顺着下滑的力道头朝下重重碰在石阶上，顿时血流如注。

我在昏迷前看到兆廷惊慌而痛苦的脸，听着他不停叫着：“素贞，你不要吓我，你承诺过这一世要陪着我！”

许久，再次醒来时，我听到一个略带哭声的女声在耳旁响起：“小姐，你终于醒了，你吓死小如了。”

视线慢慢变得清晰，映入眼帘的是古色古香的陈设，地上跪着一个身着古装的美女一边啼哭着，一边对着身边的小童叫：“小姐醒了，快去告诉老爷。”

紧接着这位美女依旧跪着问我：“小姐，你身体还有什么不适，需不需要吃点东西，你已经昏睡了三天三夜了。”

她的话把我从迷离中拉回到现实，我问她：“你是谁？”

“小姐，我是小如，你的贴身丫环。”

我听后摇了摇头，接着问道：“这是什么地方，我怎么会在这。”

“这是妙州知府，你是知府的掌上明珠，是天域王朝的第一美女。”

我连忙又问：“那我叫什么名字？”

小如双眼闪着疑惑的光，“小姐你姓冯名素贞，这个名字可是老爷为你取的。”

我还没回过神，耳中又听到一个哭哭啼啼的声音，“我苦命的女儿，你终于醒了，为娘好担心你，这几日来与老爷都是茶饭不思。”

话音刚落，一对神情憔悴的夫妇慢慢向我走来。我心想：这大概就是冯素贞的父母。

此时我的脑中突地闪出一串声音：“你曾答应过我这一世会陪着我，不会离开我。”

为什么兆廷会说这样的话，我为什么又会成为冯素贞？

我看着他们实话实说：“我不认识你们！”

这时那个自称是我娘的人对旁边的男人哭叫着：“少卿，我们的女儿为什么不认识我们？”于是，这位叫少卿的男人赶紧命人请来大夫为我诊治。

大夫看了半天才开口：“冯小姐是因为失足落水，再加上昏迷高烧了三天，所以不记得以前的事，不过冯老爷、冯夫人，你们不用担心，冯小姐除了失去记忆，其他都安然无恙。”

大夫的话稍微安慰了冯氏夫妇，其实只有我心中明白真的冯素贞已死。

想着现代社会还有我的父母与男友，泪水忍不住夺眶而出。

冯氏夫妇看到我伤心欲绝的样子，冯夫人轻声劝慰着：“女儿你不要哭，不记得不要紧，只要你还活着就好。”

听到他们所说，我突然想到我不能这么自私，既然替代了冯素贞，就要连带孝顺她的爹娘。

“爹、娘，孩儿让你们担心了，小如也不要哭了，虽然我不记得你们，但我还是感受到你们对我的关爱。”

听我这么一说，冯氏夫妇，还有小如都喜笑颜开，我接着笑道：“我饿了。”

冯氏夫妇马上催促着小如为我张罗饭菜去了。

就这样，光阴似箭，我来到这个没有在历史上出现过的朝代已经足足三个月了，从小如的口中得知了许多这个朝代的事，还有我那天为什么会落水。

原来是为了捡池中假山上的风筝才不小心落水的，本来会游水的我居然被水中的水草缠住了脚，所以救上来的时候，就一直昏迷，外加高烧不退。

大夫说，我能在第三天醒来，算是万幸了。

确实是万幸，因为正牌的冯小姐死了，现在的我却活着。

据闻天域王朝是这个世界最强大的国家，旁边都是一些零星小国，其中这些小国中尤以黑水国最强，不时向天域挑衅，但一次次都被击败。

因为天域有最勇猛的慕容将军，他不仅人长得英伟魁梧，至今未婚，而且领兵打仗从未输过。

天域国所有待字闺中的小姐都想嫁给他，他也是各家有女儿的父母心中最佳女婿

人选。

除了他之外，就数天域国的皇上最为优秀，不仅仅是因为他的权力和外表，最让人称道的是他把国家治理得国富民强。不过听说他还没有立后，他曾说过能当他皇后的必是他心仪之人，所以尽管有后宫佳丽三千，他也没有贪溺于女色当中，而是雨露均沾。

传言天域皇上与慕容将军是亦君亦友的关系。

最让我大吃一惊的是，我居然有一个从小就订了亲的夫君，而他名字就叫李兆庭，这和戏中的名字完全相同。

原来我自己正在上演一出叫《女驸马》的戏，而我正是那戏中的女主角。

虽然我知道戏的结局，但那只是戏，而现实往往和戏是不同的。

小如还告诉我，下个月李兆庭就会到府上来拜访，到时我就会见到他。刚说完，我心中不停地在想：我该如何面对他，我该告诉他实情吗?

转眼间一个月过去了，小如蹦蹦跳跳地脸着带笑跑到我面前大声宣布着："李公子就要到府上了，老爷夫人让奴婢为小姐梳洗打扮一下，等李公子一到，小姐要至前厅见李公子。"

此时我的心中矛盾重重，究竟该怎么办才好?

我不认识他，断不能与他成婚，而且我并不是真的冯小姐。

左右思忖之际，一个声音传入我的耳中，"小姐，夫人请你到前厅去见李公子。"

我突地从椅子上站起来，心跳加速，来得好快，可我还没想到如何面对他。

小如还以为我高兴得连话都说不出来，掩嘴一笑，把我拉到梳妆台前，为我梳理着秀发。

"小姐，你真好看，如果李公子见到你，肯定都移不开眼。"

我看着镜中眉似黛，眼似一汪秋水的脸，轻轻叹了一口气，"他来了，我为什么要高兴?你又不是不知道我失忆了，他虽然跟我订过亲，但我不能随随便便就把自己给嫁了，要嫁也要嫁我喜欢之人。"

我说这话时突然想到远在异时空的男友，不知他现在怎样了。

小如替我梳妆完毕之后，将面纱戴在我的脸上，轻声说："小姐，你的担心是多余的，想那李公子也是多情之人，就算你不记得他，跟他相处久了，自然就有感情。还有这未出阁的小姐必须要戴着面纱示人，即便是未来的夫君也要如此，更何况我们的小姐是天域王朝的第一美女。"

我还未进入前厅，就听到里面说话的声音，不仅有父亲的声音，还有一个悠扬而熟悉的男声。

我迈进前厅抬眼望去，心中一惊：怎么会是他，难道他也来到这个时空了。

娘亲看到我愣在门口，对我招了招手，口中介绍着那个坐在爹身旁的男子，"这就是你从小订过婚的未来夫君李兆庭，你们也有十多年没见面了。"

李兆庭见我不说话，走到我面前，"我听伯母说你失忆了，不知你身体最近好点

没有。本来听说你因落水陷入昏迷时就想马上赶过来，奈何家中有事，今日才来看你，真是有愧。”

看着这个与我男友有着相同的脸的男人，嘴上说着关心我的话，眼中带着情意的目光，我才觉得有愧于他。

我并不是他原本订过亲的冯素贞，我只是与她同名，阴差阳错地穿越时空进入她身体里的一缕幽魂。

“既然你已知道我失忆，我想我们的婚约也应取消。”

这句话不知怎么从我嘴中蹦出，看着父母亲大惊失色的脸，我低下了头。

“为什么？”李兆庭平静地问着我。

我抬起头直视他的眼，“我既已失忆，心中对你又无半点情意，这个理由应当不为过吧。”

他沉思片刻，回了一句让我意想不到的话：“我不会解除婚约，因为我会让你爱上我的。”

他所说的话让我大吃一惊，古时候的人不都是很含蓄吗？

看着这样的他，又让我想起第一次见到男友的情形。我与好友走在大学校园宽敞的马路上，突然在我们面前出现了一个高大的身影，“请你与我交往，做我的女友，好吗？”他用诚恳而自信的眼神望着我。

“好。”这句话就这么轻易地从我口中说出，仿佛这一句是欠他的。而今又是如此相像的眼神，我竟无话可反驳。

“暂时不要取消婚约，如果你们真的没有感情，到时再说取消的事。”就在这时，娘亲打着圆场。

我仔细想了一下，还是照爹娘所说，随即我点了一下头，算是答应了。

【2】

我看了一眼李兆庭，他眼中是我曾经从男友眼中看到的爱意。

返回房中，小如对我说：“小姐，李公子长得一表人材，又是京城数一数二的富豪之家，而且家中只有他这么一个儿子，姐姐嫁过去就是当家做主。我听说在京城中有好多富家小姐挤破头想嫁进李家。”

我听着小如说着有关李兆庭的事，笑了笑，“他那么好，不如你嫁给他算了。”

小如急切地辩解着：“小姐我是在说你的事，你怎么说到奴婢头上了，小姐要是出嫁了，我就做陪嫁丫头。”

古时的女子都认为嫁一个好的夫君，就是上辈子修来的福气，而我却是一个来自21世纪的灵魂。

我做不到这个时代的女子那样相夫教子，那种生活不是我想要的，而且我也不会嫁一个有三妻四妾的男人，更不会做一个依附男人的女子。

转眼一个月就过去了，这一个月里李兆庭都住在我家里。

爹娘故意制造我们单独相处的机会，还美其名曰，他是客，我是主，我理应尽一下地主之谊。

我看着爹娘算计我的眼神，又看到李兆庭含情的笑容，真有一种无语问苍天的感觉。

难道他们觉得只要天天相见就可生情吗？也许刚开始时我是有一时的恍惚，但那只是错把他当做我的现代男友。

现在的我再也不会有这种感觉，他终究不是他。

有一次，他曾问我：“你看着我，就好像在看另一个人，我看见你眼中有淡淡的哀愁。”

我只是淡淡一笑，心中却在想：难道他看出了什么？为什么他会这么问？

“你真的以为我会爱上你吗？我劝你还是放弃吧！我不想耽误你，你这又是何苦呢？我听小如说有许多富家千金等着你娶。”我再也不想与他纠缠不清。

他自信而深情地说：“那日我曾说过一定会让你爱上我的，因为我的心在见到你那一刻，就已经陷进去了，不，是更早，是幼年时，你就进驻我的心国，你叫我如何放弃？”

我听着他的话，眼中闪过一丝痛，我终究还是伤了他。

七夕到了，小如问我：“小姐，晚上去看花灯吗？”

我回她当然要去，整天呆在府里闷都闷死了，难得今日是古时的情人节，就想去看看古时的人是怎么过七夕的。

当晚，我戴上面纱和小如来到府门，正准备出门就看到李兆庭在门口等着我。

我看了一眼小如，用眼神问她是不是爹娘的意思，小如慌张地垂下头。

我摇了摇头，原来又被爹娘算计了。

到了街上，心中不快荡然无存。

街道两旁都摆着琳琅满目的商品，吸引着许多游客驻足。而我不时好奇地问着小如，有时小如答不出来，我也会问李兆庭。

那两人一直用奇怪的眼神看着我，我赶紧收起我的好奇心，以免露出破绽。

我一边欣赏着各色花灯，一边和小如说着话，而李兆庭生怕我被撞着，用身体护着我。

我看着这样的他，心中愧疚更深，心想：你如许的深情看来只有来世相报。

这时大街上一阵喧哗，打断了我的思绪，原来是天下第一楼出题，让大家各写一首诗来应景，胜者可获千两黄金外加品尝美食。

我一听兴趣就来了，赶紧朝天下第一楼的方向快步走去。

来到天下第一楼时，楼前已是人山人海，报名处秀才举子们排成一条长龙，我示意小如帮我报名。

天下第一楼还是挺会找赚钱的法子，你看这报名也要出十两银子，既出了风头，

又赚了钱。

当叫到二十号的时候，我拿着牌子上了台，台下的各方秀才举子都露出不屑的眼神。

我轻蔑地笑了笑，一首来自李商隐的《锦瑟》从我口中说出：

锦瑟无端五十弦，一弦一柱思华年。
庄生晓梦迷蝴蝶，望帝春心托杜鹃。
沧海月明珠有泪，蓝田日暖玉生烟。
此情可待成追忆，只是当时已惘然。

我念完后，心中想的是李大诗人你可不要告我抄袭。只见此时的台下鸦雀无声。

难道我吟得不好吗？我含着疑惑眼神望向小如和兆庭，可他们眼中尽是称道之色。

这时我听到楼上传来一道略带霸气的男声："好诗，好一句'此情可待成追忆，只是当时已惘然'，我宣布这位小姐摘得头魁，掌柜有请这位小姐上楼。"

就这样，我和小如还有李兆庭在掌柜的带领下来到了楼上进入一个雅间。

首先映入我眼帘的是一位狂霸而自信的翩翩佳公子。

他的帅不同于李兆庭，李兆庭初见时是多情，而他却是如君临天下般让人不敢靠近。

他的笑让人感到危险，仿佛我就是他的猎物。"还不知道小姐芳名，能否告诉在下。"他拱手作揖含笑望着我，虽隔着面纱我却感到有逼迫之感。

还是小如机灵，接口道："我们家小姐的名字不能随便告诉外人。"

"不知公子尊姓大名，不如你先告诉我你的名字，我再告诉你我的名字。"我并没有怪责小如，反而是反客为主，将了他一军。

这位公子先是一愣，随即朗笑，"欧阳天域。"

"冯素贞。"

我也不含糊报出自己的姓名。

他听到这个名字，狭长的双眸闪过一丝惊讶，而后精光内敛，嘴角含笑，"原来你就是天域的第一美人，不过今天一过便有了新的头衔就是天域的第一才女。你不给我介绍一下你身边的人？"

与他交谈，让我感到很不自在，本想找个借口离去。

这时小如正好开口："小姐，时候不早了，回府吧。"

"旁边这位叽叽喳喳的古装美人是我的妹妹，而这位公子则是我未来夫君。"

我脸上含着淡笑介绍着兆庭与小如，转眸之际，我看到李兆庭脸上带着喜色。

他以为我终于开始对他的情意有所回应，而我心中则是想打消眼前这位对我别有用心者的想法。

欧阳天域倒是挺镇定，从他的脸上看不出任何不悦之色。

我随即起身告辞，他也没过多挽留。

“今晚，小姐是吃不到天下第一楼的美食了，不过我想我们还会有再见面的时候，到时再一同品尝美食。”欧阳天域双眼带笑，却让我看得心惊肉跳。

回到家中，想着今晚所发生的事，我觉得有必要向李兆庭解释一下，不能让他有所误会。

第二日，我命小如知会李兆庭，到后花园的凉亭一叙。小如脸上带着可疑的笑，一溜烟地往外跑，霎时不见了踪影。我站在凉亭之中，看着池塘里盛开的荷花，想着等会儿与李兆庭所说之事，心里不免有些担心，生怕说重了会伤到他，可是不讲明，怕是伤得更重。

正在我出神之际，小如已领着李兆庭到了凉亭。

我轻声道：“昨晚我那样说只是为了打消那位公子的非分之想，希望你不要误会。”

李兆庭听我这么一说，眼中划过一丝痛苦，带有落寞的声音响在我耳边，“我明白素贞的意思，其实我来这，是向你辞行的。”

终究还是伤了他，我强打着精神关心地问：“为何走得这么急，是不是因为我刚才的话？”

李兆庭摇了摇头。我又柔声说：“虽然你我无缘，但我一直把你当作我最好的朋友，你愿意和我结为异性知己吗？”

“好。”一个干脆中带着伤心的声音传入我的耳中，也传入我的心中。

看着他强颜欢笑的样子，我心中一痛，回了一句，“既然我们结为异性知己，我不应再蒙着面纱对你。”

我随即拉下面纱，对他展颜一笑。

他出神地看着我，仿佛要把我的容颜刻在心里一样，然后向我拱手一拜，离开凉亭。

李兆庭离开以后，我从小如口中得知他家里出了大事。

我一听，当场就说不出话来，为什么当时还要拿话伤他，他从没愧欠我，反而是我愧欠他良多。

我命小如四处打听李兆庭的事，小如还以为我真的爱上了他，于是积极地帮着我。

当我从她口中知道越来越多不利他的消息时，我有种不好的预感。

果真京城李家满门抄斩，唯有李兆庭不知下落，斩首日期定在秋闱之后。

我从爹娘口中知道李家得罪了当朝权臣，是被陷害入狱的。

朝廷为何如此草菅人命，难道天域没王法吗？我为李家受冤不甘地问了一句：“不是说当今皇上是有道明君吗？为什么会出现这种冤假错案？”

爹娘看着我一句话也说不出来，只是脸带忧虑地叹着气。

【3】

我带着不平返回房中，不吃不喝闭门沉思了三日，吓得爹娘冲进房间问我。

我掷地有声地说："我要上京城参加秋闱，考取状元帮李家平冤。"

爹娘一听，脸色大变，劝着我，"你知不知道，如果被发现这是欺君的死罪。"

我咚的一声跪下，眼中与脸上带着坚定的决心。

"女儿知道。这是女儿欠他的，女儿一定要去。我不会连累爹娘的，我已想好对策，爹娘对外宣称女儿因思念李兆庭，郁郁而终，而从那天起，我就会以一个新身份出现在世人面前，还望爹娘成全。"

爹娘此时早已是泪流满面，小如哭泣着跟着我跪下，嘴上说着哀求的话，"奴婢会跟着小姐到京城，一路上会好好照顾小姐的，老爷夫人你们就让小姐去吧。"

爹娘含泪答应了我，并且吩咐下人两天后放出消息：小姐因思念李兆庭而郁郁而终。

七日后，我和小如踏上前往京城的道路，我现在已改名叫李木然，而小如则化身为我的书童，改名叫如风。

我们坐在马车上，边说边看着车外的美景，脑中想着：刚开始男装打扮时，在府上学了好几天男子说话和走路的姿势，好在我的天赋还不错，没过几天就能以假乱真。

如风则是学了许久才不会开口叫我"小姐"，而是称我为"公子"。

一路上我不断想着考取状元后该如何帮李家平冤，虽然清楚戏上所演，但实际的变数，我终究无法把握。

况且照如今来看，整个事件并不像戏中所演的那样，究竟变数是什么，我心中也没底。

望着通往京城的小路，我忍不住思绪万千。

"此山是我开，此树是我栽，要想从此过，留下买路钱。"

如此熟悉的对白，我明白这是遇上山贼。原来电视上演的丝毫不假，山贼的对白果真如此。

如风吓得不轻，连车夫的脸都吓得惨白。

我拉开车帘，举目望去，说实话这个山贼长得还不错，可惜却做了山贼。

"不知这位仁兄打劫我这穷书生有什么用，要打劫也应该找贪官污吏，为富不仁的人，何况你年轻力壮，不如找份正经的事。你这样总有一天会害死自己的。"

不知说这话是否有用，实在不行的话就把盘缠都给他吧，保住命才要紧，因为李兆庭一家还等着我救。

看他脸上一点反应也没有，反倒是比刚才更加凶相毕露，于是我伸手正要把盘缠丢给他。

这时候，他却恶狠狠地说："我上无父母，下无儿女，就算真的死了，十八年后又是一条好汉。不过刚才你说的也不无道理，虽然我是粗人，但也懂得分寸。"

我一听这话，心头暗喜，原来还是一个义贼。

下了马车走到他面前，抬头望着他，没想到这山贼高出我一个头。

"不知仁兄高姓大名，我有心结交你这个义贼。"

我毫无惧意，一脸的诚意，反倒是如风在我身边不停地拉我的袖子。

她哪知道我的心思，我在想上京城还有许多未知的危险正等着我，如果能让这个山贼和我一道进京，我的安全系数无疑增加了几分。

“我行不改名坐不改姓,江湖人称‘鬼见愁’的破军。不知这位书生叫什么名字？”

“我也行不改名坐不改姓，在下李木然。”

破军诧异地看着我，一时说不出话，真是一个有趣的山贼，如果有他和我一同上京，路上一定不寂寞。

“我想交你这个朋友，因为我与你一见如故，我想你不会看不起读书人，我看你也好像读过书，这次我进京是为了秋闱，因为我要考取状元。咦，你怎么不说话？你可是让人闻风丧胆的山贼，我在问你可否愿与我结交？”

破军半晌才回过神来，抱拳大声地问：“你为什么愿意和山贼结交，你不怕坏了名声？”

“我与人结交贵在交心，哪怕是乞丐，只要我愿意，我也会与之结交。我看你也非池中之物，不如与我一起进京同考状元如何，你可以考武状元。”

破军自嘲一笑，“我这点功夫对付一般人还可以，要是遇到高手也只有甘拜下风。不过我愿同你一起上京，我也不想过现在山贼的生活。”

我拉着他的手上了马车，如风看见后，紧张地上前用力把我的手与破军的手分开，瞪着眼，嘴里嚷着：“不准拉我家公子的手。”

我好笑地看着她，刚才还十分怕破军，现在却那么大胆，真是个可爱的小丫头，与破军倒是十分相像。

破军看着如风急道：“是你家公子拉我的手，又不是我拉的。”

我看着他们斗嘴的样子，心里偷笑但表面上还是为破军介绍着如风，“这是我可爱的小书童，名字叫如风。如风，这位是破军大哥。”

如风将头转向一边，嘟着嘴，一副不愿意的样子，口气坚决地说:“我才不叫他大哥，说不定我比他还大呢。”

我好笑地看着不对盘的两人，脸上不自觉地露出开心的笑。

那两人看着我的笑脸，眼神迷离地赞了一句，“公子，你真好看。”

我赶紧收起笑容，故作生气状，“你们应该称赞我玉树临风，风流潇洒，乃一位浊世翩翩佳公子，而不是说你真好看，好像在形容一个女子。”

“你本来就是女……”如风还未说完，我指着水袋，打断她想说的话，“如风帮我将水袋拿来，我有点渴，我想破军兄也有一点渴，刚才与你斗嘴皮子，早就口干舌燥了。”

如风看到我冷峻的眼神，这才后彻后悟地意识到差点露了我的底。

如风将水袋递给我，我示意她先将水袋递给破军，她愣了愣，极不情愿地将水袋丢到破军身上。

破军拿起水袋，揭开木塞，咕噜声霎时响起，然后用袖子擦了擦嘴，将水袋递给我。

我笑着喝了一口，将水袋拿在手中，“破军兄，你不要一口一个公子，你可以叫

我李木然，或是木然皆可，要再是叫我公子，你就太见外了。”

破军傻傻一笑，“你也不要叫我破军兄，直接叫我破军就得了。”

我们一行人终于抵达京城，先找了家客栈住下，我和如风一间，破军一间，吃过晚饭后，我们在房里说着话。

我对破军言明 ：“既然你我结交，我要老实告诉你一件事，我这次进京考状元是为了帮朋友申冤，因为我的朋友一家遭奸臣所害，全家被判秋闱后问斩，所以此次进京考状元就是想找机会为他家平冤。但此事会有极大的危险，不想你有所牵连，所以告知此事。”

破军听后一脸江湖义气，“难得木然如此坦诚，你的朋友就是我的朋友，在下愿意助木然一臂之力，也不枉你我结交一场。”

我此时感动地望着他，不知该说什么才好。

入夜，我睡在床上脑中反复想着 ：破军，我终究没有与你交心。也许你不知我所有的事对你也是好的，因为我女儿身一事会招来杀身之祸。我既已对不起我的爹娘和兆庭，我不想你因我而死，也许如风以后要得你照顾。

第二天一早，我们就拿着推荐信前往官府报名，没想到报名处排着长队，直到晌午才顺利报完名，而后因我要买笔墨纸砚，如风和破军陪着我向纸张铺走去。

在纸张铺里，我买了所需之物，正要离去，耳中听到街上一阵喧哗，“慕容将军凯旋归来，皇上御赐游街。”

如风一听，激动地拉着我的手嚷着 ：“公子我们去看一看将军长什么样，是不是真如传说中的一样。”

我笑了笑算是默许了，其实我也想看一看这将军长什么样。

如风拉着我和破军不停地往前挤，我们终于挤到前排，看到了骑在马上的慕容天霖。

他如此耀眼，他的笑让人如沐春风，如剑的眉，挺直的鼻梁，不厚不薄的唇，性感得一如电影中的男明星一样，他整体给人的感觉就如邻家大哥一般。

我的心像是琴弦被拨动般轻轻跳了一下，心头的悸动让我感到慌乱，拉着如风的手，“我们该回去了，我还要准备后天的初试。”

如风像是没听到我说的话，只是痴痴地望着马上的将军，我拍了一下如风的肩膀，如风回过头来，双眼闪着爱慕的光，“原来传说是真的，将军长得真俊。”

破军则是一脸的向往，原来他也想当将军，为国杀敌。

客房里，我看着书上的字，却难以平静，仿佛一闭眼就看见马上英姿的他。

我这是怎么了？我还有更重要的事等着做，怎么能放任自己的心？我强迫自己不要想他，可心却背道而驰。

就在这时，如风急冲冲跑进来，上气不接下气地说着打听来的消息，“这次秋闱有几百人参加，而且要过三关才能到殿前御试。”

我听着如风所说，觉得自己的机会来了，于是心里盘算着如何过三关到殿试，因

为只有到了殿试，我才有把握赢得这状元之名。

夜深人静本是休息的时候，我却把如风和破军叫到屋内，告诉他们我的整盘计划。

首先要韬光养晦，不要太张扬，要张扬也要在第三关，如风和破军听后皆不明白，眼中闪着问号。

我也不说破，只是淡淡地说了一句："初试之后，你们自然就会明白其中的道理。"

临考前一天，如风又打听到陷害李兆庭一家的奸臣叫东方胜，他的儿子东方信也要参加秋闱，不过这次监考的却是他的死对头王丞相。

原来这个东方胜是因为他的女儿贵为贵妃才如此嚣张，看来我为李家平冤的难度又加大了不少。

【4】

初试时，我平静地答完试卷，一出考室，如风和破军开口便问："考得怎样？"

我嘴边淡笑地吐出两个字："还行。"

返回客栈的路上，我一边想着事，一边走着，突然我的头好像撞到了什么。

我揉着头，心中暗叫着好疼，但嘴上却说："实在抱歉，我不是有意的，对不起。"

话音刚落，一个刺耳的声音响起，"你以为一句对不起就算完了？你知不知道你撞的是谁？他可是我们国丈爷的独子东方少爷。"

东方胜的儿子？东方信？我的眼不由自主地仔细打量着他。

只见他眉毛长得粗粗的，一双眼闪着歉意的光，我实难把他与东方胜划上等号，这个人怎么看都不像是奸臣之子。

东方信脸上略带厉色，扫了一眼那个发出刺耳声音的人，说道："是我应该向这位公子赔礼道歉。这位公子，有没有事呢？"

我正想要说什么的时候，如风和破军对着东方信笑了笑，然后拉着我向客栈走去。

初试揭榜之日，榜单前挤满了人，如风与破军拉着我好不容易挤了进去。

如风看着大红榜单上的黑字，顺着头名往下找着我的名字，而身旁的举子们有些唉声叹气，有些则是喜气洋洋。

突然间，如风拍着手，一脸的开心："公子，你位列第二十名。"

我顺着如风的手指望去，看到自己真的位居第二十名，而头名就是东方胜的儿子东方信，这样看来东方信倒也不是一个不学无术之人。

而一旁的人议论纷纷："看来这次东方信定是高中状元之人，他父亲可是当朝国丈，权倾朝野。"

两天后，我参加了复试，意料之中，东方信又是名列第一，而我也前进了七名，名列十三。

五天后迎来了殿前御试的最后一关，我这次铆足劲要一鸣惊人。

不出我所料，我进了前三甲，而且是头名。

如风和破军得知此事后，提议到天下第一楼庆贺一番。

我听到天下第一楼这个名字时，心中不由得想起同李兆庭还有如风在妙州的天下第一楼参加赛诗会的情形，当时遇到的那个人现在想想还有些后怕，担心此次到了天下第一楼庆贺会遇到他。

不过，妙州的天下第一楼与京城的天下第一楼相比，其规模是望尘莫及。

我们坐在靠窗的包间里，点了天下第一楼的招牌菜，边吃边聊。我问破军为什么京城也会有天下第一楼，破军告诉我天域王朝每一个城镇都会有一间天下第一楼。

我心中起疑这不是连锁经营吗？原来古代也有，不过能想到这个点子的人，做生意应该也是一把好手，要不然怎么会开连锁酒楼。

如风和破军各倒了一杯酒，起身恭喜道："祝贺公子能在明天的殿试上一举夺魁。"

我举着杯重重地与他们的酒杯碰了一下，"好的开始，就会有好的结果。"

席间我们三人把酒言欢，我放下心中一切烦恼，陶醉在醇酒佳肴中，"如风、破军，你们想听我唱歌吗？"

他们也许和我一样喝多了，猛对我点着头，还使劲拍着手，我清了清嗓子，唱了我特别喜欢的一首歌《笑红尘》：

红尘多可笑，痴情最无聊，
目空一切也好。
此生未了，心却已无所扰，
只想换得半世逍遥。
醒时对人笑，梦中全忘掉，
叹天黑得太早。
来生难料，爱恨一笔勾销。
对酒当歌，我只愿开心到老。
风再冷，不想逃，
花再美，也不想要，
任我飘摇。
天越高，心越小，不问因果有多少，
独自醉倒。
今天哭，明天笑，不求有人能明了，
一身骄傲。
歌在唱，舞在跳，
长夜漫漫不觉晓，
将快乐寻找。

喝醉了的如风与破军随着我的歌声舞动着，滑稽至极，看得我笑弯了腰，无法继

续唱下去。

“公子好曲，好一句红尘多可笑痴情最无聊。”

深沉有力的叫好声使我醉意全无，睁着醉眼看向门口，怎么是他，他什么时候进来的？

他好像知道我心中所想，走上前解释：“我本在隔壁吃饭，经过你的包间听到你的歌声才不请自入，还望兄台不要怪罪，我这厢有礼了。”

这时又有一个熟悉的声音传来，“慕容兄，你去了这么久也不回来，是不是遇见美人而不想回来陪我这个老朋友？”

我见慕容脸微红反驳着：“你又开为兄的玩笑，我不是遇见美人，而是遇见一位我想要结交的人。”

我们只见过一次面，他就说要与我结交，此人是不是有病。

先前对他的良好印象荡然无存，而且听到后面的人说他是不是遇到美人走不开时，他在我的心中留下了这个时代的男人都是好色之徒的印象，就连他也不例外。

身后之人听到我是慕容想结交的人，声音再次响起，“我倒要看看慕容兄想结交的人有什么过人之处？”

话音还没落下，那个人就从慕容身后闪出，立在我的眼前，我的心那刻仿佛停止跳动一般，目瞪口呆地望着那人，原来是他——欧阳天域。

想不到这个世界这么小，虽然已做好碰到他的心理准备，但还是心有余悸。

我脑中突然想到现在我是男儿身，况且当时我蒙着面纱，有什么好害怕的，反正他看我也没有似曾相识的感觉，只是在打量我。

我索性让他打量，见招拆招，不耐烦地说：“看够了吗？需不需我再靠近一点让你看得更清楚一些。”

欧阳天域也不动怒，只是笑着，“有意思，我说慕容，这位公子还没答应与你结交，别是竹篮打水一场空。”

我听着他挑衅的话语，没好气地对如风与破军说：“你们吃好没？如果吃好了，我们就结账离开。”

慕容一听这话，以为责怪他打扰，对欧阳天域说：“是我太唐突了，顷然进入这位兄台的包间，你就少说两句。我代他向公子说声对不起，我对公子一见如故，希望能与公子结交，不知公子可愿意？”

我见他一脸的诚意，心想：既然要为李家申冤，以后可能在朝中会相见，与他结交对自己也没坏处。于是换上笑脸，“将军抬爱了，你这么说，我再不答应不就显得我小家子气了？”

慕容的脸色陡然一变，语气不善，“我不是以将军的身份与你结交，我听到你的歌，觉得与你意气相投。我原以为公子是性情中人，没想到公子却是为了在下的身份才与我结交。”

他的意思我明白，他以为我也是攀附权贵之人，我微微一笑。

“交朋友贵在交心，也许刚才我的话让你有所误解。你是将军一事，我早就知晓，而且你的朋友就是这家酒楼的掌权人。”

话已说出，我才知言多必失，这会不会引起欧阳天域的猜疑？

果然，欧阳天域问我：“你怎么知道我是天下第一楼的掌权人？”

我沉思了片刻，笑道：“七夕时你曾在妙州办了个赛诗会，我有幸参加，不过被一女子摘得头名，你邀那女子上楼时我听过你的声音。”

欧阳天域若有所思地回道：“原来如此。”

这时慕容一脸愧意，“刚才多有得罪，是我以小人之心度君子之腹。不过，既然你已知道我是将军，我还是有必要自我介绍一下，我叫慕容天霖。这是我的朋友欧阳天域。不知公子高姓大名？”

“敝人姓李名木然。”我大声报出了我的姓名。

当我把“李木然”三字说出时，两人均是一脸的惊喜，异口同声：“你就是今年科考第一名。”

我点了一下头，心想：欧阳天域你至于这么开心吗？你又不是当今天子。

当我介绍如风与破军时，看到欧阳天域神色起疑地盯着如风，问了一句：“此人我好像在哪见过，我一时想不起来了。”

我生怕他看出些什么，连忙回着：“欧阳天域公子行走各地，什么样的人没见过？对此人面善也是情理之中。”

他想了想，点着头回道：“也对。”

看到他把目光转向慕容，我和如风才松了一口气。

慕容这时笑着提议，“听公子的歌，就知公子绝非池中之物，不如你我还有欧阳天域一同结拜为异姓兄弟。”

“要结拜，也要算上破军，因为我与他已结拜，不知两位可否同意？”我拉着破军来到我们三人中间。

我看得出破军对慕容有仰慕之情，索性让他遂了心愿，希望以后不会受我牵连。

我们四人在包间里指天为誓，结为异姓兄弟。四人之中以慕容最大，欧阳天域第二，破军第三，我年纪最小排在第四。

酒楼分别之后回到客栈，如风问我为何要这么做，我笑了笑道：“要帮李家平冤就要多结交有益之人。”

这番话也是言不由衷，我心里其实在想：如果我出事，如风和破军还有托付之人，凭我的直觉，慕容是一个对朋友极讲义气之人。

这时候，破军摇着脑袋问我：“上次你说的韬光养晦之计，让我们到时看，我怎么也没看出来。”

我示意如风出去打听一下，不一会儿的工夫，回来禀报：“前两试与东方信一同进前三甲之人，不知因何原因都弃考了。”

这时破军才恍然大悟，连声称赞：“四弟，真是妙计。”

紧接着我计上心来，吩咐着破军："为了防止明日有事发生，我想到一条妙计，明日你通知慕容大哥来接我进宫。"

破军似是明白地看了我一眼，出了房门，晚上回来告诉我，慕容已经答应，还称赞我有一颗七窍玲珑心。

第二章　春江花月夜

【5】

进宫当天，慕容果真一早就来接我，我坐在轿子上，而慕容骑着马在轿前走。

不出我所料，就在前往皇宫的路上遇袭，可这些蒙面人好像并不想伤我们，只是想把我们拖在路上。

正当危急关头，我听到慕容对我大声喊叫："四弟快下轿！"

话音刚落，我匆忙下了轿，还没站稳，就被一只大手拉上马，向皇宫的方向急速奔去。

我稍稍稳定心神，回过头看着一脸是汗的慕容，原来是他把我拉上马的。

我脸一红转过头，心却不争气地狂跳着，而鼻间萦绕着他身上特有的阳刚气息，让我的脸火辣辣的。而他好像没察觉到我的异样，还以为我不习惯在马上，安慰着我，"就快到了，四弟，你忍一忍，看来为兄以后要教你骑马了，不过真是奇怪，你的脸为什么红得跟女子一样，如果我事先不知你是男子，还以为你是女扮男装的俏佳人。"

听着他略带玩笑性质的话语，我却找不到任何话反驳他，只是笑着说："慕容大哥，你又取笑小弟。"

我们最终在宣召的时间内到达了皇宫，我和慕容下了马后直奔金銮殿。

宫门外的太监见到我与慕容后，大声叫着："新科头名李木然和慕容将军进见。"

"宣！"

我和慕容整了整衣衫，迈步走进了金銮殿。

进殿之前，我略带好奇地问了一句："你在我上轿前，对我那莫名的笑究竟是何意？"

慕容笑而不答，我也不想继续追问下去。

来到大殿之上，我看见东方信和宇文化已在殿上。而后又看见有极为面熟之人，此人与东方信长得相像，看来这定是东方胜。

我暗自冷笑一声，他可能没想到我会及时赶到。

我和慕容正准备下跪，一个令我熟悉的声音传入我的耳中，"两位免礼，不必行跪拜之礼。"

当我抬头时，我的心像是被重重敲了一下，原来当今天子正是……欧阳天域。

我早就该猜到他是皇上，天域王朝的天域不正是他的名吗？而且有传他与慕容关系匪浅，我真是聪明一世，糊涂一时。

我瞪了慕容一眼，怪他为什么不早告诉我，让我心里也好有个准备，慕容收到我的眼神付之一笑。

这时听到欧阳天域笑问："王爱卿，既然新科前三名已到齐，开始出题进行殿试。"

王丞相抚着胡须，抑扬顿挫的声音立刻传入我耳中，"天下之大莫非王土，请三位说一下君和民的关系应当如何？"

宇文化迈出一步揖首作答，"天下之大莫非王土，君为上，民为下，所以民应顺意君上，故天下可治，若民不以君为上，天下当乱。"

接着东方信又作答："皇上，天下万民都是皇上的子民，理应顺意君上，就像君为臣纲，父为子纲。这样才能天下太平。"

两位答毕，欧阳天域对两人点头称道："两位新科举子言之有理，有理有据。丞相，你认为如何？"

王丞相脸露微笑，回禀欧阳天域，"回皇上，臣想听一下新科头名的看法，再做论断。"

欧阳天域微微一笑，示意我作答，并开口言道："不知我们的新科头名有什么看法？朕也十分想听，李木然你说说看。"

我向欧阳天域拱了拱手，双眼平视，胸有成竹地答道："学生的看法与两位举子不同，虽然民应顺君意，但学生以为君和民的关系就像水与船的关系，水能载舟，亦能覆舟，君应有包容之心，有时也应倾听民意，想民所想，为民分忧，居上位者能居安思危，居下位者能体谅君心，方能长治久安，天下太平。"

"听爱卿一席话，胜读十年书，不过锋芒太露，显得年轻气盛，王爱卿你已听到了头名的作答，朕想听一下你对此三人的论断。"

王丞相哈哈大笑，"天域真是人才辈出，这三人俱为佳才，尤其是李木然更是高人一筹，开始老臣还以为他有作弊之嫌，因为前两次应试中，他的名次都是居中，但在第三次应试中却脱颖而出，一鸣惊人。今天所论之题虽自古就无定论，但李木然却说出了新意，实属难得。"

欧阳天域听后龙颜大悦："既然王爱卿也认为李木然高人一筹，那这次新科状元当属李木然，而东方信与宇文化也才识过人，分别为榜眼与探花。"

我等三人听到后，均跪下向欧阳天域谢恩，紧接着欧阳天域吩咐王丞相拟旨诏告天下，并御赐今科状元五日后跨马游街，以显皇恩浩荡，随后宣布退朝。

金銮殿外许多大臣向我道喜，东方胜也携同东方信来到我面前，开口便笑："李大人此次被御赐跨马游街，我在此向你道喜了，以后说不定还有事要仰仗状元爷。"

话毕，我只好假意应承："东方大人言重了，能得皇上赏识，是我们做臣子的大幸，再说你家公子高中榜眼，也是可喜可贺。"

东方胜听后报以虚伪一笑，拱手向我告辞，随即离开。

东方信并没有与他父亲一同离开，反而笑着说：“那日在街上得遇公子，就知公子不凡，今日殿上比试，我输得心服口服，这位是宇文化，他是我的至交好友。”

我向两人一一回礼，并向他们也道了喜，后来宇文化提议到天下第一楼共贺我三人高中今科前三甲，我欣然同意。

我转身向慕容笑道：“你先行告知如风和三哥，说我晚一些回去，还有对二哥说，我还有账要找他算。”

慕容听后笑了笑，骑马离去。

我与东方信还有宇文化来到天下第一楼，进入雅间，点了酒菜，东方信拉着我的手笑着：“与你不撞不相识，既然这么有缘，不如结为知己。”

宇文化听后也要与我结交，我被他俩这么一说，再加上有点醉意，想也没想就应承下来，事后才后悔不已。

与他二人在酒楼外分别后，我回到客栈，上了楼进入我的房间，抬眼就见慕容和欧阳天域，还有破军与如风正坐在桌边等我。

我借着醉意劈头盖脸质问着欧阳天域：“你还好意思来，就不怕我找你算账。”

话已出口，连自己都吓了一跳，对方可是当今圣上，我已知他的身份还敢如此大言不惭，要是惹得龙颜大怒，我这条小命不就玩完了。

欧阳天域呆愣了片刻，笑着说：“我知四弟大人有大量，我不向你透露我的身份是我的不对，但我也有不得已的苦衷。因知你是李木然后，如果我告诉你，我的真实身份，你我二人之间就会有君臣之隙，那时你还会和我结拜吗？”

一旁的如风还有破军均是一头雾水，我指着欧阳天域，口中说着：“站在你们面前的欧阳天域就是当今天子。”此话一出，破军与如风连忙下跪向欧阳天域高呼：“皇上万岁，万岁，万万岁！”

我在一旁看着好戏，心想：宁得罪君子，不要得罪小人，尤其是不要得罪女人。

古人有云：唯女子与小人难养也。

欧阳天域面对两人，哭笑不得，“我在宫外，你们就不要当我是皇上，只当我是如你们一样的普通人。”

慕容这时使了个眼色给我，其实我并未生气，只是借酒意出口闷气而已。

我不解地问道：“这次暂且饶你一次，不过这是看在慕容大哥的份上。你干吗御赐我跨马游街，明知我不会骑马。”

欧阳天域指着慕容一脸笑意，“此乃小事，别忘了我们这可是有擅骑的高人，你说对吗，慕容？”

慕容毫不避讳地点了一下头，拍了拍胸，说着义气的话：“四弟，我不是早告诉过你，要教你骑马的吗，这次又遇到跨马游街的事，我定当助你渡过此难关，你就不用担心了。”

“我听慕容说，你们来皇宫的路上遇到有人阻拦，险些不能及时赶到，四弟，你

可知是何人想要阻拦你？”欧阳天域双眼闪着疑惑的光。

我看了一眼慕容，就知他会告诉欧阳天域，我随即笑了笑：“我也不知情，可能是误会一场，我看此事就到此为止，二哥也不用放在心上。”

一时的冷场，慕容赶紧打着圆场说：“我们今日来是为四弟庆贺的，不要再想与此无关的事。”

欧阳天域舒展眉头，大声说：“大哥说得不错，我们是来为四弟庆贺的。”

酒席之上，每个人都说着轻松的话题，突然慕容对我有所求的笑。

“那日在天下第一楼听到四弟的歌，不知今晚可否再次聆听四弟妙音？”

“高歌一曲以助兴，又有何不可，听后觉得不错可要鼓掌表示一下你们的心意。”

我随即高声吟唱：“沧海笑，滔滔两岸潮，浮沉随浪记今朝；苍天笑，纷纷世上潮，谁负谁胜出天知晓；江山笑，烟雨遥，大浪淘尽红尘俗事知多少；清风笑，竟惹寂寥，豪情还剩一襟晚照。啦……啦……”

那晚，我们一直喝到半夜方才散去。

【6】

第二日醒来，我依稀记起昨晚的事。记得当我唱完后，久久没听到鼓掌声，于是问道：“我唱得不好听？为什么没有人鼓掌？”

此话一出，掌声顿时四起，欧阳天域问着我：“此曲何名？”

“《笑傲江湖》。”我在爽朗笑声中回答了欧阳天域所提之问。

慕容这时抱着酒瓶仰脖就饮，酒瓶中的酒从他嘴角流出，他擦了擦嘴，口中叫着好：“好一曲《笑傲江湖》，令人心潮澎湃，四弟果然与众不同，胸襟开阔，连我这个驰骋疆场的领军之人也自愧不如。”

我叹了一口气，“可惜没有琴声相伴，如有琴相伴，那才惬意。”

“公子请喝茶，昨晚宿醉，喝点茶解解宿醉带来的头痛。”如风的声音打断了我的思绪。

我喝了一口茶，果然缓解了许多。

如风接着说：“慕容将军正在楼下，等我们吃早饭，吃完后，我们好搬进御赐的状元府邸。”

昨晚欧阳天域好像说过让我明日从客栈搬至状元府，还说贵为状元理应有自己的府邸，并还对我说要送一匹千里良驹给我，好让我五日后可有坐骑游街。

到了状元府，就见到欧阳天域牵着马等在府门口，我们走到他面前，他像献宝似的对我说：“这是为兄送你的千里良驹，你可喜欢。”

抚摸着这匹白色骏马，我点了点头，“多谢二哥，我非常喜欢。我看它皮毛如雪，我就叫它白雪，如何？”

慕容带着笑意望着我：“有何不可，四弟喜欢就行，我们赶紧进去聊。”

进了状元府，行至大厅坐下之后，我让如风赶紧沏茶给众人喝。

慕容喝了一口茶后对侍从使了一个眼色，侍从转身出了大厅，不一会儿的工夫，那侍从手里捧着一个盒子走了进来。

慕容起身打开盒子，里面竟是一把古琴，“四弟，我想这个礼物你一定喜欢。”

“多谢大哥，你送的礼物我很喜欢。”我随意拨弄着琴弦，古琴发出清脆悦耳的琴音，听声知琴。

我在现代也是爱琴之人，喜欢边弹边唱，好友就曾经笑我说：“看我弹琴唱歌的样子就像一个古代的美女在闺房里想着心上人，借琴抒意。”

我想着往事，突然来了兴致，问着他们：“你们现在想不想看我自弹自唱的样子。”

慕容他们露出欣喜之色，异口同声说着：“愿意聆听我们状元公的妙曲仙音。”

我顺势坐在桌前凳上，纤细的指轻轻拨动着琴弦，而口中唱着：

狼烟起江山北望，龙起卷马长嘶剑气如霜。
心似黄河水茫茫，二十年纵横间谁能相抗，
恨欲狂长刀所向，多少手足忠魂埋骨它乡。
何惜百死报家国，忍叹惜更无语血泪满眶，
马蹄南去人北望，人北望草青黄尘飞扬。
我愿守土复开疆，堂堂大国要让四方来贺……

当我酣畅淋漓唱完之后，慕容听得热血沸腾，突地起身激动地说：“此曲又为何名，如此振奋人心。”

“此曲名为《精忠报国》。”

“你仿佛唱出了我多年来的夙愿。”欧阳天域也激动不已。

就当他二人还陶醉在刚才歌曲的意境中，我笑着问慕容：“我什么时候开始学骑马？”

慕容回过神来，口中说着：“择日不如撞日，就从今日开始。”

就这样，接下来的五天，我都在学骑马中度过，不过我越来越享受骑马的感觉。

学骑马时越来越了解慕容，心中对他的爱慕之情也与日俱增，可是我从不敢在他面前表露出来。

转眼到了我游街的日子，我骑着白雪，着大红的状元服，从京城最繁华的街道走过，耳中听到街上人声鼎沸，到处传诵着今科状元跨马游街。

游完街后回到状元府，发现怀里有数不清的绣帕，原来这个朝代的女子都挺大胆的，看见心仪的男子就投帕给他。

一进大厅，欧阳天域眼尖地看到我怀中的绣帕，取笑我：“原来我们的状元公还挺有女人缘的。”

我的脸刷的一下红了，想到古时美男子潘安被人投帕的典故，我与他何其相似。

慕容看着我脸红低着头，为我解围，“不要再取笑四弟了，我们今日来不是想请四弟去一个地方吗。”

欧阳天域接着便问:“四弟，有个地方你敢不敢去，就是醉红楼，京城有名的青楼。”

可找到取笑他的事了，我指着他笑道：“你宫里什么样的绝色没有，还要去青楼，你真是不知足啊！”

欧阳天域脸一红，马上解释：“我和慕容想介绍一人让你认识，此人虽在青楼但却是不俗，她就是名满京城的花魁——霜霜姑娘。”

我心想：原来慕容也会去青楼呀，但这个时代的达官贵人哪个不去青楼，这只是一种上流社会的消遣方式而已。

“有何不敢，我们是不是现在就去？”我立刻道，就当作去见识见识古代的青楼到底怎么样吧！

来到醉红楼后，一进门，老鸨摇着手帕一扭一扭地向我们走来，张口便笑。

“原来是欧阳天域公子和慕容将军，什么风把你们吹来了，是不是来看我们家霜霜姑娘的。”

老鸨刚才的表现，就如我在电视上看到的一样，果然戏不欺我。

我们喝着酒吃着点心等着霜霜姑娘，过了一会儿，听见厢房的门被打开，走进来一位绝色佳丽。

好一位美人，眉如黛，脸似瓜子，配一双翦翦双瞳，一管瑶鼻，樱桃红般的小嘴，说不出来的风情万种，还有一种有别于其他青楼女子的冷艳气息。

“欧阳天域公子和慕容将军好久不来，今天是什么风把两位吹来的，我还以为欧阳天域公子忙着打理天下第一楼，而慕容将军忙着国事，把小女子都给忘了。”如黄莺出谷般的声音顿时传入我的耳中。

“霜霜姑娘艳名远播，就是忘了别人，也不会忘了名满京城的花魁。”欧阳天域调笑的语调，让我第一次见识到皇上的另一面。

看着他们互相调笑着，我心想：这位霜霜姑娘果真不同凡响，居然知道欧阳天域是天下第一楼的楼主。

“我们今天来，主要是介绍一人与你认识，他就是我们的四弟，今科状元李木然。”慕容就这样笑着介绍我。

调笑声霎时停止，霜霜转过头用眼打量着我，唇边带笑。

“状元爷果真好长相，不仅长得俊，而且还满腹锦绣，小女子这厢有礼了，顺便恭喜李公子高中状元。”

“多谢霜霜姑娘的夸奖，我也是慕名而来。”我回笑着。

这时，欧阳天域插话进来，“霜霜，好久没听到你的歌声，不知今天可否为我四弟高歌一曲，如果能得到我四弟的青睐，说不定你可以邀请我的四弟为你献唱一曲。”

霜霜一听此话，眼中倒对我有了几分好奇，嘴上说着，“那霜霜就为李公子献上一曲，如果能入李公子的眼，霜霜也想请李公子高歌一曲，好让霜霜能聆听李公子的

妙曲仙音，霜霜就先献丑了。”

霜霜随即命人取来琴，抚琴高歌了一曲《春江花月夜》。

不可否认霜霜唱得极好，唱出了这首曲子的深意，这不由得让人怀疑起她的身份，看她的样子不像是卖笑风尘的女子。

一曲终了，便赢来了阵阵拍手叫好声，霜霜欠了欠身，“既然李公子也叫好，那可否也请李公子高歌一曲。”

欧阳天域摇头笑着，“四弟的歌可不同凡响，你呀，终究输人一筹。”

我受不住看了欧阳天域一眼，本已想到一个法子推脱不用唱，现在被他这么一说，只得上场献唱了。

慕容看出我不想唱，低声对我说：“四弟你莫不是嫌弃霜霜是青楼出身，不想在此唱？”

莫非慕容误解我看不起青楼女子？其实我心中最佩服的就是古代青楼女子，不仅色艺双全，其中一些还有侠肝义胆。我没有辩解，而是漫步到琴边，轻轻抚动琴弦，歌随曲走，“在你身边路虽远未疲倦，伴你漫行一段接一段，越过高峰另一峰却又见，目标推远让理想永远在前面，路纵崎岖亦不怕受磨炼……”

一曲唱罢，霜霜双眼流露出乞求之色，低下头，柔声说：“公子可愿教小女子这首曲子，曲调太美了。”

“既然霜霜姑娘如此喜爱这首曲子，在下乐意将此曲《漫步人生路》送与姑娘。”

“那霜霜就此谢过公子，请公子跟欧阳天域公子一样叫我霜霜。”

我笑着点了点头，随后与霜霜还有欧阳天域等人又闲聊至三更鼓响方才与之道别。

【7】

这天，是我第一次上朝的日子，穿好官服，戴上官帽，坐着轿来到金銮殿前。

进了殿，抬眼就看见东方信和宇文化正站在离我不远处。刚想问候他俩，耳中就听到皇上驾到的声音，于是我们齐齐跪下三呼万岁。

欧阳天域摆了摆手，命太监宣读圣旨，太监向前一步高声叫着我、东方信还有宇文化。

我等连忙跪下，太监打开圣旨读道：“奉天承运，皇帝诏曰：今封李木然为监察史，负责刑部；东方信封为都察史，从属刑部；宇文化封为都尉，从属军部。钦此。”

我们三人低下头异口同声：“谢主隆恩，皇上万岁，万岁，万万岁。”

话音一落，就听到东方胜声音传出，“恭喜皇上喜得三位良臣，臣有一事要奏。”

我听到这话心中打了一个冷战，他所奏之事会不会与李氏一案有关，因为秋闱已过。

“东方爱卿有何事要奏？”

“启禀皇上，秋闱前定罪的李氏一门因私通敌国而被判秋闱后问斩，秋闱已过，不知皇上定在几日行刑？”东方胜低着头询问着欧阳天域。

“此事既属刑部，那就交于李爱卿全权负责。”

欧阳天域倒推得挺快，我刚上任就派给我这样一个棘手的案子，不过转念一想，我考状元不就是为了帮李氏一门平冤吗？现在机会来了，我可要好好把握。

“皇上，此案臣在未考取状元之前听闻过，只是微臣与李兆庭本为同乡，也有数面之缘，据臣所闻，李兆庭为人磊落，臣不认为李氏一门会通敌叛国，还望皇上让微臣彻查此案，推迟问斩。”

“皇上万万不可，李氏一门已定罪并且诏告天下，如果推迟问斩，恐有诽意，望皇上三思。”东方胜急切地反驳我重审之案的提议。

我低着头心中怒气上涌：好一个东方老贼，你究竟有何居心，那么想致李氏一门于死地。

“那李爱卿意下如何？抬起头回话。”欧阳天域语气再平常不过。

“如果皇上将此案交于微臣，微臣自当竭尽全力不负圣意，将此案审个清清楚楚，好对天下人有所交代。况且微臣曾在民间听闻有人议论李氏一案，而且持怀疑态度的人占多数，因为他们也不相信在京城数一数二的大富之家会通敌卖国，就算会做此事，也不应这么快败露。”

欧阳天域听后沉思片刻，双目有我看不懂的神色。

“李爱卿想重审此案，朕准了，其他人不得有异议，如果无事要奏，退朝。”

下朝之后，行至大殿门外，朝中大臣们向我和东方信还有宇文化道贺后各自散去。

我回转身刚想找慕容时，东方胜一脸假笑挡在我面前。

“李大人，你新官上任三把火，这第一把火就不得了。”

“东方大人为官多年，下官初入官场，不懂的地方还很多，如有得罪之处，还望东方大人见谅，能点醒下官，让下官能尽快适应这朝中生活。”

东方胜听后脸色一变，不再言语，转身离去。

东方信这时走到我面前，急着向我道歉，“木然兄，父亲大人的脾气就是这样，如有得罪之处，我代他向你致歉。不知木然兄是否有事在身，小弟想邀木然兄还有宇文兄再去天下第一楼以贺今日一同封官。”

我笑了笑回绝了东方信的好意，“东方兄，在下已约慕容兄前去醉红楼，如你也想去，可同我一起去。”

东方信听后，早已石化在那不知该说什么，这时候慕容正好走来。

慕容脸色难看，头一句话就是，“你上朝的第一天就与东方胜杠上了，这不是好事，为官之道应左右逢源，不要树敌太多。还有刚刚你对东方信说了什么，他愣在那里脸色好怪啊！”

话毕，我赶紧向他揖首，“多谢大哥教诲，小弟定然谨记大哥刚才所说的为官之道。还有我刚刚邀东方信与我们同去醉红楼，怕是这‘醉红楼’三个字吓到他了。”

慕容轻轻敲了我一下脑门，笑着说：“四弟，你有所不知，东方信从不去烟花之地，这是人人都知的事，只有你还傻乎乎地邀东方信去醉红楼。”

“我怎么知道他从不去烟花之地，我以为像他这样的富家公子，去那种地方是家常便饭。”

我抱怨了几句，随慕容向着醉红楼的方向走去。

在醉红楼见到霜霜后，我便开始教她弹奏那天的曲子。她学得极快，果然还是女声来唱才别有韵味，随后我发现与霜霜越聊越投机。

从醉红楼出来，我边走边问：“如果我是女的，你会喜欢上我吗？”

慕容用好奇的眼神望着我，笑着说：“如果四弟是女子，恐怕不止大哥会喜欢上你，我想欧阳天域与破军也会喜欢上你。”

我接着又问：“哦，真的吗？我真有那么好？”

慕容只是笑着点了点头，而后我们在十字路口分别，各自回府。

一进府就看到如风一脸的焦急，在大厅外走来走去，我站到她面前问：“这么晚了还不休息，我不是说过会晚些回府吗？”

如风拉着我就往内走，“皇上等你好久了，破军正在招呼他。”

大厅之内破军正与欧阳天域说着话，我向欧阳天域行了礼，问道：“让二哥久等，真是过意不去。”

“四弟言重了，二哥没有责怪你的意思。”

“不知二哥究竟有什么事找小弟？”

我看到他看了看破军和如风，我用眼示意他二人先下去。

待二人走后，欧阳天域训斥着我，“今天在殿上四弟太鲁莽了，差点惹祸上身。如果今日东方胜联同其他人进言，说你与李兆庭相识，理应回避此案，以免有包庇之嫌，你说我该如何决断？你刚入朝不久，朝中的情况还不了解，但我又想你尽快立功，所以今日才准了你重审此案，希望借由此案让你扬名立万。”

我听了欧阳天域的话，怪责自己确实太冲动了，朝中形势都还没摸熟，就跟东方胜作对。

“二哥教训的是，还望二哥多教小弟一些为官之道。”

“为官之道其实非常简单，就是不要树敌太多。这其中的学问就要四弟自己揣摩了，如何拿捏也要靠你自己去体会，别人是教不来的。

看着欧阳天域一副很有经验的样子，我点了点头，问了一句，“那你对李氏一案怎么看？”

他沉思了一会儿，目露精光，“今日你在朝上说得也不无道理，再说你提到的李兆庭其实我也见过，就是在妙州的天下第一楼，当时他同天域第一美女冯素贞在一起，也就是你也曾看到过的取得赛诗会头名的蒙面女子。”讲到这，他停顿了一下，又说，“当时她介绍李兆庭的时候，并没有报他的名字，只是说，他是她的未来夫君，当时我还以为是谎话，后来经查证，确是如她所说。而且我还查到冯素贞因太过思念李兆庭，郁郁而终。可惜一代美人从此香消玉殒。”

我听得出欧阳天域在得知冯素贞逝世后，语气中包含着太多说不明道不清的感情。

原来当日，我并没猜错，他果真对我有了非分之想，没想到今日得到证实。

“皇上，时辰不早了，该是回宫的时间了。”太监这时走进来催欧阳天域回宫。

我恭送他出了府，回到自己的住处，如风正坐在床边整理衣物，见我眉头紧锁，担心地问：“公子，皇上给你说了什么，为什么你好像心事重重的。”

我摇了摇头坐在床边，“我没事，时候不早了，你也早点休息吧，这些衣服我会整理的。”

夜深人静，我辗转反侧无法入睡。这时听到敲门声，我下了床穿上衣服，轻轻将门打开，却看到破军一脸担心地站在门外，“我听如风说你有心事，所以前来看一看你，还有我听二哥说，你要重审李氏一案，恭喜你得偿所愿。对了，你到底还有什么烦心的事，别憋在心里，如果你还当我是你的三哥，就说出来。”

“三哥你有心了，我只是在想该如何帮李氏一门平冤的事，似乎此案并不简单。”

“原来是此事，虽然此案不简单，但我相信四弟定能想到办法帮李家平冤的，我相信你。如果有用得着你三哥的地方知会一声，别将事情一个人揽上身。”

我感激地点了点头。

再次回房休息时，躺在床上，渐渐沉入梦乡。睡梦中，我仿佛回到现代，看到了我的男友在病床前细心照顾着昏迷不醒的我。我想对他说话，可是他好像听不到，我看着他，有一种说不出来心痛，这时一道白光，让我从梦中惊醒过来，刚才所梦清晰地萦绕在我脑海中，久久难以忘怀。

【8】

清早，我穿戴好官服来到刑部，看到东方信正在大堂等我。

我突然想到昨日的事，笑了笑，“昨日在下多有得罪，希望东方兄不要介意。”

“昨日木然兄何来得罪在下？”东方信犹如丈二和尚摸不着头脑。

“就是邀你同去醉红楼一事。”

“木然兄，人不风流枉少年，你多虑了。”他满脸涨红，说着话。

“昨日，我确与慕容将军去了醉红楼，可不是你所想的那样，我曾答应醉红楼的霜霜姑娘教她一首曲子。”我想我有必要向他解释一下。

“原来木然兄懂得音律，不知哪天有幸可以聆听木然兄的妙音？”

“会有机会的。”我与他迈步走进内衙。

我坐在椅上翻阅着李氏一案的卷宗，发现其中疑点很多，人证是他家的家丁，物证是一封书信。

据上面记载，是家丁捡到信后来到东方胜府上告发李家，而后由东方胜将证物呈于皇上，皇上下旨命东方胜审理此案。从李氏一门的证词来看确实毫无破绽，但那名家丁在李氏一门定罪之后就了无音信，东方胜却从未将此事呈报皇上。本来东方胜审完此案后向皇上请旨在秋闱前就斩立决，但皇上考虑到秋闱快到，血腥之气不利于开

科，故推到了秋闱之后，具体哪天未定。

调阅完卷宗后，我开口问东方信，“可否有劳东方兄到府上请东方胜大人来一趟刑部，因为此案原本是东方胜大人主审，我想了解一下详情，以便早日破案。”

“那李大人稍等片刻，我马上去请父亲大人前来。”说完，东方信出了内衙。

趁东方胜还未到，我心中盘算着该如何应对东方胜，以便找出破案的线索。

大约一刻钟的时间，东方信与东方胜来到了刑部，我请他二人就坐后，笑着问东方胜，“东方大人，这次下官请你过来，主要是了解李氏一案。”

东方胜不露声色地回了一句，“既然李大人如此说，我理应知无不言，言无不尽，以便李大人能早日结案。”

“请问东方胜大人在审理此案时，是否只凭一封书信和家丁的供词就判了李氏一门通敌卖国之罪。”我抛出最大的疑点。

“的确如此，但李氏一门供认不讳也是主要原因。”东方胜双眼平静无波，回着话。

我接着又问：“那定罪之后，为何李家家丁却失踪了，你不觉得此中有古怪？”

东方胜听后笑了笑，“那是因为李兆庭在逃，而那家丁怕李兆庭报复，故而不见踪影也不足为奇。“

我心中暗想：这东方胜果真是只老狐狸，看来只有找到这名家丁才能知晓实情。

“那东方大人可有李兆庭的下落？”

“并无此人任何消息，本官查了许久也未查到，本官想李大人定有办法查到。”

“李兆庭是此案的关键，找到他也许能从他嘴里会知道一些我们所不知道的事。下官已无任何问题要问东方大人，东方信你送东方大人先回府，等会儿我还要到天牢亲审囚犯，你就不用回刑部了。”

东方胜听我这么说，脸色微变，而后与东方信出了内衙。

我这招打草惊蛇果然奏效，东方胜还是露出了狐狸尾巴。

“你可知罪，为何要通敌卖国，是何人指使，从实招来。”我看着跪在地上的李尚，心里委实觉得他消瘦了好多。

“大人冤枉，草民并未与敌国相通，望大人明察。”李尚低着头大喊冤枉。

“那书信与家丁的供词，还有你的供词，你又作何解释？”

“大人明鉴，那名家丁因调戏家中丫环早被草民赶出府，他既已出府，何来在草民府上拾到书信？至于那封书信草民也未见过，哪里来的通敌卖国？”

“那为什么供词上你却供认不讳，以至于被判秋闱后问斩？”

他老泪纵横，一副冤屈的样子，回着我的话：“大人，草民乃屈打成招。”

我突然想到卷宗里的供词确有一个血手印，好一个东方胜，竟这样审理此案。如果李氏一门问斩，不是正中你的下怀？随来又提审了几人，全是与李尚相同，屈打成招。

审完李氏一家后，我出了刑部，直奔皇宫求见皇上。

太监领我到御书房门前，示意我站在门口，而他走进了御书房。

不一会儿，太监回到门口，对我说：“李大人，请进。”

我走进御书房，看到欧阳天域坐在龙椅上，连忙跪下，口中叫着：“臣李木然叩见皇上，深夜求见皇上，实属不该，望皇上恕罪。”

欧阳天域有些倦意的脸上挂着笑，摆了一下手，说：“免礼，赐坐。”

坐稳之后，欧阳天域问我：“李爱卿究竟为何事要见朕？”

“臣是为李氏一案而来。”

“说说看，是不是发现了什么？”

“皇上，今日臣调阅了案宗并提审了钦犯，而且还邀了东方胜大人询问案情，臣发现其中确有不明之处，故前来向皇上禀明。”

我对欧阳天域一一说明疑点，欧阳天域越听脸色越难看，两道剑眉紧锁，于是命我一定要找到那名家丁还有李兆庭。

退出御书房后，前往宫门的路上经过御花园，就见到一位身着宫装的女子带着一个宫女向我走来，借着月色，我发觉此女生得娇媚如花，与霜霜相比，各有千秋，一个媚惑，一个冷艳。

“臣李木然见过娘娘。”我弯腰向她行着礼。

“本宫还以为是谁呢，原来是今科状元，免礼。”那妃子的声音软软的，透着媚气。

此时，一道轻脆带着嘲讽的声音传入我的耳中，“我还以为是谁呢，原来是一脸狐媚相的东方玉。”

东方玉听到此言，脸色不悦，对着另一位身着明艳衣服的美丽女子冷笑一声。

“本宫好像并未得罪过天香公主，不知公主为什么每次见到本宫就说些冷嘲热讽的话。”

原来她就是东方胜的女儿东方玉，也是欧阳天域极为宠爱的玉贵妃。早就听闻玉贵妃仗着皇上的宠爱，加上东方胜权倾朝野，在宫里得罪了不少妃子，但碍于她的势力敢怒不敢言。

不过却有一人不怕她，那就是欧阳天域的宝贝妹妹，天香公主。

我自认倒霉，不知走了什么运，竟碰到这么二人。

天香发现我的存在，带着怀疑的目光，问我：“你是何人，这么晚还在宫中，不怕御林军把你当刺客抓了？就算没碰上御林军，要是得罪你眼前这位玉贵妃，小心她一个哭闹，你的小命就不保了。”

东方玉已气得脸发绿，对着身边的宫女发气，“你是死人呀，还不扶本宫回宫！”那宫女的脸早已吓得惨白，扶着玉贵妃离开了。

我不由得好想笑：这天香公主果真如传闻的一样与东方玉不对盘，她二人究竟有何过节？为什么公主会如此对东方玉。

我心中虽不明白这究竟是怎么回事，但是已知她是公主，赶忙施礼，“臣李木然叩见公主，感谢公主刚才的提醒。”

天香听到“李木然”三个字后，用眼打量着我，然后说：“你就是今科状元李木然，还是我皇帝哥哥结交的异姓兄弟。皇帝哥哥经常提起你，我还央求过皇帝哥哥带我去

见你，可他总说我是金枝玉叶，私见其他男子成何体统。”

这公主倒是挺有趣，我曾听欧阳天域提过他这位宝贝妹妹生性顽皮，多次央求他要来见我，却全被他拿一些理由推脱掉了，而且还对我说还是不见为妙。我避过她的目光，揖首称道：“得到公主如此眷顾，小臣真是受宠若惊。”

“你就少跟我装了，听我皇帝哥哥说你通音律，不如趁现在，你到我房中弹奏一曲，我听听是不是如皇帝哥哥说的那般好。”天香说完欲拉我的手，我有心想躲，奈何还是被她抓住了我的手。

一道略带训斥语气的声音传来：“天香，你这么晚不回自己的宫中，在此和一个陌生男子说话，成何体统。”

我心想：太好了，欧阳天域来得正是时候。

“原来李爱卿还没回府，是不是天香阻你回府？”欧阳天域望着天香，眼中带着责怪之色。

“皇帝哥哥，你是怎么说话的，我只是偶遇李大人，你怎么说是我阻他回府呢？”

我借着天香分神与欧阳天域斗嘴，向欧阳天域使了个眼色，悄悄离开了御花园。

回府的路上我不禁想：如果天香发现我悄悄溜走，还不知怎么为难欧阳天域呢？想着欧阳天域无可奈何的样子，我默默地说了一句：“二哥，你自求多福。”

跨进府门，沿着小路到了自己的房门前，刚好如风从我屋里出来，张嘴就问：“这么晚才回来，应该还没吃东西吧？”

我刚想说吃过了，但肚子却不争气地咕噜一声。

如风摇着头，关心地说：“虽然帮李家平冤很重要，但也不要忘记吃饭，如果李家还没翻案，自己却病倒了，我怎么向老爷夫人交代，我可是向他们保证过会照顾好小姐的。”

“好好好，如风，是我的错还不成。”

我故作认错的样子，她看着我笑了笑，转身向着厨房走去。

我刚进屋，破军就来找我，第一句就问：“李氏一案可有进展？”

“目前的关键是找到那个失踪的家丁和李兆庭。”

“我当山贼的时候与江湖上的朋友略有交情，不如找些江湖朋友帮忙打听一下，或许能有消息。”

“对，这是不错的办法，或许我还可以放点风出去，以便引出此二人。”

他不解地问我：“放什么风声可引出这二人？”

“明日我放出风声说与李兆庭订亲的女子，因他的事太过忧虑，郁郁而终，不日就要出殡。同一时间发出榜文，通缉那名家丁，罪行就是他与李家原本一气，因某种原因而反戈，官府已查出他通敌卖国的罪证，故悬赏缉拿他。”

“四弟好计，那我们分头行事。”破军伸出大拇指夸我。

整个计划在我的精心安排下，有条不紊地进行着，而且我还亲自去妙州准备来个守株待兔。

第三章　逍遥侯

【9】

到了妙州，我见了爹娘，他们早已得知我高中状元，但见我时，却装作不认识，口中也称我为李大人，相见却不敢相认。

我真觉得自己很不孝，但既然走到这一步，已没有回头路，我只有接着走下去。

知府方面我安排妥当，只等李兆庭上钩，而破军也同一时间出府请他的江湖朋友帮忙打听家丁的下落。

果真不出我所料，李兆庭真的出现了。当他知道中计，想逃之际，却被暗中埋伏的官兵擒住，随后被关在知府大牢里，等我提审后就押往京城。

当晚单独提审了他，当他第一眼看到我时，眼中有着惊讶与不解，“怎么是你，为何你做男儿打扮，还做了官。”

“当日你离开我家回到京城，后来才听说你家遭人陷害而被判秋闱后问斩。我若要帮你，就只有参加秋闱，考取状元，所以我才甘冒欺君之罪女扮男装上京赴考。”

“你这是何苦呢？如果被发现，欺君大罪会被处死的，如果你死，而我独活，我情愿一死，再说伯父和伯母只有你这么一个女儿，如果白发人送黑发人，你叫我如何有脸面见他们。”

我不为他的话所动，为了让他安心，假意说着：“你过于杞人忧天了，我是女子的事只有为数不多人知道，不会轻易被人识破，而现在最重要的是帮你家翻案，你要把你所知的一切全部告诉我，这样我才能找到证据，证明你家是被人诬陷的。”

他点了点头，向我述说着一切：“我刚到家门口就被老管家拦住，他是奉爹的命，在门口拦住我。我当时不明白为什么爹要这么做，后来从老管家的口中才得知，李氏一门被人揭发通敌卖国，而这个揭发之人就是我家原来的家丁，自从李氏一门入狱之后，那名家丁也无故失踪了，所以我正四处打听这名家丁的下落，当得知你因我而郁郁而终，而且快要出殡，为了见你最后一面，我才冒险进到冯府，哪知中计，但是一想到你已死，我也生无可念。”

我听着他动情的话，说不感动那是假的，可就算再感动，对他也无半分情意，只有歉意。

我授意于他："明日我会押你前往京城，你先到天牢见一见你的家人，等我找到那名家丁后，再想办法帮你家翻案，但你见到你的家人千万不要泄露我的身份。"

"我现在这样，老管家还不知情，劳烦你通知他，说我没事，让他不要担心。"

"那现在他藏身何处，我如何能找到他通知他？"

我按着他所说，找到老管家，转达了李兆庭的话，然后回到知府，带着官兵押着李兆庭上京，并飞鸽传书告知破军。

我爹娘在妙州城门目送我离去，看着他们不舍和关爱的目光，我转过头强忍着泪，策马扬鞭，向京城的方向奔去。

返回京城状元府，破军还没回府，我心中不由升起希望，是不是破军的江湖朋友发现了那名家丁，所以他才迟迟未归。

等了将近七日，但破军还未回府，我的心开始忐忑不安。

这一天，霜霜突然派人请我过去醉红楼。

"不知霜霜有什么重要的事要与我谈。"

"明日我要离开醉红楼到黑水国。"

"为何走得如此急，黑水国有你什么重要的人吗？"

她摇了摇头，脸上带着忧伤的笑："只是暂时离开，你我还有相聚之日，还有，你教我的曲子我会时常弹的，以怀念你我之谊。"

"欧阳天域和慕容知道吗？"一股不舍之情油然而生。

"通知他二人了，你明日就不要来送我了，我怕会忍不住想哭。"

看着霜霜，我不知该说些什么好。

离开醉红楼后，想着霜霜明日就要离开，心中不免又是一阵伤感。

这种跨越了性别的友情怕是再也找不到了。明日无论如何也要去送她。

第二日清早，天飘着小雨，空气中弥漫着离别的味道，我与欧阳天域还有慕容骑着马赶到醉红楼。

谁知道，老鸨却说霜霜已经离开了，这会儿恐怕已出城，我们赶紧向城门赶去。

出了城，就见到霜霜正在十里亭歇息。

霜霜一见到我，惊讶道："不是说过不用来相送，你怎么来了？"

"不只我来了，欧阳天域和慕容也来了，你看他们正向你走来。"我指着欧阳天域与慕容。

欧阳天域与慕容两人下马后，进入十里亭，与霜霜说着惜别的话语。

我看着他们依依惜别的样子，心中感慨万千。

"今日一别，不知何日再与你相见，共奏新曲。今日，我想送上一曲，祝你一路顺风。"我向她借琴一用，而欧阳天域与慕容在一旁坐下，我拿着琴放在石台上，眼中带着离别的伤感，口中哼唱着离别的歌：

举起这杯酒，往事涌上心头，让我为你唱首歌。

今日的相送，明日的相逢，一路顺风多珍重。
同饮这杯酒，真情永藏心中，愿友谊天长地久。
难忘昨日笑，难舍今夜泪，我们永远是朋友。
无论在天涯，无论在海角，我的心会陪伴在你身旁，
无论在何时无论在何方，我都为你祝福快乐健康……

霜霜听着这首曲子，泪早已打湿了衣襟。

“霜霜，我献上这曲《永远》，希望我们永远都是朋友，暂时的离别只是为了以后更好的重聚，珍重，霜霜。”

“我会铭记这首曲子，还有你们这群好朋友，再见了，各位，珍重了，各位。”伤感的话语带着依依不舍的心情，滑出了霜霜的口。

我们三人目送着霜霜远去，只是我没想到，再见之时已是另一番景象。

送别霜霜之后，我们三人相约到天下第一楼喝酒解解这离愁。

欧阳天域一边喝着酒，一边问我：“听说你已抓到李兆庭了，李氏一案可有新的进展？”

“目前暂无新发现，因为李兆庭也不知多少内情，现在我在等三哥的消息，看他是否能找到那名家丁。”

“我听说你拿冯素贞的死做饵引那李兆庭入局，四弟果然神机妙算。”站在一旁的慕容突然说道。

“我只是抓住李兆庭对冯素贞用情极深才设下此计，当时也没有十足的把握。”我自谦地回着慕容的话。

“我听说那冯素贞乃天域第一美女，你是否看到过她的脸，是不是如传言一般。”

我没想到慕容会有此一问，笑了笑：“我并未看到她的脸，因为她的脸上遮着面纱，但也听说过此女确被传为天域第一美女，不过我很好奇的是慕容大哥也会在意这种事，大哥看上去并不是好美色之人，从霜霜身上就可以看出。”

“我只是好奇，再说爱美之心人皆有之。我想冯素贞并不是因为长得美才成为第一美人，肯定其中另有原因。”

“我曾见识过她的才情，她能成为第一美女并不是浪得虚名。”欧阳天域这时开口。

“哦，真是可惜，红颜命薄，我是无缘见到她了。”慕容一副无所谓的样子。

看着他俩还在说着冯素贞，我只好插嘴道：“好像李兆庭见过，我听他说冯素贞长得极美，的确不愧为第一美人。”

欧阳天域一脸羡慕的样子，“他真是好福气。”

我看着欧阳天域又在想冯素贞，赶紧将话题转移到李氏一案。

差不多到了深夜，我们才从天下第一楼出来，欧阳天域在太监的陪同下先行离去，而慕容陪着我走在回府的路上。走着走着，我略带好奇地问慕容：“如果你真的见过那冯素贞，是否会爱上她？”

“如果她的才情与四弟不相上下，我想我会爱上她。”

“为什么要与我的才情不相上下才会爱上她？”我接着又问。

慕容这时像是发现了什么，直愣愣地盯着我的脸。

我被他看得不好意思，低下头便问：“为什么这样看着我？”

“像，太像了，越看四弟越像女子，我在想四弟若为女子，这天下间的男儿是不是都会倾心于四弟。”过了大半天，慕容才吐出这样一句话。

“大哥又在取笑小弟了，我家到了，你也早点回去休息吧。”说完转身进了府，可我感觉到身后好像有一双眼在注视着我，我心想不会是慕容吧。

回到府上，如风向我走来，叫着：“破军回来了，他正在你的房中等你呢。”

我脸上一喜，来到我的房间门前，进去之后，就看到破军一脸的憔悴，我关心地说道：“三哥，辛苦你了，可有那名家丁的消息？”

“经过这几日的查找确实有了他的踪迹，过几日我的一个朋友会带他来。”当他说到这个朋友时，似有难言之隐。

这个好消息来得真及时，我接着对他说：“你先去好好休息一下，你那位朋友如果来了，我会好好款待他的。”

他听后顿了一下，面带难色，提醒着我，“我那位朋友来了，你可别向外人提起他。”

“三哥为何要如此，他带来了那名家丁，是为朝廷立了大功，该重重有赏才是，这榜文都写明了。”

“因为我这位朋友是江湖上有名的采花大盗，其实采花之名乃不实传言，他的确阅人无数，但都是那些女子自己主动的，因这些女子得不到他的真心，所以诬他是采花贼，而我这位朋友却不以为意，所以在江湖上得一采花大盗的恶名。”

“这样的朋友我交定了，就冲他背上这种恶名也不解释，就证明他是一个心胸豁达之人，我最爱结交这样的朋友，你就放心吧，该如何做，我心里有数。”

破军听我这么一说，放宽了心，回房休息去了。

而如风却一脸的担心，“公子你就不怕此人？”

“我怕什么，我又不是那些迷恋他的女子，何惧之有？再说我现在以男子的身份与他结交，有什么好怕的。”

“公子，还是小心为妙。”如风好心提醒着我。

我躺在床上，怎么也睡不着，想着李氏一案，突然闻到一阵异香，眼皮一沉就昏了过去。

【10】

当我醒来时发现床边坐着一个白衣男子，他痞痞一笑，阴阳怪气地说：“听破军说结交了一位异姓知己，原来不是‘异姓’而是‘异性’……不过你长得还挺美的，不如与我在今晚成就好事。”

我一听这话，顿时明白这个白衣之人就是破军口中的采花大盗，看来他已知晓我是女儿身，不愧阅人无数。

怪自己不听如风的话，小心一点，也不至于落到现在这个地步。

他见我不回话，又用手从我鼻梁处滑到唇边，调笑的话语从他口中飞出：“难道小娘子也想与我共度春宵，高兴得连话也说不出了，不过不说话生气的样子比刚才还要美，急得想快点与你共赴巫山。”

我看着他露出色迷迷的笑容，心中大骇，但脸上保持镇静，“我想你并不如江湖上传言的那样，是一个下流无耻的采花贼，而且我听三哥说，这恶名其实是那些迷恋你的女子所造的谣。如果你当真如江湖所云，刚才在我昏迷之时，就应对我下手，可你却等我醒来，才对我如此，是否在试探本官？”

我看到他的脸色有一丝丝的微变，但转瞬之间，又露出淫笑，“你猜错了，我只是不喜欢与一个昏迷不醒的女子交欢。”

不对，他刚才脸色明明有变，我不相信我猜错了。

这时我发现中了迷香之后，四肢不能动，但神智却是清醒的。

白衣男子刚想有所动作，如风正好拿着我的衣服走了进来，一进门就看到这个白衣陌生男子，她吓得大叫：“快来人呀，有刺客。”

白衣男子身形一闪，只见如风的嘴在动，可就是听不到声音，而且身子也定在原地一动也不能动，正在这个时候只见一人拿着刀冲进屋来。

原来是破军冲了进来，他看着如风张着嘴，定在原地。

白衣男子冷笑一声，“小丫头说的刺客就是我，一个江湖上臭名远扬的采花大盗。”

“你怎么说如风是个丫头，他明明是一个男子，还有我四弟为何躺在床上不动，你究竟对他做了什么，你不是只采花吗，不会现在还要采草吧？”破军放下刀欲走向床边。

“你认为你的四弟是个男子吗？那你可被她骗了，她明明是一名女子，你要不信我可以证明给你看。”

破军听后，一脸的诧异，“你可不要瞎说，四弟明明是一名男子，你还不给他解了迷香。”

白衣男子不说话走到我面前，指着我，“你是不是要我把她的衣服脱光了，你才相信她是一名女子，没想到你行走江湖这么久，还被一名闺中女子所骗。”

我面有愧色地望着破军，“他说得没错，我的确是一名女子，我欺骗了三哥。”

破军愣在床边嘴张得大大，我低头望去，原来我的肚兜不知不觉间露了出来。

破军回过神来问我：“你究竟是谁？”

“我是冯素贞，为了帮李家翻案而诈死，化名为李木然上京赶考，而如风是我的丫环名叫小如。”

“你就是天域的第一美女冯素贞？”

白衣男子听到我的真实姓名之后，也忍不住露出倾慕之色。

“这下你可解了我的迷香，还有给如风解穴。”我没好气地望着白衣男子。

他笑了笑，掏出一个瓶子，揭开瓶塞，放在我的鼻下，一股难闻的气味从瓶中飘出，渐渐地四肢开始有力。

如风解穴之后护在我身前，怒气冲冲地说：“不准伤害我家小姐，尤其是你这个采花贼。”

白衣男子继续说着轻薄的话：“没想到我风流云能一睹天域第一美人的风采，看来此趟来对了，刚才多有鲁莽，望美人不要记恨才是，我先向美人自我介绍一下，我乃江湖第一采花大盗风流云。”

“不要美人美人的叫，你不觉得肉麻吗？你可以在人前叫我化名李木然或是在人后叫我真名冯素贞都可以，就是不能叫我美人。”

破军看着我不说话，我以为他还在怪我，眼带歉意，说着抱歉的话，“你还在生我的气，如果你觉得我骗了你，你可以等李家平冤之后，向二哥禀明我是女子，我不会怪你。”

如风一听，指着破军的鼻子，骂道：“破军你要是说出去，我跟你没完，虽然我打不过你，但我答应过老爷夫人要好好保护小姐的。”

这时候，破军神色黯淡地问着我：“你为李家翻案可是因为李兆庭是你的未来夫君，或者可以这么说你深爱着李兆庭，为了他宁愿做下这欺君之事。”

我听到他如此说，惊觉不妙，我已对不起李兆庭了，我可不想再有人爱上我，让我背负感情的债。

“我帮李家翻案确是因为李兆庭，但不是你所想的那样，因为本应要嫁给他的我，却对他说我不爱他，不可能嫁给他，就是因为心中有愧才会这么做。况且感情对我来说是一种负累，说不定哪天我身份泄露引来杀身之祸，我可不想牵连任何人。”

破军听我说完后，松了一口气，接着对我说：“我不怪你骗我，你也有你的苦衷，但我绝不会去揭发你。我看这样，等你帮李家平反之后就辞官归隐，再诈死然后改一个名字恢复女儿身，你看可好。”

风流云这时插话进来，“你们可不要把我忘了，破军，是我先发现李木然是女子的，而且我对她一见钟情，我知你也喜欢她，我可给你说好了，要公平竞争，看谁先赢得美人心。”

我一听这话，急着说：“你就不要在那添乱了……”

“我是花名在外，但我问心无愧，我可是一个专情之人。”

“你不要在人前叫我冯素贞，还有不要在人前和我拉拉扯扯的，我现在是男儿身，不要让人以为我俩有断袖之癖。”

如风嘲笑他，“要是相信你这个采花贼，母猪都会上树。”

风流云听后，又不好在我面前对如风发气，只是说：“我会注意的，但在无人之时，我就叫你素素。刚才我所说句句属实，等你深入了解我之后说不定就会爱上我。好了，我这就带那人前来。”

说完，还没等我开口就不见了他的踪影。

我穿戴好官服连夜到了刑部，出门之时吩咐破军，如果风流云带人来了，直接带他到刑部来。

破军盯着我的双眼点了一下头，而他的眼神与以往略有不同，关心之中多了几分爱意。

到了刑部，我坐在内衙等着破军与风流云。

约莫一盏茶的工夫，他二人就带着那名家丁来到了我的面前。

那名家丁跪在地上对我喊叫："大人，草民冤枉。"

"你说你冤枉，那为什么会无故失踪？你还不从实招来，如有半句虚言，可要大刑伺候。"

那名家丁听我如此说，吓得用颤抖的声音回着我的话，"草民之所以失踪，是因为听闻李兆庭在逃，怕他找到草民，所以才会躲起来，并不是无故失踪，望大人明察。"

我厉声质问这名家丁，"李家人说你是因调戏府中丫环而被赶出李家，你却说你在李家捡到了通敌的信，但你被赶出李家和捡到这封信的时间明明是一前一后，你作何解释？"

那名家丁还想狡辩，说着假话，"那是李家人冤枉草民，是他们因我岁数大了不想继续雇草民而找的借口。"

"你以为本官是三岁小孩吗？李家人所说的，本官已派人查得一清二楚，明明是你在说谎，还大言不惭地说是李家人想赶你出府而诬蔑你。到现在还嘴硬，看来不动大刑你是不会招的。"

他一听我这样说，瘫在地上，大叫："大人，不要，草民也是逼不得已，所以才会诬陷李家。"

"究竟是何人逼迫于你，你究竟有什么把柄落在别人手中，还不招来。"

他刚想说时，我听到外面有人叫道："国丈东方胜大人求见。"

呃，他的消息好快！不知他所来为何事，我命侍卫把那名家丁先押入天牢关着。

我立即转身对风流云、破军说："你们也先回避一下。"

东方胜进到内衙，我请他坐下，让侍卫看茶，然后就问："东方大人这么晚来刑部所为何事？"

东方胜喝了一口茶笑问："本官这么晚来，主要是因为听说李大人已抓到那名家丁，还有李兆庭，特来恭喜李大人的，不知李大人现在可有什么线索？"

"并无任何线索，本官正要审那名家丁时，就听到东方大人来了，所以暂时把他关在天牢中。"

"这样呀，那本官就不打扰李大人审案了，如果李大人有什么事需要本官帮忙的，尽管说。"

"好说，那东方大人还有什么事吗？"

"并无其他事，那本官先告辞了。"

待他走后，我心想，你只要不插手此案，就是对我的最大帮助。

我命人将风流云、破军等人唤来，面授机宜："东方胜这只老狐狸前来探口风，我顺水推舟地让他知道我还没审那名家丁，今晚他肯定会派人来杀人灭口，而我就来一个瓮中捉鳖，你们守在那名家丁关押的牢房附近，我们坐等大鱼上钩。"

【11】

坐在刑部正看着卷宗，侍卫突然来报，说欧阳天域与慕容来了。

进屋后，待欧阳天域抿了一口茶后，我询问他，"不知皇上与慕容将军这么晚来刑部所为何事？"

"朕是听说，李爱卿在短短几日就擒到那名家丁还有李兆庭，特意来此嘉奖于你。李爱卿足智多谋，不愧为国之栋梁。"

"谢皇上谬赞。能为皇上分忧，是臣之本分，再说朝中多英才，臣怎敢居功自傲，所谓天外有天，人外有人。"

慕容听后笑赞，"李大人太过自谦，就凭你擒获此二人所用的计策就无人能及，更何况朝廷中虽然不泛英才，但李大人却是其中翘楚。"

"慕容将军这么说真是折煞下官了，比起将军为国上前线杀敌，下官差太远了。"我笑着回赞着慕容。

"你俩既是国之栋梁，也是朕的知交好友，有你二人一文一武在朕身边，是朕之大幸。"欧阳天域说完后，朗声大笑。

话音刚落，我立即对皇上言明，"此案已有进展，成败就在今晚。"

欧阳天域随即问我，"为何成败在今晚？"

我笑了笑，回了一句："皇上，再过不久，自会见分晓。"

不一会儿，外面传来吼叫声，"有刺客，抓刺客，刺客向天牢跑去了。"

我与欧阳天域还有慕容闻声向天牢方向奔去，到达天牢时，破军和风流云正在与那名刺客打斗。

"此人是谁，好身手。"慕容夸着风流云。

"破军的江湖朋友，名叫风流云，就是他寻获那名家丁并带来刑部的。"

"哦，他就是江湖上有名的采花大盗风流云。"慕容脱口而出他在江湖上的名号。

"对，就是他，我不知慕容还对江湖有所了解。"

"我也有一些江湖上的朋友，所以对江湖上的事也有所了解，况且了解江湖对朝廷也没坏处。"

欧阳天域点了点头，眼神中带着招纳之意，"此人身手不错，要是被朝廷所用，岂不是如虎添翼？"

我不想泼他冷水，心想：风流云在江湖上多逍遥自在，岂会入朝为官。但不敢对欧阳天域实话实说，只好说了一句顺他的话，"等会儿皇上可以问一下风流云愿不愿

意入朝为官。”

“李大人不提醒，朕也会问他的。”

欧阳天域话音刚落，那名刺客摆脱了破军和风流云的纠缠，拿着剑直向我飞奔而来。

“小心！”慕容大呼一声。

但还是晚了，剑已近身，我闭上眼等着剑入身体的那一刻，但我却没感到利剑入体的刺痛，睁眼一看，原来是慕容帮我挡了那一剑。

“为什么……你为什么替我挡这一剑？”我跪在慕容的身旁，搂着昏迷不醒的慕容，沙哑的嗓音中略带着哭声，看着他渐渐失去血色的脸，初见时的情景又浮现在我眼前，那时的他在马上英姿勃发，是如此的耀眼，而现在却失去了夺目的光华。

我的心底响起一个声音，他不能死，他还不知道我是谁，还不知道我爱着他。

欧阳天域奔到我的面前，看着泪流满面的我，急切地问我，“你有没有怎样？”

我仰起头，失去理智般大叫着：“你还愣着干吗，快传御医。”

欧阳天域愣了一下，转身对身边的人大叫：“还不宣御医来，要是慕容将军有什么事，你们都得杀头。”

那名刺客因被破军和风流云围攻，现在只有招架之力，就在此时，银芒划破夜空，一声惨叫传入我的耳中。我循声望去，一支闪着银光的镖插在刺客的胸前。

我冲上前去，摇着那刺客，嘴里不停地问：“是谁派你来的，快说。”

那名刺客用颤抖的声音说：“是东、东……”

“东什么，你快说。”我不停摇着已断气的刺客。

“他中的是见血封喉的毒镖。”风流云淡淡地说了一句。

破军拉起发疯似的我，我顺势趴在他的肩膀号啕大哭，说着埋怨自己的话。

“都是我不好，要使什么瓮中捉鳖的计策，刺客没抓住，反而连累慕容大哥有性命之忧。”

破军拍着我的肩，安慰我，“这不能全怪你，再说慕容只是昏过去了，并没有死，如果换作是我，也会毫不犹豫地像慕容大哥那样替你挡下那一剑。”随后小声在我耳边嘀咕，“你现在是男儿身，皇上还在，你这样子恐皇上会有所怀疑。”

我连忙止住哭声，责怪自己为什么这么不小心，这么失控，太像女子作为了。于是擦干眼泪，从破军肩上抬起头，转向欧阳天域低头揖首，“皇上，臣一时情急，对皇上大吼大叫，望皇上恕罪。”

他若有所思地回了一句，“李爱卿，不必太介怀，朕体谅李爱卿对慕容将军的关心，若朕似慕容将军那样替你挡下那一剑，李爱卿可否会为朕垂泪？”

我一时不知该如何回欧阳天域，破军忙替我说：“李大人为人耿直，乃性情中人，若皇上像慕容将军那样，臣想李大人必会像今日一样垂泪，况且皇上乃真龙天子，李大人又是朝廷重臣，又极忠君爱国，如果皇上龙体有恙，最心急的恐怕就是李大人。”

破军完美的回答解了我的围，我感激地看了他一眼。

“好像慕容将军醒了，我们快过去看一看。”这时候，风流云的话将我们的注意力又转移到慕容身上。

“你有没有伤着？”慕容醒来的第一句话就是问我。

“你伤得那么重，还关心我有没有受伤，你应该关心的是你自己的伤势，你为什么要帮我挡那一剑？”我强压着心中的爱意，话中略带责备。

“因为你是我的四弟，再说你不会武，如果受那一剑，不是比我伤得还重吗？”他虚弱的嗓音中包含着浓浓的关爱之情。

“你现在不要说那么多话，等御医来。”我脸上带笑，双眼示意他不要再说了。

很快地，御医就来到慕容身边，经过诊断之后，回禀着皇上，“慕容将军身子骨不弱，而且这剑也没刺中要害，请皇上和李大人不必忧心。”

“他又昏过去了，你不是说伤势不严重吗？为何慕容将军又昏过去了。”还没等御医说完，我指着慕容质问着他。

御医赶紧又将手放在慕容的脉搏上，忙说：“不碍事，慕容将军因失血过多，才会昏过去。微臣已帮慕容将军止了血，只要静养一个月就会没事，但这其间会有发热症状。”

“李爱卿，你也听到御医所说，你就不要过于担心。”欧阳天域说完命人将慕容送回将军府。

“臣想亲自照顾慕容将军直到他脱离危险，请皇上恩准。”我低头跪下。

“那李氏一案怎么办，如果再拖下去，朝中大臣会有微言，你不要因小失大。”

这番话言之有理，我现在不能感情用事，李氏一案应尽早结案，要不然欧阳天域定然陷入两难的局面。

“臣绝不会停下对此案的审理，定会尽早结案，好对皇上和朝中众臣有个交代，只是偶尔会去将军府探望。”

欧阳天域听后，点了点头，算是恩准了我的请求，然后对着风流云，话中带着赞许与招揽之意，“风流云，你的身手不错，可愿为朝廷效力，入朝为官？”

“草民逍遥惯了，恐怕要有违皇上美意，如皇上有用得着在下的地方，草民愿万死不辞。”

“既然你不愿为官，朕就封你为‘逍遥侯’，可以不上朝，一样可以过着逍遥自在的生活。”看样子欧阳天域打定主意想招揽风流云。

风流云刚想说推脱之辞，我拉住风流云的手，示意他不要再拒绝了，“风流云，皇上也是求贤若渴，不想埋没你的才能，才会封你逍遥侯这个官职。”

聪明的他立马明白我的心思，顺着我的意，跪下谢恩。

等欧阳天域等人离开后，风流云却一脸怒气，“你明知我不想为官，你为何要帮皇帝？”

“你以为我不知道你不想为官吗？我告诉你皇上也知道，但皇上却想到这样折中的办法，如果你再不答应，皇上的面子往哪搁？你的小命不想要了？”

"你以为风某是个怕死之人？你未免太小看了风某，原以为你懂我，所以我才如此帮你，可惜我却错看了你。"

我听后，胸中升起一股怨气，"你以为我不知道你不怕死吗？如果你因帮我而死，你让我情何以堪？好，你不怕死，我现在就带你进宫面圣，对皇上说你不愿为官，我以项上人头作保，保你出入平安。"

"李氏一案还未破，慕容又昏迷不醒，我们现在如果自乱阵脚，这不是让那些贼人有机可乘？还有风流云，四弟说得不错，就算你不怕死，以死拒官，但你有没有想过四弟的处境，四弟这样做自然有他的道理。"见我们快吵起来了，站在一旁的破军赶紧好言相劝着怒火中烧的风流云。

此时的风流云默不作声了，随后换上一副嬉皮笑脸的模样。

"刚才对你所说的那些话都是些浑话，别放在心上，我还要谢你帮我保住这条小命，还有，我还没让你爱上我，我怎么能丢掉我的小命？小生在这赔礼了。"

一听他这么说，我立即扑哧一声笑出声来，笑中带话，"你不要把正经的话说得如此不正经，你现在可是逍遥侯了。"

他见我笑了，痞痞一笑，半开玩笑半当真的说："我在你面前想正经也正经不起来，因为如果太正经了，如何追求你。"

破军见我二人和好如初，大笑着说："时候也不早了，大家忙了一个晚上，都累了，我们打道回府。"

【12】

回府之后，如风一脸的担心，"听说刑部有刺客进入，公子你没事吧，见到你回来，我就安心了。"

"有我风流云在，你家公子才不会有生命危险。"风流云大言不惭地夸着自己。

"就凭你？虽然你的身手也不错，但还不是没抓到刺客，还差点害得公子被刺一剑，幸亏有慕容将军舍身相救，公子才不会受伤，那时你在哪？"如风反唇相讥。

"我不是来不及吗，要不然英雄救美就轮到我了，说不定你家公子因此以身相许。"风流云妄图狡辩。

"你别臭美了，我家公子以身相许的人才不会是你，就是要许，也要许给那慕容将军，我家公子与慕容将军才是天生一对。"如风用鄙夷的目光看着风流云。

"你们一人少说一句，吵得我头都疼了，还有如风你从什么地方看出我和慕容大哥是天生一对，以后不许这样乱说，让人听去了，还以为你家公子与慕容将军有分桃之嫌。你别忘了你家公子现在是男儿身。"我严厉地警告着如风。

如风还想说什么，我开口打断了她想说的话："我有些累了，想休息了，你们也累了，都去休息，明日还有正事要做。"

回到房中，躺在床上想着今晚发生的一切，那名刺客杀不成家丁，就欲行刺于我，

这显然早有预谋，要不是慕容为我挡了一剑，我此刻还不知怎样。

不知现在慕容情况如何，越想越睡不着，索性穿上衣服出了府，骑着马来到将军府。

管家一见到我，便一脸笑意地领着我来到慕容的房间，“将军服了御医开的药，这会儿可能已睡下。”

“没关系，我只是想看一下他，看他是否好点了，我不会吵醒他的。”

管家点了点头。我拿着烛灯进了屋，我转身抬眼望向床的方向，慕容睡得很熟，但脸色还是苍白的。

我小心翼翼搬了把凳子坐在他的床边，看着他熟睡的脸，突然他口中不断叫着：“不要，四弟小心。”

我在他耳旁轻言细语：“四弟没有事，你好好休息，四弟会在你的身边守着你。”

他似乎听到我的话，于是停止叫声，脸上露出孩童般的笑容，让我情不自禁地伸出手抚摸着他的脸。

第二天醒来的时候，我发现自己握着慕容的手，趴在他的身上睡着了。

我脸一红，赶紧把手抽出，起身整了整衣服。

“四弟你守了我一夜吗？”一声轻微的带着关心的话语传入我的耳中，转身看去，慕容墨色的双眸带着温柔望着我。

我笑了笑，轻声地说：“我担心你，所以昨晚守了你一夜，不知慕容大哥今日感觉如何，需不需要叫御医来看一下？你昨天苏醒后又昏过去，把我吓坏了。”

我刚想向门口走去，慕容拉住我的手，摇着头，“不用麻烦御医，这点小伤不碍事。我想问四弟一件事，就是在我替你挡下一剑昏迷时，似乎听到有人在我耳边说着，‘你不能死，你还不知道我是谁，还不知道我爱着你’，四弟你知道是谁说的吗？”

我心中一惊，没想到当时太过伤心所说的话他竟然听到了。

“慕容大哥，你受伤昏迷，可能产生幻听，在你身边的人一直是我，我靠你那么近，如果真如你所说，我怎么会听不到呢，所以你不要再胡思乱想，安心养伤，我会不时到将军府来探望你。”

“这怎么能行，你眼下有案要破，还要分神来照顾我，如果累坏身子怎么办？况且现在有人照顾我，四弟的好意我心领了。”

我听后，摆了摆手，一脸的坚持，“我是一定要照顾你的，你的伤是因我而受的，我理应照顾你，你就不要推辞了，你现在好好休息，我晚一些再来。”

转眼间，到了刑部门口，见到风流云和破军正一脸的疲惫往外走。

我忙叫住他们，“你们怎么来了，怎么不多睡一会儿？”

破军道：“今天早上如风急急忙忙从你房中跑出来对我们说，你不在房中。当时，我和风兄还以为是昨天那刺客的同伙来到你的房间把你掳走了，可查看过你的房间并无其他人来过的痕迹，后来想到你有可能来刑部，故我和风兄才会来这找你，来到这里才发现你并不在刑部，所以刚想去禀告皇上，没想到在府门口与你相遇。”

因昨天发生刺客的事，我才想到昨夜并没有留话，今天又直接从将军府来到刑部，

难怪他俩会如此担心。我一脸愧疚地向他们道歉，“昨夜我没留话，害你二人担心了，向二位说声对不起。”

“你没事就好，何需道歉？我和破军兄商量好了，虽然刺客死了，但你的安全还是没有保障，所以以后由我们二人其中一人护在你左右。”

“没有这么夸张吧，你们不要杞人忧天，我要到内堂换衣服，你二人赶紧回去休息吧。”

等我换好官服出来的时候，风流云还坐在大堂上，但破军不见了。

“不是让你回去休息吗，你怎么还在？”

“破军兄已回去休息了，刚才不是告诉过你，必须有我二人其中之一在你身边吗，而且反对无效，等会儿破军兄还会来换我。”

“你们这又是何苦。”我苦着一张脸看着风流云。

“在你身边保护你，好有机会让你发现我的好，还有拿我与破军兄比较一下，看何人更适合你，再说这保命之恩我还没有机会报答，现在既然有这么好的机会，我何乐而不为？顺便让你更了解我，我也好早日抱得美人归。”

“你小点声，现在在刑部，你不怕这话被有心人听到，传你有断袖之癖，我看你这采花贼很快就沦为采草贼，你那些红颜知己听了，还不昏过去，就是那些被你采过的花也会黯然神伤，你这罪孽恐怕下辈子都还不清。”

风流云被我一阵抢白说得无还嘴之力。

我心想：你风流云虽然武功高强，又在江湖上混了这么久，但想跟我斗嘴皮子，你风流云还差得远。

很快地，我让侍卫带那名家丁上堂接着昨日的审讯：“昨日你还有话没说完，现在就从实说来，你也知道昨晚有人派刺客想来杀你，如果你想保住你的命，就不要再欺瞒本官。”

那名家丁磕着头，大声叫嚷：“草民不敢，求大人，要是草民说出实话，恳请大人一定要保护我，草民还不想死。”

那名家丁对我说出隐情，原来并不是他有把柄在别人手中才会这么做的，是因为李家把他赶出府，他怀恨在心，在酒楼喝酒时，一边喝着，一边骂着李家的人。

当他喝得差不多，刚要离开酒楼的时候，有一个蒙着面的人拉住他，说现在有个机会，能让他血耻。

那名家丁被蒙面人说动，跟着他来到一个破庙。紧接着，蒙面人从怀中拿出一封信交给了他，吩咐他怎么做，然后他拿着这封信到国丈府去密告李家通敌卖国，而且说这封信是在李家后花园捡到的。

再声称自己是因知道了李家人密谋勾结外邦，被李尚找了个错处，把他从李家赶了出来。

听完后，我问道：“那你还记得破庙所在之处，还有那名蒙面人之后有没有与你再见面？”

“大人，破庙所在之处就离护城河不远，至于那蒙面人，草民再也没有见过。”

“那你可记得那蒙面人的声音，你为何要失踪？”

“大人，蒙面人声音沙哑，草民本想去破庙当面谢一谢蒙面人，到了破庙所在之处，只见到一些乱石和杂草，草民心里后怕，所以才会躲起来。”

“你躲起来还有一个原因是怕在逃的李兆庭找到你。”

“大人，这只是一方面，草民最怕的是那不知姓名的蒙面人究竟是何人，再加上破庙消失，所以才会藏起来。大人，草民该说的都说了，恳请大人一定要保全草民的小命，草民还不想死。”家丁又不停地磕头哀求着我。

我命侍卫暂时把那家丁押入天牢，等一切有了结果再行论处。

旁听的风流云见我眉头紧锁，对我提议去那破庙所在之地查探一番，说不定会有什么线索。

我欣然同意，换下官服与风流云出了刑部来到破庙所在之处。

结果正如那名家丁所言，只有一些乱石和杂草。

我二人查探了一番，一无所获，只好回到状元府。

整个下午，我坐在书房想着下一步该如何走，这时破军进来问我：“我听风兄说那名家丁已招了，可好像对此案没有多大的帮助，你准备怎么办？”

“我正在想，本来以为抓到那名家丁对此案的进展会有所帮助，结果线索又断了。”

“你不要太着急了，虽然这是一个早已布好的局，但这个局也会有破绽，那名家丁不正是这个局的意外吗？正是这个意外，才引来对方派杀手来刺杀那名家丁，所以我相信，你一定能破此案。”

破军的话，一语惊醒梦中人，对方能设局，那我也设一局。

第四章　发如雪

【13】

我命破军把风流云叫到书房，“我已想到一条引蛇出洞的妙计，就是放出风声说那名家丁已经全都招了，现在差的就是物证。”

风流云听后，露出会心一笑，他明白我的用意，可破军却一脸不解。

“这风声放出后，蒙面人一定会露面，这就是我们的机会，不过，此计还得仰仗二位。”

“你就放心把此事交于我与破军，听到此好计，我对素素的爱意更深。你的美不再吸引我，反倒是你的才思让我着迷，这样足智多谋的你，让我如何能不爱，如何能放手？”

饭后，我对他们说：“我现在去将军府探望慕容大哥，可能今晚会在将军府过夜，你们就早点休息吧，明天还有重要的事要做。”

“这恐怕不好吧，要是你以后恢复女儿身，被别人知道你曾同一名男子同居一室过了一夜，会影响你的闺誉。”如风不赞同我这么做。

“如风说得对，不如这样，我陪你一同去将军府，你看怎么样。”

如风听到风流云想陪我去将军府，连忙阻止，“那可不行，虽然我不赞同公子在将军府过夜，但如果有你陪，我就更不放心，谁知你会不会欺负我家公子。”

风流云刚想反驳如风，我一脸的坚持，“此事我已决定，不会更改，你们不用再争了。”

离开饭厅时，我回望了一眼，看到破军若有所思，我也懒得深想，到了马厩牵了白雪，出了府门直奔将军府而去。

到了将军府，刚进门就听管家说，慕容已喝下了药，还在睡。

我向管家笑着点了点头，迈着步子往慕容的房间走去。

到了门前，我小心地推开门，生怕惊醒了他，可没成想还是惊动了他。

“是四弟吗，我不是给你说过不用来照顾我，这么晚还来，夜里不安全。”慕容低沉有力的声音传入我的耳中。

“不好意思，吵醒你了，我也给你说过我决定的事不会有所更改，就算你是我的

大哥也一样。”

“你这个脾气，我真拿你没办法。”他一副拿我没辙的样子，实在有够滑稽。

这时候，慕容的肚子咕噜一声，他顿时脸上一红。

“呵，慕容大哥，你饿了吧，我给你做吃的。”

“那太麻烦四弟了，你吩咐下人做就行了。”

“你是不是不相信小弟的厨艺？我告诉你，我以前在家乡的时候，常做饭给家人吃，他们吃后都夸我的厨艺好。”

“既然四弟如此说，那么我今天有口福了，不知这厨艺是不是与四弟的文才、音律一样出色呢？”

我听他如此夸奖我，脸一红，转身出了房。

慕容再见我时，我手里多了一个瓷碗。慕容连声问道：“做的是什么，为什么会这么香？”

我把碗递到他面前，让他闻了闻，笑着说：“当然是小米粥的香气，我想你受了伤，没什么胃口，所以才会想到做粥的。”

慕容想接过碗，我手一缩，舀起一小勺粥，吹凉之后，递到他嘴边，示意他张口。

慕容没想到我会喂他，听话地张开嘴，将勺中的小米粥吞入口中，双眼含着异样的光盯着我。

我不敢直视着他的双眼，随口问了一句，“好吃吗？”

“四弟你做的真好吃，以后如果有谁嫁了你就有福，她可以常常吃到你做的东西，还有你刚刚脸红的样子，比女子还要美。”

“大哥又取笑小弟，能嫁给大哥的女子才是有福之人，大哥温文儒雅，又是护国大将军，想嫁你之人有如过江之鲫。”

“你才在取笑大哥，如果大哥真如你所说的那么好，为什么到现在还是孤枕而眠？”

“大哥就会说笑，如果大哥想要成亲，各色女子任君挑选，恐怕到时挑花了眼。”

“四弟你还不是一样，一表人材，又顶着今科状元的称号，如果我是女子也会倾心于四弟。”

“你我二人不要互相吹捧了，我现在很正经地问你，为何你还未成亲？”

“可能我的缘分未到，那你呢？”

他说此话时贴近我耳边，暖暖的气息吹在我耳上，我的心扑通扑通跳个不停，脸上也泛起了红潮。

他渐渐靠近我的脸，情不自禁地说了一句，“你好美。”

我这才意识到慕容离我好近，鼻间缠绕着草药的气息，还有慕容身上浓烈的阳刚之气。

我压下一时的意乱情迷，稍微与慕容拉开距离，笑问：“慕容大哥你喜欢什么样的女子，我也好帮大哥留意一下？”

慕容墨黑色的眼眸，渐渐由浓转淡，将头抬起，口中念着，“我所喜欢的女子应

是与我心意相通，能懂我之人，就如四弟一样。那四弟你所喜欢的人又是如何？”

“和你差不多，我们也聊了许久了，你也该累了，好好休息吧，我在一旁守着你。”

我示意他躺下，随后搬了一个凳子坐在他的床边。

他听话地将眼闭上，我帮他理了理被子，不久我也沉沉睡去。

清早，趴在床边，突然感到有人摸着我的耳朵。我睁开迷蒙的双眼，正对上慕容若有所思的黑眸。

“慕容大哥为何这样看着我？”

“你为何耳朵上有像女子一样的耳洞？”

我太大意了，让慕容发现我的耳朵上有耳洞，我平复了一下心情，笑着说：“那是小时候我得了重病，差点死去，一位高人曾对我爹娘说，要想我平安长大必须在耳朵上穿上耳洞，就因为我的耳洞曾经一度被人嘲笑。”

慕容恍然大悟，“原来如此，想来你那时病得很重，也难怪你的爹娘会如此做，如果他们不如此做，我哪有机会与四弟结拜成为异姓兄弟，我还得感谢他们。”

我看天色已亮，对他说：“你还有伤在身，就在床上静养，我晚上会再来。”

到了刑部，就见破军和风流云坐在椅子上。

风流云率先开口：“我看你好像很累的样子，你昨晚在将军府没睡好。”

我摇了摇头，回他一句：“你多虑了。”

随后，我吩咐他们如何做，之后他们出了内衙。

来到天牢，只见李兆庭憔悴了好多。

他看到我站在牢口，一脸担心地走到我面前，问我：“我听说了那晚的事，都是我连累了你。”

“我这不是没事吗，看着无罪的你被关在这潮湿的天牢中，才觉得委屈。”

“我一点都不委屈，一想到你为我李家在外奔走所受的罪，我关在这天牢之中，何来委屈？”

出了天牢，回到大堂之上时，就看见一位公公手拿着圣旨正等着我。

我赶紧走上前低头跪下，耳中听到公公宣圣旨的声音，“奉天承运，皇帝诏曰：中秋月圆之夜，特命李木然进宫共贺此佳节，钦此。”

我接过圣旨，高呼：“臣领旨，谢主隆恩。”

我手拿着圣旨，心想李家谋反一案未破，我现在哪有心情过节，但皇命难违，不想出席也得出席。

月上柳梢头，将军府内一片宁静，我走进慕容的房中。

我看见慕容正好下床，急忙走上前去扶住他，用责备的眼神看着他，“你怎么不躺在床上好好养伤。”

“你看我现在好好的，要是你还担心，我现在给你耍套拳，你就知大哥已全好了。”说完，就要在我面前耍起来。

“我相信你还不成，你呀这么大了，就跟小孩似的。”我忙拉住他挥舞的手。

“我在你面前难道只能是大哥样，偶尔撒撒娇也不行？我可真命苦，要不你做我大哥好了。”

听着他逗趣的话语，我眼中露出甜甜的笑。

“什么时候我所敬爱的大哥也学会说如此不正经的话，看来为弟对你要重新认识一下，究竟我的大哥本性是如何。”我假装用眼好奇地打量着他。

我们就这样闲聊着家常，其间我提到中秋进宫庆贺的事，原来慕容也接到圣旨了。

【14】

返回府中，如风一见到我，就说道：“风流云和破军已回来了，正在书房等公子呢。”

我赶紧到了书房，送上了关心的问候：“辛苦二位了，不知事情进行得怎样？”

“全照你的吩咐行事，我想过不了多久，整个天域国就会知晓此事，我们就静等蒙面人上钩。”

“这样就好，看来接下来的日子只有等待，不过你们派人密切注意国丈府的一举一动。还有我接到圣旨，明晚会出席皇宫内举行的中秋晚宴，你二人随同如风一起陪我去。”

“我也接到圣旨，本来想跟你说我不想出席这种无聊的晚宴，不过既然你也要去，那我就随你一同出席，我这可是为了保护你才不得已而为之的。”风流云微微笑道。

“别只顾着要嘴皮子，还不快去找人监视国丈府。”

风流云听后对我痞痞一笑，“遵命，未来娘子大人。”

我举手就要打他，他却抢先一步拖着破军洒下得意的笑声，离开书房。

如风端着茶到了书房，我对如风说了明晚出席晚宴的事，然后看到风流云和破军带着笑走了进来。

“四弟，一切已经安排妥当，你就放心出席晚宴，这阵子你为李家一案费神不少，也该好好放松一下，希望在晚宴上又可以听到四弟那悦耳的妙音。”

风流云一听破军提到我懂音律，嚷着让我现在就唱给他听。

如风见我被他缠得没办法，于是喝斥着风流云，“你想见识我家公子的音律，你还不够格，不要再缠着我家公子。”

风流云一听到这话，脸一变，指着如风，“我看在你家公子的面子上，忍你很久了，再说我又不是求你，你急什么？素素你就唱给我听嘛。你看，所有人都听过，就我没听过，不公平。”

听到这声素素，我浑身不自在，推脱着说：“我累了，想早点休息，你们也早点回房休息。”

风流云带着愤怒的眼神瞪了如风一眼，先行离开了书房，而破军与如风也相继离开了书房。

次日一大早，我到了刑部处理完公务，便早早地回府，在自己房中准备着出席晚

宴的官服。

这时破军走进来，眼带责备之色，直言不讳，“你昨晚那样，风流云对我说，今晚不会出席晚宴。”

那还得了，这可是抗旨，要杀头的，我急忙与破军来到风流云的房中。

岂知风流云却一口不耐烦的话语，“破军，不是给你说过吗，你不用再劝我，今晚我不会出席晚宴的。”

“风兄，昨晚是小弟的错，你就不要再气了，我在这向你赔礼了。”

风流云一听是我的声音，气呼呼地说：“你还来干什么，你就从未把我当成朋友看待，我昨日求你那么久，你却是怎么对我的？我风流云从未这样求过人。”

“风兄你大人有大量，原谅小弟，要不现在我抚琴一曲，以弥补我昨晚的过错。”

“原来装生气这么有用，早知昨晚就该如此，不过你现在就是抚琴一曲也晚了，我不想听了。”

“好你个风流云，你又戏弄我，现在你满意了，我现在着了你的道，那我问你今晚还出不出席晚宴？”

“当然要去，说不定还能看到后宫各色佳丽，为什么不去。”

“你呀，当心色字头上一把刀，连皇上的嫔妃也敢调侃。”我摇着头，转身离开了风流云的居所。

圆月当空，阵阵秋风送来凉意。

我、风流云、破军还有如风整装后出了府，刚到宫门外，就看到慕容向我招着手。

我们四人行至门前，我指着风流云，为慕容引见，“这位是皇上新封的逍遥候风流云，那晚你也见过他，还夸他身手不错。”

风流云抱拳低头，大声说：“将军大名如雷贯耳，今日有缘得见是风流云的造化。”

“哪里，今日与逍遥候结识才是在下的荣幸。”

“听闻李大人和破军兄都与将军有结拜之交，在下可否有幸与将军以兄弟相称？”

“要结拜有的是时间，何必急在一时。现在时候不早了，我们赶紧进去，误了晚宴，你我可担待不起。”

我打断了他们的谈话，催促着赶紧进宫。

皇宫到处张灯结彩，我们行到御花园门外。守门的太监便大声叫着：“护国大将军慕容天霖，刑部监察史李木然，逍遥候风流云，李大人随从破军、如风前来晋见。”

话音一落，园内传出尖尖的声音：“宣。”

进到园中，我们先行跪下，口中三呼万岁。

欧阳天域摆了摆手，示意我们坐在离他最近的木桌。

我才坐稳就看到东方胜、东方信还有宇文化的身影。东方信也看到我，走到我的桌前，揖首就道：“多日不见李大人了，听说最近为李家一案劳心费神。我这几日因病未能到刑部，也没帮上李大人的忙，希望李大人不要见怪。”

“这是哪里话，既然你有病在身，又何来怪罪之说。你的病可有好转？如还觉不适，

便继续在家休养。”

“我的病已无大碍，多谢李大人的关心。”

我还想再说话，谁知太监又尖又细的声音继而响起，“天香公主，玉贵妃及各宫嫔妃驾到。”

门口出现两位风姿绰约的美人，还有她们身后各色后宫佳丽。

“怎么我们的逍遥候大人看到美女眼睛都直了，口水都快流出来了。”我取笑呆愣中的风流云。

“门口二人虽美，但和你比起来还是差远了，我只是对她二人的神情有点好奇而已。”

我早知她二人不和，故已猜到她二人现在的神情摆明是不对盘，没想到风流云也看出来了。

她二人及各宫嫔妃跪下行礼后，分坐在欧阳天域两侧。

“我不想和她坐在一席。”天香清脆的声音传到在坐的每个人的耳中。

“那你想坐哪？”欧阳天域宠溺地问着天香。

天香扫视四周一圈，最后锁定在我身上，指着我笑着说：“皇帝哥哥，臣妹想与李大人坐一席。”

“那好，你就坐那席吧。”欧阳天域点头向我示意，我明白他的意思。

天香走到风流云面前，大声说：“你让一让，本公主要坐在李大人身边。”

我用眼示意风流云，风流云愣了愣，才不情愿地起身让开。

天香径直走到我的身旁坐下，一脸的得意，“那晚，我只顾着和皇帝哥哥说话，让你溜了，不过今晚你别想那么容易脱身。”

“那晚，臣有要事在身，并不是有意离开，还望公主不要生臣的气。”

随后听到太监叫着宴会开始，席间杯影交错，交谈之声此起彼伏。

我虽喝着酒但心里却是在想，东方玉能够得到欧阳天域的宠幸必有她过人之处。后宫佳丽姿色胜过东方玉的也有，但她能在极短的时间荣宠后宫，恐怕并不是全靠东方家的势力。再说欧阳天域也不是沉溺于美色之人，要真是如此，想必东方玉早已坐上皇后的宝座。

这时候，欧阳天域的话打断了我的思绪，“今晚，朕的爱妃要献上歌舞以祝中秋佳节。”

席间霎时变得鸦雀无声，寂静的夜里传来一阵悠扬的丝竹声。

只见一位佳人随着乐曲翩翩起舞，裙摆飞旋，犹如一枝盛开在夜色中的娇艳玫瑰，一颦一笑透着万种风情，让她的美更增添了魅惑之色。

众人皆被眼前的美色所吸引，唯有一人露出鄙夷之情，不用说，就是我身旁所坐之人——天香公主。

我将目光再次转向宴席中央，只见东方玉在原地不停地旋转，最后她整个人如孔雀开屏般睡卧在地上，全场顿时响起热烈的掌声。

掌声刚落，欧阳天域起身走到席中央轻轻将东方玉扶起，“爱妃，好美的舞，不过，舞美人更美。”

东方玉一脸得意地朝天香看去，然后转过头，跟着欧阳天域回到席上。

天香再也沉不住气起身略带嘲讽地说：“皇帝哥哥，那支舞不过如此，臣妹倒觉得如果和某人相比差远了。”

欧阳天域刚想开口，东方玉跪在欧阳天域面前，软语相迎，“皇上，公主一脸成竹在胸的样子，臣妾也想见识一下这位高人，不过臣妾想这位高人应该不会是公主本人吧？”

天香笑道：“当然不是本公主，这位高人就是本公主身旁这位李大人。”

这下糟了，公主怎么把我也扯进与东方玉的争斗中。

看到欧阳天域似乎也陷入两难的境地，我忙起身解围。

“皇上，臣认为贵妃娘娘的歌舞无人能及，臣自愧不如。”

欧阳天域明白我的用意，转身对着天香说：“既然李爱卿如此说了，天香不要再提比试一事。”

“皇帝哥哥，这不公平，比过才知输赢，再说李大人如此说只是为了维护玉贵妃的颜面，如果玉贵妃本人根本无意比试，那只能证明她怕输。”

东方玉被天香的话激怒，转身请求欧阳天域，“皇上不是常在臣妾的耳边提起李大人的琴艺如同仙音吗，臣妾也想见识一下。”

“时值中秋佳节，命李爱卿献上一曲，以助雅兴。”欧阳天域恩准了东方玉的请求。

【15】

我望着四周，有看好戏的，也有满心期待的。

如果我赢了，以后恐怕不得安宁。

这时候，慕容走到我面前，握着我纤细的手，轻声说：“一切随心，无关胜负。”

风流云则是拍着我的肩，笑着说：“没有琴，怎么能行？我这就去府上把琴取来，今天我可要弥补那晚的遗憾。”随后他便回府拿琴。

等风流云回转的期间，天香附耳对我说：“刚才没经李大人的同意，擅自做主，还望李大人见谅，本公主只是气不过那东方玉，所以想也没想把你扯了进来。”

“臣并没有怪公主的意思，臣只是觉得事发突然。”看着她诚恳道歉的脸，心中不忍，口中说着安慰她的话。

很快的，风流云将琴取来了。

我起身走向琴台，缓缓坐下，随手拨弄了几下。然后起身回禀欧阳天域，“臣今晚想把这曲送给慕容将军，以感谢慕容将军的救命之恩。”

欧阳天域点了一下头，算是默许，我玉指轻扬，踏着节拍唱道：

细雨飘轻风摇，凭借痴心般情长，
浩雪落黄河浊，任由他绝情心伤。
放下吧手中剑我情愿，唤回了心底情宿命尽，
为何要孤独绕，你在世界另一边。
对我的深情，怎能用只字片语写得清写得清，
不贪求一个缘，我想起你的脸朝朝暮暮漫漫人生路，
时时刻刻看到你的眼眸里柔情似水，今生缘来世再续……

曲终音止，天香起身叫好："李大人，这曲子太好听了，皇帝哥哥你认为如何？"

"李爱卿，朕每次听你的曲子都能体会到不同的意境。"

"谢皇上嘉誉。"

然后我起身走到慕容面前，笑着说："今晚送上这曲《仙剑问情》，希望慕容将军能寻得良伴。"

其实我心里却是在想：我只是借曲抒情，希望有一天能与你双宿双栖。

欧阳天域凤目微睁，语气似命令似请求，"不知朕何时能得爱卿一曲。"

"皇上，普天之下，莫非王土；率土之滨，莫非王臣，更何况微臣区区一曲呢？"

"李大人，你可知罪？"东方玉厉声指责我。

"微臣何罪之有，还望娘娘明示。"

"你口中颇含讽刺之意，这不是对君王的不敬吗？"

"欲加之罪何患无词，娘娘说微臣话中略带讽刺之意，那您可问一下皇上，是否也觉得微臣话含嘲讽之意。"

"爱妃，朕都没有听出有讽刺之意，你是如何得知，难道说你比朕还厉害吗？"欧阳天域平和的语调透着天威。

"皇上，臣妾并无此意，望皇上恕罪。"

"不知刚才微臣一曲，各位觉得如何？"我适时地插话进来，因为圣意难测，东方玉显然冒犯天威。

"好曲，臣等只知李大人才思敏捷，没想到琴艺也是一流，不知李大人可否趁中秋佳节赋诗一首？"

众臣也知欧阳天域心中不悦，见我如此说，也随声附和着。

"起来吧，恕你无罪，和朕一起欣赏李爱卿的诗作。"欧阳天域面带微笑，淡淡地说了一句。

"多谢皇上恕臣妾冒犯之罪。"东方玉一张芙蓉面挂着媚人的笑，轻轻地靠在欧阳天域怀中。

"皇帝哥哥，在李大人赋诗之前，刚才的比试，究竟是何人获胜？"天香不依不饶地又将话题扯回。

这位天香公主旧事重提，我这次真的被她害死了。

“依玉妃之见，谁胜出了？”欧阳天域望着东方玉。

“回禀皇上，臣妾也觉得刚才李大人一曲着实动听，皇上是否也这样认为？”

东方玉这回学聪明了，将球巧妙地抛给欧阳天域。

“既然玉妃都如此说了，那今晚获胜之人就是李爱卿，李爱卿还不快谢过玉妃。”

欧阳天域转眼望着我，示意我谢恩。

我连忙低头跪下，“多谢皇上与贵妃娘娘的抬爱。”

“我就说吧，李大人技高一筹，东方玉你是不是输得心服口服。”天香故意说着挑衅的话。

东方玉并没像之前那么大的反应，反而是笑着说：“皇上，公主言之有理，玉妃输得心服口服。”

“公主，既然已分出高下，你还想不想听微臣所作的诗了？”我赶紧又将话题转回作诗上。

“当然想听李大人赋的诗，我都等不及了。”

天香眉眼带笑地望着我。

虽然才值深秋，但天域国的梅花却提前盛开。我看着一枝枝盛开在夜色中的各色梅花，轻轻走到梅林中，阵阵梅香扑鼻，不愧为天域国国花，朵朵盛开的梅花上沾着雪白的霜露。

此时我想到宋代卢梅坡赋梅诗《雪梅》，不由得摘下一枝梅，沉声吟道：

梅雪争春未肯降，骚人搁笔费评章。
梅须逊雪三分白，雪却输梅一段香。

“好诗，李爱卿才思敏捷，借梅雪之争道出深意，值得回味。”

这时东方玉含笑问欧阳天域，“皇上，臣妾愚钝，李大人赋的诗有何深意？”

欧阳天域正在回味诗的韵味，没听出东方玉的刁难之意，牵着东方玉的手，轻声说：“爱妃，你想知道有何深意，不如问一下李爱卿，自会明白。”

东方玉听到此话，转头含笑询问我，“不知李大人可否为玉妃释疑？”

看来和东方玉的梁子算是结上了，刚才她对欧阳天域那番话摆明笑里藏刀。

哼，东方玉，我多番忍让，你却咄咄逼人，看我怎么回敬你。

“娘娘，臣赋此诗的用意是借梅雪争春，告诫自己，人各有所长，也各有所短，要有自知之明。取人之长，补己之短，才是正理。不知臣这样解，娘娘可明白？如有不明之处，微臣自当再为娘娘释疑。”

东方玉显然听出我的言外之意，但又不好发作，毕竟刚才欧阳天域才恕了她冒犯之罪。

“皇上，李大人果然如皇上所说，是天域国难得一见的良材，这可是皇上的大幸，臣妾衷心祝愿皇上在如此良臣的辅佐之下，成为万民称慕的一代明君。”

“爱妃能如此为朕着想，不枉朕宠爱于你。”

欧阳天域搂着东方玉发出震耳欲聋的笑。

东方玉能借我释疑的话拍欧阳天域的马屁，果然不简单。

这时天香满含情意的眼神，却让我心中一惊。

我正在思量该如何打消天香心中的念头，一道圣旨让我如坠谷底。

“李爱卿，文才风流，无人能及，天香有你从旁教导，朕也很放心，朕现御赐金牌一枚，准你自由出入皇宫。”欧阳天域含笑的话语中，显然包含着撮合之意。

“谢谢皇帝哥哥。”天香笑逐颜开，害羞地看了我一眼，转身跑出了御花园。

“皇上，臣才疏学浅，恐负圣意。”我跪求欧阳天域收回圣意。

“如果李爱卿都无法教导于她,恐怕天域无人能教。”欧阳天域金口玉言,已成定局。

而众位大臣显然明白欧阳天域所想，纷纷跪下启禀：“皇上英明，臣等也属意李大人教导公主。”

我见时不利我，只得低下头领旨，“谢主隆恩。”

我双手摊开举过头顶，太监将一面金牌放在我手心上。

我立刻感到这块金牌好沉，沉得我喘不过气来。

在宫门口我向道喜的众大臣致谢后，本想与慕容他们一道离开。

这时，东方胜父子和宇文化向我走来，先是向我道喜。

东方信眼神中带着敬佩之色，笑着称赞我，“今晚我才真正明白李大人为何会受到皇上眷宠，加之皇上撮合之意不言而明，看来李大人的好事将近，不知到时可否讨得一杯喜酒喝。”

“信儿，李大人圣眷正浓，贵人事多，就无谓打搅。”

言语中颇带讽刺的意味，我本想反讽几句，但欧阳天域的近侍太监命我与慕容等人到御书房见驾。

转过身刚想对东方胜言语，发现身后已无东方胜父子与宇文化。

进入御书房，宫女奉上茶，欧阳天域扫了一眼房内的太监宫女。

见她们退下后，我喝了一口茶问着欧阳天域：“不知皇上深夜传诏有何要事？”

“李爱卿，命你从旁教导公主，实非你所愿，故传你到御书房见朕，因为此事另有内情。”

“皇上，是何内情？”我不明白欧阳天域心里到底想借此事做何文章。

“李爱卿，朕已得知，王丞相有意招你为婿，不是朕藏私心，天香已长大成人到了该出嫁的时候，朕想为她挑选一个合她心意并疼她宠她的夫君，而你就是最恰当的人选，因此命你成为天香的太傅，想着日久必生情。”

“皇上对公主的关爱之情溢于言表，但是臣一无功二无势，若就这样迎娶公主，臣也觉得有愧，所以待臣了结李氏一案，再说与公主成亲一事。”

“好，李爱卿你能如此说，朕就放心了。”

一旁的破军、风流云还有如风听后一脸的诧异。我明白他们心里如何想的，但要

公主的事迟早会发生，就算有心想躲也躲不掉，罢了，还是顺其自然。倒是慕容乐见其成，还向我说着恭喜的话。

“恭喜四弟，刚才在晚宴上你赠我一曲，还没来得及谢你，我看这一曲应当是你为自己而唱才对。”

听着他开心祝福我的话，我却一点也高兴不起来，嘴里说着言不由衷的话，“到时定会请大哥当主婚人。”

“李氏一案进展如何？”欧阳天域脸色由喜转忧。

“臣已想出对策，李氏一案不日就会水落石出。”

欧阳天域大喜，拍着我的肩说：“这样最好，不过千万不要再发生那晚之事。”随后下旨命破军和风流云从旁协助我，并护我周全，并封破军为四品带刀护卫。

【16】

从皇宫出来，行至十字路口就与慕容分别各自回府。

刚到大厅，风流云语气强烈地质问我，“你怎么能答应皇上愿娶公主呢，你可知这样做的后果？”

“结果如何，我何尝不明白，与公主成婚是死，与丞相之女成婚也是死，答不答应又有何区别？就算我不答应，一纸圣旨落下，难道要抗旨不成？再说现在是李氏一案能否告破的关键时刻，我不能退缩，就算我死，也要在死之前帮李家平冤。”我的话语中没有畏缩，只有勇往直前的决心。

“难道说你欠李兆庭的情，非得用你的命去偿还吗？”破军一脸痛苦地怒问着我。

“公子，你死了，李家人能安心过下去吗？李公子要是知道你是为了帮他家翻案而死，他也会痛不欲生的，这些公子有没有想过。”如风摇着我，言语中带着哭声。

“好了，你们都不要再说了，现在的首要任务就是为李家翻案一事，我有些累了，明日还要上早朝，我先回房睡了，你们也早点回房休息。”

我转身，强忍着泪，向自己卧房走去，身后交织着哭泣声与叹息声。

我脸带苦涩的笑，双眼迷离，喃喃自语：也许我的死也是一种解脱，总算无愧于心，对他们来说也是一件好事，搞不好我还能回到现代，倦鸟知返。

躺在床上，我做了个奇怪的梦，梦中我仿佛回到现代，看到男友身旁站着一位酷似天香的美丽女子。耳中听到那名女子轻言细语对着男友说：“学长，皇天不负有心人，学姐一定会醒过来的，你照料学姐，粒米未沾，我买了盒饭，你趁热吃吧，学姐这边有我照看，你就放心吧。”

“学妹，怎么好意思让你照顾素贞呢，我知道你对我好，但是恐怕你这份情我要辜负了，你以后不要来医院为我送饭。”

那名女子一脸的坚持，眼含爱意，说着动情的话：“我不求你的回报，只要能让我天天来医院为你送饭，我就知足了。我真的很羡慕学姐，能找到一个这么爱她的人。”

我看着这一幕，想骂醒男友，这样有情有义的女子错过了就追悔莫及，可这些话却无法传到他的耳中。

清晨，一缕阳光透过纱窗投射到我紧闭的眼上，我被这亮光刺醒，睁开迷蒙的眼，起身走到窗边。

吱的一声，纱窗被我轻轻推开，耀眼的阳光洒在我身上，感到全身暖洋洋的，而脑中突然忆起昨晚的梦，一丝哀愁悄悄爬上我的眉梢。

来到刑部，想借由公务驱赶烦乱的情绪，但看着卷宗却是两眼发呆，脑中一片空白。

“李大人，好消息。”风流云带着欣喜的话语传入我的耳中。

我收拾了一下心情，忙问：“究竟是什么好消息，快说。”

风流云这时卖起关子，“你看我与破军兄赶得这么急来告诉你好消息，你也应命人上茶润润我们直冒烟的嗓子。”

“好，我这就命人端茶进来。”我笑着吩咐侍卫去端茶进来。

待二人喝过茶之后，我笑问：“茶也喝了，现在可以讲了吧。”

“风兄你就别再逗四弟了，快告诉四弟吧。”破军边说边碰了风流云一下。

风流云这时见我着急的样子，慢条斯理地说：“那个蒙面人正在四处打听这些消息，听江湖上的朋友称，这人行事作风不像江湖中人，倒像是朝廷中人。”

“哦，这倒是和我预先估计的吻合。我也曾怀疑过那蒙面人可能是刀口舔血拿钱索命的杀手。但后来一想，既然是杀手，为什么你们却打探不到任何有关他的消息。所以我大胆推测此人并非江湖中人。”

“既然是朝廷中人，那查起来不是很困难吗？不知四弟可有何良策？”破军面露难色地问我。

“虽说难度颇大，但也不是没有办法，现在蒙面人已露面，接下来就是引君入瓮。”

“你的意思要继续放一些假消息出去？”风流云眼中一副明白我意图的样子。

“假消息还是要继续放，但我们要掌握蒙面人的行踪，接着静待时机，放长线钓大鱼。”

“妙，这样我们不日就可侦破此案。”

破军说完就拉着风流云出了内衙。而我从刑部赶到皇宫，向着天香的居所走去，经过御花园时，竟意外地碰到东方玉。

“李爱卿，你这是要去哪？本宫猜是公主那吧，李大人那晚真是出尽风头，本宫想天域国上上下下恐怕都在争相传颂李大人那晚的功绩。”

我听出东方玉言语中明褒暗贬之意，笑着回禀：“娘娘，您太过抬举微臣，微臣能够得到如此赞誉，这还不是沾了皇上与娘娘的光，才得已实现心中抱负。”

东方玉没占到一分口头上的便宜，笑了笑，说：“李大人博古通今，能教导公主，是公主的福分，本宫不再耽搁李大人见公主，若公主知晓，还以为本宫为那晚之事为难李大人，本宫可惹不起公主。”

东方玉走远之后，我行至天香宫，在宫门外等候公主的召见。

大约等了半个时辰，一位宫女从天香宫内走出来，一脸带笑对我说：“李大人，公主命你到书房一见。”

进了书房，我便低头跪下，“臣李木然参见天香公主。”

天香扶起我，眼含情，眉带笑，一串银铃似的声音传出口。

“你就别见外了，这里只有你我二人，还讲什么宫中规矩，你也可以和皇帝哥哥一样叫我天香，别一口一个公主的，听着怪不亲近，我可以叫你木然哥吗？既然你是我皇帝哥哥的义弟，我这样叫也没错吧，木然哥。”

“公主，这万万使不得，您是金枝玉叶，如果这样叫小臣，小臣担当不起，还请公主看在皇上对您的一番苦心，请不要为难小臣。”

“反正我就是要叫你木然哥，如果皇帝哥哥怪罪下来，我会一力承担。现在开始上课吧，今天要学什么？”

哎，我现在终于明白当初欧阳天域劝我不要见天香的话是有道理的，算了，还是随她吧。

我开始教她一些诗词歌赋，但每次念诗词的时候，总觉得公主并未听进去，只是痴痴地用灼烈如火般的目光望着我。

当我看向她时，她又迅速低下头，当我把头一转开，我又感到她在看我。

我带着复杂的心情匆忙地上完了课，刚想告辞，她似乎知道我想说什么，抢先开口。

“木然哥，上完课也该轻松一下，你唱首歌给我听吧，你那晚唱得真好听。”

“公主，微臣还有要事在身，改日可好？”

“我就想听，你不唱，就别想走。”她拉住我的手，撒着娇。

“可这并无琴，微臣如何唱？”我故意找了这个借口推脱。

“这有何难，我叫侍女拿我的焦尾古琴来。”天香好像早就料到我会这么说。

不过“焦尾古琴”这四个字倒是吸引了我，她见我不说话，以为我已应承，忙命宫女去取琴。

宫女取来焦尾古琴，放在琴台上。

我随意拨弄了几下，音色纯正，果然是上古名琴，于是问：“公主想听什么曲子？”

“我还想听那晚你所唱的曲子。”

我摇了摇头，想了一想，拨动琴弦，一首哀怨感人的曲词从我口中飞出：

狼牙月，伊人憔悴，我举杯饮尽了风雪。
是谁打翻前世柜，惹尘埃是非。
缘字诀，几番轮回，你锁眉，哭红颜唤不回。
纵然青史已经成灰，我爱不灭，
繁华如三千东流水，
我只取一瓢爱了解，只恋你化身的蝶……

一曲唱罢，听到鼓掌声与叫好声，可这叫好声中却夹杂着男音，我抬眼望去看到欧阳天域正含笑地坐在公主身边望着我。我连忙起身走到他面前，“臣李木然参见皇上。”

“免礼。”

“皇上怎么来了，是不是有事找公主，臣还是先行告退。”

“朕无事找天香，朕只是路过天香宫，听见里面传来琴声，故而进来一看，没想到是李爱卿正在抚琴高歌，不知此曲又为何名。”

“此曲名为《发如雪》。”

“此曲听起来悲伤中略带思念之情，不知此曲为何人所作？”

“是臣家乡之人所作，不过他已过世，据说此曲是他以自己的亲身经历而作，因他妻子去世，他终日思念爱妻，故作了此曲，皇上能够听出此曲深意，想必皇上心中也有思念之人。”我胡绉了一个哀怨情伤的故事。

“可惜朕比不得作曲之人，因为思念之人不知朕是谁。”欧阳天域略带忧伤的话语，让我猜出他所思念之人，心中不免有些伤怀。

第五章　蒙面刺客

【17】

天香在一旁听到我与欧阳天域的谈话，又看见皇上忧郁的眼神。她好奇地问："皇帝哥哥，您所思念之人究竟是谁，您不是最宠那东方玉吗？我还以为她是您心爱之人。"

"你还记得朕从妙州回来给你提过曾见过天域第一美女冯素贞吗？虽然当时她蒙着面纱，但她的才情和一双剪剪双瞳给朕留下极深刻的印象，而且朕曾对自己说过，朕的皇后之位非她莫属。"

"皇帝哥哥怎么不派人接她入宫，册封她为皇后呢？"

"朕何曾没想过，也曾派人去过妙州，可是她因思念和担心自己未来的夫君，忧郁过度，香消玉殒。"欧阳天域一脸落寞地说。

"原来如此，天香听皇帝哥哥这么说，对这个冯素贞倒也好奇起来，不知她长得什么样。要是她还活着就好了，我就可以见到她的庐山真面目，那她的未来夫君是谁？那皇帝哥哥您有没有去拜祭过她？说不定还能看到她的遗容呢。"

"当时得知她离世的消息，朕曾去过妙州，可惜只见到一座新坟，连她最后一面也没见到。也许朕与她始终是缘悭一面，至于她的未来夫君就是李爱卿正在查办的李氏一案中曾逃脱的李兆庭。"

我劝慰着欧阳天域，"既然人死不能复生，臣以为皇上还是看开些，也许会少了许多烦恼，而且放下对她的痴念，皇上眼前也许是另一番景象。"

"李爱卿，也许你是对的。可是你知道吗，皇帝也有许多的无奈，世人只知做皇帝权倾天下，但却没想到坐上这个位置会失去很多东西，就算你有再大的权势，但有些东西并不是靠权力和金钱就可以得到的。"

"皇上，臣认为不在其位不谋其职，既然皇上选择皇权之路，必然会失去很多东西，但得到的却是万民的敬仰。"

"别人说这话，朕会以为他在奉承朕，但从李爱卿口中说出，却让朕觉得当这个皇帝也有可取之处。"

"皇帝哥哥，木然哥才不会像那些人只对您说好听的，他是看到皇帝哥哥的心情不好，才会如此说的。我也觉得皇帝哥哥好了不起，您看天域国在您的治理下，百姓

安居乐业，四海升平，这不都是您这个做皇帝的管得好？所以皇帝哥哥，不要再难过了，我相信您总有一天可以再遇见让您心动之人。”天香搂着欧阳天域的肩膀说道。

欧阳天域脸色一沉，斥骂：“天香，你怎么称李爱卿为木然哥，你又不守规矩了，下次不准这样叫李爱卿了。”

“为什么不能叫他木然哥啊？皇帝哥哥还叫他四弟呢，我为什么不行？我偏要叫，不过是在没有外人的情况下。皇帝哥哥您就答应我吧，木然哥都已经同意了，你不信，可以问木然哥。”

“李爱卿，天香说的可是真的？”

本以为天香撒娇功力无人能敌，没曾想这推事的功力也无人能敌，刚才还信誓旦旦承诺过有什么事会一力承担，转眼之间又将麻烦推给了我。

“皇上，确有此事。臣以为在无外人之时，既然皇上可以称臣为四弟，而臣也可称皇上为二哥，那公主这样称呼臣也并没错，因为公主是皇上的妹妹，自然也是臣的妹妹，妹妹这样称呼哥哥怎么会叫不守规矩呢。”

“李爱卿，这么说好像有点道理。那好吧，以后天香在无外人之时可以这样称呼你，不过，天香你也要适时而为，不要丢了皇家的体面，知道吗？”

“谢皇帝哥哥，我就知道皇帝哥哥最疼我了。”天香开心地拉着欧阳天域，嘴上像抹着蜜。

从宫中出来回到府上，一眼看到风流云和破军来来回回地在大厅焦急地走着。

我走到他们面前，风流云一脸急相地问我：“你究竟去哪了，我和破军兄担心死了。”

“我去皇宫见公主，你们不要这么一朝被蛇咬十年怕井绳的样子。”我还以为出了什么事呢，原来是担心我的安危。

“我们真是好心当作驴肝肺。”

我见他二人气呼呼的样子，连忙致歉，“两位贤兄，是小弟的不是，没有派人告知进宫一事，害两位贤兄为我担心，刚才失言之处，还望两位贤兄不要放在心上，小弟这厢向两位贤兄赔礼了。”

他二人见我做着鬼脸忍不住哈哈大笑，捂着肚子指着我，笑道：“想不到天域第一美人能做如此好笑的鬼脸，真是有趣，笑死我了。”

“两位气消了，事情办得怎么样？”

他们竭力忍住笑，异口同声说：“一切都办妥。”

他们又看了看我的脸，再也憋不住，大笑着转身离开。

这二人一定是又想到我刚才做鬼脸的样子，早知道就不做鬼脸逗他们笑了，应该让他们气死算了，反正过一会儿就会没事。

想到这，我看着远去的背影放声大叫：“不准把我今天做鬼脸的样子告诉别人，要不然有你们好看的。”

他二人头也不回，只是在空中摆了摆手，紧接着就是连串的哄笑声传入我的耳中。

我在刑部坐着想着该如何让蒙面人现身，身上突然感到一阵寒意。还以为是已入

冬，想着该多加件衣服御寒，可哪知道这预示着更大的阴谋正等着我。

风流云和破军不时传来消息说蒙面人特别狡猾，行踪不定，更别说是擒住他。

我想着李氏一案已经查了这么久，如果还无更大的进展，皇上那边也会承受很大的压力，而东方胜最近联合不少大臣在早朝时进言，催皇上尽快了结此案。

我想着这些，彻夜难眠，绞尽脑汁地想办法。

正在这时，我命风流云和破军前来。

“叫我们来所为何事？”破军一进门就问道。

“其实叫你们来，是想问一下蒙面人是否还在四处打听我们放出去的假消息是否属实？”

“他还在打听，只是每次我们发现他的行踪后，都被他逃脱了。”风流云一脸恼怒地说。

这样也不是办法，究竟该如何做才能让他自投落网呢？我突然想到也许这个办法会有效。

“我又想到一计，我们可以来一个‘守株待兔’。”

“哦，那是怎样的‘守株待兔’呢？”风流云问我。

“虽然那名家丁落网引过一次敌人上钧，但这次的计策却还是由他来引出那名蒙面人，你们想一下，他与蒙面人曾近距离的接触过，就凭这一点就有利用价值。”

“可是那名家丁并没有见过那名蒙面人，如何引蒙面人出现？”破军不明白这个中玄机，问着我。

“我也认为那名蒙面人并没有什么把柄落在那名家丁手中，试问他又如何会自投落网呢。”风流云这次也没能领会我的意图。

“没有我们可以让它有，先让那名家丁写一封信，而后设法将信交到蒙面人手上，只要他看到信，他自然会来，所以那信的内容最为重要。”

“信的内容要写什么引他入局呢？”风流云又问。

“本人自有妙计，信的内容你们不用操心。”我脸上露出一个高深莫测的笑。

“没想到我们李大人也会卖起关子来了，那等蒙面人落网后，再向李大人询问那封信的内容。”

“你们先去安排如何送信之事，至于那封信，小弟到时会拿给你们的。”说完后，我转身离开，来到了书房。

书桌上，我铺上白纸，略微沉思了片刻，提起笔一气呵成，随后我骑着马来到了刑部，命侍卫把那名家丁带到内衙，我拿出那封写好的信放在桌上，只等那名家丁前来。

那名家丁进到内衙后，我唤他上前，一脸严肃地说：“你现在把这白纸上的字抄一遍。不要问为什么，就算你心中有疑问，本官也不会告知实情。如果想保命，就照本官的意思做。”

他哦了一声，提笔抄了一遍白纸上的字。我见他写好，又拿出一个信封，命他在上面写上“蒙面人亲启”，而后命侍卫押他回天牢。

我拿着那封家丁所写的信回到府中，风流云和破军早已在大厅等我。

我把手中的那封信交给了破军，笑着说："万事俱备，只欠东风，这东风已交到你手中，现在只要那蒙面人收到这封信，我们就坐等他的到来，来一个守株待兔。"

他二人与我相视一笑，一切尽在不言中。

为擒住蒙面人，我已经有三天都待在刑部，部署着各项事宜。

这时侍卫来禀，说是宫中太监来传话，贵妃娘娘经皇上御准宣我进宫讨教音律。

我在刑部交代了一些事，来到了玉香宫。

宫女上了茶之后，请我坐着等一会儿，说娘娘马上就到，然后转身出了玉香宫。

我坐在椅子上喝着茶等着玉妃，心想：这玉妃究竟有何事要找我。我与她又不熟，再说当晚宴会还得罪过她，有事也应该找皇上或是东方胜，找我有什么用。

我想到这，发现此时宫中没有一个人，等了许久，也不见玉妃的身影，本想到门口问一下宫女。这时，一个身穿薄纱之人撞入我的怀中。

我还没反应过来，她抓着我的衣领，大声地叫："来人呀，非礼呀。"

这声音分明是玉妃的，我本欲挣脱她的手，奈何她死死拽着不放，我心想不好，中计了。

【18】

突然间，玉妃没有继续拽着我，反而哭哭涕涕地跑向宫门口扑到一个人怀中，我这才看到宫门口正站着一位身着龙袍之人，不用想也知谁来了。

我没想到的是，不仅欧阳天域来了，天香公主也来了，想必也看到刚才所发生的一切，看来这玉妃早已谋算好的，只等我入局。

我整了整官服，面不改色走到宫门口，低头跪道："微臣想皇上现在也听不进臣的解释，但臣只有一句话对皇上说，臣是被人陷害的，臣问心无愧。臣先行告退。"

一回府，风流云和如风还有破军焦急地奔到我的面前，口气一致地问："你今日在玉香宫发生非礼玉妃一事，究竟是不是真的？"

我不免有点想笑：真是好事不出门，坏事传千里，想必今日之事可能朝野上下都知晓。

"你们知道我是女子，一个女子如何非礼一个女子？这不过是玉妃在报复我那晚在宴会上让她出丑。"

"公子，可皇上不知你是女儿身啊！那玉妃搔首弄姿的样子看到就恶心，皇上居然最宠她，真是瞎了龙眼。"如风气愤地说。

"如风说得不错，现在该如何是好，李氏一案即将告破的关键时刻，发生了这种事。"破军急得一个头两个大。

"你们先不要急，就算我因此受罚，也会拼上一死求皇上给我时间先了结李氏一案，才接受应得的惩罚。还有玉妃不可能想到这个计策，定是有人在后面出谋划策。"

“我也认为那个蠢女人也不会这么聪明能想到如此阴毒之计，看她那天在晚宴上的表现，就知道是一个只会卖弄姿色的肤浅女人。”

我们正在大厅商议着该如何化解这场危机时，管家来报说，慕容正在门外。

我猜想他也是为非礼玉妃一事而来。

慕容进到大厅后，脸上略带担心之色，开口便问：“我听宫中传你今日在玉香宫非礼玉妃一事，我想其中必有内情，故而前来询问四弟，这究竟是怎么一回事？”

“大哥，论姿色，你认为玉妃与霜霜，哪个更胜一筹？”我没正面回答他的问题。

“自然是霜霜。”

“既然你也认为霜霜更胜一筹，那我怎么可能对玉妃非礼呢？你也清楚我对霜霜一直守礼，未曾逾越，这摆明是玉妃设的局，想致我于死地。”

“虽说四弟言之有理，但现在苦无证据证实你是清白的。所谓无风不起浪，我听说东方胜已进宫，恳请皇上严惩你。”

我心中已然明了，原来设计之人就是东方胜，笑了笑，“你也别为我担心了，我出宫之时，留给皇上一句话。我想，等皇上冷静下来会想到其中另有隐情。”

“要不我现在进宫向皇上禀明事情的前因后果，让皇上明白事情的真相。”

“千万不要，你现在进宫，只会让事情变得更复杂。你想，东方胜才去过宫里，皇上肯定为此事烦透了，如果你再去，恐怕会火上浇油，适得其反。”我立即劝阻慕容的莽撞之举。稍过片刻，我接着说，“我现在最担心的并不是这件事，而是怕李氏一案的进展会受到此事影响，我们正在商讨下一步该如何走。”

“此案你放心，如果真如你所说的，我会在皇上面前为你说话，就算要处罚四弟，也要等此案告破。”

我听到他所说，信心又增加了不少。

风流云拍了拍自己的胸膛，大声对我说：“虽然我这个逍遥候是个闲职，但还是有点用处的，我也会在皇上面前为你求情，等你破了此案再考虑处罚一事，况且我们在这段时间会找出玉妃陷害你的证据。”

破军一脸笑意地望着我，关心地说：“你们可别忘了还有我，我可是四品带刀护卫，可任意出入皇宫。既然要查玉妃陷害四弟的证据，那首先就要从宫中的太监和宫女入手。”

“有这么多好朋友在我身边，我何惧之有？不过此次事件显然是经过安排的一个局，要查起来虽非易事，但也不是没有办法，我们可以从传我进宫的太监入手。”

“我这就进宫查一查这名公公。”破军说完转身出了大厅。

“玉妃宫的宫女也是一条好的线索，我这就进宫去查一下宫女这条线，说不定会有什么意想不到的发现，再说对付女人，就要靠我这个采花大盗才有用，我有的是办法让这些女人说实话。”

我提醒风流云，“千万要小心，宫中女子可不比你以前所遇到的那些女子，能在宫中当宠妃的宫女可不是那么简单，她们要是没有一两把刷子，定不能在钩心斗角的

后宫生存下来。”

慕容这时眼带好奇地问我：“四弟，难道你曾有什么亲戚朋友在后宫之中，要不然你也不会对后宫的情况这么清楚。”

“世人总羡慕入宫为妃为婢的女子，以为她们一生荣华富贵享之不尽，可有谁知深宫女子的心酸，后宫争斗的戏天天都在上演，不过是为了争夺一个男人的爱，那就是皇帝的宠爱。”我停了一下接着说，“我并没有什么人在宫中，只是听别人提过，对后宫了解不多，只是从诗词上曾读到过关于宫怨的诗而已，可怜那些深宫女子有些到死都没见过皇帝一面。刚好我记得有一首诗就是描述刚才我所说的，你想不想听？”

还没走的风流云停下脚步，一脸颇有兴趣地问我：“听木然兄这么说，我也觉得那些宫中女子有些可怜，也想听一听这宫怨诗。”

我点了点头，踱着步子，缓缓道出唐代诗人杜牧的《宫人冢》：

尽是离宫院中女，苑墙城外冢累累。
少年入内教歌舞，不识君王到老时。

“此诗尽显刚才四弟所说，真是听来一阵感伤。”慕容忍不住一阵感慨。

“听了木然兄的诗，心中颇不是滋味。幸好我不是女子，倘若是女子也逃脱不了成为秀女的命运，而入了宫只盼望能见君王一面，若不能得见君王，下场就是独守终老在宫中。”

我看着他俩对此诗的感触良多，劝慰着他们，“此事也不是你我三人能改变的，我们还是想一想接下来该怎么做才能化险为夷。”

“我现在先去宫中查一下宫女这条线，先行告退。”风流云说完出了大厅。

现在大厅中只剩下我与慕容，如风也不知什么时候离开了大厅。

慕容一脸关心地问：“他们都去帮四弟找证据去了，我这个做大哥的该做些什么来帮四弟脱困呢？”

“你陪我说说话就是帮我了，因为今日发生太多事，我也要找个人发发牢骚。你可愿当个倾听者？”

“此事还不简单？四弟有什么委屈尽可向我倾吐，也可把大哥当成出气筒。”

“这可是你说的，可要说话算话。”

慕容一脸宠溺地看着我，我将头靠在他肩上，轻轻在他耳边说：“你可知我在家乡不开心时，常常靠在我的娘肩头给她说着心中不快的事，她就默默地听我说也不回嘴，就像现在这个样子。”

慕容边听着我的话，边对我点点头，还眼含温柔地抚摸着我的头。

我向他倾吐着这几日来所遇到的烦心事。

最后，他还是忍不住开了口，低沉略带磁性的声音在我耳边响起，“四弟不要如此烦恼，你在大哥的眼中是最能干、最有担当的俊才，你不会这么容易被打垮的。烦

恼不适合你。”

我听后，双眼含笑俏皮地说："如果我是一名女子一定会嫁给你。"

“你若是女子，恐怕天下的英才都会被你吸引，哪还轮得到我。”

“那你错了，我若是女子，要的只是一份真挚的感情，哪怕二哥以皇后之位迎娶我，如果我不喜欢他，也不会答应嫁给他。我嫁之人必是我心仪之人。”我半开玩笑半认真地说着我心中所想。

慕容听了我的话，笑着点了我一下额头，“连二哥的玩笑也敢开，幸好他不在，要是听到你这番话，不气死才怪。皇后之位可是后宫人人想争的位置，而你却视若无物，不知说你傻还是聪明。”

“就当我傻好了。”我又将头靠在他肩上，闻着他身上的气息，让我好安心。

如果能一直靠在他的肩头就好了，不知刚才的话，慕容可明白它真正的含意。

第二天一大早，我来到皇宫上早朝，看见各位大臣均以怪责的目光看着我。

东方胜经过我的身旁也对我冷哼一声。

慕容和风流云这时走到我面前，我好奇地问风流云，“你怎么也来了，你不是最烦上朝的吗？”

风流云痞笑着假意怪我，“我还不是为了你，放弃了睡懒觉的时间，来上这个早朝的。我跟你说，宫女那边我已收到了利于你的消息，你就等着看好戏吧。”

“四弟，我会在皇上面前力挺你的，你放心好了。等会儿破军也会来，听说他那边也有好消息。”说完，慕容用力地握紧我的手，百倍的勇气从他的手心处传来。

欧阳天域临朝后，众臣行过礼，东方胜向前走了一步，低着头，禀报："老臣有事启奏。"

欧阳天域目光中透着疲惫之色，问着东方胜，“东方爱卿，有何事要奏？”

“回皇上，臣是为贵妃娘娘在寝宫受李大人调戏一事，恳请皇上降罪于李大人，以振朝纲。”

“东方爱卿，对于李大人在玉香宫中非礼玉妃一事，朕正要派人彻查。”

“皇上，当日您也是亲眼所见李大人对贵妃娘娘多有冒犯之举，况且有人证和物证，为何还要派人调查此事？”

欧阳天域被东方胜问得哑口无言，不知该找什么话反驳他，加之群臣议论纷纷，欧阳天域明显已然不悦。这时候，风流云站出来，低头对欧阳天域说："虽然人证物证齐全，但臣看未必！"

欧阳天域像是发现救命稻草一样，一脸狐疑地问："风爱卿为何如此说，难道其中另有隐情不成？"

“回皇上，臣昨日曾进宫调查过当日在玉香宫的宫女，据她们所说，昨日贵妃娘娘借讨教音律之事，命人宣李大人进宫，臣想此事也是经过皇上恩准的，要不然贵妃娘娘又岂敢私召朝臣进宫面谈。”

“这倒是第一次听风爱卿说，朕并没有恩准过此事。”

“既然皇上并无恩准，贵妃娘娘私召朝臣这不是犯了欺君之罪？”

东方胜脸色一变，连忙奏禀：“风大人未经宣诏私自进宫，已犯欺君之罪。”

“臣确实没有令牌，但皇上当初曾许诺臣可以自由出入皇宫，而且还可以选择上不上朝，皇上，你不会忘了吧？”

我突然想到欧阳天域只说过风流云可以自由选择上不上朝，并无让他任意出入皇宫，于是心里不免为风流云感到担心，手心里全都是汗，等着欧阳天域的回答。

“朕确实这样承诺过风爱卿。”

这句话让我心中悬着的大石落下。

【19】

大殿之上，东方胜一脸怒气地望着风流云，而风流云一脸的痞笑仿佛在表示东方胜的奸计没有得逞。

东方胜压下心中怒气，继续奏禀：“皇上，风大人这样说，摆明就是指贵妃娘娘诬陷李大人。”

“回皇上，臣并无此意，如果东方大人执意认为臣的意思是如此，臣也没办法。”风流云见好就收。

大殿之上，群臣议论声又起，突然间，殿门口破军带着刀进来，跪下便说：“臣破军参见皇上，臣有一事要奏，是关于昨日李大人在玉香宫发生非礼贵妃娘娘一事，此事确有隐情。”

“破爱卿快起，你说此事有隐情，可有证据？”

“回皇上，昨日小臣进宫查了宣李大人进宫的公公，从他口中得知李大人确实是因为贵妃娘娘所请，才会到玉香宫的。”

“是哪名公公，还不宣他进见。”

破军向着外面喊道：“押李公公上殿面见皇上。”

李公公被侍卫押了上来，扑通一声跪在地上，口里喊着：“求皇上开恩，饶奴才一死。”

欧阳天域眼含厉色，怒问：“你这该死的奴才，快报上实情，究竟是谁指使你这么做的？”

李公公用颤抖的声音回禀欧阳天域，“是一蒙面人让奴才如此做的，奴才开始并不答应，他威胁奴才说，不想你的家人死，就照我的方法去做，奴才怕家人有事，就应承下来。这就是奴才所知的全部事实，半点不敢隐瞒，求皇上饶奴才一死。”

欧阳天域嘴角上斜，冷笑一声，口里说着判词：“虽然死罪可免，但活罪难逃，来人将这个奴才除去宫籍，遣回原籍，从此不得入宫当差。”

李公公口里叫着，“多谢皇上的不杀之恩。”话刚说完，就被侍卫们拖出大殿。

欧阳天域一脸如释重负地看着破军，问了一句：“破爱卿，是如何发现此隐情？”

“昨日听闻李大人的事，臣就觉得事有蹊跷，所以进宫查证。当臣到了公公们所居住的地方，调查是谁宣李大人进宫的，他们都说是李公公，但臣却没看到李公公，所以就在宫中四处寻找李公公。就在一处隐蔽的地方发现有个蒙面人正要对一位公公下毒手，臣拔刀挡开了蒙面人对那名公公的袭击。”

破军停顿了一下又说：“臣随后大声喊叫，叫人抓刺客。那蒙面人见四面八方的禁宫侍卫向他拥来，转身跳上高墙，消失得无影无踪，显然他对皇宫的地形相当熟悉。而那名公公正是李公公，之后他就向臣交待了一切。”

“既然已证实李大人受了无妄之灾，现在最重要的就是抓那蒙面人，想他对皇宫如此熟悉，说不定哪天朕也稀里糊涂被人杀了。所以破爱卿听命，加强皇宫防范，全力缉拿那名蒙面人。”

我一听欧阳天域将此事交于破军，立刻站了出来，“多谢皇上对臣的信任，那蒙面人正是李氏一案的关键，不如将缉拿一事交于臣。”

“李爱卿，如果真如你所说，在未擒住蒙面人之前，朕调遣御林军为你所统领。”

“谢皇上，臣领旨。”

话毕，我起身后转过头看着东方胜，此时他的脸已涨青，但却极力压制着心中的怒气。

哼，东方胜，你这下可是偷鸡不成反蚀一把米。

退朝之后，慕容眼中满是欣喜之色，“这一次真是有惊无险，还打了一个漂亮的翻身仗。”

“多亏了三哥与风兄，要不然我此时已被收押在天牢等着皇上定罪，多谢二位。”

风流云对我痞痞一笑，提出一个要求，让我弹奏一曲以谢他与破军，我欣然点头同意。

刚到宫门口，一个尖细的声音从我们背后传来，“四位大人请留步，皇上宣四位大人到御书房，有要事相商。”

来者正是欧阳天域的近侍太监。

刚下朝，皇上就急着宣我们四人到御书房所为何事?

御书房内，我们四人向欧阳天域行过礼，欧阳天域先是命我们坐，然后令房内的宫女太监退下。

欧阳天域墨黑色的双眸盯着我，声音低沉地说：“今日宣各位爱卿来御书房，主要是为李爱卿被人陷害一事，朕想听一下各位爱卿有何高见。”

“此事已然明了，皇上还有什么疑惑之处？”

“李爱卿，现下就朕和你们几个人，我们都不用敬语，只是兄弟之间的谈话，我希望你能直言。”

我不明白欧阳天域的意思，但看他好像心事重重，随口就问：“既然这样，那小弟想问二哥，你究竟想听到什么？”

“四弟，你知道当日在玉香宫我和天香看见你与玉妃纠缠在一起，我的心情是怎

样的吗？”

这句话让我彻底明白了欧阳天域心里在想什么，我回他，“我能够理解二哥当时的心情，正因为如此，我才会对你说那句话。”

“就是因为你那句话，事后我回到寝宫中琢磨了许久，想到如果你真那么做了的话，你就不是我所认识的四弟。当初为你引见霜霜时，你对她都是礼数周到，况且以霜霜的美貌也不在玉妃之下，所以我想此事必有内情。但玉妃不断向朕哭诉，而东方胜也联同群臣向朕施压，朕茫然不知所措，不知该相信谁。不过幸好有风流云与破军及时查明真相。我只是想说，这件事就到此为止，还有为兄有时也会身不由己，希望四弟能谅解。”

“二哥，看你说到哪去了，我从没怪过二哥。你不要自责，我知道皇上虽然权力很大，但有时也会有无可奈何的时候，所以二哥你尽可放心，你如此信任小弟，小弟感激还来不及呢，何来埋怨。”

这时候，慕容说道：“二弟，我们都不曾怪过你，不信你问风流云和破军。”

风流云与破军随即点了点头，算是默认了慕容的话。

欧阳天域一脸感激，“你们真是我的好兄弟。”

“不过，欧阳天域兄，小弟还是想问你为何要宠玉妃，很明显这件事就是她搞出来的。”风流云提出心中疑惑。

“你别听他瞎说，这件事已了结，我看我们多日未聚，不如到天下第一楼把酒言欢如何？”我故意扯开话题。

“本来就是如此，玉妃如此恶毒的女人早该把她打入冷宫或赶出宫。”风流云继续道。

这个风流云怎么会抓住这个话题不放，我赶紧给他使眼色，让他住嘴。

欧阳天域却开口说：“我宠她，也是有目的，因她父亲东方胜在朝中势力不弱，与半数以上的大臣过往甚密，所以暂时只能这样，这也是为了天域国，不得已而为之。”

“这下你该明白了吧，朝中之事并不是你想的那么简单。你以为皇上喜欢有那么多嫔妃吗，其实这也是平衡朝中势力的一种有效的方法。你以为都像你一样那么喜欢寻花问柳？我看要是你做了皇上，恐怕早就醉死在温柔乡了。”

风流云痞笑着在我耳边轻声说：“如果是你在我身旁，我才会醉死在温柔乡。”

我没好气地瞥了他一眼，暗中扭了他腰一下，狠狠地小声说：“有这么多人在，你就不能安分点？”

欧阳天域倒是没觉察出风流云言语中的漏洞，只是自嘲地说：“还是四弟看得清楚，不愧为我朝最聪慧之人。人道皇上好，其实世人却不知皇上的孤独，不过幸好有你们这帮好兄弟在我身旁。正事谈完，我们现在就出发到天下第一楼，今日要不醉不归。”

我与欧阳天域等一行人在天下第一楼畅饮，我们谈天说地好不快活。

风流云借着酒劲对我嬉笑着说：“李兄你曾答应要献上一曲当作对我与破军的谢礼，我看现在正是时候，是不是该高歌一曲？”

"可惜这里没有琴，我如何高歌一曲呢？"

"这有何难，我让人去拿一把好琴过来给你不就成了。"说完，欧阳天域吩咐人去取琴。

酒足饭饱时，一把好琴摆在我的面前，我把琴放在酒桌上，抚弄着琴弦，说着醉话："小弟献丑了，送上这曲《江湖笑》。"

江湖笑，恩怨了，人过招，笑藏刀。
红尘笑，笑寂寥，心太高，到不了。
明月照，路迢迢，人会老，心不老。
爱不到，放不掉，忘不了，你的好。
看似花非花物非物，滔滔江水留不住。
一身豪情壮志铁傲骨，原来英雄是孤独。
江湖笑，爱逍遥，琴或箫，酒来到。
仰天笑，全忘了，潇洒如风，轻飘飘。

这一晚，我们都喝得酩酊大醉，结果只得在酒楼住了一个晚上。

一大早，我与风流云还有破军就回到府中。

如风脸上还挂着担心与焦急，忙问："公子，你们一晚没回，我就担心了一个晚上，后来听到消息说是你没有事，我才安心。"

"对不起，让如风担心了，我应该让人给你带话的。"我抱歉地说。

"只要公子没事就行，看你们面容憔悴的样子，而且满身的酒气，想必是喝了酒，今早又这么早的回来，一定会因宿醉而头痛的，我这就去给你们煮醒酒汤。"

喝过醒酒汤后，众人便各自回房补眠去了。

【20】

当晚，从刑部回府的路上，一黑衣蒙面人突然自屋顶一跃而下，手持利剑刺向我的胸口。

风流云和破军本欲出手挡住利剑，但还是差了一点距离。

蒙面人出手极狠，硬生生地把剑刺入我的胸口，弃剑后跳上屋顶，转眼间便消失在夜色中。

我捂着胸口，痛得从马上掉下来，只觉得胸口有热热的东西不断地从我手缝中流出来。

我渐渐感到头昏，眼前一黑失去了知觉，耳旁仿佛听到有人在不停地叫我的名字。

当我有知觉的时候，却发现自己躺在床上，旁边坐着眯着眼的如风。

喉咙发干，我嘶哑地叫着："水，水，水。"

如风听到我的声音，眼一睁开，脸上不知是喜还是忧，口里却叫着："公子，你吓死如风了，你想喝水，我这就去给你倒。"

这时候，风流云和破军进了屋，风流云双眼通红，黑眼圈好重，而破军也是如此。

风流云来到床边，紧紧抓住我的手，用布满血丝的双眼望着我，"你知道吗，那晚你被刺，吓得我和破军不知该如何是好，也不敢将剑从你胸口拔出，眼睁睁看着鲜红的血从伤口涌出，后来破军去请大夫，而我留下来照顾你。所幸的是大夫诊断后，说那把剑还差一点点刺中心脏，如果再深一点，就算神仙也救不了你。"

破军则是面带微笑，用疲惫而沙哑的嗓音对我说："那把剑，我和风兄都不敢拔，但大夫却说如果不拔，就算没伤及心脏也会因流血过多而死，所以风兄闭着眼拔出了那剑。大夫说如果你不能在三日之内醒来，恐有性命之危，还好你终于醒了，真是苍天有眼，你终于没事了。"

我点了点头，用虚弱的声音问道："皇上和慕容知道此事吗？"

风流云知道我在担心什么，安抚着我，"他二人并不知情，你这几日没上朝，皇上和慕容也曾问过你，我对他俩说你趁这几日有公假，回乡省亲了，因走得匆忙没来得及向他二人辞行，他二人听我如此说也深信不疑。"

我总算安心了，于是抬高一点声音，断断续续地说："此事……非同小可……如果皇上……知晓……定会……让太医来诊治……到时我的身份……无法隐瞒下去……还有……严禁……府上的人……对外议论……我遇刺的事，以防……此事泄露。"

破军看着我艰难地说着话，心痛地说："你身上有伤，少说点话，安心休养，其他事有我与风流云。"

如风这时走了进来，端着茶杯来到我的床边，小心翼翼地将茶杯放在我的嘴边，喂我喝水。

我看着她脸上还有未干的泪痕，想必是刚才哭过了。

如风喂我喝完水后，慢慢扶着我躺好，一个不小心触动伤口，我马上感到一阵钻心的疼痛。

如风忙说："对不起，公子，是如风不好，碰到你的伤口了。我们回妙州吧，如果再待下去，不知道还会发生什么事，如果老爷夫人知道你现在这个样子，不知道有多伤心。"

风流云和破军脸上挂着怒气，狠厉地说："这次刺杀事件我们一定会查个清楚的，要是让我们抓住那个行刺之人，定要将他千刀万剐才解恨。"

我这次因刺伤在床上足足休养了三个月，都快闷死了。

风流云和破军这三个月进进出出的，面色凝重。问他们李氏一案的进展，他们摇头不说，只是让我先把伤养好再说。

伤好后，我起了个大早来到了刑部，刚好遇到东方信。

"李大人，听说你回乡省亲去了，不知家中的爹娘可安好？"

"多谢东方大人的关心，我家中一切安好。"

“李大人，我正好约了宇文化到天下第一楼，不如你同我一起去。”

我不好拒绝他的邀请，与他来到天下第一楼，进了包厢之后，看见宇文化早已来了。

宇文化看到我，开口就笑，“我还以为只有东方大人来，没想到李大人也来了，太好了！封官之后聚过一次，后来就一直没有机会再聚，今日可要不醉不归。”

席间，东方信借着醉意问我：“我知道家父与家姐处处针对你，你心中有怨，不能与我交心，和我说话也语留几分，就拿这次酒楼相聚来说，其实你心中是不愿来的，只是同朝为官，你不好意思拒绝，才会答应。”

我看着醉酒后对我坦诚的东方信，心想他所说的确实如此，再看到他落寞的眼神，心中愧疚不已，他家父与家姐和我虽是敌对关系，但也不应该牵连到他，于是道：“东方兄的话让小弟感到很惭愧。你看这样可好，我们就此结为知己，以弥补小弟所犯之错。”

东方信听后欣喜若狂，大声说：“李兄你说的可是真的，你真的愿意与我结为知己？”

一旁的宇文化对我嚷道：“不公平，你与东方兄成为知己，那我呢？”

“我没忘了你，今日我们三人结为知己，以酒为媒立下誓约。”

如风和风流云，还有破军看着我喝得醉醺醺的回来。

如风走到我面前扶稳我，语带责怪之意，“公子，你的伤才好，不宜饮酒。你是不是要让我们继续为你担心？”

“有什么好担心，你看我现在不是好好地站在你的面前吗？不给你说了，我要回房休息了，这么晚了，你们也回房休息吧。”说完，甩开如风的手，摇摇晃晃地向我的房间走去。

我走着走着一脚踏空就要摔在地上时，破军及时扶住了我。

我眯着眼，醉笑着道：“谢谢。”

刚说完，我便醉倒在破军的怀里。

其实我没有真的醉得一塌糊涂，只是想以酒解愁而已。

来到这个朝代这么久了，好像忘了自己并不是这个朝代的人，但却要背负这么多，真的觉得好累，好想回家。

清早从睡梦中醒来，想着昨晚与东方信还有宇文化结交为知己一事，应该让风流云他们知道。

次日早饭时，我笑着说：“我昨晚与东方信还有宇文化在天下第一楼饮酒，让你们担心了，我向你们道歉。还有一事就是昨晚我与那东方信和宇文化结交为知己，希望你们不要介怀。”

“你为何要与那二人结交为知己，你难道不知道你与东方胜和东方玉不对盘吗？”破军生气道。

“我知道东方胜和东方玉与我有冲突，但这并不能代表我不能与东方信结为知己，这是两码事。他又没处处针对我，反而是一心想结交我这个朋友，再说我分得清谁是

应该结交，谁是不应该结交的。”

“既然已经结为知己了，我们也应该为李兄感到高兴才是。恭喜李兄又交到两位知交好友。”风流云看着气氛不对，连忙劝着破军。

破军见状，也只好违心地向我道喜，如风也是想说什么也没有说出口，跟破军一样向我致贺。

事情告一段落了，我便谈起正事，“蒙面人可有消息？这三个月以来我们不停地传假消息，还有那信不是交到他手上了吗，他还有所行动？”

“暂时没有，不过据江湖朋友传来的消息，蒙面人最近好像很忙的样子，见着各式各样的江湖中人。”

“哦，既然他如此频繁地接触江湖中人，照我的推测他应该会有所行动。”

破军接着说：“关于你那晚被刺事件，我和风兄查了许久也没查出是什么人做的。”

“你当然发现不了。我猜得没有错的话，应该是蒙面人派人做的，可能本意是想吓吓我，但也可能会下这样的命令给杀手，如果能致我于死地就更好了。我们现在就去将军府请将，我估计最近几日，蒙面人定会有所行动。”

稍过一会儿，我便来到将军府，见到慕容，对他说明来意。

他听后爽快应承，且问我：“四弟这三个月回乡省亲，家中一切可安好？”

“多谢大哥的关心，家中爹娘都好，只是我不能在他们身边尽孝感到过意不去。”

他笑着提议：“那你可把他二人接到京城府中来住，这样一来既可以尽孝道，又可解思乡之苦。”

“我也不是没这么想过，只是爹娘在家乡住惯了，不习惯搬往别处，为了尊重他们的意愿，故未能接他们来京城住。”

“原来如此，那四弟在朝中有假时就尽量回家乡多陪陪爹娘，以尽孝道。”他拍着我的肩说。

“我也是这样想的。好了不说这些了，还是说一说如何擒住蒙面人。”

“我现在就同你们去刑部看一下你们现有的部署，看哪些地方需要加强的。”

来到刑部，正好在门口遇到了东方信，他关心地问我：“昨晚醉酒，现在可好一些？”

“多谢东方兄的关心，我现在有要事在身恕不能久聊，还望见谅。”

他见我如此，拦住我说：“我既是你的属下，也是你的知己，能告诉我什么事吗？我也想出一分力。”

我看到破军正在给我使眼神，而我却想到东方信说的没错，他是我的下属，理应知晓此事，于是用眼示意他跟来。

进入内衙，我将布防图摊在书桌上，问慕容：“这是现有的布防图，你看一下有什么地方需要加强的？”

慕容低着头看着布防图沉思片刻，指着图上一个地方，对我说：“这里需要加强，如果蒙面人带着人沿着悬崖爬上来，从牢窗进入天牢，那可是神不知鬼不觉，所以我认为牢房之中应安插我们的人。”

我看着布防图的牢窗位置，心想：对呀，我怎么没想到，这的确是刑部天牢不可否认的缺陷之处。

我赶紧又问：“除了此处，还有其他地方需要加强吗？”

慕容一脸严肃地说：“暂时还没有发现，但在蒙面人来时定会发生无数可能，所以我会加派人手以增加刑部的兵力，我可不想再发生如当日那样你被人行刺一事。”

东方信关心地说：“不如我也守在李兄身边吧，我会武功，可以保护李兄。”

破军立马说道：“不用你守在她身边，我和风兄会守在她身边，保护她的。”

我看了破军一眼，又转头对风流云说：“就按东方兄所说，你们三个可是要上阵擒敌的，哪有空保护我？”接着，对慕容说道:“刚才看你的神情好像是在战场上一样，不用这样，只是擒一个蒙面人，又不是面对千军万马。”

“我对待任何一次作战行动都会像在战场上一样，因为没有常胜的将军，要想胜利靠的是无比坚韧的信心和万无一失的战术才能攻无不克。”

我看着他说话的样子，想象着他在沙场上一呼百诺的样子，一句话脱口而出：“真想看一看你在沙场上威风凛凛的样子。”

“你最好还是不要看到我在战场上的样子，因为战争是残酷的，我可不想你被血腥场面吓得昏倒了，我还要照顾你。”

“你又取笑小弟了，如果有一天我们能并肩作战，我要让你知道，我虽是文官，但也有不输给武官的气概。”我双眼闪着自信的光。

“那我就等待那天的到来，看一看你不输给武官的气概。”慕容苦笑道。

也许，他没想到那天的到来会如此的快。

【21】

接下来几天，慕容向我献一计，就是让他假扮成家丁关在天牢中。

计策虽好，但是我不想他冒险。

他倒理由充分，“那怎么行，我作为他们的首领理应冲在最前面，这样才能鼓舞士气，团结人心。再说我猜想来刺杀之人必是蒙面人，我的属下没有一人比他武功高，而我就不同，能和他有得一拼。”

见他如此坚持，我只好对着风流云说：“你们也劝劝他。”

谁知风流云却道：“我赞成将军的做法，如果不是他抢先一步要扮家丁，我也会如此做的。”

破军听后也随之点点头，对我说：“我与风兄都想为你报那一剑之仇。”

不好，破军说漏嘴了，我赶紧接口：“我知你想报当日大哥为我挡那一剑之仇，可攸关性命安危，我不想你们任何一人出事。”

破军也想到刚才失言，对我点了点头赞同我所说的，但慕容坚持要这么做，我只得答应，但嘱咐他一定以自己安危为首要考量。

自从慕容扮成家丁关进牢房后，我一直心绪不宁，担心会发生什么事，所以焦躁不安。

另一方面，东方信这几日也未曾回府，就一直呆在刑部，我真怕东方胜跑到刑部要人了。

他看出我的担心，劝我说："父亲大人那边，我已寻了一个好借口，他不会起疑的，更不会来刑部的。"

这时风流云冲进内衙，脸上着喜色，开口便说："真是天大的好消息，今晚蒙面人会带着大批江湖败类从天牢后面的悬崖上由牢窗偷偷潜进牢房。"

我不由大喜，赶紧召来破军和慕容，还有守卫的士兵来到校场。

慕容身着囚衣，长身玉立站在校台之上，紧闭着双唇，狭长的黑眸里燃着杀敌的决心，一脸严肃地望着台下的一字排开的将士，"敌人今晚就会来袭，各位将士有没有信心打赢这场仗？"

这道强而有力的声音穿透我的耳膜，我整个人为之一振。

将士们群情激昂地高声呼喊着："有信心，慕容家军战无不胜。"

我终于见到只有在电视上才看得到的校场点兵的场面，亲临现场的感觉的确是看电视所不能比拟的。

我立在慕容身旁，眼中闪着自信的光，用尽全身的力气，高声叫喊："成败就在今晚，你们有没有信心击溃敌人？"

"有！"雄壮的声音在校场上回荡，久久不能散去。

这时候，欧阳天域也出现在校场，我们统统跪下对着皇上三呼万岁。

"众卿家平身，朕知你们今晚有一场硬仗要打，故而前来助阵，如此阵仗怎么能少得了朕呢，你说是不是，李爱卿？"

"皇上，臣以为您应该待在宫中，不应身处险境。"

"朕也是一个有血性的男儿，你一个文官都不怕，难道朕还会怕？李爱卿，朕可是比你多一样长处，就是会武，你不再要劝朕，朕决定今晚和你们一同迎敌。"

我一时也找不着话反驳他，谁叫他是皇上呢，他说的话有谁敢不听？

"朕听说慕容将军扮成家丁来诱敌，这个计策不错。李爱卿，这可是你想的妙计？"

"回皇上，并不是臣所想，而是慕容将军。"

欧阳天域点了一下头，笑着说："其实朕也想试一试扮家丁来诱敌，看来挺好玩还很刺激。"

"皇上，万万不可，如果您有什么差池，臣等就是有几条命也赔不起啊！"我赶紧劝阻，生怕欧阳天域会来了兴致。

"看把李爱卿吓得脸都白了，朕只是说来玩玩的，不会如此做，不过能得到李爱卿的如此关心，朕还是颇感欣慰的。"说完后，欧阳天域便走到我身边挤了挤眼睛。

到了深夜，刑部还没有动静，只听到几声乌鸦的叫声。

难道是蒙面人收到风声，取消了偷进刑部的计划，但为何风流云还未收到江湖朋

友的飞鸽传书。

不一会儿，喧哗声、刀剑声四起，循着声音，我们立刻往天牢方向跑去。

到了慕容所关的牢房，只见慕容正与一蒙面人打斗。

风流云正欲冲上前，欧阳天域却已飞身闪入打斗中，与慕容并肩作战。

“风流云、破军快去护驾，千万不能让皇上有什么闪失。”我急着大叫。

外面现在已是大批的江湖败类与东方信所带的士兵打斗着，蒙面人也算厉害，与四人周旋，也不见败下阵来。

我担心着大家的安全，不时叫着：“慕容攻他右翼，风流云阻他退路，破军小心你的肩，皇上当心你的腿下有空当。”他们听到我的叫声，不停变换身形攻着蒙面人上、中、下三路。

几个回合之后，蒙面人渐渐有些不支，他虚晃一下，跳到我身后，将我的双手反擒，用剑抵在我颈下，用着低哑的声音吼道：“把手上兵器丢掉，不要轻举妄动，要不然他就会横死在你们面前。”

虽心中吓得不轻，但我极力保持着镇定，眼中丝毫未露惧色。“你们不用管我，一定要生擒他，这是破案的关键。”我不顾生死地大叫。

可是，欧阳天域他们见我被挟持，即刻把手上的兵器丢在了蒙面人的面前，“如果你胆敢伤他，就算你躲到天涯海角，朕也会抓到你，朕说到做到。”

蒙面人押着我一步步向外走去，对着后边的东方信等人大叫：“让他们统统住手，让开一条路。”

东方信见到我被挟持，无奈地叫停了众官兵。

蒙面人继续押着我向门口走去，他所带的江湖败类也跟着他退向门口。

正当他们即将走出刑部大门时，我抓准时机张开嘴对着蒙面人拿剑的手狠狠地咬了下去。蒙面人手一松，我趁机挣脱他的手，可还是慢了一步，他利剑一挥，即刻划伤了我的脸。

风流云、慕容见状不妙，马上冲上去，把蒙面人团团围住，展开凌厉的攻式。

东方信则呼喝着官兵将江湖败类团团围住，夜空里只听得见兵器相交声。

不一会儿，蒙面人寡不敌众，终于被擒下了。

风流云用剑在他脸上划了一下，恶狠狠地说：“这是回敬你的，谁让你敢伤了她。”

蒙面人的帮凶见大势已去，纷纷丢了兵器，举手投降。

欧阳天域这时走到我面前，拿出丝帕替我按住脸上流血不止的伤口，然后命人去找太医。太医来了后，帮我止了血。

“你知不知道刚才有多危险，为什么你要以身犯险呢？”欧阳天域怒视着我，骂道。

“皇上，如果这次没有擒住蒙面人，臣认为要再一次让他入局不会那么容易，所以才会甘冒风险这么做，请皇上谅解臣的一番苦心。”

风流云语带训斥：“皇上说的没错，刚才实在是太冒险了，还有你的脸伤，不知会不会破相，这些你都不介意吗？”

“皇上，太医可有良药可消除脸伤好了之后的疤痕？”破军担心我破相，问着欧阳天域。

“你也要训我吗？好吧，我向你们认错总行了吧。我知道你们关心我，所以我不会生气的。”我看着慕容欲言又止的样子，先开口承认自己有错。

“可有什么良药可消除脸伤好后留下的疤痕？”欧阳天域颇为担心地问着太医。

“回皇上，有生肌玉露膏可消除脸上因伤留下的疤痕。”

“那你就把此药送到李爱卿府上，并告知他需用多久才可以恢复如初。”欧阳天域吩咐着太医。

“脸上留下疤痕不算什么，身为男儿又何必在意自己的容貌，又不是女子。”

风流云悄悄走到我的身边在我耳边小声说:“你又不是真正的男儿身，你可是女子，容貌对于女人来说是很重要的。你不要再如此说了，再说，我现在就把你的身份说出去，谁叫你不好好爱惜自己的身体。”

我瞥了他一眼，讨好地对他说：“风兄你不要那么生气，我答应你就是了。不会再发生这种事了，我保证。”

“四弟你可要说话算话，下次再不可如此鲁莽行事了。”

我向慕容笑了笑，说：“大哥教训的是，小弟在此谢过大哥的关心。”

欧阳天域回宫前，心血来潮地说：“好不容易擒住蒙面人，朕倒要看一看这蒙面人的真面目。”

我命人把那蒙面人押到大堂上，当着欧阳天域的面揭开了蒙面人的面罩。

“你不是东方爱卿贴身侍卫吗？”

随着欧阳天域的惊叹声，东方信也转头看向蒙面人，“你不是因犯府上的家规而被父亲大人赶出府了吗？你怎么会是蒙面人？”

我看那人不回答，也不否认，心想:为什么会如此巧，他竟是东方家赶出的侍卫，这会不会是东方胜另一个阴谋，先是明赶后是用他在暗处为他做事呢?

我虽这么想，但没有足够的证据，所以只有等提审后再巧妙地问他与东方胜有无关系。

我连夜提审了蒙面人，原来此人叫王勇。他之所以要那名家丁去国丈府诬告李家通敌卖国，是因为与李家有仇。刚好那名家丁也对李家恨之入骨，所以加以利用。我可不相信他所说的这一套。

既然他那么想承担罪责，我便丢给他一张纸，扔给他红泥，让他在纸上画押。

王勇按下指印后，侍卫将纸呈给我，我看着那张纸冷笑了一声，然后在后面加了一句话，“犯人王勇因指使李家家丁诬陷李家通敌卖国，罪证确凿，面圣之后再定其罪，但因私入皇宫，欲加害于皇上，依天域律列，判王勇斩立决，三日后问斩。”

王勇惊得瘫坐在地上，突然对着我大喊：“大人，刚才的纸上不是这么写的。”

我轻笑一声说：“你没听说过官字两个口吗，再说你入宫行刺的事，可是有人证和物证，本官可没冤枉你。”

他眼中露出惧色急着说：“求大人饶草民一死，草民会将实情一字不差地禀告大人。”

“既然这样，本官就给你一次机会，但你可要照实说，不可有一丝隐瞒。”

“其实这一切都是有人指使草民做的，那个人就是东……”

他还没说出是谁指使，就口吐鲜血而死。经杵作验尸乃是中剧毒而死。

第六章　洞房花烛夜

【22】

刑堂之上发生凶案，这还是我第一次碰到，没想到有人比我早料到他会事败，事先让他服下毒药。

风流云惋惜地说："这该如何是好，本来可以从王勇口中得知幕后之人是谁，他却被毒死了，我们的线索又断了。"

"我刚才隐约听见他死前曾提到过一个字，好像是'董'字，与当初那个杀手说的是同一个字，难道这个字会是幕后之人的姓？天域国好像没有这个姓氏。"

东方信与破军听后，像我一样想了许久，也未想出。

虽然王勇之死的确可惜，但李氏一案的真相算是查明了。

第二日上早朝，欧阳天域一边听我说，一边看着王勇的供词，最后我请求继续彻查幕后之人。

欧阳天域恩准了我的请求，宣布李氏一门无罪释放，发还朝廷没收的李家家产，然后论功行赏，风流云、破军、东方信还有慕容天霖，因破案有功，各赏赐黄金一万两。

赏赐过后，欧阳天域语带关心地问我："李爱卿，你的脸伤好了没有，有没有按太医所说按时用药？"

"多谢皇上关心，臣已按太医所说按时用药。"

"那就好，不知几时你的脸伤才可痊愈，朕可不想看到一个有脸伤的新郎官。"

"何来的新郎官，臣吗？"

"朕所说的新郎官当然是李爱卿，因为朕看你与天香公主相处融洽，并且天香对你早生情意，经常在朕耳边提到你，而且当你被诬非礼玉妃的时候，天香曾为你极力辩解，说你决不会做出如此下流之事，朕也曾提过要将公主许配与你，当时你以无功不受禄而拒绝，可这次却是立了大功，所以朕想将公主下嫁于你，你意下如何？"

天啊！没想到迎娶公主之事会来得如此快。

虽然我已做好心理准备，但还是心慌意乱。

我愣在那，不知该回什么话，群臣都望着我。

慕容见我许久未回话，便向欧阳天域进言，"恭喜皇上为公主寻得此佳婿，臣想

李大人应该是高兴得不知该如何回皇上。”

慕容的话惊醒了发愣中的我，我连忙回禀：“臣觉得此事来得太突然，故刚才未能及时回皇上的话，望皇上见谅。臣认为此事还要考虑周全才是，所以未回皇上的话。”

“李爱卿的意思是答应了，至于公主那方面，朕现在就宣她上殿，亲口问她愿不愿意？”说完，欧阳天域命人宣天香上殿。

不一会儿，天香进到大殿，欧阳天域问她：“朕刚才对李爱卿说，要将你许配于他，作为李氏一案的奖赏，现在朕问你是否愿意下嫁李爱卿？”

“一切但凭皇帝哥哥做主。”天香说完后，看了我一眼，满脸通红地跑出了大殿，忘了行告退之礼。

欧阳天域看到天香害羞地跑出了大殿，哈哈大笑，笑声停止后，对我说：“李爱卿，既然公主已答应下嫁于你，朕看就等你脸伤好了之后，挑个黄道吉日，与公主完婚。朕只有这个妹妹，希望你能珍之，重之，爱之。你们的大婚也不用你操心，一切按照宫中的大婚礼节行事，你的任务只有一个，就是乖乖等着做新郎官。”

退朝之后，群臣纷纷向我道喜。

“本来想招你为婿，不过既然你钟情于公主，那我只好玉成你们这对有情人了。”说完，王丞相抚须大笑离去。

东方胜也带着东方信前来说着恭喜的话，“李大人破了李氏一案，立了大功，现今皇上将公主许配与你，未来可谓前程似锦。信儿你在刑部要多向李大人学习，知道吗？”

“父亲大人您放心，信儿早已将李大人作为一面明镜，时时对照自己，纠正自身的不足之处。”

东方信转身对着我，恭喜我，“恭喜李大人与公主喜结良缘。”

回到府中，如风便急切地问我：“你要娶公主，那该怎么办，你可是女儿身，这可是犯的欺君之罪，是要杀头的。”

风流云提议道：“干脆我们就此失踪，隐姓埋名过一阵子，等风声过了，再让你以女儿身出现，不过不能再叫冯素贞了，得换一个名字。”

“风兄，这办法绝对不行，我不能连累你们，还有就是你们放心，我娶公主不见得会有事，我心中自有打算。”说完，我转身离开大厅。

我回到房中，脑中在想：戏中冯素贞没有因娶了公主而被公主告发，而且公主还帮她一起隐瞒。

天香的为人我是了解的，心地善良不说，而且还嫉恶如仇，从她对玉妃这事上就可以看出，到时在洞房时向她禀明一切，也不至于落得个斩头的下场，说不定此事还有转机。

第二天来到刑部，宣布了皇上的旨意，并且从天牢中放出了李氏一家，让他们速速回府整理被抄的家产是否有缺。

当李氏一门得知这个消息后，痛哭流泣地跪在我的面前谢恩。我赶紧扶他们起来，

摇着头，对他们说："本官能破此案，也是因为皇恩浩荡，你们要谢就谢天域有皇上这样的明君，才能使蒙冤之人洗脱罪名。"

他们面朝皇宫的方向跪下，三呼万岁，然后起身与我告别，出了刑部。

我终于帮李家洗脱了罪名，完成了当初我要为他家平反的心愿，可我却踏进了朝堂无法脱身。

现在摆在我面前的难题就是与公主大婚时该怎么向公主禀明一切，还有就是我说明了一切后，结果会是如何呢，其实我心中还是没有一个底。

一个月后，靠着太医给我的药，我的脸恢复得与原来一模一样，好像从来没有受过伤。

李兆庭终于得知我要娶公主，急匆匆跑来问我这是不是真的。

看着他一脸的自责与担心，我劝他不要如此，然后拉着他的手出了府门往李府走去。

在李府，我一一见过了他的爹娘和其他家眷，而他们知道我要与公主成亲，都向我道喜，唯有李兆庭一脸的不开心。

在李府用过晚饭，天已渐渐黑了，我起身告辞，李兆庭说要送我，我推说不用，可李兆庭坚持要送，没办法，只有和他出了李府。

一路上，李兆庭一句话也不说，只是看着我，我觉得气氛有些压抑，找着逗趣的话题与他闲聊。

突然间，他抓着我的手说："我想到一个办法，就是让人误会你我有分桃之嫌，你不用娶公主，也不会招致杀身之祸。"

"你疯了不成？你有没有想过这么做的后果，不仅你的家人会遭耻笑，而你也会在众人面前抬不起头。此事我自有办法解决，你再不要胡思乱想了。"

"我不在乎，而你就是这样，什么事都自己担着，我会这么做，也是不想看你陷入绝境。"

"这种事不是你一人之力就可以解决的，你不要自责。你看风流云和破军也没能帮上我什么忙，不是吗？此事就让我一人面对，我不想连累你和他们任何一人。你回去吧，我到家了。未来谁也说不清，但我相信我的问题一定会解决得很好。"说完，我转身走进状元府。

早朝上，众臣议论完政事后，欧阳天域命近侍太监宣读圣旨："奉天承运，皇帝诏曰：刑部监察史李木然破案有功，特赐天香公主与李木然于三日后大婚，钦此。"

太监宣完圣旨后，欧阳天域笑着对我说："李爱卿，朕会命人到你府上为你量身。"

回到府中，裁缝早已在府中等候，他们为我量身之后，本想请他们喝杯茶，可他们却说要赶制我与公主的喜服，得赶快回宫。

他们走后，破军眼中已露焦急之色，问我："你现在可有什么良策？"

如风这时也走进来问我："公子，眼看就要大婚了，你还是告诉我们你要用什么办法脱困吧，我们都急得不行。"

“你们不用担心，安心参加我的婚礼就行了，我自有妙计。”说完，我对他们露出神秘一笑，转身向书房走去。

三日之后，状元府已布置一新，到处洋溢着大婚的喜气，大红的喜字随处可见。

我看着镜子中的自己，大红的喜服衬托出我卓然的气质，俊美中透着英气。

一旁的宫女、太监都称赞：“驸马爷你打扮成新郎比女子还要好看，真是太美了。”

“你们可不要搞错了，我是男子，怎么能用‘美’这个字形容，你们要用也要用俊美或俊朗之类的词。”

众人忍不住哈哈大笑，其中一名太监止住笑，“驸马爷该进宫了，误了吉时，奴才们担当不起。”

出了房间，风流云、破军、如风等人都在门口等着我。

风流云两眼就直瞪着我，我瞥了他一眼，让他收敛点，可他却走到我面前，附耳小声说：“你新郎妆扮都把我迷住了，不知你作新娘装扮会是怎样，恐怕我看了后不知会对你做出什么事来。”

我暗暗用手在他身上狠狠掐了一下，小声说：“不管我是什么样，你也没有机会，最好老实点，要不然我对你不客气。”

我脸上虽笑着，但风流云已看出我生气了，知趣离开，走时还向我致歉。

我心想：算你知趣，要不然可有你好看的。

两旁的街道早已站满了都来目睹大婚盛况的人。

当我经过霜霜曾待过的醉红楼时，想到远在黑水国的她知不知道我今日大婚，会不会出现在我大婚的现场？我已经好久没收到她的消息了。

不知她过得好不好，好怀念以前相处的日子，无关风月只有朋友之间的情谊。

醉红楼所有的姑娘都出来了，摇着手帕对着我笑，不时向我扔着花瓣，“我们代霜霜为你今日大婚献上祝福，你从来没有看不起我们，谢谢你驸马爷，恭喜你娶得如花美眷。”

她们诚心的祝福声传到我的耳中。

风流云看到醉红楼的姑娘如此对我，一脸的坏笑，“我不知你还逛过青楼。她们口中的霜霜是谁？不会是对你有情的红颜知己吧，长得什么样，有没有你美？”

“她对我是否有情，她美不美都和你无关，你最好不要打她的主意，如果被我发现，有你好看的。还有我逛不逛青楼是我的事，你这个采花贼没资格评论我，现在你最好闭上嘴，我不想听你的废话。”

“看来你很紧张那个霜霜，你越是这么紧张，我越是好奇，霜霜究竟长什么样，能让我们的驸马爷牵肠挂肚。”风流云抛下这句话后，驾着马向着破军追去。

【23】

到了皇宫，太监领着我们来到御花园。

当我出现在御花园时，欧阳天域和满朝文武早已就座，只等我与公主。

见了我，欧阳天域眼中闪着惊艳之色，开着我的玩笑，“朕觉得李爱卿如果是女子，会不会比那天域第一美女还要美呢？”

“皇上又在说笑了，一名男子如何与一名女子比美呢？”

慕容这时插话进来：“不过，刚才皇上所说，臣也觉得有理。你曾问过我会娶什么样的女子为妻，我现在就回答你，我希望我未来妻子如四弟一般的容貌，如四弟一般的才情。”

欧阳天域听后对着慕容点点头，算是同意他的说法。

这时候，太监提高嗓门大声宣布：“吉时已到，请新人就位，请皇上主持婚礼。”

在宫女的搀扶下，公主盖着喜帕向我走来，我与公主用手牵着红绸的两头，面向皇上，行大婚之礼。

接下来我当着众人的面挑起了公主的盖头，看到公主在揭下盖头时满脸娇羞，眼中含情地望着我。此时我心中无奈地想着：如果到时我在洞房内说出实情，你会是怎样的表情。

大婚礼成之后，众人分坐在宴席上，御花园外太监高叫：“黑水国太子晋见。”

黑水国太子进入御花园先是向欧阳天域行礼，抬起头说：“今日本太子到访，一是受人所托，二是听闻是当朝最聪明的状元郎迎娶公主，特向他致喜。”

他打量着我，我也打量着他，此人相貌不俗，就是邪气太重。

我猜想此人绝不简单，得好好应对。

欧阳天域看着我俩互看，问着太子，“你如此看着新郎官，难道你与朕一样认为如果此人是名女子，你也会欣赏他并且爱上他。”

太子笑了笑，“皇上，如果驸马爷果真是女子的话，在下看会爱上他的又岂止是你我二人。”

太子走到我与公主的面前，眼角上扬，邪邪一笑：“恭喜状元爷娶得美娇娘，在下是黑水国太子黑水明皇，如驸马爷有时间可以到黑水国看一看，在下一定会尽到地主之谊。”

“太子殿下，有时间我会到贵国看一看。你可以叫我名字，不用称我为状元爷，在下姓李名木然。”

天香看到此太子用不怀好意的眼神看着我，唇边带笑地说：“太子远道而来，本公主感到荣幸之致，请太子就坐，婚宴就要开始了。”

“本太子刚才说了今日来出席李大人的婚礼，有两个原因，刚才我已说了一个，还有一个，我想出个题目考一下李大人，若李大人能答出，本太子就会说出第二个原因。”

我知他有心刁难，于是道：“请太子出题。”

我突然发现人群中有李兆庭的身影，咦，刚才怎么没看到。

太子就要出题时，一个妩媚的声音传入我的耳中，“皇上，这么隆重的大婚，怎

么不叫臣妾陪您出席？”

一听这声音就知是东方玉。

当她出现在御花园众人眼前，众人眼睛为之一亮。

她妆扮艳丽，把她的美再一次推到了极致，甚至盖过了天香。

我知道不让她出现肯定是欧阳天域的意思，所以欧阳天域才没让任何一位后宫嫔妃出席。可欧阳天域没想到的是东方玉不请自来。

天香看着她，怒火中烧，看到当场的人都被她的狐媚样吸引，更是火上烧油，“是我让皇帝哥哥不要请他的后宫嫔妃出席的，当然其中的原因，你心里最清楚，如果识趣的话，就该离开。你可知已犯欺君？”

“皇上，臣妾说到底也算是天香公主的长辈。俗话说：长嫂如母，臣妾来参加小辈的大婚有什么罪呢？”

东方玉也不算笨，知道用这招来堵欧阳天域的口。

欧阳天域一脸无奈，“天香，玉妃说的也并无道理，既然她都来了，你就让她参加你的婚宴吧。”

天香还欲反驳，我拉住她的手，示意她不要冲动，小声在她耳边说：“现在还有黑水国太子在场，如果你和玉妃争执起来，皇家的脸面还要不要了。”

她听我说完，展颜一笑对我点了点头。

欧阳天域命玉妃坐到他的身边，对太子介绍，“这位是朕的爱妃玉贵妃。”

黑水明皇看了一眼玉妃，眼中露出艳羡之色，夸着玉妃，“皇上好福气，能有如此佳人相伴，真是羡煞旁人。”

玉妃听到太子的赞美，嫣然一笑，“太子言重了，后宫之中我只算是中人之姿，臣妾说的对吗，皇上。”

好一个玉贵妃，居然把球推给了欧阳天域，直白点就是要让欧阳天域称赞她的美貌，后宫无人能及，就算是公主也比不上，这招果然厉害。

我看到被我安抚下来的公主，脸都气绿了，连胭脂都遮掩不住。

欧阳天域久久未开口，肯定是在犹豫着该怎么回答。

“贵妃娘娘怎算中人之姿，如果娘娘的容貌算中人之姿，臣想皇上也不会对娘娘宠爱有加，不过话又说回来了，古往今来，以色侍君者都不长久，臣想娘娘必定懂得这个道理，才会谦称是中人之姿吧，皇上，您认为呢？”

我看到玉妃听到我说出此话，脸上不自觉地抽搐了一下，她肯定没想到我会代欧阳天域开口。

“还是李爱卿有见地，朕想玉妃定是如李爱卿所说的那样，你说对吧，玉妃。”

“回皇上，臣妾正是这个意思，还有就是公主能得如此佳婿真乃公主之大幸。上次的事让李大人蒙冤，臣妾心里十分过意不去，希望李大人不要怪罪臣妾才是。”

“娘娘何出此言，又不是什么大不了的事，既然事情已告个段落，臣哪敢计较。”

天香这时也平下气来，露出了笑容。

“太子，在下还在等着你出题呢。”我巧妙地转移了话题。

“在下有一题是，天上有多少颗星星？”

四周的众人听到此题时，都露出为难之色。可我却不然，因为此题在现代，时常被问到，答案非常简单，于是回答道：“有九亿九千九百九十九万颗。”

太子听到我说出的数字，想反驳，我岂能如他所愿。

我接着又说：“如果太子不信，可以自己去数一下，看在下是否有错。”

黑水明皇这时不得不认输，蛮有风度地对我说：“李大人果然聪明，在下的第二个原因是有位霜霜姑娘听闻李大人大婚，因有事不能前来道贺，刚好本太子要来天域国，故而让我代她向你送上最诚挚的祝福。”

我听到他提到霜霜的名字，激动地问：“她现在过得好不好，为什么这么久都没有她的消息？你是如何认识她的？”

太子见我这样，为我解释：“我与她本不相识，可是有天在酒楼喝酒时，她听到我话中提及要去天域国，故而向我请求。李大人请放心，霜霜姑娘过得很好，她也很挂念你，当她提及你时，我就对她说，对于你的名字我已有耳闻，并且此次到天域国也是为了能见到你。她给我说了你许多的事，而且唱了你送她远行的那首歌，我听得都入迷，所以充满了好奇，刚才所考之题，不过是想验证你是否真如霜霜姑娘所说的聪明绝顶，因为她在言谈中，对你的聪明才智赞口不绝。”

我终于有她的消息了，心也安了，心中默念：谢谢远在异国的霜霜。此时的我也回想起曾与霜霜相处的点点滴滴。

黑水明皇接着又说：“在下有个不情之请，希望能聆听李大人的天籁之音。”

我连忙推脱，“太子，今日是我大喜之日，还是免了吧。我想太子应该饿了才对。你还是请回到座位上享用为了大婚准备的各色菜肴。”

黑水明皇并没有接受我的说辞，转向天香公主，问着她：“公主你是否想在婚宴上，让自己的夫君为你高歌一曲，我想如果能成真的话，你俩的大婚一定能传为一段佳话，永世流传。”

天香被他这么一说，问我：“夫君，太子说得也有理，可否请夫君为妾身高歌一曲？”

我没想到黑水明皇为了听到我唱歌，竟把公主也拉了进来，现在我不唱都不行了。

“既然是公主想听，夫君哪有不从之理。”

她转过身吩咐着身旁的宫女：“到天香宫中将焦尾古琴拿来。”

太子趁着宫女去拿琴的空当，询问我：“不知李大人要为公主所唱之曲的曲名是什么？”

我看着他一脸得逞的样子，心中恨不得将他的脸撕烂。

“我为公主所唱之曲，当然是专门为她而唱的，你想知道曲名，容我卖个关子，此曲名等我唱完后，自然会说给公主听的。”

黑水明皇在我这吃了个软钉子，就又想让公主来问。

“本公主也想听完后，由夫君亲口告诉我。”

黑水明皇看问不出来，只好走回自己的座位坐好后，边喝着酒，与众人一样等着那宫女拿琴来。

【24】

一盏茶的工夫，那名侍女已经把琴拿来，并将此琴放在事先摆好的琴台上。

我拍了拍天香的手后，转身走向琴台，正在喝酒的诸位都将目光锁定在我身上。

我在琴旁，轻抚琴弦，声嘶力竭地大声唱：

死了都要爱，不淋漓尽致不痛快，
感情多深，只有这样才足够表白。
死了都要爱，不哭到微笑不痛快，
宇宙毁灭心还在。
把每天当成是末日来相爱，
一分一秒都美到泪水掉下来。
不理会别人是看好或看坏，
只要你勇敢跟我来。
爱不用刻意安排，
凭感觉去亲吻，相拥就会很愉快。
享受现在，别一开怀就怕受伤害。
许多奇迹，我们相信才会存在。
死了都要爱，不淋漓尽致不痛快，
感情多深，只有这样才足够表白。
死了都要爱，不哭到微笑不痛快，
宇宙毁灭心还在。
穷途末路都要爱，不极度浪漫不痛快，
发会雪白，土会掩埋，思念不腐坏。
到绝路都要爱，不天荒地老不痛快。
不怕热爱变火海，爱到沸腾才精彩。

也许这首摇滚曲风才最适合我现在的心情，宣泄着来到这个朝代后对身不由己的处境的苦闷心情。

一曲唱罢，全场都静寂无声。

我起身走向天香，问她："你喜欢这首歌吗？它的名字是《死了都要爱》，是我献给你的，也是献给我自己的，当然也是献给我们的大婚的。"

天香这才回过神来，眼含着泪对我说："夫君，谢谢你，我能嫁给你真是全天下

最幸福的女人。”

我轻轻拭去她眼角的泪水，转头对着太子，“不知阁下还满意我刚才所唱的吗？”

“霜霜没有骗我，你的音律充满感情，对你所唱的每一曲，她说她只能学到皮毛，无法学到精髓，因为她不是你。对于刚才冒犯之处还请多多原谅，我想与李大人结为异姓知己，不知李大人可否答应？”

“与你相交不成问题，但是结为知己，我看就不必了，因为我已有五六位与我结为知己的人了。对于太子的好意，我还是心领了。”

他见我拒绝，还想说些什么的时候，欧阳天域却说起话了：“李爱卿真是天域国的一宝，人人都想与你结交。朕认为你刚才所唱之曲，虽然狂放，但听后却觉得唱到人的心里去了，那一句‘死了都要爱’可谓点睛之笔，也许每个人心中都想要那种爱，只是压抑着自己不想表达出来，真是好曲好词。”

他用这种方式帮我转开太子所求之事，台下众人看到皇上带头鼓掌，跟着也鼓起了手掌，连玉妃和太子也不得不跟着鼓掌。

婚宴就在这种热闹的气氛中结束了，我与公主在宫女和太监的服侍下回到了天香宫，等众宫女和太监离去，房里只剩下我与公主。

公主倒了两杯酒，拿着递到我面前，温柔地说:“夫君，我们来一同饮下这交杯酒。”

我接过这杯酒放在桌上，请公主坐下，然后低头跪下说：“公主，你美丽善良，能与你结为夫妻的换作是别人可能已经乐得睡不着觉了，可就是因为如此，我才觉得对不起公主，因为我另有隐情瞒着公主，希望公主听我说完后，能原谅我，如果不能原谅我，你可告知皇上，治我杀头之罪。”

“是不是你本有妻室，恐因无法抗旨才会答应娶我为妻，但你心中有愧于发妻，所以才会说出另有隐情。从你刚才所唱之曲中也可听出你是一个重情重义之人，所以本公主才会倾心于你。既然你先有妻室在先，我可与那名女子共侍一夫，你说这样可好？”

我咬了咬牙，终于说出实情：“如果真如公主所说的还好办，可我的隐情是比此事还要棘手，我本女儿身，怎可娶公主为妻？”

公主听后当场愣在那里，看着我一句话也不说。

我心中暗道，这下完了，看来与我预期的设想有出入。但我依旧跪在地上，等着公主开口说话。

天香愣了好一会儿，语气平和地问我：“为什么要女扮男装？你究竟是谁？”

我想到反正大不了一死，豁出去说：“我女扮男装入朝为官，是为了帮李氏一门平冤，因为这是最有效的办法……我就是冯素贞。”

“你是冯素贞？冯素贞不是死了吗？我常听皇帝哥哥唉声叹气地说着天妒红颜，怀念着冯素贞，我当时就对冯素贞感到好奇，难道就因为她是天域第一美女，所以皇帝哥哥才会如此，但皇帝哥哥却对我说，如果我见到她也会被她深深吸引，不仅是因为她的美貌，还因为她的才情。我曾反驳说如果我见到她才不会像皇帝哥哥一样，可

结果却同皇帝哥哥一样为你着迷。”天香眼含泪悲伤地说。

“冯素贞确实如你们所说的已死，我知皇上心系于冯素贞，所以我选择假死就是为了以后能以男装示人，如果不这样做，怎么能断了皇上的念头？而且我还要让全天下人都知道我已死，这样才能考状元，入朝为官，为李氏一门平冤。如果公主认为我有罪，可以告诉皇上，让他治我一个欺君的死罪，对你我就不会心生愧疚，总算还你一个清白，以后你可另择良人。”

“你为什么冒杀头的危险为李氏一门平冤，难道你事先没有考虑过自己的生死吗？”天香心中虽然悲痛，但还是问出心中疑问。

“因为李兆庭，我才会如此做。他曾与我自小订亲，但当他来提亲时，我断然回绝了他，而且明确地告诉他，我要嫁之人必是我心仪之人。他后来因家中出事，而我又对他毫无男女之情只有朋友之义，所以他取消婚约，但我得知取消婚约的原因后，为了弥补对他的亏欠，才想到上京赶考，甘冒欺君之罪也义无反顾。”

“也曾听皇帝哥哥提过冯素贞有婚约一事。那你明知自己是女儿身，为什么还要答应这门婚事？你有没有想过这样一来，你的身份就会暴露吗？”

“我不是没想过，但是就算我死也要答应此门亲事，因为我不想因我一人之罪连累其他人，也许这正是了结此事的最好机会。”

她望着我又问：“知道你真实身份的还有谁？”

话音刚落，突然窜进几个黑影，原来是风流云、破军、李兆庭还有如风。

“公主你知道了实情，未必会放过李大人，那我们只好得罪了。”

风流云脸上现出杀气，拿着剑刺向天香，而天香看着刺来的剑花容失色，愣在原地一动不动。

我眼明身快，挡在了公主身前，风流云急速地收剑回胸。

我怒吼道：“我不是给你们说过，此事由我一人解决，你们不要插手的吗？为什么还要如此做？如果你杀了公主，就算我侥幸活下来，但想到公主因我而死，我一辈子都不会心安的。风流云，你快把剑放下，你们赶紧出宫，就当什么事也没发生过，我也会请求公主不要迁怒于你们。”

风流云见我挡在公主的面前，缓缓将剑放下。

李兆庭这时跪在我与公主的面前，对着公主露出恳求的目光，“公主，草民愿代冯素贞一死，请你放她出宫，让她远离朝堂，到时你就对皇上说李大人因为要救公主而被刺客所杀，如果皇上要看李大人的尸体，你就把我的尸体呈给皇上看，死之前我会先划花我的脸，这样皇上就不会起疑，请公主成全。”

说话间，李兆庭拿出一把匕首对着自己的脸就要划去，我箭步上前，伸手握住了匕首。

李兆庭见我如此举动，吓得手一松，直愣愣看着我的手。

破军见我的手鲜血直流，上前一脚便踢开李兆庭，跑到我的身边，将匕首从我的手中拿出，从怀中取出小瓶，用嘴将木塞拔出，吐在地上，然后将金创药倒在我手心

的伤口上。

我顿感到一阵钻心的痛。

风流云看着我纠结的一张脸，指着跌在地上的李兆庭，双眼含怒，臭骂："早知不该带你到这，你看她又为你受了伤，每一次都是为救你而受伤，你真是成事不足败事有余。"

李兆庭回过神，跑到我的面前，眼露愧疚之色，对我连声说着，我该死。

我看着他这样，劝着风流云，"他也是好心，你就不要再骂他了，再说为他家平冤之事本来就是因为我有愧于他，才会如此做的。李兆庭，你听着，以后不许再做傻事，别忘了你可是李家的长子，以后可是李家主事之人，李家的上上下下都要靠你。"

如风赶紧用丝帕包扎着我的手，眼泪啪嗒啪嗒直掉。

"不要再哭了，再哭可变成小花猪了。"我用手拭去她脸上的泪，对她笑了笑。

"小姐都这时候了，你还有心思开玩笑。"她被我的话弄得哭也不是，笑也不是。

"这才是我所认识的冯素贞，面对任何困难都毫不畏惧，能让你心仪的人会是全天下最幸福的男人，可惜我知道那人绝不是我，不过我还是会继续喜欢下去，只要你一天没嫁人，我就还有机会。"

听着风流云调侃的话语，我知道他不会再对天香动杀机。

"我知道皇帝哥哥为什么会说冯素贞是他皇后的人选了，也明白了皇帝哥哥为什么会对冯素贞念念不忘，你让我看到朋友之间的义、兄弟之间的情……我现在原谅你欺瞒一事，还有也原谅他们刚才的无礼之举。"天香因我刚才救她，说着原谅我的话。

"多谢公主，接下来我可以毫无牵挂地接受应得的处罚。"

破军等人一脸不赞同地望着我，我知道他们心里都在想：既然公主都不怪罪了，此事也不会让皇上知晓，你为什么还会这样说？

天香笑了笑道："既然我已原谅大家，李大人又何出此言？我并没有要告发你的意思，你还是继续做我的夫君，当你的官。但说到处罚，罚你让我看看你着女装的样子，是不是真如天下人所说的那么美。"

虽然剧情还是如戏中那样，可接下来的变数又会是什么呢？

我望着他们脸上露出的笑容，稍微平静的心又开始不安起来。

这时风流云跪在地上向天香请罪，"公主，刚才臣多有得罪，如果公主有需要臣的时候，臣定当竭尽全力帮助公主，算是臣对刚才冒犯之举赔罪。"

"这可是你说的，不过现在我最想做的事就是看到女装的李大人，李大人别让我们久等哟。"

"既然娘子要看，夫君这就去装扮成女子模样，好博得佳人一笑。"

说完，我拉着如风的手向里屋走去。

【25】

厢房中，我换了一身白裙，“如风，化淡妆吧。”

如风拿着眉笔轻扫我的眉，画上淡淡的腮红在我脸的两侧，然后点了朱红在我唇上，接着是解开我的朝冠，放下如瀑的青丝，简单绾了一个双云髻，“小姐，你看还满意吗？”

我看着镜中自己的脸，白玉一样的瓜子脸上加上淡淡的腮红，白里透着红，一管瑶鼻之下是樱桃红般的小嘴，眼似秋水，顾盼生辉，组合成一张艳绝天下的绝美容颜。

我自己心里都妒忌这张脸，从未好好注意过自己容颜的我，这才发觉这冯素贞的脸真是倾国倾城，比我原来那张脸好上千倍，难怪会得一个天域第一美人的称号。

如风见我不说话，又问：“是不是还有不妥之处，需不需要再修饰一下？”

我看着镜中反射出如风略带疑问的脸，笑着说：“好久没看见自己女装的样子，有点不习惯，我们出去吧。”

过了一会儿，我们缓缓来至前厅，出现在众人面前。

前厅的四人突地从椅上站起来，倒吸了一口气，呆愣着望着我，眼神怪怪的。

我摸了摸自己的脸，再看了看自己身上的衣服，并无不妥之处。

“怎么了，你们怎么不说话，我看我还是换回男装好了，本来很久没着女装了，自己都有点不习惯，现在你们还这样看着我，我看还是换回男装，不会那么奇怪。”说完，我欲转身回里屋去换回男装。

“你简直太美了，连身为女子的我都被你所吸引，更何况是他们这些男子。”天香拉住我的衣袖，阻我回屋换回男装。

风流云两眼放光，对我痞笑着说：“你真如九天仙女下凡尘，我现在才体会到古语说的好：牡丹花下死，做鬼也风流。”

“你又露出采花贼的本性了，告诉你，本姑娘可不是迷你的那些花痴，少给我来这些甜言蜜语，我可不吃这一套。”我向他挥了挥拳，看他还敢露出色迷迷的样子。

天香开心地说：“你比那自以为是的东方玉强多了，要是她见到你的样子，说不定会当场气绝身亡。难怪皇帝哥哥只看到遮着面纱的你就对你萌生爱意，希望你成为他的皇后。”

“我是不可能成为皇后的，因为我知道后宫的险恶，还有我不喜与人争斗，喜欢过平静的生活，就好比我现在入朝为官，其实我根本无意为官，因为官场上的尔虞我诈让我厌恶，要不是为了帮李家平冤，说不定我现在正在妙州自己家中，逍遥自在，无忧无虑地生活着。”

“如果你在妙州，皇帝哥哥肯定会迎你进宫的，你还不是一样要做他的皇后。”天香还是坚持认为我会成为皇后。

“那可不一定，我要是不想做的事，就算他是皇上，我也不会买账的。如果皇上

逼婚的话，我会想到一条妙计脱身的。”我反驳天香的话。

“难道你对皇帝哥哥真的没感觉吗，那么会让你倾心的人又会是谁呢？”

我看着公主，心中却想到了慕容，笑了笑，说：“我现在哪有闲心谈情说爱呀，朝中一大堆事正等着我解决。”

“我想你的意中人已出现了吧。”李兆庭走到我面前平静地说。

“别听他胡说，我哪有意中人，好了，时间也不早了，各位请回吧，我要与公主享受那洞房花烛夜了。”说完，把众人赶了出去，房中又只剩下我与公主。

本来应该是充满柔情蜜意的洞房之夜倒成了我与公主的聊天之夜。

那晚我与天香彻夜长谈，越谈越投机，天香提议要与我结拜成异姓姐妹，我欣然同意。

焚香以拜，我比天香大，所以天香在私底下叫我姐姐，但在众人面前我俩会极力装作很恩爱的样子。

闲聊之时，天香提起我在更换女装的时候，他们都在议论我。我问怎么个议论的，她在我面前学着风流云等人的表情与语言。

首先她问风流云，“你可曾看过我的夫君着女装？”

接着她学着风流云的神情回了一句，“我只知她是女儿身，但未曾看过她着女装，所以我也很期待她着女装会是什么样。”

之后她问破军和李兆庭，“你们呢？”

然后学着破军的神情摇了摇头，马上换成李兆庭的表情说：“草民曾看过。”

接着她转回自己，重复地问了一遍，“你果真看到过？”

迅速变换成李兆庭的神情，脸上带着痴痴的笑，仿佛眼中浮现我的容颜一样，用李兆庭的口吻动情的说，“我因接到家中出事的信后，本欲向她辞行，可是她约我在家中后花园见面。原本以为她被我的真情所打动才会约我，所以满心欢喜去赴约，可得到的答案却是相反的。她为了弥补对我的亏欠，揭开了面纱，在我面前露出了真容。”

接着她又转回自己，忙问李兆庭，“那她是不是真如传闻中的美艳冠绝天域，还是有夸大之嫌？”

然后学着李兆庭一副不满的样子，大声地辩解：“她的美不仅冠绝天域，恐怕天下再也找不出第二个比她更美的，你们到时等她出来就知道了。”

看着天香不停地转换身份，把我笑得肚子都疼了。

由于聊得太久，以致第二天早朝都迟到了。

看到众臣看着我暗自偷笑，连欧阳天域都压着笑意，努力维持着往日的威严。

他们一定是以为我昨晚太过劳累了才会如此，不过这样也好，总算不会让他们看出什么破绽。

“李爱卿，你刚新婚，应多陪陪公主，哪有刚新婚就抛下娇妻来上早朝了，你可以退下了。”

“臣认为男儿不应沉迷于温柔乡中，应以国事为重，再说公主一定会谅解臣一片

为国之心的，高兴都来不及，哪还会怪臣呢？”

说话间，发现风流云今日也来上早朝了。

我忍不住心中暗道，他不是不爱来吗，为什么今日会来上朝。

“臣想李大人的新婚之夜一定过得不错，皇上您看，李大人可是带着黑眼圈来上朝的，这么忠君爱国可真是天地可表呀。”风流云取笑的话语听在我的耳中刺耳极了，一定还在怪我昨晚轰他们出宫，还有风流云脸上挂着的笑，也越看越有有气。

“皇上您有所不知，臣的新婚之夜哪及得上风大人，昨晚听说风大人对臣说，他看着臣大婚，也兴起了成亲的念头，不知风大人昨晚可找到意中人，还是去哪风流快活去了，你的黑眼圈也好重呀。”我带着笑反唇相讥，脸上露出看好戏的神情。

“风爱卿，人不风流枉少年，可也要有所节制才行。风爱卿若中意哪家千金，说给朕听，朕给你指婚。”

“臣如果有中意的人选，会告知皇上，希望到时能得到皇上的指婚，可是就怕到时中意的人看不上臣。”风流云说完还向我挤了挤眼睛。

“哦？还有这等事？不过你放心，只要是风爱卿看上的，朕定当使你抱得美人归。”

这时殿外的太监高声大叫：“黑水国太子求见。”

黑水明皇迈步走进了大殿，见了欧阳天域先向他行了礼。

“本太子听说天域王朝地大物博，地杰人灵，所以想请求皇上能命李大人陪在下游历一下城中美景，了解一下天域国的风土人情，不知皇上可否应承？”

“太子，真是不凑巧，朕刚命李爱卿多陪陪公主。你看这样可好，风爱卿对城中也很熟悉，朕看由风爱卿陪殿下好好在京城玩上几日。”

“公主也可与李大人一起陪在下游历京城，这既不耽误李大人陪公主的时间，也不会让在下有不明之处时无人可问，这不是一举两得吗？”

“这样也好，就让臣代皇上尽一尽地主之谊，让太子见识见识天域国的大好风光，还有人文风景。”我站出来帮欧阳天域解着围。

看着黑水明皇一脸得逞的笑，想来此次游历定然不简单，我也许在不知不觉中走进了一个早已设好的陷阱。

这时风流云站了出来，进言：“臣愿和破军一同陪太子游历京城，请皇上恩准，这一来可以保护太子、公主与驸马，二来臣与破军也未曾游览过京城，趁此机会也想欣赏一下城中美景。”

欧阳天域笑着点了点头，说：“风爱卿所言极是，朕准了，你与破军好好保护太子殿下、公主和李爱卿。”

黑水明皇没想到风流云会如此说，看着他脸上得意的笑消失了，我心里倒是安心了许多。

下朝之后，返回天香宫，给她说了朝上黑水明皇邀请的事。

天香听后，一脸的担心，“我看那太子不怀好意，大婚之时就处处刁难，这回又不知在玩什么花样，我们要小心才是。”

“你看你夫君像愚笨之人吗，放心好了，你还不知你家相公本事好得很，说到玩计谋我可不会输给任何人的哟，我的亲亲娘子你就不要担心了。”我故意在她俏脸上捏了一下。

此时听到一声咳嗽声，我转过头一看原来是风流云。

我没好气地说：“你不知道打扰人家好事是不礼貌的吗？还有就是不要把公主的寝宫当成是自己家里那么随便，进来之前也要让人通报一声，没规矩。”

风流云摇摇头道：“两个女子闺房画眉有何乐趣，要是换作是一男一女，那还有些乐趣。”

我见着他的死皮赖脸样就来气，冷笑一声，讥讽他：“是不是今日在早朝上还觉得不尽兴呀，我听说王丞相现在挺中意你的，要不哪天我跟皇上说一声，王丞相有意纳你为婿，皇上若知此事，一定会给你们指婚的，说不定到时也会比照我大婚的规模来为你也举行一场隆重的大婚。”

风流云一听这话，脸色一变，讨好地说：“李大人，刚才打扰你的画眉之乐，在下向你赔礼了，你可千万别跟皇上提此事，我还不想成亲呢。”

“刚才夫君说她很有本事，我起初还不相信，不过现在我终于知道夫君有多厉害了。”天香掩嘴偷笑地望着我与风流云。

“呃，我有正事跟你商量，黑水国太子似乎来者不善，我们要商议一下，危险来时也好应对。”风流云脸红红地将话题扯到黑水明皇身上。

“刚才天香也对我说那太子不怀好意，既然你也这么认为，那我们到时就这样办，你护卫公主的安全，而破军和我则监视太子的一举一动。”

“那怎么行，破军有武功防身，而你却是手无缚鸡之力的文弱书生，哦，不对，应当是无法自保的弱质女流，到时你遇到危险该怎么办？”

“那又怎样，有时候武力还没有脑力管用，就按这样办，要不到时再邀上慕容一道游历，这下你们该放心了吧。”

他俩听后点了点头，算是答应了。

第七章　一见倾城

【26】

冬日的暖阳照在身上暖暖的。我牵着天香的手来到宫门口，远远地看到黑水明皇、风流云、破军还有慕容天霖都已站在宫门口。

“让你们久等了，真是不好意思，你们不要见怪。”

“我们也没来多久，等驸马和公主是应当的，你们刚新婚，是我们打扰你们才是。”黑水明皇说着不介意的话。

我暗自埋怨着黑水明皇：说得那么好听，既然如此识趣，就要别人带你游京城啊，非要我干吗？

“是我上妆花了些时间，你们也知道女人最重视自己的容貌，女为悦己者容啊。”

“公主说得是，能当你的夫君是福气，你说对吗，李兄？”

“那是当然，能娶到公主这样美丽端庄、善解人意的可人儿是我天大的福气。”说话间，我不时用含情的目光注视着公主，公主也相当配合，含情地望着我。

我看到黑水明皇又用打量的眼神看着我，而且脸上露出邪邪的笑。

我心中不禁一阵胆寒，有一种不祥的预感。

“四弟，大哥看到你娶得娇妻，真是羡慕。”

“大哥可以快点找个女人来做我的大嫂呀，这样你就不会羡慕我了。”说出这种言不由衷的话后，我心中真实的想法却是：你千万别遇到中意的人，如果是那样，我对你的情又该如何？

不过回头一想，这样也好，我不该如此自私，都不知哪天性命不保，何苦再欠下感情债呢？

在京城的街上到处闲逛，黑水明皇似乎有意接近我，但都被其他三人巧妙地隔开。

天香好像从未逛过街，东看看西瞧瞧，不时问我这问我那。

逛着逛着就来到了一家书画店，这家书画店看似很普通，但给人的感觉却很舒服。再后来，我们看到这家书画店还卖乐器，最多的就是古琴。

我随手拨了几下琴弦，发觉这些琴的音色都不错，属于上等好琴。

就在这时，一首熟悉的乐曲声传入我耳中，黑水明皇正在弹着琴。

我心中一惊，他怎么会弹那首送别的曲子，他究竟与霜霜是什么关系。

难道霜霜钟情于他，所以才会去黑水国的，然而一个是青楼名妓，一个是一国太子，根本就是云泥之别，所以霜霜才会教他这首曲子。但就算他们不能比翼双飞，霜霜也不该教他这首曲子，这曲子分明是述说友情的。难道霜霜没与太子结为连理，退而求其次，与太子结为知己好友？如果真是这样，霜霜心里一定很苦吧，要是我在她身边还能为她分忧。

黑水明皇弹完之后，走到我面前，对我邪笑着，"近看驸马的脸比女人的脸还要细嫩，比女人的脸还要美，不知驸马男生女相会不会引起非议呢，会不会被人误以为是女扮男装。"

我眼中带着怒火盯着他，"太子现在如此之举不怕被人误会有断袖之癖吗？你说我男生女相会引起非议，但我有娇妻在旁，怎么会引起非议，倒是你伤了一个女人的心，在我看来才是最该被人非议，况且你还有分桃之嫌。刚好这有琴，我想到一曲，很符合那个被你所伤的女人现在的心情。"

我坐在琴旁，哀怨的歌声从我口中传出：

天黑了，孤独又慢慢割着，
有人的心又开始疼了。
爱很远了，很久没再见了，
就这样竟然也能活着。
你听寂寞在唱歌，轻轻的，狠狠的。
歌声是这么残忍让人忍不住泪流成河。
谁说的，人非要快乐不可，好像快乐由得人选择。
找不到的那个人来不来呢？我会是谁的？谁是我的？
你听寂寞在唱歌，轻轻的，狠狠的。
歌声是这么残忍，让人忍不住泪流成河。
你听寂寞在唱歌，温柔的，疯狂的。
悲伤越来越深刻，怎样才能够让它停呢？
你听寂寞在唱歌，轻轻的，狠狠的。
歌声是这么残忍，让人忍不住泪流成河。
你听寂寞在唱歌，温柔的，疯狂的。
悲伤越来越深刻，怎样才能够让它停呢？
天黑得像不会再天亮了？
明不明天也无所谓了，
就静静地看青春难依难舍。
泪还是热的，泪痕冷了。

我用心唱着，虽然说是唱给黑水明皇的，但这又何尝不是唱给自己的。

来到这个朝代这么久了，虽然身边有这么多的好朋友，但一想到现代家中的父母亲，还有大学里的死党，还是备感孤独寂寞。

唱完后，我见到天香早已泪流满面。

“好好的，哭什么？”我缓步来到她身边，轻声道。

“这首曲子的曲名是什么，为什么听起来这么凄凉，让人心里感到莫名的悲伤。”

“这首曲子的曲名是《寂寞在唱歌》，本来就是抒发一个人因为寂寞而哭泣的心。好了，别哭了。”

黑水明皇听后也若有所思地看着我，仿佛想看穿我的内心究竟在想些什么。

“从未听过你唱这么悲伤的曲子，当我听到后，就想起在边关驻守时也会时常感到寂寞，所以不免有点感同身受。”慕容叹息一声，说着过往在沙场上的所感到的孤独与寂寞。

“不要那么感伤了，我想大家一定肚子饿了，不如我们现在就去最有名的天下第一楼吃饭。”

风流云突然拉着我和公主就往外走，直奔天下第一楼，身后是回过神来的破军、慕容天霖和黑水明皇。

天下第一楼的包间里，我们边吃边喝边聊着，席间，我问黑水明皇：“不知太子习惯这菜吗？我看你都没怎么吃，是不是不合胃口。”

“怎么会不合胃口呢，我只是在想你刚才所说的话，我有许多不明之处，如果方便的话我能不能在饭后跟你单独聊一下，好解我心中的疑惑。”

我刚想回绝，慕容笑着开口：“四弟刚新婚，我们应当在饭后给四弟与公主一点独处的时间。我看这样可好，我听说太子武功在黑水国中鲜有敌手，吃完饭，刚好可以活动活动筋骨，以利于消化，我可否与太子切磋一下？顺便向你讨教几招。”

破军也附和着说：“我与风兄也想向太子讨教几招，还有就是难得有机会可以与慕容大哥聚在一起，小弟和风兄早就想与大哥切磋一下武艺。”

饭后，我与天香、风流云、破军等人就坐在后园的凉亭中，而慕容与太子开始较量武艺。

转眼间，他们已过上百招，但还是未分胜负。

这时风流云喝着酒叫道：“你们先休息一下，等我和破军兄先热热身，再向你们讨教。”

话音一落，慕容和太子停了下来，互相向对方抱了拳，回到凉亭休息。

我倒了一杯茶递到慕容面前，笑着说：“大哥累了吧，肯定口渴了，小弟现在就奉上香茶一杯让大哥解解渴。”

慕容喝了一口后，取笑我：“多谢四弟，你现在这样，当心你的娘子会吃醋。”

“娘子，大哥说我这样对他，你会吃醋，他说的可是真的。”

天香把糕点咽下肚，喝了一口香茗，摇了摇头说：“我怎么会吃醋呢，我知道相

公最疼我了，再说相公的大哥就是我的大哥，夫妻要同心才对。”

“大哥你的挑拨离间之计可没奏效哟，看我们夫妻俩是怎么夫妻同心，其利断金。天香你和我一起打慕容,看他以后还敢不敢挑拨我们夫妻感情。”我对天香使了个眼色，做了一个打人的动作。

慕容看到我们要打他，起身便跑出凉亭。

玩累了，我席地而坐，然后向后躺下，看着明媚的阳光，感到全身放松。此时在我脑中想到一个绝妙的主意。于是，起身说道：“现在还早，我们何不买些食材去附近的河边捉鱼来烤着吃，你们说怎么样？”

“那我们现在还等什么？风流云和破军你们去酒楼里买些食材，我们现在就出发去河边。”

看着天香如此兴奋，我想她肯定从没吃过烤鱼。

众人一同往外走去，可是黑水明皇没跟上来，趁着慕容正在柜台结账，我便转身返回了园中。

黑水明皇还坐在凉亭中，我愣了愣，上前道：“如果你不想去可以先回去，我们明日还在宫门口会合。”

他见我一人来找他，起身快步走到我的面前，对我说：“我怎么会不想去，只要有你的地方，我都想去。还有，我刚才想到你在卖书画的地方说的话，我突然明白你为什么会这么说了，你认为我负了霜霜，所以替她抱打不平，但我要郑重地告诉你，我与她有某种内在的联系，但绝不是你想的那样，还有就是，我如果爱一个人，绝不会做那负心之人，你以后自会明白我究竟是怎样一个人，还有我与霜霜之间的关系。”

我听后，总觉得他话里有话，就在我陷入沉思中时，他突然在我的脸颊上亲了一下，朝我邪邪一笑，跑开了，“还不快走，他们恐怕看不着你，以为你遇上危险了，还有，我不会为我刚才之举向你道歉的，因为我知道你是女的。”

见他跑远，我却愣在原地，双眼含着惊恐，心里思忖：他怎么会知道我是女的，他是如何知道的，我该怎么办?

来到酒楼门口，果然如黑水明皇所料，慕容他们发现我不见了，纷纷四处寻我。

黑水明皇只笑不答，看到我的身影后，对着众人说：“你们找的人就在你们身后。”

待他们转身看到我时，我虽脸上挂着笑，内心却是七上八下的，瞟了一眼黑水明皇，发现他正在对我笑，笑得令人胆寒。

“你刚才跑哪去了，我们好担心你遭遇不测，因为你刚破了李氏一案，但真正的幕后之人还没抓到，我们真怕你会受到他们的报复。”

“不要这么一惊一乍的，你们买好食材没有，如果买好了，就向河边出发。”我假装不在意的样子，实际是不想让他们知道我内心的惶恐不安。

【27】

当晚返回天香宫，我焦虑道：“太子已知我是女儿身一事，我的心现在好乱，不知该如何是好。”

天香一脸诧异，“他是如何得知？这事只有你我还有风流云、破军、李兆庭、如风六人知道，他们在大婚那晚那么紧张你，肯定不会泄露你的真实身份，要不我马上宣风流云和破军进宫，人多办法也多。”

天香见我不说话，一脸焦躁地坐立不安，于是命人传风流云等人进宫。

“平时聪明镇静的李木然哪去了，你现在要平下心来，想想该如何化解危机才是，急也没有用。”

对呀，平常面对危机的勇气哪去了，我遇到如此多的困难不都一一化解了吗？为什么这次要心乱如麻，难道是因为太子在天下第一楼的后园亲了我一下，我才会感到不安，才会自乱阵脚。

风流云等人接到宣诏，马上赶到天香宫。进门后，风流云急切地问我：“公主说的可是真的？那个太子果真知道你是女儿身？我就觉得奇怪，他今日为什么会用奇怪的眼神看你，原来他对你别有用心。还有，我在河边就想问你，在后园你和他发生了什么事？”

我对他坦言：“今日在后园，他在我毫无防备之下，居然亲了我的脸，还对我说，知道我是女儿身，不会为了刚才的冒犯而道歉。”

破军一听这话，拍桌而起，眼含怒气，“他居然这样无礼，我这就去教训他一顿。”

风流云看他想往外走，赶紧拉住他，劝道：“你想把事闹大吗？说不定那个太子就希望你把事闹大，到时李兄是女儿身一事，也无法遮掩了，而且如果被有心人知道，会致李兄于死地的。”

“刚才是我太鲁莽了，没想到四弟的处境，可是这口气我咽不下，他怎么可以这样欺辱于四弟。”

“我也咽不下这口气，但现在最关键的是如何帮李兄不被太子揭穿身份。至于教训太子一事，暂且放下，找到合适的机会，再向他讨还对李兄的冒犯之举。”

大家皱着眉商讨着，看看有没有什么好计策可以化解此次危机。突然间，我的脑中灵光一闪，对他们道：“我想到一计，就是打草惊蛇。”

天香一脸疑惑地问：“如何打草惊蛇？”

我回答道：“我这一计是针对太子已知我身份的情况而专门为他设计的，破军你不是很想替我讨回一个公道吗，这条妙计就会替你制造一个绝佳的机会。”

破军一听这话就来了兴趣，“你快说，我究竟该如何做，才能帮你讨回公道。”

“你与风流云今晚就夜探太子居所，你们化身成蒙面之人，合二人之手好好教训一下太子，并出言警告他，不准将我是女儿身之事说出去，如有泄露定不轻饶，但这

样做还不够，你们要说我是圣教圣女，之所以会女扮男装入朝堂是为了报杀父之仇，报仇之后就会远离朝堂，然后会遵照在教中所发之誓，终身不嫁，将自己奉献给圣教，让他死了这条心。”

“好计，亏你想得出来，不过我最开心的是可以亲手教训那个太子，想到就解气。”

风流云和破军摩拳擦掌，一副想揍人的样子，恨不得马上就去教训黑水明皇。

“我真想看到太子被打成猪头的样子。”

“天香你说的不对，让他二人教训他，但不能把他打成猪头，因为这毕竟是在天域国境内，如果传到皇上那里，会影响两国的交好，最好是打了他，又看不出来伤。”

“夫君你现在又恢复到我以前所认识的李木然了，我好开心，跟你在一起真能学到很多。唉，多希望你是男子。”

“幸好我不是男子，如果我要是男子，岂不是要气死许多男子，还要伤了许多女子的心。”

天香忍不住哈哈大笑，指着我上气不接下气地说：“你好不知羞，哪有这样说自己的。”

风流云和破军也跟着笑了起来，然后出宫前往太子居所。

次日一大早，风流云和破军来到天香宫，一进门我看见天香正在上妆，而我在一边喝着茶，一边看着书。

当他们走到我面前，我抬起头便问：“你们不在宫门口等我们，来这里干什么，不会是来看天香上妆吧？”

“我与破军这么早来，就是想告诉你昨晚教训太子一事，那太子被我下了迷香后，任我与破军拳打脚踢，相当解气，而且身上还看不出伤痕，你等会儿见了太子，就知道了。”

“太好了，总算帮我出了一口气，那他相信你们所说的吗？”我又问。

“谅他也不敢不信，因为我们说得有模有样的，看他的样子，八成是相信我们所说的。”

天香化好妆，走到我面前说：“真是太好了，我夫君的危机虽然还没完全解除，但至少这是好的开始，只要逼他回国，我们就可安枕无忧了。”

“对呀，他一回国就万事大吉了，我怎么没想到。破军、风流云，待会我会问太子多久启程回国，你们在一旁可要帮我。”

风流云他们对我点头应承后，转过头看着天香，这才发现天香着男装。

“你为什么会着男装，是不是看着驸马着男装好看，所以也想试一试。”

“一会儿你们就知道公主为什么要着男装了，别想了，快点走吧，我现在等不及想看到黑水明皇吃憋的样子。”

到了宫门口，当我看到太子面容憔悴，心中一阵暗喜，我假意一脸关心地走到他面前，“太子殿下，我看你脸色难看，是不是身体不舒服，如果不舒服，你可以回去休息或是请太医来为你诊治一下，逛京城一事也不急在一时。”

“我没事，多谢李大人的关心，不知今日我们要去哪？”

我听后心想：既然你要死撑，那我就奉陪到底，“今日我们所去之处是风兄最喜欢的地方，那就是京城中最有名的青楼——醉红楼，因为天香曾问过我霜霜的事，我告诉她霜霜就是醉红楼的花魁，公主从未去过青楼，所以想去开开眼，本来我不想带她去，毕竟那种地方不适合公主去，但她闹了一个晚上，非让我带她去，没办法，只得带她去，你看公主已着男装打扮。”

“什么叫我最喜欢去的地方，你还不是常去，还说我呢。不过你提到霜霜，我还是颇感兴趣的。”风流云一脸的不满，狡辩着。

“你贵为一国太子应该是没去过青楼吧，如果你不想去，我们就换一个地方。”

“你说的是哪里话，青楼本是招呼男子的地方，我是个堂堂男子汉，有何不敢去？走，现在我们就去醉红楼，我也想看看霜霜所待过的地方是什么样的。”

“为什么去醉红楼呢？不会是单纯只为满足公主的心愿这么简单吧，四弟？”

“大哥说得没错，我想去看看霜霜住过的地方，好缅怀一下过去教她曲子的日子。”

没一会儿，我们便来到醉红楼，老鸨老脸堆着笑，用手帕拍着我，“是什么风把我们的驸马爷给吹来了，自从霜霜走后，你就很少再来醉红楼了，楼里的姑娘们可想你得很啊。”

“姑娘们快出来接客，你们心心盼望的驸马爷来了。”老鸨对着楼上夸张地高叫着。

话音刚落，只见楼上下来数十位美丽女子向我们走来，将我们团团围住，在天香身上乱摸，天香吓得躲在我的身后。

此时风流云在我耳边小声说：“没想到你一个女扮男装的女子比我们正格的男子还受欢迎，真是羡煞我们这些男儿了。”

“少贫嘴，是不是看着这么多漂亮姑娘，你的老毛病又犯了？不过今日你可有福了，这么多美丽的女子围绕在你身边，是不是有找回些过去左拥右抱的生活了？”我故意旧事重提。

站在我们面前的姑娘们叽叽喳喳地说个不停，“怎么和驸马爷交好的朋友个个都英伟不凡，不过还是驸马爷在众人里面最为显眼。”

在这群女子的引领下，我们来到霜霜曾住过的地方，眼前的一切都是那么熟悉，可却不见住的人。

霜霜你在黑水国可好，知不知道还有远方的朋友在等着你回来，好聊一聊彼此心中的事。

“你说霜霜一切安好，那她现在还在青楼里卖唱吗？”我转头问黑水明皇。

“霜霜不在青楼卖唱，而是在一个很好的地方，如果你真的那么想知道，可以随我去黑水国看一看霜霜，正好我过两天就要回国了。你是否愿意到黑水国去游览一番呢？一来可以见一见老朋友，二来也可以让我一尽地主之谊。”

好你个黑水明皇，你是不是很想让我去你的国家，好会找机会，不过你的如意算盘恐怕要落空了。我于是道：“能去黑水国游历固然是好，但朝中事多人忙，皇上又

如此器用于我，我理应竭尽全力报效皇上才是，你说呢？太子。”

黑水明皇见我一口回绝，笑着说：“李大人一心为国令人敬佩，反正也不急在一时，等李大人有空再来黑水国吧。”

这时那些青楼女子对我说：“自从霜霜姐走后，就难再听到驸马爷抚琴高歌了，不如现在请驸马爷高歌一曲，一来可以让我们再次聆听驸马的妙音，二来可以安慰我们思念霜霜姐的心情。”

“这有何不可，我弹一曲只敢在这里所弹的曲子。”

我坐到以前教霜霜的地方，抚琴就要唱时，一个熟悉的声音传入我耳中。

“好呀，你们来喝花酒也不叫我，还当我是你们的二哥吗？”

“二哥，你怎么有空来了？”

“如果我不来，是不是又错过了什么，昨晚就听说你们去河边烤鱼吃了，而且玩得相当尽兴，让我羡慕不已，还好今日无事，听说你们来了醉红楼，所以就跟来了。”

当他看到天香的时候，拉着我小声问：“你怎么带天香来了，你不知她的身份不宜来此吗？”

“你也知天香的脾气，如果我不带她来，那我一整天不被她烦死就算万幸了，你不是深有体会的吗？”

天香见我与欧阳天域小声说着话，俏脸带着笑，“你们说什么呢？都是你这个二哥来了，本来我们已坐下要聆听驸马爷的妙音，你倒好，拉着驸马说个没完，还让不让人听曲了？”

欧阳天域面对自己的妹妹也没辙，只得坐好，不敢再打扰我。

【28】

这时候，一位青楼女子提议：“素闻驸马爷琴棋书画样样精通，能不能在弹曲之前先画一幅霜霜姐的画像，你对着画像弹琴，让我们也可以看着画像听着曲追忆与霜霜姐相处的日子。”

“好呀，不知我画得像不像，你们把纸、笔、墨准备好，我这就凭我对霜霜的记忆，希望能画出霜霜的万种风情。”我笑着说。

“今日我又可再见识驸马爷的另一项绝技了，真是太高兴了。”天香拍着手赞着我。

“没想到四弟还会作画，那四弟可还会什么是我们所不知的。”慕容道。

“你们又没问过我会什么，我还以为你们都知道我会什么呢。”我不好意思地连忙解释。

桌上铺好了雪白的宣纸，旁边是已磨好的墨，我将笔蘸了一些墨汁，提笔在纸上一挥而就，霜霜的万种风情就在我笔下展现出来。

等墨汁干后，刚才让我作画的女子把那幅画挂了起来，大家看着画，都赞不绝口。

“这就是霜霜，果然美艳无比，难怪我们的驸马爷对她念念不忘。”风流云又不正

经地取笑我。

慕容笑着夸我，“四弟你简直神了，不仅把霜霜的万种风情展现在纸上，而且画出了霜霜独有的神韵。”

“那你可知霜霜的神韵有何独特之处？”

慕容摇了摇头，我接着说：“我所认识的霜霜虽身在青楼，但并不因此而看轻自己，相反她活得比任何人都要自在，她就如在冬雪中傲然盛开的寒梅一样，有梅之风骨，外表虽冷，但却有一颗火热的心，只要与她相交的人，久了都会发现她对别人比对自己还要好。”

欧阳天域面带愧色地对我说：“说得好，看来最了解霜霜的果然是四弟你，我与慕容虽比你先结识霜霜，但却没你对她了解得深，惭愧呀，还自以为是她的好友。”

我回头之际正好看到黑水明皇露出难以言明的神情，那神情既像是称赞，又像是下着某种决定。

这样的眼神让我不禁有点担心，昨晚的教训到底有没有用。

“你们也不要看不起自己，人生而平等，没有高低贵贱之分，只有品性好坏之分。活在这个世上，不要只是为别人而活，也要为自己而活，要活得精彩，活得开心。”我将双眼从黑水明皇身上移开，转头对着众位青楼女子笑着说。

“直到今日，我才算真正认识你，了解你，你说得太好了。”风流云对我比着大拇指。

“好了，不要一直夸我了，想不想听曲了？”

众人点了点头，我再一次坐在琴旁，对着霜霜的画像，唱道：

半冷半暖秋天，熨帖在你身边，
静静看着流光飞舞，那风中一片片红叶，惹心中一片绵绵。
半醉半醒之间，再忍笑眼千千。
就让我像云中飘雪，用冰清轻轻吻人脸，带出一波一浪的缠绵。
留人间多少爱，迎浮生千重变。
跟有情人做快乐事，别问是劫是缘。
像柳丝像春风，伴着你过春天。
就让你埋首烟波里，放出心中一切狂热，抱一身春雨绵绵。

曲毕，一阵热情的鼓掌声便立即响起。

“你们可知此曲其实说的是一个动人的爱情传说。”

天香一听就来了兴趣，忙问我：“你快讲一讲，是怎样的爱情传说？”

我娓娓道来，向他们讲述了一段关于人与蛇妖相恋的爱情传说。

当我讲完后，天香一脸愤怒地说：“许仙真不应该得到白蛇的爱，还有那法海是个和尚却去破坏别人幸福的家庭，真是可恶。不是常说，宁拆十座庙，不拆一门亲吗？”

慕容也问我：“如果你是许仙，你会怎么做呢？”

"也许大家都认为许仙有不对的地方，但人都会有胆怯，也会有弱点，只有到了关键的时刻才会变得能勇于面对一切，至少他对白蛇的爱始终没变过，这也是他的可取之处，如果我是他，也许也会像他那样吧。"

黑水明皇痴痴地望着我，问道："你若是白蛇将会如何做呢？"

我想了想，弹着琴，合着琴音，声音轻扬地说："我若是她，如果真的认准那人是我心爱之人，我也会奋不顾身去爱他，哪怕如飞蛾扑火，至少我曾经爱过，曾经拥有过，此生也会无怨无悔。正如一句诗所云：曾经苍海难为水，除却巫山不是云。"

欧阳天域反复念着我所念的诗句，喃喃自语："这句诗太贴切了，没有经过考验的爱经不起时间的摧残，也许会慢慢由浓转淡。我们向往平静的生活，但过于平静又会让我们心生厌烦。"

"我们不要再伤感了，今日出来只为了开心的，你们也笑一笑。我现在肚子有点饿了，不如我们去吃饭，如何？"破军话音刚落，他的肚子便咕噜叫了一声，他的脸顿时羞得一红。

笑过之后，欧阳天域提议再去河边烤鱼吃，我们欣然同意。

离开醉红楼之前，我将画像交于青楼众女子。

返回皇宫已是晚上了，我对天香说："好久没回府了，今晚我想回去看一看，带点必备的东西来皇宫。"

"要不我跟你一起到你府上，今晚就住在那儿，然后，明日我求皇帝哥哥恩准我搬出宫，到你的府上住，这样一来你暴露身份的危险要少了许多。"

"多谢公主的好意，恐怕皇上不会答应。你是金枝玉叶，如果住在外面发生意外怎么办？还是我搬来公主的天香宫吧。"

"这事你就不用操心了，本公主自有办法。你放心好了，虽然我没你那么聪明，但这事还是能想出办法让皇帝哥哥应承的，好了，我们回状元府吧。"

回府见到风流云、破军后，我嘱咐道："今晚我与公主会在府上住，你们让侍卫们加紧防范，别让公主在府上出了什么意外。"

"你放心好了，公主的安全不会有问题的，有我与破军在，就连你也一块保护。"风流云又说着大言不惭的话。

"你少贫嘴了，还是小心为妙。"说完，与公主回到我的房中。

天香扫视了一眼屋内，难以置信地问我："你这房间的摆设和你根本就不搭嘛。你也太省了吧。"

"我喜欢简单，不喜欢太奢华的摆设，所以今晚就委屈娘子要与夫君在这个简陋的房中过一晚。"

天香听出我的话中有调侃之意，挽着我的手，眉眼带笑，回道："你能住得下去，我这个已嫁与你的公主也能住得，这叫嫁鸡随鸡，嫁狗随狗。谁让我嫁了一个自命清高，又两袖清风的夫君呢？"

这个公主跟着我久了，要嘴皮子的功夫见长，我都快说不过她了。

“你先睡吧，我还要到书房去，看一会儿书，想些事。”我说着话示意她早点睡。

“我现在还不想睡，要不我陪你去书房，我保证绝对不打扰你。再说夫君都没睡，哪有娘子先睡之礼，要是传出去，还不说我是个仗着公主身份欺负驸马的恶公主？我可不干。”

实在说不过她，只得让她跟着来了书房，我看了一会儿书，见到公主已经在椅子上睡着了。于是上前给她披了件衣服，衣服刚披上，她便睁开眼，“你看完书了？我们回房吧。”

“早看完了，我们现在就回房休息吧。”说完，拉着她的手向我的房中走去。

天香刚挨着床，就呼呼大睡起来，连身上的衣服都没脱。

我帮她脱好衣服，盖好被子，看着她熟睡的样子，不禁好笑地点了点她的额头。

她不耐烦地用手挥了一下，然后转了个身，脸上带着香甜的笑，不知道梦见什么了。

我这时自言自语：“你呀你，要是我被人发现真实身份，你该怎么办？看来也是时候未雨绸缪了，在我被揭穿身份之前一定要帮你找一位可托付终身的人。”

清早，我们赶紧返回皇宫，本来今日说好还要陪太子游玩的，可是太子说要准备两日后回国的东西，所以就取消了，这样最好，早日回国，我也可以安心了。

早朝之后，我来到刑部，忙到日落西沉才把最近积压的大量待批卷宗解决了一大半。

东方信见我忙完，笑着问我：“李兄等会儿有没有空？我与宇文兄约好去天下第一楼聚一聚，如果你也来，我们正好庆祝你成为驸马。”

我看着他盛意拳拳的样子，不好回绝，便点头答应。

到天下第一楼，就见到了宇文化，他先是向我道贺，接着道：“听说你这几日都在陪着黑水国的太子在京城游玩，是吗？”

“圣命难违，我也是听命行事，老实说，我才不愿意陪那个黑水国太子。”

“李兄，你有所不知，黑水国一直对天域国虎视眈眈。依我看，他来访肯定是为了打探天域的近况。你看着吧，一场大战就要开始了。我宇文化虽说不是什么将才，但这上阵杀敌一事决不会含糊，如果黑水国敢挑起战争的话，我定会第一个上阵杀敌，让他们知道天域皇朝不是那么好惹的。”

“你说的可是真的？虽说那黑水国以前曾在边境多次挑起事端，但次次都被慕容将军平息，如果他们包藏祸心的话，第一个不放过他们的应该就是慕容将军吧。我想如果真的同黑水国开战，那领兵出征的应是慕容将军才对。”

“我也知慕容将军会带兵出征，我是说在战场上第一个与他们厮杀的会是我，我会请缨第一个上战场的，到时如果得胜归来，你们可要好好给我庆祝一番。”

此时的他已经喝醉了，我心里不免有些担心慕容：如果真的开战，慕容肯定会带兵出征，可战场上什么事都会发生，慕容也许会有去无归，要想阻止这场战争要看黑水国太子和欧阳天域的想法。

东方信见我皱紧眉头，安慰我说：“你别听宇文兄胡说，你也别担心真的发生战争，

我们还是继续喝酒吧。”

我对他假意地笑了笑，然后我们喝至傍晚才分开。

【29】

返回府中，见到天香坐在床边，一脸得意的笑。

“看来我们的公主大人定是说通皇上，从宫中搬到我的府中来住了。”

“我就跟你说过，此事难不到我。你看吧，我此时不就从宫中搬出来到我亲亲夫君的府上来住了？”

“说吧，此事是不是有人帮你才能说通皇上的？”

“还是我的夫君聪明，此事确有人帮忙，但你肯定猜不到是谁帮的忙。”

“我想是你求慕容大哥帮你说的好话。”

天香摇了摇头，脸上挂着高深莫测的笑，但却不语。

我知道天香的心性，凡是她感到高兴的事，一定会藏不住。

我假装着急问她：“你就快点告诉为夫吧，不要再卖关子了。”

“夫君你真的想知道，那为妻就告诉你，是东方玉帮的忙。你没猜到吧？”说完又得意地笑着。

当我得知是玉妃帮的忙时，倒是很意外的。

“东方玉这样帮你，一定有她的目的，我看她不是想帮你那么简单。”

“就说我的夫君聪明，东方玉这样做确实有她的目的，而且这个目的我也是从东方玉那儿得知的。”

“哦，什么目的说来听听。”

“她当然是想我早点出宫，这样宫中再无人可以与她作对，还有就是让我记着欠她一份情。可是她万万没想到她的如意算盘却在听到皇帝哥哥所说的话后当场破灭。”

“皇上说了什么？”

“皇帝哥哥所说的正是我问皇帝哥哥的一个问题，这个问题是与你有关的。”

“哦，与我有关，那是什么问题？”我不解地问。

“我问皇帝哥哥如果有天发现冯素贞没有死，他会如何做？皇帝哥哥的答案就是，让她成为他的皇后，不管是用什么手段也要这么做，哪怕是强迫，而且皇帝哥哥还说，如果不能让冯素贞成为他的皇后，他将在他有生之年虚悬皇后之位。”

话音刚落，我大惊失色，呆愣在原地，“没想到皇上的心意如此坚决，如果真的被他发现我是冯素贞，那后果将不堪设想。”

“你也不用担心，现在你不是没被识破身份吗？其实我真的希望你能成为皇帝哥哥的皇后，你何不尝试着接受皇帝哥哥呢？东方玉还被我奚落了一番，说她此生难当上皇后，让她死了这条心。看着她狼狈的样子，我心里乐坏了。”

“呵，你可知宁得罪君子也不要得罪小人，你惹祸上身还不自知。”我提醒着她。

“那要不要紧啊？看来我把事情弄得更糟了。”天香被我这句话所吓，急得叫道。

“你也不用着急，与东方玉和东方胜撕破脸是迟早的事，你可别忘了你有个聪明的夫君会保护你的。”说话时，我握了握她的手。

这时候，如风进来通知我们前去吃饭，我这才发现我的房间变得富丽堂皇。

“这应该是公主的杰作吧，我不是告诉过你我喜欢房间简单些吗，你看现在弄得跟皇宫似的，让我觉得很不习惯。”

“我觉得挺不错的，如风你说现在的布置与原先的相比是不是好多了？”

如风听后不知如何回答，此时就听一个声音从她身后飘出，“我也觉得此房的布置甚好，李兄呀，你就不要辜负公主对你的一片心意。”

循声望去，原来是风流云。

“夫君，做娘子的为你重新布置房间还不是为了表达我对你的爱意，你不理解就算了，还要这样说我，真伤为妻的心呀。”说完，还故意挤出几滴鳄鱼泪。

次日，前去刑部的路上，一位小太监拦住我，“李大人请留步，贵妃娘娘有请李大人到玉香宫一趟。”

啊，这玉妃在耍什么花样？

到了玉香宫，进了宫后看见不只东方玉在，连东方胜也在。

行过礼，我笑问：“不知娘娘传下官来此，所为何事？”

玉妃并未回答，先是让我坐下，让宫女奉茶。我坐下后喝了一口茶，等着他们开口，只见玉妃向东方胜使了个眼色。

“请李大人来玉香宫是本官有事与李大人相商，此事攸关天域的社稷。”东方胜终于开口了。

“不知是何事，要这样劳烦娘娘煞费苦心地请下官前来。”

“想李大人也该知道皇上继位之后，皇后之位一直虚悬，朝中的大臣也曾进谏，让皇上早日立后，但每次都被皇上驳回，所以本官想请李大人明日早朝能上书皇上，请皇上早日立后。俗话说的好：国不可一日无君，但后宫也不可一日无后呀，天下需要明君，也同样需要一位母仪天下的皇后。”

“东方大人一心为国，下官甚感钦佩，但此事也并非只有下官才行，朝中大臣众多，为什么东方大人认为只有下官才能担此重任呢？”我满口的推脱之词。

“李大人现在圣眷正浓，加之又是驸马，还有李大人一心为着朝廷，不辞辛劳为皇上分忧，众位大臣都是看在眼里，记在心上，我与众位大臣商议过，此事只有李大人才可办成。”

我没想到东方胜会来这手，我现在是不答应都不成了。如果不答应，明日早朝定会有其他大臣上书，也会向皇上表明朝中众臣都希望皇上早日立后，到时如果皇上问我的意思，我能说不吗？

刚从天香那得知皇上不立后的原因，今日就碰到此事，但也许这是个契机，如果皇上立了后，再发现我是冯素贞，那就不会闹出什么事来。

“承蒙诸位大人看得起下官，那下官就勉为其难地答应，对此事定会尽力而为。”

东方胜与玉妃听后，喜笑颜开。

随后东方胜笑着夸我：“我就知道李大人明事理。放心好了，李大人，明日早朝你上完书后，众臣也会跟随你向皇上进谏的。”

返回状元府时，我低着头想着明日早朝如何向皇上进谏，想得太入神，结果头撞到一人。

抬头一看，此人正是黑水明皇，黑水明皇邪邪地看着我笑，我刚想开口，他却拉着我的手向小巷跑去。

在小巷中黑水明皇把我推到墙边，然后两只手臂将我困住，由于我刚才被他的举动吓呆了，以至没有反抗，所以现在落到这个地步。

“不知太子殿下这样做，却是为何，难道不怕被人说闲话。”

“本太子若怕被人说闲话，也不会这么做，如果李大人想喊的话，那我唯有将你是女子一事公布于世。”

一听这话，我的眼中射出寒意，厉声道：“我警告你，最好放开我，不然你知道后果会是怎样？”

“近距离看李大人才发现李大人真是人比花娇，哦，称呼错了，应该是天域第一美女冯素贞才对，不过可惜的是今日的你穿着男装，那晚洞房内着女装的你真是让人难忘呀，我连做梦都梦到你着女装的样子。”他的调笑声中夹着邪魅。

原来他那晚在天香宫门外。

我暂时压下心中惧意，质问他：“那晚你在宫中做什么，是不是有什么不良企图？”

“当然有企图，实话告诉你，要不是那晚我到皇宫打探，还不会发现原来我们的驸马爷竟是女子，如果你想告诉皇上，我到过皇宫，你尽管告诉，我倒要看一看，如果他知道你是女子，会是怎么处置你。你口口声声让我放开你，可你如此好，我怎么舍得放呢？就算你是圣女又如何，我照样也要把你拉下圣坛，让你成为我的人。”

看着黑水明皇眼中的狠绝与戾气，我反驳道：“不要忘了你现在身处的是天域国境内，我劝你做事之前最好想清楚些，要不然小心哪天连命给玩丢了还不自知。”

“李大人，你这是在关心我吗？我不甚感激，谢谢你的提醒，可你也别忘了我想要的东西没有得不到的，哪怕为此付出巨大的代价，我也在所不惜。因为你值得，拥有了你就可以拥有全天下。”

“哦，是吗？看来太子殿下太抬举在下了，在下并没你说得那么好，现在请你将你的手臂拿开，我要回府，府中的娘子见我久未回去，会担心的。”我强装一脸平静，示意他放开手臂。

黑水明皇慢慢放下手臂，我长长地舒了口气。

当我转身要走时，他突然紧紧地抱住我，然后抵在我的耳边说：“明日我就要回国了，这一抱权当你送我的回国礼物。”

我想挣脱他，左右扭动着，但却毫无用处，他实在是抱得太紧了，加之力气又比

我大。

“你再扭我可不负责后果。”他喑哑的声音传入我的耳中。

过了一会儿，他终于放开手，我反手就是一巴掌，只见他的左脸已红，隐约可以看见有五个指印，嘴角也有血流出。

他浓黑的双眸盯着我充满怒火的眼，轻轻擦去嘴角的血，然后吐了一口血痰在地上，对着我又邪魅一笑，“一巴掌换个拥抱值得。你生气的样子更令人着迷，我很期待我们下次的见面。”

他的嘴角向上扬，转身离开了小巷，很快便消失不见。

这时的我像是泄了气的皮球一样，站都站不稳，扶着墙，稍微平复了一下心情。

【30】

回到府后，天香一见到我，便笑问：“听说你被东方玉叫去她玉香宫了，究竟所为何事？”

“当然和立后有关，不只有她还有东方胜。”

“立后？亏她想得出来，是不是想当皇后想疯了。”

“如果是这样就好了，东方胜的意思是让我明日早朝时，向皇上进谏早日立后。”

“太好笑了，东方胜自己不去，非要让你去，你也不是不知道皇帝哥哥不立后的原因，这不是明摆着把你往死路上逼吗？”

“其实开始我有推脱的，但谁知东方胜留了一手正等着我推脱之词，结果我反而陷入被动局面，只好应承下来。”

“他留了哪一手，让你无法拒绝？”

“他说就算我不去上书，他也会找其他人上书，那上书之人在早朝上，进完谏后，会说诸位大臣都有这个意思，皇上到时一定会问我，难道我能说不立后吗？”

天香这才恍然大悟，原来东方胜使了欲擒故纵这招，确实让人无法推脱。

“夫君明日早朝该如何进谏呢？”天香一脸担心地问。

“我也在想这个问题，但还没有想出好的办法。”

天香命人将风流云和破军找来一起想办法。

风流云听完事情后，一脸怒气地骂道：“东方老贼真不是个东西，居然想到这招来对付你。”

“你也不要只顾骂他，现在最紧要的是帮四弟想个办法，明日早朝之时不至于惹怒皇上，遭至获罪。”

我们四人正在房里想着办法，这时如风进来说：“慕容将军来了，此时正在大厅。”

我命如风将慕容带到我房里，慕容进来后，见我们四人眉头紧锁，忙问：“发生什么事了，你们个个都好像很心烦的样子。”

交代整件事以后，慕容问我：“皇上不立后的原因你该知道吧？”

我刚想回答，天香抢先说："皇帝哥哥不立后的原因就是因为冯素贞呀，他说他的皇后之位非冯素贞莫属，如果不是她当皇后，那他将在有生之年虚悬后位。"

此话一出，惊得在场的风流云和破军都直直地看着我。

慕容这时面露惊讶之情，"冯素贞不是死了吗？皇上真够痴情，只见一面就对冯素贞情根深种。"

冥思苦想了一个晚上，还是没想出好办法，今日早朝该如何进谏呢？

风流云看出我的不安，安慰道："再大的困难我们都度过了，我相信我们这次一定能化险为夷的。"

破军也向我比着胜利的姿势。

听着他们这样说，我的心中也涌起无比的信心，相信今日在早朝上一定能完成这不可能的任务。

朝堂之上，东方胜看着我，对我使了个眼色，让我明白一切都已安排妥当。

就在群臣等着皇上临朝的时候，风流云小声对我说："我与破军商量好了，如果皇上怪罪下来，我与破军会护你周全，让你安全离开这朝堂。放心好了，你一定会平安无事的。"

"你们万万不可，我就算有事，也不会连累你们。你给破军说一下，此事我不答应。如果你们真如此做，我会在朝堂之上当场自刎，我可是说话算话的。"

风流云见我说得如此坚决，只好点了点头。

很快的，欧阳天域终于出现在朝堂之上，我们跪下行礼后，欧阳天域示意群臣平身。

"诸位爱卿可有事要奏？"

话音刚落，东方胜用眼示意我，我站了出来低着头说："臣有事要启奏。"

"李爱卿你有何事启奏？"欧阳天域笑着问我。

"臣入朝为官以来，常听到众位大臣向臣提起皇上的英明统治，对皇上都敬仰有加，但美中不足的是没有一位母仪天下的皇后来替皇上管理后宫，为皇上分忧，所以臣恳请皇上早日立后。"

我就这样一口气把想说的话都说完，然后看了看欧阳天域的脸色，发觉无任何变化。

过了许久也不见欧阳天域说话，我的心七上八下地跳着，不知这一开口，我的小命是不是就此玩完。

众位大臣见我进谏让欧阳天域立后，也在东方胜的带动下跪下，口中劝着欧阳天域能早日立后。

我跟着也跪下，心想：算东方胜没有骗我，如果其他大臣不说话，我才真的被他给害死了。

"朕现在不立后是因为至今未出现合适的皇后人选。"

东方胜忙进谏："皇上，既然您觉得后宫之中无人选，那可以下旨广选天下秀女，臣想这些秀女中定有皇上觉得合适的人选。"

“黑水国太子求见皇上。”这声音打破了僵局。

黑水明皇大步走了进来，经过我的身边时还对我邪邪一笑，好像在提醒我昨日所发生之事，我将头低下，让他看不清我脸上的表情。

欧阳天域开口问：“不知太子殿下见朕，所为何事？”

黑水明皇先行了个礼，笑道：“本太子是前来向皇上辞行的，因为本太子明日会起程回国。”

“太子殿下明日就要回国，那今晚朕在御花园摆下酒宴为太子殿下饯行，到时你可要准时到场。”

黑水明皇低头致谢后，故意问欧阳天域：“皇上，这朝上众臣为何要长跪不起？”

“他们不起，是因为朕还没有答应他们立后之事。”

“那皇上为何不立后呢？你后宫之中不是佳丽众多吗，怎会没有一个合你心意的？我看那贵妃妃娘娘深得皇上宠爱，立她不就行了。”

我没想到黑水明皇会问得这么直接，果然这样的讲话方式符合他的性格，欧阳天域听后为难地看着太子，不知该如何回答才好。

这时我看到东方胜脸上露出笑意，可能他也没想到会遇到这种好事，直接就把他女儿给讲了出来。

我想东方胜觉得太子的话正中他下怀，心里才会暗自偷笑，笑得连眼角的皱纹都跑出来了。

我也想笑，但是并不是因为太子讲出玉妃，而是想看欧阳天域如何回答太子的话而已。

就在这时，一个惊人的回答突然响起，“朕久未立后是因为朕心中早有人选，可是这个人选却当不成朕的皇后。”

黑水明皇迷惑不解地问：“在下这就不明白了，既然已有人选，而且你是皇上，天域所有的一切都是你的，那名女子为何不能成为你的皇后？”

欧阳天域叹了一口气，说:“因为那名女子已经香消玉殒，所以朕会为她虚悬后位。”

“不知这位女子有何德何能，令皇上为她虚悬后位。”

欧阳天域眼中闪着落寞之色，“她就是天域的第一美女冯素贞，朕与她有一面之缘，她当时作了一首诗，朕每每想起就觉得此诗成了朕今日的写照。”

欧阳天域停了一下随后念道：“此情可待成追忆，只是当时已惘然。”

黑水明皇听后，瞟了我一眼，似乎在说，没想到皇上也为你动心呀。

东方胜这才知道女儿所言不虚，皇上真的被天域第一美女冯素贞给迷住了。

我也吃惊欧阳天域还记得当时我所作的诗，心中不免感到有些对不起欧阳天域，要不是遇到我，他也许不会有今日的惆怅。

我想着天香曾对我说过要我试着接受欧阳天域，但我却对他无半分男女之情，只有兄弟之谊，看着他现在这个样子，让我想到还有一个人也曾露出如此表情，那人就是李兆庭。

黑水明皇这时笑着说："原来是她呀，她值得皇上这样做，若是我，也会如此，谁不想拥有这天域第一美人啊！"

欧阳天域用疑惑的眼神看着太子，"莫非你也曾见过她？"

"在下并未见过她，只是听过她的传言罢了，如果真是见过她，我想我会与皇上争夺此女。"

如果有一天，我的身份大白于天下时，会引起什么后果？那是我不敢想，也是我不愿想的。

欧阳天域看着黑水明皇，笑着说："太子殿下可真会说笑。"

黑水明皇正色道："皇上，我说的可是实话，不是在说笑。"

见黑水明皇这么说，欧阳天域一时间不知该说什么好。

"皇上，立后之事以后可以再提，现在最紧要的是今晚为太子殿下准备的饯行晚宴。"我起身提醒着欧阳天域晚宴的事。

欧阳天域见我给他找台阶下，顺着我的话说："李爱卿说得正是，那此事就交于李爱卿去办。"

我听后谢恩："请皇上放心，晚宴会安排得妥妥当当的，让太子殿下有种宾至如归的感觉。"

黑水明皇见我要操办晚宴的事，忙对欧阳天域说："皇上英明，对于李大人的办事能力，本太子完全相信，本太子也很期待李大人的宾至如归！"

我不动声色地回道："臣会带给太子殿下一个很大的惊喜，不过到时太子殿下可不要吓着了。"

我心里暗想：黑水明皇你等着好了，你不是想要宾至如归的感觉吗，我到时会为你精心准备一个好节目让你终生难忘。

第八章　鸿门宴

【31】

下朝之后，风流云道："今日上朝总算有惊无险，要不然如果皇上真的怪罪下来，我和破军都不知道该如何是好。"

"还是要多谢风兄和三哥，若是连累了你们，我真的做不到问心无愧，所以下次就算我有什么事，你们也不要做这种傻事。"

慕容听得一头雾水，问我："他们要做什么傻事？"

我把他俩的计划向慕容说了，然后问道："如果是你，也不可能做出连累兄弟的事吧。"

"我觉得他俩的计策也不完全是在做傻事，如果换作是我也会先强行让你脱身，然后再想办法化解，这也算得上是为了顾兄弟的周全，甘愿两肋插刀的兄弟行径。"

风流云与破军异口同声笑着对我说："还是慕容兄懂得这个道理，可有人却死活不懂，而且撂下狠话，如果我们这么做，她就是在朝堂之上当场自刎也不会连累我们。"

慕容听后神色一变问我："四弟你果真是这样说的？"

"我当然是这么说的，要不然还不知他俩会做出什么无法挽回的傻事。"

就在我们说话时，东方胜与东方信走到我面前。

"我就说此事非得驸马出面进谏，虽无实际进展，但也让皇上说出不立后的原因，而且也没怪罪诸位大臣，看来我们都沾了驸马的光了。"

"东方大人说的是哪里话，要不是你带着诸位大臣在下官进谏后，集体跪下求皇上早日立后，下官才躲过了一劫，要说下官还是沾了东方大人和诸位大臣的光。"

东方胜笑着拱了拱手后转身离开了，东方信还想对我说什么，但看到父亲的眼色，也只好一同离开了。

看着他们走远了，我心想：东方胜，你想与我斗，我也不会示弱！在朝堂之上我倒要看看谁笑到最后。

我们刚要离开宫门，只见黑水明皇迎面而来："今晚我很期待李大人带给我的惊喜，不知与那天的礼物有什么不同。我先告辞了，回去准备一下好出席今晚的晚宴。"说完，哈哈大笑。

一想到他意有所指地提到小巷中的事，我的脸不禁红了，“今晚你一定会度过一个难忘的夜晚。”

“有没有那天让人难忘呀？我看你好像乐在其中，你看你脸都红了。”

慕容见太子话中有话，不客气地对他说：“太子殿下，你如此为难李大人意欲何为？”

黑水明皇看着慕容邪笑着说：“慕容将军你也是其中一个吗？没想到我的竞争对手这么多，而且一个比一个强，不过我倒是认为与越强的对手抢夺猎物越刺激，猎物到手之后，那种满足感一定溢于言表，没人竞争多无趣呀。”

风流云与破军听出他的言外之意，破军使了个眼色给风流云，风流云马上接着他的话说：“太子殿下，不知你在说什么，李大人何时成了你眼中的猎物了？请你顾及你的身份，注意你说话的语气，要是此话传出去，被皇上听到了，可是要惹上麻烦的。恐怕你明日就无法启程回国了。”

黑水明皇听后置之不理，对我说：“你身边可真多护你之人，那我只好放手一搏了，不知到时谁会获胜呢，李大人。”

“太子殿下，你说的话在下一点都不明白，不过有一点要告诉你，无论谁获胜，都不会是你，就算你获胜了，也会落得两手空空，我劝你还是尽早回国不要到处招惹是非。”

“越难办的事我就越觉得有趣，也许到时获胜的我会有意想不到的收获，你知道在黑水国有一种野猫吗？生擒后，刚开始喂养，会抓会咬生擒他的人，但经过一段时间的调教后，它就会变得很温顺，不过只对调教它的人温顺，对其他人一样会抓会咬。”

之后，他对我邪邪一笑转身离开。

慕容一脸愤恨地说：“这个太子莫非有病不成？不只为难你，还把你比作野猫。他也太放肆了，居然敢在天域境内嘲讽朝中重臣，我这就去禀明皇上，你今晚也不用为他准备什么饯行晚宴了，再让皇上下道旨让他今日就起程滚回国。”

我拉住他的衣袖，劝他：“你不要这么冲动，他如此做是别有用心，就算你贸贸然进宫禀明了皇上，皇上也下旨让他今日回国，但你有没有想过他会以此为借口，挑起事端，从而引发两国在边境的交战。”

慕容一脸豪气干云地说：“就算会发生此事，我也不怕，又不是没和黑水国交过战，如果这次他们要在边境挑起战事，我会带着兵马踏平黑水国，看他还敢作乱？”

“我知道你不惧他们发动战事，但你有没有想过一旦兵戎相见，苦的可是百姓，所以尽量不要发生战事，这样百姓也可安居乐业。”

“四弟说的没有错，我又何尝愿意打仗呢？只是人不犯我，我不犯人，有些事是想避免也避免不了的。”

“但现在能避则避，多一事不如少一事，我们就当作是只讨厌的苍蝇在我们耳边乱叫而已，我们大人有大量，不与此等小人计较。”

随后做了个鬼脸，惹得慕容也跟着哈哈大笑。

回到状元府，天香问我："听说皇帝哥哥让你操办太子的饯行晚宴是吗？"

慕容没消气的脸上，说道："我看这晚宴最好不开，现在看到那个太子就有气，哪儿有还有什么心思参加为他准备的饯行晚宴，他呀最好是早点滚回黑水国。"

天香一听这话觉得不对劲，我赶紧使眼色给慕容让他不要再说了，可是还是晚了一步。

"那太子我也看着不顺眼，慕容大哥他怎么惹你了？"

"他若惹到我还好，可是他却语出不善，伤到四弟，我当时气得想揍他一顿方才能解心头的怒气。"

"那他是怎么说我夫君的？"天香接着又问。

"他把四弟比作一只野猫，而把自己比作是调教野猫之人，你说让人生气不。"

天香听后，一脸平静地说："你们先回避一下，我有话要同夫君讲。"

慕容等人见天香发话，全都退出了我的房间，我坐在凳子上看着天香，不知她要说什么。

天香冷静地对我说："夫君，看来你那天的警告对太子没有用，从今天他对你所说的话来看，他对你可是志在必得。你预备怎么做？"

"我也没想到此事越来越难办，我现在最担心的倒不是我的安危，我更担心的是黑水明皇以后将会如何做，也许他会发动两国之间的战争，一来争夺天域国的大好河山，二来争抢我。"

"真的会发生这种事吗？"天香没想到事情会这么严重，一脸忧心地问我。

"我想我们离战争的开始不远了。我最担心的是如果两国真的交战，天域国与黑水国边境的百姓又将陷于水深火热之中，先不论究竟谁是最后的胜利者，但可以肯定的是两国边境的百姓绝对是这场战争中的牺牲品。"

"那也是没有办法的事，你一人之力可以阻止这场战争的发生吗？就算是皇帝哥哥也无法阻止，何况争夺的是天域国的国土，还有一个最重要的焦点是为了争夺你，我看你不如向皇帝哥哥坦白了身份，战火起时，你才不会有所牵连。"

"向皇上坦白，这万万使不得！你想今日在早朝之上皇上就说要为了一个在他心中已死的冯素贞而虚悬后位，如果这时坦白了身份，我不敢想象会发生怎样的事，再说我对皇上没有半分男女之情，后宫也不是我理想之所，所以我还是要尽量阻止这场战争的发生，让百姓少受点苦。"

"那你只想着国家和百姓的安危，就不管自己的死活了？夫君，此时我真不知道该说你是傻还是聪明。"天香靠在我肩头，叹了口气。

"我也不知道我这样做是傻还是聪明，但我想到战火一起，就会有多少人因此流离失所，我心里就特别难过。也许我到这个朝代就是要肩负这样的使命。"

天香抬起放在我肩上的头，眼中闪着疑惑的光，问我："你刚才话中提到来到这个朝代，你不是这个朝代的人吗，怎么会如此说。"

我这才惊觉一时失言，把自己穿越到这个朝代的秘密说了出来，我心想：说出来

就说出来吧，反正不知我在这个朝代还会遇到什么事，也许会死在这个朝代也说不定。

我一脸郑重地对天香说：“我现在要说一个我不为人知的秘密，但听完之后你要严守这个秘密，千万不要告诉任何人，包括你的皇帝哥哥。”

“什么秘密如此保密，你快说，我一定会帮你守住这个秘密，你看我连你是女子都没告诉过我的皇帝哥哥。”天香一脸着急地问我。

“其实你现在看到的冯素贞是异时空穿越而来的。”

天香一听这话吓了一跳，有点畏惧地看着我，问道：“难道跟我说话之人是鬼而不是人？”

“我该怎么给你解释呢，就是本来这个朝代的冯素贞已落水身亡了，而我呢因在我那个时代摔了一跤后，灵魂穿越至落水而亡的冯素贞体内，所以我就顶着她的躯体，在这个朝代继续活着。”

看着天香越听越讶异的表情，我又接着告诉她：“还有就是在那个时代，我也叫冯素贞，我能当上驸马也早就注定的，不过有些事还是偏离了原有的轨道，今后我也不知会发生什么事。”

“怪不得你好像料事如神的样子，而且遇事自有一套办法，还能作我从没听过的诗和唱我从没听过的曲子，原来你不是这个朝代的人，那你快说说你那个朝代的事，我现在好有兴趣知道。”天香此时就跟好奇宝宝似的问个不停。

【32】

我把我那个时代的事告诉了她，她听后恍然大悟。

“难怪你不喜欢宫中生活，原来以前你的生活如此自在随性，如果你在宫中肯定会闷死的，还有你讨厌成为皇后，也是因为这个朝代的男人可以三妻四妾，而你那个朝代却是实行的一夫一妻制。看来皇帝哥哥注定会得不到你，那你现在可有心上人？”

“我是有心上人，但他却不知道，我想他不知也是件好事，免得到时会伤心难过。”

天香好奇地问我：“那人我可认识？难道是破军不成。”

我白了她一眼，反问她：“你怎么不猜风流云？”

“我本想猜他的，可是我觉得不像是他，虽然这个人很风趣，但太过油嘴滑舌，当朋友还行，你肯定不会喜欢他。”

“不是破军，你再猜一猜。”

“你不会又喜欢上你从小订过亲的李兆庭了吧，不过这个人还算是你会喜欢的类型，虽然话不多，但也是个重情之人，就拿洞房那晚他的表现来说，还是挺让人心动的。”

我看着天香谈到李兆庭时脸上浮现小女儿之态，猜想天香对李兆庭有点动心，开玩笑地说：“原来他有这么好，我怎么没发现？不过却不是他。我的娘子，在夫君面前想其他男子可是会让夫君吃醋的。”

天香听后，脸上飞起了红霞，对我娇嗔：“夫君你莫要乱说，我的亲亲夫君如此优秀，

我怎会想其他男子，想得到夫君的宠爱还来不及，怎会顾及其他人？”

“我都把我最深藏的秘密告诉你了，你也要和我分享你心中的小秘密才是啊。”

“夫君都猜到了，还要为妻讲出来，不是要笑话为妻吗？”

“既然娘子这样说了，我就勉为其难地为你和李兆庭充当红娘如何。”

天香娇羞地拍打着我的肩说：“你又笑话为妻，我不依，你知道我喜欢的人，我也要知道你喜欢的人。”

我止住她拍打的手说：“就是在战场上让敌人闻风丧胆之人。”

“原来是他呀，我怎么没想到，不过现在回想起你与他之间的对话，还是能体会出你对他藏有一片情。那次他帮你挡了一剑，你为了照顾他，向皇帝哥哥请旨，我当时就纳闷：他府上难道没人照顾他吗，用得着你亲自过府去照顾他，原来那时候你就对他怀有爱意。”

“那你可猜错了，我对他动心之时是在他凯旋归来骑马游街时，只是当时一心为李氏一门翻案，才会压抑了自己的感情，直到他为了我挡了一剑之后，我再也无法压抑我自己的感情才会做出亲自照料他的举动。”

天香哀声叹气地说：“你比我幸运多了，至少现在你心中的他并无意中之人，可我心中的人却是一心扑在你的身上。”

“你放心，你的事一定会成的，我保证你以后会永远幸福的。我现在要出去与他们商量今晚晚宴的事，先行告退了。”说完便走出了房间。

我来到大厅内，看到风流云他们正坐着喝着茶聊着天。

我笑着对他们说：“让你们久等了，天香只是说了一些替担心我的话，不过你们放心，她已经没事了。现在我们来商量今晚给太子办晚宴的事，我说过会给他一个惊喜的。”

慕容一听到我提黑水明皇，面上又带着怒气。

“那种人不值得你为他费心操办什么晚宴，就像平常一样就行了，干嘛还要给他惊喜？”

“此惊喜非彼惊喜，这惊喜可是为了愉悦我们，而让他出丑而准备的，所以要精心安排才能达到最好的效果。”

“原来是这么回事，那就要好好安排一下，最好让他当众丑。”

风流云眼睛一转，笑问：“我们的驸马爷是不是心中已有对策，能让那难忘时刻得以实现。”

破军接着说：“四弟整人的鬼主意最多，随便说一个也能整死那个黑水太子。”

我先卖了个关子，要求他们：“但你们得答应我，要听我的安排，不得有异议。”

那三人急着齐声说：“四弟，你就快说吧，我们三人都答应你，一定照你的话去做。”

“我给太子的惊喜就是八个字‘项庄舞剑，意在沛公’。”

这八个字让他们三人听后，一头雾水地望着我，眼上露出不解之色。

慕容率先开口问我：“四弟，你能不能给我们解释一下这八个字是何含义？”

“要说到这八个字的含义，我先给你们讲一个故事。”

接着我给他们讲了关于鸿门宴的故事：项羽宴请刘邦，项羽的亚父范增主张杀掉刘邦，故命人弹琴，让项庄舞剑，当剑刺向刘邦时，项伯拔剑保护刘邦，刘邦从而躲过杀身之祸。

他们听后明白了这八个字的含义，但还是没弄懂我的意图。

过了一会儿，风流云说出自己心中所想，“你的意思是我们要为太子摆下这鸿门宴，让他有去无回吗？”

我眼带露出厉色，咬牙切齿地说：“非也，当然我只是借鉴这个典故，然而意思却和原来的不同，我要让他了解我怎样以其人之道还治其人之身，灭一灭他嚣张的气焰，让他知道人并不是让他玩弄于手掌之中的野猫。”

破军接着问我：“四弟会怎样安排这场好戏的上演呢？”

“三哥你算说到重点了，接下来要让这场戏在晚宴上演，还差那舞剑之人，至于弹曲之人就由我来做，还有沛公的角色就是太子本人。”

慕容毛遂自荐：“既然差那舞剑之人，那就由我来担当。”

我对他摇了摇头，将头转向风流云，“你不适合，我心中已有一个人选，那就是我们的逍遥侯风流云大人是也。”

“为什么是他，你认为我不能做那舞剑之人的原因在哪？”慕容不服气地问我。

“你还有其他事要做。从你对太子态度来看，我怕你真的会一气之下杀了太子。我可没有真的想要太子的性命，而风流云却不同，他一向油嘴滑舌，如果有得罪太子之处也会圆滑地处理此事，将大事化小，小事化无的。”

“没想到我在李大人眼里就是这样的人，不过我承认有时我油嘴滑舌，但对李大人却是一片赤诚，你这样说我，让我心里好难受。”说完，风流云还故意装出难过的样子。

我看到他又在耍宝，而破军和慕容还真被他给唬住了。

“你少在那装了，谁不知你的本性是怎样的？看着破三哥和慕容大哥被你骗是不是很开心呀，现在说正经的，到时你可要点到为止，吓吓他就行了。”

风流云见被我识破假装难过之计，就一本正经地说：“你哪次交给我的任务没有完美的完成？放心好了，一个小国太子而已，想着他在宫门口语出伤人，就想教训他了，现在终于有机会了……对了，到时你会弹什么曲子？”

“这个到时你就知道了，反正会符合此次的计策。”我一脸神秘地说。

“现在我终天明白你为何要选风兄当这舞剑之人了。”慕容心知肚明地笑着说。

我们继续商量着具体事宜，然后就到宫里去准备晚宴所需的东西，当然包括要上演好戏的道具。

前去皇宫之前，天香嚷着想跟来，我劝她留在府上，等着晚宴快开始的时候，再由如风陪她进宫出席晚宴，并且告诉她，把自己打扮好，准备看一场好戏。

天香本想从我口中探听是什么好戏，我没告诉她，说提前知道就没意思了，劝她说等着晚宴开始之后，一边喝酒吃菜一边看好戏是多么惬意的事，总算安抚了她。

为太子饯行的晚宴终于在御花园拉开了序幕，各位大臣也准时到达晚宴现场，现在就只等欧阳天域和太子的出现，就可以正式开宴了。

我与风流云等人坐好后，就看到如风陪着盛装出席的天香来到御花园。

我赶紧上前拉住她的手牵至我的座位旁边坐下，为她倒了一杯酒，全程表现出我们夫妻有多么恩爱。

各位大臣看着我与公主，也露出艳羡之情。

东方信走到我面前对我说："看着李大人与公主如此恩爱，我也想成家了。"

"那你应该对东方大人提，而不是对我说，让他为你选一个称心如意之人，这样你也不会羡慕我们夫妇了。"说完，指了指东方胜。

东方胜听到我所说的，走到我面前说："犬儿现在还小，多谢李大人的美意。犬儿可没有李大人的好运气，能娶到像公主这样如花似玉又知书达礼的良伴。"

"东方大人你这话让下官惭愧不已，应该说我娶到公主是我几辈子修来的福分，公主这样温柔体贴、善解人意，我想如果公主不嫁于我，才是我的损失，你说对吗，我的好公主？"

天香见我这样说，双颊绯红，含羞地说："夫君你又取笑为妻了，我呀就是败在你这张嘴上。"说完低下头，往我怀里钻。

东方胜自讨没趣，拉着东方信回到了座位上，眼中尽是鄙夷之色。

我也不在意，继续和天香打情骂俏。

"皇上与黑水国太子殿下驾到。"这时候，太监尖细的声音响起。

抬眼望去，只见欧阳天域与黑水明皇有说有笑地走进御花园，后面跟着的是后宫众位嫔妃与一大群太监宫女。

【33】

欧阳天域就座后，一脸笑意对着黑水明皇："祝太子殿下明日启程回国一路平安。"

黑水明皇回敬了他一杯，众位大臣也一同起身向黑水明皇敬酒，表达祝福之意。

黑水明皇笑容满面地说："皇上，本太子祝天域国在你的治理下能够更加国泰民安，风调雨顺，愿天域国和黑水国永结友邦。"

一听到两国永结友邦时，我心中就冷笑：黑水明皇，但愿你说的是真的，而不是一句口是心非的话。

他喝干杯中酒后，又自斟一杯酒，走到我面前，笑着说："在下敬李大人一杯，虽然与李大人结识的时日不多，但与李大人甚是投缘，只可惜没能与李大人结为异姓知己，不过也许另一种关系更令我期待。"

我听出他的言外之意，也端起了酒杯回敬他："谢谢太子殿下对在下的厚爱，今晚是你的饯行晚宴，我也不能免俗地祝你一路顺风，不过刚才你所说的另一种关系，我想是不太可能了，因为待会儿，你就会知道人并不是野猫，人是有思想有自尊的，

也许落入生擒他的人手中后，只是假意臣服，但只要找准机会就会给生擒他的人致命一击，从而解脱出来，得到他想要的自由。”

我一口喝干了杯中酒，倒立酒杯，正气凛然地看着黑水明皇。

“每次与李大人对话时就有一种棋逢对手的感觉，而且李大人的话也让在下受教，也更能激发我的斗志，这样一来你与我的游戏接下来会更刺激，也许这个游戏才刚刚开始，但已经让人期待接下来会发生什么好玩的事。你说待会儿我就会知道，是不是指你带给我的惊喜就是要让我明白人并不是野猫呢？这真让我迫不及待想看到那份惊喜。”

“你们刚才在说什么，能不能说给朕听听？”欧阳天域因为离我们太远，没听到我们的对话，但是看出我的不快，所以问我。

“回皇上，刚才太子殿下问我给他准备的惊喜是什么，臣说待会儿太子殿下就会知道，让他耐心等待。”

黑水明皇转身微笑着说：“正是说此事，皇上。”

“听你们这么说，朕也开始期待李爱卿为太子殿下准备的是怎样的惊喜？”

这时东方玉跪在欧阳天域面前说：“皇上，在李大人为太子殿下送上惊喜之前，容臣妾先为太子殿下献上一曲，以祝太子殿下能平安抵达黑水国。”

“爱妃你不是最擅长舞艺吗，今日为何会唱曲？”

“回皇上，臣妾也是受到李大人的影响开始练曲的，虽不及李大人，但还自认过得去，唱完之后，也请李大人评价一下，臣妾的歌艺如何。”

“哦？那爱妃要唱何曲呢？”

“当然是唱李大人曾唱过的曲子，也是现在民间流传甚广的一首曲子。”

“民间流传甚广的曲子，朕倒是第一次听说，曲名是什么，看朕有没有听过。”欧阳天域颇有兴趣地问道。

“就是那首《漫步人生路》，臣妾听后大为欣赏，所以请人教臣妾这首曲子。”

“原来是那首曲子，李爱卿曾唱过，还有另一个人也曾唱过，但感觉都不一样，朕现在有点好奇，爱妃唱出来又是什么感觉呢？”

东方玉回了欧阳天域一个娇媚的笑容，软语相迎，“等皇上听过后，不就知道从臣妾口中唱出是什么感觉了吗？”

东方玉怎么想起学我所唱过的曲子，而且这还是当时我唱给霜霜听的，并且还教会了霜霜此曲。

不知东方玉是不是为了投其所好，让欧阳天域更宠她，才会去学唱曲的。

天香这时附在我耳边用厌恶的口气小声地说：“你看她的狐媚样，就她也敢唱你所唱之曲？唱出来也会让人觉得俗不可耐，根本无高雅之感。”

“在我看来此曲更适合女子唱，你且听一听她所唱，再下论断，不要气了，等会儿还要看好戏呢，可是有为夫参与的。”

“夫君，妾身受教了。”天香偎在我怀中，看着台中央。

东方玉优雅地坐在琴台边，轻抚琴弦开口唱出这曲《漫步人生路》。

一曲唱毕，全场响起了雷鸣般的掌声。

“听爱妃唱过此曲后，让人又有另一番的感觉。”

东方玉展颜一笑，跪谢道：“多谢皇上夸奖。”紧接着，转身问我：“不知李大人听后有何评价？”

就凭刚才她所唱，如果不知她为人，也许会为她今晚的演出鼓掌，但我却知她的底细，如此工于心计，一味讨好，虽唱得不错，但却让此曲的意境大打折扣。我于是假意奉承：“娘娘唱得极好，下官佩服。”

黑水明皇却在此时站起身来，笑着说：“李大人你说的可是真心话？此曲我曾听霜霜唱过，但霜霜却对我说，此曲怎么唱都不及李大人所唱的意境深远，而且她还说天下不会有第二人唱得比李大人还要好，刚才在下听玉妃娘娘所唱，虽是唱得很好，但不至于达到让李大人佩服的地步吧。我想李大人只是在敷衍玉妃娘娘吧。”

黑水明皇这时插一脚，让我不知该怎么回他的话。

“李爱卿，太子殿下说的可是真的，你只是在敷衍玉妃？”

我还没想好该如何回太子的话，欧阳天域的问话又到，这一刻，我不能不回欧阳天域。

“回皇上，太子殿下言过其实了，臣的确认为娘娘唱得不错，只是还差了点火候，但无伤大雅。”

“爱妃，你认为李爱卿的评价中肯吗？”

东方玉也没想到会发生这种事，媚笑着说：“回皇上，臣妾当然认为李大人的评价中肯。”

话音刚落，慕容起身道：“启禀皇上，接下来就是李大人为太子殿下精心准备的惊喜。”

慕容这番话简直就是及时雨，我还在担心如果黑水明皇继续纠缠下去，该找什么话回他，因为我已经词穷。

说时迟，那时快，欧阳天域转过头询问我：“既然慕容爱卿这样说，朕想问一问李爱卿，这惊喜究竟是什么？”

“这个惊喜就是臣弹琴唱曲，而风大人会跟着臣的曲子翩翩起舞，不过这舞却不是真的舞，而是风大人向皇上展示他的剑术，所以臣与风大人要互相配合，舞剑时要跟着臣的节拍而起，相当的好看，臣想太子殿下一定没看过这么精彩的轻歌剑舞吧。”

“这个新鲜，朕还没看过，值得期待，你说对吧，太子殿下。”欧阳天域问着黑水明皇。

黑水明皇回笑了一句：“皇上，这轻歌剑舞确实令人期待。”随后转身问我：“不过本太子想知道这惊喜的背后是不是真如李大人刚才所说，能说明人并不是野猫。”

“太子殿下看后不就可以明白在下所说非虚？”说完，我走向台中的琴台旁轻轻坐下。

风流云此时拿着剑收在背后，站在我的面前，用眼神示意我：让我们给黑水明皇

一个特别的惊喜。

我拨动琴弦，开口高声唱道：

怒发冲冠，凭栏处，潇潇雨歇。
抬望眼，仰天长啸，壮怀激烈。
三十功名尘与土，八千里路云和月。
莫等闲，白了少年头，空悲切。
靖康耻，犹未雪；臣子恨，何时灭！
驾长车，踏破贺兰山缺。
壮志饥餐胡虏肉，
笑谈渴饮匈奴血。
待从头，收拾旧山河，
朝天阙。

风流云和着我的节拍，剑随身走，只见台中尽是剑影，剑影之中，风流云的脸若隐若现。

当我唱到激昂的时刻，风流云举剑刺向黑水明皇，黑水明皇下意识要抽出随身佩剑回挡时，风流云又调转了剑头飞回了台中，跟随节拍腾挪翻转。

在场的人被刚才的惊险之举吓得大气也不敢出，真以为风流云会刺伤太子，但是经风流云戏剧性地调转剑头，让他们的吓白的脸又恢复了红润，目光又被吸引回台中，继续观赏剑舞。

黑水明皇又把抽出的剑收回了剑鞘，不自然地笑了笑。

我看到他如释重负的神情，又使了个眼色给风流云，让他再次刺向黑水明皇。

这次风流云没有将剑头回转，直接就刺了过去，只见黑水明皇抽出了剑全力一挡，哐啷一声，在场众人皆惊。

此时风流云大声说：“一个人舞剑有什么意思，还是找个人来一起舞才有趣。太子殿下，上次没能与你切磋武艺，这次机会我不会放过，尽管施出你平生绝学，让我们在李大人的伴奏下尽抒英雄豪气如何？”

“既然风大人有如此雅兴，在下奉陪到底，与风大人来一场武艺对决。有李大人这样的曲子相伴，就算输了也值得，风大人你也是竞争者的其中之一吧，李大人真是迷倒天下人。”

就这样，风流云与黑水明皇你来我往地比试起来，场上刀光剑影吸引了众人的目光。

众人也从刚才的吃惊，恢复到观赏的神情，看着场上两人在乐曲声中的较量。

【34】

我看到欧阳天域也从刚才的惊诧变得兴趣盎然，再看到天香一边喝着酒一边吃着菜，从头到尾都没有被吓到，反而是津津有味地欣赏着，仿佛在看戏似的。

台中央的两人手中的剑与剑撞击时发出了轻脆的声音，恰当地配合着我的曲子，我越唱越激昂，看着他两人针锋相对。我和着琴音，吟着诗：

辛苦遭逢起一经，干戈寥落四周星。
山河破碎风飘絮，身世浮沉雨打萍。
惶恐滩头说惶恐，零丁洋里叹零丁。
人生自古谁无死，留取丹心照汗青。

这是《过零丁洋》，这首诗是这场戏的关键，人并不是野猫这个论断就是出自于此。

念完之后，我便和着曲子高声地说："古有苏武牧羊，在匈奴忍辱负重十几年，我虽比不上古人，但气节还在。"

黑水明皇听到我所说的后，一边应付着风流云一边邪笑着不时看着我，"李大人的高风亮节令本太子佩服。我说过你我之间的这场游戏才刚刚开始，当一切皆成定局时，我们再来看谁笑到最后。"

我淡淡地笑对着他，那笑中包含着对这场游戏的不屑一顾。

最后一个音符弹完，他俩的动作随着乐曲戛然而止，我看到黑水明皇的衣服有几处已被划破，露出了在衣服包裹下的皮肤。

我笑着走向二人，对着风流云笑问："你可尽兴？"

风流云也回我一笑，"能在李大人的乐曲之下与棋逢对手的太子殿下一较高下真是太尽兴了。"

我转过头问着黑水明皇："你呢？"

"你认为呢，李大人的胸襟媲美男儿，这让本太子对你又增加了几分好感，如果现在你让我放手，我再也做不到，因为你终究会是我的。"

我没想到他在大庭广众之下说出此话。

欧阳天域龙目含着微怒，一脸铁青，语气暗含斥责："李爱卿是国之栋梁，怎么会成为你的人，简直是胡说八道。"

"皇上你有所误会，'你终究会是我的'这句话我还没有说完，整句是'你终究会是我的良师益友'。"

"原来太子殿下是这个意思，李爱卿，你能得到太子殿下这样的称赞，还不快谢过太子殿下。"欧阳天域眼中怒火尽消，脸也由青变白，语气平缓。

我拱了拱手谢着黑水明皇，"多谢太子殿下的夸奖，在下实在愧不敢当。"

刚坐回天香身边，她就笑着小声询问："夫君你为太子准备的惊喜太棒了，我想那个太子应该明白你的意思了，也应该放手了吧？"

"他可没有放手的意思，反而是干劲越来越足了，不过经过这次，他也应该明白，强取豪夺在我这里根本行不通。也许他会有所顾忌，但也许会变得更激进，我现在心里也没底，不过好在他明日就要回国了，离天域国这么远，应该暂时不会有事，我们以后只能以不变应万变。"

晚宴临近结束时，黑水明皇当着我的面，请求欧阳天域，希望明日能看到我来送行，欧阳天域也不好回绝，就应承下来。

我想着明日要去送他就不开心，可在回府的路上突然想到明日正是一个好机会，让他明白两国若起战火苦的是两国边境的百姓。

晚宴结束后，欧阳天域单独宣召了我，问我为什么会唱那首歌和念那首诗，还对黑水明皇那样说，我当时就回他说，那只是很普通的歌和诗，之所以对太子殿下那样说，只是想采取更生动的表达方式让他明白人并非野猫，并无其他意思。

欧阳天域听后仍面露疑色，想着我对他所说的话。后来天香来找我，看见欧阳天域好像在思索着什么，就问我是怎么一回事，我便把刚才与皇上的对话告诉了她。

"我还以为是什么事呢，看你眉头紧锁，原来是为了今晚夫君为太子殿下准备的惊喜。确实如夫君所说，就是与太子殿下争辩人并非野猫之说，我早就听夫君讲过了，皇帝哥哥认为夫君的观点不对吗？"

"朕也认为人不能同野猫相比，看来太子殿下最后所说的，李爱卿是他的良师益友这句话相当贴切。好了，时候也不早了，你与李爱卿赶紧回府休息吧。"欧阳天域展眉一笑对我们说。

返回府中，风流云、破军还有慕容就迎了上来。

我问他们："这么晚了，大哥为什么不回将军府，还有风流云、破军，你们怎么不回房休息？"

"你被皇上叫去，我们都担心你，听说那个黑水明皇向皇上请求，让你明日去送他，我想你还是回绝算了，如果皇上不答应，我这就进宫禀明一切。"

我拉住慕容欲走的身子，劝着他："多谢你的关心，既然已应承去送他，明日我会前往送行，顺便有些事要同他讲，希望他听后，能化解这场未起的干戈。"

"那太子分明对你心怀不轨，所以明日去送他要由我们三人在旁。"破军提议。

"我认为夫君的出发点是好的，可安危还是要顾的。明日你去送他，如果发生什么变故，再想解救之法就迟了，我赞成破军所说。"

"既然你已答应，君子一诺千金，就随你吧，但明日还是要按三哥所说行事，不怕一万只怕万一。"

见慕容也支持破军的说法，我笑道："好了，你们这么多人说，我能不听吗，不过刚刚听到你说'不怕一万只怕万一'这句时，我突然想到一个脑筋急转弯的问题。"

天香眼中闪着好奇，问我："是什么样的脑筋急转弯问题，还有就是这脑筋急转

弯是什么意思？”

“这脑筋急转弯就是不能用常规的想法去想一个问题。”

“原来是这个意思，那个问题又是怎样的？”

“听好了，那个问题就是：布怕什么？纸怕什么？”

在场众人听后都开口大笑，天香更是夸张，已经笑得上气接不过下气，捂着肚子喘着气说：“太好笑了，这个问题的答案就是这句话，不过挺形象的，有趣。”

“与李兄在一起就不会有无聊的感觉。”风流云也笑着说。

“现在这么晚了，今晚你就暂在我府上休息一晚吧，反正明日都要同去送太子。”

次日清早，我们抵达十里亭时，黑水明皇已在亭中坐着喝茶，似乎在等着我。

黑水明皇看着我身旁的三个人，邪笑着说：“没想到李大人这么怕我，还随身带了三个保镖。”

“太子殿下这是从何说起，他三人好歹也陪同你逛过京城，也算相识一场，前来送行，也是无可厚非的。”我从容地回了一句。”

黑水明皇见没讨到什么便宜，接着又说：“还是李大人想得周到，我可没想到这层。多谢李大人的提醒，在下也谢过三位能来送行。”

慕容刚想说什么，风流云就抢先开口：“能来送太子殿下也是我们的荣幸，还有就是昨晚与太子殿下一较高下，觉得太子的武艺不凡，能与你相识一场，真是三生有幸。”

“风大人你也太过抬举本太子，能与风大人这样的英雄豪杰过招，也是本太子的荣幸。”

听着他们说着官面上的话，我的脸上带着笑，问他：“听闻太子殿下与黑水皇帝一样勤政爱民，不知太子殿下有没有听过要想百姓安居乐业，就得停止杀戮，平息战争。”

“能得到李大人的夸赞，本太子深感荣幸，但是如果没有战争哪来的天下太平，你说对吗？”黑水明皇似乎明白我意有所指，故意反问我。

“也许太子的话有几分道理，可是你有没有听过皇权之路是皑皑白骨堆积而成，是踏着数以千计死难的百姓而成就的，难道皇权这么吸引人，能让人瞬间变成地狱的勾魂使者？”

“李大人不曾生在皇家当然不会懂，只要是生为皇家人就有对权力的追崇，为了皇权自相残杀，你可以去问一下你的君王，难道他就不同吗？”

显而易见，黑水明皇对我的指责不满。

黑水明皇说得没有错，也许今日换作是问欧阳天域，答案也会一样，毕竟这是在古代，一将功成万骨枯，最是无情帝王家。

我这是怎么了，我一人能扭转乾坤吗？恐怕太子和欧阳天域也不能吧，而且他二人是如此的相似，争夺天下之心在他二人心中恐怕早有，只是没付诸行动，只要时机成熟，就会踏上争霸天下之路。

黑水明皇见我眉头紧锁，一脸的不开心，既是安慰也是宣誓：“是不是我的话吓到你了，可现实如此，不过你放心，你的安危在我心中比这天下更重要。”

慕容一脸的不悦，怒问：“太子殿下这话是什么意思？难道你真有断袖之癖不成？处处针对李大人，而且你说这话，好像将李大人比作女子，你这样侮辱我国朝中重臣，如果皇上知道，后果会如何，你应该比谁都清楚。”

我怕慕容的话激怒黑水明皇，会令他在一气之下把我的秘密抖出来。

我走到他们中间，笑着说：“太子殿下怎么可能有断袖之癖呢，他是想让我去黑水国为他效命才会如此说。我说的对吗，太子殿下？”

“李大人果真聪明，一猜即中，本太子这点心思怎么能瞒得过李大人呢。”黑水明皇说这话时，脸上挂着了然于心的笑。

慕容脸上立即出现戒备之色，护在我面前，眼含厉色，回敬了一句：“李大人一心为国，不会到黑水国为你效命，你就死了这份心。”

“当初你在此送霜霜时，曾为她送上一曲，不知本太子可有这个荣幸？”

黑水明皇没理会慕容的话，反而将话题岔开，说着我送霜霜时的事。

“送你一曲也无妨，但是在下希望太子殿下能代我向霜霜问声好，问问她几时能回天域国。”我推开慕容，走到黑水明皇面前说出请求。

黑水明皇又露出邪邪的笑，点了点头算是答应，然后命人取琴放在石台上，比了个请的姿势。

我心中想到：原来他早有准备，自信我不会拒绝。

第九章　帝王大典

【35】

我迈步走到了石凳前坐下，轻抚琴弦弹着曲子，口中说着："虽然你我话不投机半句多，但既然相识一场，又加之你今日要起程回国，我还是送上一曲，祝君一路平安。"稍微停顿了一下，又接着说："今日送上一曲《桃花源》，愿你我心中都有一个属于自己的桃花源。我们身处同一个世界，我希望这个世界能够和平，没有战争，人人都生活得很快乐。"

一曲清音伴着歌声飞出：

前世一杯水，君子未相见，枉做了凡人百年。
看他乡千张脸，若有缘不擦肩，换得今朝面对面。
无意间，轻描淡写小悠闲，掏出心中地与天。
谈笑间，情谊无边任月光舞窗帘，恍如遁回桃花源。
忘却了世间的尘与烦，想起了心中的湖海泉。
真情它哪儿来的借与还，邀得一壶清酒浓半山。
再多沧桑还是尘与烦，再多风雨换来湖海泉。
曾经推窗望月独自参，今日秋寒，朋友知冷暖。
无意间，轻描淡写小悠闲，掏出心中地与天。

一曲终了，黑水明皇鼓起掌对我言道："能得李大人一曲实属难得，恐怕此曲只有李大人这样卓于世外的人，才可唱出曲中的深意。"

"谢太子殿下谬赞，我只是希望太子殿下能体会出我的良苦用心，这也是为了两国百姓能够安居乐业，免受战火摧残的诚意之曲。"

"李大人，可有些事是你想避免也避免不了的，不过还是多谢李大人送我的曲子。此一别不知几时才能与李大人再相见，不过我想我们相见的日子不远矣。"黑水明皇难得的一本正经，不带一丝邪意。

"千里送君终须一别，太子殿下请起程，天色已不早了。"

黑水明皇跃上马背回头深望我一眼，抱拳道："就此别过，来日方长，后会有期。"

那一眼惊得我慌了神，没想到才相处几日，他对我的情已深到让我胆寒的地步。

看来这场战争势必会发生，只是没想到战争的导火索之一会是我。

送别黑水明皇后，我与风流云他们骑上了马往回走，一路上，我一直神思恍惚。

慕容看出我的异样，问我："四弟，刚送走了太子，你为什么没有一丝喜悦之情，反而是神情落寞，这是为何？"

"你可知我今日送太子的目的就是想让他放弃争夺天下的野心，为百姓福祉着想，不要挑起战火，可是今日的我才明白，我一人之力是那么的弱小，还自以为可以说服太子，看来我太高估了自己。"

"四弟不要难过，你为百姓做得够多了，我能理解你现在的心情，但是争夺天下的野心是历来帝王都有的，不是你的错，你也不要太自责。这争霸天下是帝王最乐意做的事，你我只能相助。"慕容说出了这个世界残酷的现实。

"你的意思，就是说二哥也有此心了？"

"我说没有你会信吗，只是欧阳天域暂时没有找到合适的时机而已，只要时机成熟，自然会起兵。"

我低着头，回想着慕容的话，确实如此。

欧阳天域怎会没有这样的想法呢，只是隐藏得极好，就拿他到处开天下第一楼就可以看出端倪。

天域国各处都有天下第一楼的分店，连附近的邻国也有，这足以证明欧阳天域正在为以后争霸天下铺路。

回府之后，来至大厅，天香正坐在大厅之中，看到我们，起身走到我面前。

"你们总算回来了，可把我担心坏了，生怕发生什么意外。还好你们都平安回来了。"

"让娘子担心了。"

风流云接着把送人的情形当着天香的面描述了一遍。

"看来夫君此次的目的好像并没有达到，不过我还是以夫君为傲。夫君是我看到过最为百姓着想的官了，天域国有你是百姓之福。"

我听后笑了笑，这时如风来报说李兆庭来访，我命如风请他进来。

我看见天香听到李兆庭来访时，脸上有不自然的笑，当下就明白那日天香给我说的非虚，看来天香已对李兆庭动了心，也许我该为他们当一回红娘，成就一段良缘。

李兆庭进到大厅看见我与风流云他们后，向我们行礼，我请他坐，然后让如风上茶给他。

李兆庭喝了一口茶，一脸关心地问我："听说黑水国太子处处针对李大人，你今日去送他，我担心你有事，所以过府来看下。还好你没事，我这就放心了。"

"李兄你的消息好快呀，不过还是要多谢李兄对我的关心。我与太子之间并不像你听说的那样，他处处针对我，只是因我与他之间政见不合多有争辩而已。"

"原来如此，不过李大人还是小心为妙。"

我接着对其他人言道："我想与李兄单独在书房谈些事，等谈完后，再来与大家闲聊。"

向在座的人行了辞别之礼后，我与李兆庭来到了书房。

"李兄，你也不小了，而且以后是一家之主，你我之间既已解除了婚约，你若有合适的人选，可以成家立室了。"

"虽然你我之间已无婚约，但是我依然对你难以忘怀，至于说管理家族一事，你不用担心，我已决定终身不娶了，但我会从家族之中挑出合适的人选培养他成为一家之主。"

"你怎么这么傻，我不值得你为了我这么做，你万万不可如此。如果你果真如此，不是让我更加的愧疚吗，既然你无成家的人选，我给你说门亲事如何？"

李兆庭睁大着眼，脸色黯沉，平静地对我说："如果能减轻你心中的愧疚，我可以娶妻。你要给我说的是哪家的千金？"

我看得出这平静之下早已暗潮汹涌，只是李兆庭为了不让我难做掩饰得极好。

"你既然不想娶妻，那我也不帮你做媒了，一切随你吧。"

"不，你还是告诉我说的是哪家的千金，我说过为了不让你觉得欠着我，我可以娶妻。"

李兆庭表现出迫切想知道是哪家千金的样子，我沉思了片刻，还是说出了那人的姓名。

当我口中吐出"天香公主"四个字时，李兆庭面露惊讶之色。

"为什么是她？"

"因为她喜欢你。"

李兆庭默不作声，陷入了沉思中，我猜不透他心里现在是怎么想的。

我接着说："此事也不急，只是告诉你天香公主对你有情而已，至于你是否接受，也要看你的意思。你不用这么为难，你不愿意，我也不会强人所难。再说今日我们所谈之事，天香并不知情，所以你放心，你可以回府好好想一想，想好后再告诉我你的答案。"

"就因为公主喜欢我，才会挑公主的吗？"李兆庭问道。

"这只是一方面，另一方面，我想为公主后半生的幸福挑一个可以托付之人，以弥补我对她的亏欠，包括对你的亏欠。"

"既然你这么说，我已明白你的心思，容我回去考虑考虑，再给你一个答复。"

"这件事本来就是要你来全权决断的，我只是中间人而已，不要为了我违心地接受，如果你们婚后不幸福，到头来受到伤害的只会是你与天香，这也是我不愿看到的，也不是我的初衷。"

李兆庭朝我点了点头，算是答应我会好好想清楚，然后我们离开了书房来到了大厅。

看到大厅里很热闹，我开口就问："你们刚才在聊什么，气氛这么热闹。"

众人听到我的声音，抬眼望向我与李兆庭。

“你们谈完了，刚才会这么热闹，是天香正在说皇上从小到大过生辰时的糗事，所以我们都听得忍不住一直在笑。”

风流云一边说，一边夸张地学着天香的动作神情。

“娘子，怎可以在背后议论君王呢，这可是犯上之举，不过在家说说也无妨，可惜我没听到，要不你再给我说一遍，让我也乐一乐。”

天香撅着嘴，假意生气地说：“我才不要再说一遍呢，夫君你想听就去问皇帝哥哥本人吧，我想他看着你的面子肯定会说给你听的，还有刚才你吓我这是犯上之举，我生气了。”

“我哪有那么大的面子，要皇上亲口说自己过生辰的糗事。好天香，好娘子，你就告诉为夫吧，为夫为刚才的惊吓之语向你道歉还不行吗？”

天香你平时总爱对我撒娇，今日我也要以其人之道还治其人之身，看你能不能招架得住。

天香见我这样，哈哈大笑：“你这一套在我这行不通，想学我撒娇这招，你还差得远呢，我才不会上当。”

众人见我和天香斗嘴的样子都跟着笑起来，我在与天香斗嘴时偷望了一下李兆庭。

我看到他也在打量着天香，看着我们相互抬着杠也会心一笑，我觉得他与天香之间有戏。

天香笑够了，一本正经地对我说：“说真的，过几天就是我皇帝哥哥的生辰了，你们有想过要送他什么礼吗？”

我听后摇了摇头，其他人也跟着摇了摇头。

“皇上什么都不缺，想不到要送什么礼物才是他没见过的，真是难呀。”

看着慕容苦着一张脸，天香又说：“慕容将军说得也是，那夫君有没有想到什么好点子，这里面就数你的鬼点子最多。你好好想想，说不定能想到好点子。”

我皱着眉想着该送什么礼才好呢，皇上真的是什么都不缺，不知什么礼物才会是最特别呢。

我冥思苦想了半天，突然想到在现代时，我曾是大学戏剧社的一员，何不为皇上送上一出特别的戏剧呢。

我脸上露出了笑容，天香看到我这样就猜到我一定想到好点子了，忙问我：“夫君你是不是想到好点子了，快说一说是什么好点子？”

其他人一听到天香的话，把目光全聚集在我的身上，都在等着下文。

“这个点子可是要大家帮忙才行，而且我保证皇上不曾有看过或是得到过这样的生辰礼物。”

风流云见我说了一半又停了下来，急着问：“你就快点说吧，我们都会听你的安排的。”

“这个礼物就是我们在皇上生辰当日演一出戏给他看，这个内容肯定是他从未看

过的，不过说好了这个戏可是每个人都要有份参与演的，不准临阵退缩。”

李兆庭指着自己，一脸难为情的样子，询问：“我也要演？可是我并非朝中大臣，只是一介布衣。”

“当然要演，你忘了你家能够平反其中也有皇上出的力，就凭这个，你也要为皇上即将到来的生辰献上你的一份心意。”

我由不得他再考虑，编了一个合情合理的理由。

李兆庭听后也觉有理，便应承下来。

天香接着问我：“可是我们都不会演，那要怎么办？”

“这个你放心，我会负责演练的事，你们只要听从我的指挥就可以了。”

破军好奇地问我：“那这个戏叫什么名字，内容又是什么？”

“这戏的名字叫《殉情记》，里面的内容就是这样的……”我向他们讲述了罗密欧与朱丽叶的故事，他们听后都被这个殉情故事所感动，天香和如风还流下了眼泪。

我对他们说：“从明日开始直到皇上的生辰前，大家就到我的书房进行演练，务必要使这个戏能在皇上生辰之时精彩呈献。我会把你们所扮演的角色的戏词写好交给你们，你们有没有信心演好这出戏？”

众人听后，对我齐声道：“当然有信心了，你放心好了，到时定会赢得满堂彩。”

我让李兆庭与慕容这几日就住在我府上，好方便排练，然后叫人分别去给他们府上带话，就说这两人会在状元府待上几日，事先知会一声，以免他们担心。

【36】

书房内，我连夜就把各个角色的戏词写了出来，然后到了第二日，他们都来到我的书房。

我开始分配角色：天香饰演的是女主角朱丽叶，李兆庭饰演的是罗密欧，而风流云饰演的是朱丽叶的未婚夫，如风和破军分别饰演朱丽叶和罗密欧的贴身侍女和侍卫，慕容与我则是两家的家长，我是朱丽叶的父亲，而慕容则是罗密欧的父亲。

分配好角色后，我把戏词交给了他们，让他们先熟悉一下，然后进行了第一次的演练。

虽然第一次的演练笑话百出，但时间长了便慢慢好了起来，每个人都越来越入戏。

我之所以要安排天香与李兆庭来演男女主角，是有我的用意，我这个红娘还是要为两人多制造些机会让他们相处，这样近距离的交流，对增进彼此之间的感情会起到很有效的作用。

我们几个要上早朝的，下朝之后就急急地奔向状元府我的书房内。

有一次欧阳天域宣我与慕容去他的御书房，我们跟着去了御书房，与他聊了几句，就推说府中有事要赶紧回去。

起初欧阳天域也没太在意，当次数多了后，他也开始起疑，“李爱卿，慕容将军，

你们府中究竟是什么事，要如此急地赶回去？”

“也不是什么要急的事，主要是为了早日抓住那幕后的主使所以有事与其他人商量，望皇上谅解。”

我早已想好用什么理由搪塞欧阳天域。

“原来如此，那有劳两位卿家了，不过也不要太过操劳，伤了身子可不好。你们去吧。”欧阳天域一脸关心地说。

我与慕容向欧阳天域行了礼之后，出了宫骑着马回到府上，进入书房看到他们正在演练。

“今日我第一次对皇上说了谎。”我向他们坦承。

“你说了什么谎？”天香倒是不以为然地问我。

“我把我们这几日忙于排戏说成了要商量如何查出李氏诬陷一案的幕后主使，所以会这么忙。”

“那皇上相信了？”风流云带着怀疑的眼神问我。

“当然相信了，还特别关心我们，让我们不要太操劳了。”慕容笑着接口。

“这也没有什么，等庆祝完皇上的生辰，我们就商议如何抓那幕后主使的事，这样对皇上也有一个交待。”破军不在乎地说。

“三哥说得不错，我也是这么想的。最近发生了许多事，好像忘了此事，不过等要忙的事忙完了，就来商议此事。好了，大家开始演练吧。”

在这几日的演练中，我看出天香与李兆庭已配合得相当默契，可就是觉得差点什么，想了许久才明白此戏最关键的地方是生死相许的恋情，他们好像缺了这种感觉。

我单独对他们进行指导，“你们虽然配合得相当默契了，但差了点生死相许的感觉。你们可以试着幻想，被别人阻止时那种发自内心想在一起的感觉，就可以使这出戏让人看了感动。”

他二人听了我的话后，琢磨了一下后，又开始演练。

这次让我看到他们确实渐渐融入了那种生死相许的感觉，当到了最后殉情的地方时，又卡住了，就是男主角要吻已死的女主角，之后用匕首自尽的情节，他们始终不敢互相亲吻。

“这是在演戏又不是真的，而且这出戏最高潮的部分就在此了。你们不要有什么顾虑，如果你们还是不敢亲的话，那就让风流云来演男主角，而你来演他的角色，我想风流云应该不会害羞，怕亲女主角吧。”

我像一个指挥若定的导演般说着让他们放开自己的话。

随后我向风流云使了一个眼色，风流云一脸嬉笑，不正经地说：“那正是求之不得，没想到演这出戏，还能碰上这种艳福，我愿意换角。”

天香急得拉着我，嚷道：“我不干，如果风流云来演男主角，我就不演女主角。”

我听了天香的话也没回她，再看看李兆庭，好像也不愿意换角，故意问他：“你的意思呢？”

他支支吾吾地说：“我也不愿意。”

“既然你们两人都不愿意，那该怎么办呢？眼看皇上的生辰就快到了，临时找两个人来替代你们也不可能呀！唉，看来这次为皇上准备的惊喜又要泡汤了，我们就按照原来送礼的模式给皇上准备礼物吧。”

我故意这么说，而且还假装很沮丧的样子。

他二人看我这样，异口同声道：“我们就听你的，再演一次最后一幕。”

我双眼充满疑问，不相信地反问他们：“你们可说的是真的，不会到时又亲不下去吧？”

他们双眼含着坚定之色对我摇着头。

“那我们再来演一次。”我拍了拍手，对着屋中众人说。

慕容悄悄走到我身边，一脸赞赏地说：“你这招苦肉计用得真是妙，看来他们又中了你的计了。四弟真是越来越滑头了，比风兄还要滑头，难怪风兄每次都会败下阵来。”

风流云不知怎么听到慕容所说的话，抱怨我，“李兄平时还常说我油嘴滑舌的，我看呀最油嘴滑舌非李兄莫属，在下只有甘拜下风。”

我笑了笑，示意他们看向前面，他们顺着我的眼神，看到天香与李兆庭正排到女主角喝下毒药后躺在床上，而此时的男主角就跪在她的床边。

李兆庭好像下了什么样的决心似的对着天香的嘴就亲了下去，然后说了一句动情的话后，拿出匕首刺向胸口，倒在床边，整出戏圆满收场。

“真是太感人了，演得太好了，到时皇上看了肯定会感动的。”我拍着手，大叫。

最后我交代天香与李兆庭，整出戏结束后，我会再次登场唱一首曲子起到画龙点睛的作用，至于是什么曲子现在暂时保密，而且他们要维持这个殉情的场面直到我唱完。

今日上早朝，我见众位大臣都没提皇上生辰的事。

我站出来对欧阳天域说：“启禀皇上，再过两天是皇上的生辰之日，臣希望能帮皇上筹办这次生辰大典。”

“朕看，若不是李爱卿提醒，朕都要忘了过两天是朕的生辰了。有劳李爱卿费心了，此事就交于你来筹办，朕相信李爱卿定能给朕一个与以往不同的生辰大典。”

欧阳天域脸上含着笑，恩准了我的提议。

众臣听到再过两天是皇上的生辰，统统跪下，口中诵道：“两日后是皇上的生辰，臣等提前向皇上祝贺，祝皇上寿与天齐。”

我心中想笑：什么寿与天齐，人终究一死，何人能长生不老，这马屁也拍得太不高明了。

我为什么会要想筹办皇上的寿宴一事？还不是为了方便我与天香他们排的戏好安排在合适的时候上演，要不我才不会摊上这费力不讨好之事。

诸位大臣虽向我道喜，可眼里却是看好戏的态度，以为我为了争宠才会如此。

这两日我都忙于筹办生辰大典一事，都不曾回府，也不知这两天他们排得怎么样。

我和慕容的戏份少，所以慕容也在宫中帮我，戏份最重的是天香和李兆庭还有风流云，我让他们这两日加紧演排，希望他们以最好的表现呈现在众人面前。

我终于忙完生辰大典的一切事宜，就和慕容两个赶紧回到府上，跟天香他们最后从头到尾演了一次以确保到时不会出错，总体的感觉还是不错的。

在彩排时，我发现天香与李兆庭之间有点不对劲，好像是多了些什么。

后来我才想到原来是彼此心中已互有好感，看来我这个红娘想的点子还不错，他们的喜酒是喝定了。

为了这次演出能够成功，我还专门去请宫中裁缝做我们演出所需的衣服。

总算这些宫中的裁缝手艺不俗，做出了我想要的衣服。我把这些衣服送到为了这次演出特意搭的高台后的换装间。

风流云他们一早就来到换装间做演出前的准备，我命人先为天香换衣服和上妆。

当天香走出换衣间，她身上紧裹着高贵的外国宫廷服，头发高高梳起，挑高的眉毛下，睫毛长长的，投射在眼下，一双似水的大眼睛顾盼生辉，高挺的鼻梁下唇似樱桃，再加之她本身具有的皇家气质，整个人看起来高贵迷人。

我都看呆了，别说其他人。

我挤着眼睛，问李兆庭："公主很美，很高贵，对不对？"

李兆庭早已看傻眼，根本没听到我在问他，只是喃喃自语："真的好美，好高贵，还有这衣服也很美。"

我对着两人吼道："这衣服是这出戏诞生地的衣服，你不要发呆了，快去换你自己的，还有风流云，你看傻了，还不去换你的衣服。"

他们回过神来，跑进了换衣间，我拉着天香来到镜子前。

天香看着镜中的自己，双眼含羞不自信地说："这真的是我吗？我有这么美吗？"

"公主你别在那发愣和怀疑了，这不就是你本人嘛。对了，趁还没开始演出前，你再熟悉一下戏词，词熟才能有上佳的表现。"

我们正说着话，李兆庭和风流云已经换好戏服走出换衣间。

我看到他俩时，心想：这就是我要的感觉，一个风流倜傥，一个帅气痴情，一看就知两人是什么样性格。

李兆庭穿着外国古时的宫廷装，是那样的潇洒迷人，天香的脸不禁红了，眼中只有李兆庭的身影。

我看着发呆的两人，将他俩拉在一起，口中赞道："实在是太相配了，你觉得怎样，风流云？"

风流云还以为我问他："挺好的，你是不是对我有点着迷了。"

"少贫嘴，我又不是问你换了衣服的感觉，是问你看到天香与李兆庭站到一块的感觉，少在那自做多情。"

风流云这才意识到自己答非所问，仔细地打量着那两人，然后对我说："不错，

郎才女貌，挺相配的。”

这时慕容进来对我说：“皇上已来了。”

我拉着慕容让他看天香与李兆庭的装扮，慕容看后直点头，还夸我衣服做得很好看，说完后拉着我出去见皇上。

【37】

见到欧阳天域后，先行了礼，然后我四下看了一下，原来大臣们都已到齐，就差我这主事之人。

“恭祝皇上生辰快乐。”我跪下说着祝词。

群臣见我已向皇上说出祝福的话，也纷纷跪下说着祝福皇上的话。

欧阳天域笑着示意我们平身、就座，这时太监开始宣读送礼的名单，念完后，只有我们几个准备演戏的人没有送礼。

这时我的耳中听到东方玉娇媚的声音：“皇上，这么多大臣都送了礼物，可好像臣妾没有听到李大人所送的是什么礼？”

“是吗，朕倒是没注意听这些礼物是谁送的。”

一旁宣读的太监忙回着他：“确实没有刑部李大人所送之礼，而且还没有公主殿下、慕容将军、逍遥侯风大人以及带刀待卫破大人。”

欧阳天域笑了笑，看着我说：“哦，这么巧，这几个人都没有。”然后接着说：“李爱卿，虽然你与朕乃君臣，但朕还是颇了解你的。你快说说你要送朕什么样的礼物，让朕在这个生辰之日会有意想不到的惊喜。”

“皇上英明，这么快就知道臣的心思，臣确实已备有好礼恭祝皇上的生辰之喜，不过可否容臣先保密，待会皇上就知道是什么样的礼物。”

“那好，朕等着李爱卿的礼物，不过可不要让朕久等哦。”

我听后回禀：“臣遵旨。”

玉妃见我没因她的话而被皇上怪罪，忙笑着说：“臣妾就说吗，李大人这么一心为国，又是皇上最为器重的朝中重臣，怎么会不准备礼物呢。原来是为了给皇上一个惊喜，不过在李大人的惊喜之前，容臣妾先行送上臣妾亲手为皇上做的香包。”

欧阳天域接过那个香包，似乎闻到一股气味，像是自己平常用的龙涎香的香味。

玉妃脸上有欣喜的表情，忙为欧阳天域释疑：“皇上可是已察觉香包的香味很熟悉，那是因为平时你的衣物上总带着此香味，所以臣妾在香包里放了此香味的香料，皇上日后也不用那么麻烦地让每件衣物熏上此香。”

欧阳天域眉眼带笑，搂着东方玉，在她耳边说：“多谢爱妃能如此细心为朕着想。”

我听完他俩的对话，心中暗想：这东方玉在宫中能得到皇上的宠幸还真是有一手，就拿今日送的礼来说就颇下了点心思。

皇上什么没有呢，就差别人对他真心实意的关心啊！这招真是妙呀，现在我也不

得不佩服这宫中的嫔妃们，为了争宠想尽奇招。

生辰大典进行到一半时，我站起来，低着头说："启禀皇上，可否容臣与慕容将军先行告退，好为皇上献上臣等精心为皇上准备的礼物。"

"李爱卿，朕早就等着看这份礼了，既然是这样，朕准了。"欧阳天域边说边挥了挥手。

我与慕容退出了宴会现场，来到了高台后的换衣间，对已装扮好的众人说："演出就要正式开始了，大家都要放轻松，按照平时演练时的演就行了。"

他们眼中闪着自信，对我点了点头，然后我和慕容快速地换好衣服上好妆。

我穿着戏服来到了高台的正中央，对着欧阳天域跪下说："回皇上，臣为您准备的礼物就是一台精彩的大戏，此戏名为《殉情记》，希望皇上能够喜欢这份礼物。"

台下众人听到我所说的，全把眼光投射在高台上的我，我手一挥高台上的帷幕缓缓拉开。

临时搭建的高楼上有一位身着宫廷装的美貌女子正看向楼下，而楼下正是李兆庭所扮演的罗密欧，不用说也知道高楼之上的丽人正是天香所演的朱丽叶。

这场经过精心演练的戏就在高台上变换着场景演出着，终于到了此戏最高潮的部分，也就是殉情那一幕。

天香演的朱丽叶微笑地喝下毒酒之后，平静地躺在床上，眼里闪着是对幸福生活已实现的喜悦，当毒酒发作之后，她开心地闭上了眼，一脸幸福的笑容。

李兆庭所演的罗密欧闻讯赶来时，发现朱丽叶已死，跑向床边，跪下哭泣。

"愿我们来生能够在一起。"

动情的话语从他口中飞出，而后他用嘴吻上了天香的唇，拿出一把匕首对着自己的心窝刺了下去。

他捂着自己胸口不断流出的假血轻轻地躺在了天香的身旁，握紧她的手闭上眼等着死亡的到来。

他们演得太好了，连我都忍不住流下了眼泪，我看着台下已有人在擦着湿润的眼。

这时慕容走到我身后提醒我："你不是还有一首曲子要唱的吗？"

我擦了擦脸上的泪，走到台前，坐在已放好的琴边，轻抚琴弦，动情地对着躺在床上的两人唱道：

雨过白鹭洲，柳恋铜雀楼。
斜阳染幽草，几度飞红。
摇曳了江上远帆，此刻倾国倾城相守着永远。
回望灯如花，未语人先羞。
心事轻梳弄，浅握双手，任发丝缠绕双眸。
所以鲜花满天，幸福在流传，流传往日悲欢眷恋。
所以倾国倾城，不变的容颜，容颜瞬间已成永远。

此刻鲜花满天，幸福在身边，身边两侧万水千山。

此刻倾国倾城，相守着永远，永远静夜如歌般委婉。

帷幕随着我的琴音徐徐降下，停在我最后一个音符上。

我请出所有参加演出的人一起出来跪下，高声恭祝着欧阳天域：“恭祝吾皇年年有今日，岁岁有今朝。”

欧阳天域畅怀大笑地朗声说道：“有劳各位爱卿了，朕这个生辰过得最为开心，你们快快平身。”

我们起身后穿着戏服走下高台来到皇上面前。

“李爱卿，你这出戏让朕颇为感动，而且最后那首曲子敲打着人心最柔软处，害得朕差点跟着他们一样流下眼泪。”

“皇上过奖了，能让您这么感动，也是戏中人演得好。”

欧阳天域看到天香与李兆庭，还没认出他们，忙问我：“这两位是哪个戏班的，我怎么没见过？”

我刚想回，天香便笑道：“皇帝哥哥，连自家亲妹妹都不认识了，亏我这么卖力的演出。”

欧阳天域这才看出那戏中人之一正是他调皮的妹妹天香，夸奖着她：“没想到朕平时最调皮的妹妹能演得这么好，那你身边这位又是谁呀？”

“这位皇帝哥哥也熟，他就是李兆庭。”

李兆庭赶紧跪下：“草民李兆庭见过皇上。”

欧阳天域仔细打量了一下才认出是李兆庭，语带怜惜地说：“你家遭人诬陷一事，朕颇感到对不住，幸亏有李爱卿能查明真相，才使朕没有铸下大错，你能来为朕祝寿，朕相当高兴。”

“皇上这样说，不是折煞草民吗，李家能够洗脱冤情也是皇上英明，肯相信李大人话，命李大人彻查此案，今日草民方才能站在这里向皇上祝寿。”

“回皇上，臣听到李兆庭一番话，也觉得言之有理，如果没有皇上的英明统治，也不可能有今日天域国的太平盛世，臣代天域国的百姓谢谢皇上。”我低着头向欧阳天域鞠躬致谢。

“皇上，李爱卿的话虽不错，可是让自己的娘子与一介草民演戏不说，还让他们当众亲吻，这是身为公主夫君可以允许的吗？”东方玉借机毫不客气对着欧阳天域进言。

“东方玉，皇帝哥哥都没说什么，你说这话是什么意思？难道是想说我伤风败俗吗，要针对我何必把我夫君扯上，你这分明是公报私仇。”天香一脸的怒气，盯着东方玉说。

“皇上，臣也是为了公主的清誉着想，如果今日之事传出去，不仅使公主蒙羞，也让皇家的颜面荡然无存。臣妾可都是为了皇上，希望皇上三思呀。”

“没有爱妃说得这么严重，这只是在演戏而已，不要大惊小怪，再说朕刚才都没

有看出戏中的女子是天香，试问别人又怎么能看出呢？”

天香刚想回口，我站出来拉了一下天香，对欧阳天域说：“都怪臣一心为了皇上准备礼物一事忘了天香是公主的身份，以至于娘娘才会说出这样担心的话，臣认为娘娘说得没有错，臣愿接受任何惩罚。”

天香看着我这样，本还想说什么，风流云赶紧拉住了她，示意她不要再说。

“既然李爱卿这样说，那朕就罚你为朕献上一曲，可这一曲是专门献给朕的，你可愿意接受这样的处罚？”

玉妃连忙说：“皇上，这样恐不妥……”

欧阳天域看了她一眼，玉妃赶紧闭上嘴，老实地坐在欧阳天域身边。

“臣领旨，臣这就为皇上献上一首《敲天堂之门》。”

我上到高台坐在琴台旁，弹着曲子，高声唱：

爹娘，请把这勋章摘下吧，
我再也用不着了。
黑下来了，黑得无法看见，
感觉好像我在敲着天堂之门。
敲，敲，敲天堂之门；
敲，敲，敲天堂之门；
敲，敲，敲天堂之门；
敲，敲，敲天堂之门。
爹娘，把剑拿到远离我的地方吧，
我再也不能用剑了。
浓重的乌云正压境而来，
感觉好像我在敲着天堂之门。

【38】

一曲完毕，我看着欧阳天域闭着眼，没有作声，而我在想欧阳天域有没有听出我这曲子的暗含之义——战争的残酷。

东方玉见皇上闭着眼不说话，一脸怒气地说：“李大人你可知罪，刚才那首歌中分明有诅咒皇上之意，这是对皇上的不敬，来人！将李大人押入天牢等候皇上的处置。”

她的话音刚落，东方胜领着御林军欲将我擒住。

天香抵在我的面前，对着东方胜大叫：“本公主看谁有这么大胆，敢押走驸马。”

东方胜命令着御林军，“把公主拉开，将李大人押入天牢。”

这时御花园中已乱开了，风流云和破军还有慕容和李兆庭将我与天香围在中间，不让御林军靠近。

天香这时大声叫："皇帝哥哥你倒是说句话呀。"

欧阳天域仿佛从睡梦中醒来一般，微睁着龙目，对着御林军厉声道："都给朕住手，朕有说过李爱卿有罪吗，刚才只不过是听了李爱卿所唱之曲身有同感而已。玉妃，到底朕是皇上还是你是皇上？"

玉妃吓得花容失色，急忙跪下说："那李大人所唱之词分明有诅咒皇上之意，所以臣妾才会如此做。"

"是吗，那你说李爱卿所唱之词哪一句有讽刺君王之意。"欧阳天域沉声问她。

"就是那句'浓重的乌云正压境而来，感觉好像我在敲着天堂之门'，这不是诅咒皇上吗？"

"那李爱卿你认为玉妃所说属实吗？"

"臣认为娘娘并未理解臣的意思，臣唱的这句词是想告诉皇上，虽然现在天下太平，朝堂安宁，但也要时时提醒自己不要陶醉在其中，要有危机意识。"我巧妙地解释着这句。

"李爱卿想得好远呀，朕都没有你想得远，看来天域国有你，朕能安心了，有你这样敢于直谏之人，是天域国之福。"

"皇上您可曾记得那日殿试的考题？"

"朕怎会忘记那日的殿试，就是在那日，李爱卿尽显胸中锦绣，提出了一个全新的君与民的关系，朕还记得你曾说'君为船，民为水，水能载舟亦能覆舟'。"

"既然皇上还记得，那臣唱这句还想告诉皇上要记得天下不仅是皇上的，也是天域国百姓的，就像血溶与水一样密不可分。"

玉妃见找不着任何破绽之处，违心地笑着说："皇上，今日臣妾算是长了见识了，李大人当真不愧是天域最优秀的臣子，一心为皇上分忧解难。刚才是臣妾错怪了李大人，臣妾愿接受皇上的任何处罚。"

"今日是朕的生辰之日，爱妃既已知错，那就罚爱妃上场跳支舞吧。"

"这有何难，臣妾这就上场为皇上舞一曲，可是为了表达臣妾对李大人的歉意，可否请李大人再唱一曲，臣妾想跟着李大人的节拍跳一曲，如果臣妾不能跟上李大人的节拍，臣妾甘愿接受其他的处罚，望皇上恩准。"

"李爱卿已连唱两曲，恐怕嗓子受不住，朕看就不用了吧。"

这东方玉还真是一盏不省油的灯，又想让我唱，好抓我的短处，但如果不唱，东方玉的面子肯定挂不住，虽然欧阳天域并未答应，但不唱的话，众臣一定会背地里说我小家子气，还是唱吧，这次的曲子可是歌舞升平时唱的，应该不会有多大问题。

"皇上，臣愿为娘娘伴奏一曲。"我对着欧阳天域说。

"多谢李大人不计前嫌，刚才多有得罪，还望李大人见谅才是。"东方玉假意对我致歉。

"娘娘也是为了皇上着想，何罪之有？那娘娘请吧。"

我俩一同上了高台，我坐在琴台边，开始抚琴：

花恋花儿，花非花儿，纤云流转，花颠花儿花迷花。

花暖人间，七彩连华，花满世界，九州绽如画。

花仙花儿，花醉花儿，紫霞万丈，丰润泽，满庆天下。

吉祥迎风，福满枝丫，太平日月，花笑开了花儿。

花愿幸福满人间，花祈鸿运兆瑞年。

撒花红万千舞花蕊翩翩，花柔花曳，花香花满天。

花吟龙飞庆祥年，花开凤舞盛世连。

撒花红万千舞花蕊翩翩，花意花愿花美人间。

花飞花满天，花恋花儿，花非花儿

花颠花儿，花迷花儿。

花暖人间，花满世界，花仙花儿，花醉花儿。

太平日月，花笑开了花儿，丰润泽满庆天下。

花柔花曳花儿花意花愿花儿，花吟花开花飞满天。

我用轻柔的嗓音唱着，玉妃如翩翩蝴蝶在台中飞舞。

我心中也不得不佩服她的舞姿，确实优美至极，而且完全跟着我的节拍在跳，我有心弹得快一点，她也能跟上。

台下众人都被她的舞姿所吸引，也不能怪这些人。因为东方玉在舞姿的衬托下更显得娇美无比，一举手一抬足都透着妩媚，再加上她绝美的容颜上展露出魅惑人心的笑容。

我突然想到一句诗“一弯新月上莲花，妙舞轻盈散绮霞”，恐怕台下众人都有这种感觉。

歌止舞歇，东方玉犹抱琵琶半遮面的收尾，真是让人浮想联翩。

“爱妃这一舞真是美呀，再加上李爱卿这绝美之曲，你俩堪称珠联璧合，不知李大人这曲名为何？”欧阳天域连声称赞。

“这曲名为《天女散花》，本就是歌颂太平盛世的曲子。”

“朕决定将这首曲子定为宫中庆典必唱之曲，劳烦李爱卿教导宫中的乐坊，务必学会此曲。”

“臣领旨。”我跪下回禀。

生辰大典结束后，我与天香等人都回到府中。

刚到府，天香一脸的不满，气道：“这东方玉越来越不把本公主放在眼里了，真是气死我了。还有夫君，你刚才就不应该答应帮她伴曲，活该她下不了台。”

“娘子，如果我这样做，可是百害而无一利，虽然皇上没有要求我帮东方玉伴唱，可她毕竟是皇上的妃子，而身为臣子的就应以她为尊，这点面子不给，不是让人背后说我小家子气吗？”

“听夫君这么一说，好像有点道理。”

慕容眼带疑惑地问我：“四弟，就是因为你这样的心性，所以大哥才担心你会吃亏。你今日所唱的那首《敲天堂之门》，我想皇上听后刚开始是心有不快的，要不然也不会任由东方玉胡来，可后来不知想到什么才会阻止。”

“大哥，你可知我为什么会唱此曲吗？”

“当然明白，但四弟我不是给你说过，此事并不是你我二人可以阻止的，你还是没有听我的劝，以至于今日差点惹祸上身。你也知你身受皇上器重，有多少大臣对你眼红，你已处在风口浪尖上，以后可要谨言慎行。”

“我也知自己身处的位置，所以才会想到利用这一点多为百姓做点事，好让他们能生活得平安富足，如果让我做那中庸之人我是断断做不来的，不过还是要多谢大哥提醒，我以后会注意的。”

“好了时间也不早了，折腾了一晚上，大家回去休息吧。”风流云岔开话题，大叫道。

这一晚对每一个人来说都是不平静的一夜，我让天香先去休息。

坐在书房中，我想着今日御花园所发生之事，再想到欧阳天域的反应，心中已然明了：恐怕这场战争就算不是由黑水明皇挑起，欧阳天域自己也会伺机而动。

想到这我内心忧虑，如果战火燃起，真可谓是应了一句老话“神仙打仗，凡人遭殃”，无力阻止的我，在这场战争中应该处于什么样的立场呢？

难道真如慕容所说，只能帮皇上打赢这场仗实现他的鸿图霸业。可是我做不到对百姓的苦难无动于衷。

第二天上完早朝后，我与慕容被皇上宣到御书房议事。

欧阳天域开口便问：“李爱卿，你好像没睡好，都有黑眼圈了，不知是什么事让李爱卿如此彻夜难眠？”

“多谢皇上的关心，臣没睡好，可能因天气太热的缘故。不过臣看皇上好像也一脸的疲惫，臣恳请皇上，不要太过操劳国事以免伤了龙体。”

“李爱卿，现在时值阳春三月间，并不燥热，李爱卿是不是为昨晚朕没及时制止玉妃的行为而心生疑虑，所以才不能安睡？”

“皇上多虑了，臣并不是因为昨晚之事，臣是因还没查出那李氏诬陷一案的幕后主使人才彻夜难眠的。”

“那李爱卿可想到用什么计策才能抓住此幕后主使人？”

“就是苦无良策，所以心里着急，以至晚上不能安睡。”

慕容听后责备我：“李大人，你虽然一心为国，但是该休息时也应休息，如果还没抓到那幕后主使人，你却先病了，这才是天域国的损失。皇上，您认为呢？”

“慕容爱卿说得不错。李爱卿你总劝朕要注意休息，其实你应该劝的人是你自己，你可是朝中重臣，也是朕的好帮手，你可不能因劳累而病倒。”欧阳天域接着又说：“昨晚你所唱之曲，朕已明白你的心意，但是朕也有自己考量，况且早在登基之初就已决定，所以李爱卿，你也不必多言。”

“臣明白，臣只是想试一试能否改变皇上的心意，不过昨晚听慕容大人的一席话，臣也想通了，臣愿意帮皇上，但是希望与此同时能最大程度地降低伤亡，这就是臣最想努力达成的事，也是为什么臣会愿意助皇上达成心愿。”

“李爱卿，真是太好了，能有你从旁相助，此事一定可以早日达成。朕答应你，尽量降低伤亡。”欧阳天域一脸的舒心，对我承诺着。

出了皇宫，在宫门口慕容问我：“四弟，你怎么会答应相助皇上，我原想，以你的性格会尽量阻止皇上，就算阻止不了，也会站在中立的立场，没想到你却答应助皇上一臂之力。”

“其实昨晚我彻夜都在想此事的最佳解决办法，想来想去只有这个方法能够有效地保护百姓不会在这场战火中受到巨大伤害。”

“你有没有想过自已的安危？难道战火燃起时，你也要跟着上战场不成。”

“有何不可，你以为只有武官才能上战场吗？我曾说过，如果有一天能够上战场，我要看一看我们慕容将军在战场上指挥将士的英姿，你难道忘了？”

我看着他一副不赞同与不相信的样子，接着说：“你可知我曾读过一首词是描写战争的，原文是：大江东去，浪淘尽，千古风流人物。故垒西边，人道是，三国周郎赤壁。乱石穿空，惊涛拍岸，卷起千堆雪。江山如画，一时多少豪杰。遥想公瑾当年，小乔初嫁了，雄姿英发，羽扇纶巾，谈笑间，樯橹灰飞烟灭。故国神游，多情应笑我，早生华发。人生如梦，一樽还酹江月。”

“真是一首好词，尤其是那句‘谈笑间，樯橹灰飞烟灭’可谓把战争当成一场棋局，只在谈笑间就可定胜负，这是何等快哉。”

这时一个声音从我身后传出：“没想到李爱卿还有这等胸襟，虽是文官却有武官的气魄。”

我与慕容转身一看，原来是欧阳天域，赶紧跪下：“臣等参见皇上。”

“这又不是在宫中，勿需多礼，刚才我听到四弟的所念的词，豪情满腔，四弟说此词是描写一场战争的，我怎么没听说过？”

我看着他询问的眼神，心想：你当然不可能知道。

“这是我在看古书时偶尔看到的，上面还说了这场战争的前因后果。”

欧阳天域与慕容一听就来了兴趣，齐声问我：“是怎样一场战争？”

“难道要在此说？我看不如到天下第一楼，我们边喝着酒边听我说故事如何？”

他二人听后大喜：“那就请吧，今日可要不醉不归。”

“且慢，二哥可否派人去我府上通知一声，让其他人也一起来，独乐乐不如众乐乐。”

欧阳天域听后也觉得人多热闹，就命人去状元府，通知其他人到天下第一楼相聚。

【39】

风流云他们闻讯赶到天下第一楼天字号包间。

天香走到我面前问我："夫君，是不是有什么喜事，才来邀我们来天下第一楼？"

"不是，是让你们来听故事的，还有我们已好久没有聚在一起谈天说地，故而邀你们前来天下第一楼。"

"听故事，这就有些奇了？"风流云不解地问。

"这当然是我旁边的两位迫不及待想听的战争故事。"我指着欧阳天域与慕容，笑着说。

"哦，原来是这样，那就快快讲给我们听吧，那两位的眼睛都露出了渴望之色。"

我向他们讲了赤壁之战的故事，讲到精彩处，我站了起来学着诸葛亮摇着羽扇的样子说着文绉绉的话。

他们都被这个故事所吸引，当我讲完时，看他们都还陶醉在故事中，只有天香听得都快睡着了。

"这个故事虽好听，但还是不及你在醉红楼所讲的故事让人心动，我看呀只有这些大男人才会喜欢听这打仗的故事。"天香指着他们调侃了一句。

慕容却激动地说："这个故事中所运用的战术可以在将来我遇到此种情况时，加以借鉴，不知四弟还有没有这样的战争故事？"

"你又不是战争狂，那么喜欢听打仗的故事。"

欧阳天域接口："这个故事相当精彩，如果四弟还有这样的战争故事可别忘讲给我听。"

我可没敢告诉他们，当然有这样的故事，像《孙子兵法》和《三十六计》的故事都是讲对敌作战，如果让我讲，三天三夜也讲不完，还有那《三国演义》也全都是在讲战争的故事。

"目前就只有这个故事是讲战争的，其余都是哀怨缠绵的爱情故事。"

天香一听这话，拉着我的手，央求我："夫君讲一个来听听嘛。"

我看着天香不停地对我撒娇，实在受不了。

"那好吧，现在我就讲一个让人感动到哭的爱情故事，现在你就把手帕拿出来，准备好等会儿擦眼泪。"

天香当真听话地把手帕拿出来，我开始讲周星驰所主演的《大话西游》。

当讲到周星驰要戴上金箍圈时，我学着周星驰的样子讲出那段精典的话："曾经有一份真诚的爱情摆在我的面前，我没有珍惜，等到失去的时候才后悔莫及，人世间最痛苦的事莫过于此。如果上天能够给我一个再来一次的机会，我会对那个女孩说'我爱你'，如果非要在这份爱上加一个期限，我希望是一万年……"

天香这时早已泪如雨下，我越讲到后面越精彩，众人听得都入迷了，当紫霞说出那句对白'我猜到了前面，却没猜到这结局'时，众人都不禁为这个女子感到惋惜。

故事讲完了，天香的手帕也被她的眼泪都浸湿了。

我拍着她说："你也不要过于伤怀了，这只是一个故事而已。"

慕容笑着说："这个故事的结局还是挺让人欣慰的，最后他俩转世，因前世的情

缘又相聚在一起，可谓是皆大欢喜。”

欧阳天域反复念着那段精典的台词，问我：“世间真有这样的爱情吗？”

“故事是虚构，但是我相信世间有这样的爱情，就算没有，我们心中也会期盼这样的爱情出现。”

“那个紫霞仙子对她姐姐说出自己对未来夫君憧憬时所讲的对白真好，‘上天既然安排他能拔出我的紫青宝剑，他一定是个不平凡的人，错不了！我知道有一天他会在一个万众瞩目的情况下出现，身披金甲圣衣，脚踏七色云彩来娶我’，我完全能感受到她当时的心情。”天香一脸向往地对我说。

“好了，故事讲完了，我也饿了。”

众人听后也跟着从故事中走出来开始畅饮。

酒菜吃到一半时，欧阳天域提议：“四弟，刚才讲了两个动听的故事，现在是不是为我们再献上一曲，以助酒兴。”

众人听后一致拍手称好，我也喝得有些醉了，起身豪气地说：“唱就唱，今日要唱一首豪迈的曲子，你们可要听好了。”

我用筷子敲打着碗边，和着节拍：

我在遥望，月亮之上，
有多少梦想在自由地飞翔。
昨天遗忘，风干了忧伤，
我要和你重逢在那苍茫的路上。
生命已被牵引，潮落潮涨，
有你的远方，就是天堂。
谁在呼唤，情深意长，
让我的渴望，像白云在飘荡。
东边牧马，西边放羊，
热辣辣的情歌，就唱到了天亮。
在日月沧桑后，你在谁身旁，
用温柔眼光，让黑夜绚烂。

在我嘹亮的歌声中众人也跟着用筷子敲打着碗边，有些人还跟着节拍跳了起来，我也跟着手舞足蹈起来，大家在这种欢快的气氛中度过了一个难忘的夜晚。

第二天上早朝我迟到了，不过还好，欧阳天域还没上朝，真是万幸。

我看到慕容早就到了，走到他身边好奇地问：“你这么早就到了？昨晚你不是也喝醉了吗，我还以为你会同我一样来迟。”

“这种喝醉的事常有，我已习惯了，所以能够早到，只是你昨晚喝了许多，身体可吃得消？我看你脸色不大好，不如你回去休息，皇上来了，我帮你说情。”慕容担

心地对我说。

“我没那么不济吧，只是胃有些不舒服，你不用担心，说不定今日早朝会取消也说不定。”

我的话刚说完，欧阳天域的近侍太监出来宣布皇上的旨意：“今日皇上不适，早朝取消，请各位大臣把奏折递上来，晚些时候，皇上会御阅各位大臣的奏折。”

慕容对我笑了笑，“不知四弟还有未卜先知的本事。”

“我哪有这本事，只是知道昨晚皇上喝得特别多，所以我猜想皇上今日会因宿醉而引发头疼。这种感觉我也曾有过，相当难受，头特别痛而且又没什么胃口，只想喝水和休息。”

“听你这么一说，是不是你现在也有这种感觉？那我雇辆马车送你回去。”

到了宫外他急忙命人雇了一辆马车，把我扶上车后，也跟着上了车。

我们坐在软垫上，他让我靠着他的肩先休息一下，我顺从地把头靠在他的肩头。

他搂着我，两手放在我头的两侧轻轻揉着，我闭着眼，心里感到前所未有的安全感，忽然感到一阵倦意，我靠在他的肩头梦周公去了。

当我醒来的时候已是第二日，我起身穿好衣服来到饭厅，看到天香正看着我笑，而且这笑有点诡异。

“你看着我这样笑，是不是有什么瞒着我，还不从实招来。”

我将手伸向她的脸就要捏下时，风流云来到了饭厅看见我们这样，叹了一口气：“一大早就打情骂俏，还让人吃不吃饭了。”

“又没让你看，是你自己要看，是不是嫉妒我们夫妻恩爱呀。”我眼中带着得意，故意说着风凉话。

“算我没说还不成？你们继续，眼不见心不烦。”

风流云埋头吃着饭，我又转向天香准备逼她说出为什么会笑我的原因。

天香见我又要捏她的脸，赶紧将风流云抓起，挡在她的前面。

“你想知道，我偏不告诉你，你来抓我呀。”

逗我不说，还伸出舌头奚落我，而我又被风流云挡着，心里又气又急。

“风流云你快让开。”我推着风流云，叫道。

风流云一脸无奈地说：“我可不敢得罪公主，再说究竟是什么事你非要这样。”

这时破军也来到饭厅，我对着破军叫道：“三哥快来帮我抓住天香。”

破军一时摸不着头脑反问我：“为什么要抓公主，真奇怪。”

风流云听到破军所说，哈哈大笑，“破军你说得太好了，就是有人一大早正事不做，只知与人瞎闹，连我也被牵连进来，让我不能好好吃早饭。”

我见他二人如此说，停下了手，喘着气说：“好了，我不闹了，大家都坐下吃饭吧。”

天香见我已坐下，轻手轻脚地坐在我身旁小声问：“难道你不想知道今早为何从床上起来的吗？”

听着天香的话，我慢慢忆起：昨日下朝之后，我明明坐在马车上的，后来靠在慕

容的肩头睡着了，接下来就什么都不知道了。

难道说是慕容抱我进的府，然后把我放在床上的，想到这，我脸不禁红了。

“你是不是想到什么了，要不你的脸为什么这么红呀？”

“我能想到什么，别瞎猜了，我脸会这么红都是因为刚才与你疯闹之后，身上发热。”我掩饰着内心的狂喜，敷衍着天香。

“你就编吧，反正呀我知道你是想到了你在床上的原因。”

天香一副好像看透我心事的样子。

风流云不以为然地道出实情：“我还以为是什么事呢，原来就是慕容抱熟睡中的李兄进府放在床上一事，这又没有什么值得大惊小怪的，反正他又不知你是女的，只当你是他四弟。”

原来真的是他抱我进府的，我猜的果然没错。

天香附在耳边轻声说：“你知道吗？你在他怀里就像一只贪睡的猫，不时用头往他怀里钻，好可爱呀，我从来不知你有这一面。慕容将军看着你时，脸上不时露出温柔的笑，还对我说，如果不是知道你是男子，还以为你是女子呢。”

“他果真如此说，不过我应该没有在他面前露出什么马脚吧？”我悄声问天香。

“当然没有，当我问他，如果你是女子时，你猜他如何回答的。”

风流云看着我们交头接耳的，没好气地说：“刚才还打打闹闹的，现在又亲密地说着悄悄话，有什么事这么保密？如果是喜事，说出来给大家分享一下，也让我们高兴高兴。”

“谁要让你高兴，我们正在说夫妻间的事，你吃你的饭吧，你看人家破军都没你这么三八。”我毫不客气地回敬了一句。

“四弟说得没错，你呀就吃你的饭吧，他们小俩口的事就让他们自己解决。”

风流云被破军说得哑口无言，只得低下头快速刨着饭。

我推了天香一下，小声问：“我怎么猜得到，你快说吧，别吊人胃口了。”

“他说你如果是女子，他一定会爱上你的，像你这么出色的女子世间少有，如果不能娶到你才会是终身的遗憾。”

当我听完天香所说，心里喜滋滋的，而脸也感到有点烧，我想此时我的脸一定红得跟红苹果似的。

天香接着又说道：“他当时的表情好让人心动呀，你呀真是走了桃花运，有那么多人喜欢你，哪像我没人爱。”

“天香你可不能这么说，那李兆庭在排戏时，可是对你动了情，我都看出来了，你呀就等着做他的新娘吧。”我对她说着打气的话。

“最好像你说的那样。唉，我的命可真苦呀，先是嫁了一个如意郎君，没想到却是一个女子，再后来喜欢上的人又是对别人情有独钟。”

“你这样说，真的让我无地自容了。放心吧，你的如意郎君不会跑掉的，你与他的这杯喜酒，我是喝定了。”我安慰着天香。

风流云看着我俩一会儿开心一会儿又眉头紧锁，开口说："我吃完了，你们慢用。"

他见我们没反应，故意推着椅子，咚的一声起身，见我们还是没反应，知趣地离开了饭厅，接着破军也离开了。

第十章 最后的心愿

【40】

上早朝时，我在宫门口看到迎面走来满脸带笑的慕容，脸刷一下就红了，低着头，不敢看他。

等他走到我面前，向我问好，我才平复了一下心情，吸了一口气，将头抬起，面带微笑地看着他。

“慕容大哥早，这么早也能碰上慕容大哥，真是好巧，昨天的事多谢大哥。”

“对大哥还这么讲礼？昨日送你回去的时候，见你在马车上睡得这么熟不忍叫醒你，所以才会抱你入府的。兄弟之间理应如此，下次可不许再谢了，如果再谢，你就不把我当成你的大哥。”

“大哥说得是，那我们赶紧进宫上朝吧。”

“好呀，快走吧。”

慕容一把拉着我的手往里走，我的脸顿时跟火烧似的，手心全都是汗，心也狂跳不止。

上完朝之后，我去刑部处理了几天来积压的卷宗。

一个月黑风高的夜晚，我与天香正准备上床休息，突然听到外面有吵闹声，我们走出房间，想看一看究竟发生了什么事。

当我们走到大厅时，耳中听到风流云大叫：“你怎么啦，快醒醒，为什么你满身都是血。”

我与天香循声跑向墙边，看到一个满身是血的人躺在地上，风流云正在为他止血。

我与天香走近一看，吓得我惊叫了一声：“啊，怎么是破军！”

昏迷不醒的破军满身都是血，脸色苍白得吓人，天香这时伤心地背过头不敢看向他。

风流云止住了破军的血，一脸担心地说：“他中了毒，此毒十分厉害，不知破军能否撑得住。”

我蹲下身，看见破军的后肩处插着一把匕首，在月光的照射下闪着青色的光，我的泪水夺眶而出，润湿了脸庞。

“快去请大夫来。”我转过头顾不得擦脸上的泪，对着侍卫大声吼叫。

大夫来后看过破军的伤势，一边摇头，一边说：“此毒难解，驸马爷准备后事吧。”

我伤心欲绝地跪在他面前，乞求的声音溢出我口：“不会是这样的，你一定有办法救他的，你再想一想办法，他不能死，我求你了，大夫。”

我此时已失去了理智，风流云和天香拉住我，不住地劝慰着我。

我脑中突然想到，宫中的御医一定有办法，我要进宫求见皇上，请他命御医前来为破军诊治。

我甩开风流云的手，直奔马厩，把白雪牵出后，骑着它向皇宫奔去。

此时外面突然电闪雷鸣，风雨大作，我不顾天香与风流云的在我身后的叫喊声，冒雨奔驰在通往皇宫的道路上。

我一边骑着马，一边默念着：破军你一定要坚持住，御医会有办法救你的，等我，一定要等我回来。

我到达皇宫门口，守卫拦住我，问我什么事，我说要见皇上，他们说皇上已就寝，有什么事请我明日早朝见了皇上再说不迟。

被拒之门外的我，满脑子想着的是救人，任由冷冰冰的风雨打在我身上。

我看着站在宫门前的守卫，脑中想的只有一句话：不行，今晚我一定要见到欧阳天域。

我突然想到我有御赐金牌，可浑身摸遍也没找到。

眼看时间一分一秒的流失，我把心一横，翻身上马，咬着牙，不顾守卫的阻拦，骑着马直冲皇上寝宫而去。

“皇上，臣李木然有急事相求。”

骑在马上的我大声地叫着，而后面是一群御林军追着我。

皇上的寝宫门前，我跳下马不顾君臣之礼推门便入。

正在龙床上安睡的欧阳天域被破门声惊醒，坐起身就看到全身被雨淋湿，头发散乱，神色狼狈的我正跪在地上，雨水正顺着我的脸一滴一滴地滴在地上，而后又看到大批的御林军冲进寝宫挡在我与他之间。

“请皇上命御医去状元府救破军，再晚就来不及了。”我隔着御林军大声地说出请求。

欧阳天域示意御林军让开一条路，走到我面前，看着脸色苍白的我，取下披在身上的龙袍，轻轻地披在我的身上，深邃的墨黑色眼眸带着一丝疼惜之情。

“救破军，他发生什么事了？”

我刚想回答时，风流云与慕容出现在我身旁，扑通一声跪下，低着头双手抱拳，口中说着为我求情的话。

“求皇上不要怪罪李大人，李大人也是救人心切，忘了宫中礼仪。”

“朕还不知发生何事，正在问李爱卿，你们求情又是为了什么？”欧阳天域一脸疑惑地问。

“皇上，破军身中剧毒，恳请皇上命御医前去状元府医治破军。”我睁着一双焦急的眼，忙回禀着欧阳天域。

“还有今晚夜闯禁宫一事，等破军平安无事后，臣愿接受任何惩罚，此事与风大人还有慕容大人无关，臣……”

我还没说完，眼前一黑就昏倒在地上。

当我再次有知觉的时候，听到欧阳天域正在与天香争吵。

欧阳天域语调平缓地问天香：“天香，你是不是有什么事瞒着朕？”

“皇帝哥哥，你这是说什么话，小妹哪有事瞒着你。”天香故作镇静地回着欧阳天域的话。

“还不说实话，是不是要当着你的面，把你夫君的衣服解开，你才会说实话？”欧阳天域森冷的语气含着愠怒。

“不要，我说实话还不成吗？不过你先出去，我先把她的衣服换下，这样不至于病情加重。”

天香替我换掉湿衣服，我本想睁开眼，但感到眼皮沉重得无法睁开。

这时我又听到欧阳天域语带关心地问天香：“她好些了吗？

“嗯，好些了。”天香温柔地回了一句。

接着欧阳天域语气转换成强硬，逼问着天香：“你现在可以告诉朕，她究竟是谁？为什么你会帮着她隐瞒？”

“那你得知实情，是否可以放她一条生路，不要追究此事，你若答应小妹，小妹这就会告诉你实情。”

天香带着乞求的声音传入我的耳中，我感到我眼角滑下一滴带着愧疚的泪。

“你没有资格跟朕谈条件，就算你不说，她醒来，朕也会知道实情的，真是荒唐，堂堂一国公主竟然因朕的一时糊涂，嫁与一名女子。”

欧阳天域终于忍不住发火了，大声怒斥着天香。

“难道你想让小妹从此无脸见人吗，还是成心要逼我走上绝路？为什么转眼间宠爱我的皇帝哥哥不见了，你的突然转变，让我感到好陌生，也好心痛。”

天香伤心的哭泣声，一声一声敲打着我的心，让我觉得自己真该死，为什么要连累无辜而好心的公主。

“朕也是为你好，你糊涂，可朕不糊涂，之前让你嫁与此人是朕的错，但是不能将错就错，今晚朕将会纠正这个错误，把一切导入它原有的轨道。”

欧阳天域语重心长又带着决绝的话语再一次传入我的耳中，我再一次努力地想睁开紧闭的眼。

我在床上轻轻动作，希望他们能发现我已醒，而后喉咙里发出声响，确保欧阳天域与天香都能听见。

“这不能怪公主，臣愿意为此负全责，请皇上不要责怪公主。”

随着这句话，我终于睁开了眼，艰难地从床上爬起来，下了床，赤着脚，走到他

的面前跪下。

“皇上，这一切的错都由臣一人承担，臣身在刑部，知臣已犯欺君之罪，罪不可赦，请皇上下旨降臣死罪，不过臣只有一个请求，就是等破军醒来，臣会自进天牢。”

“冯素贞，你在说什么呀？你不能死，你难道忘了你曾说过要看着我成婚吗？”天香急得叫出我的真实姓名。

“恐怕不行了，当我开始女扮男装时，就想到会有今日这样的后果，心中早已做好准备了，况且我偷活了这么久，应该感到庆幸了。”

“你就是冯素贞，你骗得朕好惨呀！当朕得知你已身故时，朕是多么的伤心，可没想到朕所有的伤心都是建立在欺骗之上，原来冯素贞就在朕的身边，可是朕却不自知，还引为至交好友，结为异姓兄弟，还把朕最心爱的妹妹嫁与她。”

欧阳天域狂笑着，脸上带着的怒气像一把火一样，想将我吞食，墨黑色的双眸紧紧盯着我，有恨也有爱。

“皇上，臣欺骗你本不应该，但是臣知你对冯素贞的情意，所以极力隐瞒自己的身份，公主之所以会和臣一起来欺瞒皇上，也是因为可怜臣。不过皇上请放心，当臣死后这一切都会结束，公主也可另嫁他人，况且公主现在心中已有良人，所以只要臣一死，一切都会如你所愿导回正轨。”

我抱着必死的决心说出了这番话。

“皇帝哥哥，你不要处死她，你放她一条生路吧。”天香哭泣着跪在地上抱着欧阳天域的腿。

“你让朕放了她，那谁又放了朕？朕的心早已随冯素贞的死而死，但她却活生生地又站在朕的面前，让朕既喜又气，喜的是她没有死，气的是她把朕，一个一国之君玩弄于股掌之间，朕颜面何存？”

欧阳天域狭长的黑眸闪着不甘与心痛，一脸愤恨地怒吼着。

【41】

寝宫之中突然安静了下来，我只听得到外面狂风的呼啸声，噼啪的暴雨声，还有夜空中轰鸣的雷声。

划破长空的电光射进寝宫内，我看到天香的眼中尽是哀求之色，又看到默不作声的欧阳天域眼中闪着犹豫不决的光。

突然他的眼神转换成深情的目光，痴痴地看着我，脸上也挂着一个笃定的笑。

“那日在妙州只看过遮着面纱的你，就让朕眼前为之一亮，从此心中就留有你的影子，始终挥之不去，今日终见你的面容，更让朕惊艳不已，回想着你在朝堂之上，用你的聪明才智帮朕分忧解难时的一颦一笑，足以让朕放下对你的恨与怨，只保留爱你的心。朕曾经无数次地幻想过，此生若能与你长相厮守，一生足矣。”

“皇上你这又是何苦呢，臣只是一平凡的民间女子，不得已才会女扮男装入朝堂，

请皇上看在臣以前为你分忧的分上赐臣一杯毒酒，以谢皇上对臣的眷顾。”

我说完对着欧阳天域磕了三个响头。

“你当真一心求死，为什么你不为自己求情？你明知朕对你的心意，你为什么这么残忍地对朕，你可知你若死了，朕的心会痛、会流血，你只要答应成为朕的皇后，余下的事，朕自有办法处理。”

“皇帝哥哥，你不能这样，你可知她已有心上人，你这不是在救她，是在逼死她。”天香眼中露出担忧之色叫道。

“多谢皇上对臣的厚爱，恐怕臣无福消受，请皇上赐臣一死。”

我眼中带着坚持、决绝、不屈，还有一颗求死的心。

“罢了，罢了，你既然一心求死，朕会成全你。”欧阳天域终还是败下阵来，口中哀叹着。

“皇帝哥哥你不能赐死她，如果你赐她死，不如连小妹一起赐死吧。”天香不管不顾地语带威胁。

“好一个夫妻同心，错了，应该是姐妹同心。既然小妹这样说，朕这个做哥哥的答应你便是了，看来朕注定是孤家寡人。”

欧阳天域此时一脸疲惫之色，落寞的眼神闪着孤寂的光。

“皇上，此事万万不可，李大人不能死，请皇上不要下旨赐死李大人。”

一声推门声夹着慕容的声音从我身后响起，我转过头，看着全身湿透的他跪在长廊上。

巨大的风吹着他散乱的发丝，刀削般的俊脸上有着知道真相后的喜悦，但这喜悦之中却夹杂着一丝悲伤。

难道说他对我也藏有爱意，如果是真的，是从什么时候开始的？

欧阳天域直直地望着跪在地上的慕容，脸上一片震惊之色，天香望了一眼慕容，再望了望我，眼神中带着喜，也带着祝福。

而我一脸羞愧地问着慕容：“慕容大哥，你不怪小弟隐瞒自己的身份吗？”

慕容并没回我的话，只是等着欧阳天域的回答。

欧阳天域缓缓开口，苦笑着说：“你以为朕愿意这么做吗？这是她的意思，你如果不想她死，就劝她成为朕的皇后，朕自然有办法让她不死，而且还会处理得很好。”

慕容转过头，一脸关心地劝我：“四弟，现在只有这个办法能救你，你就答应皇上吧。”

我听到一个我最不愿意听到的答案，原来之前的猜测是大错特错，看来是我自作多情，以为只要慕容知道我的真实身份，也许在临死前会得到一份迟来的爱，原来这一切都是我的奢求。也许这就是我的命，死也许是最好的解脱。

我强装笑颜反问他：“你当真要我如此？”

慕容平静地看着我，点了一下了头，我从他的眼中看不到一丝的爱意，只有对兄弟的关爱之情，我早已痛得麻木的心还是感到阵阵钻心的痛。

“答案原来是这么简单，简单得只是一个点头，天香你曾经羡慕过我，可是如今的我却是天底下最可怜的人。”

天香此时早已泪如雨下，用带着浓重鼻音的声音鼓励我：“不论你做任何决定，我都会支持你的，你忘了我们曾在月下立誓结为异姓姐妹，你的决定，就是小妹的决定。”

我对着天香露出了欣慰的笑，这一笑包含着我对她的愧疚之情，还包含着对她的深深祝福。

我带着甜美的微笑转过头望着欧阳天域，眼中尽是释怀之色。

“皇上，臣决心以死来维护天域国的律令，求皇上成全臣。”

我低下头匍匐在地，口中接着又说：“皇上，臣临死前有一个请求，请求皇上在臣死后，招李兆庭为驸马，让他与公主完婚。”

天香听到我的话后，悲痛欲绝地哭倒在地，欧阳天域与慕容二人如当头棒喝，惊得愣在原地。

他们直直地望着我，望着我那张带着坚持与恳求的脸，眼中尽是讶异之色，还有心痛。

我在心中默默地对天香说：这是做姐姐的临死之前，为你做的最后一件事，希望你与李兆庭能白头偕老，花开并蒂。

对不起了，李兆庭，事到如今，我也没办法先征得你同意后才如此做，希望你不要怪我。

一切因我的一句话，归于平静，只听得到天香的哭泣声，我久未等到欧阳天域开口，再一次开口询问他。

“臣已说出了决定，请皇上恩准。”

“你果真要如此，你真的那么爱那个人，愿意为他付出自己的生命。朕猜那个人是李兆庭吧，他可真幸运，能得到你的爱。”欧阳天域略带伤心的声音哽咽了一下，接着说：“为了他甘冒欺君的危险，女扮男装入朝堂，努力为他家的事奔走；为了他险些陪上性命；直至今日还为他定下一门良缘，你当真爱他到这种地步？”

听着欧阳天域话语中带着责备也带着羡慕，我苦笑一声，原来他以为我心中之人是李兆庭，就让他这样认为下去也好，无谓将不相干的慕容拉进来，毕竟他们既是君臣也是益友。

可我没想到他还有下文，他的话打断了我的思绪。

“你想证明真爱的存在，就如那日你所讲的人蛇相恋的故事，即使许仙再一无是处，白素贞还是为了他付出了自己的一切，你与那白素贞虽同名不同姓，但你所做的却是与她相同的事。你真的好伟大，让站在你身边的人都感到自己的渺小。在你心中朕有哪点比不上他，为什么你就不能好好看看朕？”

他激动地跑到我面前跪下，不停地摇着我的双臂，双眼含着不服气。

“皇上，臣知你的心意，你这样，臣感到心里很难过。你是一国之君，有这么多

的黎民百姓爱着你，也不差臣一个。”

他一把抱住我，我想挣脱，可他却越抱越紧，让我不能动，然后在我耳边吐露着心声：“可是朕只想要你一人之爱，你可知朕心里有多嫉妒李兆庭吗？一想到你为他所做的一切，朕的心痛得好像要死掉一样。为什么你要那么残忍，把我刚愈合的心硬生生地给撕开，你可知道，我有多么地爱你，在这冰冷的宫中只要想到你就不会感到孤单。你答应留在朕的身边好不好？哪怕你的心中有他，只要你在我的身边就好。”

我听着他的心声，想到自己何尝不知欧阳天域的心痛，欧阳天域现在所感受的，我感同身受。

当我听到慕容劝说的话语时，我的心也如欧阳天域一般痛，好像如千万根银针刺在我的心上，让我痛得喘不过气来，那种痛彻心扉的感觉让我想一死了之。

“皇上请颁旨，圣旨上请写‘朝中重臣李木然因偶感风寒，医治无效，逝于宫中，特赐厚葬李木然，以表他对朝廷的卓越功勋’。然后臣会将李大人悄悄从宫中接往将军府，并且认她为义妹，让她恢复女儿身，而且改名为慕容念贞。等李大人风光大葬后，皇上再颁道圣旨，让臣义妹入主后宫陪伴皇上，成为一国之母。”

我再一次听到我不愿意听到的声音，看着再次进言的慕容，我惨笑一声，心里不是想哭而是想笑：真是好忠心的一番话，好为自己义弟着想的一番话，慕容天霖，你这个大哥当得真是没话说，你可知道你这些话比之前更伤人？

也许我到这个朝代的使命已经结束，是该回去的时候了。

“姐姐，这就是你所要的爱吗？你的爱换来的却是这样悲惨的下场，我想成为一国之后也是一个不错的提议。在我看来生死相许在这个世界上根本就不存在，多好笑，以前的我是那么地相信这世上会有真爱的存在，原来这一切不过是我的幻想罢了。爱人是如此痛苦，不如被爱来得幸福。”天香冷冷的话语，一副看透世情的明眸，放肆大胆的狂笑，深深震撼着欧阳天域与慕容，但不包括我。

“也许你说得不错，虽然被爱，心不会这么痛，但是却伤害了那个爱我之人，我做不到，也许死正好是一种解脱，正如当初我曾对你讲的故事《大话西游》中紫霞所说的话正是我今日的写照‘我猜到了开头，却没猜到结局’。”

我的命由我不由天，更不会由人。

“没想到慕容将军不光是打仗厉害，而且对这方面也很在行，好，就按你所说的办，你现在速将李爱卿带往你的府中，接下来的事朕自会处理。”

我趁他俩商议之际，悄悄地走向屋内的方桌，不时回头看着欧阳天域与慕容。

我心中对他俩说道，虽然结局是这样，但还是要感谢你俩能与我结为异姓兄弟，让我在这个朝代不会感到孤独和彷徨，现在我已心无挂念，可以安心地去了。

我看着天香，眼中包含着对她的愧疚、怜惜和不舍，心道：好妹妹，谢谢你对我那么好，临走时能为你定下与李兆庭的婚事，这是做姐姐的唯一欣慰的一件事。

天香看我神色可疑，似乎猜到我要做什么，花容失色般大声叫：“不要，姐姐不要，你不能丢下我，你不是要看着我成亲生子吗？”

欧阳天域与慕容被天香的叫喊声所惊，转身望向我。

我此时已奋力向方桌冲去，他二人离我又远，伸出手根本拉不到我，眼睁睁看着我的头狠狠地撞在了桌角上。

紧接着我感到额头上有热乎乎的液体流出，顺着我苍白的脸颊滴落在白色的大理石地上，如同罂粟花瓣般赤红。

慕容抢先欧阳天域一步将我抱在怀中，撕下衣服的一角，按在我流血不止的额头上。

“你为什么要寻死，你知道吗，你若死了，我该怎么办？”

他悲痛欲绝的声音传入我的耳中，紧接着欧阳天域跪在我的身边，双眼含悲，嘴唇一开一合地说着话。

“朕再也不会逼你，一切都随你的心意，朕向你立誓。”

随后他大声呼喊着：“来人，快传太医到朕寝宫来。”

天香从地上慢慢爬到我的身边，紧紧握着我冰凉如水的手，泣不成声。

“姐姐你不能死，你要信守对我的承诺，太医马上就到，你会没事的。”

我艰难地将手从她手中抽出，摸着她的脸，脸上带着离别的笑：“你一定要幸福，你与兆庭一定能白头到老的。你忘了我曾告诉过你，我的家乡不在此地，我离开家乡太久了，也是该回去的时候。你不要难过，我在遥远的家乡会默默祝福你与兆庭的。”

“姐姐，能不能与李兆庭在一起无所谓，只要姐姐能活着陪在我的身边就好，你不要回家乡，答应妹妹，好吗？”

“尽说傻话，姐姐为你做的最后一件事就是这个，不许你胡说，还有，你的幸福就是姐姐最大的心愿，希望妹妹能完成姐姐这最后的心愿，一定要幸……”

我还没说完那个福字，手便无力地从天香的脸上垂下，脸上带着微笑，昏死在慕容怀中。

【42】

当我再一次醒来时，睁开眼看到头顶是白色帘幕，以为自己已回到现代，因为在现代我的床上也是挂着白色的帘幕。

我想说话，叫了几声，却没听到自己的声音，舔了舔干燥的唇，然后试图再一次开口，这时，我听到自己微弱略带沙哑的声音，“水，水，水。”

突然有个熟悉而兴奋的声音在我耳边响起：“夫君醒了，夫君醒了。”

我努力转过头，看到的是天香的身影。

紧接着门口涌进两个人，虽然我的视线模糊，看不清是什么人，但耳力却很好，听到其中一个人用尖细的声音说：“快回宫禀告皇上，说李大人醒了。”

我这时嘴里仍然叫着：“水，水，水。”

一个男子模样的人扶起我，小心翼翼地喂我喝水。

我喝了水，视线渐渐清晰起来，原来刚才喂我喝水的人是如风，我看着如风脸上还挂着泪痕，这时从门口又进来了几个人，我抬眼望去，原来他们是风流云、破军、天香还有慕容。

他们围坐在我身旁，一脸担心地问我："还觉得哪里不舒服？"

我摇了摇头，用比刚才略大一点的声音回道："没有，只是觉得口干而已。"

话音刚落，他们自动分开一条路，欧阳天域出现在我眼前。

我望着他不知该说什么好，他脸上挂着舒心的笑，眼中虽写着爱意，但更多的是歉意。

风流云与天香显然是对欧阳天域暗含恨意，我不知道在我昏迷的这段时间到底发生了什么事，为什么慕容看我的眼神，并不是只有兄弟之间的关心之情，里面还夹着浓浓的爱意与愧意。

"李爱卿，朕答应你不会逼你入宫，但朕请求你留在朝中，继续当你的官，继续为朝廷效力，不知你的意下如何？"欧阳天域开口请求我，眼中似有期盼之色。

天香与风流云却齐声对我说："你不答应也没关系，反正说出你心中所想，他如果敢为难你，我们会为你出头的。"

天香与风流云眼中的怒气显然是针对欧阳天域的，我不明白欧阳天域为什么不发火，只是等着我的回答。

我低下头沉思：虽然远离朝堂是我心中所愿，但是眼前天域国与黑水国的战火一触即发。如果现在离开，那两国的百姓该如何免受这无妄之灾，自己不也是努力想让两国百姓不会陷于水火之中吗？还有战争开始，慕容必定会上战场，如果我在朝中还能对他有所帮助，虽然他对我只有兄弟之情，但是他的生死还是会牵动我的心。

我做了一个决定，就是会留在朝中，等到一切都结束再辞官不迟，可是我万万没想到就是这个决定会引出以后我没有预料到的事。

"皇上，君无戏言，你刚才所说，如果不会反悔的话，臣答应留下，希望皇上不要食言。"

我的决定一说出，风流云与天香不敢相信地看着我，连慕容也露出了惊诧之色。

欧阳天域听到我的决定，如释重负地笑着说："李爱卿，你放心，朕决不会失信于你，多谢李爱卿能留下来。"

天香命众人都先出去了，说是要让我好好休息，太多人在房中不利于我早日康复。

等到众人都离开，天香问我："姐姐，我就不明白，你为什么还要留在他的身边，为他卖命，你忘了就是他把你逼上绝路的？"

"天香，你怎么可以叫自己的亲哥哥为'他'呢，就算皇上有什么过错，皇上毕竟是你血浓于水的亲哥哥，不许你这样称呼他，还有不要再怪他了，他也不易，你要体谅他。"我劝说着天香。

"姐姐就是这么好说话，难怪被人欺负了也不吭声。"

"我哪有这么好欺负，只是留在朝中自有我的想法。"

"那是什么原因让姐姐想留下？"天香眼中闪着疑惑地问。

"眼前就要发生一场大战，如果这时候我走了，那百姓该怎么办？还有慕容参战后，我在朝中还能帮上他的忙。"

"姐姐想帮百姓是个借口吧，其实你是为了他而留。这值得吗？他这样对你。"

我平静地说："这不是值得不值得的问题，毕竟我与他也是结拜过的异姓兄弟，这份兄弟情还在，我也不想让我的大哥陷于危险之中，至于儿女私情，死过一次的我已经释然了。"

天香看到我的样子，心疼地看着我，安慰道："姐姐，你的命怎么这么苦？在朝中你要像个男人一样为朝中大小事操心，可是身边连一个可以依靠和可以撒娇的人都没有。"

"你说得我这么惨，你不是陪在我身边吗，还有破军与风流云、如风不都是陪在我身边吗，我哪里命苦。"

"反正说不过你，不过你要答应我，不会再发生如同那日一般的事。"

"好的，娘子，为夫答应你就是，你与李兆庭的事我也会从中撮合的。"

"姐姐刚好，又开始开妹妹的玩笑了，怎么又说到我与李兆庭之事。"天香的脸霎时红了。

"好了，我不说了还不成？对了，我想问你那日我昏迷之后，到底发生了什么事？"

天香看着我，一脸的为难，我笑了笑说："不想说就算了，好了，我想睡一下，你也去休息一下吧。你看你眼睛通红，肯定为了照顾我一夜未睡。"

天香并未离开，还是坐在床边，看着我，说："反正我不说，风流云也会告诉你，还不如由我来说。"

天香给我讲述了那日我昏迷后所发生的事。

天香一把推开了正陷入痛苦之中的欧阳天域与慕容，对着他们眼含怒气地大声怒骂："都是你们把她逼死的，你们不许碰她，我恨你们。"

欧阳天域走上前去用含着歉意劝说天香："天香你不要这样，她还没死，我把她放在床上，一会儿等御医来了好给她诊治。"

天香死抱着我，对着欧阳天域怒叫："你不要过来，是你逼死她的，我求你放她一条生路，你却一心想将她留在身边，还有你慕容天霖，你们一个个都说爱她，这就是你们爱她的方式吗？爱到把她逼上绝路，你们有谁想过她的心里是怎么想的。"

慕容天霖听到天香的话，早已面显痛苦之色。

天香接着又骂："慕容天霖，你以为你这样做很伟大吗？可在我的眼里你却是一个懦夫，我看不起你，身为男子就应坦坦荡荡，你不配拥有姐姐的爱，姐姐爱上你，是她这一生最大的错误。"

欧阳天域听后，心中震惊不已，脸上现出惊讶之色，慕容听到天香的话，惊得跪下。

天香轻蔑地看了看跪在地上的慕容，冷笑一声："现在后悔是不是有点迟了？你将姐姐逼入绝境竟不自知，我真替姐姐寒心。还有你，我亲爱的皇帝哥哥，你只管自

己心中的痛，有没有真的了解过姐姐心中的想法，姐姐心中向望的是无拘无束的生活，你能给她吗？不能是吧，我曾经劝过姐姐让她试着接受你，可你知姐姐怎么说的，她说她入朝堂本非本愿，只是有些必须要做的事才会女扮男装考取状元，入朝为官，如果让她待在后宫之中，她就如同一只被关在笼中的鸟一样感到不自由，再说她对皇上并无情意，只有君臣之谊。”

欧阳天域听着天香指责他的话，眼中露出悔意。

天香接着又说："欧阳天域你还不知道吧，姐姐要嫁之人就是要一心一意地对她，并且陪她终老之人，你身为皇帝应该无法做到这一点吧，就算你有心废掉后宫，姐姐却让我劝你不要这么做，她对我说身为一国之君就要为天下百姓着想，不能有儿女私情牵绊，后宫对于皇帝的意义并不是简单地认为因为皇上喜好女色，这是平衡朝中各方势力最有效的方法，后宫的存在直接影响着朝局的动向，也是安抚大臣们的最有效的办法，如果皇上特别宠爱哪个妃子，其实是对她身后所牵连之人的一种安抚的手段，也是警示给其他人‘皇上愿意给你，你才能有现在的地位，如果不愿意给你，你就是想着法来讨皇上欢心，皇上也不会给你’。我想这些，亲爱的哥哥不会觉得陌生吧？”

欧阳天域此时已无话可说，眼中只剩下震惊、后悔与自责。

天香见欧阳天域无力地低下头，讥讽一笑，“姐姐一心为了你的天下，出谋划策，你却不念她的好，一心把她往死路上推，现在姐姐终于被你逼死了，你满意了？多可笑呀，姐姐曾对我说，如果哪天自己终究难逃一死，一定要我告诉皇上一句话，你想听吗？欧阳天域，天域国的一代明君。”

欧阳天域摇了摇头，失魂落魄地转身向外走，天香再次出声讥讽，“你不想听还是不敢听，你想逃避吗？你越这样我越要一字一句告诉你，让你这一辈子在悔恨中度过，她说‘不在其位不谋其职，而在其位就要谋其职’。”

随后天香哈哈大笑，那笑声让欧阳天域与慕容，觉得这么凄惨，这么苍凉。

欧阳天域听到这句话后，身子摇晃了几下险些没站稳，这时门口出现了风流云与扶着破军的如风，还有为破军诊治的太医。

慕容看到太医，冲上前去，拉着太医的手往天香这边走。

“赶快帮李大人诊治一下。”

风流云看着天香怀中昏迷的我，再往我的头上看去，发现我的额头上正流着血。

他忙问天香："她不是因淋雨而受凉导致昏迷了吗，为什么她的额头会流血。”

天香看着风流云，眼中尽是悲愤之色，故意说着激怒他的话。

“你来得正好，要知道为什么会这样，你可以问一问我们伟大的皇帝和将军，我真想知道你在得到答案后，会怎么做呢？我很期待，我想知道深爱着姐姐的你，还有破军到底会为姐姐做到什么地步。”

如风看到我这样，丢下破军奔到我面前，大声哭泣，“小姐，你这是怎么了，你要有个三长两短，我怎么向老爷夫人交代？”

天香看着不停在哭的如风，安慰她，“不要哭，姐姐没有死，只是回到了她的家乡。”

风流云顿时明白怎么回事，看着站在门口的欧阳天域，抽出了破军随身佩带的刀，指着欧阳天域。

“是你知道了她的真实身份，逼死了她对吗？我就知道，你如果知道她是谁就会不择手段逼她留在你的身边，可她却不愿，她在没有办法之下才会自寻短见，你以为只有你一人爱着她吗？如果使手段我早就得到她了，哪还轮得到你？可是我没这样做，因为她就如盛开在这个朝代的一朵圣洁的白莲，让亲近她的人不会产生邪念，她的好，她的美不属于我们任何一人，只有她自己知道什么人才会适合她，我已做好守在她身边一生的准备，可你却将她逼死。”

风流云愤怒地举刀朝着欧阳天域刺去，欧阳天域转过身来，脸上带着解脱的笑面对着风流云刺过来的刀，轻轻地闭上了眼。

【43】

天香冷眼看着风流云拔刀刺向欧阳天域，而慕容将御医带到天香身边时，回头看了一眼，发现风流云正拿着刀向欧阳天域刺去。

眼看刀就要刺入欧阳天域的身体里，慕容一个箭步冲了过去，挡在了欧阳天域的面前，用手把刀紧紧地抓住。

血顺着他的手大滴大滴地滴落在大理石地板上。

风流云没想到慕容会如此做，惊得呆住了，而欧阳天域闭着眼没感到刀刺入身体的痛，睁眼一看原来是慕容正用手握着那把刀。

慕容此时看着风流云，一边将刀往自己胸口刺去，一边大叫：“你不能杀皇上，要杀就杀我，我才是逼死四弟的罪魁祸首。”

风流云这才反应过来，紧抓住手中的刀，硬生生地从慕容手中抽出，随后听到哐啷一声，刀落在了地上。

慕容却没有动，任由血从手中流出，破军这时艰难地走到慕容身旁，撕下衣服的一角为慕容包扎手上流血的伤口。

天香这时轻笑着说：“你以为你这样做就能弥补了吗，好一副忠臣的样子，欧阳天域你的命多值钱呀，有这么多人护着你，其中也有姐姐，你还不知足，还一口一个自己有多痛苦，可你有没有想过比你更痛苦的人不知有多少。”

欧阳天域此时已欲哭无泪，脸色惨白地目睹着这一切，这边，太医正努力救治着我。

“启禀皇上，李大人已安然无事了，只要坚持服臣所开之药，静养一段时间就可以康复。”

天香闻得此言，看着昏迷不醒的我，问太医：“那为什么她还没醒？”

“公主殿下，这只是暂时的昏迷，等过了今晚，李大人自可醒来。”

如风紧接着又问：“你说得可是真的，小姐明日就可以醒来？”

太医点了点头算作回答。

在屋中的欧阳天域与慕容还有风流云与破军听到这个好消息，脸上都露出了欣慰的笑容。

“今日所发生的事就止于今晚，若有半点泄露，当心你的项上人头。”

太医看着欧阳天域一脸的严肃，吓得跪下，“臣决不会泄露半句，请皇上相信微臣。”

“那你刚才是为谁诊治的？”欧阳天域接着问太医。

“是为朝中的李大人诊治，李大人身感风寒，以至昏倒在皇上寝宫之中，皇上命臣为李大人救治。”御医战战兢兢地回禀。

“算你聪明，下去吧，顺便把门带上，宣朕的旨意，任何人都不准进来。”

太医领旨谢完恩后，退出了寝宫。

风流云从天香手中把我接过来后，小心翼翼地抱我到龙床上躺好，细心为我盖好被子。

“你准备还想逼她入宫吗？”欧阳天域摇了摇头，风流云接着又问：“那就放她远离朝堂的是是非非，过些平静的生活如何？”

欧阳天域听后久不出声，风流云又说：“你不回话，就是答应了，我这就去安排。”

欧阳天域对着欲走出寝宫的风流云大声说：“朕不会让她远离朝堂，她的才华不应被埋没。你放心，朕答应你，不会逼她入宫，但她必须继续当她的官，为朝廷，为天下百姓出力。”

天香一听这话，冷笑着说：“你果真还是想将她留在身边，欧阳天域，在发生这种事后，你还不知错吗？”

欧阳天域听着自己的亲妹妹叫着自己的名字，说着恨他的话，一脸的痛心。

“你把你的亲哥哥当成什么人了，朕既然承诺过，不会让她入宫就决不会勉强，只是朕惜才爱才，认为她在朝堂中可以尽显她胸中锦绣。”

风流云对着欧阳天域语带不善地说：“她为了你的天域国已经尽够了心力，现在我就要带她远离朝堂。”

天香看着风流云坚定地说：“我支持风流云，这个皇宫我再也不想待下去了，我愿意跟着姐姐一起浪迹天涯，过着自由自在开心的生活。”

破军这时开口：“你们别争了，一切等四弟醒来后，看四弟的意思，我们谁都不能为她做主。”

屋内众人也觉得破军说得有理，一切都等我醒来再说。

破军又对欧阳天域说：“皇上，请现在命人把轿子抬进寝宫，然后将四弟用轿抬回状元府再说，宫中人多嘴杂不安全。”

欧阳天域点了点头，随后交给风流云一面金牌，让他去命每次抬他的轿夫速来寝宫。

风流云问欧阳天域安不安全，可不可靠，欧阳天域给了他一个让他放心的眼神。

轿子到了寝宫后，风流云小心地把我从床上抱起放到轿中，天香也随后上了轿，以便可以照顾我。

风流云与慕容还有扶着破军的如风跟着轿子出了寝宫奔向宫门口，到了宫门口，慕容向守卫亮了一下金牌，守卫便放他们出宫。

我被安然送回了状元府，天香在房中照顾着我，而风流云与破军则是在房中一夜未睡。

慕容也没有回他的将军府，就在我的卧房外一直守着，欧阳天域也派了太监在状元府外守着，只要我一醒就要立刻向他报告。

听完天香所讲，我心中的疑问全消，而且想到慕容对我是有情的，这次自寻短见未死，最开心的就是这事。

状元府由于有两个人要静养，所以欧阳天域又加派了人手在状元府，此举引得朝中众臣哗然。

身在状元府养伤的我却不知，自己已身处权力的漩涡之中，每天都有想巴结我的人来府中看我，并且带了许多贵重的礼物。

我一个头变两个大，就让天香代为处理，并传话一律不收礼。

在我休养期间，李兆庭闻讯也来看过我，但是我没让他知道那晚所发生的事。

他以为我只是因受风寒导致生病，说了一些关心的话，而我抓住他来看我的时机，问他那件事考虑得怎么样？

他也没有明说，只是这次比上次的态度明显不同。

我心想：照这种情形看，天香与他的事一定能成。

破军毕竟是男子，又有武功底子，不出十来日就已痊愈，可是我足足休养了三个月才康复。

康复后的第一件事就是询问破军受伤的原因，破军向我道出他的所见所闻。

原来东方胜与黑水国的密使在山神庙密谋准备盗取边境布防图，而且之前李家一案也是黑水国密使授意。

因为李家为京城首富，各地都有钱庄，如果李家一倒，在黑水国，李家所开的钱庄就归黑水国所有。

真是好毒的计策，但现在缺乏足够的证据，光凭破军的一面之词也不可能将东方胜绳之以法。

我没有办法，只得先进宫面见皇上，让他先知晓一切。

御书房内，我本想下跪行礼，但是欧阳天域却扶住我的双臂，示意我坐。

“你身子刚好，一切礼仪均免，给李爱卿奉茶。”

我看着他小心谨慎的样子，心中暗想：原来再也回不到当初了。

我喝了一口茶，向他禀明一切，欧阳天域听后面色凝重。

“此事虽没有确实证据，但是朕相信破军不会冤枉东方胜，不过只有他一面之词，朕难以向众臣交代。”

“臣也这么认为，但是黑水明皇的用意已经很明显，如果东方胜真的弄到边境布防图并交给了黑水明皇的话，那天域国的边境不就岌岌可危了？”

"话是没错，但是如何能治东方胜叛国之罪呢，你想他是三朝元老，与众位大臣关系都不错，而且他的女儿现为朕的贵妃，他也是朕的国丈，如果没有确实的证据恐怕难以让他认罪。"

我听了欧阳天域的话也陷入沉思之中，突然想到他不是要偷布防图吗，那就以布防图为饵引他上钩，这样一来就可以抓到他叛国的证据了。

"启禀皇上，臣想到一计可以治他叛国之罪，不过皇上也得配合臣演这出戏才行。"

欧阳天域闻得此言，笑问："李爱卿，你说一说你的计策，朕一定会配合你的。"

"皇上，他的目的既然是布防图，那臣就以这布防图为饵，让他来偷，这样一来他叛国的证据不就有了？再加上破军这个人证，到时人证物证俱在，由不得他不认罪。"

"妙计，那需要朕如何配合你呢？"

"皇上只要不时的在他面前暗示这布防图在将军府的书房里，然后将装有布防图的盒子交于慕容将军收在将军府的书房内，并且再通过你不小心说漏嘴让贵妃娘娘知道这布防图在将军府书房的确切位置，臣想以贵妃的个性一定会在见她父亲时提及此事，到时在将军府的书房布下天罗地网，只等他来偷布防图。"

我一口气说完此计。

"此计甚妙，不知此计名为何？"

"此乃连环计，先是诱敌，然后再来一个守株待兔，臣认为此事需请慕容将军来宫中详细部署一下。"

欧阳天域听后也觉得不错，就命人速去将军府宣慕容进宫。

第十一章　只羡鸳鸯不羡仙

【44】

与欧阳天域坐在御书房内等着慕容的到来，这时我觉得屋内的气氛一下子变得很压抑。

欧阳天域不时用眼看着我，我看得出来那眼神中带着对我的爱意，但他不断在压抑自己这种情感，生怕控制不住时会发生那晚之事。

经过那晚之后，我们见面时都避而不提，因为谁都不愿意再想那晚所发生的事。

终于慕容出现在御书房的门外，等着皇上的宣召。

慕容进来之后，我先是详细说了那计策，然后将一个盒子交于慕容，然后慕容提出让人监视东方胜的一举一动。

我与欧阳天域也同意慕容的说法，就在派谁去监视的问题上，我提出让风流云去，因为风流云原先在江湖之中混了这么久，什么人没见过，什么事没碰到过，所以让他去监视东方胜是最佳人选。

欧阳天域不解地问我："那破军为什么不行，他原先不也是江湖中人？"

"他确实在江湖中呆过，但和风流云比起来，少了一点圆滑和机警，就从他被人发现在偷听以至中了毒镖来看，就很能说明这一点。"

"李大人分析得不错，在用人上，李大人确实有独到的见解，而且她对每个人的性格，做事手法都很了解。"慕容说着赞许我的话。

"不知朕与慕容爱卿，在李爱卿的眼里又会是怎样的，李爱卿但说无妨，就算有冒犯之处，朕也不会怪你。"

我这下犯难了，心想：这不说也不是，说也不是。

我看着他俩充满期待的眼神，把心一横，心想：反正是你们让我说的，别听了后不高兴。

"皇上你这不是为难臣吗？不过既然皇上都这么说了，臣不回好像又说不过去，那臣只有冒犯皇上与慕容将军了。"

"什么时候李爱卿也学会吊人胃口了，快说吧。"欧阳天域催促着我。

"皇上在臣眼里是一位勤政爱民的好君王，对臣子能知人善用，性格却是狂傲不羁，

有狂霸天下的气魄，但是对于感情却毫无经验，认为对女人好的方式只要给她一切物质上的享受就行了，可是却不知女人到底想要得是什么。”

“你是不是就是因为这样，所以才会无法接受朕，朕给你的感觉就是四个字‘自以为是’？”

“皇上不是您所想的那样，臣只是实话实说，也希望皇上能明白，这与臣接不接受皇上是两码事，请皇上见谅。”

“朕都说过不会怪你，那现在你该说一下对慕容爱卿的认知。”

我看着欧阳天域强装的笑脸，心中叹了一口气。

“慕容将军给人的感觉就是不像人们所想的将军那样，虽为将军可气质中透着书卷气，让人觉得不是那么可怕，不时带着温和的笑，就像邻家大哥哥一样让人安心，一副儒雅的样子，不知道他是将军的人还以为他是文官。对人很讲义气，但是对于感情显得后知后觉，也不敢正视自己的感情。”

“李大人真是分析得头头是道，让人不得不佩服。”

我看着眼前的两人在我面前假笑的样子，心中觉得一阵难过，果然再也回不到当初了。

我回到状元府后，找到风流云，给他说了我与皇上定的计策，并让他监视东方胜的一举一动。

风流云当场向我作保证，一定不会令我失望，这一次要让东方老贼尝尝他的厉害。

我又吩咐破军去将军府协助慕容，对书房周围进行一个周密的布置，好一举擒获东方胜。

欧阳天域也从宫中给我传来消息，他已按我所说，在一次玉妃侍寝时，假装喝醉后向玉妃透露了布防图的确切位置。

在与东方胜和我还有慕容在御书房议事时，他与慕容的交谈中不时提到边境的兵力要加强。

欧阳天域有意当着东方胜的面对慕容说：“慕容爱卿，这布防图虽然放在你那，但是朕还是不放心，不知你把它放在哪，安全吗？”

“皇上不用担心，臣已将布防图很小心地放在臣的书房内隐密之地，只有臣才知具体的位置，所以请皇上放宽心。”

我的眼睛此时正看着东方胜，看到他的脸有些微变，但很快就恢复了平静，看来东方胜正一步一步走入我为他精心设计的局中。

风流云也传来好消息，说东方胜最近又见过黑水国密使，并且还商议如何从将军府中盗取布防图。

他们所商讨的计策也被风流云一字不差地告诉了我，并且说，明晚子时会到将军府盗取布防图。

我听到这个消息，虽然从破军那知道一切都布置好了，可我还是为了安全起见去将军府见了慕容并查看了布置的情况。

慕容先是把布置图拿出来给我讲解，然后又带我到实际部署的地方看了一下。我看了后也提了一些修改意见，让他加强了防备，以防范意外发生时，好控制大局。这一切安排好后，我进宫见了欧阳天域，向他禀明东方胜于会于明晚子时有所行动。

欧阳天域听后脸色严肃地对我说要参加这次擒贼行动，我劝说无效。

他于第二日一大早随我来到了将军府，随后到的有破军与风流云。

我们先是在大厅商议了一些细节的问题，然后就开始分配各自的职责。我与欧阳天域坐镇书房，风流云与破军在旁保护欧阳天域，而慕容带着士兵埋伏在书房四周。

快到子时的时候，我与欧阳天域坐在书房内，而破军与风流云却在旁拿着刀剑一脸戒备的样子。

"你二人也不必如此，这次来的只有东方胜与那密使，我相信以你二人之力，那两人绝对不是你们的对手。"

"李爱卿说得不错，但是李爱卿，朕认为最应受保护的是你，你忘了上次为了擒那蒙面人，你差点遇险，而且朕也是习武之人，自保不成问题。"欧阳天域关心地说。

"皇上这万万不可，您是一国之君，如果你稍有差池，后果不堪设想，所以请皇上三思。"

风流云这时插嘴进言："皇上与李大人也不要争了，臣风流云本来首要的使命就是保护李大人，不用皇上说，臣也会这么做。"

破军点头称道："风兄所说，正是臣所想说的，还望皇上见谅。"

欧阳天域听到他二人所说也不生气，知晓他们还对那晚之事记恨在心。

"李爱卿你也听到了吧，这可不是朕下的命令，原来在两位爱卿心中，李爱卿可是比朕更重要，所以李爱卿千万不要有事，要不然不只他们会心痛，就连朕也会心痛。"

"皇上，您这样说，臣实感惭愧。他二人如此说只是对臣太过关心，臣心里还是认为皇上的安危才是首要的，因为天域国的百姓不能没有皇上。"

"李爱卿太过谦虚了。对了，现在几时了？"

"已到子时了，想那东方胜与密使就要来盗取臣手上的锦盒了。"

我边说边用手玩弄着一个精致的锦盒。

深夜子时，两个黑影窜入书房，其中一人拿出一把小刀把书房的门弄开，随后与另一个人进入书房。

他们来到书桌前，摸到机关后，随后扭了一下，在他们眼前的书架上出现一个空格，里面正是我刚才手中所拿的锦盒。

其中一人拿出锦盒打开后，发现盒中空无一物，随即就向书房门口跑去。

其实刚才所发生的一切都落入隐藏在暗处的欧阳天域、风流云、破军和我的眼中。

眼看他二人要夺门而出时，风流云与破军飞身从暗处跳出，挡住了那二人的去路。

那二人见有人挡路，抽出随身软剑就刺向风流云与破军，而这边风流云与破军一个使剑，一个使刀分别与那二人对打起来。

欧阳天域看得兴起，摩拳擦掌地跃跃欲试，我赶忙拉住他，示意他不要轻举妄动，

“皇上不可，您别忘了您的身份，再说外面还有慕容所带的士兵，所以这二人定会被生擒。”

欧阳天域听后，也安下心来，静观外面的争斗。

这时我看到风流云使了一个巧力把那人的面巾挑开了，原来此人正是东方胜。

风流云嘲笑着东方胜：“这么晚了，东方大人你一身黑衣，头戴黑巾来将军府不是为了找慕容将军的吧？不过这一身的行头与你可真相配，想必你的心也如同这黑衣一样黑吧。”

东方胜听后被激怒，口出恶言：“既然被你知晓我的底细，你就纳命来吧。”

东方胜凌厉的招式，招招都向风流云的要害刺去，而破军这边与之对敌的正是那黑水国密使。

“房内之人听着，现在书房四周已被包围，你们还是束手就擒吧。”

我听出这说话之人正是慕容。

书房内，密使向东方胜使了一个眼色，东方胜接到后，就对风流云虚晃一剑，在风流云躲闪的时候，调转剑头向我与欧阳天域藏身之处刺来。

那剑眼看就要刺到欧阳天域时，我本想以身相挡，可是欧阳天域推开我，用他所坐之椅挡住了刺来的剑。

东方胜这才看到我与欧阳天域正站在他面前，他也感到大吃一惊。

此时的欧阳天域厉声说：“东方胜你好大的胆子，想行刺朕不成？”

密使这时对着东方胜大叫：“你还在犹豫什么，快把欧阳天域刺死，这样对你我都有利，刺死他后就拿旁边之人做人质，这样我们就可以脱身了。”

东方胜听后，再次举剑向欧阳天域的要害刺去，我站在旁边心中焦急万分。

“皇上小心。”

“能看到你为朕担心，就算朕这次难逃一死也会死而无憾的，不知道朕的死能不能换一声你开口叫朕天域。”

欧阳天域看着东方胜向他刺来的剑却笑着对我说下这番话。

“这都什么时候了，皇上您还有心开臣的玩笑，皇上您赶快躲开。”

欧阳天域眼中闪着爱意，“你能不能喊我一声天域？”

【45】

我看着欧阳天域深情地凝视着我，早已忘记自己正身处险境。

我眼看那剑就要刺到欧阳天域，急着大叫：“皇上，天域，您不要忘了您身上系着天域国数十万百姓，您不能有事。”

欧阳天域听后哈哈大笑，轻轻一闪就躲过了东方胜刺来的剑。

我这才意识到中了他的计，东方胜见未得手，又再次向欧阳天域身上的要害处刺去。

欧阳天域一边闪躲，一边怒骂："东方胜，你为什么要这么做，想你是三朝元老，而且女儿贵为贵妃，你又是皇亲国戚，你还有什么不知足，为什么勾结黑水国，图谋叛乱。"

东方胜也不作声，一味向欧阳天域的要害处刺去，一心要致欧阳天域于死地。

我看着欧阳天域手无寸铁，渐渐落在下风。

"风流云你站在那干嘛，赶快过来护驾。"

风流云像看好戏一样看着东方胜与欧阳天域对打，听到我的叫声后，才不紧不慢地加入战局，与欧阳天域联手对付东方胜。

而这边的破军与那密使已经激斗了几百个回合，我看这也不是办法。

"慕容快进来帮破军。"

话音刚落，慕容就踢门而进，手拿着剑与破军联手对抗那密使。

而站在门外的士兵手拿着武器随时准备着战斗，而站在前排的士兵举弓拉箭，指着屋内的东方胜与密使。

此二人分别被两人夹攻，体力消耗过大，渐现不支的疲态。

我计上心来，口中吐出佛谒："佛说，'放下屠刀，立地成佛。'你二人何不放下手中的利器，也许也能成佛。"

那密使对我笑道："素闻李大人聪明过人，这招攻心为上使得果然妙，但是却低估了我们，我们是遇佛杀佛，遇神杀神，不管神佛，凡挡我者皆死。"

我心中暗惊，这个密使果然心思缜密，猜到我的攻心之计。

"敌兄高明，小弟这招攻心之计果然被敌兄猜到，小弟佩服，不过话又说回来，你有没有想过两国真的交战，连累的可是两国边境的百姓，难道说为了满足君王的野心非得如此吗？"

"李大人真是忧国忧民，我终于知道太子殿下为什么非要得到你，你的才思、你的大度，注定你这一生不会平凡。我劝李大人不如来黑水国，定比在天域国更能发挥你的聪明才智。"

"敌兄可曾听过，食君之禄为君解忧，况且吾皇乃一代明君，小弟为何要到黑水国呢？小弟谢过敌兄的好意。"

东方胜这时语含嘲弄之意："李大人可真是红人呀，谁都想要，可是今晚就是你的死期。"

东方胜说完，跳出风流云和欧阳天域的夹攻，举剑向我刺来。

那密使见东方胜如此，面现焦灼之色。

"太子有命，不可伤李大人，你快住手。"

东方胜此时眼中杀气已现，不理会密使所说，剑尖直指我的心脏刺去。

我没料到东方胜会向我刺来，此刻的我看着那剑离我只有一寸之隔，早已吓得呆住，呆愣在原地，等着剑入心。

在这千钧一发的时刻，一个黑影窜到我身边使劲推开了我，借着推力，我跌倒在

地上，抬眼看向那推我之人，发现被刺中的居然是那个密使。

那密使手握着刺在胸口的剑，浓稠的鲜血染红了胸前的衣服，而握剑处有血顺着剑身滴落在地，密使略显痛苦之色的双眼死死盯着东方胜。

东方胜脸上溅满了血，待他看清刺中的人是谁时，突地松开手中的剑。

“为什么不是他，为什么你要救他，他有哪点值得救，为什么所有的人包括太子殿下都对他青睐有加，这到底是为什么？”东方胜发疯似的问着密使。

众人停下手来，慕容与欧阳天域还有风流云飞快地奔到我的身边，欧阳天域一把将我扶起。

“你们先别管我，赶紧去看一看那密使怎样了。”我对着众人说。

风流云跑到密使身旁，一把将剑抽出，密使咬牙强忍着痛，任由风流云帮他止血。

密使用微弱的声音，说:“她不能死，太子曾经交代过属下，一定要保证她的安全，因为她将会是黑水国未来的皇后。”

东方胜一脸地震惊，指着我问：“他不是男的吗，如何成为黑水国未来的皇后？”

“亏你为官多年，阅人无数，连她是男是女都分不清，你还想和她斗，你拿什么和她斗？这场争斗还没开始，你就已经输了。”

“不可能，你说的不是真的，她怎么会是女的？难道一直跟我作对的是一个女子，这不可能。”

东方胜看着我，一脸的不相信，眼含不甘，眨眼之间，浓眸转淡变得迷离，抱着头，胡乱扯着自己的头发，一副疯癫之相。

“他不可能是女的，不可能！”

我看着东方胜现出疯傻之相，心中不免为他感到难过。一步错，步步错，东方胜终于自食恶果。

“启禀皇上，今晚之事就止于此吧，至于东方胜，他已疯了，请皇上看在他三朝元老的份上命人将他送回国丈府，不要降他的罪，望皇上恩准。”

“就依李爱卿之言，来人呀，将东方胜用马车送回国丈府，传朕的旨意，东方爱卿因误遭暗算，以至喝下加有致疯之药的酒，而且无药可医。感念东方爱卿对天域国所建的功勋，特恩准东方爱卿辞官在家颐养天年，俸禄依旧。”

东方胜被两个太监扶进了马车，马车随后驶向国丈府。

那名密使经太医诊治已无大碍，我向欧阳天域禀明应将此人送回黑水国，一来显示我国的大度，二来也能警示黑水明皇，让他不敢轻举妄动。

欧阳天域恩准后，派人将那密使遣送回黑水国。

临别时，那密使抱拳，眼中含着感谢之意望着我。

“多谢李大人，你的救命之恩没齿难忘，我欠你的人情一定会还。”

“你想还这个人情也不难，只要你劝服黑水明皇放下争霸天下的野心。一路珍重，希望再见面时，不会是敌对关系。”

“我会试着说服太子殿下，不过我不敢保证太子殿下会听，再会。”

“有这个心，尽力而为就够了，一路顺风。”

我目送着马车载着密使向黑水国的方向而去。

我正坐在刑部内衙批阅公文时，太监来到刑部宣旨，命我到玉香宫。

我早已知晓东方玉会来找我，因为欧阳天域曾提过，朝中大臣因知东方胜疯癫一事，议论纷纷。东方玉则直接跑到他面前哭闹不停，要让他为她父亲做主，一定要抓住那下药之人。

欧阳天域没办法只得敷衍说，此事已交由我负责。

当我跟着那名太监出刑部大门时，正好看到东方信向我走来。

“东方兄，你还好吧，我看你脸色不大好，刚好刑部无事，你可以先回去休息一下，我知东方大人疯癫的事，可能会对你的心情有所影响，你要坚强些，东方大人还需要你的照顾。”

他对我点了点头，而我也拍了拍他的肩，与那太监向皇宫走去。

进了玉香宫，东方玉请我入座后，一反常态，脸上挂着泪，突然跪在我面前，“听皇上说，李大人负责父亲大人的事，以前多有得罪请李大人不要放在心上。这次请李大人进宫主要是为父亲大人的事，想请李大人尽快抓住那下药之人，好为父亲大人血恨。”

我将她扶起，回禀：“娘娘的心情，臣能理解，也能体会到娘娘对东方大人的仁孝之情。对于娘娘所求一事，其实娘娘你不来找臣，臣也会亲自走这一趟，向娘娘禀明实情，东方大人实乃被黑水国密使所害，此人已逃回黑水国，所以娘娘这仇恐怕报不成了。”

“既已知是黑水国的人所做，那皇上为什么不让黑水国交出凶手？”

“娘娘您有所不知，那黑水国本就包藏祸心，对天域国虎视眈眈，所以皇上没有向黑水国要人就是基于这个原因。娘娘有没想过，如果要人，黑水国不承认，反而借口此事挑起事端，到时可不是为东方大人血恨这么简单了。”

我故意说得危言耸听，但会发生战争一事却是实情。

玉妃听后当真被我这番话唬住，唉声叹气地看着我。

“父亲大人的命真苦，为天域国辛苦了一辈子竟落得如此下场。”

“娘娘也不要太难过了，皇上不是对东方大人有所补偿吗？所以娘娘也不要再想此事，就当做了一场恶梦。”

东方玉点了点头，我看该说的已说完了，向她行了礼退出了玉香宫。

经过御花园时，恰好遇到正在赏花的欧阳天域。

“李爱卿你为什么进宫，是来找朕的吗？”

看着明知故问的欧阳天域一脸开心的笑，我心里想：用得着这么高兴吗。

“臣进宫并不是来找皇上，是贵妃娘娘找臣有事要谈，所以才会进宫。”

“哦，玉妃找你，所为何事？”

“还不是皇上对娘娘说，东方大人被下药一案已交由臣处理，所以娘娘才会找臣

询问，难道皇上忘了？”

“原来是此事，不知玉妃问了爱卿什么？”

“臣已向娘娘说出实情，娘娘已经被臣的话安抚，皇上再也不会被此事困挠。”

“李爱卿是如何安抚玉妃的？”

这个欧阳天域怎么这么多的问题，问个没完，烦不烦呀。

“回皇上，臣对娘娘讲了东方大人是被黑水国密使所害，并且向她道出为什么不能将毒害东方大人的原凶缉拿归案的原因，是怕黑水国借此向天域国挑起战端，所以娘娘信了臣的话。”

“没想到李爱卿编谎话这么在行，不知李爱卿对朕所说的话中有几分真，有几分假呢？”

“那皇上认为臣有没有对您说谎呢？”

“李爱卿，这只是个玩笑话，何必当真，不过朕想问那晚你叫朕的名字时，可是真的在担心朕吗？”

“臣当然是担心皇上的安危，因为皇上可是身系天域国黎民百姓的祸福，万一有个闪失，后果将不堪设想，所以臣才会在情急之下喊出皇上的名讳，还望皇上恕罪。”

“你心中担心朕，不管是出自什么目的，朕都颇感欣慰。好了，你也累了，下去吧。”

我刚进府，就看见慕容一脸焦虑在大厅等我。

“你为什么会来，有什么事吗？你手中拿着是好像是一封书信，是给我的吗？”

他点了点头，将信递给我。

“那名密使写给你的，他透过天域国边境守关的将领，辗转送到了我手上。据边关回报，最近黑水国的士兵经常在两国交界的地方练兵，有时还会故意挑起事端。”

我将那封信拆开，将信纸展开一看，脸色随着信上的内容越来越凝重。

“信上写了什么，为什么你的眉头紧锁，脸色也很难看？”

“信上说，黑水国太子已起争霸天下之心，而且我拜托那密使劝说黑水明皇的事，好像也没达到预期的效果，看来两国交战已成定局。”

其实我还是隐瞒了一件事，就是信上提及黑水明皇想一统天下的原因主要有两点：一是他的野心使然，还有一个原因就是因为我。

“那你我二人现在进宫，向皇上禀明边关实情，也好提前做好防范，我也会请皇上恩准，让我带兵去镇守边关，以免到时因兵力不足导致边关失守。”

我点了点头，与他出了府骑着马向皇宫奔去。

【46】

御书房内，欧阳天域召见了我们，慕容首先禀明边关的局势，然后提出了心中所请。

欧阳天域听后沉思片刻，转头一脸平静地问我：“李爱卿，你的看法如何？”

“臣也同意慕容大人所说，现在两国交战已成定局，什么时候爆发只是时间问题，

而且早做准备，伤亡也会降到最低。”

“李大人所说不错，请皇上即刻颁旨，好让臣明日可以带兵启程奔赴边关。”

慕容跪下请旨，我也跟着低头跪下，向欧阳天域请旨。

“请皇上恩准慕容大人明日带兵起程奔赴边关。”

“好吧，就依两位爱卿之言，朕现在就拟旨，你们都起来吧。”

圣旨拟好，欧阳天域取出玉玺盖上大印，交于慕容，我与慕容谢恩后，退出了御书房。

回府的路上，我担心地问他：“不知你此去是凶是吉？”

“你不用担心，我上沙场就如吃饭一样多，这次也一定能凯旋而归，你就在京城等着我的好消息。”

我听着他宽慰我的话，心中总感到有什么事要发生。

城门外十里亭，我抬头看着暖暖的秋阳，感受到轻风送来的凉凉秋意，再低头看着面前身着战甲的慕容脸上带着温柔的笑，我回他淡淡一笑，而身旁的欧阳天域手执一杯酒向他敬去，“此去千里边关，不知何日才能再与将军把酒言欢。”

“皇上放心，待臣归来之时，定是把酒言欢之时，到时一定要不醉不归。”

“慕容将军说得好。”

他二人一起举杯，仰头喝干这杯中的美酒，遂后听到酒杯咣啷一声，被抛在地上，两声迥异的充满豪情的笑回荡在亭中。

我随手提起桌上的酒壶，斟满两杯，放下酒壶，眼中带着祝福，面带微笑，举起酒杯，递到慕容的眼前。

他接过一杯酒，俊毅刚劲的脸上有着丝丝柔情。

“小弟祝大哥此去一帆风顺，大胜而归。小弟，还想送上一首诗和一首曲给大哥，让大哥不要忘了京城中还有牵挂你的人。”

我碰了他酒杯一下，轻声吟诵：

渭城朝雨浥轻尘，
客舍青青柳色新。
劝君更尽一杯酒，
西出阳关无故人。

送别的诗句入人心，我想着这丝丝离别牵挂的诗意，饮下了送别祝福的酒。

“多谢四弟的祝福和诗，我会记着你，还有各位，我保证留着一条命回来见诸位。”

看着他饮下酒后，爽朗开怀的笑声顷刻间又再次响在我耳边。

我转身请天香将琴取来放在石桌上，轻抚琴弦，悦耳的旋律随着琴弦的跳动而飞出。

“希望大哥记着对我的承诺，记着这首曲子，等你凯旋之时，小弟会再送上一曲

一诗以祝大哥平安归来。”

滚滚长江东逝水，
浪花淘尽英雄。
是非成败转头空。
青山依旧在，
几度夕阳红。
白发渔樵江渚上，
惯看秋月春风。
一壶浊酒喜相逢。
古今多少事，
都付笑谈中。

曲终必是人散之时，风流云和破军还有天香也送上他们诚挚的祝福。

催人启程的军号这时响起，慕容翻身上马，披风在风中飘扬，他的脸上挂着肃穆的笑，眼中写着依依不舍的情。

“皇上，还有各位珍重。整军待发。”

随着他的一声令下，军队有序地排列成队。

慕容全身被金色的日光所笼罩，盔甲上所反射的光，闪得我睁不开眼，他仿佛战神降临般，威严的神情让我心生敬畏。

我看着马上英姿焕发的他，心潮澎湃，向他挥着手告别，心里默念着：别了大哥，别了慕容。今日天气晴好，可是你的离别却像是在我心里下了一场大雨，我只能挥挥手祝你大胜而归。

欧阳天域见我神色忧虑，走到我的身边，不顾众人在场把我揽在怀中。

“朕知你对他情深意重，他的离开，你心里一定不好受，不过他走了，还有朕，如果想哭就在朕的怀里尽情地哭，也许哭出来会好过些。”

听着欧阳天域温柔的话语，想着慕容始终未表现出对我的情意，虽知他心中有我，但是他却回避着对我的情，压抑着自己，心中未免有些伤怀。

一抬头看着欧阳天域深情的双眸，关爱的笑容，有那么一瞬间，好像我的心为他而动。

我俩紧紧相偎，此刻我心中一阵暖意涌了上来，此时的我感到靠在欧阳天域的怀中是那么的安心与温暖。

我一时的意乱情意，没想到导致后来诸多事情的发生。

“皇上，其实臣刚才想对慕容唱的不是那首歌，是另外一首，臣看慕容已走远了，他听不到也不会影响他的心情，臣想弹奏这我本来心中想送他的曲子，皇上想听吗？”

“有何不可，爱卿当然可以再弹奏一曲。”

我谢恩后，回到石凳上，抚动琴弦，丝丝情意尽寄此曲：

十里平湖霜满天，
寸寸青丝愁华年。
对月形单望相护，
只羡鸳鸯不羡仙。

当琴住声断时，我的双眼早已溢满了泪水，我强忍着不让眼泪从我眼眶中落下，可是一滴清泪还是悄然落下，随风而逝。

天香轻轻地走到我的身边，在我耳边轻声说："姐姐，我知你现在心很痛，可是我们不是说好了吗，今日来送慕容将军不要难过。可是姐姐刚才所唱之曲让人觉得好难过，姐姐你不要再难过了，你是我见过最坚强的人，而且你不是还有我们在你身边吗？"

"你劝我不要难过，可是你却已泪流满面，好了，回去吧，接下来会有许多事等着我们去解决。"

"我还不是为你而哭，夫君你都不了解为妻的心。"

我听后付之一笑，牵着她的手走向马车，扶她上了马车后，我跨上白雪，回头望了一眼欧阳天域等人。

"风兄，三哥，你们还愣着干什么，人都已走远了，我们也起程回府吧。皇上，您也该回宫了。"

他们三人回过神来，跳上各自的马，向我奔来。我们并肩骑着马踏着黄沙，两边是护城河边的杨柳，柳絮正随着风轻飘在空中，我闭上眼深吸了一口气。

"今日的空气中虽有离别的气味，让人感伤，可是有你们在我身边消减我心中的离愁，谢谢你们。"

我脸上挂着笑，策马去追天香的马车，而后面三人不知我所说的意思为何，策马向我追赶而来。

这几日在刑部整理一些看过的公文时，心里一直牵挂着慕容，结果忙了一天，还没整理完，而东方信也同我一样，显得心事重重。

我知他是为了东方胜疯癫的事。

"东方大人，如果你忙完手中的事，就早点回去吧，我知你心中记挂着东方大人。"

"多谢李大人的关心，下官忙完后，就会早点回府。"

看着他忙碌的身影，我想到：如果有一天他知晓实情，而又知道我说了谎，他会怎样看我呢？

但转念又想到：如果他知道东方胜是因为勾结黑水国，图谋造反事败而疯的，他所受的打击一定比现在强十倍。也许永远不知道此事，对他才好。

天色渐渐黑沉，我出了刑部，骑着马回府，途经将军府时，又让我想起慕容，不

知道他现在可已到达边关?

回府后，天香见我一脸疲惫，忙叫我坐下，替我按着双肩，“夫君，你一脸憔悴，赶紧用完晚饭就去休息一下吧，当心累坏了身子。”

“天香你不用担心，我只是今日在刑部整理公文有些累，没你想的那么严重。”

吃晚饭时，破军说了慕容已快抵达边关的消息，我听后，心中稍感安心。用完餐后，我们各自回到住处。

卧房之中，天香对我说:“姐姐，其实我在吃饭时，就看出你心里还牵挂着慕容将军，这样下去是不行的，姐姐你就不要再担心慕容将军了，他打过这么多次的仗，不会有什么事的。”

“原来你看出来了，我越是不想去想，可心还是不由自主地想到他。即使给自己找许多事情来做，还是因想他而没做完。”

“姐姐，我看这样好了，明日我要进山烧香，不如到时姐姐与我一同前往，一来可以为慕容将军祈福，二来也可以散散心，你看可好？”

一大清早，我与天香启程进山烧香，尾随的有如风与风流云，本来破军也要跟来，可宫中有事所以未能随行。

天香与如风坐在马车上，而我与风流云骑着马，欣赏着沿途的美景。

今日天气晴朗，微风习习，进山之后，映入眼帘的是青山绿水。

我心想：自从来到这个朝代，好久都没有看过如此美景。我的脸上露出了久违的笑容，风流云本来是看着沿途美景，可是他看到我，忙用调侃的语气说着玩笑话。

“李大人千万不要露出如此迷人的笑容，可是会颠倒众生的。”

“我看不是颠倒众生吧，只是酒不醉人人自醉，人不迷人人自迷吧。”

风流云闻得此言，开怀大笑：“李大人一张口煞是厉害，在下再也不敢与李大人斗嘴了。”

“夫君，看到你笑容满面，真是太好了，看来这次进山烧香可来对了。”

如风附和着天香，笑着说：“公子，你好久没有这样开心了，今日烧完香后，我们在山中的寺院住一宿吧，听说只要登上山顶就可以看到日出。”

“好呀，就依如风之言，今日进香后，就在寺院借住一晚，大家明日早起，好登顶看日出。”

我们说说笑笑地沿着山路来到了寺院前。

第十二章　神女无心

【47】

巍峨气派的寺院展现在我与风流云的眼前，看着进进出出的香客也很多，果然皇家寺院就是不同凡响。

我与风流云下了马后，来到天香所坐的马车旁，分别扶着天香与如风下了马车。

“夫君，你还不知道吧，这是皇家寺院，是专门为皇家祈福用的。”

我们一步一步踏着阶梯向寺院门口走去，刚到门口，看到一位老和尚正向我们走来。

“老衲是该院方丈，在此等候公主殿下与驸马大人、风大人多时，请四位施主随老纳进寺。”

我们跟在方丈的身后，来到了大雄宝殿。

进入殿中，已有和尚准备好香，我们拿着香跪在蒲团之上，闭上眼心中许着愿，对着端坐在莲台之上的菩萨磕了三个响头，起身将香插在香炉中。

我与天香来到抽签处，各抽了一签，交给解签的和尚。

“不知公主殿下求何事？”

“姻缘。”

“公主，从签上的偈语来看是上上签，属于姻缘天注定。”

天香脸一红，不再言语。

“看来你与兆庭的姻缘可是天注定。”

天香的脸更红了，又问：“那我夫君的签如何？”

“不知驸马大人所求何事？”

“一位好友的吉凶。”

那和尚听后，脸色大变，说：“小僧还以为驸马大人也是求姻缘呢，如果是求姻缘此签当属上上签，可是求吉凶，确属下下签，从签上偈语来看，你那位好友将逢大难，吉凶难料。”

天香忙怒斥那和尚：“你不会解就不要乱说。”

“公主殿下如果你认为小僧解得有误，小僧可以请方丈亲自来解此签。”

那和尚请来方丈，我们看到这个方丈正是刚才领我们进寺的老僧，只见他从那名解签的和尚手中接过那支签，看了看，一脸平静地看着我，“如果是求吉凶这签确属下下签，而且签上预示乃大凶之兆。”

我忙问：“可有解法？”

“请驸马随我来，老衲想单独说给驸马听。”

我点了点头，跟着方丈去到禅房，他见我坐定，脸上带着和善的笑，“驸马既来之则安之，万物皆有定数。”

我心一惊，不知他的话是什么意思，忙问：“此话怎讲？”

“上天安排你新生，当然自有他的道理。”

“既然大师知我过去，请大师告诉在下回去之法。”

我见那方丈只是笑而不答，我扑通一声在他面前跪下，眼含请求之色。

“大师，你既已看出我从哪来的，定知道回去之法，请大师赐教。”

“她是你，也不是你，就如佛有六相，她只是你的前世之相，而你是她的后世之相。你二人拥有相同的灵魂，但命运却是不同的。”

“那大师，我的命运将会如何？”

“你的命运老衲也无法参透，但是老衲知你命中有一大劫，老衲这有一封信和一粒丹药赠于驸马，希望能助你逢凶化吉，至于你所求的回去之法，老衲无能为力。”

我接过信和丹药，本欲拆开信封，那名方丈按住我的手摇了摇头，示意我不要拆。

“此信还不是开启之时，请驸马谨记老衲的话。”

“那要等到什么时候？”

“老衲都说了你的命中有一劫，能不能渡过此劫还要看你的造化，还有接下来的事也要靠你自己，因为你的命运是掌握在你自己手上的。”

那方丈说着似是而非的话，让人猜不透，但却不得不信。

“那我好友的劫难可有解法？”

“能够化解驸马好友的劫难之人是你，驸马。外面还有等你的人，老衲就不打扰驸马太多的时间了，请驸马随老衲去大殿之上，切记不可强求，一切随缘。”

到了大殿，天香跑到我身边问我：“怎么样，那老和尚怎么说的？”

我没回她的话，拉着她的手，叫着身后的风流云与如风，一起出了大殿来到了为我们准备的禅房。

禅房内，我坐下对着三人说：“那大师只是对我说，化解劫难之人是我，我也不解其中深意。”

“好了，夫君不要再想，这些和尚没什么本事只会危言耸听，你刚才不是在菩萨面前为慕容将军许愿祈福了吗，你的请求菩萨一定会听见的，一定可以庇佑慕容将军。”

我听着天香劝慰的话语，原本不安的心也渐渐平静下来。

“不如我们现在到处去走一走，也可欣赏一下这寺院附近的美景。”

我们一行人来到后山，看着连绵起伏的群山和郁郁葱葱、茂密的森林，眼中尽是

绿色，再加上呼吸着山中带着青草气息的空气，整个人都感到舒畅无比。

“快来看呀，这有个瀑布。”

我们循着风流云的叫声望去，果然有一条瀑布掩隐在青山翠绿之中。

来到瀑布前，天香与如风用手随意拨弄着凹处的山泉水，我看着眼前的瀑布，突然想到李白的一首诗，随口大声念出：

日照香炉生紫烟，遥看瀑布挂前川。
飞流直下三千尺，疑是银河落九天。

“好诗！”

这个声音很耳熟，我连忙转过身一看，映入我眼帘的是欧阳天域带笑的脸。

我心下狐疑，他不是应该在宫中吗，怎么会出现在此地。

“李爱卿，你心中是不是在问，为什么朕会出现在此？朕听破军说，你们来山中寺院敬香，顺便散散心，所以朕就命破军与朕随行来到此处，听寺院中的和尚说你们在后山，所以就寻来了，这下你心中的疑问都解了吧。”

天香与风流云看到欧阳天域的出现，脸上闪过一丝不悦，欧阳天域看在眼里，并没有计较，“刚才李爱卿是不是因这条瀑布才会想到作此诗的，诗中描写瀑布形象生动，而且意境深远，果然李爱卿不负当今才子之名。”

“皇上过奖了，臣只是想到前人所写的诗句，有感而发的。”

“哦，这是前人的诗作，朕怎么没听说过，看来李爱卿饱读诗书，涉猎极广，朕以后要多向李爱卿请教才是。”

“皇上你跑哪去了，让臣好找。”

欧阳天域看着满头大汗的破军一脸焦急的样子，笑了笑。

“朕这是来找李爱卿，你看你的眼前是谁？”

破军随着欧阳天域的手指的方向，看到正我站在瀑布边。

如风看到破军来了，满脸喜色，跑上前去，递给他一块手帕。

“擦擦吧，看你满头都是汗。”

“谢谢。”

破军傻笑着接过手帕开始擦着汗，我与天香看着这一切，相视一笑，看来如风这个小丫头动春心了，我这个媒婆又该出马了。

“夫君，在这么美的风景中，我好想听夫君唱歌，夫君你唱一首吧。”

我笑着点了点天香的额头，说：“可是没有琴，我怎么唱呢？”

天香听后假装一脸落寞的样子，摇着我的衣袖，眼中是撒娇之色。

“琴怎么没有，破军去将琴拿来。”

破军听到欧阳天域下的命令，转身离开。

“皇上您来此游玩还带着琴，难道您要在禅房无聊之时自己弹曲解闷。”

“那倒不是，朕是想你在此地游玩，如果想弹琴时，一时找不到琴该怎么办，所以朕才会带着琴来。”

“皇上为臣想得真周到，多谢皇上有琴，您看天香的脸变得多快。天香，皇上为了让你能听到我弹曲唱歌，还亲自备琴，你就不要再与皇上斗气了。”

天香脸红红地对着欧阳天域说：“如果他答应我，不会出尔反尔为难你，我就原谅他。”

“君无戏言，你难道不相信你的亲哥哥吗？”欧阳天域边说边刮了她的翘鼻一下。

天香扑到欧阳天域的怀中一边打他一边哭道：“都是你不好，我早就不生你气了，可是我不知道该怎么跟你说。一想着皇帝哥哥以前对我的好，我就不气了，可是想到那晚的事，心中又有气，这种矛盾的心情一直煎熬着我的心，不知到底该不该原谅你。”

欧阳天域拍着天香的肩对她轻声道：“都是哥哥的不是，让朕可爱的妹妹心里这么难受。朕保证不会再有下一次，给哥哥笑一个，等会儿还要听李爱卿弹曲呢。”

天香从欧阳天域怀中起身，用手帕擦去眼泪，展颜一笑。

我看着天香与欧阳天域和好，也为他们感到高兴，使了个眼色给风流云，让他说话。

风流云心领神会，对着欧阳天域说：“皇上，臣也不生你的气，还望皇上原谅臣对您的不敬。”

“朕明白你为何气朕，其实朕也很气自己。好了，一切都过去了，现在就快来听李爱卿高歌一曲吧。”

欧阳天域指着破军，原来破军已经将琴放到瀑布边的大石上。

我走到大石上，席地而坐，轻抚琴弦，开口便唱：

拈朵微笑的花，想一番人世变换，
到头来输赢又何妨。
日与月互消长，富与贵难久长，
今朝的容颜老于昨晚。
眉间放一字宽，看一段人间风光，
谁不是把悲喜在尝。
海连天走不完，恩怨难计算，
昨日非今日该忘。
浪滔滔人渺渺，青春鸟飞去了，
纵然是千古风流浪里摇。
风潇潇人渺渺，快意刀山中草，
爱恨的百般滋味随风飘。

我借曲传意，想告诉天香与风流云，恩怨情仇就如同过眼云烟转眼消逝，不要时时挂在心上。

“李爱卿此曲甚妙。”欧阳天域夸道。

风流云和天香显然听出我曲中的深意。

“多谢夫君的好曲好词，为妻受教了。”

风流云也向我深看一眼，我心领神会。

我们在这瀑布前有说有笑，暂时忘了朝中烦恼之事，天香与如风在水中嬉戏，挥着手示意我也一起嬉水，我脱了鞋，跳入水中与她们疯闹。

“夫君，这泉中有鱼，不如让风流云与破军去抓鱼，今日就在这瀑布前烤鱼吃如何？”

“好呀！”我转身高声叫道：“风流云、破军你们快去抓鱼，我与天香还有如风去找些柴来。”

风流云与破军脱了鞋袜拿着木棍，跳入水中捉鱼，而我与天香还有如风上了岸，穿上鞋袜，准备去林中找柴。

“林中不安全，还是由朕陪你们一起去吧。”

欧阳天域不由分说地拉着我与天香的手朝林中走去，如风紧跟在身后。

【48】

我们进入林中，分头找枯枝与干草，顺便看一看有没有可以吃的野蘑菇，本来是我与天香一组，如风与欧阳天域一组的，可如风小声跟我说她怕跟欧阳天域一组，没办法只好我与欧阳天域一组。

欧阳天域与我一前一后的走着，寻着干柴与枯枝，还有野蘑菇。

原本我想走前面的，可是欧阳天域不许，命我走在他的身后。

我走着走着，突然抬头看到一个枯枝上有一条蛇正向我吐着红芯，我吓得赶紧往前跑。

“啊，有蛇！”

欧阳天域听到我的叫声，转过身，见我正向他跑来。

“蛇，蛇，蛇！”

我一头就撞进了欧阳天域的怀中，死抱着他。

“皇上有蛇，好可怕！”

欧阳天域看我吓得不轻，轻声安慰我：“别怕，有朕在，好了，蛇已经被朕赶跑了，不信，你抬起头看一看。”

我这才从他怀中起身向后看，蛇真的不见了。

我平静下来，这才发现我与欧阳天域抱在一起，我的脸一阵发烫。

“请皇上放手，刚才多有冒犯，望皇上见谅。”

欧阳天域轻轻将手放开，我顺势向后退，可是还没等我退到与他分开时，他又拉我入怀，在我耳旁呼着热气，他有力的心跳声像是述说着对我的情意。

"为什么你就不能接受朕呢，为什么你的心里只有他？刚才你吓得跑进朕的怀中，朕好想从此揽你在怀永不放手，虽然朕答应过天香会尊重你的意愿，可是朕的心从没停止爱你。就让朕抱久一点好吗？好让朕以后能回味此时此刻。"

耳中传来他动情的话语，我心里一阵难过，一动不动任由他抱着。

当放开时，他深吸了一口我身上的气息，我能感到他心中的痛与无奈。

我们捡了一些枯枝与干草，采了些野蘑菇就往回走，在回去的路上我们一句话都没有说。

到了瀑布前，我看见天香与如风早就回来了，正在烤鱼。

天香见我脸红红的，问我："你们怎么这么晚才回来？夫君，你的脸为什么这么红？"

我连忙解释道："刚才见到一条蛇，有点受惊，所以才会脸红。"

"你见到蛇了，怪不得呢，我也挺怕那种东西的。好了，我们别说蛇了，快来一起烤鱼吃吧。"

我把手上的东西交给了如风，就坐在天香的身边拿着一根穿着鱼的树枝放在火上烤着鱼，可心却没放在烤鱼上，全是在想刚才所发生的事。

天香见我一动不动地烤着鱼,也不翻动,眼看鱼就要烤焦了,天香用手碰了我一下。

"你的鱼都要烤焦了。"

我这才回过神来，连忙翻了一面继续烤着鱼，欧阳天域见我这样，走到我身边接过树枝，帮我烤着鱼。

"你到那边休息一下，朕来烤鱼。"

"这怎么行，你是皇上，理应由臣来为皇上烤鱼。"

"好了，别分得这么清，你刚才不是因看到蛇受到惊吓了吗，到那边休息，让心情平复一下。"

天香也在一旁对我说："皇帝哥哥说得不错，你就到那边休息一下吧。"

我没办法只得背靠着大树闭着眼休息。

如风已经洗好蘑菇放入破军刚才去寺院借的锅中，与破军一起在煮着蘑菇汤。

风流云等人面带微笑，拿着插有鱼的树枝在火上烤着，不一会儿鱼的香味就飘了出来，还夹杂着蘑菇汤的清香气味。

一切准备就绪，我们围坐在火堆边吃着烤鱼，喝着蘑菇汤。

"如此美味，怎可无酒，你们看这是什么。"天香从身后拿出一个酒葫芦，打开塞子，我们就闻到一阵飘香的酒气。

我们轮流拿着葫芦一人喝一口，当轮到我时，喝了一口，唇齿生香。

"好酒，此酒赛过杜康！"

这时天香神秘一笑，小声附在我耳边说："此酒是贡酒，放在酒窖中有百年了。"

"那你从何得来，该不会是去酒窖中偷来的吧。"

"才不是，我可是正大光明拿的，只是没让皇帝哥哥知道而已。"

欧阳天域也喝了一口，面带笑容地问：“天香，是不是没经允许到酒窖去拿的？真拿你没办法，你要是想喝好酒给朕说一声，又不是不给你。”

天香对着欧阳天域伸了伸舌头，做了个鬼脸。

“给你说了，你还不是会对我说，一个女孩子家成天学男人喝酒成何体统，所以为了不听你的唠叨，我只好亲自动手。”

我看到他们斗嘴的样子，就想笑，天香嫁了人还是小孩子心性，欧阳天域呢就一味由着她，这样真好。

我原来小时候也想要个哥哥，可是家里只有我一个孩子，所以看着天香有哥哥宠还真有点羡慕。

我们吃饱喝足后，歇息片刻见天色将暗便回到了寺院，刚到寺院就看见一名和尚等在我们的禅房外，“启禀皇上，宫中传话说朝中有边关急件，请皇上速回。”

我一听这话，心中感到极度的不安，不知道是不是慕容发生什么意外了。

我们连夜赶回了宫中，来到了御书房，欧阳天域看着军部递上来的边关急件，脸色大变。

“皇上，边关情况如何？”

“李爱卿，慕容将军他在边关受了重伤，恐有性命之危，而且黑水国大军将边关围了个水泄不通，只等边关的粮草消耗殆尽就开始攻城。”

“怎么会这样？”

我刚说完，感到天旋地转，眼前一黑，昏倒在地。

我感到有个温热的唇抵在我的嘴上，送着苦涩的药汁，而后感到有水滴落在我脸上，流进我的口中，苦涩滋味如同眼泪一般。

我慢慢地睁开眼，想看一看这滴泪是谁滴落的，这时耳边响起欧阳天域深沉低哑的声音，声音中带着对我的无限爱意。

我欲睁开的眼，又紧紧闭上，生怕醒来看见他的脸。原来那滴泪是欧阳天域的。

“在朝堂上侃侃而谈的你，在众人面前弹琴的你，在面对危险时临危不乱的你，无一不牵动着朕的心，可是朕只有强压对你的爱，才能与你共处在这朝堂之中，而且朕常在梦中梦到你对着朕巧笑倩兮的丽影。”欧阳天域停顿了一下，接着又说：“蕙质兰心的你，怎会不知朕的心意？只是你的心中早已有了魂牵梦萦的人，要不然你也不会因听到他命悬边关而承受不了，昏厥在地。”

我听着欧阳天域喃喃自语，每一句话都刺进我心里，我感到眼角有一滴热泪沿着面颊滑落。

当欧阳天域的鼾声传入我的耳朵，我慢慢地睁开眼，坐起身，眼中映着的是欧阳天域略带疲惫和忧心的脸。

我低声吟着：“人生若只如初见。”

两行清泪夺眶而出，滑过我的脸颊，滴在了被子上，也滴在了我的心里。

阳光明媚的早上，我悄然醒来，看见欧阳天域还在睡，轻轻地移开他的手，想下床。

“别这么快下床，再休息一会儿。”

宽厚的手掌伴着一道关心的话语放在我的双肩处，我抬头一看，原来是欧阳天域，没想到小心翼翼的我还是惊醒了他。

欧阳天域唤醒睡在桌边的，天香、风流云还有破军，他三人睁开睡眼，见我坐在床上，六只眼立刻圆睁，眼神中带着惊喜与安心。

天香红着眼对我说：“夫君，以后不可这样吓我了。”

我对着她会心一笑，算是默许。

我没听欧阳天域的话，还是下了床，跪在欧阳天域面前，推开他欲扶起我的双手。

“皇上，臣想领兵带着粮草去边关解围，望皇上恩准。”

欧阳天域眼中有着骇然，他没料到我会有如此请求，但他再一次伸出双手，把我扶起。

“李爱卿，你是文官，如何经得起长途跋涉？朕不准，而且解围的事，朕自有主张，你就先回府歇息，朕放你三个月长假。”

我一脸坚持，又跪下说：“如果皇上不答应臣的请求，臣就长跪在宫外等到皇上答应为止。”

“你这是在逼朕吗，你知道你如此做已犯欺君之罪吗？”

欧阳天域脸上已显不悦之色，语气也十分强硬。

“皇帝哥哥，你就答应夫君的请求吧。”天香也跪下替我哀求。

破军跟着跪下乞求欧阳天域：“皇上，您就答应李大人的请求吧，李大人如此做必有她的用意，望皇上成全。”

“今日你不答应李大人，我就会动用武力让你写下这诏书，让李大人带着兵和粮草去边关解围。”风流云抽出破军所带的佩刀指着欧阳天域，脸上顿显杀气，欧阳天域也毫不示弱地盯着风流云，紧抿着双唇，眼神中闪着厉色。

“风流云，不可无礼，快放下刀。”

“这次我不会听你的，一定要让他下这个诏书。”

话音刚落，风流云已将刀架在了欧阳天域的脖子上，逼他走到书桌旁，示意他拿起御笔写下诏书。

我连忙起身来到他们身旁，看到欧阳天域的脖上已出现一道血痕，随即拉着风流云的胳膊，想让他把刀放下，可是他却纹丝不动。

“皇上，您就答应他吧，您想一想肩上的责任，您不能有事。”

欧阳天域见我着急的样子，提笔写下诏书，风流云见诏书已写，就把刀拿开跪在欧阳天域面前，一副请罪的样子。

“臣刚才冒犯皇上，请皇上在这场大战结束之后，再治臣的罪，臣甘愿受任何处罚。”

“李爱卿你当真那么爱他吗，为了他不惜上战场，朕好羡慕他，也好妒忌他。罢罢罢，你去吧，如果不让你去，你一辈子可能都不会原谅朕。”

欧阳天域转过身，我看不到他现在脸上的表情，他只是摆了摆手，示意我们都退下。

【49】

我与天香还有风流云、破军回到了状元府，刚进府，看到如风在大厅等着我们。

如风走到我的面前说："昨晚，你们一宿没回，让我担心死了。"

"对不起，如风，我们在宫中商议事，忘了知会你一声，你看你眼睛红红的，赶快回房休息一下。"

如风离去后，我们来到书房商议后日启程去边关一事。

"我本不愿放姐姐去边关，那里太危险了，可是想到姐姐心中牵挂着慕容将军，所以才会跪下求皇帝哥哥。"天香一脸舍不得我去的样子。

"我何尝不知道此去边关危险重重，但是边关的将士正等着我们去援救，我岂能坐视不理？这不仅仅是为了慕容，也是关系到上千万边关将士的性命。"

"公主，请放心，只要有风某在，就算拼上性命，也定会护驸马的周全。"

"公主，风兄所说正是在下所想，你就放心在家等我们的好消息。"

"我知你们把姐姐的命看得比自己的命还要重，但是你们也是我的知己好友，我也不希望你们有事。"

我拍了拍天香的肩，吩咐她："我走之后，你就先到李兆庭家暂住，我会让他代我照顾你。如果你不想去李家，那就回到天香宫，我会让如风陪着你的。"

天香拭去泪水，说："我不想回到皇宫之中，还是到李家暂住吧。"

我知她已习惯外面自由自在的生活，不愿再回到宫中，随即命人去李府请李兆庭到状元府来。

天香见李兆庭来到书房后，对我说："妾身先行告退，去帮夫君整理要带的衣物。"

李兆庭看着天香一脸的忧伤，忙问我："刚才公主所说去给李大人准备衣物，你是要出远门吗？"

"是出远门，不过不是一般的出远门，是要到边关去解围。"

李兆庭听后脸色大变说："你是文官怎可到边关解围？皇上怎么会让你带兵到边关去呢？"

"不是皇上下的旨，是我们逼皇上下旨，让我们带兵去边关的。"

李兆庭大吃一惊，不相信地又问："你为何要如此做，你不知此去凶多吉少吗？"

"我知此去凶多吉少，可是边关的将士正等着援军，所以我理应义不容辞，文官又如何，战场上不仅要斗勇还要斗智，我自信在斗智的方面不会比任何人差。"

"就算如此，可是战场之上什么都有可能发生，你又无自保能力，到时遇险该怎么办？轻则受伤，重则丧命啊。"

"这你不用担心，我与破军兄会守护在她身旁，不会让她有生命危险的。"风流云信誓旦旦地说。

"那这样好了，我也随你去边关，这样多一个人，也多一份安全。"李兆庭提议。

“不用你去，你是李家长子，李家还有一大堆事等着你处理，再说我还要拜托你照顾天香，我与她说了，我走之后让如风陪她到你家去暂住，不知李兄可否答应代为照顾公主？”

“为什么不让我去，再说李家之事怎可比国家大事？让公主到我家暂住可以，我会安排妥当，但是我还是希望，你能答应让我随你前往边关。”

我摇了摇头说：“你难道不明白不让你去的原因吗？如果我们需要钱财买粮草时，你可在京中帮我们置办，然后送到边关来，你可是我们最重要的后援呀！”

李兆庭这才明白我的用意，其实这也是骗他的，只是不想让他随我去边关，同时也为了天香能与他结成良缘不得已而为之。

上早朝时，我与破军还有风流云来到大殿之上，跪下接旨。

“奉天承运，皇帝诏曰：命刑部监察史李木然为勤援大将军，逍遥候风流云与带刀侍卫破军为左右副将，带领三十万大军明日开赴边关，以解边关之围，并御赐兵符调遣天下兵马，如有违抗军令者，无需呈报，杀无赦，钦此。李大人请接旨。”

我们三人三呼万岁后，接过了圣旨和兵符，心中感念：多谢欧阳天域如此周到的安排，臣李木然，定当不负圣命。

下朝之后，我与风流云还有破军回到了状元府，先是跟如风说了明日赴边关的事，然后吩咐她好生照顾天香公主。

如风听到我要去边关，嚷着要陪我去，我安抚了她后，准备马车将公主与如风送到了李府。

我把公主安顿好后，回到状元府就接到圣旨，宣我进宫。

御书房内，我看到欧阳天域一脸平静地对着我笑，从他的眼神中，看不出他此刻心里到底在想什么，“明日你就要启程奔赴边关，朕叫你来只是想和你说会儿话，你这一去不知何时朕才能再见到你。”

“皇上请放心，臣一定会不负圣命，早日得胜，班师回朝。”

“李爱卿，不如你现在为朕弹奏一曲如何？不知怎么特别想听你弹曲。”

我点了点头，走到早已为我准备好的琴旁坐下轻抚琴弦，和着琴音念道：“江山如此多娇，引无数英雄竞折腰，美人如玉，一笑倾人城，二笑倾人国，江山美人，轻孰重，舍美人救江山，舍江山救美人，如同鱼与熊掌不可兼得。”

念完后随即低吟浅唱：

江山如此多娇，引无数英雄竞折腰。
美人如此多娇，英雄连江山都不要。
一颦一语如此温柔妖娇，再美的江山都比不上红颜一笑。
像鸟一样捆绑，绑不住她年华；
像繁花正盛开，挡不住她灿烂。
少年英姿焕发，怎么想都是她。

红尘反复来去，美人孤寂有谁问？
大江东去，浪淘尽，千古风流人物，
故垒西边，人道是三国周郎赤壁。
乱石崩云惊涛裂岸卷起千堆的雪，
羽扇纶巾谈笑间强虏灰飞烟灭。
江山如此多娇，引无数英雄竞折腰。
美人如此多娇，英雄连江山都不要。
一颦一语如此温柔妖娇，再美的江山都比不上红颜一笑。
没有你爱不会有我，你已不在怎么偷活？
一代一代美人像梦，梦醒之后只剩传说。
江山如此多娇，引无数英雄竞折腰，
美人如此多娇，英雄连江山都不要。
一颦一语如此温柔妖娇，再美的江山都比不上红颜一笑。
回眸一笑百媚生，六宫粉黛无颜色，
春寒赐浴华清池，始是新承恩泽时。
云鬓花颜金步摇，芙蓉帐暖度春宵，
春宵苦短日高起，从此君王不早朝。
千古风流，都看今朝。
把酒高歌，只需欢笑。
谁还想明朝，只为红颜呀，
四面楚歌啊，都能笑傲。
九重城开烟尘生，千乘万骑西南行，
六军不发无奈何，宛转蛾眉马前死，君王掩面救不得。
天长地久有时尽，此恨绵绵无绝期。

欧阳天域闭着眼还在回味着曲中之词，随后睁开眼看着我不发一语，只是看着我，一切尽在不言中。

那一晚在御书房我与欧阳天域聊了许久，我给他讲了唐玄宗与杨贵妃哀怨缠绵的爱情故事，给他诵咏了白居易所写的《长恨歌》。

这一切都是想劝他放弃对我的情爱，而且江山与美人不可兼得。

今日我终于要整装起程去边关了，我与风流云还有破军都穿上了战袍。

我们三人各自牵着马来到门外，看着整装待发的雄壮队伍，我心潮澎湃，立在马上，扫视着全场。

“我们是最强的军队对不对？”

将士们齐声高叫：“对！”

“我们有没有信心打赢这场仗？”

回应我的是震耳欲聋、排山倒海的声音。

“有！”

我在马上望了一眼马旁站着的风流云和破军，将军旗一挥。

雄壮威武的队伍通过热闹的市集，两边是天域都城的老百姓，他们拍着手，脸上带着欢喜与祝福。

“驸马爷必胜！”

我点头向这些热心的老百姓挥手示意。

又到十里亭，欧阳天域与天香还有李兆庭早已等候多时，我看到他们，跳下马走进十里亭。

“臣李木然叩见皇上。”

随后风流云与破军还有三十万将士齐齐跪下喊道：“臣等参见皇上。”

欧阳天域看着眼前黑压压跪着的一片人，眼中闪着激昂的光，站在亭中，挥了挥手，“平身，你们都是天域国最优秀的士兵，你们一定能凯旋。朕在京城等着你们的好消息，等你们归来时，朕当与你们把酒言欢，举国共庆你们得胜而归！”

“我们必胜，天域必胜！”我喊着这句口号。

众将士吼声震天，挥着手大声跟着我喊：“我们必胜，天域必胜！”

欧阳天域听着雄壮的口号声，看着我自信的脸，抑制不住心中的激动，走到我的面前，拍着我的肩，哈哈大笑：“李爱卿当真有将军的风范。”

我也跟着畅快大笑，笑罢后，天香与李兆庭来到我身边。

天香一脸关心地说：“夫君此去要多注意身体，不要操劳过度。边关不比府上，你自己要多加小心。”

李兆庭握住我的手对我道了一声：“珍重！”

我知他这句珍重意义重大，对着他们含笑地点了点头。

“你们也珍重，希望我回来时你们已经彼此相爱。”

“此去边关，朕最担心的就是你，那日黑水国的密使曾说黑水明皇对你心存绮念，朕怕你这一去是羊入虎口啊。”

“皇上，请放心，黑水明皇虽对臣有意，但臣也不是那么容易屈服的人，臣宁为玉碎不为瓦全。”

“朕知你心性如此，但是朕不希望赢了战争却断送了你的性命。朕的江山不需要用你的命来换，你答应朕一定要活着回来。”欧阳天域转过头对着风流云与破军下令：“风流云、破军听令，命你二人严密保护好驸马，如果驸马有什么事，你们也不用回来了。”

风流云与破军跪下大声回道：“臣等领旨，定不负圣意。”

欧阳天域命人递给我一个琴盒，眼中有着对我深深的眷念之情。

“这是李爱卿昨日所弹奏之琴，朕将它送给你，希望你将它带至边关，每每弹起它时，能想到京城中还有挂念你的人。你昨日所唱之曲，朕明白其中含义，可是朕却

想做那爱美人不爱江山的君王，难道说江山与美人只能得其一，是君王的宿命，也是君王的诅咒吗？朕曾梦想过江山在握，美人在怀，那是何等的惬意，可这也许是朕永远无法企及的梦，也是朕心中永远的痛。”

“皇上，臣只能用一句诗来回答，那就是‘襄王有梦，神女无心’，今日一别，臣不知何日才能回来，献上一曲聊表心意，望皇上从此解开心结，令天域王朝风调雨顺，国泰民安。”

我随即在石桌上放下琴盒，取出琴弹奏了一曲：

人生本来就是一出戏，恩恩怨怨又何必太在意。
名和利啊什么东西，生不带来死不带去。
世事难料人间的悲喜，今生无缘来生再聚。
爱与恨哪什么玩意，船到桥头自然行。
且挥挥袖莫回头，饮酒作乐是时候。
那千金虽好，快乐难找，我潇洒走过条条大道。
我得意地笑，又得意地笑，
笑看红尘人不老。
我得意地笑，又得意地笑，
把酒当歌趁今朝。
我得意地笑，又得意地笑，
求得一生乐逍遥。

曲罢歌止后，我抱着琴飞身上马，回头深望了欧阳天域一眼，“臣向皇上拜别。”

然后看向天香与李兆庭，眼中带着深深的祝福，“李木然在此别过了。”

随即对着休息的众将士再次挥舞着军旗，众将士在风流云和破军的指挥下整理妥当，大踏步地跟在我身后，向边关行进。

【50】

我看着天边艳红的朝阳，想到当初送别慕容也是在这朝阳升起之时，今日却换作是自己奔赴边关。

看着前方的路，我心中开始忐忑不安，不知未来究竟会如何？

可转念一想，既来之则安之，再大的困难自己都遇到过，管它将来如何，我命由我不由天。

大军行进至边关附近时，我下令在离边关十里之处安营扎寨，商量如何解这边城之围。

我与风流云、破军还有几位高级将领坐在主帅的帐篷中，把布防图拿了出来观看，

想着应该怎样解救被困的边关将士。

现在据我们探得的消息是，边关四周都是黑水国的士兵，最近好像又加强了兵力。

我看着这张图，思虑许久也未想出好的办法来，就问风流云他们可想出好的办法，他们连称没有。

我们彻夜未眠地想着良策，可最后还是没有想出，其间也有几个不错的计策，但就是太冒险了，所以我否决了这几个提议。

我看他们都已经疲惫不堪了，劝他们回自己营帐中休息一下，至于想办法也不急在一时，也许睡一觉之后，就会想到好的办法。

他们各自回营后，我和衣躺在床上，可怎么也睡不着，脑里想着该如何办才好，也许想得太入神了，不知不觉也沉入睡乡之中。

在梦里我又依稀看到了慕容正对着我笑，可是眨眼之间，一把剑就刺入了他胸口。

当我看清刺他的人是谁时，心中大惊，没想到此人正是黑水明皇。而且他还邪魅地对着我笑。

“冯素贞，你我之间的游戏才刚刚开始呢。”

我看着他因得逞的狂笑而变形扭曲的脸孔，吓得我从梦中醒来，惊得一身全是汗。

我起身倒了一杯水一饮而尽，随后坐在椅子上，想着刚才的梦，还是心有余悸，接着思索着对策。

我把能想到的三十六计都想了一遍，最后终于想到一招声东击西之计，这计可是八路军拿来对付日本鬼子的，也许这计能克敌致胜。

晚上我与风流云他们坐在主帅营帐中，我给他们讲了我想的这条计策，而且说此计风险最小。

他们听后也觉得可行，要我给他们讲详细些。

“这计首先要派一部分人去敌人营地搞偷袭，而我们正面对敌，让他们以为我们真的是要与之决一死战，其实我们是想偷袭他们的后方营地，最好这队人马可以把他们的粮草给烧了。”

他们终于弄明白此计的妙处，齐口称赞：“李将军，你虽是文官，但说到计谋确实高人一筹，属下们都认为此次应能大胜黑水大军。”

“不可轻敌，知己知彼，方能百战百胜。”

我们又商量了一下该如何执行这个计划。

首先由风流云带领一部分士兵去偷袭黑水国的边关营地。

正面有我、破军还有各位高级将领对抗围住边城的黑水国士兵，吸引他们的注意力。

一切准备妥当后，风流云与我们分头行动，我亲率大军来到了被黑水国士兵围住的边城前，一脸挑衅地看着黑水国的将领，“听着，我乃天域国皇上亲派的勤援大将军，令尔等赶紧撤兵，如若不然休怪刀剑无眼。”

“好一个刀剑无眼呀，勤援大将军，好久不见，怎么见了熟人，连声招呼都不打。”

黑水明皇从黑水国士兵身后骑着马走到我前面，邪笑地看着我。

我没想到这么快就与他针锋相对，看来这次计划一定要速战速决，要不然定会被他看出破绽。

“原来是太子殿下，攻打一个小小的边关，太子殿下都要亲自出马，难道说你国无良将，连攻打一个小小的边关都要劳驾太子殿下。”

我语出讽刺之意，就是想激怒他，让他不会起疑心。

“不是我国无良将，只是这个小小的边关来了你，本太子能不出来亲自迎接吗？你应该知晓本太子早就说过对你志在必得，这次你亲自送上门来，我高兴还来不及，怎么会因你的一席话而生气呢。俗话说打是亲，骂是爱，你越是这样，越证明你心中有我，我劝你还是早日投入本太子的怀抱，不要与本太子作对。”

我听着他语带轻佻，大言不惭，心中怒道：黑水明皇你也太任性妄为了，我倒要叫你知道什么是有所为而什么又是有所不为，饭可以乱吃，但这话不能乱说。

我强忍着怒气对他冷笑着说：“太子好像胜券在握，但是太子可听过螳螂捕蝉，黄雀在后？太过自信，怕是到头来空欢喜一场。”

“看来刚才本太子所说的话，你一句都没听进去，那就让你看一看，究竟是谁笑到最后。对了还忘了告诉你，关于圣女一事本太子也已查明，你竟敢欺骗本太子，看本太子怎么来一个训妻记。”

黑水明皇一脸的不悦，眼中闪着那晚被风流云与破军暴打的怒气，我刚想回口，破军走到我身旁，“你口出狂言，对大将军语带羞辱，我们天域国的将士不会善罢干休的。”然后对着身后的将士喊道：“天域必胜，将军必胜。”

破军身后的众将士也齐声回应着他。

我听着喊声震天的口号，心潮起伏，自信满满地望着黑水明皇，用手指着他：“黑水明皇，你废话少说，你就放马过来吧，今日我军定将黑水军击败，解这边关之围。”

破军用刀指着黑水明皇，高声叫：“你不会忘了我在客栈里是怎么教训你的，今日一样会让你得到永生难忘的教训。”

黑水明皇一听此话怒火中烧，拿着剑骑着马冲向破军。

两军士兵都分列两边，看着这场争斗，只见黑水明皇与破军你来我往打了十几个回合，还未分出胜负。

我密切注意对战的他们，但不时用眼睛望向存放黑水国粮草的营帐，当我看到有浓烟与火光升起时，我心中猜到一定是风流云他们得手了。

“不好了，后仓起火了。”

黑水明皇闻得此言，脸色一变，驾着马，跳出战圈：“赶紧去扑灭大火，能抢多少粮草就抢多少出来。”然后一个转身望着站在军队前的我，恨恨地说，“这招声东击西是李大人的杰作吧。没想到李大人身上还有那么多让人不知道的东西，真是让人着迷呀。李大人，你给我记住，你会是我的。”

他指向我，比了一个“你是我的”的手势，然后带着士兵撤回营地，可惜为时已晚。

我心中暗笑：不费一兵一卒就解了边关之围，这是最好的结局。

随后我手一挥，众将士跟在我的身后进了边关。

进入边关之后，我首先到了慕容的住处，急着想看他究竟怎么样了，有没有生命危险。

我留下话给守城的士兵，如果有一个名为风流云的人想进城，让他出示令牌后，方可放他进来。

到了慕容的住处，看到慕容脸色通红地躺在床上，旁边是为他诊治的军医。

我走上前去问军医："他怎么样了？"

军医看见我后，先向我行礼，然后不容乐观地看着床上的慕容。

"慕容将军已度过危险期，性命算是保住了，就是这几日身体又开始发热了，陷入昏睡，如果这发热的症状不退，恐怕不妙。"

我心中万分焦急，忙问："有没有退热之法？"

"能用的药都已用过了，但是不见成效。"

我看着慕容，用手放在他额头，果然好烫，心想：如果在现代就好了，几片退烧药就行了，哪用受这么大的罪。

"这也不是办法，发热这么厉害，只有不停地为他降热才行，不知这城中可有冰块？"

"这边关地处极寒之地，当然有冰块。"

"那你速命人去取冰块，我自有办法为他退热。"

军医得令后就往屋外走，而我也拿着脸盆出屋来到井旁打水。

我端着这盆冰凉的水来到屋内将它放在凳上，用水打湿毛巾后，拧得七成干，然后将毛巾轻放在慕容的前额。

此时的我正全神贯注地帮慕容降热，不时换着湿毛巾，连风流云什么时候进来的我都不知道。

"你看起来好像很累的样子，还是我来照顾他吧，你去休息一下。"

"没关系，我还不累，倒是你今日去偷袭才应该累了。你见过破军没有，我吩咐他，如果你回来了，就安排你去休息。"

我面带微笑地看着风流云，风流云仿佛没有听到我所说的，一把从我手里夺过了毛巾，开始为慕容做降热的工作。

我满脸带笑地看着他，说："你这个人有时真有一副牛脾气，但却无法让人对你生气。"

我坐在桌旁喝了一口茶，问他："你是怎么进城的，我曾吩咐过守城的士兵，没有令牌不准进城。"

"我呀就是因为你吩咐的这句话，差点进不了边关，不过好在破军正在巡城，他看到我，就放我进关了。"

"我不是给你过令牌的吗？"我接着又问。

风流云不好意思地笑道：“那令牌不知被我放到哪去了，进城之后才发现那块令牌其实一直在我的身上，只是当时急着进城，所以没发现。”

“你呀，平时看你挺机灵的，怎么到关键时刻人就马虎起来，这次的教训你可得牢记呀，军中一向认令牌不认人，所以你下次一定要保管好令牌。”

“李将军所言极是，在下定当牢记，不会再犯相同的错。”风流云一本正经地回我。

就在我们聊天的同时，军医已带人送来了所需的冰块。

我看着这些冰块，就命人拿了一个小布袋过来，我把冰块放到布袋中，然后再放到慕容的前额上。

装有冰块的袋子一放到慕容的前额，他就好像没有刚才那么痛苦了，可还是在昏睡。

军医看着我一系列的动作之后，不解地问我：“李将军，这就是你所想的退热之法？”

“正是，因为我曾经也发过热，也是药石无效，家里人便请了一位老中医来为我诊治，他教给我爹娘这个退热之法，果真帮我退了热，所以我想给慕容将军试一下这个办法。”

“那接下来又该如何？”

“慕容将军的药也不能停，你继续煎药给他喝。不知军中可有冰窖？把多余的冰块放在冰窖之中，以便我用完后不至于无冰可用。”

军医点了一下头，命人拿着冰块出了房门。

“好了，你也忙了一天了，早点回去休息吧，这里有我就行了。”

风流云本想拒绝，我拿出令牌，举在他眼前，对他下令。

“这是军令，快去休息。”

风流云抱拳低头领命后，苦笑着出了房。

我一个人坐在慕容的床边，不时用湿毛巾擦着慕容的脸，帮他驱除因发热而带来的不适，还要及时换掉袋中快化的冰块。

军医端着药走到我身边，我接过药，示意他可以离开：“你也累了，赶紧去休息吧，今晚我来照顾慕容将军，明日你来换我。”

我端着药，用小勺喂着慕容，看他慢慢把药喝完后，擦干净他的嘴，接着又开始做为他降热的工作。不知不觉中已至深夜，看着慕容安然地睡在床上，我脸上不禁露出了欣慰的笑容。

我看着他睡得这么香，倦意袭来，眼皮不争气地轻轻合上，趴在床边进入了梦乡。

我睡得正熟时，突然被一个声音惊醒：“四弟，不要怪我，不是我不爱你，只是我有愧于你，请你一定要幸福，一定要幸福。”

我此时的心中有一种说不出来的滋味。

【51】

我因他的话而睡意全无，想到外面透透气，于是我推开了门，来到了屋外。

我抬头望着边关的明月，清冷的月光洒在我的身上，耳旁不时传来呼呼的风声。

我脑中想着刚才慕容所说的话，心中涌起了莫名的伤感，突然好想弹琴，可身边无琴，只得轻声吟道：

寻寻觅觅，冷冷清清，凄凄惨惨戚戚。乍暖还寒时候，最难将息。三杯两盏淡酒，怎敌他、晚来风急？雁过也，正伤心，却是旧时相识。

满地黄花堆积，憔悴损，如今有谁堪摘？守着窗儿，独自怎生得黑？梧桐更兼细雨，到黄昏、点点滴滴。这次第，怎一个愁字了得？

第二天清早，我感到有一双厚实温热的手正在摸我的脸，我猛地睁开眼，看到慕容正微笑着看着我，眼中闪着爱意。

我脸一红，低下了头，伸手拨开他的手，然后用手摸了一下他的前额，再摸了一下自己的前额，发现慕容已经退烧了，“谢天谢地，你终于不发热了。对了，你刚醒肯定饿了，我去命人给你送早饭。”

我刚要跨出门时，他在我身后轻轻说：“我想吃你曾给我做过的热粥。”

我站在门口愣了一下，霎时感到脸有些烧，我不敢转身，生怕让他看到我害羞的表情，“可以，但是你可要等一会儿，我做粥很慢的。”

“这点时间，我还是可以等的，只要是你做的，等多久都行。”

我感到我的脸比之前更灼热，用手捂着脸，跑了出去，身后是他爽朗的笑声。我心想：这慕容什么时候也学得这么油嘴滑舌了。

当我做好粥端进门时，看见风流云还有破军正在屋中与慕容说着话，而军医正在为慕容把着脉，我转身就要离开。

“为了要喝你亲自煮的粥，我可是等了许久。”

风流云与破军一脸疑惑的样子，好像不相信我会煮粥，我端着粥走到他二人面前。

“看你们的样子好像不相信我会煮粥。你们可以问慕容大哥，我做的粥味道如何？”

“滋味久久让人难忘，不信你们也可以尝一尝四弟所熬的粥。”

“那我倒要尝一尝，不知李将军可有多的一份？”

我白了风流云一眼，走到慕容面前，问军医：“他情况怎样？”

“不发热了，而且恢复得也挺快，这都多亏李将军的办法有效，让他身体不再发热。”

我心里算是安稳了些，坐到床边，把粥递给他。

“我手没力，你能不能好人做到底，喂我喝粥。”

我刚想拒绝时，看见慕容脸上露出痛苦的神色，我赶紧又问军医：“他为什么会

这样？”

“慕容将军因手受伤，一用力就会疼痛无比，所谓伤筋动骨一百天，他的手不要再用力，这样好得比较快。”

我心想原来是这样，笑着说：“那好吧，看你手不能用力的分上，我喂你就是了。”

风流云还在不停地问我还有没有粥了，我打发他说：“厨房里好像还有剩的，你自己去……”

还没等我说完，他与破军便一溜烟地跑出房。军医向我行礼后，也退出了房。

我一手端着碗，一手拿着勺，舀了一口粥送往慕容的嘴边，他一口就吞下勺中的热粥，没想到却被热粥烫了一下。

“好烫！”

我轻笑一声，奚落他：“谁叫你这么心急的，你没听说过心急吃不了热豆腐吗？活该！”

“难得见你如此开怀的笑，能让你这么高兴，多烫几回也值得。”

我娇嗔了一句：“又在说傻话，乖乖把粥喝完，然后躺下休息，军中的事有我在，你就不用操心了。”

我舀起一勺粥放在嘴边吹凉后，再送到慕容的嘴里。

我在喂他粥时，慕容脸上始终挂着温柔的笑，眼里藏情地望着我，害得我浑身不自在，一碗粥喂了半个时辰。

“你是如何受伤的？”

“是因为中了埋伏才会受伤的。我已听风流云说了你怎么来到边关的，都是我不好，害你冲撞皇上，又害得风兄逼皇上下旨。”

他一脸的自责，落入我眼中。

“这不是你的错，我来这的目的是为了天域国，也是为了天下百姓，希望能平息这场战火。现在不是自怨自艾的时候，我们要打起精神来，共同面对这场战争，共同面对属于你也是属于我的困难，我相信我们一定能行的。”

“四弟你说得对，我要尽快好起来，这样才能与你并肩作战，共渡难关，早日结束这场战争，早日与你班师回朝。”

“好了，粥也喝完了，你也要休息了，我还要去军营巡视一下。”

我把他扶下躺好后，帮他盖好被子，看着他把眼睛闭上睡熟后，才离开了屋向军营走去。

我先到了军营了解边关的情况，而后又来到了边关的城门之上，俯瞰着四周。如若两军对垒，这地形对我们十分不利。

“为什么边关会建在此处？”

守城的士兵回道：“回将军，当初建这个边关的时候，是东方大人让建在这的。”

我一边下着台阶，一边在想：东方胜命人建的，他为什么会选这个地方建呢，旁边不是有更适合的地方吗？难道说东方胜别有用意，那建这对他有什么好处呢？还有

既然是他让建的，为什么还要去偷布防图，当时建的时候，他就可以留备份的。

我心中带着疑问回到了慕容的住处，进屋后看见慕容还在睡，就小心地坐在桌旁想着刚才的事。

“四弟，是你吗？”

慕容的声音唤回了正在沉思的我，我转过头看着睡眼朦胧的慕容，笑了笑。

“是我，你醒了，我这就去叫军医把药端来。”

“不要紧，晚一点喝也不迟。刚才见你好像有心事，能说给我听听吗？”

“没什么事，还是先喝药吧，这样你的身体才能早日复原。”

“难道现在我想听你说心事也不行了吗？我这个做大哥的还真是失败。”

慕容怨怼的眼神中带着深深的自责，我想到他一定是又想到那晚。

“我不是那个意思，大哥误会了，你想听，我说就是了。”

我向他说了今日去军营还有到边关的城门之上巡四周的情况，并说出了心中的疑问，慕容听后也觉得有异，“现在东方胜已疯了，我们从何知道这其中的蹊跷呢？”

我听后叹了口气，一语不发地看着他点了点头。

慕容的身体一天一天见好，但是黑水明皇自从被风流云烧了粮草，就一直没有动静，太诡异了。

正当我在给慕容喂药时，听到有人来报：“黑水国大军正集结在城门外叫嚣。”

我放下碗，回到自己的住处换上战袍，跟着报信之人来到城门之上，当我上了城楼看到早已到达的风流云与破军。

我询问他们现在情形如何，他们指了指城下，我抬眼向下望去，此刻的城门外黑压压的一片，排列着黑水国的大军，带头的正是黑水明皇。

我看到他对我在邪笑，感觉好像我已是他囊中之物，我立刻命风流云和破军集结军队准备迎战。

城门哐的一声打开，我与风流云还有破军骑着马来到阵前，望着对面的黑水明皇。

“驸马今日穿上战甲，别有一番风味，真有巾帼不让须眉的风范。”

风流云一听这话，怒道：“黑水明皇休得无礼，不要忘了当日在天域国被打的滋味，是不是还想回味一下？”

黑水明皇一听这话，气火攻心，指着风流云回骂：“你也不要太得意，当日是本太子不察，才会着了你的道，今日本太子要以牙还牙，一血前耻！”

风流云也不甘示弱地说：“不要一口一个本太子，不嫌累吗？要打就放马过来，在下奉陪到底。”

黑水明皇已被他的话激怒，正要骑着马向风流云这边冲过来，一个熟悉的女声传入我耳中，“不要中了敌人的激将之计。”

黑水明皇勒紧缰绳，马腾空而起，一阵嘶鸣，停了下来。

我循声望去，只看见一辆遮着布帘的马车，我估计刚才说话之人就在车中，便使了一个眼色给破军，破军明白我的意思，举手一把飞刀直向马车射去。

黑水明皇看见后，想要奔到马车旁挡住这把飞刀，奈何晚了一步，只见那刀就快穿过布帘射入了马车中。

布帘此时落下，那把刀又反弹出了马车。

一位俏丽的佳人，衣袂飘飘，仿佛天仙一般站在车帘前，一双美目直视着前方阵营中的我。

我定眼一看，心下大惊，怎么会是霜霜，难道她是黑水国朝中之人？

第十三章 再见霜霜

【52】

霜霜跳下马车，解开捆绑在马身上的绳子，翻身上马，来到黑水明皇身旁："霜霜见过驸马，一别之后许久未见，没想到我二人再见面会是在这样的情形之下。"

"霜霜姑娘，如果不是在这种情形之下见面，难道说，你还想继续隐瞒自己的身份，好从我这打听天域国的军情吗？你对我隐瞒身份，我也可以理解，毕竟各为其主，是在下识人不清才会认敌为友，不过从今日起，我与霜霜姑娘的友情到此为止，割袍断义。"

我拿起披风的一角用力一撕，只听嘶的一声，一块布角飘然落下。

霜霜眼中闪过一丝悲伤，瞬间恢复，又坦然面对我："难道驸马就没有隐瞒霜霜的事吗？我可听说了你好多不为人知的事。驸马，我们现在也算是扯平了。"

"既然这样，我们就在战场上见真章。"

"这就是你的红颜知已霜霜姑娘？当初你画她时就觉得此女很美，不过真人比那画更美，和你有得一拼，而且这性格与你挺接近的，难怪你要与她结为知已。"

我白了风流云一眼，轻责于他："都什么时候了，你还有心看美人，正经点。"

风流云痞痞一笑，转头对着霜霜调笑道："小美人，这可是战场，你身娇肉贵，如果伤着了，哥哥会心疼的。"

此话一出，两军将士都忍不住笑出声来。

我心想这风流云在战场上，还不改自己的风流本色，不过看到霜霜气得通红的脸，可想而知她有多气，当初在青楼时也是别人看她脸色，别说现在了。

风流云好像上了瘾了似的，对着霜霜继续调笑道："小美人，你的脸现在这么红，好像红苹果一样，引得哥哥都想咬上一口。"

黑水明皇眼冒着怒火，指着风流云，大骂："风流云，闭上你下流无耻的臭嘴，竟敢调戏本太子的妹妹，你是不是活得不耐烦了？"

我一听这话比知道霜霜是黑水国朝中之人还要震惊，原来霜霜是黑水国的公主，没想到一国公主为了国家藏身于青楼之中，这要多大的勇气和毅力啊！

"只许你调戏，不许我调戏，这是哪门子的道理，如果你还想打，就不要只顾着

斗嘴皮子，放马过来吧。”

风流云用挑衅的目光望着黑水明皇，用剑指着他，示意他放马过来一拼。

此时的黑水明皇已经被气得七窍生烟，眼中燃着愤恨的火，拿着长剑策马狂奔，杀向风流云。

“太子哥哥不要轻举妄动，小心中计。”霜霜一句平静无波的话，平息了黑水明皇渐起的杀意。

“我知道你以前在江湖上名为采花大盗，但是据我所知你采的那些花都是心甘情愿，你并没有逼她们如此做，算得上一个君子，只是她们太爱你了，而你又太绝情了，所以因爱成恨，才会有把你的名声搞臭的想法。你不以为意，依然故我。霜霜最为钦佩的就是你这种人，我想你现在留在驸马身边，是因为驸马了解你的本性，还有就是你的心已为她所动，所以才会入朝为官，借此保护驸马，我说得对不对，逍遥侯？”

我听完霜霜所说，想到：好厉害的霜霜，以前就知她不凡，今日听她之言，方知我对她了解太少，没想到她对我身边的人摸得这么清楚。风流云此时无言以对。

“霜霜姑娘，好本事，对我身边的人如此了解，看来我太小看霜霜姑娘的本事了。”

“驸马这是说哪里话，霜霜只是想知己知彼，方可胜券在握而已。我说的对吗，李大人？”霜霜妩媚一声，万种风情自是不言而喻。

“霜霜姑娘，这场仗到底是打还是不打，现在两军对垒，箭在弦上，不得不发，我们这样斗嘴皮子要斗到几时？”我轻笑道。

“这仗打或是不打，这就要看驸马怎么做了，如果驸马不想打有不想打的解决之道，想打，我们黑水国的将士也会奉陪到底。”

“哦，我倒想听一听，这不想打的解决之道，是何种解决之道？”

“解决之道就是驸马献上城池，助太子哥哥直取天域皇城，完成统一天下的大业。”

我听后哈哈大笑：“这就是你的解决之道，真是好笑，你未免太异想天开了吧！你应该清楚我的为人，我是天域国的子民，又在朝为官，深得皇上器重，怎可做这叛国之事？你未免太小瞧我李木然了。”

霜霜脸色一变，眼中杀气已露：“那就是想打，那好，咱们在战场上一决胜负。”

“在打之前，我想与驸马打个赌如何？”

我猜不透这黑水明皇又想玩什么花样，问他：“赌什么？太子请讲。”

黑水明皇指着我，邪笑一声，“赌你！”

此言一出，在场众人皆惊，黑水明皇默不作声扫视了一眼四周，惊叫声停止，而我不动声色等着黑水明皇下文。

“本太子刚才所说的赌你的意思是，以你为赌注，我们就赌这场仗究竟是哪一方能赢。如果是我们黑水国这边得胜，你就得献出城池，而且还要把你献给本太子，如果是你们得胜，我就退兵。你敢不敢赌？”

我心想原来在这等着我呢，我坐于马上，轻蔑地笑了一声：“既然太子这么看得起在下，这个赌我接了，看样子太子好像成竹在胸，不过我还要追加一条，如果我们

天域国获胜，你们就要永远臣服于吾皇，不得再起战端，你可答应？”

“驸马颇有男儿风范，做人做事不拖泥带水，爽快。好，本太子答应你的要求。”

我向破军与风流云使了个眼色，准备迎战。

黑水明皇把手一挥，千军万马向我们冲来，我这边也毫不示弱，手拿军旗向前一挥，身后的天域将士也杀向正奔来的黑水士兵。

双方兵戎相见，只听到刀剑枪盾的撞击声，还有将士们的喊杀声，这只有在电视上才能看见的场面，现在就活生生的呈现在我的眼前。

烈烈的寒风吹动着战袍，风中飘散着血腥的气味，我看着前方正在厮杀的两国将士，看着血流成河的战场，心中有说不出的滋味。

我的心中有说不出的心痛，为了国家，他们流血牺牲，却是成就着帝王的野心。这还不是最令人心痛的，最令人心痛的是莫过于这些将士家中年迈的爹娘，还有殷情期盼夫君回家的妻子，还有翘首渴望亲爹早日回来的稚儿。

“这里太危险了，你还是进到城里去，这儿有我与破军就行了。”

我没听风流云的话回到城里，而是振振有词地说：“我是主帅，哪有主帅临阵退缩之理，我要为这些浴血奋战的勇士们加油鼓气。”

我取下背上所背的古琴，放在马前，拨动琴弦，用嘹亮的歌声为前方拼杀的将士鼓气：

流血的伤口不流泪，举旗的杆子不下跪，
攥紧的拳头不松手，过河的卒子不后退。
流血的伤口不流泪，举旗的杆子不下跪，
攥紧的拳头不松手，过河的卒子不后退。
人活一口气，难得拼一回！
生死路一条，聚散酒一杯！
何以成败论英雄，浩浩乾坤立丰碑！

我豪迈地大声唱着，手不停地拨弄着琴弦，我的手指因弹琴流出了血，但是我好像忘却了手上的痛，心中只想着为将士们加油。

这时，我听到高楼之上有军鼓在合着我的节拍敲着。

我转头向上看，原来是慕容一身戎装站在高楼之上敲着大鼓，我向他示意，他看了我一眼，边敲着鼓边跟着节拍高声歌唱。

此刻的我们因战争将心牢牢地连在了一起。为着天域，为着前方打仗的将士，为了守住我们的家园，尽着自已最大的努力，勇往直前，绝不后退。

“黑水明皇你缩在后面是想当缩头乌龟吗？你不是要洗刷当日的耻辱吗？那你就放马过来与我打上一场，我在这儿等你许久了。”

黑水明皇听到风流云的叫嚣声，提马就要杀向风流云。

“太子哥哥你可是主帅，还要指挥作战，少安毋躁，且让小妹会他一会。”

风流云见是霜霜杀过来，高傲地说：“我从不与女子动手，还是让你哥哥出来与我打。”

霜霜被他的话与表情激怒，挥舞着双刀砍向风流云，风流云随即用长剑挡住凌厉的攻势。

“没想到你长得这么美，心肠却如此毒，看来我今日要破了我不与女子打斗的规矩，定要让你伏首称臣。”

“我倒要看一看是谁要向谁伏首称臣，你这个风流种，我今日就要你命丧于此，看你还如何风流快活。”

霜霜咬牙切齿地怒视着风流云，风流云露出痞痞一笑，对空亲吻了一下，“我风流快活干你何事？是不是你对我有意，所以才会如此恨我的风流？不过如果你也想我对你风流一下也未尝不可，你尝过之后，定会食髓知味。”

“无耻之徒，休得胡言，看我的双刀砍下你的淫根，等你成了太监，看你怎么风流快活。”

霜霜愤怒地朝风流云的胯下砍去，风流云巧妙地一个闪身躲开了双刀。

“好险，差点断子绝孙。不过小美人，如果我成了太监，你该守活寡了。”

霜霜一听此话，更是怒火攻心，狠命地朝风流云砍去。我看着他们你来我往的打着，心中颇为风流云担心，使了个眼色给破军让他过去帮忙。

“黑水明皇你也太胆小了，让一个女人为你冲锋陷阵，你还是男人吗？如果是条汉子，就与我干上一场，反正当日令你受辱之人也包括我。怎样？太子殿下。”

黑水明皇听着破军激将之言，看着自己的妹妹正迎战着风流云，而且还受到言语上的调戏，就再也按耐不住，提马拿着长矛冲向破军。

破军见黑水明皇冲了过来，便拿着长枪迎向黑水明皇。

看着破军与黑水明皇交着战，又看着风流云与霜霜交着战，我心中恨我自己为什么不会武功。

“你不要自责，你本是文官，已经做得很好了。”

我转头看见慕容骑着马向我奔来，脸上带着笑与鼓励。

“你为何出来了？你的身体还未复原，赶快回城里去。”我急着说。

“我已无大碍。你不会武功，而风兄与三弟又不在你身边，我唯恐你有危险，所以才会出来。”

我们并肩骑在马上，看着战场上激烈的交战。

“原来战场之上是这么的残酷，你以前是如何适应过来的？”

“时间久了自然就习惯了，你现在不也是面对着生死存亡的战争吗？你还不是已经适应了，要不然也不会弹琴唱曲鼓舞战场中的天域将士。”

我颔首，自言自语：“不知这场战争何时才能结束，何时……”我话还没说完，一支利箭便向我飞来。

【53】

在马上惊呆的我，看着迎面而来的利箭忘了躲闪，而此时的慕容想用长剑去挡住这支利箭，却迟了一步。

这支利箭从我的肩头一穿而过，我感到右肩撕裂般的疼痛，手立即松开了缰绳，从马上跌落至地，翻滚了几下，仰面朝天昏了过去。

我因拔箭而痛醒过来，睁开眼后，顿时感到一阵钻心的疼痛。

"好痛！"

军医看着我苦着一张脸大叫，不时用衣袖擦着额头冒出的冷汗。

"李将军忍着点，如果用麻药，伤口不会好得这么快，这就要拔出来了。"

我咬着牙，忍着疼，用坚定的眼神，示意军医拔箭。

当快要拔出时，我痛得脸都变形了，咬着唇，感到有腥甜在口中，原来是我自己把嘴唇都咬破了。然后张开嘴闭着眼哇哇大叫。

军医连忙对着身旁的三人喊道："快拿东西塞在李将军的嘴里，以免他咬伤自己的舌头。"

风流云与破军听了军医的话赶紧撕自己身上的衣服，因着急怎么也撕不破身上的衣服。

我突然觉得口中伸进一物，就死命地咬住此物，忍受着箭身从肉中拔出的剧痛。

军医终于把插入我肉中的箭身拔了出来，随即我因疼痛松开了口中之物，又陷入昏迷之中。

当我慢慢地睁开眼，看到映入眼帘的是雕着飞龙的床梁，而且还闻到只有皇家才能用的龙涎香的味道。

难道我现在在天域国的皇宫内，可是转头看去，却觉得此屋的装饰不像天域国皇宫内的摆设。

我慢慢支起身来，看到不远处的床榻上正睡着一人，只是背对着我，无法看到他的脸。

我下了床后，走向那人，想问一问他，我究竟是在哪，而慕容他们又在哪?

我走近后，那人正好翻过身来，我终于看清那张脸，心中大惊，怎么会是他，是他将我劫到此处。

我看着金碧辉煌的宫殿，已猜到这是黑水国皇宫内太子的住处。

我偷偷将衣服穿好，慢慢打开门，想趁他还在熟睡中，想办法混出皇宫。

当我打开门，正要迈步出门时，却一头撞在一个人身上，我揉着头，抬眼看去，当场呆住，此人是霜霜，此刻的她正微笑着看着我。

"驸马爷，你这是要去哪？"她话一出口，惊醒了正在熟睡中的黑水明皇。

黑水明皇睁开眼，看到我与霜霜面对面站在门口，起身快步走到我的面前，一把

将我揽入怀中："你终于醒了，太好了。你怎么不在床上多休息一会儿？是不是因为饿了或是渴了，才会起身要去外面寻吃的或是喝的。"

我看着他，进也不是，退也不是，尴尬地夹在霜霜与黑水明皇之间，不知该怎么开口。

"太子哥哥，你可是猜错了，驸马爷这是想偷偷溜走。"

黑水明皇用疑惑的眼神看着我，我不好意思地笑了笑。

"我想回到边关去，出来这么久了，慕容他们一定很担心，你说是不是，谢谢你的救命之恩，我这就拜别太子殿下。"

黑水明皇一听这话，脸色一变，抓住我的手，怒视着我："本太子救了你一命，你不谢就算了，还想不辞而别，是不是有点说不过去。"

我也不甘示弱地回敬他："那太子要怎样的报答才会放在下走呢？请你放开手，你把我的手捏疼了。"

黑水明皇松开手，霜霜这时插话进来："我想太子哥哥所要的报答，是要你以身相许吧。我说得对吗，太子哥哥？"

"不愧是亲兄妹，大哥心里正是这么想的，不知驸马怎么说？"黑水明皇邪笑着说。

"太子殿下，你是在开玩笑吗？我乃堂堂男子，怎可以身相许，就算我是女子，也还有除了以身相许之外，其他的报恩方法吧。"

"太子哥哥，就算驸马真答应了你的要求，这个亲结不结得成还是个问题呢，别忘了你还有父皇为你定下的亲事，就是未过门的太子妃香琦。"

我这会儿就搞不懂了：这霜霜一会儿漏我的底，一会儿又像是在帮我，她葫芦里到底卖的是什么药啊？

"关于太子妃的事，本太子会处理妥当，你就不用担心了，现在最关键的是，她是否肯答应这门亲事。"

我郑重地回他："恕在下不能应允，至于这个救命之恩，我会想其他办法报答，请太子即刻放我回去，要不然就杀了我。"

"在黑水皇宫由不得你，这亲是结定了，你就等着做我的新娘吧！"

黑水明皇一脸怒气将霜霜推了出去，然后把门嘣的一声重重地关上。

"来人，严密看守太子寝宫，任何人都不得入内。"

我跌坐在屋内，脑中想着该如何逃离此处，而耳中听到黑水明皇大声地吩咐着守门的侍卫。

"速去给屋内之人送上吃的和喝的，不得怠慢，好生伺候，还有为她更换女装。"

我坐在太子寝宫中任由宫女为我换洗，反正抵抗也没有用，当一切完毕后，宫女们的眼中闪着惊艳之色。

"姑娘真美，怪不得太子殿下会这么对你。"

我对她们笑了笑，也不言语，她们弄完后离开了太子寝宫，而我坐在椅子上想着接下来该怎么办。

这时我听到门外霜霜的声音："把门打开。"

门吱的一声打开后，我抬头看到门外走进一男二女。

待看清时，才发现走在最前面的是霜霜，而她身后的人我却不认识，但从他们的穿着打扮上，又从霜霜对他们的态度上，我猜测来的人定是黑水国的皇帝与皇后。

看着他们走来，我打起精神准备以最佳的状态迎接他们，说不定与他们交谈后会有转机。

我第一次以女装打扮出现在霜霜面前，霜霜已经惊得呆住了，忘了介绍她所带来的人。

"霜霜，你不介绍一下，旁边的两人是谁吗？"

霜霜这才回过神来，压下心中的震惊。

"这两位是我的父皇和母后，他们听说你的事，对你十分好奇，所以我带他们前来见你，你可以称呼他们，玄皇与玄后。"

我听后，忙拱手对他们施礼，而他们赶紧扶着我，用打量的眼神看着我，眼神中有好奇，有惊艳，有赞赏。

我看他们久未开口，我一脸笑意望着他们，开口出声："在下有一事相求，不知玄皇可否答应。"

"你说说看是什么事相求。"玄皇一副和蔼可亲的样子，询问我。

"在下想回到边关，因为边关之中的同僚也许正在担心在下，所以请求玄皇能放我出皇宫。"

"可是皇儿对你倾心，想娶你为妃，而且朕与皇后对你印象极好，所以也希望你能嫁与皇儿。"

我刚才还以为此事有转机，现在可好，连黑水明皇的爹娘都同意这门婚事，我还有什么机会可以脱身？

我正在想着该怎么办时，看到霜霜在给我使眼色，我看到她嘴形好像是说着"香琦"二字。

"在下听闻太子殿下已有选定的太子妃，如果我嫁与太子，那太子妃怎么办？"

玄皇笑着说："这有何难，已选定的太子妃还是会嫁与太子，而你则会成为太子的侧妃。"

"如此说来，就是两女共侍一夫啰，可是在下曾许下承诺，此生要嫁的夫君必须是只能娶我一个，如果无法办到，此生宁可不嫁。"

玄皇与玄后也没想到我会说出这样的话，皆大惊，而霜霜此时并无惊异之情，只是会心一笑。

玄皇接着怒斥："你这种想法简直荒谬，太子以后会是一国之君，会有后宫群妃，再说皇家祖制也不允许皇帝只得一个妃子。"

我并没有在意他所说的，斩钉截铁地回道："在下知道皇室一般都会如此，就是因为这样，所以我才说不会嫁于太子，如果太子强逼的话，我宁愿一死。"

“好个宁愿一死，本太子就依你，只娶你一人，那你可答应嫁于本太子为妃？”

一个令人讨厌的声音传入我耳中，而且还带着可憎的笑。

黑水明皇先是向玄皇、玄后行了礼，然后一本正经地请求着玄皇与玄后：“父皇，母后，此事请交于皇儿处理，请父皇和母后不要插手。”

“皇儿放肆，什么叫不要插手？你为了这个女人违背祖制，还要让哀家和你父皇不要管，你可别忘了，你以后会是一国之君。难道你要做黑水国的千古罪人吗？要让黑水国的百官看不起你，认为你是一个昏君吗？”玄后一脸震怒，训斥着黑水明皇。

“母后请息怒，只是皇儿心中放不下她，所以请父皇与母后成全。”黑水明皇一脸坦然道。

玄皇这时勃然大怒，指着我，骂道：“就算此女再怎么美，再怎么聪明，朕都不准你为了她违背祖制。来人，将此女押入天牢，严加看管，还有除了朕与皇后以外，任何人不得见此女。”

冲进门来的侍卫将我押出了太子寝宫向着天牢方向而去。

我心中暗自高兴，这样一来就不用嫁给太子，而且也可想办法通知慕容他们，好歹我也是天域国的重臣，估计玄皇也不敢对我下杀手。

【54】

我正悠闲地躺在天牢的床上，望着牢窗，想着该如何与外面互通消息。

天牢外的吵闹声打断了我的思绪，仔细一听，原来是黑水明皇与守卫发生争执。

我估计他也进不来，就如同赴考书生一般，两耳不闻窗外事，一心只想心中事。

紧闭着双眼的我感到好像有人站在床边，还贴近我的脸，呼出的热气带着一股难闻的酒气。

我将眼猛然睁开，正好对上黑水明皇一张邪笑的脸，吓得我忙用双手推着他的脸。

我起身坐在床上，拽着散开的领口，心中暗骂：这黑水国的女装也太过暴露。

他顺从地抬起头，浓黑的双眸染着不满之色，阴阳怪气地说：“你倒是挺悠闲的。”

“太子殿下，你逾矩了。你是怎么进来的，我可是听到你父皇说过，不准你进天牢。”

黑水明皇邪魅一笑，再一次将脸贴近我，此时他的眸色由先前的不满转为情欲：“你是不是很高兴父皇下的命令，所以就算被关在天牢里，也不以为意，乐得自在。”

“太子殿下，你又逾矩了。”

我直视他的墨黑色的双眸，虽心中打着鼓，但还是带着不容侵犯的神色。

突然他一使力将我压倒在床上，头靠在我的肩上，我这时才感到所面临的危险，也感到身为女人这个弱点。

我感到黑水明皇正在闻着我，而他身上的酒气却让我感到害怕，忽然我感到耳边有他呼出的热气。

“你的身上好香呀。”

我暗叫不好，但是为时已晚，我感到他正用手上下抚摸着我，我此时惊恐不已，用双手阻止着他乱摸的手。

“不要，你放开我。”

我蠕动着身体想要摆脱他的亲吻，奈何每次都被他亲到，我听见他的心跳加速，而且喘着粗气，撕扯着我的衣服。

我意识到再这样下去，我就要遇到女人最害怕的事——被男人强暴，想到这，我吓得哇的一声大哭起来，可是这哭声却没能阻止黑水明皇的进攻。

眼看他就要将我衣服脱光，我扬起手狠狠地打了他一耳光。他挨了一耳光后，愣了一下，看着哭泣的我，眼中闪着令我心惧之色。

“今日我一定要得到你。”

丧失理智的黑水明皇用左手一把将我的双手压在头上，吻着我的唇，而右手不停地抚摸着我的全身，我用力挣扎，用脚踢着他。

黑水明皇喘着气夸我：“你真美，娇嫩美白的肌肤让人心醉，我恨不得将你一口吞进肚里。”

我听着他口出秽语，说着调情的话，被羞辱得无地自容，真想一死了之，于是我想咬舌自尽。

我刚想张嘴咬舌时，也不知是不是他知道我想寻死，将自己的嘴贴上我的唇，用舌头抵开我的牙齿，吮吸着我的香舌。

吻完之后，他用右手捏着我的下颌，邪魅地笑，“想咬舌自尽，这怎么成，你将会是本太子未来的妃子，我们还要幸福地生活一辈子。”

听着他所说的话，我放弃了挣扎，任凭他为所欲为。

我心想：罢罢罢，失贞算得了什么，没必要为了贞节赔上自己的性命，再说在原来我那个时代，不是处女也没什么，只当被鬼压了。

黑水明皇见我一动不动地躺着，顿时失去了兴致，“为什么你不反抗，是不是以为这样我就不会动你？”

他愤怒的吼声，在我眼里显得那么可笑，我脸上露出轻蔑的笑容。

“我这样做不是随了你的意吗？你不就是想得到我吗？现在我躺在这不动，任君品尝，难道不对吗？”

其实此时的我还是有挣扎，有恐慌，毕竟是头一回遇到这种事。

黑水明皇看着我耻笑他的样子，怒火中烧，浓眸里交织着悲愤与羞辱之色。

“这可是你说的，那就别怪我，就算得不到你的心，也要先得到你的人。”

黑水明皇生气地脱光自己的衣服，压在我身上。

我紧闭双眼等着那恐惧时刻的到来，手握成拳，手心里、背上，全都是汗。

“太子哥哥你这是在干嘛，快放开她。”

我耳中传来霜霜焦急而愤怒的叫声，接着又传来一个低沉有力的怒吼声，是黑水玄皇的声音。

“皇儿，快住手，放开她。”

黑水明皇停止了手上的动作，我睁开眼，转过头看向天牢门口。

此时门口正站着他妹妹霜霜，还有他的父皇母后。

黑水明皇起身当着我的面，穿着衣服，一副无所谓的样子，我背过身，将撕烂的衣服用手扯着遮挡裸露在外的肌肤，满脸尽是受辱的羞色。

“对不起，刚才冒犯了。”黑水明皇带着歉疚的声音从背后响起。

我此时的脸上早已布满了泪水，霜霜赶紧将一件披风披在我身上。

我在霜霜的搀扶下，下了床，用冷漠的眼神看了黑水明皇一眼，他忙转过头与玄皇与玄后出了天牢。

“我代太子哥哥向你道歉，希望你不要怪他，他心中也很苦，我去帮你拿一件衣服换上。”

看着霜霜转身欲离开床边，我拉住霜霜的手，眼中尽是哀求之色，“看在我们以前相交的情分上，你能不能放我出皇宫？”

霜霜摇了摇头，将我的手移开，离开了天牢。

距那日之后，黑水明皇再也没出现在天牢，我以为他已放弃，没想到更大的危机正等着我。

牢窗外的明月，依然清冷如水，我坐在天牢的床边，一闭眼，就会想起那晚所发生的事。

这时咣当的开锁声惊扰了我，我一转身就看到黑水明皇正站在牢门口，我不寒而栗，一脸防备地拉紧衣服，退缩在床角。

黑水明皇看出了我内心的恐惧，轻声细语地说：“那晚之事是因我喝醉了，以至于狂性大发，侵犯了你，你不要害怕，我今晚来是接你出天牢，到我为你安排的居所休息，你跟在我后面，也可以和我保持一定距离。”

他转身就往外走，我心中疑惑地紧跟在他身后，但还是与他保持了一段距离。

黑水明皇行至一处宫门前停了下来，我也跟着停下脚步，抬头望向此宫门的牌匾，上面写着“素贞宫”三个鎏金大字。

黑水明皇轻轻推开门，看着我正望着宫门上的牌匾，走到我面前。

“这是我专门为你准备的居所，进来看一下，喜不喜欢里面的布置。”

我踏入屋内，看着房内摆设简单，并不华丽，心中不禁一喜，脸上也露出了久违的笑。

“我就知道你会喜欢这里的。好了，时候不早了，你也早些休息吧。”

他转身出了房门，随手关上了门。

我随意坐在床边，心想：这黑水明皇今日怎么了，转性了？

可随后对自己说，千万不能掉以轻心，以免上了他的当。

夜深人静，我推开窗仰望着月明星稀的夜空，此时月光倾泻在我身上，我叹了一口气。

“不知远在边关的慕容他们现在怎么样了，是不是在为我担心。”

浅转过身看到琴台上的古琴，我慢慢走到琴前，坐下后轻抚琴弦，浅吟低唱：

一盏离愁孤单伫立在窗口，
我在门后假装你人还没走。
旧地如重游月圆更寂寞，
夜半清醒的烛火不忍苛责我。
一壶漂泊浪迹天涯难入喉，
你走之后酒暖回忆思念瘦。
水向东流时间怎么偷，
花开就一次成熟我却错过。
谁在用琵琶弹奏一曲东风破，
岁月在墙上剥落看见小时候。
犹记得那年我们都还很年幼，
而如今琴声幽幽我的等候你没听过。
谁在用琵琶弹奏一曲东风破，
枫叶将故事染色结局我看透。
篱笆外的古道我牵着你走过，
荒烟漫草的年头就连分手都很沉默。

我弹着弹着，心里感到莫名的悲伤，趴在琴边号啕大哭，发泄之后，感到好疲倦，伏在琴上沉入了睡乡。

“四弟，快醒醒。”

一个我再熟悉不过的男声，在我耳边小声轻唤着，我睁开双眼，转过身，循声望去，看到慕容、风流云还有破军站在我身后。

“你们怎么进来的，此地危险，赶快离开。”

“我们是专程前来营救四弟的，你快随我们一起，离开黑水国的皇宫。”慕容急切地催促着我。

“你们等一下，我先把女装换下，再与你们一同走。”

我走到屏风后迅速脱下女装，换上男装，跟随着慕容他们出了素贞宫，向宫门口快速走去。

一路上我们没遇到什么关卡，顺利抵达宫门口，此时我的心里有一种不安在蔓延。

当我们要出皇宫门口时，就听到四周响起了叫喊声，紧接着大批的御林军向我们冲来，将我们团团围住。

这时从队伍中走出一人，我定眼一看，此人正是黑水明皇。

“慕容天霖、风流云、破军，你们这是要带着我的新娘上哪呀？”

黑水明皇脸上分明写着我早就料到，而眼中也尽是嘲弄的笑，我们四人愤怒地盯着黑水明皇。

“你这卑鄙小人，将李兄劫到宫中，现在竟异想天开，想强娶李兄，你还要不要脸。”

风流云的话顿时激怒了黑水明皇，他眼含杀意，一脸的怒气。

“我是不是异想天开，我想死人是不会知道的。”

他手一挥，数千支弓箭指向了风流云，我立刻挡在风流云的面前，一脸冷笑。

“这个局是你设的吧？”

黑水明皇邪魅一笑，说：“还是瞒不过聪明的你。你说如此聪明的你，我怎么能放手呢？只要你答应成为我的妃子，我可以保证他三人会平安出宫。”

我思考着他的话，不相信他的承诺。

“本太子的耐心是有限的，你不要考虑得太久。”

“不要答应他，就算我拼上一死也要保你周全。”

我耳边听到风流云叫喊声，慕容和破军这时也注视着我，眼中是“不要”两个字。

“好，我答应你。但是你必须保证他们三人安全离开皇宫，还有一个条件就是平息边关之战，与天域国永修旧好，如果你能做到这两点，我就答应成为你的妃子。”

黑水明皇没想到我答应了他，眼神中像是有所怀疑，但手却向我伸过来，唇边带着他惯有的邪笑。

“那我的亲亲娘子，还不快到未来夫君身边？”

我转过头看了一眼慕容三人，忍着泪，脸上保持着平静之色。

“各位保重，希望到时能来参加我的大婚。”

我脸上带着微笑，慢慢走向黑水明皇，每一步对我来说都是无比沉重的，我不敢回头看他们，生怕一回头就再也忍不住落泪。

终于走到黑水明皇面前，我将自己的手轻轻放在他手心里，未语先笑。

“这场游戏你赢了，这个局布得真是‘好’，你终于得偿所愿。”

“我说过为了你，不惜用尽一切办法，哪怕最后你的心中只有对我的恨，只要能在你心中占有一席之地就好。哪怕在以后的日子里，永远得不到你的爱，但只要我爱你的心一天不变，你就得永远留在我身边。”

他手又一挥，御林军让出一条路留给慕容他们三人。

“不要，我们不会离开皇宫的，要离开，也要你与我们一道离开。”风流云的叫声带着绝望与哀求，一声一声撞击在我心上，让我的心好痛，真的好痛。

我强忍着这种撕心裂肺的痛，慢慢转过头，对着他们三人展颜一笑。

“好美！”

黑水明皇扫视了御林军一眼，众人赶紧低下头不再吭声。

我眼含泪光，笑着对他们三人念道：

相见时难别亦难，东风无力百花残。

春蚕到死丝方尽，蜡炬成灰泪始干。

晓镜但愁云鬓改，夜吟应觉月光寒。

蓬山此去无多路，青鸟殷勤为探看。

他们三人眼中露出悲伤之色，但我努力保持着笑容不敢直视他们的眼，怕忍不住会流下泪，让他们无法安心离开皇宫。我转过身，对着黑水明皇笑靥如花。

“我累了，想回去休息了。不要忘了你答应我的事，不要食言。”

“还不快送娘娘回她的素贞宫？传令宫女到素贞宫为娘娘沐浴更衣，以后不准给娘娘着男装。”

我虽心中不满，但此时的我已太过伤心，不想再与他争执，便在侍卫的引领下回到了素贞宫。

第十四章　仙剑问情

【55】

大婚的前晚，我坐在素贞宫内，为明日的大婚烦恼着。

这时，我听到一阵敲门声，一旁侍奉的宫女走到门前，拉开门。

我抬头望向门口，看到一位有着与天香一样天真可爱的笑容的美丽女子站在门口，正用好奇的目光打量着我。

我心想：这位是谁呀？我怎么从来没在宫中见过她。

那美丽女子，自顾自地走到我身边坐下，梨涡带笑地介绍着自己："我叫香琦，对你有点好奇，所以不请自来。"

清脆干净的声音和直爽的性格立刻赢得我的好感。

我心想：这太子有这么好的太子妃还不知足，非要逼我嫁给他，也不知这位香琦小姐知道后会怎么想。

我命宫女为她斟茶，她拿起茶杯喝了一口，又用好奇的目光望着我。

"香琦小姐，不知你今晚来此有何贵干？"我开口问她。

"听说你是天域国的第一美人，果然美貌出众，连同为女子的我，也不禁沉迷于你的天姿绝色。难怪太子哥哥那么想得到你，如果我是男子肯定也会如此。"

她掩着嘴咯咯地对我笑，我看着她的笑，觉得她笑得好纯真，好自然，也笑得毫无城府。

"香琦小姐过奖了，香琦小姐与我认识的一个人好像。我觉得和香琦小姐很是投缘。我想冒昧地问香琦小姐一个问题，就是你对太子的做法不生气吗？当然，如果你不想回答也没关系。"

"要说不生气呢，那是假话，但是我从小就是他的跟班，我的愿望就是长大后能嫁给太子哥哥，只要能嫁给太子哥哥，与他人分享也无所谓。在见你之前我还有顾虑，怕你是一个很不好相处的人，与你交谈之后，我可以肯定我们以后会相处得很好，我叫你姐姐，好吗？"

我看着她一脸真诚的笑，眼中却藏着淡淡的哀愁。

"可是我觉得过意不去，我看得出你对太子爱得很深，所以我不想破坏你的幸福。"

“可是我知道太子哥哥深爱的是你，他心中只把我当作妹妹，与霜霜没有什么分别。能够嫁给他，我就很开心了。”

“好了，不要再说这些让人心烦的事了。你要叫我姐姐，我答应你，不过我这个做姐姐的也不是白做，明日我会送你一个意想不到的见面礼。”

我们在素贞宫内谈天说地，我跟她谈到天香。香琦也给我说了许多关于太子的事，从她话语中我能感觉太子在她的心中位置有多么的重。

香琦走了之后，我坐在床边想着刚才与香琦所聊之事，在心中许愿：祝香琦能够得到幸福。

黑水明皇在香琦走了没多久就来看我，进屋后，看到我眉头紧锁就问：“我听说香琦来见过你了，她有没有难为你？你放心，以后我会吩咐下去，你这，只有我能来，其他人不能随意进出。”

我听着他的话，心中为香琦叫屈，冷冷地看了他一眼：“我有些累了，想休息了，请太子殿下离开。我想奉劝太子殿下一句，珍惜眼前人，不要在失去后才知道后悔。”

黑水明皇听出我的言外之意，笑着反问我：“你不就是我的眼前人吗？”

我不想看他，将头转开，他大笑着走出了房间。

大婚当日，素贞宫中，一群宫女太监为我梳妆打扮，给我换上大红的绣着飞舞金凤的喜服，腰间束着带有皇家象征的金黄色腰带。

我站在落地镜前，看到在烛光的映射下，我白皙滑嫩的肌肤被大红喜服衬得白里透着红，紧束的腰带衬托出我的杨柳细腰，贴身但不感到紧的喜服烘托出我玲珑有致的身段。

紧接着宫女为我化上新娘的妆容，化好后问我：“娘娘觉得如何？”

我再次将目光投映在镜中的自己，浓扫的蛾眉，修长的睫毛，一双似水的翦翦双瞳，挺立的俏鼻，樱桃红般的小嘴，苹果红般的双颊。

妆容虽比平时浓重，但在成亲的场合却显得很适合，娇媚中不失英气，高贵中透着典雅。

我心想：如果这些宫女一个个到了现代还不都是化妆界的高手？只可惜在古代只能服务于宫中的娘娘们。

“就这样吧。”我轻声说。

看着镜中的自己，脸上毫无成亲的喜悦，只有阵阵的忧伤。

“娘娘，你平时就十分好看了，但是今日的你更加的迷人，更加的貌若天仙，如果让后宫的娘娘们看了，也会嫉妒娘娘的美貌。奴婢想太子殿下看到今日的你定会呆住的，肯定想早点与你入洞房。”

我听了宫女略带玩笑性质的话，只是假意地笑了笑，也不回话。

接下来宫女们又为我戴上了凤冠，披上了霞披。一切完成后，宫女们又整理了一下我的衣服，为我盖上了喜帕，并扶着我向举行大婚的前殿走去。

我在通往前殿的路上，问自己：不知慕容他们会不会来，还有如果欧阳天域得知，

又会怎样？

我不敢往下想，心中忐忑不安，揉搓着自己的喜服。

“有请太子妃与侧妃娘娘。”

我被人搀扶着进了殿，因盖着喜帕，只能看到许多人的脚，但我的耳力突然变得特别好。

“娘娘，小心台阶！”

在宫女的帮助下，我登上了台阶，她将我的手交到一个温热的手掌中。我只感到那手掌有许多茧，其他的就无太大感觉，我知道这只手是黑水明皇的。

宫女又小声在我耳边说：“太子殿下多重视你啊，先揭的是太子妃的盖头。”

我心惊：为什么先揭香琦的盖头，这黑水明皇到底想搞什么鬼，是想向我表明，有多重视我吗？可我对此压根儿就没有什么感觉，只有对香琦的愧疚，还有为她不值，这黑水明皇真是有负佳人。

突然我耳中听到大殿之中有人在小声地议论。

“为什么太子殿下先揭的是太子妃的盖头，而不是侧妃的盖头啊？我可是头一次看到太子妃与侧妃同时举行册封仪式。”

“那太子妃就够美的了，不知这侧妃是如何的绝色，看来这侧妃是大有来头，要不太子也不会先揭太子妃的喜帕，这不合规矩。”

那议论之声刚落下，我顶在头上的盖头突然被一只手揭开，强烈的光闪得我睁不开眼，我用袖子遮挡了一下。稍微习惯了之后，我将袖子慢慢拿下，抬眼看向大殿中，找寻着熟悉的身影，这时充斥在我耳中的全是溢美之词。

“美，真是太美了！”

“太子艳福不浅，太子妃就已是绝色，可这侧妃的美浑然天成。”

“此女真是天仙下凡，她的美中带着女子少有的英气，怪不得太子会这么宠爱于她，换作是我也会如此，真是太值得。”

我遍寻不到熟悉的身影，一脸的失望，低下了头，这时一个身影立在我面前，抓着我的手。

“为什么？”

一句充满怒气又带着痛心的话，传入我耳中。

我知道是他来了，眼中的泪水不争气地滑出眼眶，顺着我的脸滴在了地上，我抬起含泪的脸，直直地望着欧阳天域，“臣也是身不由己，请皇上恕臣不告之罪。”

黑水明皇一把将我的手从欧阳天域手中抽出，一脸笑意地用袖子轻轻擦着我脸上的泪水。

“请天域帝回到座位继续观礼，在下要带着侧妃接受群臣的朝拜。”

黑水明皇牵着我的手面向众臣，众臣跪下贺道：“侧妃娘娘吉祥。”

欧阳天域再一次走到我面前，抓住我的手，一句质问的话又从他口中飞出：“你曾答应过朕，会留在朝堂之上，朕不准你嫁与他，这就与朕回天域。”

欧阳天域攥紧我的手，拉着我转身欲走下台阶，黑水明皇死死拉住我另外一只手，指着满脸怒火的欧阳天域。

“你的要求，本太子都做到了，你要信守承诺，不然今天就是他的死期。”

我看到慕容飞身来到欧阳天域身边，眼中有着对黑水明皇的恨意，还有怒意。

“当日是中了你的奸计，才会让四弟做出下嫁与你的决定，但是今日我们会力阻这场可笑的婚礼继续下去。我们不仅要带走四弟，也要保护皇上安全离开。”

黑水明皇松开我的手，用力地拍着手，只见从殿门口涌进大批的御林军将我与欧阳天域等人围在当中，各国使臣和黑水国的大臣都吓得站在一边。

【56】

玄皇与玄后看着眼前的一切，暴跳如雷。玄皇拍案而起，指着黑水明皇："就是因为你要朕不插手，才会弄至今天这个局面。”

黑水明皇邪笑道:“父皇，请息怒，皇儿早已知晓会是今日的局面，所以提前安排，就是要在今日让天域帝有去无回。”

我这才明白，这场大婚又是黑水明皇所设的局。

“黑水明皇，你好深的心机，你以为我会让你得逞吗？”

我拿着事先藏在袖中的匕首狠狠地向黑水明皇刺去，可是黑水明皇根本不躲闪，一把就抓住我的手。

他的眼中净是嘲弄之色，邪魅的笑在唇边扬起，调笑的语话声声刺耳。

“爱妃，你怎么能谋杀亲夫呢，伤着为夫，待会儿怎么入洞房呢？”

我的手被他使劲一捏，疼得松开手，那匕首随之落地，金属敲击地面的声音虽小，但却敲在我心上，痛彻心扉。

“你快放手，我的手好痛。”

他见我吃痛的样子，轻轻地放开了手，一把将我搂在怀中，带着他一贯邪魅的笑看着我，那笑中有得意，也有羞辱之意。

“你快放开她。”

黑水明皇毫不理会欧阳天域所说，强行吻向我的嘴，我躲闪不及，就这样被他当众吻住了嘴，我拼命地挣扎，可是毫无用处。

站在不远处的欧阳天域等人看着我被黑水明皇轻薄，不敢轻举妄动，生怕会伤着我，而不远处的香琦也睁大眼，呆呆地望着我与黑水明皇。

黑水明皇终于放开我，意犹未尽地邪笑着，黑不见底的眸色中藏着一种致人于死的毒，“你真甜，我都快忍不住了，恨不得马上与你入洞房。可是有几只苍蝇却不识相，等我收拾完他们，再与爱妃好好恩爱一番。”

我眼中冒着恨意，听着他羞辱的话，我感到前所未有的压迫感，他究竟是怎样一个人，为什么要对我步步紧逼？

我来到这个陌生的朝代就够倒霉了，还要受到一个古人羞辱，那一刻我再也承受不了，突然大笑着扯下凤冠，拔下头上金簪，往胸口狠狠刺去。

“黑水明皇，你不要得意得太早，就让我用死来结束这一切。”

我感到胸口一阵疼痛，无法站稳，身子向后倒去。

黑水明皇没有料到我会如此做，一时间没反应过来，眼看鲜红的血从我胸口流出，想上前抱着我向后倒的身躯，却被一个身影给逼退，来人正是风流云。

他眼中燃着怒火，拼命攻击着黑水明皇的要害之处。

就在风流云与黑水明皇打斗时，慕容与破军也分别抵御着御林军，而欧阳天域在我就要倒在地上时，一个跳跃伸出双手拥住我，看着我胸口插着的金簪已被鲜红的血染成红色，眼中流露出悲痛之色，哀求之色。

“你不能，你答应过，只要我不逼你做你不喜欢做的事，你会待在我身边帮我。你承诺过的，要说话算话。”

我握紧他的手，眼中含着愧疚，将头向他耳边靠去，用虚弱的声音在他耳边轻声说着离别的话：“皇上，臣这次真的要走了。臣承诺过的事可能无法办到了，希望皇上不要忘了对我的承诺，就算要统一四方，也尽量少一点杀戮。请转告天香和兆庭，他们一定要幸福。”

“不要再说了，朕以皇帝之名命令你不准走。”

看着欧阳天域眼中闪着泪光，我脸上微微一笑，仿佛看到欧阳天域指点江山时的雄才伟略。

“皇上，男儿有泪不轻弹。你在臣的眼中永远是心怀天下，天域国最伟大的皇帝。臣能得皇上赏识，得以辅佐皇上是臣之大幸。臣知道皇上心中的苦，但是皇上，做人不要太辛苦了，要不然会很累的。皇上，慕容呢，臣有几句话想对他说。”

“慕容不要打了，快过来，四弟有话要对你说。”

等了好一会儿，慕容才来到我身边。他跪在地上，拉住我的手，眼中有着深深的爱意与自责。

“四弟，对不起，做大哥的没有保护好你，真是愧对你。”

“不要这样说，你在我心中永远是关心我，呵护我的好大哥。我知道你的心意，当日你起程到边关，我就知道你想要成全我与皇上。你如此做太傻了，爱不是退让也不是施舍，也许今生我们真的是有缘无分，不过你不要太钻牛角尖，太过自责了。希望你的身边终有一个爱你、惜你之人能伴你走过下半生，当日一曲《仙剑问情》赠与你，就是希望你能找到一个良伴。对风流云还有破军说，我很感谢他们对我的情谊，请他们不要自责，这一切都是天意，都是你我无法避开的……”

我的话还没说完，便头晕目眩，眼前一黑，昏厥在欧阳天域怀中。

我昏昏沉沉地陷在一个未知的梦中，梦中我看到前世的我对着我笑。

“我何时能回到原本属于我的时空？”

她笑而不答，渐渐消失在我眼前，紧接着我又看到今世的李兆庭还在医院的病床

前，照顾着昏睡中的我，而身旁还是那个学妹陪着他。

不过此时的他好像并没有很排斥学妹，反而时时露出关心之色。我猜想是学妹的坚持不懈感动了他，我在心中默默祝福他们能够得到幸福。

在梦中我仿佛听到有歌声传入耳中，慢慢地，声音越来越大。

我听出是那曲赠与慕容的《仙剑问情》，究竟是谁在唱呢？

我追寻着声音传出的方向，看到眼前一团亮眼的光，刺得我睁不开眼。我努力想睁开眼，但是却感到一阵疼痛入心。

“好痛！”

“来人呀，快叫军医过来，四弟醒了，李大人醒了。”

慕容熟悉的声音将我迷离的神思拉回，睁开眼，看到屋内那一张张关心我的笑脸。

军医将手搭在我的脉搏上，我看到他的脸渐露喜色，“启禀皇上，李大人脉息平稳，休养一段时日，配以药物，就可痊愈。”

“太好了，李爱卿听到没有，你又能陪在朕的身边了，你能醒来真好。”

欧阳天域脸上掩示不住喜悦之情，开怀大笑，而众人也喜上眉梢，跟着欧阳天域一起哈哈大笑。

我看着眼前的此情此景，心中激动不已，喜极而泣：“臣让皇上担心了，也让各位担心了。”

欧阳天域轻轻拭去我脸上的泪水，关心的话语温暖着我的心：“李爱卿，不要这么说，你身体刚好一点，不要过于激动，要好好休息，注意身体，这样才好得快。”

欧阳天域又吩咐军医要好好帮我医治，又让军医的女儿照顾我。在他们悉心的照料下，我渐渐康复，直至痊愈。

我躺在床上已经休养了将近半个多月，因为欧阳天域与慕容他们不准我下床，总是劝我躺在床上休息。

趁今日他们在前厅议事，我穿上衣服下了床，走到窗前。

我轻轻推开紧闭的窗门，霎时闻到早上清新的空气，心情大好，转头看着不远处琴台上放着的欧阳天域所送我的古琴，心生弹琴唱曲的雅兴。

我信步来到琴台前，坐下后，看着外面明媚的阳光，轻抚琴弦，开心地唱着欢快的曲子《躲也躲不了》：

天在笑啊花儿在飘，大自然真奇妙。
人在笑啊头儿在摇，那满天花雨躲不了。
风儿在吹啊那云儿飘，天边响起歌谣。
花落花飞云来云去，要躲也躲不了。
啊……啊……
是多么美，是多么妙，我怎么怎么忘得了。
天还在笑，花儿在飘，这感觉真奇妙。

心中又想起你教我的歌，要躲也躲不了。

一曲唱完后，我本想起身往外，享受一下阳光，却不知此曲引来了前厅议事的人一阵鼓掌叫好声。

“看样子，李爱卿心情极好。刚才那首欢快的曲子真好听，不知李爱卿可否再唱一曲？”欧阳天域含笑略带请求地说道。

“要臣唱也可以，但是臣想请皇上不要再让臣躺在床上休养，臣再躺在床上，就要发霉了，就要发疯了。”

“李爱卿倒是挺会讨价还价的，那好，朕答应你，从今日起不会再强迫你在床上休养。”

“多谢皇上，但是光皇上与各位听曲是不是对边关的将士不太公平啊？臣想请皇上恩准，所有边关的将士都能听到臣所唱之曲，因为这样一来可以鼓舞士气，二来可以缓解大战前夕的紧张感，不知皇上意下如何？”

“李爱卿这个提议不错，可是在什么地方才能让所有将士听得到李爱卿所唱之曲呢？”

“那就在城楼之上，这样全边关的将士都能听到。”

“这个地方好，那事不宜迟，风流云、破军你二人赶紧命人将琴台搬至城楼之上，再下令让所有将士到城楼下列队听曲。”

“是，皇上，臣等立刻去办。”风流云与破军异口同声笑着说。

待风流云与破军离开之后，慕容提议：“臣愿为李大人擂鼓助兴。”

“好，你二人一文一武，俱是天域国重臣，能够默契配合，方能展现我天域国人才济济，灭一灭这黑水国的威风。”

我换上战袍，与欧阳天域还有慕容登上城楼，楼下是站列整齐的边关将士。

“大战将至，我李木然身为主帅，虽不能与你们一同上阵杀敌，但是我会在精神上支持你们，所以今日献上一曲，为各位将士鼓气，也祝愿大家能早日得胜归朝，与家人团聚。”

城楼之上我拨动琴弦，看着战袍飞扬的慕容正全神贯注地擂着战鼓。

他的脸上写满自信与豪气，深深地触动了我，让我心中豪情万丈，高声唱道：

将军北方仓粮占据，六马十二兵等待你光临。
胡琴诉说英勇事迹，败军向南远北方离。
家乡在那美的远方，期望在身上梦想在流浪。
肩上剩下的能量，还能撑到什么地方。
等待良人归来那一刻。
眼泪为你唱歌，在我离你远去那一天。
蓝色的雨下在我眼前，骄傲的泪不敢润湿我眼睛。

在我离你远去那一天，灰色的梦睡在我身边。
我早就该习惯没有你的夜，勇敢地面对。
边关烽火连天战役，只挂掉我们七万个兄弟。
长江水面写日记，愿你也能看见涟漪。
家乡在那美的远方，泪水背着光安静而悲伤。
肩上剩下的能量，还能撑到什么地方。
等待良人归来那一刻，眼泪为你唱歌。
在我离你远去那一天，蓝色的雨下在我眼前。
骄傲的泪不敢润湿我眼睛，在我离你远去那一天。
灰色的梦睡在我身边，我早就该习惯没有你的夜，勇敢地面对。
我试着面对灰色的夜还在眼前，等待良人归来那一刻。
眼泪为你唱歌，在我离你远去哪一天。
蓝色的雨下在我眼前，骄傲的泪不敢润湿我眼睛。
在我离你远去那一天，灰色的梦睡在我身边。
我早就该习惯没有你的夜，勇敢地面对。

我在城楼之上，歌声随着琴声飞扬，尽抒心中豪气，而战鼓声在耳边阵阵作响，激动人心，也感染了楼下众将士。

将士们合着我的歌声齐声叫道："天域战无不胜，天域战无不胜。"

听着将士们的叫喊声，我心中涌出万千感慨，谁说战场就该冷酷血腥呢?

没有将士们在战场上的抛头颅洒热血，哪有天域国父老乡亲安定富足的生活。此刻的我才深刻体会到战场上也有温情在。

【57】

天域边关前厅中，书案上摆着军事图，而我们正在冥思苦想，如何才能在不利的情况下大获全胜。

我看着地图，想着对策，突然想到了一个良策。

"皇上，臣有个提议，不知可行否？"

"快说来听听，李爱卿。"欧阳天域连忙问我。

众人都用眼睛望着我，听着我接下来会说什么，我缓缓道出这个良策："皇上，您过来看这张军事图。在两军对垒的阵营中，左右都有一个山丘，正好将两军夹在中间，而我军只要占领这两个山丘，就可以形成夹攻之势，再配以正面攻击，就能把黑水大军三面堵截，形成一个三角形阵式。而在后方正好有一条河，他们抵挡不住就会退至河边，我军就先派一队弓箭手守住这条河，让他们退无可退，这样一来，我军伤亡就会减少，而并占尽优势。"

慕容听着我的分析，再结合地图，眼中渐渐有了喜悦之色。

“臣认为李大人的提议可行，这样一来，我们只有与敌人正面冲突时有所伤亡，但估计也不会很大，因为我军可以在两边的山丘上向黑水大军发箭或是扔巨石，这样一来，他们两腹受攻，再加上受到我军正面的攻击，一定抵挡不住，到时就会向后撤，这时守在河边的我军弓箭手就会射杀黑水大军。这个计策太妙了。”

“李爱卿，现在朕该怀疑你还是不是一个文官了，居然能想到如此良策。”

“皇上过奖了，臣愧不敢当，臣只是一心想把伤亡降到最低，所以才会想到这个计策。”

“难为李爱卿一心为将士着想。好，就照此计办吧。”

“皇上，此计得有个引那黑水大军上钩的人。”

“那你认为谁合适？”

我想了想，指着自己说：“臣认为此人非臣莫属。”

“不行，李爱卿，你身体刚复原，朕不准你冒此险！”

“唯有臣能当此任，请皇上成全。臣虽是一介文官，虽不能上阵杀敌，但爱国之心苍天可表，充当这诱饵还是能够胜任的。”

欧阳天域见我跪下，脸露不悦之色，生气地说：“你就是如此，每次都会逼朕做朕不想做的决定。”

风流云与破军齐齐跪下，求着欧阳天域：“请皇上成全李大人，臣等愿保护李大人的安全。”

欧阳天域没想到还有人会赞同，而且这赞同之人还是与我交情匪浅的。

“你们不站在朕这边就算了，为什么还要逼朕答应此事？你们难道忘了李爱卿是怎么死里逃生的吗？难道你们还想看到旧事重演？枉你们还是李爱卿的知己好友，为什么不替她想一想。”

“臣等正因为是李大人的知己好友，所以非常了解李大人。李大人所做出的决定，臣等就算有心阻止，也不能让她改变，所以臣等才会要求去保护李大人，不让她有危险，请皇上体谅臣等一番苦心。”

欧阳天域默不作声。慕容也跪下求道：“请皇上恩准李大人的提议，臣也认为李大人能够胜任，而且臣相信李大人，到时定有良策，全身而退。”

“为什么连你也会答应？你可知此行凶险，为什么你就不劝一劝李爱卿呢？”

欧阳天域心中不明白为什么慕容也会同意让我当饵。

宇文化这时也跪下求道：“臣也认为李大人的提议可行，因为黑水国的主帅有愧于李大人，所以不会痛下杀手，请皇上恩准李大人的提议。”

欧阳天域看到全部的人都跪在他面前，只等着他的一句话，他面露不舍，但眼中却挂着赞同之色。

“李爱卿，听旨。朕命你明日当饵引诱敌军入局。”

“臣领旨，谢皇上恩准。”我叩首谢恩。

“风流云与破军听旨。朕命你二人跟随李大人，保护其安危，若有闪失，提头来见。”

风流云与破军大声回道：“臣等遵旨。”

接着我向欧阳天域建议，由宇文化带一队弓箭手事先在河边埋伏好，而慕容就领兵在正面迎敌，欧阳天域听后，吩咐众人照此去做。

众人领旨后便分头去准备，好明日与黑水大军决一死战。

大战前夕，天域边关我的房中。此时我正坐在椅子上想着明日该如何让黑水国的大军上钩，突然听到有人敲门，起身打开门，看到欧阳天域正站在门外。

“臣参见皇上，不知皇上深夜找臣所为何事？”

“难道李爱卿打算让朕一直站在门外吗？”

“臣不敢，请。”

我比了一个请的动作，欧阳天域迈步走进屋，坐下之后，我亲自斟了一杯茶给他。

他接过茶，喝了一口后，示意我坐下。

“你不必拘束，坐呀，朕又不会吃了你。”

他看着我毕恭毕敬的样子，就忍不住笑出声来。

“看把你紧张的，朕来找你，只是想问你，明日你预备如何做？”

“皇上，臣还没有想好，不过请皇上放心，明日臣定当不负重托完成任务。”

欧阳天域看着我信誓旦旦的样子，关心地说：“你呀，总是将自己的安危放在第二位，总是让人担心。”

“臣多谢皇上的关心，臣是天域国的臣子，理应如此。臣曾听过这么一句名言，‘先天下之忧而忧，后天下之乐而乐’。臣不敢说自己已经做到，但是臣正朝这句话所说的方向去做，希望皇上能够了解臣的所作所为都是为了天域国。”

“说得好，好一句‘先天下之忧而忧，后天下之乐而乐’，李爱卿真是用心良苦，有你在身旁帮着朕，朕备感放心。”

“皇上言重了，皇上是明君，臣能够得到皇上的赏识，臣也备感欣慰，所以会尽心尽力替皇上分忧。”我谦逊地回他。

“好了，不要再说政事了，朕今晚来找你，还有一事想问你，就是你为何被黑水明皇掳走，还有为什么会答应嫁给他，他有没有对你作出不良举动？”

“我也不知道为什么会在黑水国的皇宫内。黑水明皇对我说是因为我当时受了伤，他为了帮我疗伤，才会将我带至黑水国的皇宫。至于后来被逼成婚一事，我想慕容他们一定给你说过，还有就是黑水明皇对我有礼有节，不曾有不良举动。”

我说“不良举动”时，眼睛不敢看向欧阳天域，生怕他发现我在说谎，因为在黑水国的天牢，我差点就被黑水明皇侵犯。

“想那黑水明皇也不敢对你怎么样，如果真有不良举动的话，朕定不会饶他。”

我看着欧阳天域一脸认真的样子，赶紧笑着说：“皇上说得是，那黑水明皇怎么说也是一国太子，怎么会做出龌龊下流，有辱皇家体面的事。”

“好了，时候不早了，明日还有一场恶战，你早点休息吧。”

欧阳天域起身向门口走去，我随即起身相送，到了门口，他突然转身抱住我，在我耳边轻声说了一句，“答应朕，明日你一定不能有事。让朕多抱你一会儿吧！朕怕一松手，你就消失不见了。”

我听着他动情的话语，愣在原地任由他抱着。

我却不知此时不远处，慕容正好看到我与欧阳天域相拥的画面，也没想到因为这晚，让慕容误会我与欧阳天域之间已暗生情愫。

过了一会儿，欧阳天域放开了我，我不知此时该说什么才好，低着头不敢看欧阳天域的脸。

“臣恭送皇上。”

欧阳天域听后，苦笑了一声，说：“你也早点休息吧。”

他离开后，我才抬起头，看着他落寞的背影，心中也堵得慌，转身欲进屋时，看到了慕容的身影。

慕容走到我面前，面带温柔的笑，“刚才路过四弟的房间，见房中烛火还亮着，所以想进来找四弟谈一些事，可是后来想到四弟可能在为明日之事伤脑筋，不想打扰四弟，才会打消此念头，想沿路返回自己的房中。”

“既然找我有事，那请进来一叙吧。”

我比了一个请的动作，看着他的反应，他先是一愣，而后就迈步进入我房中。

我跟在他身后，心想：活该，不会说谎之人偏要编谎话，这下被自己的谎话套进去了，我看你接下来该如何自圆其说。

看到他坐好后，我倒了一杯茶递给他，“不知大哥究竟有何事和小弟谈呢？”

他接过茶，喝了一口，说：“我想问四弟可曾想出明日诱敌之策，还有就是引敌上钩之后，四弟如何全身而退。”

“多谢大哥的关心，不过请大哥放心，明日小弟定能全身而退。大哥明日要与敌人正面交锋，请多加小心。”

“大哥也多谢四弟的关心。想来也是，以四弟的聪明才智，明日定当马到功成。刚才我好像看到皇上从你房中出来，不知皇上深夜找你所为何事？”

慕容的话锋一转，扯到欧阳天域身上。

【58】

我猜到他刚才一定看到我被皇上抱着，心生误会，才会有刚才之举。

这个慕容表面上装得不在乎，其实内心比谁都要在乎，我想到这，心生逗弄之意，故意面露欣喜之色，“皇上确实来找过我，他是为了明日之事，表达对我的关心，看得出皇上真的很在意我。”

我在此顿了一下，看到慕容极力保持镇静。

“皇上对我说的那些话，让我心生感动，为之一暖。虽然我觉得这些话听起来挺

肉麻的，可是看到皇上情真意切的样子，又觉得挺动听的。”

我一边说着，脸上还不时呈现出陶醉的表情。

“那就好，能看到你与皇上走到一起，我也颇感欣慰，也许等战事一完，皇上就会下旨迎你入宫，立你为后，常伴在他左右，而你也可以与皇上双宿双栖，永远幸福直到白头。”

我听着慕容说着言不由衷的话，心中一阵痛，但却没在脸上表现出来。

“大哥，这真是你的肺腑之言？是你的真心话？或者应该说，你从来没有对我真心过。难道小弟想听一句你的真心话就那么难吗？”

我面显不悦，有点生气地望着他。

“四弟，不是这样的，大哥对你从来都是真心的，正因为真心对你，才会说出此话，请四弟不要误会大哥的一番心意。”慕容辩解道。

“你心里面果真这样想吗？你可曾记得当日在大婚的前殿上，我对你说过‘爱不是施舍也不是成全’，你有没有认真想过我为什么要对你说这话？”

我此时心中有气，气他的不坦白，也气他的自欺欺人。

“四弟，你说的那句话我就是认真想过，才会做出这样的决定。我不是不爱，只是我不敢爱，我没办法面对你，也没办法过自己这关。那夜将你逼至绝境，我心生愧疚。为了惩罚自己，我曾立下誓言，今生今世我都会守在你身后，当你有危难时，挺身为你遮风挡雨，直到你的身边有人相伴。到那一天我会默默地在你身后为你祝福。四弟，请相信大哥对你所说的每一句话都是真心实意的。”

我又看到这种带有愧疚与自责的眼神，每次逼他说真话时，他都是如此。

我揉了揉眼，擦去眼中欲坠的泪，怒吼着：“你可知道我心里是如何想的吗？你有没有问过我想要什么？当初逼我至绝境的是你，而如今将我推向别人怀中的也是你，你当真不知道我心中到底是怎么想的吗？你可知爱情里不分先来后到，爱上了就是爱上了，爱贵在两情相悦，你难道不明白吗？”

慕容抬起头看着含泪的我，一言不发，脸上充满了痛苦之色。

沉默了一会儿后，他轻声言道：“恕我辜负了你一片真心，还有就是明日你要小心一点，千万不能再像以前一样以身涉险。”

他转身离开了我的房间。我奔至门口在他身后用尽力吼了一声：“你是个懦夫！亏你还是堂堂的大将军，我恨你。”

他没有再回头，我转身回到房中跌至椅上，对自己说：为什么会这样，为什么我与他会落至如此局面？

正在我懊恼时，看到眼前有一杯茶，我接过后发泄似的一口气喝完，然后抬头一看，原来是风流云。

“你如何进来的，我怎么不知道？”

风流云痞痞一笑道：“想我堂堂一个采花大盗，想进屋来还不是轻而易举之事。”

他打趣的话语，再配以搞笑的动作与表情，我扑哧笑出声来。

“这下消气了，看来风流云这张油嘴还有点作用，能博得美人一笑。”

我止住笑，斥道：“你不好好休息，来我这做什么？不要忘了明日还有正事要办。”

风流云一本正经地说：“你放心，绝不会再发生以前的事。我拼上我的性命也定当保你周全。”

“为什么他不是你，为什么我爱的不是你。”我叹了一口气道。

“那你现在也可以试着爱我啊！能让你爱着，我就是全天下最幸福的男人，而你也会是全天下最幸福的女人。”

“我看你这些话还是说给那些喜欢听甜言蜜语的女人听吧。不过还是要谢谢你，现在我的心情好多了。”

“我知道你是不会爱上我的，我有自知之明。能陪在你身边，我就心满意足了。放心吧，属于你的幸福不会跑掉的，就算跑掉了，我也会把它给你捉回来，送到你面前。”

风流云一脸痞笑地望着我，我看出他眼中深藏的情意，心中默默地对他说了一声：对不起。

大战前夕的夜晚真是不平静，我刚送走风流云，又来了一位不速之客。

一身黑衣蒙着面的人突然出现在我眼前，我张嘴要喊，可那人的手迅速在我身上点了一下。

我张开嘴却听不到自己的声音，才明白被他点了哑穴。

我此时脸带着怒气，心中保持冷静，瞪着他，等着他接下来的动作。

那人将面巾扯下，是他。难道他想故技重施，又要将我掳至黑水国。

我此时心一慌，拔腿就想往外跑，脚还没跨出门槛，突然感到四肢无力，我一屁股瘫坐在地上。

黑水明皇一步一步靠近我，我眼含惧色，生怕那晚在天牢之事重演一次。

“不要害怕，我不会将你怎样，刚才你屋中所发生的一切我都看见和听到了，你心中和眼中为什么只有那个慕容天霖。”

他的怒气尤盛以前，但我口不能说，只能以面部表情表示我的不满。

“我来问你，明日准备如何对付我黑水大军？虽然知道你会当饵，但是具体的内容我却不知道，此计既然是你出的，你应该知道得很详细。现在你就用笔将计策写出来。”

他将我抱到书桌旁放下，然后铺上白纸，将沾有墨汁的毛笔放到我手中，随即又点了我手臂一下。

我突感一麻，手已有力地握着毛笔。

“快写，如果不写，我不知道接下来我会做出什么事。”他语带威胁地说。

我看他眼露那晚的情欲之色，只得提笔写下所定之计，但他不知道我已暗中将计策作了改动，按照他所偷听到的，重新编了一个不会让他生疑的计策。

“真是妙计，不愧是我所看中的人。你这么好，叫我怎么舍得放手啊。”

他拿起桌上的纸揣入怀中，随即又点了我一下，我的双臂又无力地垂下。

我看出他的不怀好意，心中充满了恨意，低下头不想再看他，装作听不到他所说的话。

他再一次将我抱起，邪笑着贴近我的脸，灼热的气息吐在我脸上。

“这一次，我看你还怎么逃。我说过，你终究会是本太子的侧妃。”

他抱着我往外走，我此时全身无力，口又不能言，眼看快到城门前。

“是谁？”破军熟悉的声音在我耳边响起。

黑水明皇根本不理会破军的喊叫，依然抱着我，几个纵身飞快地窜向城门口。

“快将李将军放下。”破军又一声喝斥。

我觉得此声像是天籁之音，黑水明皇抱着我一转身，挥着剑刺向破军，刀剑相向之声乍然响起。

破军眼见我在他手上，急得大叫：“抓刺客，救李将军。”

四面八方有人高喊着，向我们这边涌来，黑水明皇抽回剑，抵在我胸口。

“你如果想让她活命，就开城门放我出去，如若不然，我就会拉她垫背。”

破军手一挥，涌来的士兵将我们三人围住。破军怒视着蒙着面的黑水明皇。

大约对峙了半盏茶的工夫，我的正前方突然让出了一条路，我以为破军为了我的安全着想，答应了黑水明皇的要求。

我一抬眼看到黑水明皇的双眼闪着得意的光。

“朕知道你是黑水明皇，只要你放下李爱卿，朕答应放你一条生路。”

欧阳天域的怒叫声，让我恍然大悟，原来那条道是让给他的。

我眼中闪着喜悦之色，抬眼循声望去，破军的身边不仅站着欧阳天域，还有慕容、风流云与宇文化。

黑水明皇扯下面巾，邪魅的笑再次映入我眼中，低下头，略带嘲弄地说：“你以为你有救了？如果说，我不放呢？”

我不明白他这话是什么意思，为什么他这么有自信欧阳天域会放他带我出城。

我望着他，想张嘴说话。他似乎看出我这点，重重点了我背后一下。

“你还是放了我，你这样是自寻死路。”

“看来你还挺关心我的生死，难道你心中对我还是有一丝情意的？”

他这时候还能旁若无人地说着调情的话语，我真是佩服他的自信，看来刚才是我说错话了，早知道就不该说这番话。

“算我没说过，你想怎样就怎样，反正你的生死与我无关。”

他将手放在我的下颌，将我低下的头抬起，再次说着调情的话：“怎么与你无关。我死了，你就要变寡妇了，我的爱妃。”

“黑水明皇你不要不知好歹，上次放了你一马，这次如果李爱卿有事的话，朕定要将你碎尸万断，踏平黑水国。”

我好不容易挣脱他的手，转过头来，看到欧阳天域、慕容还有风流云三人面带杀气。

突然一蒙面人窜至黑水明皇的身边，以极快的手法点了黑水明皇身上的穴道。

黑水明皇瘫坐在地上，眼含恨意望着那蒙面人，好像知道此人是谁。

蒙面人也不理会黑水明皇眼中的恨意，冷冷地说 :“你说的话还算数吗？”

这个蒙面人的声音好熟，欧阳天域等人听后脸上杀气尽消。

“朕说过只要他放了李爱卿，朕就放他一条生路。请霜霜姑娘带你哥走。”

欧阳天域命人让开一条路，将城门打开，霜霜便扶着她哥一步一步走出了城门，消失在茫茫夜色中。

第十五章　一笑泯恩仇

【59】

风流云在我身上拍了两下，我顿感四肢有力。

我本想起身，可是因刚解开穴道，一时没站稳，差点就又要跌坐在地上，可此时一双有力的臂膀扶住了我欲往下坠的身子。

我站稳后，抬头看向此人，原来是慕容。离他最近的欧阳天域此时也伸着手臂，但因离我太远，让慕容抢先了一步。

我在慕容与欧阳天域的搀扶下回到了自己的房中，坐下后，为他们倒了两杯茶。

"皇上，刚才黑水明皇逼臣写下明日之计，所以那个计策需要调整一下。"

"明日之战，朕决定暂缓，待你休息几日，再做打算。"

"皇上，此事万万拖不得，就算我们不开战，黑水明皇明日也会对我们宣战的。请皇上下令让各位将军前厅议事，以备明日一战。"

"你怎么又跪下了？好吧，慕容你去传令，让各位将军到前厅议事。"

慕容深深地看了我一眼后，转身出了房门。

我被欧阳天域扶到椅子上，他在我身旁坐着，也不说话，只是静静地看着我，屋内的气氛顿时变得很尴尬。

这时，我突然想起刚才心中的疑问：欧阳天域怎么猜出那个蒙面人是霜霜呢？虽然声音有点耳熟，但是蒙着面，声音的辨识度应该不高才是啊。

"皇上，您怎么知道那个蒙面人是霜霜呢？"

欧阳天域却一把拉着我的手，眼中盛满爱意，脸上好像写着一个决定。

"你与慕容的对话，朕已听到。既然慕容有心成全朕与李爱卿，为何你还不肯接受朕呢？朕的心意当真比不上他在你心中的位置吗？"

"皇上，不是臣不知皇上的心意，但是臣心中也有自己的坚持，希望皇上能够谅解，不要逼臣。"

"你每次都说朕逼你，但是哪一次不是你逼迫朕？刚才朕看到黑水明皇调戏你，朕恨不得斩了他双手，而你呢？你可曾担心过朕啊？"

"臣当然担心过皇上，皇上您多虑了。"

欧阳天域听着我的解释，苦笑了一声，“你担心只是臣子对皇上的担心吧，无关男女之情，不是吗？”

“皇上，臣……”我还没说完。

他打断我：“好了，不用再说了，朕心里明白，现在就同朕去前厅议事吧。”

众人见欧阳天域拉着我的手进来，全都呆愣着看着我们。

我想抽出在他掌中的手，可他反而握得更深，不让我挣脱。我羞红着脸，被他拉到上座坐下。

“刚才黑水明皇来刺探军情，胁持了李爱卿，李爱卿告诉了他一部分计策，现在请各位爱卿听一听李爱卿整盘计划到底是如何的。”

欧阳天域脸带温柔的笑，用眼示意我说。我扫视了一下众人，原本想看一看慕容的反应，可是他面带平静之色，一副等着我说的样子。

我强压心里的难过，调适好心情，和盘托出整个计策。

那一夜我回到自己房中，坐在琴台旁。

因心情烦乱，随意拨弄着琴弦，想着刚才慕容与欧阳天域的样子，心又是一阵痛，好想大哭一场，胡乱弹着琴的手无意中弹出了一首悲伤的曲子：

这是一片很寂寞的天，下着有些伤心的雨。
这是一个很在乎的我，和一个无所谓的结局。
曾经为了爱而努力，曾经为了爱而逃避，
逃避那甜蜜的往事，逃避那陌生的你。
这是一片很寂寞的天，下着有些伤心的雨，
这是一个很在乎的我，和一个无所谓的结局。
再也不知道你的秘密，再也不知道你的消息，
只有那甜蜜的往事，只有那陌生的你。
在那些黑色和白色的梦里，不再有蓝色和紫色的记忆。
在这个相遇又分手的雨季，总留下雨打和风吹的痕迹。
为了那苍白的爱情的继续，为了那得到又失去的美丽，
就让这擦干又留出的泪水，化做满天相思的雨。

一首忧伤的歌，让我边弹，边流着泪，泪未干，声先断，脑中窜出李清照的苦情词，我不由得低吟出口：

红藕香残玉簟秋，轻解罗裳，独上兰舟。云中谁寄锦书来？雁字回时，月满西楼。
花自飘零水自流。一种相思，两处闲愁。此情无计可消除。才下眉头，却上心头。

第二日我醒来，发现自己躺在床上，可是我依稀记得昨晚，弹完曲吟完词后，大

哭了一场之后趴睡在琴上。

不过这还是其一，其二我总觉得昨晚有人在我身旁，可是怎么想也想不起来是谁。

那人给我的感觉好熟悉，好温暖，好像是他。我甩了甩脑袋，怎么会是他呢，别自欺欺人了，也许只是昨晚的一场绮梦。

来至前厅，我看到欧阳天域正坐在主帅的位置之上，和慕容说着话。

“皇上，请恕臣来迟之罪。”

“李爱卿，你这是干什么？快快起来，朕也是刚到。”欧阳天域边说边将我扶起。

“多谢皇上，那现在臣就与风副将、破军副将，一同前往阵前诱敌。”

我抬头向上看时，正好对上欧阳天域与慕容露出担忧之色的浓黑双眸。

“请吧，李将军。”风流云与破军同时出声。

“请皇上放心，末将会将李将军的安全放在首位。”

我三人大步走出了前厅，跃上马，边关大门早已为我们三人打开，出了城门，看到列队整齐的黑水大军。

回望城楼之上，看见欧阳天域翘首而立，我望着他，心中做了一个令我、慕容、欧阳天域三人都不再为难的决定。

黑水明皇一脸邪笑地望着我，“驸马爷，你的计策本太子已知晓，你就不要再做无谓的抵抗了，战场不适合你，还是顺从了我，做我的妃子吧。”

“太子殿下当真以为那晚在下给你的是我军所订之计吗？你未免太低估我李木然了！那晚所写的只是这个计策无关紧要的一些步骤而已，重要的部分我根本没有写出来。这场仗，最后鹿死谁手还不一定呢！你要知道骄兵必败。”

我故意说一些话激他，好让他按捺不住心中的怒火从而一步步走入我们所设的局中。

“太子哥哥，不要上当，她所说的话只是在激你。”

“霜霜姑娘，在醉红楼的时候，在下曾夸过你很聪明，太子殿下能有你的辅佐，是太子之福。不错，在下刚才用的是激将之计。”

“李将军你太过谦虚了，霜霜那点本事在你面前不值得一提。倒是我昨夜看了你写给太子哥哥的你军所订之计，让霜霜不得不佩服李将军，一个文官能够上战场已是不易，但是最难能可贵的却是还懂得排兵布阵，如果李将军是武将的话，那天域帝有了你的相助，统一天下指日可待。”

“霜霜，虽你我各为其主，但是应该了解在下并不是一个好武之人，今日一战在所难免，但在下还是希望能化解这场战争。”

霜霜默不作声地看着我，眼中有不解也有疑惑。

“你说了这么多，无非是想劝我休战，臣服于天域帝，可是本太子却是非要争夺这个天下不可，因为争夺这个天下不仅是为了我黑水国，也是为了你，因为得天下者方能得到你，所以这个天下我是争定了。我不想在战场上看到你有所受伤，你退到一边，看我如何破天域国的边关，如何一步步夺得天下，最后赢得你。”

我看着此时眼中冒出杀气的黑水明皇，正色道：“黑水明皇，你错了。我只属于我自己，对于这场战争，我不会坐视不理。你就算得到天下，我也不会属于你。看着你任意屠杀天域国无辜的黎民百姓，我不会退到一边，哪怕最后我会因此丧命，我也会誓死保卫天域国，直到战争的结束。”

“黑水明皇,你就放马过来吧,看看到底谁会笑到最后。”风流云接口说着挑衅的话。

黑水明皇高举军旗，手一挥，黑水大军便向我们冲来。

“不得伤到李将军，至于她身旁的那两人，就将他俩碎尸万断，让他们也尝尝黑水大军的厉害。”黑水明皇眼露狠色，说着狂妄的话语。

我担心风流云与破军的安危，吩咐他二人道：“你们赶紧向后退，我一个人引他们入局。”

“我与风兄曾在皇上面前立誓护你周全的，所以我们就算死，也不会离开你半步的。”

风流云听后给了破军一个赞许的眼神。眼看黑水大军就要冲过来了，我骑着马拼命向后跑，而破军与风流云也紧跟在我后面。

当跑到一个岔路口时，我故意放慢速度，等他们越过我后，我便掉转马头，向黑水大军冲来的方向奔去。

我拉住缰绳立稳后，高声叫道：“黑水明皇，想得到我，就看你能不能抓到我！如果你能抓到我，我就顺你的意，做你的妃子。”

“好，这可是你说的。”随后他军旗一挥，黑水大军便向我冲来。

“抓活的，不得伤她。”

黑水明皇此时还不忘关心我的生死，我虽感动，但是对他无爱，他再怎么关心我，也是徒劳。

“太子哥哥，小心中计！”

我心想：霜霜，你以为你哥哥会听进你的话吗，我这个饵这么诱人，他会听你的吗？

我骑着马向风流云他们相反的岔口跑去，心中默念：对不起了，各位。

【60】

我抵达河边，拉缰下马立在河边，等着黑水明皇。

黑水明皇的身影渐渐由远及近，来到我的面前，他挥了一下手中的军旗，身后的大军便停止了前进。

“知道吗，我为什么会引你来这河边？”我笑着问他。

他跳下马激动地说：“不管你有什么目的，只要我现在抓住了你，你就要守信。”

我听后摇头，轻声道：“我之所以会那么说，只是为了能引你与黑水大军来到这河边。”

他拉住我的手邪笑道：“不管你说什么，你都要随我回黑水大营，并且明日就回

到黑水皇宫，继续我们未完的大婚。”

我看着他满眼的喜色，抽出手，转身看着茫茫流水，“你同你身后的军队现在就渡河回去吧，不要再起战火了，你根本不是欧阳天域的对手。”

“为什么我不是欧阳天域的对手？我有哪一点比不上他？”

“你还不明白吗？就如那日大婚，他能从容平安地从黑水皇宫里走出去，而你应该明白，这是为什么吧。”

我平静地道出其中缘由。

那日的情形我虽然不是很了解，但也从风流云等人口中听到了一些。

原来欧阳天域早就怀疑黑水明皇假借订立和盟，引他入局，想一举诛杀他。

于是欧阳天域下令暗藏在黑水国的死士，埋伏在黑水皇宫周围，伺机而动。

听破军说，那日我昏死在欧阳天域怀中后，欧阳天域就如地狱阎王，以天子名义对天起誓，如果我死，就会血洗黑水国，为我祭拜。

那日大殿上，欧阳天域命死士杀光所有的人，只留下玄皇、玄后、霜霜、香琦和黑水明皇。

黑水明皇脸上已没了怒气，取而代之的是无可奈何的神情。

他其实早已明白与欧阳天域争斗的结果是显而易见，只是心有不甘，所以明知结果会如此，还是为了我向天域国开战。

“你知道吗，现在这河的附近已埋伏了几万弓箭手。如果你们要沿原路后退的话，就会被埋伏在山丘上的天域士兵所攻击，当你们好不容易躲过后还会遇到慕容将军带领的大军，那时，你们就会被团团包围住，最后的结果，我不说你也该明白。”

我坦诚了整个计划，看到黑水明皇脸上露出惊讶之色。

“你为什么要把整个计划告诉我？”

“现在说给你听，也没什么大碍了。你们还是赶紧过河吧，不要再起战端。”

霜霜走到我的面前，眼露愧意，“你还恨我吗，还愿意当我是你的朋友吗？”

“我那日虽割袍断义，但心中还是把你当成我的知己。好了，你们过河吧。”

“不，我不过河。要我过河，除非你与我一起。”黑水明皇拉住我的手，对着四周大叫，“你们如果胆敢射箭的话，我就将她挡在面前。”

突发的异变，让霜霜的眼中充满了担忧，而我好像知道会发生这一切似的，从容而平静地笑对这一切。

黑水明皇的叫声引得宇文化不得不现身，宇文化带着弓箭手出现在他面前。

“你们的李将军现在在我手上，你们胆敢放箭的话，我想李将军应该比本太子要早走一步。”

宇文化这时不知该如何是好，眼睛盯着我看，而黑水明皇见我毫不惊慌，很是疑惑。

“你为什么还如此镇静？难道你不明白你现在是我的人质，性命就在我的手上，你不害怕吗？”

“太子殿下，这时候害怕有用吗？”我反问他。

他听后默不出声，随后开口："我又一次逼迫你，你不恨我吗？如果我要得到你，只有一死才能得偿所愿的话，那我宁愿赴死。"

霜霜这时怒吼："你这样做，有没有想过香琦？你太自私了。"

黑水明皇在听到霜霜提到香琦的时候，脸上有一丝不自然。

我心中暗笑：黑水明皇，看来香琦在你心里还是有一定的位置的，要不然你也不会听到霜霜提到香琦，脸上就会有如此不自然的表情。

"对于香琦，我只能说一声对不起，这辈子算我辜负了她，她要怪我恨我都可以。我只是希望我死后她能遇到一个疼她爱她的人。"

我轻声质问黑水明皇："难道你现在还不承认已为香琦动了心？为什么你要奢求一段无望的恋情呢？如果你死了，那香琦也会随着你的死，心灰意冷，郁郁而终。"

"你说的根本不对，我奢求的并不是一段无望的恋情。你从来没有真正看过我，了解过我，而我对你付出的真情，你也视而不见。你早已将心门对我关上，你让我如何打动你的心。你没资格说我对香琦的所作所为，因为那是我与她的事。"

黑水明皇脸上闪着被揭穿心事的狂怒，我不想再与他争辩，黑水明皇见我不说话，狂笑道："你现在哑巴了，你说呀，你不是能言善辩吗？你不是有很多大道理吗？你说呀！为什么不说？是心虚？理亏？还是觉得对不起我？"

我任由他说着，不再开口。此时，一阵马蹄声传来，我抬眼望去，远远地看不清是谁，随着马蹄声越来越近，马上的人在我眼中渐渐清晰起来。

黑水明皇在我耳边邪笑一声，"你的主子欧阳天域来了。"

我不理会他话中的讥讽之意，看着在马上一脸严肃的欧阳天域，他眼中带着浓浓的担忧、责备之意。

"你是不是来为我与李将军送行的。"黑水明皇阴阳怪气地问着欧阳天域。

欧阳天域下了马，走到宇文化身边，指着黑水明皇怒道："赶快放了李爱卿！我还是那句话，只要你放了她，朕就放你过河，绝不为难你。"

"你只能为她做到这一步吗？你能不能为她死，或是为她放弃这个皇位？"黑水明皇不以为意地又问。

"皇上，不要听他一派胡言，他只是拿话激你。"

黑水明皇见我着急的样子，心中恼怒，用手捂住我的嘴，对我语带威胁，"你为什么那么关心他？我看你这样还如何关心他。"

我此时再也保持不了心中的平静，怒目圆瞪，恨不得将他的脸撕烂。

黑水明皇得意扬扬地说："心疼了？那就按我所说的为她而死，为她放弃这个皇位啊。"

我用眼示意着欧阳天域"不要"。

此时，慕容带着军队来到了河边。他与风流云和破军跳下马，走到欧阳天域身旁，看着此时被捂住嘴的我，非常愤怒。

黑水明皇这时更加得意忘形，张口狂笑，语带轻蔑地说："爱妃，你看爱你的人

都来了，你感不感动呀？不过他们都没有机会拥有你了，你注定是属于我的。”

此时的黑水明皇在我的眼里已经疯了，为了一份不属于自己的爱而疯。

我示意黑水明皇我有话要说，让他放开捂在我嘴上的手。

“只要你平息这场战争，我愿意陪在你身边，做你的妃子。”

欧阳天域等人听到我的话，都大惊失色。黑水明皇双眼充满了怀疑，不敢相信我的话。

“你是不是哄我的？你当真答应做我的妃子，陪在我身边？”

我面不改色地盯着他的眼，再一次重复了刚才所说的话。

“哈……哈……”黑水明皇大声地笑着。

“臣看来无法再陪在皇上身边了。大哥、二哥、三哥、风兄，在下就此别过，记得有空去黑水国的皇宫看我。”

我说着分别的话，心中早已想好脱身之计。

“这是为什么？”欧阳天域狂怒的声音席卷而来。

慕容一脸悲痛地看着我：“这是你对我最大的惩罚，是吗？这个惩罚未免太重太残忍了吧？”

破军与风流云同时狂叫道：“我们不许你这么做！你曾说过皇宫的生活不适合你，说喜欢自由自在的生活。你曾说过如果不在朝堂之上，你想去天下游历一番，难道你忘记自己曾说过的话了吗？”

“此一时彼一时，有许多事是我们无法想象的，当初说的话也许是错的也不一定。好了，黑水明皇我们上船吧。”

我一脸平静地转头看着黑水明皇，黑水明皇大喜道：“哈哈，爱妃，随我上船吧。”

说完，他牵着我的手向渡口方向走去，后面跟着的是霜霜与黑水大军。

我回过头来看了一眼欧阳天域等人，他们的脸上充满不解、伤心和愤怒。

我心中再一次对他们说了一声抱歉。

“我想站在船头，再看一眼我岸上的知交好友，也许这一别，要许久才能再见面。”

黑水明皇点了点头，拉着我的手来到船头，在我耳边说：“不会等多久，你又会与他们再见面。”

霜霜这时走过来问我：“你当真要做我哥的妃子？这不像是你会做的事。”

黑水明皇训斥着霜霜：“霜霜，现在她是你的长辈，不准你这么对她说话。你还不快向皇嫂道歉，记住以后说话要有分寸。”

霜霜用疑惑的眼望着我：“对不起，刚才多有冒犯，请皇嫂见谅。”

“别听你大哥的，不要一口一个皇嫂，这样会把我叫老的。”

黑水明皇一脸宠溺的笑：“你不老。在我眼中，你永远是最美的，也永远是我最宠爱的妃子。”

听着他的甜言蜜语，我突然感到有些对不起他，也许我真的没有留意过他对我所用的情，但是刚才所做的决定却不容我更改。

我在心中对黑水明皇轻轻说了一声：原谅我，对不起，你这份情我受不起。

船行至河中央，我抬眼望了一眼河边，欧阳天域他们正站在河边远远望着我。

我转过头来对着身后的霜霜与黑水明皇露出我最美的微笑，紧接着趁黑水明皇因我的笑分神之际，纵身跳入了奔流不息的河水中。

【61】

此时的天域国与黑水国都进入备战状态，而我却对这一切毫不知情，在黑水国的一个小渔村悠闲度日。

我为什么会在渔村呢？因为当初从船上跳入水中，本想着自己擅水，应该很快就会游回岸边，但是自己的运气背了点，竟让水草缠住了脚，所以慢慢下沉。

我原本以为自己这次必死无疑，但就在水刚要浸过头时，我被一条小渔船上的渔民救起。

救我的渔民发现我是女儿身，便问我有无亲人，我编了个善意的谎言骗过了他们，幸好他们都很淳朴，竟然相信了我的话。

为了能更好地保护自己，我找他们要了一套男子衣服穿上。

我本来是想在这个小渔村休养一段时间就离开的，可是却爱上这种宁静、无忧无虑的生活，所以打定主意在这安定下来。

我对渔民们心存感激，见渔民们的孩子都不识字，就自愿充当起他们的教书先生。

我摒弃了这个朝代学堂的教学方法，用浅显易懂的方法让这些孩子们喜欢上了读书习字。

我过着这样的生活，暂时忘了朝堂上的事和两国之间的战事，有时也会随渔船出航，跟着他们去捕鱼。

日子就在这种惬意安宁中慢慢度过。

这天下了课后，我来到河边吹着晚风，看着夕阳西下。

一个孩童跑到我面前，指着不远处，一脸笑意地说："老师，那边有人找你。"

我顺着他所指的方向看到一个熟悉的身影，心想：平静的生活又要离我远去了。

我走向那人，笑问："难为你能找到这，有什么事吗？"

霜霜笑着说："看到你没事，我就安心了。真不忍心打扰你平静的生活。"

我看着霜霜虽脸上带着笑，但是眼中却藏着淡淡的哀愁。

"没什么打不打扰的，你说吧，来找我，什么事？"

"欧阳天域因不知你的生死迁怒黑水国，已经发下战帖，三月之后就要攻打黑水国，让黑水国所有的人为你陪葬。只有你出现，才能阻止这场战事。"霜霜紧紧抓住我的手，一脸忧心地望着我。

我心想：原来我消失这段时间发生如此大的事情，难怪霜霜会如此着急得想找到我。

我计上心来，故意说："我现在不想管这些事了，我喜欢现在这种生活。难得你能找到我，不如让我陪你转一转。"

我拉着霜霜的手笑吟吟地牵着她四处转着，看着她一脸的无奈样，我心中暗自偷笑。

"当初太子哥哥对你苦苦相逼，如今让你出面救他，是说不过去，不过我还是恳求你能看在黑水国百姓的面子上救一救黑水国，让黑水国免于这场战火。"

"霜霜，你的心情我能理解，但请恕我爱莫难助。在这过得虽惬意，但美中不足的是每次想弹曲时，却无琴可弹。你下次来能不能带一把琴来？我在这的事，你千万不要告诉其他人，算还我一个人情如何？"

"你的要求并不过分。当日在河边是我与太子哥哥欠你的情，下次我来时会带一把琴送给你。好了，我也该回去了。至于请你出面一事，请你再考虑一下。"

我目送霜霜离开后，想到欧阳天域为了我不惜大动干戈，我感觉特别揪心。

我又想到黑水明皇虽处处逼迫我，那也是因为得不到我的回应，才会如此极端，造成现在这个局面，也是我不想看到的。

霜霜第二日果然带了一把琴来，我接过她手中的琴，随即放在桌子上，轻拨琴弦，传出悠扬的琴音。

这时，我看到远处的马车上好像动了一下，我问霜霜："车上还有谁，不会是黑水明皇吧？"

霜霜面露愧色："昨日答应你不把你在这的事告诉别人，可是我在她面前说漏了嘴，所以她央求我带她来见你。"

"哦，这么说来不是黑水明皇，而是另有其人，霜霜你请她下车来吧。"

霜霜走向马车，将车内人带下了马车，我才知原来此人是香琦。

香琦与霜霜走到我面前，香琦语含歉意："请你不要怪霜霜，是我一直央求她，所以她才会带我来此的。"

"我没有怪霜霜的意思。香琦你还没有听过我弹曲吧，今日难得你来一趟，在下送你一曲，如何？"

"多谢姐姐不怪罪香琦。早就听说过姐姐所唱之曲如仙音，今日能有幸聆听姐姐的妙曲，是香琦三生有幸。不过，香琦来这，是想求姐姐能够出面救妹妹的夫君和这黑水国的万千百姓。"

香琦用恳求的眼神望着我。我随即一笑也不答她，坐在琴旁抚动琴弦，开口便唱：

曾经欢天喜地，以为就这样过一辈子，
走过千山万水，回去却已来不及。
曾经惺惺相惜，以为一生总有一知己，
不争朝夕，不弃不离，原来只有我自己。
纵然天高地厚容不下我们的距离，

纵然说过我不在乎却又不肯放弃。
得到一切，失去一些，也在所不惜，
失去你，却失去面对孤独的勇气。
曾经欢天喜地，以为就这样过一辈子，
走过千山万水，回去却已来不及。
曾经惺惺相惜，以为一生总有一知己，
不争朝夕，不弃不离，原来只有我自己。
纵然天高地厚容不下我们的距离，
纵然说过我不在乎却又不肯放弃。
得到一切，失去一些，也在所不惜，
失去你却失去面对孤独的勇气。

我唱着此曲，想着此曲原有舞来配，忙唤着霜霜与香琦："你二人能否跟着曲子轻歌曼舞一番。"

她二人本已被此曲所打动，便随着曲子轻挥衣袖翩翩起舞。这一日，我们三人就在一曲曲动人的旋律中度过了。

每天上午我就教孩子们读书识字，下午香琦与霜霜就会过来劝说我一番，而我都拿话岔开，随即与她们在河边戏耍。

她们见说不动我，后来也不再说让我现身帮忙的话，可是每天还是会按时来找我。

我们三人越聊越投缘，慢慢地变成了无话不谈的朋友。香琦本是一个大家闺秀，与我们相交后，对我们所谈论的问题也大胆发表自己内心的意见。

从香琦口中，我得知了黑水明皇在我消失不见这段时间，曾一度以酒浇愁，要不是香琦的不离不弃，他恐怕现在都无法从自责与伤心中走出来。

不过最开心的是，他终于渐渐淡忘了对我的痴念，对香琦情根深种，百般宠爱。

霜霜也跟我讲了她本来不打算原谅黑水明皇逼死我的，可是后来却原谅了他。

她们在我的央求下说着在我离开这段时间，黑水明皇身上所发生的转变。

【62】

自从我落水失踪，黑水明皇与霜霜回到皇宫后，香琦便天天陪在他的身边，而霜霜每次去见香琦，都当黑水明皇不存在。

黑水明皇看见自己的亲妹妹冷漠的眼神，再加上自责，所以每夜以酒浇愁，但是酒入愁肠愁更愁，他便夜夜被噩梦惊醒。

香琦见这样也不是办法，就去找霜霜想办法，霜霜一脸冷笑对她说："你管他干什么？你想一想，当初他如何对你的！一切都是他自找的，谁也帮不了他，你也不要为他瞎操心了。"

香琦见在霜霜这没得到良策，就回到太子寝宫中，又看到喝得烂醉的黑水明皇。

她一时气愤，端了一盆凉水就泼向黑水明皇。

黑水明皇被浇了个透心凉，从酒醉中惊醒过来，看着眼前拿着水盆的香琦，也不生气，自嘲一笑："原来你也恨我，对，我是该被你们所恨，不仅逼死了她，也伤了你的心，还让我那亲妹妹也跟你一样恨着我。"

香琦看着自暴自弃的黑水明皇，丢掉水盆，奔到他面前抱住他，泪如雨下。

"太子哥哥，我不恨你。就算天下人都恨你，我也不会恨你。你不要自暴自弃了，你要振作，别忘了你身后的万千黑水国的百姓。"

黑水明皇在她怀中伤心地问："连我自己都恨我自己，为什么你不恨我？你知道吗，她就从我眼前跳入水中，那样的义无反顾，就如同大婚时宁死也不愿嫁给我，我当时的心好痛，但更多的是不甘，是不满。我将我的真心捧在手上，可她却视而不见，她就这么否决了我，难道我真的不如她心中的慕容天霖吗？为什么她那么铁石心肠，那么的无情。"

香琦转哭为笑，劝慰着黑水明皇："不是太子哥哥所想的那样，她只是心中已有意中人，所以才会看不到太子哥哥的真心。我虽与她接触不多，但是我知道她是一个善良、大度、有情有义的女子，只是太子哥哥遇见她的时候太晚了，她的心已给了慕容天霖。太子哥哥，你不要再伤心难过了，她说不定没有死呢？上天不会这么残忍的，也许有一天你会遇见她，到那时你对她说一声'对不起'，她定会原谅你的。"

"为什么你要对我这么好？我不值得，你应该有更好的人来给你幸福。"

黑水明皇抬起头羞愧地望着香琦，香琦露出一个绝美的笑容，柔声说："太子哥哥，你值得香琦如此对你。你知道吗，香琦从小就希望有一天能伴在太子哥哥身旁，只要太子哥哥幸福，那就是香琦的幸福，就算香琦知道太子哥哥心中有人，但能伴在太子哥哥身旁就是香琦最大的幸福。所以太子哥哥，不要再自暴自弃了，黑水国的子民还要仰仗太子哥哥，他们是太子哥哥不可推卸的责任和义务啊！"

黑水明皇听完香琦的话，心被莫名的感动牵引着，拉着香琦的手，温柔地说："那日，她曾告诉我，要珍惜眼前人，可是那时的我，眼中只有她，所以忽视了一直在我身后注视的你。我今天才明白她说得对，也许我对她的感情只是一种狩猎的感觉，越得不到越想得到，而对于摆在眼前轻而易举就能得到的感情却毫不在乎。原来一开始我就错了，结果伤了自己，也伤了最爱我的人。"

黑水明皇看着眼前感动得双眼含泪，对他柔情万千的香琦，说："那日在河边，她曾说我不敢正视自己的心中已有你的位置，我当时因气她将我的真心视而不见，口头上怒斥她说的不是真的，可是内心却早已承认自己的心已为你而动。"

香琦听着黑水明皇真心以对的话语，感动地落下泪水。

黑水明皇轻轻拭去她脸上的泪花，抱着她说："谢谢你不恨我，也谢谢你肯原谅我，原来真如她所说的'要珍惜眼前人'。"

香琦靠在他怀里害羞地说："太子哥哥，不要再说了，香琦听了会感动得睡不着

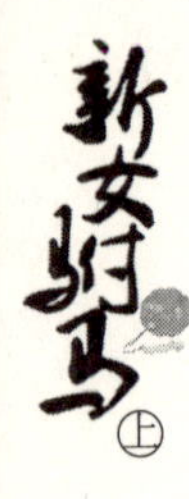

觉的。”

此时，映入黑水明皇眼中的是一张娇羞而动人的俏颜，他情不自禁地将嘴吻向怀中可人儿的唇，然后对她粲然一笑，墨黑的眼眸也已转浓。

“睡不着正好做点别的事，要不长夜漫漫如何度过呢，我的爱妃。”

这时的香琦听着黑水明皇调笑的话语，脸红着低垂着头，“太子哥哥又不正经了，就会拿话取笑香琦。”

“夫妻之间太正经还是夫妻吗？为夫会好好疼惜你的。”

黑水明皇将香琦轻轻抱起向龙床走去，香琦害羞地将脸埋入了黑水明皇怀中，一夜贪欢直到天明。

香琦枕在黑水明皇的怀里，担心地问：“你接下来该如何应对，我想欧阳天域一定不会放过你的。”

“放心，不会有事的，你就别担心了，是不是昨夜为夫爱得不够，你才有空想这些无关紧要的事，看来为夫还要再努力些来爱你才是。”

香琦躲闪着叫：“时辰不早了，你该处理朝政之事，还有就是要与霜霜和好如初，毕竟你们是同胞兄妹，我也会从中帮你的。”

黑水明皇停了下来抱住她，颇有感触地说：“没想到放开那段无望的感情，真的感到轻松多了，多谢爱妃。”

他在香琦唇边偷了一个香吻，起身穿好衣服后，眨了一下眼，关心地说：“昨夜你也累坏了，好好休息一下，我会吩咐人来侍候你沐浴更衣的。”

香琦听着他温柔的话语，想到昨夜，脸上不禁飞起了红霞。

黑水明皇临走时，又在她耳边邪笑一声，还故意对着她白玉般的耳廓吹了一口热气：“今晚继续！”

随后黑水明皇大笑着转身离开了寝宫，香琦酡红着脸刚想反驳时，人已不在房中了。

黑水明皇处理完政事后，来到霜霜的寝宫中，霜霜见是他，冷冷地说：“你来干什么？我不想见到你，请你离开我的寝宫。”

黑水明皇不理会她所说的，径自坐下自责地说：“我知道你恨我逼死了她，但是我现在已经想明白了，不会再强求这份不属于我的恋情了。从今以后我的眼中只会有香琦一人。请你不要再恨我了，这也是我今日来这里的主要目的，这也是香琦希望看到的，我说完了。”

霜霜含泪控诉：“你现在说这话不嫌太晚了吗？她已经被你逼死了，你怎么不在她没死之前醒悟过来，非要她死后你才惊觉这是一场无望的恋情。我曾劝过你几次，让你放手，可是你却一意孤行。第一次逼她入绝地，幸好她死里逃生，可是第二次你又逼她至绝地，这一次她没有那么幸运，现在人死了，连个尸身都找不到，你说我会原谅你吗？”

黑水明皇脸含怒气，怒吼道：“那你的意思是我也去死了，才能让你消气，才能

让你不恨我吗？”

霜霜厉声道：“我没让你去死，你也不用死，你活着才是最好的惩罚，让你时时活在对她的悔恨中。”

这时香琦进来，含泪劝着霜霜，“请你原谅你大哥吧！他也不容易，他心中比谁都苦，你们是亲兄妹，难道真的要闹到兄妹反目的地步吗？”

此时的霜霜与黑水明皇都默不作声，玄皇与玄后也来到霜霜的宫中，苦口婆心地对着他兄妹二人好言相劝。

“霜霜，不许你再记恨你大哥了，她的死也不是你大哥一人的错，想来那人在上船时就已打定主意这么做了。现在你们兄妹二人要团结，眼前还有一场恶战正等着你们去化解呢。”

玄皇丢给黑水明皇一张战帖。

黑水明皇打开战帖大声念道：“黑水明皇，朕说过只要她死，你与你的黑水国就要为此付出代价。朕以天域皇上的名义向你宣战，朕要黑水国所有人为她陪葬。三月之后，朕会亲率天域大军踏平黑水国。”

霜霜与香琦听完后，花容失色地呆看着黑水明皇，而黑水明皇此时也惊得呆在原地，战帖从他手中飘落至地。

黑水明皇回过神来后，对着玄皇与玄后跪下请求：“父皇母后，此场战事因儿臣的一意孤行而起，所以儿臣会为了黑水国的百姓去天域边关向欧阳天域请罪，以阻止这场战争，如果儿臣因此而丧命，请父皇、母后保重身体，帮儿臣好好照顾香琦、霜霜，儿臣安排好一切后会择日向天域边关进发。”

香琦跪在他身边，拉住他的衣袖，哭喊：“不要，你不能这么做。我们再想想其他办法好吗？你不能去。”

霜霜也没想到自己的哥哥会这样做，跟着伤心起来，对哥哥的恨意也荡然无存。

黑水明皇看着自己的妹妹，动情地说：“大哥知道你一向自视甚高，唯有她被你视为知己，可是大哥却将她逼至绝地，大哥对你说一声对不起。如果大哥不回来，请小妹要替大哥照顾香琦。”

黑水明皇向霜霜磕头以表示他的歉意。

霜霜赶紧扶起黑水明皇，此时恨意全无，只是担心自己哥哥的安危。

霜霜语带歉意地说：“大哥，小妹太任性了。请哥哥再想他法解决此事，不是只有你一死才能化解这场战争的。我有预感她并未死，现在唯一的办法就是找到她，虽然只有三个月的时间，但我们只要多派人手去找，应该会找到她的。只要她一出现，这场战事就可避免，因为她曾说过不希望看到有战争。”

黑水明皇与霜霜相视一笑泯恩仇。

听完她们所说，我笑着说：“祝贺香琦能得到自己想要的幸福，也祝贺霜霜能够原谅自己的亲大哥，并与大哥一起并肩作战。”

她两人听完只是笑了笑，我知道她们心中还是担心战事一起，生灵涂炭。

第十六章　帝王之恋

【63】

眼看三月就快到了，我看得出霜霜与香琦虽然开心地笑着，可是内心却担忧着三月后两国的大战。

我照例在老地方等着霜霜与香琦，可是我却只等到香琦来。

“今日为何只有你一人来，霜霜呢？”

“她今日有事不能来，所以只有我一人来了。”

我看着香琦闪烁不定的眼神，好像有什么事瞒着我。

我直截了当地问她：“你是不是有什么事瞒着我，霜霜是不是出了什么事？”

“霜霜没有出事。我承认有事瞒着姐姐，却不知该如何开口。”

“你说吧，我已经把你当作我的好姐妹。”

“是这样的，今日不止我来了，还有一个人也来了，请姐姐宽恕小妹擅自将你的事告诉了他。”

她低下头给我跪下，我已猜出香琦带着谁来了，我轻轻扶起她，用手轻轻拭去她脸上的泪。

“我知道你担心他，必然会引他来见我，这也是我意料中的事。你把他带过来吧。”

“姐姐不怪小妹，小妹真的很开心。小妹知道夫君对姐姐有愧疚之心，所以带他来向姐姐致歉，原不原谅他，都随姐姐的意思。而且姐姐你不要多心，我无意让姐姐为了夫君与黑水国现身阻止这场战争。”香琦语带歉意地说。

“你这是说的哪里话？你既然叫我姐姐，姐姐会不知道妹妹的心思吗？你快去把他带来吧，我有些话要对他说。你忘了当日大婚前夕，姐姐说过要给妹妹一份大婚的礼物吗？快去叫他过来吧。”

香琦感动地点了点头，向马车走去。

当一个曾经熟悉的面孔出现在我眼中时，我很平静，想着：就让以往的恩恩怨怨就在今日做个了断吧。

黑水明皇看着我，眼带愧疚之色：“我猜这就是你想要的生活。看来我一辈子都无法做到。之前的种种，我不奢望你能原谅我，但是请你看在黑水国数万百姓的面子

上，现身阻止这场两国之战吧。”

他居然为了阻止这场战争，屈尊降贵地向我跪下叩首，这是我不敢想象的，与他针锋相对也不是一次二次，他从没屈服过，也没有这般没自信过。

以前的他是那样的盛气凌人，只要扬起邪魅的笑，就知他心中有数，任何事都在他掌控中。

我扶起他，转头对着香琦说：“妹妹，我想单独与太子殿下谈一些事，你能不能回避一下？”

香琦点了一下头算是默许。我与黑水明皇来到河堤上，边走边聊。

“你原来不是心中充满争霸天下的野心吗？率先挑起战端的不也是你吗？为什么现在要阻止这场战争。”

“我之前会那样做，是认为自己有这个能力可以夺得天下，还有一个原因就是因为你。但是与欧阳天域几次交手后，我承认他比我强，如果硬碰硬的话，我们黑水国不会是欧阳天域的对手。”他自嘲地说。

“为什么现在才想通，如果你早点想通的话，也不会将自己与黑水国陷入如此局面！你刚才说为了黑水国的百姓才会向我下跪，是吗？如果是这样，你将会是一个好皇帝。”我淡笑着望着他。

“多谢你的夸奖，与你心怀百姓相比，我只是一个为了达到自己的目的，不择手段，自私的人。”黑水明皇苦笑一声。

“君王之道本就是如此。如果你没有野心，不用手段，如何统治群臣与治理国家？我曾对欧阳天域说过，做上君王宝座的人必是一个狠绝、狂霸、充满野心之人，如要做得长久，必是如此。无情是做一个帝王的先决条件，在皇宫之中谁先动情谁就会先输。”我淡然地说。

“既然你看得如此透彻，为何还会待在钩心斗角的朝堂上这么久？难道是为了他。”黑水明皇道出心里的疑惑。

“你错了，我入朝堂是为了帮一个好友洗脱莫须有的罪名，并不是为了他。我想你对此事应该有所了解吧。”

“但是你已帮那位好友洗脱罪名，为什么你还会在朝为官，而不是辞官归隐呢？我想是欧阳天域不想放你走吧。”黑水明皇意有所指地说。

我笑了笑，“这也许是原因之一，但是现在的我，不是已经算是归隐了吗？”

“也对。好了，说了这么久，我也该回宫了，至于你在这的事，我会严守这个秘密的，算是对之前对你所犯过错的一点补偿。”

我看着他想走，在他身后问：“你不想救你的黑水国的子民吗？这么快就放弃，可不像你的作风。”

他转身摇了摇头：“不是不救，只是不想破坏你现在的生活。黑水国的事，我会另想办法。”

我看着远去的背影大声叫道：“你能不能再答应我一件事？”

他停住了脚步，转身回到我面前，疑惑的眼神看着我。

“你说吧，什么事？”

我脸上闪着神秘的笑：“你答应我，我就说。你放心，不是违背良心，违背道义的事，你肯定能做得到。”

黑水明皇一口应允：“好，我答应你。你现在可以说是什么事了吧？”

“我要你答应我，不管你以后有多少妃子，但是必须让香琦当皇后，以后就算你不再爱她，也不能废了她的皇后之位。她所生的孩子，如果是男孩必定立为太子，若是女孩，长大后随她自己的意愿择婿。”

黑水明皇听了我的话面现惊讶之色，一副难以置信的样子。

“怎么，做不到，还是没想到我会提出这样的要求？”

黑水明皇终于回过神来，笑着说：“我还以为是你自己的要求呢，没想到是为香琦所提的要求。我答应你，说到后宫，我不想以后有太多的妃子，我只要有她就够了。至于我的国家说不定很快就会毁在我的手上。”

“既然你答应了，就要信守诺言。说到后宫，你说你不想要，但是作为一个君王，拥有后宫是正常的，也是理所当然的，后宫的存在不是简单意义上的服侍君王，它也是统治众臣的一个手段，这不是你想不想要的问题。所以我才要你答应我这个要求，至于以后的事，谁也说不清楚，人终究是会变的，你要为以后做好打算。”

“如果欧阳天域强立你为后，你会劝他多纳妃子吗？你的心里不会难过吗？”

“也许我会亲自为他挑选妃子也说不定。不过我不会成为他的皇后，因为我不属于宫中。欧阳天域知道我的心思，所以只是要求我留在朝堂之上帮他而已，因为他知道，只要是我不想做的事，怎么逼也没有用。”

“原来如此，想你的本性本就如此，对他是这样，就是以前对我也是如此，看来我与欧阳天域都是失败者，唯有慕容天霖是胜利者。”

“这并不是失败者与胜利者的问题，爱情中没有胜负可分，爱上了便是爱上了。”

“爱上了便是爱上了，多么简单的一句话，直到今日我才明白其中的真义，谢谢你的这句话。至于对你承诺的，我对天发誓，此生定会做到。好了，时候也不早了，我与香琦也该回宫了。”

黑水明皇转身向小屋走去。我走向他们，脸上带着祝福的笑。

“你们要走了，我送你们一曲如何？”

他们停下脚步转过身来看到我已坐在琴前正要拨弄琴弦，他们默不作声地望着我，我随即轻拨琴弦，轻声对着他们吟唱：

山川载不动太多悲哀，岁月禁不起太长的等待，
春花最爱向风中摇摆，黄沙偏要将痴和怨掩埋。
一世的聪明情愿糊涂，一身的遭遇向谁诉？
爱到不能爱，聚到终须散，繁华过后成一梦。

海水永不干，天也望不穿，红尘一笑和你共徘徊。

一曲终了，我起身走到他们面前，脸上带着笑，将他们的手将放在一起。

“愿你们如曲中那句‘红尘一笑和你共徘徊’，直到白头。香琦，我已为你送上迟来的贺礼，你可以问一下你夫君。”

香琦用疑惑的眼光看着黑水明皇，黑水明皇牵着她的手，边走边说：“等会儿在回宫的路上我再向琦儿解这心中疑惑吧。

他二人登上马车后，回过头向远处的我致意，随即消失在我眼中。

看着马车渐渐远离小渔村，我心中默念：黑水明皇，我原谅你以前对我的种种，希望你能与香琦幸福到永久。”

【64】

接下来的日子里，黑水明皇再也没有来过，香琦与霜霜天天按时来找我，但是我能感到她们对这场战事的担心。

“不要担心，你们都会没事的。对了，霜霜下次来的时候你能不能带一匹马来，我好久没骑过了，说不定骑术都有点生疏了。”

“好的。”霜霜爽快地答应了我，然后疑惑地问我：“你现在的生活应该很少骑到马吧，为什么想要马？”

“因为我想教孩子们骑马呀，这是为他们安排的体育课。”

香琦听到“体育课”三个字，忙问：“什么叫‘体育课’呀？”

我惊觉刚才不小心将现代的词语脱口而出，赶紧解释：“就是强身健体。从小锻炼他们的身体，这样才会身体健康，不易染病。”

“原来如此，姐姐的想法千奇百怪的，但又说得很有理，小妹真是越来越佩服姐姐了。”

我点了一下香琦的额头，“妹妹也学会取笑人了，看来这句‘近墨者黑，近朱者赤’的名言说得真有理。”

“姐姐你常取笑香琦，让妹妹取笑一回都不行，霜霜你也帮一帮我呀。”

霜霜淡笑不语，我笑道：“你还要霜霜来帮你，她都自顾不暇，怎么来帮你。”

“哦对了，还没有谢谢姐姐送给我的大礼，妹妹真不知道该说什么样感谢的话来谢姐姐。”

“不用客气，如果以后那黑水明皇敢欺负你，你尽可来找姐姐，姐姐一定帮你讨个公道。”

霜霜好奇地问我：“你送了香琦什么礼，我怎么不知道？”

“要想知道是什么礼去问你的大哥呀，就看他愿不愿意告诉你。”

霜霜知道被戏弄，忙嚷着：“好姐姐，你就告诉我吧，求求你了。”

我只笑不答，她见在我这问不出结果，就转向香琦，一脸哀求之色。

“香琦，你最好心，那你告诉我是什么大礼吧？”

香琦看着霜霜，起了逗弄之心，“我才不告诉你呢，刚才叫你帮我都不干，要想知道，就去问你大哥吧。”

香琦起身，跑向远方，霜霜立马就追，边跑边叫：“你最好不要让我抓到，如果被我抓住，我就用特别手段对你，看你还不告诉我。”

香琦边跑边回头，逗弄她：“你来抓我呀。”

我看着奔跑追逐着的两人，开心地哈哈大笑。

“既然来了，为什么要躲起来。”我看看前方，却对着背后的人说。

黑水明皇干笑两声来到我面前，“我不想打扰你们，所以就躲了起来。”

我看着此时的黑水明皇虽对着我说着话，可是眼却跟随着奔跑着的香琦，不时露出开怀的笑。

“看来你终于明白你的‘眼前人’是谁了，恭喜你。”

“那也要多谢你当时的提点，才让我明白我的‘眼前人’究竟是谁，不过我能陪在她身边的日子不多了。”

我看出他心中所担忧之事，“那可不一定，有些事并不是注定，就看你如何对待。”

“有劳你在我对你做了那么多错事之后还这么关心我。”

“我早已原谅了你，你无须自责，带着负疚的心，怎会让你身边的人开心幸福呢。”

黑水明皇似有领悟：“多谢你的大度，不过让我大为好奇的是，为什么会是慕容天霖进入了你的心，而欧阳天域却无法打动你？在他为你做了那么多之后，你难道真的没有动心过吗？”

“说没动心过，那是骗人的。当看到他对我露出爱意的笑容时，对我露出担心的眼神时，他因我不领情而愤怒时，我也曾心动过，也曾努力说服自己接受他，可看到慕容，我的心又告诉我，这人才是我可以托付终身之人。”

黑水明皇疑惑地问道：“那你认为欧阳天域不是你托付终身之人，根由在哪？”

“我也不清楚，我也在寻找这个根由，可是至今没有一个确切的答案，我到底在怕什么，为什么会认为欧阳天域不是一个值得托付终身之人？之前也想到过他的身份与地位，但很快就否决了，因为当爱上后，这些都是可以接受的。”

“是不是因为你怕以后容颜老去，会被后宫新进的妃子夺去他对你的宠爱，他不再爱你，也不再宠你，从你为香琦提出那样的要求后，我可以看出你有这方面的担心。”

“也许吧，这也是不愿意接受他的原因之一。好了，不要老是说我的事，你看你的香琦正被你妹妹欺负呢，你还不去帮帮她。”

不远处霜霜已抓住香琦，用强硬手段正在逼着香琦，黑水明皇担心自己的妹妹手太重会伤着香琦，向我示歉后，飞奔至她们身边，将香琦从霜霜手中救出，对着霜霜训斥着，而香琦正在一旁劝黑水明皇不要对霜霜发火。

我看着这一切，心中笑道：你们会没事的。

他们离开后，我在屋中想着该如何阻止这场战争，想来想去还是只有一个办法，就是我要现身，可是我实在不愿再出现在他们面前，因为我已习惯了这里的生活。

隔天，霜霜果真骑着马而来。霜霜将马牵至我的身边，并将缰绳交到我手上，"这匹马是驯好的良种马，虽比不上你那匹，但是在脚力上也不差，算得上是千里马。"

我跨上马背，沿着河边狂奔起来，一种久未有过的畅快之感又再次回到我身体里。

试完马后，我对霜霜说："果真是匹好马，多谢霜霜。"

"你我之间还需要这么客气吗？"

香琦在我旁边接口："姐姐真是厉害，会骑马，我就不会。"

"要不要姐姐教你骑马吧！我的骑术可是大将军所教的，包教会你。"

"我有心想学，可不敢学，要是让太子哥哥知道了，不知道他会怎样骂我呢

香琦脸上虽现出一副想学的样子，可是看得出心中还是担心黑水明皇会骂她。

"那我问你，你心里到底想不想学。"

香琦不好意思地点了点头，低下头没回我的话。

"这就对了，既然想学，为何不学呢？别管黑水明皇会怎么骂你，到时我会帮你回骂他，我的大道理可是很多的。"

霜霜怂恿香琦："别管我哥，他那个人独断专行惯了，喜欢管人。放心吧，有我和姐姐在，保证你会爱上骑马的。"

香琦对着我俩又点了点头，算是默认了。

我先让香琦上到马背，告诉她一些注意事项，然后我先牵着马，让她熟悉一下在马背上的感觉。

我发现她不再害怕，就将缰绳交到她手上，让她在骑马时抓紧缰绳，两腿夹紧马腹。

香琦刚开始不敢骑得太快，后来慢慢胆子大了起来，骑得越来越快。

我在她身后大叫："刚开始，不要骑得太快，注意马速。"

她会意后，减慢了速度，骑着马在河边游玩。不一会儿，她又骑回到我身边，下了马，满面通红，一脸兴奋的样子。

"骑马的感觉太棒了！"

"现在不怕让黑水明皇知道了？你回头看一下谁在你的后面。"

香琦转过身看到黑水明皇正一脸不悦地站在她身后，香琦吓得不敢看着黑水明皇，低下头怯声地问："你什么时候来的，我怎么不知道？"

黑水明皇一脸怒气，吼着香琦："是不是不希望看到我来，你知不知道，刚才有多危险，你就算要学骑马也要给我说一声，如果发生什么意外，怎么办？"

我眼看香琦快被他骂哭了，忙护在香琦身前，吼叫着："香琦都快哭了，有什么事不能好好说啊！是我让香琦学骑马的，如果你要骂就冲我来！"

"还有我。"霜霜与我同声一气。

"我知道你样样都要与男人比，可有些事情并不是你们这些女人能做到的。"

我听着这话就来气，怒骂："你的意思是说我们这些女人在你们男人眼中就是弱

者的代名词吗？”

黑水明皇见我动怒，为了缓和气氛，便说：“刚才的话是有些重了，我的意思并不是你所想的那样，我只是说有些事，还是男人去做比较好。”

我意识到我又将现代的理念带到这个以男权为主的古代。

“我同意你的观点，但是对于香琦骑马一事，你是不是有点小题大作了？香琦骑马就算有什么危险，旁边不是还有我与霜霜在吗？没征得你的同意就让香琦学骑马，是我的不对，但是如果事先告诉你，你会同意让香琦学骑马吗？”

“你说得不错，我肯定不会同意的。不是因为学骑马不好，而是我担心她会受伤。”

香琦听着黑水明皇关心的话语，双眼含泪：“我以后会听你的话的，还有我以后不会再骑马了。”

黑水明皇轻拭了她眼中的泪，温柔地说：“刚才我也有不对的地方，对你太凶，吓到你了吧。既然你喜欢骑马，那现在就让为夫带你骑吧。”

“真的吗？我以后还能骑马吗？”香琦破涕而笑。

“当然是真的，回宫之后我就为你挑一匹好马，让你没事也可以在马场中纵横。”

黑水明皇牵着她的手来到马前，先是扶香琦上了马背，而后自己翻身上马，双手牵着缰绳，将香琦困在怀中，驾驭着那匹马飞奔在河边的草地上。

霜霜看着如此情景，叹了一口气：“不知这种美好的日子还会持续多久。”

“霜霜，你的想法太消极了，这可不是我所认识的霜霜啊。”

“你所认识的霜霜是什么样子的，我怎么自己都不清楚。”

“你又拿话消遣我，好了，让他们过来吧，我这正好有首曲子，想弹给你们听。”我笑着回她。

霜霜连忙大声对着骑马的两人喊叫：“姐姐要弹曲了，快点过来听呀。”

她这一叫不要紧，不仅让黑水明皇与香琦快速掉转马头向我这奔来，而且吸引了众多没有出去打鱼的渔民与孩童们。

我将琴从屋中取出，盘腿坐在草地上，将琴放在两膝上，而听曲的众人围坐在我周围。

我脸上带着微笑，轻抚琴弦：“今日我弹的曲子名为《当》，希望大家听后能够像歌中所讲的那样生活着。”

啊，啊，啊，啊，啊，啊……
当山峰没有棱角的时候，当河水不再流，
当时间停住，日月不分，当天地万物化为虚有。
我还是不能和你分手，不能和你分手，
你的温柔是我今生最大的守候。
当太阳不再上升的时候，当地球不再转动，
当春夏秋冬不再变换，当花草树木全部凋残。

我还是不能和你分散，不能和你分散，
你的笑容是我今生最大的眷恋。
让我们红尘作伴，活得潇潇洒洒，
策马奔腾共享人世繁华。
对酒当歌唱出心中喜悦，
轰轰烈烈把握青春年华。
让我们红尘作伴，活得潇潇洒洒，
策马奔腾共享人世繁华，
对酒当歌唱出心中喜悦，
轰轰烈烈把握青春年华。

我欢快地唱着，有些人忍不住跟着曲子跳了起来。那一夜，我们围坐在火堆边烤着鱼，对酒当歌。

其间霜霜激动地说：“你刚才那首曲子中的词写得太棒了，那句‘对酒当歌唱出心中喜悦，轰轰烈烈把握青春年华’意境太美了，让人心生向望。”

在身旁的香琦也激动地说：“我认为那句‘让我们红尘作伴活得潇潇洒洒，策马奔腾共享人世繁华’才是真的意境深远，我刚才与太子哥哥在马上时，就是这种心情。”

黑水明皇也笑着说：“看来这首曲子唱出了我们心中共同的企盼，让我们为这首好曲干一杯。”

他起身举起手中的酒杯一饮而尽，而我们也相继干下了杯中酒。

那夜我们一直喝至三更天，才散去。

【65】

清早醒来，我觉得头痛欲裂，下了床舀了一大瓢水喝下肚后，又用清水洗了脸，换好衣服就去学堂上课了。

“老师再过几天就要离开这儿了，因为有一件很重要的事等着老师去解决。也许老师以后再也不能给你们上课了，不过老师会记得你们的。”

当我说完这话，孩子们的眼眶都已经湿润了，眼中充满依依不舍之情。

一个孩子起身问我：“老师，究竟是什么重要的事啊？你能不能解决完后，再回来教我们呢？”

听了他的话，我心想：也许解决了这件事后，老师有心想回，也回不来了。

“老师所要解决的事是非常重要的，不是一天两天就能解决完的，所以同学们在老师走了之后，要自觉地读书，以后做一个对国家有用的人。大家一定要谨记老师的话。”

他们异口同声地回答：“我们会谨记老师说的每一句话，我们也会等着老师回来

继续教我们。”

此时我眼中滑下两行清泪，哽咽着说：“老师谢谢你们，你们也教了老师许多事。”

傍晚时分，月亮慢慢爬上夜空，星星也偷偷地眨着眼，看着夜色中宁静的小渔村，我感慨道：多美的小渔村啊，可是我就要离开了。

“今日是最后一次过来找你，因为我要备战，所以不能再来见你了。”

霜霜的声音在我身后响起。

香琦两眼含悲地说：“我要在太子哥哥身边照顾他，所以也不能来看姐姐了。”

我听后，微微一笑：“你们无须那么伤感，我们以后会有许多日子相见的。”

那晚，我们聊了许久，到最后我也没有将心中的计划向她们提起。

我抬头望着空中的明月，心中想到：天香不知你现在在李府如何，是否与李兆庭日久生情，彼此倾心爱慕呢？

我走回小木屋，推开门看着屋中一闪一闪的烛火，心中一阵感伤。我走至桌旁坐下，随意拨弄了一下琴弦，未成曲调先有歌：

想问天你在哪里，我想问问我自己。
一开始我聪明，结束我聪明，聪明几乎毁掉了我自己。
想问天问大地，或者是迷信问问宿命。
放弃所有，抛下所有，让我飘流在安静的夜空里。
你也不必牵强再说爱我，反正我的灵魂已片片凋落。
慢慢地拼凑，慢慢地拼凑，拼凑成一个完全不属于真正的我。
你也不必牵强再说爱我，反正我的灵魂已片片凋落。
慢慢地拼凑，慢慢地拼凑，拼凑成一个完全不属于真正的我。
我不愿再放纵，我不愿每天每夜每秒飘流。
也不愿再多问，再多说，再多求我的梦。
我不愿再放纵。
我不愿每天每夜每秒飘流，
也不愿再多问，再多说，再多求，
我的梦。

越来越多的消息传入我的耳中，有关于黑水国的，也有关于天域国的。

虽然知道欧阳天域会亲自领兵攻打黑水国，但我没想到他会打头阵，我还以为是慕容领军打头阵。

黑水国大军节节败退，而天域大军在欧阳天域的率领下，士气高昂，来势汹汹，一举攻下数座黑水城池，眼看就要逼近皇城，直捣黄龙。

而此时的小渔村内，渔民们都在说着昨日广场集会的事。

其实那天我也去参加了集会，看到了黑水明皇对着黑水国百姓下跪赔罪的情形。

我感到十分震惊，没想到他会如此做，看来他越来越像一个帝王了，相信黑水国在他的管理之下一定会更加繁荣富强。

过了几日，霜霜命人带来消息，离皇城三十里外已驻扎了天域的大军，明日他们就会攻城，希望我赶紧离开地处黑水国境内的小渔村。

我得此消息，开始在屋中收拾着行李，准备起程到黑水国皇城。

收拾完后，我转头再看了看住了有段时日的小木屋，心中还真有点舍不得，我背上古琴，拿起包袱，走出了小木屋，随手带了门。

当我转身时，发现小渔村的村民与孩子们都站在我的面前，眼中溢满了泪水。

我眼中一湿，“多谢大家这么久以来对我的照顾，希望不久后，我们又能再相见。”

他们全都默不作声，我擦干眼泪，翻身上马，向他们抱了抱拳，向黑水皇城奔去。

我内心焦急，不停地扬着马鞭，一路狂奔，生怕不能及时去阻止这场战争。

当皇城在我视线中渐渐清晰起来，我看到前方有一个身着黑水国士兵服的人正向着皇城跑去。

我赶上那人，拦在他面前，“皇城现在的情形如何？”

那士兵用奇怪的眼神看着我，“你是不是李木然？”

“对，我就是李木然。”

那士兵一脸疑惑地问道：“不是传闻你已死了吗？天域的皇帝因此才发兵攻打黑水国的呀。”

我没空给他解释这么多，着急地问：“你还没有回答我，黑水皇城现在的情形到底如何？”

“天域大军已经开始攻城了，我也不知道现在情形如何。”

我眼中泛着担心，又问：“那你不去守皇城，在这做什么？”

“我本是奉太子的命令送公主殿下与太子妃娘娘去小渔村，没成想公主殿下醒来后，带着太子妃娘娘骑着马又向皇城方向奔去，因为我没有马，所以只得跑着回皇城。”

“原来如此，那她们走多久了？”我随即又问。

“应该快到皇城了。”

“有没有什么捷径可以直达皇城，然后登上城楼？”

那士兵想了想后，点了点头，说：“有一条捷径可以直达皇城，并可以通过秘道登上城楼。”

我听后心中大喜，忙唤他：“快点上马，你指路，我来驾马。”

我二人抄捷径赶到皇城，并从秘道来到皇城之上。城楼上的士兵见是我，以为见鬼了，我示意他们不用害怕。

玄皇与玄后闻讯也赶到城楼之上，跪在我面前，求我救救城下的黑水明皇，包括黑水国的百姓们。

我将他们扶起后，请玄皇为我找来一张琴台与凳子。

我这次要学诸葛亮在城楼之上弹琴，虽然不是唱的空城计，但却唱的是化干戈为

玉帛之计。

我低头向城楼下望去，看到黑水明皇站在城门前，他对面正是一身戎装的欧阳天域。

玄皇与玄后不见我有所行动，便一脸央求地望着我，我示意他们少安毋躁。

此时城楼下的欧阳天域与黑水明皇的对话一字不差的进入我耳中。

欧阳天域冷笑一声，用军旗指着黑水明皇："黑水明皇，你如果弃城投降，朕可以收回让全黑水国的百姓为李爱卿陪葬的话，但如果你坚持顽抗到底，朕也会照原先战帖上所写的执行。"

站在城门前的黑水明皇一脸的释然，笑着大声说："欧阳天域，只要你答应不动屠城的念头，我黑水明皇以黑水国太子的名义起誓，我会如你所愿，一死以谢其罪。"

黑水明皇接着又说："不要怀疑我的诚意，现在我想问的是，你要我怎么个死法，才能泄恨。"

欧阳天域眼中带疑，"为什么你不抵抗？是因为看到朕的天域大军所以害怕了，所以只求一死，只为保住黑水国全城百姓的性命。"

"为什么会这样，你不清楚吗，既然你是为了李木然的死迁怒于我，我当然也是为了她曾经的心愿，才如此做的。她不是说过不想看到流血吗，就让我的死来将一切都终止，这不是最好的结果吗？"

欧阳天域脸上泛起笑意，"你说得不错，朕准你自己选择死法。"

"我死前想问你一句，如果她还活着，你还会让她陪在你的身边吗？如果她不同意，你就要她终身在朝为官，这样一来，你就可以天天看着她，一解心中相思之苦，你这样做与我逼死她有何不同？你比我还要自私！难道你不觉得她的死对她来说是一种解脱吗？"

黑水明皇一脸平静地说出了欧阳天域不敢承认的事实，欧阳天域一时愣在马上，不知该如何回黑水明皇的话。

他脸上笑意全无，沉声道："你说得没有错，朕也知道她心中无我，但是朕不会逼她，朕会尊重她的选择。朕所求的不过是能天天看到她罢了，可是你却苦苦相逼，让她从朕眼前永远消失。你说朕自私，朕承认。但是你却想将她禁锢在身边，委身于你，你比朕更自私，更不择手段地逼迫与她。"

"我承认以前确实做得太过分，但是自从听过她所说的一句话后，我就明白自己原来犯的错不只对她，还有对香琦——我的太子妃。所以现在我只求一死来弥补我所犯的错。"

我在城楼上看到黑水明皇在说到香琦时，脸上露出欣慰的笑。

我想，他可能以为香琦与霜霜已安全抵达小渔村，逃过了这次劫难。

【66】

黑水明皇看着陷入沉思中的欧阳天域，慢慢拔出手中的剑，放在脖子下，眼睛一闭。

我心想不好，他想自尽。

我刚想开口阻止时，听到不远处传来香琦的叫喊声。

“太子哥哥，你曾许诺要与我生死相随，不离不弃，你不能言而无信……”

黑水明皇突然睁开眼，放下手中的剑。

我看到不远处，霜霜与香琦骑着马直奔他这而来。

欧阳天域轻笑一声：“黑水明皇，你真是好福气，朕羡慕你。”

霜霜与香琦的马奔到黑水明皇的面前，霜霜跳下马后，黑水明皇赶紧走上前去，扶香琦下马。

当香琦下马后，双眼含情地望着黑水明皇，说：“我们当晚在太子寝宫喝下那杯酒，就注定你我会永不分开。”

黑水明皇看着脸色苍白的香琦，红着眼说：“好，这一世我已对不起你了，希望下一世我们能再相遇，让我偿还这一世对你的亏欠。”

他紧紧搂住香琦，而此时的霜霜看着马上的欧阳天域，一脸哀求之色。

“欧阳天域，你我相交一场，我不奢望你会放过我哥哥，只求你在我们死后，能将我们葬在一起。”霜霜见欧阳天域久未回话，对他跪下：“天域帝，就看在李木然与我结交的分儿上，请答应我刚才的请求。”

欧阳天域一脸严肃地说：“你不用死，朕只想让黑水明皇一人为李爱卿偿命。朕已经许诺，只要黑水明皇一人之命，至于其他人，朕可放他们一条生路。”

“我代黑水的百姓多谢你的承诺，不过能与他们一同赴死，是霜霜非做不可的事情。”霜霜眼中含着坚定之色。

“既然你如此说，朕应承你，你三人死后将你们埋在一起，并为你们修墓立碑。”欧阳天域看着霜霜许下承诺。

黑水明皇带着一脸的笑容对霜霜说：“你准备好没有。”

香琦对他展颜一笑，“太子哥哥，琦儿早已准备好。太子哥哥，下一世一定要记得琦儿今日的笑，不要忘了。”

黑水明皇听后点了点头，霜霜此时走到他们面前，对着黑水明皇动情地说：“哥哥，下辈子霜霜还想做你的妹妹，到时我们三人又能相聚在一起了。”

此时的我为他们夫妻之情还有兄妹之情感到动容，而玄皇与玄后则老泪纵横，我转过头劝慰他们：“他们不会死，你们相信我。”

这时，我再看向城楼下，看到慕容、破军、宇文化和风流云已拉着缰绳与欧阳天域并排坐在马上。

当黑水明皇再次举起剑时，霜霜也举起手中的剑，而香琦也闭上了眼，靠在了黑

水明皇的怀中。

我连忙坐下准备抚琴唱曲时，听到玄后叫道："香琦已怀有皇儿的骨血。"

我赶紧奔到城楼边，望下看，正好看到黑水明皇已弃剑，眼含担心，急切地问："香琦你怎么了？"

香琦并没作声，一头栽入黑水明皇的怀中。

霜霜也丢掉手中的剑，奔到香琦与黑水明皇面前，眼中尽是担心之色。

随后霜霜把了把香琦的脉，眼中突然露出喜色，"太子哥哥，你要做爹了，香琦已经身怀六甲。"

黑水明皇听到霜霜的话，呆愣在原地，眼中既惊又喜。

我也冒出了一头的冷汗，用袖子擦着额头，转身问玄后："你怎么知道香琦怀了太子的骨血，当时她只是吐了黑水明皇一身而已。"

"黑水国的女子，如果怀孕的话，是有明显的先兆的，那就是呕吐之物中带有血丝，这也是哀家为什么这么肯定香琦怀有身孕的原因。"

我对着玄后笑了笑，暗想：天下之大无奇不有，好奇怪的先兆。

我再次走到城楼边向下望，这次香琦怀孕，欧阳天域会不会看在这点上放了黑水明皇，我拭目以待，欧阳天域接下来会如何做。

黑水明皇轻轻将已昏迷的香琦交到霜霜怀中，跪在欧阳天域面前："黑水明皇请求天域帝能让在下等到香琦平安醒来之后，再以死谢罪。"

霜霜搂着香琦，再一次哀求欧阳天域："请天域帝答应太子哥哥的请求，太子哥哥一向说话算话，只要等香琦安好后，就会履行承诺。"

香琦在霜霜怀中慢慢醒过来，看到黑水明皇正对着欧阳天域下跪，她示意霜霜扶她过去。

在霜霜的搀扶下她来到黑水明皇的身边，眼含情，厉声训斥："你是太子，要有皇家的尊严，我不值得你为我做到如此地步。"

"我这不只是为你而做，也是为了我们的孩子而做。我本来就已对不起你了，如果再对不起未出世的孩子，我就是下到地狱，受尽折磨，也弥补不了对你们母子的亏欠啊。"

黑水明皇抬起头，我看到他早已泪流满面。

"你说什么，我已有身孕了，这是真的吗？"

香琦惊叫一声，霜霜与黑水明皇对着她点了点头。

香琦手摸着肚子，脸上露出微笑。这时香琦突然跪下，望着欧阳天域，眼中似有什么决定一样。

我猜想她会不会将我未死的事说出来。

"天域的皇上，如果我对你说一件事，你可否饶了太子哥哥一命？"

我果真没猜错，为了肚中的孩子，香琦不惜违背对我许下的承诺，原来母亲为了自己的孩子，真的什么都可以豁出去。

“什么事可以让朕饶了黑水明皇？”

“就是李……”

其实我蛮期待，她说出“李木然”三个字时，欧阳天域他们会有什么表情。

可这声音却被黑水明皇打断，我看到他捂住香琦的嘴，对着欧阳天域说：“香琦现在有点神经失常，望天域帝能谅解她。”然后用眼神示意香琦不要说出我的名字，这黑水明皇真的是言出必行的君子，看来黑水明皇的命真的不该绝。

香琦会意后，回了他一个明白的眼神，但眼泪却止不住地流了下来。

霜霜走到香琦的面前，对她小声嘀咕，虽然站在城楼上的我听不清楚，但从她的神情可以猜出一定是霜霜提醒香琦不要将我未死之事说出来。

黑水明皇接着又说：“现在香琦已醒，我这就自刎以谢其罪。”

他起身捡起地上的剑，望着香琦与霜霜，一脸平和地说：“霜霜你要好好照顾香琦，香琦肚中已有皇室血脉。还有香琦你也要好好的活着，孩子没了爹，够可怜了，如果再没了娘就更可怜了。为了我们的孩子，你一定要坚强地活下去，那我在泉下也可以瞑目了。”

香琦与霜霜的泪水夺眶而出。香琦泣不成声地望着黑水明皇：“琦儿一定会记着太子哥哥的话。”

话音刚落，她就哭倒在霜霜怀中。霜霜用手擦干眼中的泪大声对黑水明皇承诺：“太子哥哥，你放心，小妹一定会照顾好香琦。”

我没想到欧阳天域最后也没念在香琦怀孕，饶恕黑水明皇。我本想不用现身的，可是这会儿逼不得已，只得现身。

我坐在琴台边，手抚动琴弦，一阵悠扬的琴声飞出城楼。

我边弹着曲，口中高声念着佛谒：“佛曰：‘众生皆苦，唯有见性成佛’，不知皇上见着臣可否‘见性成佛’。您曾说过，希望臣有一天能赠您一曲，臣现在正好有一曲送给皇上，此曲名为《帝王之恋》，望皇上听后，能够明白臣弹奏此曲的一片苦心。”

我的话音刚落就听到欧阳天域高声问我：“李爱卿，你为什么要这么晚才出现在朕面前？你知不知道，朕因你落水不见踪影而感到自责。如今你又出现在朕眼前，让朕心生欢喜。你是不是故意诈死，想离开朕，离开朝堂，离开曾与你出生入死的兄弟们。”

“皇上，臣确有此意。没想到皇上会为了臣发兵攻打黑水国，臣不忍黑水国太子为臣枉死，所以才会现身。虽然臣明知现身之后会再陷于朝堂之中，但臣既然选择了现身，就会承担这后果。不知皇上可否听臣这一曲。”我眼含坚定，面带平静的笑。

“既然这曲是专门为朕而弹，朕只有洗耳恭听了，不知这曲《帝王之恋》词中所唱是否如爱卿所言？”欧阳天域语带激动，大笑着问我。

我笑了笑不再回他，弹着曲子，合着节拍高唱：

传说有一个古老的故事，那里讲述了你我的前世，
争霸天下却为你殉情，流传到今都未截止。

那是一段美丽的故事，让人了解了爱情的真理，

厮杀的声音都已停止，失去了你，我相伴来世。

为了你，我跟随到今世，不后悔当初的那个举止。

前世得天下却为你殉情，今世一定和你不分离。

为了你，我跟随到今世 ，不后悔当初的那个举止。

天荒地老也要在一起，讲述我们爱情的日记。

我唱完此曲，起身走到城楼前，望着马上的欧阳天域，轻笑一声：“此曲名为《帝王之恋》，顾名思义是讲述一位帝王如何深爱着一位女子，到最后为了她的离去不惜舍江山为她殉情。皇上，臣唱此曲，就是望皇上不要步其后尘，因为皇上身后还有万民，还有为皇上尽忠的臣子们。”

“但朕却想做那曲中之人，为何爱卿不能成为曲中的她啊。”欧阳天域眼含情，话语中也包含着深深的情意。

我淡笑不语，转身离开城楼。

第十七章 漫步人生路

【67】

我沿着阶梯，与玄皇、玄后下了城楼来至紧闭的城门前。

刚到城门前，就听到外面欧阳天域略带恐惧的大叫声。

“李爱卿，你不要吓朕，快点出来，朕曾答应你不会步那词中之人后尘，君无戏言。”

我打开城门，带着自信的笑，迈步向欧阳天域走去。

我走到欧阳天域所骑着的马前，低头跪下：“臣李木然参见皇上，因臣的故意不现身，导致皇上为了臣发兵黑水国，臣难辞其咎，请皇上降臣之罪。”

欧阳天域纵身从马上跳下，将我扶起，当着众人的面揽我入怀，我呆愣地望着他，而他的眼中是失而复得的喜悦之情。

“李爱卿何罪之有？李爱卿能够再次回到朕的身边，朕开心还来不及呢，为何要降李爱卿的罪啊？”

我轻轻推开他，整了整衣服，平复心中惊诧之情，拱手低头：“皇上领兵攻打黑水国，导致黑水国与天域国的士兵死伤无数，这都是臣的错。如果臣早点现身，皇上也不会发兵黑水国，也不会有这么多人为臣而亡。”

“既然你坚持要朕降罪于你，那朕罚你一辈子在朝中为官，你看如何？”

“那臣如果七老八十了还在朝为官，那不是让天下人笑话吗？”

欧阳天域开玩笑地说：“当你老的时候，朕也不年轻了，说不定朕也已经退位了。”

我见到慕容与风流云他们都看着我，也不和我说一句话，便脸上带着笑，调侃着他俩。

“难道诸位不认识我了，为什么见到我也不和我打声招呼？难道真的是我离开得太久，你们都忘了以前我们相处的快乐时光了？真是让我痛心啊。”

我还故意在他们面前故作伤心状，他们见我这样，不自责反而哈哈大笑。

风流云一脸疯笑地说：“你未免装得也太假了吧，想让我们上当，你的如意算盘可打错了。”

我没好气地回了一句：“好你个风流云，几天不见就不知道本大爷的厉害了，是不是想自讨没趣啊？”

风流云也不回我的话，只是看着我笑。

我转身走向霜霜与香琦，语含歉意：“瞒着你们，不让你们知道我的计划实在是对不起。看着你们那些日子焦虑的样子，我到现在心中还有愧。”

“李大人不要这么说，那些日子对我与香琦来说，是这一生永远值得怀念的日子。”霜霜眼中含着喜泪。

黑水明皇走到我面前，向我跪下：“多谢李大人不计前嫌，现身相救于我，请受我三拜。”

我见他要拜，赶紧扶住他，笑着说：“你不用多礼，那日你向黑水国的百姓下跪，我都看到了，所以今日你要谢，就谢谢黑水国的百姓，也要谢谢在你身后支持你的家人。”

黑水明皇看着我，眼中闪着泪光，疑惑地问我：“那日你也在广场？”

我笑着点了下头。

他转身走向香琦，将她轻搂在怀中，一脸温柔的笑意：“我想给我们孩子取名叫黑水心然。”

香琦明白这个名字的意义所在，含笑握紧黑水明皇的手道：“好，我们的孩子不论男女都叫黑水心然。”

我却摇头说：“不好，不好，这个名字不好。等你们孩子满月的时候，我为他取一个名字，而且我还要做他的老师，严加管教他。”

“那就依姐姐的意思，名字就等你来取，太子哥哥，你同意吗？”

黑水明皇笑着点头：“当然赞成，能有天域第一才子取名，是我们孩子三生修来的福气。我们孩子能跟在她身边学习治国之道，真是大幸。”

“琦妹，几个月了？”我问着香琦。

香琦摸着肚子，笑了笑：“我也不太清楚，等御医把过脉才能知晓。”

“我还没向你们致喜呢，恭喜太子殿下、太子妃喜得贵子。”

欧阳天域等人也对黑水明皇与香琦说着恭喜的话。

这场战争因我的出现还有香琦孩子的到来，使黑水国与天域国一笑泯恩仇，这是我最乐意看到的结果。

黑水皇城中的百姓听到此消息后也雀跃欢喜。

我向欧阳天域进言：“皇上，黑水国与天域国上次因种种原因，结盟未成，臣想三日之后再行结盟之事，加上黑水国太子妃已怀有龙脉，此次结盟真可谓是喜上加喜啊。”

欧阳天域开心地问黑水明皇：“你意下如何？”

“既然是结盟大事当然要举行得隆重一些。三日之后，在黑水皇宫，举行盛大的宴会，以庆两国结盟还有太子妃有喜。”

“皇上，臣愿配合太子殿下操办这次结盟之事，望皇上恩准。”

欧阳天域开怀大笑，“有李爱卿从旁协助，让朕有了期待之心，也许在宴会上又

可看到李爱卿为此次宴会所精心准备的让朕感到惊喜的安排。”

我对欧阳天域笑了笑，故意说：“既然皇上这么想看到惊喜，那臣定不会让皇上感到失望的。惊喜吗，当然是有的，至于在什么时候出现，那就要请皇上耐心地等待了。”

欧阳天域见我说着吊胃口的话，对我一笑：“那朕就拭目以待。”

黑水明皇也笑着说：“我也拭目以待。”

我只笑不语望着两人。

在黑水皇宫中，我与黑水明皇忙着筹备三日之后的结盟宴会。

其间，黑水明皇曾多次问我在宴会上会有什么惊喜。我每次都回了他一个天机不可泄露。

晚上，月朗星稀的御花园中，我与霜霜还有香琦正坐在凉亭品茗赏花。

我笑着说出邀她们赏花的理由，“今晚邀两位赏花是有事相求。”

香琦与霜霜皆露不解之色，霜霜忙问：“姐姐究竟有什么事相求？”

“要想知道是什么事相求，你们可得答应听完之后要应允帮忙。”

“姐姐你快说是什么事吧，我与霜霜答应你便是。”香琦急着问我。

“三日之后不是有结盟宴会吗？我曾向皇上还有太子殿下说过在宴会上会有惊喜献给此次盛会。这个惊喜需要两位妹妹的配合。”

“那姐姐需要我们怎么帮你呢？”霜霜听后眼露疑惑问。

香琦点头附和地问：“对呀，究竟要我们如何帮？还有那个惊喜又是什么？”

“其实此事十分简单，就是当宴会进行到一定的时候，由我弹琴，由你二位伴舞，这个舞要编排得相当有巧思，让人看了有眼前一亮的感觉。”

香琦掩嘴一笑：“原来是此事，跳舞对我与霜霜来说不成问题，关键是当日你会弹何曲，我们得配合你的曲子节拍而舞呢！”

“这个忙是可以帮，但是编舞可帮不上你了，我想香琦也是。”

“只要你们答应帮忙，这编排一事就交给我。我看不如趁着今晚皓月当空，你二人先听一下我的曲子，然后随着曲子起舞，我看了后，再根据今晚你们所舞，想一下该如何编排。此事就我们三人知晓，千万不要泄露出去。至于练舞时间我会安排，只要你们配合就行了。”

霜霜与香琦点头应承后，我取来古琴弹奏起来，而她二人也随着我的曲子翩翩起舞。

那晚看过她们随曲子而跳的舞后，我回到自已住的地方冥思苦想该如何编排。

正在我苦想之时，有人敲门，我打开门一看原来是慕容。

他进来之后，我倒了一杯茶递给他：“不知大哥这么晚来找小弟有何事？”

慕容喝了一口茶，仿佛下了什么决心似的说：“四弟，今晚我来找你，主要是向你谢罪，还有就是想与四弟再续前缘，不知四弟可否再次接受我？”

他的话让我很是震惊。这也太劲爆了吧，我一时间不知该如何回他的话。

慕容看着我面现呆愣的表情，接着说：“当初得知你心中有我，而我却为了某些

原因将你推开，伤你至深。都是我自以为是，真是一步错，步步错。如果你不能原谅我，我也不会怪你，但求你能永远幸福。”

他眼露深深的悔意，说话之时不敢看向我的眼睛，生怕看到我拒绝的眼神。

“大哥，我从来没怪过你。当初寻死前确实心中悲痛，但后来我想明白了，大哥如此做，不是不爱我，只是为了救我才会将我推开。”

他听完我所说的话，起身将我轻搂在怀中，激动地说：“谢谢你还能再次接受我。你知道我看到皇上将你紧搂在怀中，我心中有多嫉妒，有多心痛吗？还有当你跳水的那一刻，我心中的愤怒不亚于皇上，恨不得将黑水明皇撕成粉碎。”

我靠在他的怀中，感到前所未有的安心，“还好我没有离开，如果离开就不能知道你的心意了。每当夜深人静之时，我都会特别地想念你，那种想念像生了根般地深植脑海中，久久挥之不去。”

“四弟，我何尝不是如此呢？想到你永远地离开我，那种痛仿佛是把刀，一刀一刀割在心上，虽不见血但却痛得撕心裂肺。上天还是厚爱你我的，让你我经过如此多的磨难，还能再续前缘。”

慕容眼中滴下的泪，落在我脸上，滑进我的嘴里，泪虽苦，但我们的心却是甜的。

我从他怀中起身，眼中含着喜悦的泪水，对他展颜一笑：“十年修得同船渡，百年修得共枕眠。”

慕容听到我所说的话，露出温柔的笑：“能得四弟相伴，此生足矣。”

第二天清早，我来到饭厅吃早餐，却发现只有慕容在。

我眼中含疑地问慕容：“他们人呢？”

慕容脸上写着不自然，“他们还在睡，好像是昨晚喝了太多的酒。”

“为什么他们昨晚要喝那么多酒，是不是有什么开心的事啊。”

“具体的情形我也不太清楚，可能是因为有开心的事吧。”

我吃完后，对慕容一笑，“我要进宫去和黑水明皇商讨宴会的细节，你吃完就去照顾一下那些喝醉的人，顺便给他们准备一些醒酒汤，要不然他们宿醉后醒来，头不痛死才怪。好了，我先行告辞了。”

我到了皇宫之中与黑水明皇商讨完细节，来到霜霜的寝宫，将我一宿没睡所想的构思讲给她与香琦听，她们听后，眼中露出惊讶之情。

“姐姐你是怎么想出来的啊？姐姐你太有才了。”

“既然我说出了编排的构思，我们来排一次，看有没有需要改进的地方，你们也可提出自己的意见。”

我们排舞至日落才离开了皇宫。

【68】

回到居所，到饭厅用餐时，我看到欧阳天域他们正在等着我。

我坐下后，笑着提议："最近这段时间忙于筹备晚宴，皇上不必等臣，还有众位也不必等。"

欧阳天域说了一句令人费解的话，"朕认为等你是值得的。"

我听出他的话一语双关，回道："皇上，此话臣可担待不起。"

慕容这时插话："皇上，既然李大人已回来，臣认为可以开始上菜了。"

欧阳天域点了点头，不再言语，而风流云与破军还有宇文化都沉默不语，气氛一时间变得有点沉闷。

"臣正在为皇上所想看到的惊喜努力着，届时皇上必定会感到吃惊。"

为了打破这种沉闷的气氛，我将话题转向晚宴上的惊喜。

欧阳天域眼带好奇地问我："李爱卿可否透露一点关于这方面的信息，也好让朕不至于到时太过惊讶。"

"皇上，到时您自然会看到，心急可吃不了热豆腐啊。"

我眼中露出神秘之色，而此话题成功地引起了风流云等人的注意。

"李大人的惊喜常常出人意表，这次不知道又想玩什么新花样？"风流云笑着说。

"到时你就知道了，不过现在仍是秘密。"

"在以前的宴会上，你曾排了一出戏，深深吸引了皇上与众位朝臣，所以这次宴会太令我期待了。"破军一脸憧憬的样子。

宇文化这时开口："上次那出戏真是精彩，不知李大人是如何想到的？"

"这也是秘密。"

欧阳天域连忙笑问："李大人不为人知的秘密可真多，不知哪位能有幸得知你全部的秘密？"

"皇上又在开臣的玩笑，每个人都有属于自己的秘密，难道皇上没有吗？众位没有吗？"我笑着反问。

众人又沉默不语。

吃过晚饭，我来到凉亭，正好慕容也在凉亭之中饮茶赏月，不过他面带忧郁之色。

"看你眉头紧锁的样子，有什么心事吗？"

慕容不解望着我，随即不自然地一笑，"不知道四弟为何有如此多令人费解的地方，真是越想越不明白。"

"那你想知道这是为什么吗？"我笑着问。

"如果你愿意告诉我，我愿洗耳恭听。"

"你是不是因为今日在饭厅我所讲的话才会心中起疑？你想知道我的话其中深意为何，换句话说就是你想知道我所有的秘密，对吗？"

他笑着点了点头，我看了看他有点发窘的样子，心想：也是时候让他知道我所有的事了。

"你相不相信我不是这个朝代的人？"

慕容大吃一惊："你为何会如此说？"

我低下头，反问他："你不怀疑我以前为什么知道我会成为驸马，还有对你讲的那些匪夷所思的故事和我所弹的曲，所唱的歌？"

慕容听后，略微思索了一下，"现在仔细想来，确有可疑之处。这和你是不是这个朝代的人有什么关系？"

我一本正经地对他说："当然有关系，现在我所说的话，你可能会感到不可思议，但确实发生在我身上了。"

我向他道出我是如何来到这个朝代的，为什么会知道自己会去考状元，为什么会成为驸马等等。

他一边听，一边用惊讶的眼神看着我，脸上也带着不可思议的表情。

"你现在知道我所有的秘密后，会不会把我看成妖怪，或是巫女？"

他一时还沉浸在我所讲的事中，没有回我的话。我心里一阵难过，眼微微泛红，转身就要走出凉亭。

就在这时，他忽然从身后抱住我，温柔地在我耳边说："谢谢你告诉我这一切，我刚才之所以没有回应，是因为我还在想你所讲的事。你不是妖怪，也不是巫女，你能来到这个朝代与我相遇，证明你我有缘。是红线将你从那个朝代牵引至这个朝代，我要感谢天上的月老，是他让你穿越时空出现在我的面前。"

我转身伏在他肩上，不停捶着他的胸，大声地啼哭："我刚才见你不回应，还以为你无法接受这个事实。来到这个朝代，我要努力适应这个朝代的习俗，还会不时想着我远在那个时代的家人与好友，心中备感孤单，恼恨我为什么会这么倒霉来到这个朝代。"

慕容紧紧地抱紧我，对我柔声细语，"以后你不会再感到孤单，因为我将陪伴你在这个你所认为的陌生朝代里继续生活下去，直至终老。"

我抬起头，眼中带着泪花，重重地点了点头，"在你的怀中让我感到安心与幸福。虽然这幸福来得太迟，但我想牢牢地守住它，不知道老天会不会保佑我，让这份幸福直到永久。"

慕容眼中藏情，轻轻拭去我眼中的泪，紧紧搂着我："老天会保佑你我将这份幸福直到永久。"

在月光之下，他温热的唇印在我的唇上，我霎时感到有一种幸福在我与他之间流动。

我靠在他的怀中，抬头仰望如玉盘般的圆月，轻轻吟诵：

明月几时有，把酒问青天，
不知天上宫阙，今夕是何年。
我欲乘风归去，唯恐琼楼玉宇，高处不胜寒。
起舞弄清影，何似在人间。
转朱阁，低绮户，照无眠，不应有恨，

何事长向别时圆。

人有悲欢离合，月有阴晴圆缺，此事古难全。

但愿人长久，千里共婵娟。

慕容将下颌抵在我秀发上，嘴中反复念着："但愿人长久，千里共婵娟。"之后沉默不语，只是将我紧紧地搂在怀中，我也回抱着他，心中溢满了幸福。

清晨，我带着好心情来到饭厅，轻轻坐在欧阳天域身旁。他转过头直瞪瞪地看着我，脸上还带着奇怪的笑。

"皇上，您为什么这样看着臣，是不是臣脸上有脏东西。"

欧阳天域不自然地笑了笑："没有呀，你脸上没有什么脏东西，只是朕刚刚想到了一些事，才会如此。"

我一脸不解地望着他，"既然是这样，那臣先行告退了。"

进宫后，先是与黑水明皇商议晚宴的事，然后来到霜霜的寝宫继续排练那舞。

"我想在你们跳完舞后安排一个对唱的节目，我唱男声，而你唱女声。"

霜霜一听这话就来了兴趣，忙问："不知是何曲子，姐姐快快弹奏一下，让妹妹先听一听。"

"看把你急的，但是此事不能让香琦知道，因为此曲是献给她的礼物。"

霜霜点了点头，我坐在琴旁开始弹琴唱曲。

刚弹完，霜霜便激动地大叫："太好听了，快点教我，我想早点学会此曲。"

我们就在教曲与学曲中度过了一天。

转眼就是结盟晚宴召开的日子。

曾经举行大婚的大殿之上被布置得金碧辉煌，大殿的正前方是两张明黄耀目的龙凤椅。

我置身在大殿的正中间，想到不久以前曾被黑水明皇逼迫在此与他成婚。

黑水明皇走到我身边，小心地问："是不是勾起你不好的回忆，我早说给你说过，换一个地方，可是你却坚持要在这里。"

我笑了笑："你想到哪去了。我并不是想起以前的事，只是觉得这一切好像冥冥之中都有注定一样，缘起是这儿，缘灭也是这儿。"

黑水明皇有感而发："是呀，在这儿，我曾经逼你嫁给我，也是在这儿，逼你走上了绝路，更是在这儿，犯下了一生中曾以为无法挽回的错。可是上天还是厚待我的，让我得到了真爱，也让你与慕容将军能再续前缘。"

我听后，笑了一笑。我知道，这里会在史书上写下最辉煌的一页，因为这个朝代最为强大的两个国家将在今晚，在此大殿之上结下永世修好的盟约。

皓月当空，空气中都透着喜庆，参加晚宴的黑水国朝中众臣，还有代表天域国的欧阳天域等人已经陆续抵达大殿。

我看到欧阳天域他们进入大殿后，上前走了几步："臣李木然参见皇上。"

欧阳天域脸上带着笑，用奇怪的眼神盯着我看，我心头纳闷，为什么欧阳天域会用这种眼神看着我。

欧阳天域久久才开金口："这几日有劳李爱卿了，会场确实被布置得很有特色，不知等会儿，李爱卿的惊喜又是什么，朕心里一直想着这个事。"

"请皇上入座，这个急不得。"

我引着欧阳天域等人到座位上坐好，等着黑水明皇等人驾临。

【69】

随着太监的高声喊叫，玄皇携着玄后，黑水明皇左右两手分别携着香琦与黑水明霜，盛装出现在众人眼前。

玄皇与玄后坐在正中的两张龙凤椅上，而黑水明皇与黑水明霜分坐在两旁，香琦则紧偎着黑水明皇而坐。

玄皇与玄后起身，只听到一个声音从玄皇口中传出："今晚这个宴会一是为了庆贺太子妃香琦，喜得龙脉，二是为了庆贺黑水国与天域国在今日结盟。让我们端起酒杯，共庆这个值得纪念的日子。"

玄皇举起手中的酒杯，与众人一口饮尽杯中酒。

玄皇端起酒杯走到欧阳天域面面，一脸笑意："谢谢天域帝不计前嫌与我国结盟。朕敬你一杯。"

"你应该谢的不是朕，而是朕身边的李爱卿，是她的进谏，才让朕下的这个决定。"

我笑着说："臣何德何能，此结盟一事是靠皇上首肯才能成行啊。"

黑水明皇端着酒杯走到我面前，笑着说："李大人太过谦虚了，能促成两国结盟，其中功劳最大的就是李爱卿。"

玄皇接着说："李大人可是黑水国的救星，朕敬你一杯。"

"多谢玄皇的抬举。"我举起杯一仰脖喝干杯中酒。

玄皇紧接着大声宣布："晚宴正式开始，请各位尽情享用。"

随着一阵音乐声，众人也开怀地吃着菜，喝着酒。欧阳天域从晚宴开始就用眼看着我，我不知欧阳天域为何会如此，我望了一眼慕容，想从他的眼神中知道点什么，而慕容好像没看到我一样，与风流云他们说着笑着。

欧阳天域突然附在我耳边，满含醋意地轻声问："你的眼中为什么只有他，难道朕坐在你身边，都不能引起你的注意？"

我知道他有些醉了："皇上，臣的眼中当然看到了皇上，皇上不是想看到臣为你准备的惊喜吗，现在就要开始了。"

他突然紧紧抓住我的手激动地说："你就是朕的惊喜，没有什么惊喜能比得上你出现在朕的面前。"

欧阳天域如此近靠近我，我从他眼中看到有爱，有恨，也有不甘，一时间，我不

知该如何是好。

我将手从欧阳天域手中抽出，站起身来，面带笑容对着玄皇："在下为了这次结盟特意准备了一首曲子献给诸位。"

玄皇抚须大笑："早就听说过李大人精通音律，今日朕可有耳福了。"

我笑了笑，拍了拍手，只见一群宫女太监在大殿正中摆上琴台，放上古琴。

我转过头对着一脸醉意的欧阳天域："皇上，请看微臣为您准备的惊喜。"

我脱下官服，露出绣着青竹的月牙白衣服，将官帽摘下，头上扎着与衣服颜色一样的方巾。

我信步走到琴台边坐下，此时大殿上早已停止了说笑，数十双眼睛望着我，有惊艳，有欣喜，还有好奇。

我望着前方，轻抚琴弦，只见大殿之上飘下粉红的花瓣，就像一阵花雨，将我紧紧围在其中，更衬托出身着白衣的我。

众人眼中皆露出惊讶的眼神，我轻启朱唇唱道：

笑看世间痴人万千，白首同偕实难得见。
人面桃花是谁在扮演，
事过境迁故人难见，旧日黄昏映照新颜。
相思之苦谁又敢直言，
梨花香却让人心感伤，愁断肠千杯酒解思量。
莫相望旧时人新模样思望乡，
笑我太过痴狂相思夜未烊。
独我孤芳自赏残香，
梨花香却让人心感伤，愁断肠千杯酒解思量。
莫相望旧时人新模样思望乡，
为情伤世间事皆无常。
笑沧桑万行泪化寒窗，
匆彷徨脱素裹着春装忆流芳。

我这一幕是模仿曾经看过的一部电影中的场景，那飘洒的花瓣如同梨花般被风吹下树枝。

唱到一半时，只见两位身着绣有白莲的月牙白裙的女子出现在我面前，脸上蒙着白纱，两双如清水般透彻的杏眼望着在场的众人。

众人纷纷猜测这两位丽人是谁。

我看到黑水明皇此时正对我笑，看来他已发现身边的香琦与霜霜不知什么时候已离席了。

那两位白衣丽人，随着我的曲子翩翩起舞，衣袖上的白莲随着她们的舞动，仿佛

在水中摇曳一般。

落在地上的粉红花瓣被她们的衣袖带到空中与正在不停飘下的花瓣连在一起，将她二人紧紧围住，只见得到白色的身影在一片粉红中若隐若现。

众人的目光紧紧跟随着场上飞旋的身影，连欧阳天域也出神地望着，我看向慕容时，他正用赞赏的眼神望着我，我回了他一个微笑。

我的手不停地在弦上飞舞着，当曲终之时，舞动中的两位白衣丽人以飞天的造型将画面定格，而脸上的白纱此时也飘然落下，两张画着淡妆的脸露在众人面前。

我起身走到她们中间，“在下有幸邀得黑水国太子妃与公主配合这支曲子，为各位送上轻歌曼舞，就是希望两国能永修旧好。”

玄皇率先鼓起了掌，众人也跟着鼓起了掌。

香琦与霜霜眼含热泪望着我，我回了她们一个赞许的眼神。

此时我们三人站在大殿中央接受着众人的掌声。

我转过身对着黑水明皇笑道：“太子殿下，今晚又是为了庆贺太子妃喜得龙脉，在下与霜霜献上一曲权当贺礼。”

香琦闻得此言，眼中露出疑惑之色：“李大人，为什么我没听霜霜提及此事？你、我三人都在一起排练的，如果你们要练什么曲子，我应该知道呀？”

“每次都是等你走了之后，我与李大人才开始练习此曲的，你不知道也很正常，因为我与李大人想给你一个惊喜。”霜霜赶紧笑着释疑。

黑水明皇起身走到香琦身边，搂着香琦，面带喜色：“当初在小渔村你曾赠一曲给我与琦儿，不知今日这曲含义又为何？”

我笑着说：“你听后就会明白我送你二人此曲的含义。”

我与霜霜相视一笑，同时抚琴，霜霜先开口唱，然后是我，就这样把一首男女对唱的曲子呈现在众人面前：

（女）爱爱爱爱了几回，也明白其中滋味，
付出的从来不会等于收回，我却还在等待着谁能出现。
（男）伤伤伤伤了几回，也曾经为爱憔悴，
爱情里好人总比坏人狼狈，我却还是学不会狠心对谁。
（女）男人男人多希望你是好人，多希望用你的真让我不必再心疼。
（男）女人女人我答应做个好人，我答应用我一生来换你的快乐一生。
（女）男人男人多希望你是好人，多希望用你的真让我不必再心疼。
（男）女人女人我答应做个好人，不会再让我（你）心疼一等再等。
你就是我等的那个人。
（女）男人男人，
（男）女人女人，
（合）多么希望你是对的人。

在我与霜霜对唱时，我用眼瞟了一下黑水明皇与香琦，他们显然是听出我所唱此曲的含义，而欧阳天域与慕容也用了然于心的眼神望着我。

一曲终了，香琦眼中闪着晶莹的泪花："多谢李大人的贺礼，不知此曲名为何？"

霜霜接口："就是《男人女人》，名字虽然简单易懂，但是歌词却耐人寻味。当李大人第一次唱给我听时，我就被深深地吸引。"

黑水明皇也笑着说："李大人，我会做到的。"

随即听到一阵热烈的鼓掌声，我慢步走回了自己的位子。

欧阳天域待我坐稳后，叹息了一声，"你的这曲道明了女人与男人的心思，朕多想做那对的人，但是朕知道李爱卿对的人却不是朕。"

他转过头不再看我，继续喝着酒。

岂知借酒消愁，愁更愁。

当晚宴快要结束的时候，玄皇起身高声宣布："结盟仪式正式开始。"

黑水明皇与欧阳天域起身走向玄皇，玄皇在他们走到跟前后，对着他二人展开了结盟书，用眼示意我到他身边。

我站在玄皇与欧阳天域两人中间，他二人将结盟书放在桌上，各自拿出准备好的玉玺盖在了结盟书上。而我与黑水明皇也在见证人处签下了自己的名字。

当这一切完成后，宫女端来四杯酒，我们各自拿了一杯，准备同时饮下时，听到嗖的一声，我们四人抬头看向正前方，一支利箭正朝欧阳天域的方向飞去。

"皇上，快闪。"我大叫。

可是还是迟了，那支箭已快接近欧阳天域的心脏处，想躲闪已是不可能。

【70】

在利箭还离欧阳天域的心脏处有一人远的距离时，我闭着眼，奋不顾身地将身躯抵在欧阳天域与利箭之间，用两臂死死抱住他，阻止欧阳天域本欲推开我的手，那支利箭从我背后穿胸而过。

我因利箭的冲力向后倒，感到一阵锥心的痛，鲜红的血从我胸口流出。

欧阳天域抱着我，眼中全是焦急与担心之色，不停地叫："你为什么要替朕挡一箭，你当真这么不爱惜自己的生命吗？"

慕容与风流云等人已奔到我们身边，将我们四人围在其中。

黑水明皇也大声唤着御林军："御林军听令，围住大殿，将射箭之人给本太子找出来。"

香琦与霜霜也奔到我身边，边哭边叫："你不会有事的。"

我虽身中一箭，但是神智还很清醒，用尽心力，向着欧阳天域吐出一句话："皇上，此事要严查，这箭摆明是冲着皇上来的，臣，食君之禄，当为君解忧。"

霜霜看了看那穿胸而过的箭，发现箭头上是黑的，眼中露出惊恐之色。

“这箭有毒！”

慕容这时也顾不了君臣之礼，一把将我抱在怀中，眼中溢满泪水，心痛地说：“为什么会这样，你不是说要守住你我的幸福吗？”

我对他笑了笑，“能与你交心已是我最大的幸福，可能是老天觉得我得到的太多，所以想收回去，不要这么难过，你忘了我曾对你说过的秘密吗，也许是我该回去的时候了。”

“朕不准，就算是老天让你回去，朕也不准。”欧阳天域抽出旁边侍卫所带的佩剑，指天大声怒吼：“朕以皇帝的名义起誓，不准让她离开。如果说这是神佛的旨意，朕发誓，朕会遇神杀神，遇佛杀佛。”

“皇上，你不明白的。”

我看着双眼圆睁，青筋暴露，脸上充满戾气的欧阳天域，拉着他的衣袖，示意他不要如此。

“朕明白，朕什么都明白，包括你的秘密朕都已知晓，朕不会让你回去的。你必须留在这个朝代，必须留在朕看得到的地方！”

“你既已知晓一切，就应该放臣回家，臣好想家。”

我眼望向远方，慕容紧紧拉着我的手，失声痛哭，“你不要回去。你要回去，也要带着我一起回去，你再等一等，我这就陪你回家。”

他想用掌击自己的头自我了断。

我吃力地伸出手，拉住他，用毫无力气的声音怒骂他：“你不要犯傻，你还有你的使命和义务，帮我查出真凶，也为我守住天域，守住皇上。你快答应我，这样我也能瞑目了。”

慕容痛苦地看着我祈求的眼神，低下了头。

我脸上露出笑容，依偎在他怀中：“你的怀抱好温暖，我好想睡。”

慕容的温柔声音在我耳旁响起：“想睡就睡吧，我会永远守在你的身边。”

我知我的大限将至，眼前仿佛有一盏明灯指引着我，我不停地向它跑去，可当我接近时，那灯却消失不见了，我眼前一黑，沉入黑暗之中。

黑暗之中，我感到自己好像已回到自己原先身处的年代。

当我看到曾经的男友李兆庭终于接受了学妹的感情，又看到他俩共同照顾着昏迷在医院中的我时，我流下了喜悦的泪水。

“李兆庭一定要幸福，学妹也一定要幸福。”

转眼之间，我又看见了双亲，他们似乎比以前苍老了许多，看着他们默默流着泪，守着昏迷中的我，不停地对我说着话，仿佛我并没有离开他们，只是睡着了。

我欲哭无泪，低头跪在他们面前：“女儿不孝，不能在膝前孝敬两老，女儿心中有愧。”

一转眼，我仿佛看见了另一个我，双眸含笑看着我：“我知道你是谁，希望你能

接着把我的路走完，还有谢谢你把我爹娘当作是你的爹娘，你一定会化险为夷的，记住一定要走完我的路。”

我还想问她，能不能让我回去，但是她说完就消失在我眼前。

“你快出来，我想回去，能不能不走完你的路，我真的好累。”

我不停地拼命叫着，但是她却没有再次出现在我眼前，我跪在地上，拍打着地，号啕大哭。

“为什么不让我回去，我好想回家。”

泪眼中，我仿佛看到前方有一盏我似曾看见过的明灯，我望着那盏灯，一步一步朝着它走去，那灯仿佛知道我在向它走去，不停地往后移动。

我加快了步伐，向那盏灯跑去，当我终于追上时，它又消失在我眼前，我眼前突然变成漆黑一片，我不知该朝哪个方向走，心中感到无助与害怕。

这时我仿佛听到一个熟悉的声音：“我会守护你，不会让你再感到无助与害怕，我会永远守护你。”

“慕容，你在哪？我好害怕，慕容，慕容……”我大声地叫着。

哭喊过后的我，蹲在地上，双臂环抱着自己，眼中含着泪，心中感到彷徨与慌恐，不知我还要在这黑暗之中待多久。

一阵寒意袭来，让我昏昏欲睡，我咬着牙，对自己说：“不能睡，千万不能睡，睡了，就再也醒不过来了。”

一阵悠扬、熟悉的歌声，让陷入黑暗之中的我，心中升起希望，是那首教过霜霜的《漫步人生路》。

我站起身循声而去，走着走着，那盏消失的灯又出现在不远处，好像指引着我。

我加快步伐向那明灯靠近，当走到那盏明灯面前的时候，想用手去抚摸它，可这时那灯发出明亮的光，晃得我睁不开眼，我忙用手去挡。

可那光亮越来越强，透过指缝，刺得我眼睛生疼，我受不了大声叫：“好疼！”

我猛地睁开眼，稍微动了动身子，感到胸口一阵疼痛，再动了动手，才发觉我的手被一双温暖而厚实的手握着。

我艰难地转过头，看到是慕容正拉着我的手靠在我身边酣睡，我望着他疲惫的脸上，尚有未干的泪痕，心头涌上一股未名的感动，原来是他唤醒我的。

“我回来了，我没有走，谢谢你。”

慕容仿佛与我心有灵犀，缓缓睁开他的睡眼，当他看到我的一双带着喜悦泪水的大眼望着他时，他脸上顿现惊喜。

他突地站起身，紧紧地抱着我，哽咽着说：“我好担心再也看不到你的笑，再也听不到你的歌，永远的失去你。幸好你没走，幸好你醒来了。”

他激动的话语温暖着我的心，我回抱着他，脸上挂着笑。多么温暖而安心的怀抱啊！

“我回来，是你让我舍不得离开，我也曾回到我来的那个时代，但是却没能留在

那个时代，仿佛有什么牵引着我回到这里，在黑暗之中，我听到那首《漫步人生路》，沿着那熟悉的旋律传来的地方，我又回到了这里。”

他颤声地回笑：“当得知你身中剧毒，命悬一线时，当御医告诉我，如果没有解药，你只有十日之命时，我心就像有万根针在扎，心中希望中毒之人是我，这样一来你也不必受那毒发时的煎熬。”

“不要这样咒自己，如果是你中了剧毒，我也会痛不欲生的。幸而老天待你我不薄，让我捡回一条命，让我一睁开眼就能看到你。”我双眼湿润地轻声笑语。

慕容突然放开我，推开门奔到屋外，仰天大声叫道：“谢谢老天让她又回到我身边。”

他猛地一转身含着泪望着我，此时的我用含情的双眸望着他，彼此就这样对望着，久久不说话，好像一切都在这一刻停止，这一刻只有彼此。

慕容的喊叫声引来了欧阳天域他们，他们欣喜的言语声惊醒了我，我转过头带着笑望着他们。

香琦靠在黑水明皇的怀中，轻声说：“姐姐醒了，真是太好了！”香琦眼中涌上喜悦的泪水，黑水明皇将她紧紧搂在怀中，声音中充满着喜悦之情：“对，她醒了，真是太好了！”

霜霜笑中带泪地说：“真好！”

我充满感激地对他们大声叫道：“我回来了，我回来了。我终于回来了！”

众人听到我欣喜的大叫声，均雀跃地大叫：“她回来了，她回来了！”

慕容走到我身边，见我轻轻地放在床上，一脸关心地说：“你的伤口还没愈合，不要太过劳累了。”

我望着他温柔地笑着说：“有你在我身边，真好！”

我在慕容的细心照料下，渐渐复元。

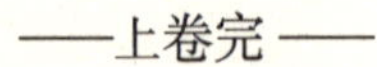

——上卷完——

新女驸马
经典传奇缠绵新编
毅轩◎著
下
重庆出版集团
重庆出版社

目录
CONTENTS

第一章 明雪公主

【1】

当我从御医口中得知自己曾中的是名为“断肠”的毒时，忙问他，中了此毒是否无药可救。

他避而不答，我央求了许久，他才告诉我。

原来这毒并不是无药可救的，只是制成解药所需的药物很稀有，一时之间很难找齐，并且还要在十日之内取回才有效。

中毒之人毒发时，会感到肝肠寸断般地痛苦，直至痛到麻木而死。

我听到这，简直不寒而栗，使毒之人心肠太过歹毒，居然用这种毒对付欧阳天域，想让他受尽折磨，含恨而终。

御医告诉我，那些药物是由慕容、风流云、破军分别去三个地方取回来的，还告诉我药引就是慕容的血。

我感到愕然，还有感激，他们三个为了救我冒着生命危险去求取配制解药的药物，这份情我怎么还得清啊！

我问御医他们是如何取得这些药物的，御医摇了摇头，显然他也不知情。

我假借感谢慕容他们三个的救命之恩，央求他们告诉我取药的详细情形。

起初他们不愿意说，在我死缠烂打之下，他们就依次给我讲述了取药的经过。

风流云连夜兼程来到了大海边，询问当地的人如何才能采到千年血参，当地人告知他，千年血参可遇不可求，但凭一个缘字。

在一个繁星满天的夜晚，风流云独自摇着船到了大海深处，站在船头想到几日来一无所获，不禁有些气馁。忽然他发现海上有一团红色的光在动。

风流云连忙将船划向那团红光，然后看准时机将网撒向那团红光，他用力一拉，将网拉上了船。

只见一只全身通红的海参正在网中蠕动着。

风流云抑制不住内心的喜悦，开心地对着夜空大叫："感谢苍天让我找到千年血参。"

风流云将海参放在注水的鱼篓中，然后用力摇桨将船向岸边划去，上了岸后稍作休息，就跳上马，马不停蹄地向黑水皇宫狂奔。

我听完风流云的讲述，笑着说："原来你就是那个有缘人。"

风流云的脸刷地红了，我想，这个风流云几时学会害羞了，他脸皮一向厚得比城墙转拐还要厚。

接着破军讲述了他如何从巨蟒口中抢夺千年灵芝的经过。

奔往人参出产圣地的破军，在还未踏入原始森林就被当地人劝告不要进林。

因为林中野兽出没，还有毒虫瘴气，而且千年人参往往有凶猛的动物或是毒蛇之类的毒物隐于它的周围，但是破军还是一头钻进了黑压压的森林。

在原始森林中，破军用手中的刀正披荆斩棘，找寻着千年灵芝。他寻了几日均无收获，野兽和毒物倒是遇到过不少。就在破军有点心灰意冷之时，突然看到不远处有枝鲜艳欲滴的灵芝就长在一棵参天大树的旁边。

破军掩饰不住内心的狂喜，一步一步向那灵芝走去，当快接近灵芝时，突然闻到一股腥臭。

他一转身，才发现有一条巨蟒正张开血盆大口，吐着火红的芯子，两旁的尖牙在阳光的照射下闪着白光，让人心生寒意。

破军稍微平复了一下自己的心绪，便对住那条巨蟒，挥舞着手中的刀。

那巨蟒用粗大的尾巴不停地攻击着他。

破军寻准时机向巨蟒的七寸处刺去，但是由于力道不够未能刺穿它。

巨蟒七寸之处有血流出，因此狂性大发，凶猛地攻向他。

破军看着巨蟒来势汹汹，连忙躲闪，跃身跳上旁边的大树，那巨蟒见他跳到树上，用长长的尾巴缠住大树，而蟒头随之跃上大树，张开大口对着他。

看着眼前张开大口的巨蟒，破军虽然心有惧意，但还是镇定心神，因为有树枝的阻挡，使得那大口一时无法落下。

破军借助树枝巧妙地躲避着巨蟒，并趁巨蟒不注意用力对准刚才刺伤巨蟒的伤口刺去。

破军见刺穿了那巨蟒的七寸，便将手一松，回跳到树干上。只见蟒头向后倒去，落地之声在森林上空回响。

当一切平静后，破军跳下树，走到巨蟒跟前，抽出插在巨蟒身上的刀，在它身上擦干刀上沾染的蟒血。

破军用手轻轻摘下那株发出异香的千年灵芝，捧着走出了森林，并飞身上马，向皇宫疾驰而去。巨蟒残留的腥臭之气也随之淡化。

我听完这样一个惊心动魄的取药经过，想到三哥为了救我不顾自己的生命危险去斗巨蟒取灵芝，便跪下向他磕了三个响头，以谢他的救命之恩。

破军一脸惊讶地扶起我，摆了摆手，动情地说：“只要能救四弟，就算上刀山，下火海，三哥也会去。”

轮到慕容讲取药的经过了，他不想讲，可是我说：“其他人都讲了，你不讲，对其他两个人不公平。”

他没办法只得坐在床边，低声讲述着求取天山雪莲的经过。

慕容来到天山脚下的小村庄，便询问当地的人如何采摘雪莲。当地的百姓说，最近山上经常有暴风雪，劝他不要贸然进山。

此刻，慕容顾不了那么多，准备好采摘雪莲所必备的一切工具，便登上了白雪茫茫的天山，寻找盛开的雪莲。

经过两天两夜的不停寻找，慕容终于在一处冰洞中发现了一朵含苞欲放的雪莲，慕容欣喜若狂。

慕容守在这朵雪莲旁静静地等着它的盛开，等着等着，一阵倦意袭来，眼皮一沉，便沉入了睡乡。

当他醒来时，却发现自己在一处小木屋中，他懊恼地自责：“我的雪莲，我的雪莲。”

这时，一个好听且清脆的声音传入他的耳中：“还想着雪莲，真是要莲不要命。要不是我路过那个冰洞，你早就冻死了。”

慕容抬头望向说话之人，眼中看到的是一个披着黑色长发粉雕玉琢的绝色少女，此少女眉宇之间透着一股灵气，一张俏脸写着不悦之情。

慕容顾不得礼数，坐起身便问：“你救我时，有没有看到一朵含苞欲放的雪莲，它有没有盛开？”

那名绝色女子目无表情地说：“我救了你，没听到你谢我一声，张口就问那雪莲有没有开。我告诉你，那雪莲开了，但是又谢了，因为雪莲盛开不到三个时辰就会凋谢。你的问题我回答完了，既然你已无事，那就请离开我的小屋。”

慕容发泄般捶打自己，自责道：“为什么要睡？要是我能撑久一点，或许就能摘到盛开的雪莲，这样她就有救了。”

那名绝色女子一脸怒气：“要死就到外面去，不要脏了我的地方。”

慕容此时才反应过来，下了床对着那名女子抱拳鞠了一躬：“多谢姑娘救命之恩，此份恩情恕在下来日再报，我现在有急事在身，就不再打扰姑娘。告辞。”

他走出了木屋，再一次向那冰洞的方向走去。

那绝色少女在他身后急切地叫道：“你是不是想寻死？明知会冻死，还要去采那雪莲。”

慕容转身一笑，望着黑水皇宫的方向："在下谢谢姑娘的一片好意。就算是赔上我的性命，我也一定要采到雪莲，因为远方有人正等着我救她，我曾说过会好好守护她，会好好守护着我与她得来不易的幸福。在下谢谢姑娘的一片好意。"

我听到这，幻想着当时慕容脸上的表情，心中不免涌上一股爱意，轻轻靠在他肩头，示意他接着讲。

对他故事中的那名绝色女子，我也颇感兴趣，慕容这个呆头鹅，显然没听出那名女子的话语中暗藏着情意。

慕容温柔地笑了笑，眼中露出深深的爱意，轻轻搂着我，接着往下讲。

那名绝色女子轻声说："那人一定是你所爱之人。她可真幸运，能被你这样深爱着。"

"不是她幸运，是我很幸运，因为她是这世上独一无二的女子。能拥有她，是我前世修来的福分。好了，我要进山了，姑娘请回吧。如果我有幸能活着采到雪莲，定当报答姑娘的救命之恩。我复姓慕容，名讳是天霖二字，如果你以后遇到什么事，需要找人帮忙，就到天域国将军府来找我。"

慕容向她行了礼后，转身朝着冰洞的方向走去，那名女子在他身后又大声叫道："你不要去送死。如果你想要雪莲，我多的是。"

慕容转过身跑向那名女子，抓住她的手臂，激动地问："你说的可是真的？"

那名女子对他点了点头，脸上有痛苦之色："你抓疼我了。"

慕容这才意识到自己用力抓着那名女子，他赶紧放开手，一脸歉意道："真是不好意思，我太激动了，请姑娘原谅。姑娘不仅救了我一命，还救了她一命，在下还不知姑娘芳名为何，能否告之？"

那名女子没好气地说："现在才知道问我的名字，可见你太没礼数了。好了，念在你救人心切，我就不与你计较了，我叫雪儿。"

慕容与雪儿来到屋后的冰洞中，里面有数十朵雪莲。

雪儿向前走了一步，采下两朵盛开的雪莲递给了慕容，慕容小心接过雪莲，捧在手上仿佛是看到了李木然生的希望。

雪儿提醒他："雪莲摘下三个时辰就会枯萎。"

慕容一脸焦急，忙问："那要如何办才好？这里距黑水皇城有很长一段路，恐怕三个时辰内不能抵达皇城。"

雪儿对他微微一笑："我有方法可以拖延雪莲枯萎的时间。"

慕容看着眼前脸上露出自信神采的雪儿，连忙问："那究竟是何方法？"

雪儿从小木屋中拿出一个晶莹剔透的玉瓶，放在慕容面前。

慕容不解地问："就是用它保存雪莲吗？"

雪儿笑着点了点头，大声说："就是用它。你别看它只是一个玉瓶，它的作用可大了。

好了，赶紧将雪莲放在玉瓶中吧。”

慕容半信半疑地将雪莲放在瓶中，刚把雪莲放进去，就从瓶外看到雪莲仿佛得到养分一样，盛开得更加灿烂。

雪儿看到慕容眼中的惊奇之色，提醒他：“现在还不出发，迟了，可就救不了人了。”

慕容伸手去拿雪儿手中的玉瓶，但是雪儿却巧妙地躲开了。

“玉瓶交给你拿，雪莲撑不了多久就会枯萎的，还是由我来拿。”

慕容诧异地看着雪儿，雪儿一脸正经地说：“还不快走。”

慕容与雪儿下了天山，来到客栈中。

慕容结了账，从马厩中牵出马，跃上马背，一把将雪儿拉上马：“你忍耐一下。”

雪儿用眼示意他不用担心，慕容拉紧缰绳驾着马向黑水皇宫驰去。

慕容讲到这，停顿下来，对我说：“后来的事，没什么好讲了。”

【2】

基本上求取雪莲的经过算是讲完了，可是我不满足他只讲到这，他用自己的血为我做药引那段还没讲，这才是我最想听的。

就在我向他撒娇，让他把如何医治我的经过讲出来的时候，我突然发现风流云与破军已经离开了。

我从慕容肩上抬起头，眼带疑惑地问：“风流云与破军什么时候走的？也不跟我说一声。”

“看到你依偎在我怀中，他们还好意思留下吗？”慕容略带调侃的声音响起。

“那你的意思是，不喜欢我依偎在你怀里了，好呀，那我去找一个喜欢我依偎在他怀里的人去。”我故意生气地说。

他按住我欲起的身子，点了一下我的鼻头：“算我怕了你了，不许你去找别人，你只能依偎在我怀中。”

听着他独占的话语，看着他带着情意的浓黑双眸，以及一脸宠溺的笑，我又依偎在他怀中，轻声说：“快接着讲，你别想混过去。”

他随即搂紧我，接着又往下讲。

慕容与雪儿终于在最后一日赶回了黑水皇宫，在宫门口遇上了风流云和破军。

他们相视一笑，一切尽在不言中，然后三人骑着马冲进皇宫。

当到了霜霜寝宫门前，慕容拉住马，大声地叫道：“御医快点出来接草药。”

御医接过药物后吩咐人赶紧将药拿去煎，而后用银针刺在我各处大穴上，以拖延毒性发作。

慕容一脸忧伤，心痛地说：“对不起，我回来晚了，不过你一定要撑住。你不是说过要守住我们的幸福吗？”

欧阳天域走到他身旁，轻拍他的肩：“慕容你不要担心，只要有那三种灵药就能救活李爱卿。”

此时霜霜的寝宫中站满了人，都在等着御医将煎好的药端来。

雪儿美目含笑，口中发出清冷的声音：“慕容大哥，她中了‘断肠’之毒，银针已将她的毒控制住，等会儿她喝了药，就会解了所中之毒，你不要太过担心。”

慕容转过头，眼含悲伤之色，回了雪儿一个感激的笑。

“慕容兄，她是谁，长得如此美丽，与李兄可有得一比。”

慕容本想提醒风流云不要胡说，就见雪儿身形一闪，在他眼前留下一道白影。

当慕容再次看到雪儿时，雪儿已用一把晶莹剔透的白色小剑抵在风流云的脖下，面容如刚才一样森冷。

“小心祸从口出！”

听到这，我就想笑，这个风流云口无遮拦的坏毛病，迟早会踢到铁板。

慕容看着我脸上露出坏笑，笑问：“你心中又在笑风兄吧？”

我点了点头，忙问：“接下来呢，风流云会怎么做，雪儿会饶了他吗？”

慕容接着又往下讲。

风流云痞笑一声：“我只是和姑娘开个玩笑，何必如此。”

慕容训斥他：“风兄，你的老毛病怎么总是改不了。四弟曾说过你无数次，这下尝到厉害，该学乖了。”

慕容起身走到雪儿身边，抱拳作揖，劝着雪儿：“请雪儿姑娘高抬贵手，不要与他一般见识，他这个人嘴是贱了点，可心眼不坏。”

雪儿见风流云不停地对她比着求饶的动作，就将剑从他脖下移开收入袖中。

风流云这才大大舒了一口气，一脸歉意：“刚才多有得罪雪儿姑娘，望雪儿姑娘不要介意。”

雪儿没理会风流云，将眼望向慕容。

慕容忙向众人介绍雪儿：“皇上，太子殿下，还有各位，这位是雪儿姑娘，雪莲得以采到，多亏了她。”

霜霜和香琦这时走到雪儿的身旁，充满感激地对她笑：“多谢雪儿姑娘相助之恩。”

雪儿不好意思地低下头，酡红着脸。

霜霜接着又说：“雪儿姑娘，看你年纪不大，但是武功却不凡，刚才那位可是江湖人称‘采花大盗’的风流云。”

风流云一脸不满地打断霜霜的话：“公主殿下，你为什么只提我江湖上的诨名，不

提我现在的身份，我现在可是皇上御封的逍遥侯。雪儿姑娘，在下替李兄谢谢你。”

御医端着药碗来到床边，慕容接过药碗，用早已准备好的小刀对着自己的食指一割，血，一滴一滴，滴进了药碗之中。

“够了，让我给你止血。”

慕容推开御医的手，任由血流着，用小勺舀起药水递到我的嘴边，可是刚喂入我口中时，那药却随着我的嘴角流下，根本进不了我的口。

连喂几口都是如此，慕容心急如焚，这时雪儿在一旁轻叫：“用口喂食。”

慕容听后随即喝了一口含在嘴中，当着众人的面俯下身对上我的嘴，用舌抵开我的唇将药送到我嘴里。

他看到我喉咙处一阵起伏，知道我已咽下，脸上不禁有了笑容，接着照此方法将整碗药送入了我的嘴中。

慕容喂完药后，抬头便问：“她喝下药后，几时才能醒来？”

御医回他：“明日应该能醒，待我先将她身上银针取下，让药气游走全身，有助于祛除体内的毒素。”

御医走到床边，一根根取下扎在我身上的银针。

待所有银针取下后，御医与众人都离开了霜霜寝宫，只留下慕容守着我。

医治我整个过程终于从慕容口中讲完，我抚摸着自己的唇，想着慕容用嘴喂食我的画面，虽然我那时没知觉，但脸不由得有点烧。

我轻轻抬起头，对准慕容的嘴，偷亲了一下之后，迅速地离开，趁他摸着嘴，发愣之际，跳下床，离开他一尺之遥，回笑了一声。

“嘻嘻，这一下算是还你用嘴喂食我的恩。”

慕容这才回过神来，笑着望着我：“我不介意再多喂你几次。”

我吐了吐舌，摇头晃脑地说：“哪有这么便宜的事！你是不是与风流云相处久了，也学会了他的油腔滑调，我要去找风流云让他还我一个呆头呆脑，不解风情的慕容大哥。”

我三步并作两步，跑出了房，呼吸着外面的新鲜空气，追出房门的慕容将我紧紧抱住，眼中含着情，脸上带着笑。

“我只对你才会油腔滑调。原来以前的我，在你眼里就是这个样子的，不过，我会改，就从今日开始如何？”

还没等我反应过来，他那温热的唇突地印在我唇上，让我陶醉其中，回吻着他。

原来相爱的两个人，一句简单的话也可以被认为是甜蜜的。

第二日，黑水明皇来见我，我问他那刺客是否被擒获。

他回我说，没有，一点线索都没有，好像这个人凭空消失了。

慕容见我一好就问这事，便一脸关心地说："你刚才好一点，就不要费心神考虑此事了。"

"我在床上都躺得快要发霉了，现在好了，找点事来做，也未尝不可，你就不用担心了，我清楚自己的身体状况。"

这时欧阳天域进来说："慕容爱卿说得不错。李爱卿，你就不要操心此事了。对了，听说太子会在三日之后，办个晚宴庆贺李爱卿劫后余生。"

"对呀，本太子怎么把如此重要之事给忘了。"黑水明皇失声大叫。

我听后想了想，笑着说："皇上，臣有一计，能引出那刺杀之人。"

欧阳天域听后，一脸不悦："不是不让你操心此事吗？"

"皇上，您先听臣把话说完。太子殿下不是三日之后要办晚宴吗，臣想可以借此机会引出那刺客，想那刺客这次一定会再次伺机刺杀皇上，只要我们届时在皇宫里里外外埋伏下重兵，便可引出那刺客。"

"不行！"慕容与欧阳天域异口同声回绝我。

黑水明皇也摇着头："此计虽好，但李大人又将自己陷于危险之中。如果再发生上次的事怎么办？"

"此次非上次，上次是没有做好防范，而这次是做好了防范，你想臣可能再一次将自己置于危险之中吗？臣还是很珍视自己这条命的，所以请皇上恩准。"

欧阳天域看着我一脸的坚持，顺水推舟地将此事交由慕容来全权处理。

我明白欧阳天域是想借慕容打消我的念头，可我早已想好如何应对。

慕容倒反应挺快的，马上说："谢皇上将此事交与臣，臣认为此计可行，所以会在晚会当天加派人手，臣会扮成皇上的模样出现在宴会中，而皇上则扮成臣的模样即可。"

"此想法虽好，但却有漏洞。你想刺客来刺杀皇上，对皇上的一切肯定是了若指掌，如果你来假扮皇上，身材上倒是可以混过去，但脸如何能变成皇上的脸？"我反驳着慕容。

"那也不用你陪着皇上当诱饵。你的想法我明白，只要皇上有任何危险你都会像那日一样挡在皇上的面前，如果是这样，倒不如由我陪在皇上身边，这样一来不就可以保护皇上了？"慕容据理力争。

"好了，你二人不用再争了。朕想过了，就由慕容爱卿陪在朕的身边，至于李爱卿就由破军与风流云来保护，此事就这么定了。"

欧阳天域最终还是发话了，黑水明皇一脸笑意，劝着我与慕容："这样就皆大欢喜了。对了，差点忘了一件事，就是晚宴将也是册封公主的晚宴。"

欧阳天域与我还有慕容一脸不解，欧阳天域忙问："册封公主？谁将被册封为公主？"

“就是那雪儿姑娘，霜霜与她一见如故，已认她为妹妹，所以本太子向父皇请旨，册封雪儿为公主。父皇与母后也十分开心雪儿能当他们的义女，所以下旨册封雪儿为公主，封号为明雪公主。”

“雪儿呀，自从我痊愈之后，为什么都没见过她？我还想当面谢谢她的救命之恩。”我转过头问着慕容。

“不如我陪你去找她。”慕容回笑着说。

欧阳天域这时开口道：“朕前几日看到雪儿背着包袱，与霜霜在皇宫门口说了一会儿话，就离开了皇宫，朕还以为她是想去黑水皇城转一转，谁知这几日朕都没看到过她，问了霜霜后，才知道她回天山了。”

“本太子怎么没听霜霜提过此事？册封公主的榜文已诏告天下，如果当晚雪儿不出现，会失信于民的。这个霜霜也不事先知会一声，现在该如何是好啊？”黑水明皇懊恼地低下头。

我转头对慕容说：“你应该知道雪儿姑娘住的地方，不如你亲自走一趟，将雪儿劝回皇宫，而我也好当面谢谢她。”

“此事理应如此，但是你刚好一点，加之要布防以便能生擒刺客，所以我走不开啊。”

我们几个人在寝宫中商讨，该派何人去天山请回雪儿。

【3】

我们几个人从正午一直坐到傍晚，还没商讨出人选，这时风流云与破军进到寝宫唤我们吃晚饭。

我看到风流云，笑着指向他：“有了，不如由风兄去请雪儿姑娘回来，他哄女人最有一套，比慕容去更管用。不知风兄愿不愿意走这一趟？”

风流云一听，忙推脱：“李兄只会取笑在下，不过李兄，请雪儿姑娘回来一事，恕我无能为力。”

“是不是因为雪儿姑娘长得丑，或是吃过雪儿姑娘的苦头才会让你如此。”

其余的人听到我这么说，都忍不住笑出声来，风流云的脸也霎时红了。

破军一脸笑意，张口就夸我：“四弟，没想到这都能让你猜到，风兄确实吃过雪儿姑娘的苦头。”

“不是我猜到的，是有人告诉过我当时的情形。”我意有所指地看向慕容。

“是我告诉四弟的，你们不知道，当四弟得知此事后就对我说，风兄这是活该，不值得同情。”

风流云默不出声，欧阳天域帮他解围：“好了，不要再笑风爱卿了。”

“不过倒是要恭喜风兄能从佳人剑下逃脱，捡回一条命。”我取笑着风流云。

“那也要多亏慕容大哥从中调解，再加上风兄对雪儿求饶，他才得以活命。”破军接着取笑着风流云。

“风兄，定是雪儿姑娘长得国色天香，才让你露出风流本性，活该！早就跟你说过，说话要正经些。”我再次取笑着他。

“不过话又说回来，此次让你去请雪儿回来，也算给你一个机会，让佳人重新认识你。”

黑水明皇也抱拳请求风流云：“李大人说得不错，风兄你就勉为其难地走一遭，将雪儿姑娘请回来，因为三日之后要册封雪儿姑娘为公主的事，黑水国的百姓都知道，如果到时她不出现，皇家颜面不存。”

欧阳天域也劝着风流云：“风爱卿，朕看你就去天山将雪儿姑娘请回来吧！本来朕是想让慕容去的，但是慕容身有要务走不开，才想到让你去的。”

风流云无可奈何地说：“好，臣这就去天山将雪儿姑娘请回来。”

慕容拍了拍他肩：“还是风兄深明大义，我这就将雪儿所住之处画张地图给你，这样你就可以很快找到她所居住之处，以便赶在晚宴前将她带回黑水皇宫。”

当慕容画图的时候，我走到风流云的身边小声说：“好好把握机会，听慕容说她人品不错、长相不俗，风兄的心也该定下来了，说不定此次去天山能抱得美人归，祝你好运。”

慕容画好地图交与风流云，风流云将地图放在怀中，对众人说了句告辞，便出了寝宫。

风流云走了不久后，宫中就开始张罗三日后的晚宴，而慕容与黑水明皇则部署士兵藏于晚宴举行的御花园隐蔽之处，以便到时能将刺客生擒。

其间我曾找过霜霜询问，为什么雪儿会不辞而别。

霜霜面带难色地告诉我，雪儿钟情于慕容。

风流云知道雪儿的心思，曾出言警告雪儿。不许破坏我与慕容之间的感情，劝她早日离开黑水皇宫。

我猜到雪儿喜欢慕容，但是我没猜到风流云会知道此事。不知道他这次去天山请雪儿回宫受封，会不会做出伤害雪儿之事。因为风流云离开时的表情不似往日那般自然随性，有点反常。我的这种担心一直伴随到他们出现。

晚宴就要开始了，各位王公大臣早已来到御花园中等候，而我们一行人也抵达了御花园。

“皇上、皇后驾到。”

众臣均跪下道：“皇上，万岁，万岁，万万岁，皇后，千岁，千岁，千千岁。”

玄皇与玄后高坐在龙凤椅上，对着跪着的众臣，玄皇摆了一下手："平身！"

朝臣们起身后，回到自己的座位坐下。

欧阳天域带着我、慕容还有破军向玄皇与玄后致礼，随后回到我们的座位上坐好。

"太子殿下偕同太子妃与公主前来晋见。"

园门口这时出现了一位身着龙袍，头戴金冠的英俊公子及身着华服的美丽女子，英俊公子的左手紧握着含笑的女子，而他的右手紧握的也是一位极美的身穿凤衣的女子。

此三人就是黑水明皇、香琦、黑水明霜。

黑水明皇坐好后望了坐在欧阳天域身旁的慕容一眼，慕容收到他的示意后，也回了他一个会意的眼神。

玄皇从椅子上站起来，大声说："今日主要是为了庆贺天域国的主师李大人历劫归来，还有就是册封雪儿姑娘为黑水国的明雪公主。"

我起身走到正中央，一脸带笑："多谢皇上为在下举行的晚宴，在下在黑水国受伤之后，得到黑水国上下的关爱，在下有说不出来的感激，请受在下一拜。"

我双膝跪在地上，对着玄皇三拜。

"李大人太客气了，让你在皇宫受伤本就是皇宫守卫不力造成的，要说到感谢应该是黑水国感谢李大人才对。"

玄皇示意我起身，我立身又说："玄皇，此话言重了。对了，接下来是册封仪式对不对？"

玄皇笑着点了点头："对，是册封仪式，宣雪儿晋见。"

站在御花园门口的太监高声叫道："宣雪儿晋见。"

连喊三声，也不见雪儿的身影，园中大臣们都议论纷纷，我看到黑水明皇还有香琦，包括霜霜脸上有焦急之色。

我趁着还没回到座位上，带着笑对着玄皇说："明雪公主可能正在来的途中，今日对她而言非常重要，所以要好好打扮一下，请玄皇再多等一会儿。"

玄皇知道我在给他找台阶下，忙笑着说："李大人说得是，女儿家打扮总是要花些时间，况且今日非同一般，那就再多等一会儿。"

我笑着走回了座位，对破军使了个眼色，破军明白后离席走出御花园，去皇宫门口迎接风流云与雪儿。

过了一个时辰，玄皇见雪儿还未出现，将眼看向黑水明皇，黑水明皇面现难色地望着父皇，本欲起身开口说话。

"天域风流云副将偕同明雪公主晋见。"

我们听到这一声，心中大石总算落下。我望向园门口，只见风流云同雪儿缓缓走

进园中。

我暗叫：好美的女子，如不食人间烟火的仙女，一身清冷如冰，柳叶眉，瓜子脸，纯净如水般的明眸清澈透亮，瑶鼻之下的红唇，不点而红，闪着诱人的光。

风流云先是向玄皇行礼后，走到我的身边坐下，我悄声问他：“怎么样，抱得美人归没有，如此人间绝色你还不为之心动？”

风流云这次没有像往常一样回口，只是注视着雪儿。

我这时有点好奇地望着他，明显感到他有所不同，他看雪儿的黑眸中透露着愧疚与自责，究竟他与雪儿之间发生了什么事？等晚宴结束一定要好好问一问他。

这时雪儿径直跪下，清冷的声音响起：“民女雪儿参见皇上。”

玄皇脸上挂着笑：“快快起来。”

雪儿随即起身，脸上带着歉意的笑，“雪儿来迟，还望皇上恕罪。”

玄后笑着向她招手，“雪儿，皇上不会怪你的，到哀家这来。”

黑水明皇这时起身笑着说：“父皇，既然雪儿已来了，是不是该举行册封仪式了。”

玄皇笑着点了点头：“宣读圣旨。”

一旁的太监站出来，将圣旨打开，对着雪儿说：“雪儿，上前听封。”

玄后放开紧紧握住雪儿的手，示意她过去。

雪儿向玄后行了礼后，走到太监面前，欠身跪下。

“奉天承运，皇帝诏曰：雪儿姑娘天资聪颖，秀外慧中，特册封雪儿姑娘为黑水国公主，封号明雪，钦此。”

雪儿三呼万岁，从太监手中接过圣旨。

玄皇走到她面前，牵着她的手，面对着席上众黑水国的朝臣，他们纷纷起身，向雪儿下跪恭喜。

我觉得雪儿似乎对这个公主的封号有些不以为意，而风流云神色有些诡异，便悄悄问道：“风兄，你与她之间可有什么事发生？”

风流云一听这话，脸色微变，随后一笑：“你认为我与她之间会发生什么，李兄太多虑了。”

“是我太多虑，还是你有什么事瞒着我？不过很快答案就会呼之欲出。”

说完，我便起身来到雪儿面前，一脸感激地说：“在下李木然，谢谢公主殿下赠雪莲相救之恩。”

我低头拱手作揖，雪儿这时回我一笑：“李大人，你太多礼了，雪莲只是一味药而已，要谢的话，你应该谢慕容将军、破军及风流云，我只是举手之劳，何足道哉。”

“公主如此居功不自傲，令在下钦佩不已，不如在下送上一曲以表对公主的谢意，以及庆贺公主得到明雪公主这个封号。”

我的话音刚落，霜霜与香琦走到我身边，对着雪儿眼含笑："雪儿，李大人不轻易赠送曲子给人，你真是太幸运了。"

"今晚有幸聆听李大人的仙音妙曲，当属我的荣幸，不知李大人要送何曲与我？"

我笑而不语，对着霜霜笑着请求："可否借琴一用？"

霜霜笑着点了点头，命人去取古琴。

"公主殿下容貌出众，心仪之人必定如过江之鲫，在下想问公主心中可已有意中人，如没有，我这倒有一个人选。"

雪儿脸一红："李大人过奖了，我心中并无良人，不知李大人要为何人做媒呢？"

我看着众人眼中皆露出疑惑之色，笑着回她："此人就是我天域国玉树临风，风流不羁的逍遥侯风流云风大人，你意下如何？"

一语激起千层浪，宴会中所有人都将惊讶的目光投向我、雪儿与风流云。

第二章　回眸一笑百媚生

【4】

当我说出风流云的名字时，我看到雪儿眼中闪过一丝慌乱。

风流云走到我面前急着说：“李兄，你这是在做什么？我成不成亲不用你操心，想我风流云，风流倜傥，英俊潇洒，还怕娶不到妻吗？”

“是人都明白我在做什么，当然是为你做媒呀，不过好像这个媒做不做都无所谓了，我想你与她之间应该心有灵犀一点通了吧？”

风流云这时满脸通红，为自个儿辩白：“你如此说，有损公主殿下的清誉。”

我看着风流云一脸极力维护雪儿的样子，反问他：“你这么着急干什么，你没听过一句话，解释越多就会变成掩饰。”

我转头看向雪儿，明显看出她对风流云有好感，于是说道：“我不知公主殿下心中对风流云有何看法，我只是想对公主殿下说，别看风流云曾经花名在外，但是他本性不坏，是可以托付终身之人。不信你可以问一下你的父皇、母后。”

玄后笑道：“雪儿，李大人说得不错，风大人可是抢手得很。”

“但凭父皇、母后做主。”

雪儿突然将这个球扔给了玄皇与玄后，分明是对风流云有意，她与风流云在天山上一定发生过什么事，才会如此做的。

我曾猜测，雪儿会不会是受到风流云故意引诱，才会如此做呢？但后来一想，不对，看那风流云一脸维护雪儿的样子，不像是如此。

我笑着转身问风流云：“雪儿这边没有问题了，你这儿呢？”

这时欧阳天域等人走到风流云身边，对他挤眉弄眼，推搡他，一道起哄。

“雪儿姑娘配你，算你走了桃花运，还不快点应承下来。”

风流云眼中露出应承之色，对着玄皇跪下：“请玄皇将明雪公主下嫁与在下。”

黑水明皇笑着起身走到父皇与母后面前，作揖恭喜：“父皇、母后，这下你们不只

多了个女儿，还多了一个好女婿，儿臣恭喜父皇与母后了。”

这个晚宴又添一喜，就是风流云与雪儿定亲之喜。

“琴已来，既然今晚有情人月下定情，当配此曲。公主殿下、风兄，此曲可是专门送给你们的。”

我走到琴旁坐下后，轻抚琴弦，一曲清音随着我的手拨动琴弦，传进每个人的耳中，我对着雪儿还有风流云含笑吟唱：

让我的爱伴着你直到永远，
你有没有感觉到我为你担心。
在相对的视线里才发现什么是缘，
你是否也在等待有一个知心爱人。
把你的情记心里直到永远，
漫漫长路拥有着我不变的心。
在风起的时候让人你感受什么是暖，
一生之中最难得有一个知心爱人。
不管是现在，还是在遥远的未来，
我们彼此都保护好今天的爱，
不管风雨再不再来。
从此不再受伤害，
我的梦不再徘徊。
我们彼此都保存着那份爱，
不管风雨再不再来。

我唱着这首歌，心中想到我与慕容经历了如此多，但愿我们也如歌中所唱能永远相守。

一曲终了，众人皆沉醉在歌词之中，我看到慕容眼中带着会意的笑望着我。

雪儿笑中带泪地问我：“李大人，此曲何名？”

我朗声笑答：“《知心爱人》。祝愿公主殿下与风兄也能做一对知心爱人。”

雪儿欠了欠身，脸上带笑，意有所指：“同样的祝福，我也送给李大人。”

欧阳天域这时走到我身边，动情地说：“好一曲《知心爱人》，不知朕何时才能有自己的知心爱人。”

“皇上，你会有的，也许不久之后，你就会慢慢发现此人的存在。”

“是吗，借李爱卿的吉言。”

欧阳天域虽笑着回我，但笑中却带着一丝落寞，我不忍再看向欧阳天域，就在不经意间我发现了霜霜的美目紧紧追随着欧阳天域。

我心中一惊，难道说霜霜对欧阳天域有情？为什么我与她相处这么久都没听她提及？

我走回座位坐下后，心想：霜霜，你这是何苦呢？如果真的对欧阳天域有意，为什么不让他知道呢？难道就因为欧阳天域心中有我？你又不是不知道我的心中之人是慕容，如果不是今晚，你当真要将对欧阳天域的心意永埋心底吗？

一场晚宴在皆大欢喜中度过，本来是想借此机会引出那刺客，可惜他并没有出现。

黑水国真是喜事连连，皇宫里又热闹起来，因为马上要迎来雪儿与风流云的大婚。

风流云经常往宫里跑，说是去量身。我们都清楚他是去找雪儿的，只是都不点破他的话。

黑水国皇城中到处张贴着明雪公主大婚的启事，他们的婚期定在五日后的黄道吉日，到时皇宫中会张灯结彩，而他二人还会站在城楼之上接受黑水国皇城百姓的祝福。

虽然风流云这几天不是进宫，就是有心避开我，但我还是抓住了一个机会问他与雪儿的事。

那晚，风流云从宫中回来，我轻轻走到他的居所，敲了敲门，他打开后，一看是我，本想关门，我突然将手放入两门之间。

他急得大吼一声："你是想自己的手断吗？"

"不这样做，你会让我进来吗？"

我得逞地笑了，走进了他的居所，他跟在我身后，低低地问了一句："你来找我是问我与雪儿之间的事吧？"

"风兄果然冰雪聪明，一猜即中。我早就看出你与雪儿之间暗潮涌动。我猜想：你去天山请她回黑水皇宫受封时，发生了不寻常的事吧？"

"是不寻常，不过是我对不起她，娶她也是为了弥补自己所犯的错，也好让自己的良心好过一些。"

风流云虽低着头，但我听出他话语中暗含深深的愧疚之意。

"那你与她究竟在天山发生什么事，不会是你霸王硬上弓吧？"我故意这么说。

"我风流云虽好色，但也是正人君子，对你都不曾逾越，更何况是她。"风流云一本正经地对我说。

"那你们之间究竟发生了什么事，让你觉得有愧于雪儿？"我忙问他。

"我与她确实有了夫妻之实，只不过当时是为了救她，不得已而为之。"

风流云说此话时，眼中藏着深深的自责。

"那你说一说，你为什么不得已而为之？我不相信你对雪儿无半点情意，我看得出

雪儿也不是对你无意之人。”我不明白地又问。

“我这么做一半也是为了你，因为我知道雪儿对慕容怀有好感，所以为了不让你感到为难，才会起迎娶雪儿之心。”风流云坦承着自己的心意。

“风流云，其实你不用为我着想，如果你真的对雪儿无意，也不必强逼自己娶她，我想雪儿也从没强求过你负责，对吗？”

风流云听后点了一下头，我接着又说：“其实我早就知道雪儿对慕容有好感，只是慕容不知道罢了。他那只呆头鹅，也只有我这样的女子才会明目张胆地对他示爱。”

风流云苦笑了一声：“原来是我多管闲事，不过这样也好，为了我自己，也为了雪儿，我们会成亲的。我不想让她再一次受到伤害，因为我已经伤害过她一次了。”

“讲了半天，你还没说你们在天山究竟发生了什么事？”我再一次重提这个问题。

“反正都已说开，你想知道，我就告诉你。”

风流云慢慢给我讲述着他跟雪儿之间在天山所发生的事。

风流云连夜兼程赶到了天山脚下，在一间客栈稍作休息，便出了客栈门，沿着山路向雪儿所居住的地方走去。

可是他走了许久也未到达雪儿居住之所，便再拿出地图出来看了一下，自言自语：“没有走错呀，为什么会这样呢？”

他没有办法只得往回走。他发现前面有一户农庄时，便轻敲着门开口问：“里面有没有人？”

风流云叫了几声后，门开了，走出一个满脸胡须之人没好脸色地望着风流云：“是你在敲门吗？”

“正是在下。在下因迷路冒昧打扰您，还望见谅。”风流云拱手便说。

那人打量了一下风流云，眼带怀疑之色，开口又问：“你为什么到这来？这里终年冰雪，时不时会有暴风雪，很少有人来。”

“我是来寻人的，虽然我身揣着地图，却还是迷路了。”风流云明白此人不相信他的话，向他解释。

“那你要寻什么人？”那人紧接着又问。

“我寻的人名叫雪儿，是一位姑娘。”风流云含笑回他。

“这里没这人，你找错地方了。”说完，砰的一声将门重重关上，“赶紧离开此地，这不是你该来的地方。”

风流云心里明白，那人知道雪儿在哪，于是一边用力地敲门，一边大声叫：“请您告诉我怎么才能找到她，我真的是有很重要的事情找她。”

不管风流云怎么敲，怎么叫，都不见里面有任何动静。

风流云对着门大声地吼叫：“你叫我走，我偏不走，你不告诉我，我就自己找，我

就不信找不到。”

他又拿出怀中地图，按图指示，踏进了白皑皑的雪山之中。

【5】

风流云来来回回走了几转，也没有发现小木屋，眼看天将黑了，只得返回那农庄前，一个跃身跳入农庄，心想：你不让我进，我就没办法了吗？

他小心翼翼地在农庄中走着，当他走到一间屋前时，听到里面传出说话的声音，他用手在窗户上戳了一个洞，用眼望进屋内，看到一个老妇人正对着与他有一面之缘的满脸胡须之人说着话。

“今日来寻雪儿姑娘的人走了没有？”

“应该走了吧。最近这里来了许多人都是寻找雪儿姑娘的，这些人全是不怀好意之人。一些人是为了雪莲，而另一些人是听说雪儿姑娘貌美如花，想强占雪儿姑娘的，所幸这雪山非常人能进的。”

风流云听出那满脸胡须之人言语中有着怒意，心想：怪不得一听到我来寻雪儿，就脸色一变，原因出在这儿。

接着他又听那满脸胡须之人对着老妇人说：“娘，你放心，雪儿姑娘是娘的救命恩人，我自有办法驱除这些心存不良之人。”

“这样就好，虎儿，你自己也要当心些，对了，今日来的人长的什么样，为什么我看你进屋后会如此生气？”老妇人好奇地问他。

“那人长得倒是一表人才，就是流里流气的，一看就不是什么好人，定是慕雪儿姑娘美貌之名而寻来的，想凭着自己的相貌迷倒雪儿姑娘，我看他打错了如意算盘。”

风流云一听这话，哭笑不得，那雪儿又不是没见过，虽说长得花容月貌，但自己心中早有良人了，就算她再美又怎及自己心中的她呢。

那名老妇人好言相劝：“虎儿，娘知道你的心思，但是雪儿姑娘非凡人，你就不要痴恋她了。”

“娘，看你说到哪去了。我自知配不上雪儿姑娘，要配得上她的人也是那天与她同骑在马上之人。”虎儿脸红着说。

风流云一听这话就急了，推门而入，虎儿同他娘看着有陌生人进来，脸上尽是惊骇之色。

虎儿指着风流云大叫：“怎么是你，你是怎么进来的，是不是有什么不良企图？我给你说，我就是拼上命也会阻止你找寻雪儿姑娘的。”

“我又不是什么坏人，今日来此找雪儿姑娘是受人之托，不过不是你想的那样，你

也不用紧张。”风流云含笑坐在凳上，说着客气话。

那老妇人打量了一眼风流云：“此话当真？”

“当真，我来寻雪儿姑娘，是受黑水国太子殿下所托，请雪儿姑娘回到黑水皇宫册封公主一事。”风流云一脸正经地告知他们自己此行的目的。

老妇人与虎儿听后，惊讶地说：“你说什么，你是来请雪儿姑娘到黑水国的皇宫接受册封的？”

风流云点了点头，一脸和善地笑着说：“这下你们该相信我不是你们所说的那种人了吧。”

虎儿一脸不满地问：“我们说你是哪种人了。”

风流云好笑着说：“就是那种好色之人。”

虎儿听后，脸顿时红了，忙辩解：“我怎么知道你是不是那种人，看你长得油头粉面的，一看就不是好人。”

“那现在呢？”风流云笑着又问。

老妇人见虎儿久久未回话，开口解围：“你不是要找雪儿姑娘吗？虎儿知道她住的地方，等明日我就让虎儿带你去雪儿所住之地。”

风流云见好就收，起身作揖致谢：“那多谢老人家，多谢虎儿兄弟，有劳了。”

“谁跟你是兄弟，如果你说的是假话，别以为找到雪儿姑娘就万事大吉了，我有的是办法让你夹着尾巴滚回去，你给我记好了。”虎儿略带敌意地说。

“等见到雪儿姑娘自见分晓。对了，今晚我想借住一宿，不知二位可否愿意借在下一间房住一晚？”风流云不以为意地再次请求。

老妇人对着虎儿使了个眼色，虎儿语气不好地咕哝：“跟我来吧，不过你只有睡柴房，我们可没有多余的房子给你住。”

“有柴房也不错，总好过在外面受冻，请虎儿兄弟带路吧。”风流云笑脸相迎。

虎儿头一转，没好气地说：“不是给你说过吗，不要与我称兄道弟的，叫我虎儿就行了。”

风流云没想到这个满脸胡须之人的脾气这么倔，笑了笑，不再言语。

虎儿带他到了柴房后，扔给他两床被子：“你就将就过一晚，明日我们要赶早出发，早点睡吧。”

虎儿转身走出了柴房，风流云抱着那两床被子走到柴房中一个破旧的床前，将一床被子铺在床上，和衣睡到床上，又将另一床被子盖在身上。

他躺在床上，心中暗笑：想我风流云在江湖上混了这么久，从没睡过柴房，没想到今日却落到睡柴房的地步，都怪那个雪儿。

风流云听着外面呼呼的风声，想着明日见到雪儿该如何说，想着想着，就沉入了

梦乡。

一夜好眠，虎儿正在风流云好梦的时候，使劲敲门，大叫："还不起床，想不想去雪儿姑娘所住之处？再晚可就来不及了。"

风流云被这个叫声惊醒后，将身上的被子一掀，起身走到柴房门前，打开门，就感到一阵冷风吹进来，忍不住身上哆嗦了几下。

虎儿见他这样，扔给他一个虎皮做的披风："披上它，进山后会更冷。"

风流云披上虎皮后，顿感身上一暖，忙笑着致谢："多谢虎儿，那现在就上路吧。"

"你肚子不饿吗？等吃饱了再走不迟。去吃饭吧，我娘已做好早饭了。"

虎儿领着他向厨房走去，刚进房，风流云就闻到一阵香味，肚子也不争气地咕咕叫，风流云的脸霎时红了。

虎儿取笑他："肚子饿了会叫有什么好脸红的，来吧，快点吃，吃完后好上路。"

他从桌上拿了两个馒头，扔了一个给风流云，风流云接到后，咬了一口。

"真好吃！"

老妇人笑着说："干咽可不行，快来坐到饭桌旁，就着稀饭咸菜吃。咱农庄没什么好招待你的，你就将就点。"

"这样挺好，我这个人适应力特别强。"

风流云大口大口地喝着稀饭，就着咸菜吃着馒头，完全恢复了江湖中的习气，吃完后，开怀大笑。

"真过瘾，好久没有这样过了。"

虎儿看着风流云豪迈的样子，眼中含疑地问："看你的样子，不像是出身大户人家，更不像朝廷中人。"

"谁跟你说我是大户人家出身的，至于是不是朝廷中人，这一点可以告诉你，我是朝中之人，但不是你想的那样。"

"那你是什么样的人？"虎儿又问。

"我以前可是混江湖的，后来为了一个人才入朝为官的，不过也是个闲职，但有时这个闲职权力还是挺大的。我吃饱了，你呢？"

虎儿又重新打量了一下风流云，心中满是疑惑，点了一下头："走吧。"

两人别过老妇人，出了农庄，向雪山深处进发。

雪山在阳光的照射下反射出七彩的光芒，风流云一边走一边欣赏着雪中美景，惬意无比。

由于是爬山的缘故，风流云身上渐渐发热起来，他索性脱下虎皮披风，拿在手上，对着前面带路的虎儿问："还有多远才能到？"

虎儿一转头，额头上已布满了汗水，说："就快到了。"

虎儿转过头继续向前行，而风流云听到此话后，紧跟在虎儿身后。

当他们走到一处山坳处时，听到不远处传来一个女声："我这没有你们想要的雪莲，请回吧。这位公子，你的好意我心领了，但是我习惯了山中生活，恐怕要让公子白跑一趟。"

风流云与虎儿此时异口同声叫道："是雪儿姑娘，看来雪儿姑娘遇到了不良之徒。"

风流云与虎儿赶紧加快了步伐，循声而去，这时又听到一个男声："雪儿姑娘，不要敬酒不吃吃罚酒，向你讨要雪莲是看得起你，如果今日老子要不到雪莲，也要掳你回去，也不枉我来这一趟。"

话音刚落，雪儿怒声便起："我倒要看看你是如何掳我回去？"

这时又响起另一个男声："雪儿姑娘，我们一个要雪莲，一个要你，不如就从了我二人如何？"

起先那人淫笑声又起："这位仁兄说得不错，如果你从了我二人，定让你这辈子都离不开我二人。"

听到这二人的浪笑淫语，风流云恨恨地怒骂："无耻之徒！"

随即提了一口气，施展轻功向声音传出的方向急速飞去。

当风流云到达雪儿姑娘所在之处，眼中看到雪儿衣袖翻飞，雪光剑随身游走，抵挡着两名男子的夹击。

风流云冷笑一声，持剑准备助雪儿一臂之力，耳中却听到雪儿难受的气喘声："你好卑鄙，竟然施毒。"

施毒之人哈哈大笑，淫笑声再起："小美人不要害怕，此毒不会致人死地，只是会让人生不如死，你中的可是天下第一的媚毒。"

而另一公子模样的人，色迷迷地盯着雪儿："雪儿姑娘，你千万别运功逼毒，此毒听说越运功，发作得越快。你的脸好红呀，真是好看，让人忍不住想咬上一口，不如就让我二人亲身为你解毒如何？"

雪儿脸上有着强压之色，眼含冷光，厉声呵斥："你们想得美，就算我死也绝不让你们碰我一下。"

风流云飞身上前，立在雪儿身旁，怒呵一声："无良鼠辈，好大的狗胆，连公主也敢羞辱，你们是不是不想活了？"

雪儿闻声转头看到是风流云，一脸疑惑地问："怎么是你？"

那二人见是一位容貌俊雅，气度不凡之人正怒视着他们。

其中一人淫笑一声："原来她是公主，我还没玩过公主，今日也让我尝尝……鲜。"

那个"鲜"字还没出口，只见寒光一闪，风流云的剑便刺穿了那人的咽喉，那人瞪着眼想说什么时，那剑却被风流云一个回身抽出，一脸怒气地盯着他。

“闭上你的狗嘴！”

那人随着剑的抽出，向后倒在雪地上，咽喉处不停地冒着鲜血。

风流云用着带血的剑指着另一公子模样的人，眼含怒，厉声喝道：“快将解药拿出来，要不然此人的下场就是你的下场。”

那人早已吓得尿了裤子，跪倒在风流云面前，颤声哀求：“请大侠饶命，我并没有解药，我与他只是碰巧遇到而已。”

雪儿用艰难的步伐走到风流云身边，用微微颤抖略带冰冷的声音说：“杀了他！”

雪儿的话音刚落，便倒在风流云怀中，脸带春情，轻启樱唇柔媚地叫道：“好热，我好热。”

【6】

风流云看着怀中的雪儿显然是媚毒发作，娇美的脸上带着魅人的笑。

她的手不停地在风流云身上游走，媚眼如丝，有说不出来的魅惑。

风流云将雪儿抱在怀中一个纵身跳到此时赶来的虎儿身边，一把将雪儿推到他怀里厉声大吼：“赶紧将雪洒在她身上。”

虎儿不知发生什么事，但看到风流云焦急地往雪儿身上洒雪，又看到雪儿不停地说着热，就跟着风流云抓起地上的雪，往雪儿身上洒。

那跪在地上的人悄悄地起身，想迅速离开此地，可是他没想到他的一举一动早落在风流云的眼中。

没跑几步，便感到有一柄剑从他身后穿胸而过，血顺着剑尖滴落到雪白的雪上，如盛开在雪地上的红梅。

风流云站在那人身后，用力抽出插入胸中的剑。

由于惯力，那人转过身来指着风流云想说什么，风流云踢了他一脚，怒骂：“想跑，你能快得过我的剑？真是不解恨。”

那人倒下后，风流云又跑回雪儿身边。

此时的虎儿正不停地将雪洒到雪儿身上，可是雪儿的脸却不因冰冷的雪而有所改变，反而是越来越红了。

雪儿的叫声更大，并撕扯着自己的衣服，虎儿这时没了主意，用焦急的眼神望着风流云。

“雪儿姑娘为什么会变成这样？你想想办法呀。”

风流云来到雪儿身边，轻轻抱起她，吩咐虎儿：“你在外面守着，我先送雪儿回小木屋，运功驱毒。”

虎儿点了点头，风流云几个纵身来到小木屋门前，用脚踹开门，抱着雪儿进屋。

他反身将门闩上，来到床边，将雪儿轻放在床上，然后自己也上了床，扶正雪儿的身子，运着功为雪儿驱毒。

大概一盏茶工夫，风流云已满头是汗，心中暗叫：这是什么毒呀，为什么驱不出来。

这时雪儿趁风流云分神停止运功之时，转过身来缠到风流云身上，急切地呼叫："好热。"

风流云看着雪儿已彻底失去了理智，酡红的双颊写满春情，微张的小口对着他吐着香气，诱惑着风流云。

风流云用力推着雪儿的身子，可是他越推，雪儿缠得越紧。

风流云此时有再大的定力也被眼前活色生香的雪儿所击溃，只见雪儿凌乱的衣服再也遮不住春光，肌肤随着扭动若隐若现，吸引着风流云的目光。

风流云眯着双眼，低哑暗沉的声音温柔地在雪儿耳边再一次响起："得罪了！"

一夕交欢，满屋春色在雪儿酣然入睡后画下了句号。

当他看到雪白床单上鲜红夺目的血时，苦笑一声："不知雪儿醒来，该怎么向她交代。"

在门外守候的虎儿来到门前，轻敲着门问："风兄，雪儿怎么样了？"

风流云小心翼翼地将雪儿的头放在枕头上，为她盖好被子，起身穿好衣服后，轻手轻脚地走到门前，打开门后望着虎儿。

"雪儿刚睡下，小声点，不要吵醒她。"

雪儿的哭声惊醒了伏在桌上睡觉的风流云与虎儿。

虎儿听到哭声后跑到床边，对着雪儿急叫："雪儿姑娘，究竟发生什么事，你为什么要哭？你快告诉虎儿。"

雪儿像是没听到虎儿的话一样，继续哭着。

风流云心中明白雪儿为什么会哭，迅速走到床边，对着她大叫："不要哭了，昨日情非得已，如果不是帮你解媚毒，也不会占了你的清白之身。我会对此事负责到底。"

虎儿听到风流云所说之话，明白了雪儿为何要哭。他心中火起，抓住风流云的领口怒吼："亏我这么信任你，你却是如此对我的。早知道你没安什么好心，就不应该听你的。"

风流云看着虎儿的拳就要落下，他不躲也不闪，挨了虎儿一拳，嘴角溢出鲜血，苦笑一声。

"你以为我想如此做吗，你以为只有她可怜吗？我之所以入朝为官是为了一个人，也是为了那个人才会来到这个该死的天山寻人的。"

雪儿此时已停止哭泣，擦干脸上的泪水，平静地问：“你当真要对我负责？”

风流云用诧异的眼神望着雪儿，心中不知道雪儿为什么会有此一问。

风流云擦去嘴角的血，振振有词：“我风流云堂堂大丈夫，说话算话，既然答应会对你负责，就绝不会食言，我承诺在有生之年，只要你不主动离开我，我也不会弃你不顾。”

雪儿看着风流云一脸的正经，一脸苦笑:“你不用对我承诺什么，如果以后你想离开，我也会放你走的，毕竟你心中之人是她。”

风流云也苦笑着反问：“难道你不是吗？”

雪儿又问：“几时起程回黑水国？”

“即刻起程，怕迟了赶不上册封仪式，等你册封之后，我会向黑水国皇上求亲。”

雪儿笑了笑，低下头轻声说：“你们先出去一下，我换件衣服后跟你回黑水国。”

风流云与虎儿退出了小木屋，虎儿厉声怒斥：“你别以为这样我就会饶过你，你最好以后对雪儿好一些，如果雪儿受到任何委屈，我不会放过你，虽然你武功高强，但是拼上我的一条命也要为雪儿讨个公道。”

风流云不怒反笑，戳破虎儿心事：“你这么生气是认为我玷污了你心中的女神吧！你喜欢雪儿对不对？不要急着否认，我从你的眼神中看得出来。”

虎儿红着脸，恼羞成怒，“别胡说，现在是说你与雪儿的事，不是说我的事，你要发誓，这辈子都会对雪儿好。”

风流云一脸严肃地说：“虎儿，这个誓发不发，我都会对雪儿好的！你放心，只要有我风流云在，雪儿不会受到任何委屈的。如果不是发生这种事，我可能会终身不娶。”

虎儿稍减怒气，疑惑地问：“那个人有那么好吗，连雪儿都比不上？”

“这不是比不比的问题，雪儿固然有她的好，但我心中早已有了她，所以对雪儿只能是尽可能地照顾好她。”

“既然你有心仪之人，为何不娶她呢？”虎儿更加不解。

“娶她也许是我一生都不会实现的梦想，因为她心中另有心仪之人，那人就是雪儿心仪之人，我这样说，你总该明白了吧。”

虎儿这才恍然大悟：“就是那日与雪儿姑娘共骑之人。”

风流云点了点头，不再言语。

门吱的一声开了，雪儿换了一身雪白的衣裙，面无表情地说：“我们起程吧。”

风流云回了一声：“好，这就起程，先到客栈，那里有我骑来的马。”

风流云等三人先向农庄的方向走去，一路上三人默默地走着路。

当到了农庄后，虎儿的娘打开门，看到虎儿、风流云还有雪儿站在门前，虎儿的娘赶紧让他们进来坐。

风流云忙说："我们不进来了，我与雪儿要连夜赶回黑水皇宫。"

雪儿从怀中拿出一个玉瓶交与虎儿娘手上。一脸善意的笑："您身子不好，我这还有几粒雪莲所做的丹药，您按时服下，就能彻底治愈您的病。"

虎儿的娘老泪纵横，感激地抓着雪儿的手："多谢雪儿姑娘，我真舍不得你离开。"

虎儿这时劝着娘："雪儿姑娘这次去黑水国是受封为公主，我们应该替她感到高兴才是。"

"对，虎儿说得对，看我老糊涂了。雪儿姑娘，一路顺风，记得有空回来看看我们。"虎儿娘破涕为笑。

雪儿向虎儿娘儿俩行了礼，轻轻将手交到风流云手中，风流云牵着她的手向着客栈方向而去。

风流云回望了一眼虎儿与他娘，大声承诺："有空我会带雪儿回来的。"

风流云与雪儿离开客栈，骑着马如离弦的箭一样，向黑水皇宫的方向飞奔。

风流云因为骑得太快，怕雪儿受不了，轻声在她耳旁说："由于赶时间，所以骑得很快，你忍一忍。"

雪儿脸霎时红了，小声地转过头，低声说："没关系，我乃习武之人，这点颠簸还受得了。"

"那就好，那你坐稳了。"

风流云挥舞着马鞭，那马奔跑的速度比刚才快了许多，只听到耳旁有呼啸的风声，两旁的景物飞速地向后退。

当风流云讲完后，我低声地说了一句："珍惜眼前人。"

我起身走到门前，回望了一眼风流云，心中祝福他与雪儿能得到幸福。

【7】

我站在凉亭之中，想着那晚霜霜的眼神，那眼神分明是夹带着爱慕之情，不禁眉头紧锁，一股愁云挂在脸上。

"想什么呢，这么出神！你看你的眉头又皱起来了，这样老得快。"

慕容低沉好听的声音在我身后响起，他走到我面前，用手温柔地抚平我紧皱的眉头。

我看着眼中闪着爱意的慕容，轻轻伏在他肩头，低声说："我该怎么办？霜霜似乎对皇上有意。"

慕容轻抚着我的秀发，柔声一叹："我还以为是什么事让你这么费神，原来是此事，如果霜霜真的喜欢皇上，那我们就从中牵线，你看如何？"

"可是我怕如此做会害了霜霜，我真的好怕。"我紧紧搂着慕容，说出了心里的担忧。

慕容的俊脸上闪着笑意："怎么会害了霜霜呢？我们从中牵线，让他们给彼此一个机会，至于最后结果会如何，我们谁都猜不到，也许会是个好结果呢？不试过怎么会知道，就如同你再给了我一次爱你的机会，我们现在不是彼此心意相通吗？"

我思索着他的话，点了点头："就照你所说的办，不知道我们该如何为他俩牵线呢？"

"这还难得倒我们足智多谋的李大人吗？"

我被他这句话窘得说不出话来，轻捶他的胸，一脸嗔怪："看来风流云那一套，你学得很好，而且大有青出于蓝之势。"

慕容一脸的享受，并没有阻止我的捶打，反而哈哈大笑："我可是很乖的，风流云那套我是有心想学，但是学不会，所以我的李大人错怪为夫了。"

我被他的这番话逗笑，停止了捶打，语带笑："还说没学会，如今的你呀，变化得太快了，让我都产生错觉，当初认识的慕容将军哪去了。"

"我一直都没有变，这一切都是因为你，是你让我有幸福的感觉。当我握着你的手时，或是紧紧抱着你时，我感到我拥有了全世界，这比我打仗得胜还要兴奋开心。"

"慕容你把我说得太好了，我来到这个朝代能遇到你才是我的幸运，让我孤寂的心再次感到家的温馨，爱的温暖。"

慕容不再言语，将我紧紧搂在怀中，看了一眼天空中不停闪烁的星星，低下头深情地望着我。

星光下相拥的两人四目相对沉默不语，不时的蝉叫声似乎在提醒着不要惊扰这对相拥的恋人。

大婚的前夕，我曾到过明雪宫，拜见雪儿。我对她说，不要因为我与慕容的关系，做出违背自己心意的事，也不能拿自己的终身大事开玩笑。

雪儿告诉我，她本无意插足我与慕容之间，一切只是情非得已。她做出嫁给风流云的决定也不是因为那晚所发生的事，而是因为她想斩断对慕容的绮念，而且她发现自己心中对风流云不是没有好感，所以才会做出这个决定。

虽然她这么跟我说，但是我还是感觉得出她话语中暗含伤心、难过和无可奈何。

既然她这么说，我唯有祝愿她与风流云夫妻恩爱，相守到老。

风流云与雪儿大婚的锣鼓已敲响，黑水城中百姓随着喧天的锣鼓声，早已聚集在城楼之下。

黑水皇宫中是一片忙碌的景象，霜霜、香琦与我悄悄走进明雪宫，看到大群宫女正在为即将出嫁的雪儿梳妆打扮。

坐在铜镜前的雪儿任由一群人在自己脸上装扮着，淡淡的眉笔勾勒出雪儿柳叶细眉，淡红的胭脂均匀地涂在雪儿的双颊上，雪儿本就白皙的肌肤上顿时升起两朵红云，映衬出她如花的娇容。

似水的双眸，盈盈闪动，长长的睫毛自然向上翘，眉心处描画着一朵白色的雪莲。

本就红润的小嘴经由红色唇纸上色，更显得娇艳欲滴，挺直的瑶鼻嵌在脸上，组合在一起简直如天仙下凡。

镜中的雪儿，让我眼中闪着惊艳之色，本就知她冷艳照人，但是今日的她更显得楚楚动人，让人移不开眼。

“好美的新娘子，真是便宜了那个风流云，让他捡到一个宝。照我说呀，雪儿妹妹应该配王公贵族才对。香琦，李大人，你们也看到那晚有多少王公贵族眼睛直直地盯着雪儿妹妹的俏颜。”

霜霜玩笑的话语刚停，香琦力挺的声音又起：“你不要逗雪儿妹妹了，我看呀，那个风流云才是雪儿妹妹的最佳良配。雪儿妹妹，我说得对吗？”

雪儿这时已化好妆，正准备更上新嫁服，听到她二人的声音，回眸一笑：“两位姐姐，不要再取笑妹妹了。”

“真是‘回眸一笑百媚生’，我看呀，霜霜说得对，风流云呀，止不定心里在偷笑着呢。”我故意贬低着风流云。

雪儿见是我开口，忙闭上口，转过头等着宫女们为她换装。

我走到她面前，围着她转了一个圈。

“生气啦，我是给你开玩笑的，风流云这个人呀，你可得看牢点，他呀，以前可是风流惯了。”

雪儿对我笑了笑：“我也是故意逗李大人玩的，没想到你当真了。”

我一脸挫败的样子，走回霜霜与香琦身边，叹了一口气：“看来风流云没有好日子过了，娶了一个伶牙俐齿的丫头，不过我不同情他，他活该，是该有人管管他那张嘴了，还有他风流的恶习。”

我们正有说有笑时，转眼之间一位含笑娇羞的佳人出现在我们面前。

大红的喜服金凤缠身，束在腰间的丝带显出雪儿盈盈一握的细腰，贴身的喜服勾勒出雪儿姣好的身段。

香琦伸手将凤冠两侧的珠帘放下，遮住了雪儿如花的娇颜。

在为雪儿头上盖上喜帕之前，霜霜眼中露出厉色，对着雪儿轻声说：“真舍不得你出嫁，如果那个风流云敢出去鬼混，或是对你不好，你就告诉姐姐，姐姐有的是办法教训他。”

香琦好心地为风流云说话，安慰着雪儿：“风公子不会如此的，当他看到雪儿妹妹，一定醉倒在她的裙下，整天守着还不觉得够，怎么可能出去乱来。”

霜霜脸上带着坏笑，反问香琦：“想必太子哥哥也是如此对你的吧？”

香琦被她这句话惹得脸上飞起了红霞，轻打着霜霜：“你这个口没遮拦的坏姐姐，

当心嫁不出去。”

霜霜这时笑着回她：“能娶我之人还没出世呢。没有入我眼的人，我宁愿不嫁，独身到老。”

雪儿关心地说：“霜霜姐姐，一个女人总是要嫁的。不过姐姐一定要记得，不要委屈了自己。”

霜霜明白雪儿的意思，忙说：“姐姐明白，好了，今日是你的大喜之日，不要想不开心的事，现在就由我与香琦扶着我们的准新娘到大殿去吧。”

我听着她们的对话，明白霜霜心中看得上眼的人是欧阳天域，看来这个媒是不做不行了。

大殿之上早已坐满了各地宾客与朝中大臣们，玄皇与玄后也高坐在龙凤椅上，两旁是黑水明皇与欧阳天域等人。

我从明雪宫出来，坐在慕容身旁，好奇地问：“怎么风流云这个准新郎还没出现，是不是害羞不敢见人。”

我的话音刚落，就听到外面太监高声大叫：“驸马风流云晋见皇上。”

我抬头望向殿门口，只见一位身着大红喜服，头戴新郎帽的俊美公子出现在我眼中，此人正是风流云。

今日的他少了痞气，倒是多了一份沉稳之气。

斜插的剑眉之下，是浓黑透亮的双眸，高挺的鼻梁之下是不厚也不薄的双唇。

脸形似女子一样，略带点瓜子，倒也无损他的男子之气，反倒是柔和了略显硬朗的脸庞。

风流云脸上带着笑，向着玄皇与玄后跪下启口：“小婿风流云参见父皇母后。”

玄皇与玄后笑着摆了摆手，风流云转而跪向欧阳天域：“臣风流云参见皇上，请皇上见证臣与黑水国明雪公主的大婚。”

欧阳天域满面笑容，扶起跪在地上的风流云：“风爱卿，朕有幸见证你与黑水国明雪公主缔结良缘，颇为开心。朕祝你与明雪公主举案齐眉，白头偕老。”

“多谢皇上。”

我走到风流云身旁，脸上洋溢着喜庆的笑，“成亲之后，风兄有了要守护的人，肩上也多了份责任。我祝风兄与明雪公主早日生一个风侄子出来，我要当他的老师，教导他学业。”

众人忍不住笑出声来，而此时的破军与慕容也起身，半开玩笑半当真地说：“如果当真有了风侄子，我们就教导他武功，一来防身，二来可以保家卫国。”

风流云此时脸上发烧，忙低头：“你们就不要取笑小弟了。”

“明雪公主晋见皇上！”

门外太监这声高喊，打断了殿内说笑声，风流云转过身望向殿门，只见霜霜与香琦扶着一位蒙着面的丽人缓缓走了进来，一大群宫女尾随而至。

香琦与霜霜扶着雪儿来到风流云身边，霜霜将大红的喜花两头的红巾分别交到风流云与雪儿的手上，随即语带威胁地小声说道："如果你敢对不起我妹妹，小心点。"

风流云笑而不语，转向殿门口缓缓跪下，而雪儿也在香琦的搀扶下跪在地上。

他二人三拜后，霜霜拿着喜杆递到风流云手上，小声说："等会儿不要看傻眼。"

风流云不明白地笑了笑，走到雪儿面前，用喜杆轻轻挑起喜帕，在他眼前是凤冠下垂着的珠帘，随着珠帘的晃动隐约可见一张动人的俏脸。

香琦走到他面前，笑问："你知道为什么揭了喜帕还有一道珠帘挡住吗？"

风流云摇了摇头，霜霜这时走到他面前，一脸笑意地释疑："就是让你再考虑一下，是不是真的想娶明雪公主为妻，如果这一刻你反悔了，这场婚礼就作罢。"

我好笑地看着这一幕，估计风流云也没想到霜霜与香琦为了雪儿的幸福会来这一招。

"慕容如果是你处于风流云现在的情形，你会如何做？"

慕容笑着回我："当然毫不犹豫地揭开珠帘，因为这一刻我等了好久。"

欧阳天域这时也笑着开口："朕也同慕容爱卿一样，只是不知道朕会不会有这种机会。"

我知道欧阳天域心中所想，对他一笑："你会有这种机会的。"

大殿上的众人都盯着大殿中央的风流云，不知道风流云为何迟迟不揭开珠帘，而且风流云的脸上、眼中都找不到任何肯定或否定的答案。我有点担心，不知道风流云心里到底是如何想的。

"你是不是想反悔了？"霜霜着急地质问着风流云。

香琦则紧握着雪儿的手，示意她镇静。

第三章　美人泪，断人肠

【8】

风流云脸上渐渐露出微笑，用手轻轻分开眼前的珠帘，当雪儿比花娇艳的俏脸映入他眼帘的时候，他愣在原地再也移不开眼。

雪儿含羞地望着呆愣中的风流云，而霜霜与香琦的脸上则带着笑，笑风流云呆傻的样子。

我笑着调侃："慕容，你看风流云整个人都看傻了，他的样子好好笑呀。"

"如果是你，我也会看傻的。"

我听到这话，脸一红，将头转向风流云与雪儿。

雪儿见风流云不说话，轻声问："风流云，你愣在那干吗？所有人都在看着你和我呢。"

风流云这才回过神来，牵着雪儿的手走到玄皇与玄后面前，低头跪下："谢谢你们将雪儿托付给小婿，小婿一定会好好照顾她的，请父皇、母后放心。"

霜霜开口便笑："不要说话不算数哦，如果雪儿不开心的话，我第一个不放过你。"

香琦接口的一句话逗笑了大殿上的所有人。

"霜霜你太过多虑了，就凭刚才风公子看傻的样子，估计风公子恨不得天天守着雪儿妹妹呢。"

我走到霜霜身旁，脸带笑意："霜霜，如果雪儿不开心，我也不会放过他的，谁叫他前科不良啊，所以霜霜你就放心吧，风兄不会再出去花天酒地的。"

风流云这时忙叫嚷："我何时出去花天酒地了？雪儿你不要听她们胡说，你千万离她们远点，免得被她们教坏了。"

霜霜拉过雪儿，煽风点火地说："现在他刚做你相公，就管东管西的，时间长了，还不把你管得死死的？"

"相公不会如此的，因为相公打不过我。"

风流云见雪儿如此说，脸上挂不住，没好气地回了一句：“好男不跟女斗。”

霜霜大笑一声：“也对，雪儿妹妹武功高强，现在我倒是担心起风流云了，不知道会不会有一天看到他被打得鼻青脸肿的样子。”

我笑着提醒风流云：“打老婆的男人可不是好男人，请风兄千万谨记这句话。”

我拉着雪儿的手：“今日你大婚没有什么好送你的，再送你们一曲当做祝福吧。”

风流云牵着雪儿的手，眼中流露出爱意。我看见他们成双成对的，很是高兴，取来琴，坐下抚琴唱道：

背靠着背坐在地毯上，听听音乐聊聊愿望，

你希望我越来越温柔，我希望你放我在心上。

你说想送我个浪漫的梦想，谢谢我带你找到天堂，

哪怕用一辈子才能完成，只要我讲你就记住不忘。

我能想到最浪漫的事，就是和你一起慢慢变老，

一路上收藏点点滴滴的欢笑，留到以后坐着摇椅慢慢聊。

我能想到最浪漫的事，就是和你一起慢慢变老，

直到我们老得哪儿也去不了，你还依然把我当成手心里的宝。

我唱罢起身走到他们面前，动情地说：“你们今日能喜结良缘，是三生石上早已刻下你们的名字，月老的红线将你们从陌生的两个人牵到一起，共同走完这人生余下的岁月。希望风兄与明雪公主能相扶相伴幸福到老。”

风流云与雪儿含笑对我说：“多谢李大人的吉言，那我们也祝李大人永远幸福。”

我退回到座位上，欧阳天域一眼不眨地盯着我，话里有话地说：“今日李爱卿似乎有许多感慨。”

“皇上，不是臣心中有许多感慨，只是看到他们能幸福地结合，很是激动。臣听过一句话，在对的时间遇到对的人是一种幸福，而在对的时间遇到错的人是一种悲哀。”我有感而发。

“那李爱卿的意思是朕在对的时间遇到了错的人？”欧阳天域脸带不悦。

我揖首一笑：“臣没有这个意思，不过皇上，等婚礼结束之后，臣有话想单独跟皇上谈，不知皇上可否恩准臣所求之事。”

“既然李爱卿有话要对朕说，朕也很好奇李爱卿有何事跟朕说。”

慕容这时走到我们面前，笑着说：“皇上，我们出去吧，风流云与明雪公主已向城楼走去了。”

欧阳天域似笑非笑地看了我一眼，点了点头：“那就走吧。”

只见那城楼下挤满了人，人们议论纷纷。

“怎么还不出来呀。”

“你急什么急，又不是你成亲。”

城楼之上礼炮鸣响，人群中发出声音：“不要吵啦，快看新人。”

众人抬头望去，一对身着喜服的新人正慢慢走到城楼边，只见他们对着众人挥着手，从天而降的花瓣纷纷扬扬地飘散在他俩的身上。

离城楼近的人看到明雪公主，忍不住发出赞叹：“好美的公主！”

“好俊的新郎官，真配公主！”

我露齿一笑：“风兄与明雪公主的人气还挺旺的，有这么多人聚集在城楼下。”

一旁的霜霜与香琦还有黑水明皇睁着含疑的眼，同时出声：“什么叫人气？”

我一时说漏嘴，又把现代的词用上了。

“人气吗，就是有很多人来支持，就是人气很高。”

我也不知这样解释他们懂不懂，那慕容与欧阳天域相视一笑。

“这只是一个很普通的词，就如李爱卿所解释的那样，如果有一天太子登基，黑水国万民拥戴你，那也叫人气高。”

“哦，本太子明白了，不过这个词挺形象的。”黑水明皇微微一笑。

霜霜与香琦笑着望向我：“李大人的才情颇高，追捧之人也多，那也叫人气高吧？”

我忙打着哈哈：“对，是叫人气高。”

可我心里现在只有一个字“晕”，不过这回嘴风紧，没当着众人面说出来，要不然还真不知该如何解释这个“晕”字。

城楼之上的风流云与雪儿点燃了代表他们永远幸福的平安灯。

城楼之下的众人看着在空中一闪一闪的平安灯，齐声庆贺：“祝明雪公主与驸马爷幸福安康，早生贵子。”

随即十二发礼花随之射向空中，烟花璀璨，照亮夜空，组成“百年好合”的字样，映照着城楼之上的一对璧人。

大婚终于结束了，我回到住所后换了身衣服走到欧阳天域所住的屋前，轻轻敲了一下门。

“臣李木然求见皇上。”

“推门进来吧，门没锁。”

待我坐好后，欧阳天域笑问：“不知李爱卿想对朕说什么？”

我看着眼前的欧阳天域，感到今晚的来访不是时候，心中有些不安：“皇上，今日臣来求见皇上，主要是有一件事想让皇上知道。”

“那是什么事，与朕有关吗？”

“有关但也无关，臣曾说过皇上会遇到自己的良人，还说过也许良人已出现，只是皇上没有发现而已。”

“如果李爱卿都发现了，朕本人怎么会没发现？”

我看着笑容满面的欧阳天域，心中却有一阵疑惑，虽然皇上在笑，但是笑中带着诡异之色。

我按下心中的疑虑，接着说：“皇上，有没有听说过‘当局者迷，旁观者清’这句话，皇上正是当局者。”

“哦，你说朕是当局者，可是朕却觉得李爱卿是当局者，因为朕的良人不就是你吗。”

我看欧阳天域说这话时的眼神不对，心叫不好，赶紧说：“皇上，天色已晚，臣想说的事还是等明日再说吧，臣先告辞了。”

我起身行完礼欲离开，欧阳天域突然站起身抢先一步将我锁在他与桌子之间，他的眼中满是情欲之色，脸离我很近，我闻到一股酒味。

“皇上，你喝醉了。”

欧阳天域笑着压向我：“朕是醉了，醉在李爱卿的才情与美色中。”

我脑中警铃大作，用手推着欧阳天域，奈何力气不如他，他将我的手反锁住。

“你是我的，你就是我的良人！”

听到他已用“我”字，我知道他已意识不清，随即听到 嘶的一声，我的衣衫已被他撕破。

我吓得呆住，忘却了危险已逼近。

欧阳天域紧紧搂着我，嘴不停地乱吻着我的脸，口中胡乱说着：“你好香。”

我这才惊觉自己面对的是一个已醉得失去理智的人，我再也顾不了君臣之礼，大声喊叫：“不要，皇上，您放开我！”

我拼命地推着他，但他却死死地压住我。

我心里悲叹：为什么会这样，让我再次遇到这种事。

当我感到身上有些冷时，才发觉自己的衣服不知什么时候被欧阳天域抛在地上，我闭上眼，眼角滑下一滴泪水，放弃挣扎，一动不动任由他侵犯。

在这千钧一发之刻，我感到欧阳天域的动作停了下来，他伏在我身上一动不动。

【9】

我将眼睁开，看到慕容此刻正站在床边，我望着他，想着刚才所发生的事，余悸未了，推开欧阳天域，扑到慕容怀中，声嘶力竭地大哭。

“你为什么才来？”

我的手不停地用力捶打着他，他紧紧将我搂在怀中，安慰我："对不起，让你受惊了，都怪我来得太迟了。"

慕容看着衣不遮体的我，忙将衣服披在我身上，而我将头抬起来，含着泪哀求他。

"我们离开好不好，我不想再有此事发生。"

"好，我们今晚就离开此地，从此与你游遍天下，再不分离。"

慕容握紧我的手，用坚定的语气答应了我的请求。

我转过头看着昏在床上的欧阳天域，忙问："皇上没什么事吧？"

慕容搂紧我，将下颌抵在我头上，温柔地说："不会有事的，我只是点了他的昏睡穴，明日他就会醒来。"

我示意慕容转过身，慕容背过身后，我穿戴整齐，来到他的面前。

"你怎么会出现在皇上的屋中？"

"本来我是来找皇上谈何时回朝之事，哪知听到你的叫喊声，所以破门而入，然后看到皇上欲对你非礼，我才下手点了他的昏睡穴。"

我催促着慕容："原来是这样，那我们赶快各自回屋收拾衣物，到一个谁也找不到我们的地方。"

"好，你说去哪就去哪。"

我与慕容回到各自屋中，随便收拾了一下衣物细软，趁夜离开了黑水国，临走之前我留了一封信给欧阳天域，上面写着：

皇上：

当您看到这封信时，臣与慕容已经离开。不要怪我们的不辞而别，当初留在朝堂之中是不得已而为之，再次出现在皇上面前也是不得已。

如今大局已定，也是臣辞官归隐之时，至于慕容，臣只能对您说声抱歉，因为臣让您失去了一员大将。

不过慕容走后，还有宇文将军，他稍加时日定能超越慕容，成为您的得力干将。

皇上，记得回到天域国，带话给天香，说臣一切安好，勿须挂念。

最后，臣只想对皇上说一句话：珍惜眼前人。

霜霜对您一直怀有情意，您好好看一看她，就会知道谁才是最适合成为您皇后的人选。

臣祝天域国在皇上的治理下国泰民安，风调雨顺。

皇上不要再试图寻找臣，臣既有心归隐，定有方法让皇上无法找到臣。

臣李木然敬上

我与慕容骑马狂奔了几十里后，方才找了一处破庙歇息。

庙中，劳累的我靠在慕容怀中沉沉睡去。

清晨醒来，一抬眼便看到慕容正温柔地看着我。

“昨晚睡得可好？”

我点了点头，从他怀中起身，走到破庙外，深吸了一口气，感到空气中都有自由的味道，转过头一笑。

“这种自由的感觉真好。你不后悔跟我离开天域国吧？毕竟你曾经是一呼百应，众人眼中的无敌护国大将军。”

慕容起身走到我身边，轻轻将我拥住，在我耳旁细语：“我这个无敌护国大将军却心甘情愿败在你的手中。我唯一后悔的就是，当日在皇上寝宫不该说出那样的话，让你伤心欲绝。”

我听到这，用手捂住他的口，摇了摇头：“当日你也有不得已之处。让我们忘掉那日所发生的种种，未来才是我们最该珍惜的，从此你我浪迹天涯，不离不弃。”

慕容将头碰在我的额头上，笑着说：“不离不弃，天涯相随！”

我抬起头望着他的俊脸，点了点头，含笑重复着那句誓言：“不离不弃，天涯相随！”

接着我又说：“这让我想到一句诗‘问世间情为何物，直教人生死相许’。知道吗，曾经我幻想过自己会不会有那么一天，会为了一个人做到这句诗所写的那样，却没想到今日终于让我感受到诗中所描绘的情感。”

慕容高兴地问我：“从今日起我再也不会叫你四弟或是李大人，我要大声地叫你素贞，你也要叫我天霖，好吗？”

我展颜一笑，用轻柔的声音唤着慕容的名字：“天霖！”

慕容眼中带着情，脸上带着温柔的笑，动情地叫我：“素贞！”

四目相对的我们久久凝望，时间在这一刻停止，眼中只剩下彼此。

我与慕容共骑在马上，一路上欣赏着美景，我不时用手指着远处让慕容看，而慕容却时刻提醒着我，要坐稳不要从马上摔下来。

我回头一笑：“你太小心了！你可是教我骑马的师傅，在你的手中教出来的人怎么可能从马上摔下来。我曾经在那个时代看到电视上所演的一对情侣共骑一马，有说不出的浪漫，当时我也在想什么时候自己也能与心爱之人共骑一马，览尽天下美景。”

慕容这时点了点我的翘鼻，宠溺地一问：“电视是什么？”

“给你解释，你也会听得一头雾水，还是不解释好了，你就当是戏台演的戏就可以了。我们现在要去哪？”

“我想你的肚子应该饿了，我们就到不远的市集去吃点东西，再上路。”

我对他笑着点了一下头。

我与慕容来到一个小镇上，在一家酒楼停了下来，抬头一看原来是天下第一楼，没想到在这个小镇也会有天下第一楼。

慕容跳下马后，扶我从马上下来。

我站好后，一脸不情愿地要求慕容："换一家好吗，我怕进去之后，会被皇上发现我们的行踪。"

"难道你忘了最安全的地方就是最危险的地方，我料想皇上也不可能猜到我们会在天下第一楼。"

慕容牵着我的手大大方方地走了进去。我们找了一个靠窗的位置坐下后，就看到店小二跑了过来。

店小二眨着眼睛，似乎在打量着我们，因为我们现在所穿的衣服看起来像是朝中之人。

慕容佯装慕名而来的样子，开口招呼店小二："小二，把你们酒楼最好吃的菜上几个，我们是慕名而来，听说这天下第一楼的菜远近闻名。"

"客官，你算来对了，不是我吹的，这天下第一楼的菜是最好吃的，不过看你们的穿着非富即贵，应该是京城人氏，难道没吃过京城里天下第一楼的好菜？"

我听出他的话中暗藏玄机，随即一笑："小二，你从何看出我们非富即贵了，是不是因我们这身衣服？我实话给你说，我们这身衣服是别人送的，要不是为了来这天下第一楼品尝美食，我们还不舍得穿呢。"

店小二这时眼睛一转，一脸笑意："二位客官，请稍等片刻，菜马上就来。"店小二走回到掌柜跟前，对那掌柜说了几句，穿过一道门，消失在我们眼前。

我低声在慕容耳边说："看来这身衣服让我们惹上麻烦了。"

慕容却安慰我："你刚才那几句话不是打消了店小二心中的疑虑吗？"

我摇了摇头，指了指那道门："非也，可能那店小二更加怀疑我们的身份，你没看到他神情有异地对掌柜说了几句话，那掌柜的脸色瞬间有变？"

"有我在你身边，你还害怕吗？我们现在离黑水国已有一段距离，就算那店小二禀告皇上，等皇上追来的时候，我们已离开此地了。"

"我倒不是因为害怕，而是我不想面对皇上，不知道他有没有想起昨晚之事，此事让我与皇上见面会很尴尬。"

慕容一脸笑意，温柔地说："我想皇上应该不会想起此事，因为通常喝醉酒的人，一般醒来都不记得曾发生过的事的，再说我还点了他昏睡穴，他就更不可能想起那事了。"

"二位客官，菜来了，请慢用，这可是我们酒楼的招牌菜'游龙戏凤'。"

店小二的声音打断了我们的对话，我看了看店小二，笑着问："这道菜为什么叫'游

龙戏凤’？”

店小二先是一愣，随即开口解释：“因为这道菜的典故就是天域国的皇后曾为皇上烹制此菜，皇上觉得相当好吃，所以命名为‘游龙戏凤’。”

我接着又问：“我记得天域国的皇上至今未有立后，何来的皇后为皇上烹制此菜？”

慕容知晓此典故，刚欲开口，我便在桌下用手按住他的手，示意他不要说。

那店小二连忙回我：“我说的是先皇与先后，不是说天域国当今的皇上。”

我装作很白痴地再问：“原来是这样呀，谢谢店小二告诉我没听过的事。不知先皇与先后是如何认识的，看来他们彼此很恩爱？”

“先皇与先后是天域国出了名的恩爱，而且天域国当今皇上就是继承了他们的传统，才至今未立后的。天域国的百姓都在期盼着皇上能像先皇一样立一个他心爱之人为后。”

店小二说这话时，脸上充满了崇敬之情。

慕容好奇地问店小二：“那你认为天域的皇上应该立怎样的一个女子为后？”

“当然是能够与先后媲美之人为后，这样一来，皇上在皇后的辅佐下，才会让天域国更加的强大。”

我笑了笑，对着慕容使了一个眼色，慕容对着店小二笑着说：“你再去给我们上壶好酒。”

店小二这才回过神来，爽朗地回笑：“好的，请稍等，马上就来。”

趁店小二去拿酒的空当，我笑问：“来天域国这么久，还不知道先皇与先后这么恩爱，慕容你有没有看过他们二人。”

慕容吃了一口菜，点了点头：“因为我曾是太子的陪读，所以曾见过他们。”

在我的心目中总认为：皇室中人一般为了在民众中树立好的榜样，就算关系再恶劣也会维持表面上的和气，让众人以为他们很好，基于以上原因我再次询问慕容。

“那他二人究竟是不是如传闻中的恩爱？”

“他们恩不恩爱，我就不清楚，但是皇上小时候很受他们的宠爱，有什么好的都往太子宫送，而且不时让皇上陪伴在他们身旁。”慕容为我解释道。

“哦，既然这样，那天香公主呢，他们对她又如何？”我接着又问。

“天香公主是天域国最受宠的公主，因为先皇与先后早逝，所以欧阳天域宠着她，才使得天香变得这么的胆大妄为，就连最受宠的玉贵妃也不敢惹她。”

我夹了一口菜放入口中，回想着刚才慕容给我说的话，心中不禁生出疑问，那先皇与先后为何这么早就离开了欧阳天域兄妹俩呢？

【10】

我倒是曾听欧阳天域提过，在他册封太子后不久，父母不知什么原因双双离世，留下刚及冠的他与年幼的妹妹。

店小二端着一个盘子走到我们面前，从盘中取出酒壶与两个酒杯放在桌子上，然后拿起酒壶倒满了酒，满脸带笑。

“请二位客官慢用，有什么需要就叫我。”

他拿着盘子转身离开，这时我看到他跟掌柜又说了几句话，掌柜一脸笑意地点了点头。

我喝了一小口酒，笑着说：“我们的怀疑被解除了，现在可以安心在天下第一楼饮酒品美食了。”

慕容用不解的眼神看着我：“你是如何得知的？”

我笑了笑：“你听我的准没错，别管我是怎么知道的。对了，我心中有一事不明，为何先皇和先后会双双离世？”

慕容一脸严肃地说：“具体情况我也不清楚，我曾问过欧阳天域，他也是支支吾吾的，我想他也应该不清楚，你为何有此一问？”

“没什么，只是随便问一问。”

我碰了慕容手中酒杯一下，然后笑着喝干杯中酒。

其实我心中对先皇与先后的离世还是有不少猜疑的。

慕容也对我一笑，喝尽杯中酒，然后夹菜到我的碗中，一脸的关心。

“你最近都瘦了，多吃点，这样对身体好。”

“如果你再这么宠我，恐怕我会变成一个大胖子，到时你可别嫌我变丑了。”

慕容拉住我的手，动情地说：“我爱你不是因为你的容貌，我们都会老，容貌都会变，但不变的是我们心中对彼此的情。就算你变成大胖子，我还是会爱你，因为你是这个世上唯一值得我爱的人，也是我心中独一无二的人。”

“天霖，你把我说得太好了。其实每一个女人都很在意自己的容貌，我也不例外，所以我不会变成大胖子的。”我调侃着。

“你呀，还是这么顽皮，这下我惨了，还不被你吃得死死的？想那风流云那么油嘴滑舌的人都被你的话堵得半天没办法反驳，我的嘴又笨，要是争执起来肯定占下风，我悲惨的命运呀。”慕容也调侃一笑。

“既然你这样说，那我去找一个愿意被我吃得死死的人，你也去找一个被你吃得死死的人算了。我倒没看出来你的嘴笨，你现在比那风流云还油嘴滑舌，说不定我才会

被你吃得死死的呢。”我一脸笑意地反驳着他。

这顿饭吃了近半个时辰，我们结了账，起身离开了天下第一楼，出了酒楼门，我回头看了看酒楼上的牌匾，牌匾上的字在阳光的照射下闪着金色的光。

慕容见我如此，笑着说：“怎么，不舍得离开？不如我们在这天下第一楼住一晚，明日再上路？”

“不了，我是想对天下第一楼说声再见，也许有好长一段时间不会再到天下第一楼了。在天域国，我们经常在天下第一楼把酒言欢，也许以后不会再有这种日子了，走吧。”

慕容将我扶上马，一个纵身跃上马背，紧紧环抱着我，温柔地说：“不要难过，我想等我们安定下来，再找众老友在天下第一楼聚一聚，你看可好？”

我转身双眉舒展，含着笑点了点头，轻轻伏在他胸前，小声说：“但愿如此。”

慕容拉了拉缰绳，夹了一下马腹，挥动着马鞭，向着我们的未来奔去。

我们来到一处河边，看到落日洒下余晖，映射在水面上，泛起一层淡黄色的光，煞是好看，便下马漫步在河堤上，笑看着夕阳余晖下别样的美。

“天霖，你说我们天天过着日出而作，日落而息的生活，你会不会心生厌烦。”

慕容轻轻敲了我脑门儿一下，一脸温柔的笑：“不会，因为有你在我身边。”

“油嘴滑舌，我们的慕容大将军何时学会哄人的话了。”

我转过头脱下鞋，光着脚跑到水中，轻掬一捧水向慕容泼去。

慕容的脸溅满了水，他也将鞋脱下，跑到水中。

“我句句发自内心，你竟然不相信，该罚。”他一边说，一边将水泼向我。

我不甘示弱地回泼着他，发出开心的笑，大声叫道：“天霖，我真的好爱你，你呢？”

慕容听到我的告白，脸霎时红了，吞吞吐吐地说：“我……我……”

我看着他着急的样子，故意将脸一沉：“是不是你不爱我？”

他看着我的脸色不对，忙对我说：“我当然爱你，只是我一个大男人不好意思说出口而已。”

“那现在为何说出口了？”

慕容没想到我会这么说，当场愣在水中，不知该如何接才好。

我趁他分神之际，又泼了几捧水在他身上，他被水惊醒，指着我笑。

“素贞，我又中你计了，看我怎么回敬你。”

他大笑着向我泼着水，我哪是他的对手，只好求饶：“我累了，你能不能停下来，我的全身都被你弄湿了。”

慕容停了下来，走到我身边，对我轻声训斥：“你呀，玩起来就没有分寸，现在快到晚上，河风这么大，要是着凉生病怎么办。”

我吐了吐舌头，轻跑到岸边，而他紧跟其后也上了岸。

我来到一棵大树后面，红着脸对他说："我要换衣服，你把风不许偷看。"

慕容脸一红，将身转了过去，等我换衣服。

我一边将衣服脱下挂在树枝上，一边将干净的衣服往身上穿，可是我突然发现，树枝上有一条蛇对着我吐着红芯，吓得惊叫起来："天霖快来，有蛇！"

慕容闻声而至，将我搂在怀中，我只听到他抽出剑，用力刺树的声音。

我在他怀中，不停抖动着，慕容抚着我的背，安慰我："蛇死了，不要怕了。"

我哆嗦着转过头，看到自己脚下的死蛇，长长地舒了一口气。

我回过头，正对上慕容带着温柔笑意的墨黑色浓眸，但我惊觉他的眼神好像太过浓黑，低头一看，原来是我的胸正在肚兜之下不停地起伏。我忙拉扯衣服遮住乍泄的春光，我感觉得到慕容的呼吸渐渐粗重，而他眼中也已升起浓浓的情欲。

我的心也跟着狂跳，不知道该说什么才好，我本想转过身，奈何在他怀中，只得低下头不敢看向慕容的眼，生怕一时把持不住，陷入情欲的泥沼。

我听到慕容深吸了一口气，努力平息着内心已燃起的情欲，像是下了很大决心似的，慢慢松开了手，艰难地转过身，但他哑沉的嗓声还是出卖了他。

"快点穿好衣服，我们还要寻一处客栈休息。"

我忙胡乱地穿好衣服，红着脸，轻声说："我穿好了，出发吧！"

他转过身，回了一句："嗯！"

在寻客栈的路上，我们都沉默不语。在这种气氛中，我们走到了一家客栈门前。

进入客栈，慕容向掌柜大声叫："我们想订两间上房。"

那名掌柜眼一眯，笑着说："二位客官，对不起，本客栈现在只剩下一间上房，你们要不要？"

慕容看了看我，问着掌柜："除了上房，还有没有其他房间？"

掌柜摇了摇头："你们都是男人，住在一起有何不妥？你们就将就一晚吧。"

慕容还想说什么，我赶紧抢着说："请掌柜带路。"

我们跟着掌柜上了楼，来到一间房门前。

掌柜推开门，一脸笑意："二位客官，这间房不错吧。我就不打扰二位客官休息了，如有什么需要，告知我一声，你们可想要点酒菜？"

我点了点头，一脸谢意地笑："那就有劳了。"

慕容与我走进了房间，那掌柜转身离开，随手带上门，为我们张罗酒菜去了。

慕容坐在桌边的凳子上，不解地问："你为何要答应只订一间房，也许除了这房还有其他房间呢？"

我坐在他身旁，倒了一杯茶，笑着递给他："既然那掌柜说没有了，你再问也不会有啊！你先喝口茶休息一下吧。"

他喝了一口茶又问："那今晚要如何睡？"

"我睡地下，你睡床上。"

他摇了摇头："这怎么成，还是我睡地下，你睡床上。"

"不如都睡床好了，现在天气虽然转暖，但是到了深夜还是很冷的。"

慕容刚喝进口里的茶噗的一声喷了出来，"不好吧。"

"有什么不好的，我都不怕，你还怕吗？"

慕容不敢用眼看我，只是低着头不回话，不过我听到他喉咙处哽咽了一声。

我调侃一笑："你既然这么担心，那我们就在床中央放上一碗水，这样你该放心了吧。"

慕容忙点头，这时一阵敲门声，夹着一个声音传入我们耳中："二位客官，酒菜来了！"

我起身走到门前，轻轻打开门，对着那掌柜一笑："有劳掌柜了。"

那掌柜走进屋后，将酒菜摆在桌上，用手掌对着桌上酒菜，笑着说："二位客官请慢用，用完后叫我一声，我好来收拾。"

我对他点了点头，一抬眼，我却看到他眼中精光一闪，当时我也没太在意，哪曾想那是危险的信号。

他退出屋后，我倒了一杯酒，笑着递给慕容："快吃菜吧，想你也饿了。"

慕容接过酒杯，饮了一小口，夹起菜放到我的碗中，一脸关心地说："你也快吃吧，吃完了，早早休息，明日还要起早赶路呢。"

我对他笑了笑，吃着碗中的菜，心中甜滋滋的。

我们一边吃着，一边聊着天，谁知吃到一半时，我感到眼前的慕容在晃。

"你不要晃，我头都晕了。"

慕容边伸手，边说："应该是你别晃才对，我看得眼都花了。"

我与慕容这才意识到饭菜被人下了迷魂药。原来这是一家黑店，难怪刚才总觉得掌柜眼中有让人不安的东西。

我的眼皮渐渐变沉，头一歪就昏迷在桌上。

【11】

我慢慢睁开眼，看到慕容还在昏迷着。

我起身站起来，发现我与慕容被关在一间牢房中，破旧的草垫上还有斑斑血迹。

我一脸担心地摇着慕容："天霖，快醒醒！"

摇了许久，慕容才缓缓睁开双眼，问我："我们这是在哪？"

“在地牢中！”

慕容环视了四周后，语带责怪：“你还笑得出来，我们这可是在地牢中。”

“为什么笑不出来，能与慕容大将军同处地牢中，实乃我的荣幸。”我调侃道。

“你呀，都什么时候了还有心情开玩笑。”慕容忍不住也笑出声来。

我不以为意地笑了笑：“那不笑，还要哭吗？反正一时半会儿也死不了，总得给自己找点乐子。”

“听你的意思，我们还有可能活着出去？”慕容不解地问。

“我可没这个意思，不过暂时死不了还是有可能的。你想呀，昨晚我们被迷昏了，如果他们想杀我们，早就动手了，何必将我们关在地牢中啊。”我拍着慕容的肩，笑了笑。

“你的意思是我们对他们来说还有利用价值，所以才不会杀我们？”慕容又问。

“孺子可教也。”我指着他，摇头晃脑地说。

“你呀，又在取笑我了。”慕容露出宠溺的笑。

我一脸严肃地望着慕容：“不过，我们也不能坐以待毙，得想办法出去。”

“那你可有好办法？”慕容紧接再问。

我摇了摇头，一边走一边想着，当我看到地上的破碗时，脑中灵光一现。

“你快叫，大声地叫，说我们饿了，想吃饭。”

慕容虽然不明白我的意图，只但还是听从了我的建议，大声对着上面吼叫：“好饿呀，想饿死我们啊，你不如杀了我们算了。”

我听到慕容的叫声，不住地点着头，示意他再叫大声点。

这时，地牢上传来脚步声，接着一个声音吼道：“叫什么叫，大清早的还让不让人睡觉了。”

我们顺着声音传来的方向，看到牢房的栅栏前出现一个长得猥琐的男人，手上提着一个篮子。他将篮子丢在地上，然后蹲下身，将牢门脚下一个小门砰的一声打开。

那人从篮子里面取出几个破碗，里面装着饭和菜，他又拿出两双筷子，放到碗上，从小门中递了进来。

我向慕容使了个眼色，慕容便一把抓住那人的手，一使劲将他的手拉脱臼。

我则伸手将他腰间的钥匙取下来，开着牢门的锁。

我迅速打开牢门，慕容起身走出地牢，对着那人的颈上一劈，那人即刻被打晕在地。

我与慕容小心翼翼地向外走，看到门外还有两人守着，慕容对我使了个眼色，我立即明白了他的意思。

我走到门口，对着守门的两人一脸笑意，他们惊觉我是地牢中关的人，就欲抓我，可是刚近身就被慕容左手一拳，右手一掌打昏在地。

我对着慕容伸出大拇指比了一个你好棒的手势，他摇了摇头，拉着我的手，小心

地向马厩走去，边走边用眼扫视着四周，保持高度的警觉。

我与慕容来到马厩前，我在外守着，不时回头看着马厩中的慕容，看到他轻轻解开拴在柱上的缰绳，慢慢将马牵了出来。

慕容跳上马后，向我伸出一只手时，四周突然冒出十几名手拿弓箭的人，拉弓举箭对着我们。

这时从后面走出一人，蒙着面，看不清他的长相，只知道他身材干瘦，露出一双藏着得意之色的三角眼。

他奸笑一声："慕容将军、李大人你们这是要去哪呀？"

慕容与我听到那人叫我们，面现惊异之色。

慕容在马上怒问："你怎么知道我们是谁？"

"这个问题问得好，因为你们从黑水国失踪后，黑水国太子派出大量的人寻找你们，所以我才会知道你们是谁。"

那人的奸笑声，听着就让人心里不爽，真想撕下他的面巾，看一看他的长相是否和他奸笑声一样让人厌恶。

"那你又是谁？"我冷冷地问了一句。

"我是谁，你不用知道。你只要知道今日你们其中一人会死就好。不过现在让我很难办的是，究竟选你们中的哪一人死呢？"

那人三角眼一转，邪笑了两声，故意装作很为难的样子。

慕容从马上跳下，挡在我面前，怒吼一声："既然你无法选择，就让我来替你做选择。你不是要我们其中一人死吗，那个人就是我。"

我一把推开慕容："不要，要死就一起死，你死了，我也不独活。"

"真是郎情妾意呀，你们也不要争，上面的意思是让他死。"他指着慕容恶狠狠地说。

我不敢相信自己的耳朵，眼露惧色："你说上面的人是什么意思，难道是皇上？"

"你这样认为也可以，不过我这人还算有良心，你们有什么话赶紧快说，下了黄泉可就说不成了。"

我一脸怒气，语带喝问："你不是这家黑店的人，你究竟是什么人？"

那人阴笑一声，口中吐出的话，不知是夸我还是损我。

"人说李大人胸中藏锦绣，果然不假。我当然不是这家店里的人，那些人早已见阎王了。"

"我还有不明白之处，你是如何知晓我们的行踪？"我厉声又问。

"这个简单，只要派人跟着你们就行了，还有你记得那次在晚宴上放箭之人吗，那个人就是在下。现在你该清楚了吧，今日就是他的死期。"那人得意地大笑了三声。

"为什么只要他一人死？为什么不直接取我二人的命？"我按下心中的怒气又问。

“你的问题还真多，好吧，告诉你也无妨。上面要留你一条活口，因为有一出好戏想请你看，这可比杀死你强多了。”

那人转过身不再言语，示意包围我们的人，做好准备。

我心中疑虑重重，究竟是什么人想要慕容的命，从他的话语中听出来这一切并不是欧阳天域的意思，难道是天域国发生了什么事。

慕容这时悄然走到我身边，小声说：“我死后，你一定要查出这究竟是怎么一回事。此事显然不是皇上的意思，我想定是天域国在皇上离开的这些日子发生了什么事。你一定要好好活着，快乐地活着，这样我的死才有意义，答应我。”

我眼含泪光，望着一脸温柔笑意的慕容，颤笑一声：“你忘了你曾对我说的话‘不离不弃，天涯相随’，我想陪你走这条黄泉路，生不能同枕，死亦当同穴。为什么你不让我陪你一起死？”

我哭着扑在他怀中，不停地捶打他，发泄着对他的不满。

慕容任由我哭打，只是紧紧地搂紧我，让我听到他的扑通扑通的心跳声，像是在说，对不起。

慕容抬起我的头，脸上有着离别的笑：“你如果陪我赴死，那谁去解救天域国？谁去查那幕后之人？这一切都要靠你啊，你不是爱惜百姓的生命高于自己吗，你的肩上可是担负着数千条人命，皇上也需要你，风流云他们不能失去你。”

我满脸布满了泪水，哭泣地说：“那你呢，皇上也需要你，风流云他们也敬重你，而我也不想失去你。”

“你看你，不要再哭了，小心眼睛哭肿了，可就不美了，我可不想死前看到一个丑脸，让我在泉下时时想起还后怕。”

我用袖子擦干脸上与眼中的泪水，一脸坚定地说：“好，我答应你，不过你也要答应，一定要等着我，等我查完此事，就会追随你而去。”

慕容紧紧搂着我，温柔地说道：“我不会等你，你要坚强地活着，皇上与天域还需要你。”

说完，他一把推开我，大笑着拍着胸口说：“我准备好了，来吧，往这射，一定要射准，不要偏了，因为我只想痛一下。”

我看着站在场中央一副凛然就义的慕容，风吹动着他的衣袂，我像是看到站在沙场之上的他，面对敌军，自信而无所畏惧，指挥着身后的千军万马奋勇抗敌。

我这时低声轻吟，转而高声悲唱：

出鞘剑杀气荡，风起无月的战场。

千军万马独身闯，一身是胆好儿郎。

儿女情前世账，你的笑，活着怎么忘？

美人泪断人肠，这能取人性命是胭脂烫。

偃别诗两三行，写在三月春雨的路上。

若还能打着伞走在你的身旁。

诀别诗两三行，谁来为我黄泉路上唱。

若我能死在你身旁，也不枉来人世走这趟。

我唱到动情处，睁着湿红蒙眬的双眼，努力控制着眼中的泪水，不让它滑落，露出最美丽的笑脸，深情地望着他。

第四章　人生若只如初见

【12】

在场众人看到慕容从容赴死的样子，很是感动。有些人湿红着眼，手一松，弓和箭落在地上。

那蒙面人转过身命令："快射，他不死就是你们死。难道你们忘了曾服下的毒药，如果没有解药，想想毒发时。你们还会不会心软。"

那些放下弓和箭的射手，又将弓和箭举了起来。

慕容仰天长笑，眼中带着深情和赞赏："素贞，这曲好听，能遇到你是我这辈子最骄傲的事，我不枉来这人世走一遭。"

我看着慕容一脸离世的笑意，用尽气力大声吼出我的誓言："能遇到你也是我这辈子最大的骄傲。你还没真正看过我着女装的样子，之前着女装的样子都是在非常时分下，你一定没看清，所以今日我会让你牢牢记住我着女装的样子，让你下辈子能一眼认出我。"

我向那蒙面人请求道："能不能再多等一会儿，一会儿就好。"

那蒙面人不耐烦地看我一眼，点了点头。

我慢慢走进马厩，打开包袱，将里面唯一一件女装拿出，换上身，扯下头上的帽子，一头秀发垂散下来。

我拿出包中的镜子，对着镜子轻轻用玉簪将头发简单绾起，上了一点淡妆。

一切就绪后，我慢慢起身，理了理微皱的衣裙，深吸了一口气，看着镜子中露出我自认最美的笑，轻轻遮上面纱，缓缓走出马厩。

来到场中央，我听到四周响起倒吸声，有些人小声说："好美，遮着面纱还如此美，不愧为天域第一美女。"

我走到慕容面前，轻声说："这就是以前的我。"

慕容双眼含笑，"好美，光是看你遮着面纱的脸就让人移不开眼。"

我婉然一笑："是吗，我想让你看清我的脸，让你永远记得我的脸，而我也要看清楚你的脸，这样下辈子我们第一眼就能认出对方。"

我轻轻松掉发上所挂着的纱巾一角，纱巾随着风飘落在地。

我笑靥如花，轻启朱唇，娇柔之声从我口中溢出："好看吗？"

慕容呆愣在原地，嘴张得大大的，眼中闪着惊艳、爱意。

我侧脸伏在他胸前，能感到他心跳加速，而四周围住我们的弓箭手都放下手中的弓和箭，直直地看着我。

慕容忽然哈哈大笑，搂紧我："听欧阳天域曾说，他只看到遮着面纱的你，就对你情根深种，原来我自己也是如此。当今天下真的很难有人能比你更美，细数我曾见过的美人，有香琦、明雪公主、明霜公主、天香公主还有那个讨人厌的东方玉，都比不上你的美。"

他停顿了一下："你真的好美，眉似黛，眼如一弯秋水，眉目流转，引出风情万种，合身的衣裙衬托出如细柳般的腰身，秀发随着走动，轻轻飘扬，美得似仙女下凡。"

我羞红着脸，这慕容怎么这样，不说则已，一说惊人，我有他说的那么美吗，还拿霜霜她们与我比较。

"你的美集合了所有天地之灵气，美中带着英气，也带着娇憨，有不食人间烟火之美，高贵又不失温柔之美，真的是难以形容究竟你是哪一种美。如果说那几人的美是人间绝色，那你就是瑶池仙子下凡尘。"

我轻轻打了他一下："没想到大将军夸起美人来也能想到那么多词。"

"我那是想将这一生赞美你的话一次性说完，想让这些话伴着你直到永远。"

慕容随后哈哈大笑，轻轻推开我，对着弓箭手豪迈地大叫："来吧！"

弓箭手将箭齐齐射向慕容，我脸上保持着笑，双眼含情盯着不远处的慕容，铺天盖地的利箭如雨点般射向慕容的心窝。

我再也压抑不住内心的悲痛，如飞蛾扑火般奔向他，心中默念：对不起，天霖，我终究还是违背了对你许下的诺言，原谅我！

这时我仿佛听到远处传来欧阳天域撕心裂肺的叫声："李爱卿，不要！"

又听到一堆熟悉的声音在我耳旁响起："四弟，不要！"

"姐姐，不要！"

"不——"一声长啸穿透云际。

我不理会耳边的喊叫声音，从容不迫地冲向慕容，而此时我的眼中有着决绝之色，脸上依旧保持着笑容。

我看到慕容眼中的绝望之色，他没想到最后我会如此做。

他脸色惨白，大声对我叫道："素贞，你不能死，我不让你为我而死！"

他挥舞着衣袖，挡着射向他的箭，用手臂将我牢牢抱住，将我压在身下，用坚实的后背阻挡着飞来的箭。

我在他怀中呜呜地哭喊："慕容，不要，让我陪你走这最后一程！"

慕容脸上有一如当年初见时温柔的笑，嘴角有红色的液体流出。

我悲戚地念道："人生若只如初见，何愁凄风绕树影！"

他强忍着痛，紧紧地将我护在他怀中。

我双眼含泪，而他露出离世一笑，慢慢松开手，身子压向我。

我反抱着他，映在我眼中的是他带着笑意的脸和紧闭的双眼。

我将他抱在怀中，坐在染满他鲜血的地上，任狂风吹乱我的头发，一脸哀伤地看着他身后密密麻麻的箭，血已将他的衣服染红。

我脸色铁青，眼中带着恨意，紧咬住嘴唇，对着那发号施令的人厉声诅咒："你今日放过我，他日，我要以百倍、千倍、万倍还给你，我，冯素贞，对天起誓，若违此誓，甘愿受那万箭穿心之苦。"

那人看着我发红的双眼，低下头不敢看向我。

弓箭手也因我的异常的神情，脸有惧意。

"将这些贼人拿下。"欧阳天域骑着高头大马厉声下令。

那蒙面人跳到我的身边，用剑抵在我颈下，对着欧阳天域等人喊叫："欧阳天域，算你命大，若不是她，你早就死在我的暗箭之下。现在李木然在我的手上，你们让开一条路，我就放了李木然，如若不然，我就成全了李木然之前答应我的请求，让她跟随慕容天霖下黄泉。"

"好呀，你现在就杀了我，我说过，今日你放过我，他日我要以千百倍奉还给你。"

我眼中射出阵阵寒意，让人看不出我的悲伤。

那蒙面人押着我想往后退，而我死死抱着慕容，让他无法拉动我。

他发狠地用剑割了一下我的脖子，我感到有血已浸出。

"你当真一心求死？"

我不言语，只是回头用愤怒的眼神盯着他。

他见我这样，欲用手上的剑划向我的脖子，只见一枚冰菱射中他的手，他吃痛地叫了一声，手一松，剑落在地上。

他见我挣脱他的控制，又看到风流云已飞身跃向我，没办法，只得往地上扔出一物，那物落地之后腾地升起一股烟。

当烟消散之后，那蒙面人已消失地无影无踪。

弓箭手见主事的人不见，纷纷丢掉手中的弓箭，向着欧阳天域跪下。

"请皇上恕罪。"

欧阳天域扫视了一眼跪在地上的弓箭手："朕知道不是你们的错，不过你们要与朕同回天域国。"

弓箭手连忙点头谢恩。

风流云在我面前停住后，看着我怀中的紧闭着双眼的慕容，想从我怀中将慕容抱起，我摇了摇头，示意他不要。

我看着怀中渐渐没了气息的慕容，轻声道："问世间情为何物，直教人生死相随，慕容你为什么不让我陪你一起走那凄凉的黄泉路？"

雪儿走到我身边，轻轻将玉手搭在慕容的手腕上，过了一会儿，她从怀中掏出一个玉瓶，倒出一粒暗含雪莲异香的纯白色药丸，轻轻喂入慕容口中。

此时我用不解地眼神望着她做完这一切。

雪儿转过头看着我，清冷如冰的声音响起，"我已给他服下天山雪莲精华所提炼的雪莲丹，暂时护住他的心脉，若要治愈他，现在就要随我回天山，因为雪莲是唯一能够让他起死回生的良药。"

我转忧为喜，忙拉着她的衣袖："明雪公主，你说的可是真的？慕容还有救？"

风流云也一脸不信地走到雪儿身边，轻轻搂着她："雪儿，此话当真？"

雪儿点了点头，吩咐风流云："快去寻一辆马车来，我要在车上先运功催动雪莲丹，延长它的功效，毕竟到天山还有很长的一段路要走。"

风流云松开手，飞身上马，到附近最近的镇子寻马车。

"谢谢明雪公主，明雪公主对在下有救命之恩，现在又费尽心力救治慕容，我代慕容谢谢你。"

我跪拜在她面前，说着感激的话。

"不用这么客气，你与慕容感天动地的爱才让人羡慕呢，我可不想见到一对有情人就这样阴阳相隔。"

雪儿的话，像一团火温暖着我那颗已死的心。

【13】

霜霜走到我面前，蹲下身子，抱着我痛哭。

"姐姐，你要吓死我吗？当看到满天箭雨朝着你们射去，我的心跳都快停止了，为什么你就那么不顾自己的生死呢？"

我笑着拍了拍霜霜的肩，轻声说："你不觉得与心爱之人生死与共是多么美好的事吗？"

欧阳天域面带愧意，屈尊降贵，对我揖首："李爱卿，要不是朕之过，也不会让你

与慕容身陷凶险之中，请李爱卿能原谅朕的无心之过。”

经历生死方知生命可贵，我突然想明白了许多事，慕容心中放不下天域国，难道自己心中就放得下吗？

“皇上，是臣自己不好，才会致慕容于危险之中。”

欧阳天域明白我是给他找了一个台阶，也明白他永远都不可能进驻我的心。

“那接下来你有何打算？”

他的语气中暗含放我离开朝堂之意，以为我会随着慕容远赴天山。

我义正词严地高声说：“与皇上回天域国，彻查此事，弄清楚究竟这阴谋的背后藏着什么不可告人的目的！”

欧阳天域眼中放出异样的光芒，他真的以为我会陪着慕容去天山，没想到我却选择留在他身边，与他同回天域国。

“为什么你会做如此决定？”

“为了慕容，因为臣答应过慕容，所以臣会遵守此诺。”

欧阳天域苦笑着说：“原来如此。”

“皇上，我们何时起程回天域国？”

“李爱卿，你认为几时起程合适？”

欧阳天域将脸转向远方，我明白他的意思，连忙进言：“即刻起程回天域国，因为臣恐朝中有变。”

“那好，我们即刻起程回天域国。”

欧阳天域走到马前，跃上马背，伸出一只手，示意我。

我会意地跑向他，边跑边回头，对着雪儿说：“请你一定要救活他。如果他醒了，告诉他，我在天域国等着他回来。”

雪儿笑了笑，对我挥了挥手：“你放心吧，到时你会见到一个活蹦乱跳的慕容将军。”

我将手交到欧阳天域手上，他将我拉上马背。

“臣认为回到天域国，第一件事就是请皇上立刻降旨与黑水国结亲，立明霜公主为皇后。”

欧阳天域苦笑一声，点了点头：“等回到天域国再说吧。”

我看到霜霜对我露出依依不舍的笑，我对她挥了挥手，大声叫：“过不了多久，我们还会再见面，帮我给太子与太子妃带个话，就说我很好，现在正在回天域国的路上。”

我与欧阳天域的身后是破军与宇文化还有那帮投诚之人。

我看着远方，放声大叫：“天域国，我回来了！”

我转过头，眼含疑虑：“皇上，您说是什么人处心积虑地想刺杀您，目的显然不是弑君篡位这么简单。还有那幕后之人为什么会让臣活下来？绑架臣的蒙面人曾说过，

是为了让臣看一场好戏，不知道这句话究竟有何玄机？”

欧阳天域看着我良久也不说话，最后他终于开口：“朕多想这条回天域国的路，可以永远走不到尽头。”

我没想到欧阳天域会冒出这样一句话，将脸转向天域国的方向，心中默默地说：皇上，对不起，您的这份情我恐怕无以回报。

我看着远方想着此刻正赶往天山的雪儿等人，闭上眼默默祝福：天霖，你一定会好起来的，天域国也会好起来的，到那时我们就能真正做到“不离不弃，天涯相随”。

天域国的城门渐渐出现在我与欧阳天域的眼前。

我欣喜地回过头说：“皇上，离天域国越来越近了，臣想找一隐蔽之处，换下女装。”

欧阳天域看着我的脸，又说了一句莫名其妙的话：“朕多想就这样带着你进天域国，如此一来你就不用再女扮男装了，而朕也可以如愿以偿带你入宫。不过朕想，你就算拼上性命也要阻止朕这样做的。”

我听到欧阳天域如此说，心中百转千折，低头不语。

欧阳天域放缓骑马的速度，慢慢将马停了下来，他从马上跳下，对着我伸出手，一脸关爱之情。

“李爱卿你穿着女裙多有不便，拉紧朕的手，下马时当心不要摔了。”

我看着眼中带着温柔笑意的欧阳天域，拉紧他的手慢慢从马上下来，而身后紧紧跟随的宇文化还有破军也拉住缰绳停了下来，跳下了马，走到我与欧阳天域面前。

“皇上，眼看就要到天域国，为何要停下来？”

“李爱卿要换身衣服才能入城，所以停了下来。”欧阳天域笑着解释。

他们将眼飘向我，这才意识到我现在着女装。

我笑了笑，说：“你们稍等一下。”

我拿着包袱走向不远处的一棵参天大树，藏在树后换衣服，可是他们三人的谈论声清晰地传入我耳中，让我换好了衣服都不敢出来。

欧阳天域开口问着破军与宇文化：“两位爱卿，你们说，李爱卿着女装好看吗？”

他俩支支吾吾地回了一句：“好看！”

“天域的第一美人当然好看了，你们不要紧张，朕只是随口问问。不知道何时才能再看到李爱卿着女装。”

我等他们对话停了之后，才慢慢走了出来，看到欧阳天域正往我这看，我走到他面前一笑：“皇上，可以起程进天域国了。”

欧阳天域只是怔怔地看着我：“女装的李爱卿风华绝代，而男装的李爱卿却是一潇洒美少年。”

“皇上，过奖了，臣只是一个为君分忧，为国尽忠的臣子。”

欧阳天域沉默了一会儿，提议："离天域国不远了，不如你陪朕走到城门口。"

我看着眼中泛着请求之色的欧阳天域，笑了笑："刚才在马上坐得太久了，有点腰酸背疼的，走一走路，松一松筋骨也好，皇上请前行。"

我比了一个请的动作，而欧阳天域却拉着我的手，让我与他并肩前行。

宇文化与破军紧跟其后。

我一边走一边问："皇上，您是如何得知臣与慕容在那家客栈的？"

欧阳天域笑了笑："是有人给朕报信，朕得知你们的消息后，就命人通知黑水明皇等人，等我们聚齐后才奔向那家客栈的。可惜还是晚了，要不然慕容也不会中箭，以致性命垂危。"

"报信之人没和你们一起吗？"我接着又问。

欧阳天域一脸伤怀地说："他送了信，就不见了踪影，估计是回到那家客栈了。"

"回到客栈，恐怕已做古了，臣听那蒙面人所说，他杀光了全客栈的人，没留下一个活口，不过那些都是该死之人。"

"此话怎讲，为什么说他们都是该死之人？"欧阳天域一脸疑惑地问。

"皇上，您有所不知，那些都是杀人劫财之人，那客栈本就是一家黑店，在臣与慕容被围之前，被他们迷晕关在地牢之中。"我恨恨地说。

"原来是这么回事，想那人报信之后匆匆离去的缘由必定在此，李爱卿，当朕看到你冲向慕容爱卿的那一刻，朕心中是多么嫉妒啊，你为了他，不惜去死。"欧阳天域一脸落寞地说，眼中含着苍凉。

"皇上，臣看到无数支箭飞向慕容时，就对自己说，生不能同枕，死亦同穴，臣本就是死过一次的人，何惧再死一次。"

我眼中闪着泪光，用坚定的声音说出了本意。

"李爱卿，好一句'生不能同枕，死亦同穴'，朕何时才能遇到一个能陪朕共生死之人啊！"欧阳天域抬眼看向天空长叹一声。

"皇上，怎么没有？明霜公主就是能陪您共生死之人，为何您就不能好好看一看她的真心呢。"我好言提醒。

"好好看一看她的真心？那你呢，为何你不能好好看一看朕的真心？"欧阳天域一脸苦笑，质问着我。

"皇上，当局者迷，旁观者清，你与明霜公主都是那迷局中人。"

欧阳天域抓住我的双肩激动地说："朕与明霜是迷局中人，你就是那旁观之人吗，你可曾用心看过朕的心？"

"皇上，臣当然用心看过，只是臣的心中唯有他，其他人无法进驻，皇上为何就不能理解臣的一片苦心呢？"我低头进言。

“对，你对天域国，对天域国的百姓，对慕容怀有一片苦心，那朕呢？皇后之位虚悬只是因为朕认为唯有你才可匹配这个皇后之位，而你却淡笑置之。朕知道你视荣华如粪土，但是朕只是想给你最好的，表达朕对你的重视与宠爱，难道这个后宫人人都想坐的皇后之位就如毒蛇猛兽，让你止步不前？”

“皇上，不是因为这皇后之位让臣止步，是因为臣无心这个皇后之位。臣也曾想过是不是后宫的钩心斗角让臣心有不安，但当臣仔细想过之后，答案却是否定的。当初黑水明皇也曾问臣，是不是因为皇帝有后宫三千佳丽，我怕容颜老去会失宠于皇上，才会拒绝皇上，臣当时也曾想过，好像有这方面的原因，但是后来臣想通了，并不是这样的，如果臣真的对皇上有意，即使皇上有后宫佳丽三千，臣依然会陪在皇上身边。”

我对着欧阳天域说出了心里的话。

“你想通了，那是什么原因让你不敢接受朕的真心？”欧阳天域眼中含着不解与爱意。

“是因为他早已在臣心中扎了根，让臣的心随着他而跳动。臣只有一颗心，不可能分成两份，所以请皇上忘却这段情，让它随风散去。臣谢过皇上了。”

我跪在他面前低着头等着他的回答。

“李爱卿，朕真想看一看你的心是什么做的，朕曾许诺不会为难你，朕不会食言，不过你承诺过朕的话，也不能食言。”

他将我扶起后，紧紧抱住我，在我耳边轻语：“这是朕最后一次抱你。你说让朕忘却这段情，让它随风而去，朕会尝试放手。你让朕与黑水国联姻，朕答应你，会立明霜公主为后，但你却不能辞官离开朕，这是朕最后的底线。”

我挣脱皇上的怀抱，立下重誓：“臣答应你，永不会离开天域国的朝堂，若臣想离开，会提前知会皇上，得到皇上的恩准才会离开朝堂。”

欧阳天域点了点头，一脸坚定地说：“君无戏言，你与朕击掌为誓。”

我伸出手拍在欧阳天域的手掌上，随后转身向前走，欧阳天域站在原地并没跟上，我回头望了一眼，示意他前行。

他自嘲地笑了笑，来到我身旁：“李爱卿回到天域，准备从何查起？”

“皇上，此事事关重大，待臣回到天域国详细了解一下天域国目前的情形，再考虑如何做。”

“那好，此事一定要彻查，这有一面金牌，你拿着它可随时调派人手帮你，无需报备。”

欧阳天域眼中闪着信任的目光，我对着他揖首：“皇上，臣定当不负重托，一定会将天域国潜藏的阴谋查个水落石出。”

【14】

城门口已站满了朝中大臣，欧阳天域与我慢慢走到城门口，各位大臣齐齐跪在欧阳天域面前。

“恭迎皇上归朝，皇上万岁，万岁，万万岁。”

欧阳天域扫视了一眼众臣，略带着一点愠怒，沉声呵斥：“朕听说，各位爱卿盼着朕回来，几次三番地向王爱卿施压，你们心中当真是盼朕回来呢，还是希望朕回不来？”

众臣听到欧阳天域的问话，吓得大气也不敢出。

王丞相低着头进言：“皇上，您言重了，众位大臣也是一心盼着皇上回来，才会问臣皇上几时返朝。皇上您凯旋归来，天域国万民正喜气洋洋在城中夹道恭迎皇上回朝，请皇上先入城。”

欧阳天域看了我一眼，我心领神会，跟在他身后。

快进城时，才从欧阳天域口中传出一声：“众卿家，平身吧！”

我与欧阳天域进城后，天域国的百姓早已站满了街道两旁，鼓着掌散着花欢迎着他们的皇上平安归来。

这时候，有人叫起：“皇上与李大人都平安归来了，怎么没看到慕容将军？”

听到有人提及慕容，我心中一酸，差点当场落泪。

这时，欧阳天域一脸笑意地走到我身边，握紧我的手，轻声说：“开心点，不要让人起疑，上朝之后，朕自会向百官解释此次慕容将军未回的原因。”

我点了点头，强压着心中悲痛换上笑脸对着街道两旁的百姓挥着手。

我与欧阳天域一步步走到了皇宫门口，这时我听到一声轻脆的叫声：“夫君，你终于回来了，为妻好担心你啊。”

我循声望去看到了一个俏丽的身影，此人正是天香公主，李兆庭此刻正站在她的身旁，对着我微微一笑。

我走到他们面前，一脸笑意：“多谢娘子这么记挂为夫。”转身对着欧阳天域说：“皇上，臣想先行告退。”

欧阳天域听后笑了笑：“小别胜新婚，准了，记得明日准时上朝。”

我向欧阳天域行了礼后，牵着天香的手上了一旁停好的马车，而李兆庭紧跟其后也上了马车。

马车缓缓驶向驸马府，天香在车上坐稳后，拉着我的手：“夫君，你可回来了，为妻这颗七上八下的心终于安稳了，当得知你生死未明时，你知道我心里有多难过吗？”

“让公主伤心，实乃为夫之错。”我歉意地说。

李兆庭这时接口：“你回来就好了，现在天域国的局势不稳，似乎有一股潜在的势力在天域国内。”

我皱着眉头，忙问：“那股势力，你有没有查出什么？”

“毫无头绪，天香与我还有王丞相都盼着皇上与你回来，好解开此谜团。”

天香这时开口：“为什么没见到慕容将军，他人呢？”

我听到天香提及慕容的名字，再也忍不住，双眼湿红，说：“他现在生死未明。”

“为什么会这样？”天香一脸惊诧。

李兆庭担忧地问：“究竟发生了什么事？”

我向他们述说了当日所发生之事，天香听到我不顾生死奔向慕容时，眼中含泪：“夫君，你这一去边关，真是多灾多难，幸好老天有眼，让你能化险为夷。”

“那慕容现在人在哪？”李兆庭又问。

“明雪公主还有风流云带他到天山治伤去了，不知道他们是否已到天山，也不知道慕容现在情况如何？”我一脸忧伤地说。

“夫君，既然明雪公主承诺会还你一个生龙活虎的慕容将军，你就应该有信心，因为有信心就有希望，不是吗？”天香劝慰我。

“公主说得没错，是我太过担心慕容了，才会患得患失。”我换下忧伤的脸，充满信心地回道。

“对了，这才是我所认识的李木然，任何事都会想办法去解决，去克服，从来没有丧失过信心的李木然。”李兆庭大声说。

这时外面破军掀开车帘：“到家了！”

我听到这个“家”字觉得分外窝心，李兆庭下了马车，而我与天香在李兆庭的搀扶下也下了马车。

当我来到府门口时，如风奔到我的面前，欢喜地拉着我的手：“公子，你可回来了，想死如风了。”

天香这时走到我与如风面前，笑地拍了拍她肩：“不要站在府门口，我们进去说。”

我点了点头，示意破军与李兆庭随我们一起进府。

来到大厅，如风端出早已备好的茶点，放在桌上，一脸带笑：“你们刚回来，先吃些点心垫垫肚子，过一会儿就会开饭了。”

“还是如风贴心，谁能娶到如风才是三生修来的福气。”我意有所指对着破军说。

破军脸一红，沉默不语吃着桌上的点心，喝着茶。

如风被我的玩笑话羞得满脸通红，嗔怪一声：“公子一回来就取笑如风，我不跟你说了，我去看一看饭菜好了没有。”

天香与李兆庭异口同声笑着说：“这如风跑得还真快。”

我用暧昧的眼光看着他俩："那你们呢，在我离开这段日子，相处得如何？"

天香看了李兆庭一眼，低声说了一句："李公子待我很好，我们相处得很融洽。"

"就是这样，没有其他的？"

李兆庭忙接口："公主待人和善，所以任何人与公主相处都不会觉得烦。"

我不再问他们，只是笑着说："那就好，我还担心公主的刁蛮脾气会让人受不了，显然是我估计错了。"

"夫君，我什么时候刁蛮了，你错怪为妻了。"天香不满地说。

我看了她一眼，接着问李兆庭："王丞相有没有说最近朝中怎样？"

"倒是没说什么，只是朝中大臣时时逼问王丞相，皇上几时能回朝。"

"哦，就这样，那朝中大臣为何要逼问王丞相，皇上几时回朝呢？"我又提出心中疑问。

天香与李兆庭摇了摇头，我明白他们与王丞相心中也有此疑惑，只是现在还没查出原因在哪。

天香突然提到："不过朝中的东方信频繁进宫见东方玉，不知是为何原因？"

"这也没有什么好奇怪的，因为东方胜疯癫，所以东方信才会频繁进宫见东方玉，安慰他姐姐罢了。"

我认为这没有什么好怀疑的。

"可是之前没见他如此频繁入宫见自己的姐姐啊！"天香接着说。

"我想那是因为家中老父需要人照料，所以才不会像现在如此频繁进宫见东方玉。"我把心中猜测说出。

李兆庭按了一下天香的手，一脸严肃地说："但是据我派出的人查到东方信最近与朝中各大臣来往甚密。李大人，虽然你已与他结为知己好友，但是防人之心不可无。"

李兆庭这句"防人之心不可无"提醒了我，我笑了笑："我会注意的，对了兆庭，你可以帮我查一个人吗？"

"可以，不过要知道查的人长什么样？"

"你且随我来书房，我现在将他的相貌画给你。"

我们来到书房后，我走到书桌前，将纸铺开，用毛笔勾勒了几下，就将那日逼死慕容之人画了出来。

待墨汁干了后，我将画像交与李兆庭，他看后问："为什么要查此人？"

我一脸恨意地说："那日就是他下令用箭射杀慕容的，我想找到他，顺藤摸瓜查出幕后指使他之人。"

李兆庭一脸歉意地说："好，我待会就将这图交与手下去查一下此人是谁，现在住什么地方，不过你的图上那人蒙着面，只能凭露在面巾外的三角眼查人，我不能确定

何时能查明。”

“这倒没什么，不过此事不能拖太久了，我怀疑此事与朝中暗藏的势力有关。”

天香又问：“除了查这人之外，我们接下来该如何做？”

“静观其变，那日我听到那人曾说过想请我看一场好戏，所以不杀我，现在我就陪他看这出好戏。”

李兆庭离开之后，我拉着天香的手，询问她与李兆庭之间的事。天香先是笑而不答，最后在我的逼问下，她还是老实告诉了我，她与李兆庭如何月下订情的事。

自从我赴边关之后，在李府的某个晚上，天香与如风在后花园赏花。

天香问如风：“不知姐姐在边关情况如何，上次进宫问皇帝哥哥，又没问出什么，如今连皇帝哥哥都身在边关，我心里总是有不好的预感。”

如风脸上带笑，安慰天香：“公主你想太多了，公子不会有事的，如果你还是不放心，我这就去请李公子帮忙打听一下。”

天香听着如风说着宽慰她的话，又听到她提到李公子，心里又不免想到这几日住在李府。李府上下对她照顾周到，可是每次看到李兆庭，想和他说会儿话，他却借故有事走开。

如风看着天香眼中由担心转为忧伤，赶紧说：“我现在就去找李公子，让他打听一下边关的事。”

天香叹了一口气，坐在凉亭之中等着如风回来。

【15】

当她看到如风与李兆庭脸上带着沉重之色走到她的面前，她本想开口问一下关于我的事。哪知李兆庭张口跪下便说：“草民今日来见公主，正是向你说一下边关现在的情况。”

“你快说，边关现在情形如何，姐姐一切安好吗？”

听到李兆庭提到边关的事，她的注意力迅速转移到此事上，并将他轻轻扶起。

李兆庭起身后，面色沉重地说：“希望公主听到我说的消息，千万要坚持住。”

天香脸色大变，心跳加速，用颤抖的声音问：“你说，不论是多坏的消息我都撑得住。”

“据草民得到的可靠消息，皇上集结各地精锐，已攻下黑水国的边关，正向黑水国的皇城进发。”

李兆庭说到这停顿了下来，天香与如风异口同声问道：“这是好消息呀，为什么你会说那样的话？”

“你们知道为什么皇上要如此做吗？”李兆庭反问。

如风催促他：“李公子你就不要吊我们的胃口了，就直说这是为什么吧？”

“这个原因是与驸马有关？不会是这样的，这不是真的。”天香悲伤地看着李兆庭说出心中所猜测出的答案。

李兆庭痛苦地点了点头，算是默认了天香的话，而一旁的如风却不知道究竟是怎么回事，忙问：“公主，你快告诉如风，我家公子究竟怎样了？”

“皇帝哥哥，你去到边关为什么没有守护好姐姐，你心中不是最爱姐姐的吗？这究竟是为什么？李公子，你说姐姐是如何死的，你把你所知道全告诉我。”

天香双眼溢满泪水望着李兆庭，此时的如风才明白是怎么回事，摇着李兆庭不停地哭闹。

“这不是真的，我家公子不会死的，你说对不对。她身边有慕容将军，有风流云和破军，还有大批的将士，她会安然无事的，对不对，李公子。”

李兆庭用手稳住如风的身体，脸色一沉：“驸马是因被黑水明皇胁持上了船后，在船行至水中央时，趁黑水明皇不注意跳入水中，之后再也没有见她浮出水面，而且双方都派人搜寻多日也没发现驸马。”

如风听到这转悲为喜：“没找到公子，那证明公子并不是像他们所说的那样死于水中，因为公子擅水，李公子，你也是知道的呀。”

李兆庭想了想，点了一下头：“你说得没错，驸马擅水我也知晓，但是你有没有想过当日驸马在冯府所发生的事，所以我担心会不会像上次那样。”

“如风，你说在冯府时，驸马就曾落水对不对？”天香担心地问。

“是啊，那次把老爷夫人吓坏了，公子足足昏迷了三天，醒来之后就失忆。”

听到这话，天香如晴天霹雳，失声大哭：“姐姐，你不会回去的，你答应过天香，要陪着天香，要看着天香嫁人的。”

天香顿时感到头昏眼花身体摇摇晃晃就要向后倒，李兆庭赶紧扶住天香欲下坠的身体，天香顺势伏在李兆庭的胸前哭昏过去。

如风与李兆庭眼中显着焦虑的神色，大声叫着天香的名字，可是她却毫无反应。此时李兆庭顾不得男女之嫌，将天香抱起与如风直奔她的房中。

进到房内，李兆庭将天香轻放在床上，盖上被子，急着吩咐如风去请大夫来，而自己却留下来照顾昏迷的天香。

当如风出房后，他冷静下来才想到应该是自己去请大夫，让如风留下来照顾公主才是，但是为时已晚，如风早已不见踪影。

李兆庭看着床上的天香，内心好像有根弦轻轻动了一下，只那么一下，让他心中为之一惊：我这是怎么了，为什么看到她如此会担心，会着急？

不一会儿，如风就请大夫来到李府，大夫为公主诊脉之后，轻声对如风与李兆庭说：

“公主是伤心过度才致昏迷的，明日就会醒来，不过晚上却要留人照顾，现在我开剂安神的药，等她醒来之后喂她服下，还有就是不要让她过于伤心。”

如风陪着大夫去药店抓药去了，又留下李兆庭在房中照看着天香。

本来这次李兆庭想陪大夫去抓药的，可如风对他说，抓了药后还需煎熬，索性让她去，抓了药也好直接到厨房去煎。

李兆庭只得又一次与天香独处在房中。

此时的他看着昏迷中的天香，想到当初与她合演的那出戏，脸上不自觉地浮上笑意。

他惊觉自己的心其实早已接纳了天香，只因太过沉迷于对冯素贞的爱恋而无法自拔，才会忽略眼前的她。

李兆庭拉起天香的手动情地说：“我知道你对我的心，可是我却为了那段情故意与你疏远，让你的心备受煎熬。你知道吗，当我看见你想与我说话，而我却故意走开时，你眼中流露出哀怨之色，让当时的我感到有一种莫名的痛，可是我却极力压抑，不停地对自己说，我爱的是冯素贞不是你。原来我错了，你已经不知不觉驻进我的心里，而我还那么残忍地伤你的心。”

这时的天香突然紧抓住他的手，嘴里不停叫：“姐姐不要走，不要回去。”

李兆庭看着眼虽闭着，但脸上却现痛苦之色的天香，任凭她的指甲深深插入他手背的肉中。

他感到钻心的痛，但这痛却抵不上他心中的痛以及对眼前人自责的痛。

天香喊了一会儿就平静下来，也松开了抓紧他的手，此时李兆庭的手背上已经有血渗出。

他没有去为他的手擦药，而是端了一盆水，将毛巾浸湿后拧得七分干，轻轻擦拭着天香额头上冒出的汗。

最后他整了整被子，看到天香脸上好像没有刚才的痛苦之色，便轻轻地坐在床边的凳子上，守着天香。

没过多久，李兆庭感到倦意袭来，眼一闭，一头趴在床边睡着了。

天香第二日醒来，看见李兆庭趴在床边睡得正香，心里不由一惊。

想到平时总是与她疏远的他，会守自己一夜，天香的心中既激动又感动。

天香用深情的目光望着他，突然眼中看到他的手背上有未干的血渍，又看到自己的指甲中有血丝，才明白是自己抓伤了他。

天香轻抚他的手背，自言自语：“你这样做究竟是爱我，还是因为姐姐的缘故？”

沉睡中的李兆庭感到手背有点痒，睁开眼看到是天香的手正放在他出血的手背上。

此时的天香正在出神中，没有发现李兆庭已醒，手还是放在他的手上，继续自言自语：“你的心中究竟有没有我，是不是因为姐姐的嘱托才会如此对我的？”

李兆庭看见天香将眼转向他，忙把眼睛闭上装睡。

天香接着叹了口气："我知道你对姐姐情根深种，又怎会将我放在心上？这一切不过是我的一厢情愿罢了。不知道姐姐在家乡过得好不好，我也好想随姐姐去她家乡看一看。每次听姐姐提起家乡时，脸上总是带着笑，一副神采飞扬的样子，虽不舍得姐姐回去，可是那毕竟是她的家乡，我不能这么自私，唯有祝愿姐姐一切都好。"

李兆庭听着天香的话，有些听不明白，为什么天香会说冯素贞回她的家乡了，她的家乡不就是妙州吗？

虽不十分清楚，但他也假装刚醒的样子，睁开眼，一脸笑意："公主你醒了，有没有哪里不舒服，需不需要再请大夫来看一下？"

天香对他摇了摇头："我没事，让李公子费心了，如风呢，我怎么没看到她。"

"没事就好，昨天我和如风都担心死了，现在如风正在为你煎药，过一会儿就过来。"

正说着如风，如风就端着煎好的药推门进来，走到床边，将药递与公主。

"大夫说这药要趁热喝，才有功效，请公主赶紧喝了这碗药，再休息一下，等会儿如风给你端饭进来。"

天香闻着药味，心里感到不舒服，向如风撒娇："能不能不喝，这药味好难闻。"

李兆庭从天香手上拿过碗，用小勺舀起药水，递到她唇边："公主，良药苦口利于病，你就将此药喝下吧。"

天香见李兆庭亲自喂她药，顿时感到心中一暖，就一口吞下那勺中的药水，皱眉道："好难喝的药。"

如风与李兆庭均笑着说："公主，药越难喝，越有效。"

天香见他们如此，故意作生气状："不喝了，这么难喝的药，不喝也罢。"

如风见公主又在闹脾气，就递了个眼色给李兆庭，李兆庭收到后，哄着天香："如果公主将这碗药喝下，在下就带公主去街上买冰糖葫芦吃。"

天香脸上霎时变了一个样，反问一句："你说的可是真的？"

李兆庭一本正经地点了点头："当然是真的，我从不骗人。"

天香一把抢过李兆庭手中的碗，眼一闭，一口喝干碗中之药，跳下床拉着李兆庭："药喝完了，我们上街吧。"

如风见天香又恢复以往的模样，忙笑着说："公主你要出去，也得换身衣服呀，这样出去也不怕被别人笑话。"

这时，天香才看到身上的衣服只有单衣，脸刷的红了，忙对如风说："你还不快去为我拿身衣服换上！李公子你稍等片刻，等我换好衣服就同你上街，我要吃十根糖葫芦，不对，你要把所有冰糖葫芦买下，也不知道那药还要吃到什么时候。"

李兆庭心中想笑，这药就一服，公主居然以为还要再喝，算了，先不要说破，既

然她想吃糖葫芦，就让她吃个够，难得她不再为冯素贞的事伤心了。

【16】

天香随如风到屏风后换好衣服，便与李兆庭出了李府。

在街上天香就像顽皮的孩子一样东跑跑西看看，当她看到不远处有卖糖葫芦的，就拉着李兆庭的手往那跑去，而身后的如风也只好加快脚步紧跟在他们身后。

到了卖糖葫芦的人前，李兆庭问："是不是要买下全部的糖葫芦？"

天香不好意思地笑了笑："我那是开玩笑的，如果真的全买下，谁来拿呢？我看就买四串吧，你与如风一人一串，我两串，因为我要留一串等回去喝完那苦药好甜甜嘴。"

如风这时开口道："公主，那药只有一服。"

天香听到此话才知道自己想错了。

看着天香此时可爱发愣的模样，李兆庭忍不住笑出声来。

天香见李兆庭取笑于她，一脸的嗔怪："原来你早就知道，为什么不告诉我，害我白担心一场。"

"你又没问我，让我如何告诉你？"

天香看着一脸笑意的李兆庭，捶打着他的手臂："你欺负我，等姐姐回来，我让姐姐来教训你，为我出气。"

当提到姐姐时，天香脸上不由露出悲伤之色："看我这记性，姐姐回到她的家乡，也不知道何时才能回来。"

李兆庭看着眼看的公主，心中对公主的话更起疑了，忙问："你总说姐姐回家乡，她的家乡不是妙州吗？"

如风也附和着李兆庭的话："对呀，李公子说得不错，公主为何会如此说？"

天香想到姐姐的秘密只有她一人知道，忙解释："我说的家乡与你们所想的不一样，反正姐姐还活着。"

说完，天香拿着两串冰糖葫芦跑到买小玩意的地方。

如风与李兆庭一时半会没回过神来，还是卖糖葫芦的提醒李兆庭付钱，他们才回过神来，付完钱后追上天香。

天香见他们追来，又跑到另一处，就这样他们在街上玩起了你追我赶的游戏，到傍晚时分才回到李府。

后花园里，天香与如风正坐在凉亭中，天香看着满院盛开的鲜花，吩咐如风："去拿一个香炉来，还有把焦尾古琴拿到这来，我想为姐姐祈福。"

如风出了院去拿香炉与琴，天香发呆地看着池塘中的睡莲，自言自语："姐姐，你

心中不是有慕容将军吗，你舍得下他吗？”

就在这时，李兆庭刚好也到后花园来散心。他进园之后就看到天香正发呆地看着睡莲，夜风轻轻将天香的衣袂吹起，李兆庭第一次发现在夜色中的天香如此吸引人。

不是因她俏丽的容颜，而是因她现在一个人伫立在茫茫夜色中，显得那么地孤单，那么地惹人怜，不知不觉中自己的心已沉沦于夜色中的天香。

李兆庭情不自禁走到她身边，小声问：“在想什么，这么入神？”

天香还没回过神来，淡淡地说：“在想姐姐是否已放下所爱之人，如果她能够放下，我也要学着放下。”

李兆庭听到她要放下心中的感情，心中一急：“你要放下对谁的感情。”

天香随口便回：“李公子。因我知道李公子心中只有姐姐，所以我会试着忘却这段情，像学姐姐一样不要再被情所困。”

李兆庭这时再也不能压抑对天香的感情，从背后抱着她，温柔地说：“为什么你不问一下当事人，也许当事人心中已有你，你这样不是错失一段良缘吗？”

天香这才觉察到是谁在跟她说话，她一直以为是如风，没想到却是李兆庭。

她苦笑着挣脱他的手，两眼含悲地说：“你说心中有我，可是我却感受不到。如果你心中现在还有姐姐，何苦要说这种违心的话，就算姐姐当日说过为你我牵线，但是天香心里明白，这是姐姐想弥补对你我的愧欠。”

“天香，不是你所想的那样，我对你确实已动心。我不知道是从何时开始的，但你就这么毫无声息地走进了我的心里，当我发现自己心中有你时，也曾怀疑过自己是否真的对你动了情。但是我的心却告诉我，你已实实在在地存在于我心中，虽不能说我的心里全部都是你，但是我想让你知道的是，我不会对你说违心的话，现在站在你面前的我，想对你说一声‘我对你动了心，也动了情’。”

望着眼前一张诚恳不带虚假的笑脸，天香感动地落下了眼泪，李兆庭也在夜色中看见一颗晶莹的泪珠从天香眼中滴落至地，也滴落进他的心里。

李兆庭往前走了几步，将天香拥在怀中：“为什么要哭呢，你应该高兴才是。”

他用手轻拭去天香眼中的泪，天香回抱着他，喜中带泣：“我是高兴得想要落泪，本来要放弃的一段情，却在今晚又将它挽回，我真的是太高兴，太激动了。”

同样的夜晚，成就了一段良缘，而那时的我却是在黑水国的小渔村仰望着月色。

我赶紧恭喜天香，说希望不久后，就能喝到他们的喜酒。

而后天香向我提及为什么请李兆庭帮忙暗中调查天域国内的暗藏势力，原来是王丞相拜托她调查的。我忙问她，王丞相也知道此事？

天香对我点了点头，说出了王丞相那日来拜访她所提及的事。

那时天域国内，众臣因得知皇上御驾亲征皆大惊，纷纷向临时监国的王丞相进谏，

但都被王丞相一一驳回，而后众臣又向天香进谏，天香也拒绝见他们。

天香偷偷来到丞相府，私下见了王丞相。

“为什么前方捷报频传，这些大臣们还要进谏？”

王丞相一脸疑惑地回禀：“回公主殿下，老臣也不知道。老臣总觉得此事好像有人在背后操纵，不过这也只是老臣的猜测。”

“哦，那会是谁呢？”天香又问。

“老臣也不知道，只有暗中查一下。”

天香想：如果姐姐在一定有办法，可是现在也只能如此。

王丞相提出一个请求：“朝中的人都不太可靠，老臣想借李家的人一用，不知公主殿下可否当这个说客？”

天香眼中满是疑惑：“为什么要找李家的人？”

“公主有所不知，李家因驸马的关系才能洗尽冤屈，而此次皇上御驾亲征也是因为驸马之死，所以李家定会尽全力调查此事。”

“但是李家只是平民之家，有什么能力查此事？”天香不明白地再问。

“公主殿下，你有所不知，李家虽是平民之家，但却是京城中的首富之家，能成为首富之家的都不是等闲之辈。”王丞相眼中闪着精光，一脸老成地说。

天香想了想，觉得王丞相说得有理，命人唤来李兆庭。

李兆庭进到丞相府，天香向他说明了原由，李兆庭二话没说当场应承此事，接着王丞相与李兆庭商议该怎么查，并定下了一个详细的计划。

李兆庭与天香回到李府，李兆庭向家父禀告了此事。

李兆庭的父亲交给他一面令牌，嘱咐他此令牌可调动李家所有分散在各地的情报网，原本这个情报网是为了李家经商所建立的。

李家运用他们在各地经商的人脉与关系，积极调查着此次众臣进谏有无幕后之人。

天域的群臣每过一段时间就会进谏一次，内容无非是请皇上回宫主政，而每次都被王丞相巧妙地给回绝了。

王丞相感到朝中有股势力蠢蠢欲动，朝中众臣不断向他施压，问他皇上究竟何时归朝。

无奈之下，王丞相只得再次来到李府会见天香公主。

王丞相一脸忧虑地说：“公主殿下，朝中大臣们又不停地问老臣，皇上几时回朝，而且老臣发觉朝中似乎暗藏着一股不可忽视的力量，操纵着一切。”

天香听后眉头紧皱，转头问：“李公子，你那边查得如何？究竟是什么人在操纵着这一切？”

李兆庭皱着眉摇了摇头，叹息一声，“没什么进展，查了这么久，还是一无所获。”

“公主殿下，那该怎么办？朝中局势对我们很不利。”

王丞相眼中露出担心之色，李兆庭忙说：“如果李大人在，肯定会有办法解决此事。”

天香闻得此言，含笑地说：“你不是打听到驸马还活着？我想她一定会跟皇帝哥哥一同回朝的。”

“是呀，幸亏李大人还活着，当老臣把这个消息与皇上即将归朝的消息同时宣布给众位大臣听时，他们脸上也露出欣慰的笑。老臣以为这样能稳住朝中局面，哪知皇上与李大人久久未归，现在众臣之中已有议论传出，说皇上与李大人是不是遇害了。”

天香一脸怒色地斥骂：“这怎么可能，皇上已与黑水国结为盟国，这个事已传遍大江南北，况且你收到边关的消息也是说皇上参加完黑水皇室为风流云和明雪公主准备的大婚后，就会返回京城。”

“公主说得没错，我派出的人也打探到皇上等人都去参加黑水皇室为风流云与明雪公主举行的大婚了，这个消息绝对不会有假。”李兆庭也附和地说。

“话是不错，可是为什么皇上迟迟未归呢？”

王丞相说出了现在最为棘手的事。

天香想了想计上心来，笑着提议：“丞相大人，我看不如这样，你就同朝中众臣说，皇上与李大人因为一路上要视察民情，所以归期未定，不过传回来的消息是，皇上与李大人正在往京城的方向行进。”

“这方法可行，一方面安了朝中众臣摇摆不定的心，另一方面也可警示那股暗中力量，让他们不敢轻举妄动。我这边呢，加派人手继续追查，务必在皇上他们回来之前查明幕后黑手。”李兆庭一脸坚定地说。

王丞相这才露出开心的笑：“公主殿下，此计高，不知是不是因为公主殿下与驸马爷相处久了，竟也学得了驸马爷的神机妙算。”

天香笑了笑，谦虚地说：“丞相大人，你太抬举我了，我要是学得驸马的神机妙算，也不会在这儿发愁了。”

“不管怎么说，总算找到了一个可行的办法。明日早朝，老臣就当众宣布这个消息，希望这个消息能拖到皇上等人回来。”

天香点了点头：“对呀，我也想看一看那个风流的浪子娶到了什么样的人，能让他的心定下来。”

李兆庭与王丞相大笑着说：“我们也想知道，逍遥侯的良伴究竟有何高明之处，能让他开口向黑水皇帝提亲。”

他们三人在屋中哈哈大笑，心中憧憬着迎接皇上等人的激动场面。

我听完天香所讲，感到天域国内必定会发生大事，而此事将关系着天域国是否太平如旧。

第五章 聚散不由我

【17】

回到天域的第二日，我起了一个大早，换上官服，随着破军进宫上早朝。

到了大殿之上，我看到宇文化与东方信在说话，我笑着走到他们身边，揖着问候：“东方兄，许久不见，东方大人最近好点没有。”

东方信一脸笑意：“托李大人的福，父亲大人最近好点了。李大人此次奔赴边关，促成黑水国与天域国结成盟国，我想皇上定会大大嘉奖李大人的。小弟真是佩服李大人，以文官之职去做武官的事，不知是不是因为李大人每次都有贵人相助才会事事如意。”

我听到此话，心中暗想：这东方信许久不见，说话怎么夹枪带炮，明明说着恭维的话，却让人觉得是明褒暗贬。

我笑了笑：“这也不是我一人之功劳，是大家的功劳。”

宇文化笑着接口提议：“大家好久没聚过了，不如等会儿，下了朝一起去天下第一楼把酒言欢，如何？”

“宇文兄，好像你从边关回来，对李大人的眼神有些不对，不知是不是因为知道了什么我不知道的事才会如此？”

东方信话中有话，我忙打趣地说：“东方兄说笑了，我与宇文兄共同经历过沙场生死，所以彼此之间有了一种相互信任的感觉罢了。”

“是吗，那李大人与在下是否也有一种相互信任的感觉？”东方信顺着我的话问。

“我与东方兄当然也有这种相互信任的感觉，难道说东方兄不这么认为吗？”我故意笑着反问。

“李大人，我有没有这种感觉，你不是相当清楚吗？我东方信虽然不及李大人满腹经纶，但是在某些方面也不会输给李大人。我们之前的结义就当作是一个笑话，今日我明人不说暗话，我家父疯癫的真正的原因恐怕不是你所说的那样吧？李大人如果你真当我是知己，就实话告诉我家父疯癫的真正原因。”

我没想到东方信会问出这样的话，我不再言语，脑中在考虑着要不要将真实的原因告诉他。

宇文化在一边眼带疑，忙问："东方兄，你说的不是真的吧，伯父疯癫的真正原因不是因误喝毒酒所致？"

"你想知道真正的原因，不如问一下眼前这位李大人，我想李大人应该比谁都清楚事实的真相吧。"东方信冷笑一声。

宇文化将疑惑的眼转向我，等着我的回答。

难道我真得要说出真相，不可以，这样东方信会因他父亲叛国而受不了打击辞官归隐，以谢家父之罪，这样天域又会失去一位良臣。

就在这个节骨眼上，听到一声："皇上驾到。"

这一声让我忍住了欲向东方信吐露实情的想法。

"东方兄不知道听信了什么谣言，我当时给你说得确属实情，你不信可以问皇上。"

宇文化脸上转忧为喜："我就说李大人不会骗我们的，好了，不要再说了，皇上来了。"

东方信诡异地对我笑了笑，不再言语，对着皇上跪下行礼，我与宇文化也跟着跪下行礼。

我此时的脑中不停地回响着刚才东方信所说的话，他诡异的眼神，让我的心一沉。

又想到那日李兆庭与天香所说的话，我心中大惊，难道这一切都是东方信一手策划的，包括那日被围攻。

欧阳天域身穿龙袍走到王座前，转身望着大殿之中向他下跪的群臣，大声说："众爱卿平身。"

待众臣起身后，他环顾了一眼，一脸威严地端坐在王座之上。

"诸位卿家，在朕离开这些日子，有劳了。今日朕首先要嘉奖王卿家。"

王丞相这时开口进言："皇上，言重了，臣等食君之禄，自然应当为君分忧。"

欧阳天域看了一眼王丞相，笑了笑，"朕离开这些日子，天域国能如此安宁，这里王爱卿的功劳最大，王爱卿上前听封，赐王爱卿黄金千两，并诏告天下，王爱卿参见朕不用行跪拜之礼。"

"谢主隆恩！"王丞相连忙谢恩。

"慕容将军这次未同朕一起返京，是因为慕容爱卿另有要务在身，李爱卿上前听封。"

我听到皇上叫我，我站了出来，低头跪下，"臣在。"

"李爱卿以文官之身奔赴边关，又撮合天域国与黑水国永世修好，此举利国利民，特从二品擢升为一品，从属刑部，除丞相之外，与慕容将军分管文官与武官。"

"谢主隆恩！"

"起来吧，李爱卿。"

欧阳天域紧接着又宣告："宇文爱卿，破军爱卿上前听封。"

宇文化与破军走了出来，向欧阳天域跪拜，我耳中听到："宇文爱卿上阵杀敌有功，特升为副将，从旁协助慕容将军管理军部。而破军爱卿护驾有功，特从四品带刀护卫擢升为三品带刀侍卫。"

宇文化与破军谢恩后，我走出来，低头进谏："臣有一事要奏。"

欧阳天域点了点头："李爱卿有何事要奏？"

"皇上，臣曾提及与黑水国结为姻亲之事，望皇上能颁旨向黑水国求亲，迎娶黑水国明霜公主，并立她为后宫之首。"

欧阳天域看着我，一脸深意，这时东方信站出来，反驳我："皇上，臣认为不妥，虽说天域国与黑水国结为盟国，再结为姻亲是喜上加喜，但是立为后宫之首，臣认为有欠考量，一个外邦女子册封为妃还行，但是立为皇后实有不妥之处，望皇上三思。"

"立外邦女子为后，虽说在天域国历史上从来没有过，但是臣以为明霜公主有资格成为后宫之首。是不是东方大人有私心，才会说出明霜公主不适合立为后？"我看着东方信挑衅的眼神，回敬他。

"李大人此话差矣，若臣有私心，大可说出立贵妃娘娘为后，因为臣认为明霜公主不能为后还有一个重要原因是明霜公主曾在青楼卖唱，所以如果皇上立她为后，会落人笑柄。"东方信眼露厉色，与我争锋相对。

此话一出大殿之上一片哗然之声，我连忙进言："明霜公主会到青楼卖唱，臣相信各位大臣都知个中原因为何，因为当初黑水国太子暗藏祸心，所以才会命明霜公主以歌女身份隐身在青楼，探听天域国的一举一动。"

东方信又接着说："就算有这个原因，李大人之前说臣有私心，难道李大人没有私心吗，谁都知道李大人视明霜公主为红颜知己。"

我暗叫：东方信看来是有备而来，句句说中我的软肋。

"如果东方大人非要这么强词夺理，臣也不想作无谓的狡辩，请皇上自行决断。"

我将球直接抛给了欧阳天域，看欧阳天域如何决断。

欧阳天域明白我的意思，然而他却说出让我不敢相信的话，"东方爱卿与李爱卿不要再争了，立谁为后，朕心中有数，至于刚才李爱卿提到的事，朕会好好考虑，如果各位爱卿无事要奏，退朝！"

我呆愣在原地一时没反应过来，还是宇文化推了我一下，我才赶紧下跪恭送皇上离开。

我与宇文化还有破军走到殿门外，东方信早已等着我们，走到我面前，一脸笑意。"李大人，刚才不好意思，我也是以事论事，如有得罪之处还望见谅。"

我输人不能输阵，回笑一句："东方大人说哪里的话，政见不合是常有的事，也许

经过东方大人的提醒，我也会好好考虑刚才的提议是不是真的欠妥当。”

“那在下告辞，因为父亲大人还等着我照顾，就不打扰三位了，对了，还忘了恭喜三位升官加爵。”东方信一脸假笑地恭喜着我、宇文化还有破军。

我开口送他：“那在下不远送了，请。”

东方信看了我一眼，丢下一句让我费解的话：“李大人，我想皇上心中最想立为皇后之人恐怕是那天域第一美人冯素贞吧？”

宇文化与破军听后脸上露出异色，东方信长笑一声转身离开时，抛下一句话。

“难道宇文兄与破军兄也见过此人，不会此人就是李大人吧？”

宇文化与破军走到我面前，宇文化一脸担心地说：“怎么一回来，东方兄好像变成另外一个人了，话语中句句藏着玄机不说，还语带嘲弄之意。”

破军提醒着我：“四弟你可要当心此人，他变化太大，而且刚才所说之意，似乎知道你是女儿身。”

我心中也是一团乱麻，刚才听到欧阳天域的话让我还没缓过气，东方信的话，更让我的心难以平静，为什么回来之后一切好像都变了，连欧阳天域都像是变了一个人似的。

回到府中，天香与如风跑到我面前，天香笑着恭喜：“夫君，你升官加爵，可喜可贺。”

如风也脸带喜庆，作揖恭喜我：“对呀，公子，公主说得不错，这真是天大的喜事。”

我对她俩笑了笑，转身向书房走去，天香与如风看着我脸上的表情有异，跟着来到书房。

“为何夫君脸上无喜意，反倒是一脸的焦虑？”

“公主多虑了，只是刚回天域国，还有些不习惯，过一段时间会调整好的。”我不想让天香与如风担心，便说着假话宽慰她们。

天香用着不解的眼色又问：“夫君，你不要说谎骗我，是不是遇到什么事？”

这时听到外面有人报：“皇上驾到。”

我整了整衣服，准备迎接欧阳天域，我也想当面问一下他，为什么今日朝堂之上会说出那样的话。

【18】

我与天香还有如风到了大厅迎接皇上，欧阳天域见我们在他面前跪下，摆了摆手一脸笑意。

“勿需多礼，都起身吧。天香，朕与李爱卿有要事相商，你先回避一下。”

天香与如风知趣地走出大厅。

欧阳天域接着说："你与朕到书房说话。"

我紧跟在欧阳天域身后来到书房，进到屋中，欧阳天域命跟来的护卫在屋外守候。

我倒了一杯茶，递到欧阳天域手上，欧阳天域双眼似有解疑之色，"你是不是还在想为什么今日在朝堂之上，朕没有准你所奏之事？"

我点了点头，忙问："皇上，这是为什么？皇上不是答应过臣，回来后的第一件事就是迎娶明霜公主为后宫之首？"

欧阳天域看着我，喝了一口茶，笑赞："好茶！"

我不明白欧阳天域说这句不搭调的话究竟用意为何，急着再问："皇上，您究竟是怎么想的，为什么臣觉得自从皇上回到天域国，像是换了一个人似的？"

欧阳天域还是没有回答我，只是继续说着刚才莫名其妙的话："品人就如同品茶一样，只有懂得此茶之人才会品出它特别之味，李爱卿，你说朕说得对吗？"

我不知他葫芦里究竟卖的是什么药，点了点头回禀："皇上说得没错，但是懂得此茶之人不一定是拥有此茶之人，因为茶也有它自己的想法，也会找寻适合它的人。皇上，您认为呢？"

"与李爱卿对话总有一种棋逢对手之感，这也是李爱卿吸引人之处，小小的品茶与品人的道理在李爱卿的口中说出了新意。那你认为明霜公主适合的人就是朕吗？"欧阳天域一脸笑意看着我。

我心想，兜了一圈，总算说到正题，这招抛砖引玉差点让我掉进去。

"不试过，皇上怎会知明霜公主是不是适合皇上之人呢？又怎知道皇上是不是适合明霜公主之人呢？"

"李爱卿，那朕也想问你，没试过，你又怎会知道朕不是适合你之人？"欧阳天域重复着我的原话反问我。

我这才明白欧阳天域心中真正的用意在什么地方，我一脸坚定，直视欧阳天域的眼，"皇上，臣是不是适合皇上之人，还有皇上是不是适合臣之人，这一切早有定论，难道皇上还要臣重复一遍吗？"

"你！"欧阳天域不知该对如何反驳我，脸上现出不悦之色。

我接着又说："皇上，现在臣心中想的是如何查出天域国内暗藏的那股势力，请皇上不要再在这个问题上纠缠了。您也看到今日东方信在大殿之上的反常表现，臣怀疑暗藏的那股势力与东方信应该有莫大的关系。"

欧阳天域的脸色渐渐缓和下来，眼中也露出怀疑之色："李爱卿，你为何会口吐此言，难道你查出了什么？"

"臣并没有查出什么，但是从东方信的言语中似乎可以看出他在猜测父亲疯癫的真正原因。也许有人放出谣言，传到他耳中。"

“既然这样，那朕就不打扰李爱卿了，至于你的提议，朕会再仔细斟酌一下，你早些休息吧。”

我送欧阳天域到了府门口，欧阳天域在临上马车时，回过头，对我笑道：“如果没有慕容，朕有没有这个机会？”

“这个假设不成立，臣恭送皇上回宫。”

欧阳天域上了马车，车帘在我眼前放下。望着越走越远的马车，我心中念道：慕容你快点回来吧，真的好想你在我身边，与我共同面对这越来越复杂的朝堂。

我走回书房，看着慕容所送的古琴，慢慢走到琴旁，轻抚琴弦，想着与慕容一路走来的点点滴滴，眼中不自觉滑下一滴清泪。

我轻轻推开窗，秋风吹拂在脸上，有一丝的凉意。

又是一年的秋天，不久之后又是秋闱。

来这个朝代不知不觉已快两年了，在这两年之中，发生了许多让我意料不到的事，也让我尝到了爱情的甜蜜，可短暂的甜蜜却是痛苦的代价所换来的。

不知身在天山之中的慕容可否得到救治，可否脱离危险。

我抚动着琴弦，脑中想着慕容温暖的笑脸，口中浅吟：

秋意浓，离人心上秋意浓，
一杯酒，情绪万种。
离别多，叶落的季节离别多，
握住你的手，放在心头。
我要你记得，无言的承诺，
啊，不怕相思苦，只怕你伤痛。
怨只怨人在风中，聚散都不由我，
啊，不怕我孤单，只怕你寂寞，无处说离愁。
舞秋风，漫天回忆舞秋风，
叹一声，黯然沉默，不能说。
惹泪的话都不能说，紧紧拥着你，
永远记得，你曾经为我，这样的哭过。

我轻吟着这首《秋意浓》，万般情愁在心头。

“姐姐，你又在想慕容将军了。”身后传来天香略带关心的声音，我停了下来，回头望着她笑着点了点头。

天香走到我身边，拍着我的肩说：“姐姐，你不要难过了，我相信慕容将军吉人自

有天相，他会回来的。”

我拉着天香的手笑了笑：“只是有点感伤罢了。”

“只是感伤？为何刚才那曲让人听了心中凉凉的，还有你脸上为何布满泪水？姐姐你这一路走来，好不容易能与慕容将军双宿双飞，可是天不遂人愿，让有情人分隔两地。当我从李公子那得知你与慕容将军离开黑水国不知所踪时，我心中就祈愿你与慕容将军从此能只羡鸳鸯不羡仙。”天香为我叹息一声。

“我说过会回来，就一定会回来，就算我与慕容没遇上那件事，在外游历累了，还是会回到天域国的。”我低着头轻声回了一句。

“姐姐，你为何要回来？你应该随慕容将军去天山，远离朝堂。要不，你现在就整装出发去天山，至于皇帝哥哥那儿，有我帮你顶着。”天香突然提议。

“如果我要随慕容去天山，就不会随皇上回天域了，因为我曾答应过慕容一定要查出事实的真相，这不是为了我们自己，而是为了天域的百姓。”我一脸坚定地望着天香。

天香却说：“为了天域的百姓，难道其中没有为了皇帝哥哥？我想慕容与你心中早已把皇上当作知己，而不是当作皇帝，你如此做，也不是尽一个臣子之心，而是尽一份结义之情。”

我笑着点了点头：“也许你说得不错，天域国的百姓固然重要，但是与皇上之间的这份结义之情在我与慕容心中比什么都重要。”

天香转过身，头也不回地走出书房，轻声说了一句：“你想让明霜公主当天域国的皇后的一片苦心，我想皇帝哥哥是不会明白的，他也不会明白你为何会随他回来，还陷在对你的迷思中。”

我在天香身后笑着说：“我已对皇上说得很清楚，如果他还陷在其中，我也无能为力。”

天香听后摇了摇头，吟道：“落花有意，流水无情。”

天域国内此时暗潮汹涌，我仿佛感到自己正一步一步走进一个早已设计好的局中，想脱身，已为时晚矣，而我只有在心中作了一个决定：入虎穴。

我经过一晚认真仔细地思考，发觉东方信虽有可疑，但却找不到任何证据说他就是那日主谋之人。

他的转变也许真的是因为得知自己父亲疯癫的真正原因并不是我所说的那样，那这主谋之人究竟是谁呢？

我一夜无眠，穿上官服进宫上朝，在进大殿之前看到东方信正向我这边走来，我故意放慢脚步，但是他却视而不见，走进了大殿。

他身后的宇文化走到我面前，一脸关心地说：“李兄好像昨晚没睡好，看上去很是疲惫。”

“宇文兄，多谢你的关心。早朝快开始了，快点进殿吧。”

我与宇文化迈进了大殿之中。

当大殿之中的太监宣道：“皇上驾到。”

我们统统跪下三呼万岁。

欧阳天域用眼看了一眼跪在殿中的众人，对着身旁的太监使了个眼色，那太监展开圣旨高声宣读：“奉天承运，皇帝诏曰：命李木然为求亲使者，前往黑水国求亲。”

我大声回答：“臣领旨！”

欧阳天域摆了摆手，太监又高声叫道：“平身！”

“李爱卿，对你昨日的提议，朕仔细思忖了一下，认为可行，所以今日朕才会下旨命你为求亲使者，向黑水国求亲。朕想与黑水国结为姻亲，求娶黑水国的明霜公主，并立明霜公主为后。”

东方信站出来向着欧阳天域进言：“皇上，立后事大，还望皇上三思。”

“东方爱卿，你昨日所说的事，朕也知道，但明霜公主毕竟为黑水国的嫡亲公主，就算以前曾在艳楼，但是一直洁身自好。”

“皇上，话虽这么说，但是皇上有没有想过天域的百姓将会作何感想。”东方信还不认输地进谏。

“好了，东方爱卿，你的一片心意，朕已知道，不过此事朕意已决，你就勿需多言了。各位爱卿如果没有要事请奏，就退朝吧！朕还有事要单独与李爱卿说。”

我心中暗自琢磨，欧阳天域从来没有在朝上直接说出这样的话，可想而知这单独对话意味着什么，难道说欧阳天域昨日还没死心？

我不敢想，也不愿意去想。看来只能见机行事，实在不行只有行下策，悄悄离开天域，奔赴天山。

下朝之后，我随着太监向御书房走去。

【19】

我一路上都在想着皇上到底有什么话要对我说，昨晚不是都说得明明白白，清清楚楚了吗。

不知不觉就来到了御书房，太监推开门后，高声叫道：“李大人求见皇上。”

我耳边响起欧阳天域的声音，“让她进来吧，你们都在外面守着，没朕的口谕，谁也不准进来。”

我听到这话，心中的小鼓直敲，慢慢走进御书房，看到端坐在龙椅上的欧阳天域正双眼含笑望着我。

我低下头，对着欧阳天域大声说："臣李木然参见皇上。"

我刚想要跪，欧阳天域开口便笑，"就你与朕二人，勿需多礼，坐吧。"

我走到椅前，转身坐下，询问欧阳天域："不知皇上召臣来，有何事？"

"李爱卿似乎对朕的戒心颇重，你认为朕会对你有什么不良企图吗？"

欧阳天域语带调侃之意，我抬头看着他，笑说："臣不曾这样想过。想皇上找臣来，定是商谈求亲之事，对吗？"

"李爱卿果然聪明。不过你只猜对了一半，还有另一半就是关于昨晚朕所提之事，不知李爱卿可曾记起。"

欧阳天域一脸笑意让我猜不出他心中的真实想法。

我笑了笑，双眼直视欧阳天域："不知皇上让臣记起哪件事。昨晚臣与皇上谈了许多事，所以臣也不知道皇上说的是哪件事。"

欧阳天域从龙椅上起身，走到我面前，我刚想起身，他立刻用双手撑着扶手，将我困在椅中，并将脸靠近我。

"李爱卿忘性可真大，既然李爱卿忘记朕曾对你说过的事，那朕就再问你一次，如果没有慕容，你可会陪在朕的身边？"

我心一沉，双眼坚定地看着眼前人："原来是此事。这种假设不成立，所以臣不会回答这个问题。"

欧阳天域却没有离开之意，继续将脸逼近我："你是不想答还是不敢答？"

"皇上，既然你这么想知道答案，臣就当这个假设成立，回答您便是了，不过在臣回答之前，皇上能否让臣起身回答。"

我说这话是在暗示欧阳天域不要将我困在椅中，欧阳天域似乎明白我的意思，放开撑在两侧的手。

我起身走到屋中央，笑着对欧阳天域说："皇上，臣的答案是，不会。"

欧阳天域听到此答案，脸上升起不悦之色，走回龙椅坐下后，喝了一口茶，沉声便问："这可是你的心里话，还是想愚弄朕？"

"臣句句实话，不敢有半点虚假。"

欧阳天域摆了摆手，眼中有着无奈："你且退下吧。关于求亲之事，相信不需朕多说，你也会圆满完成的。"

"那臣先行告退，臣明日起程去黑水国。"

我起身向欧阳天域行了礼后，退出了御书房。

经过御花园时，我看到东方信正朝着玉香宫走去，我想他应该是去见他姐姐。

为了避免与他碰面，我待他走远，才迈步向皇宫大门走去。

在回府的路上，我想着刚才与欧阳天域的谈话，有些后怕，如果他真的有什么企图，

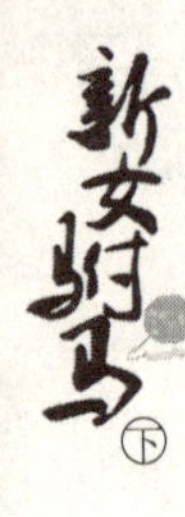

我是无力反抗的。

天香闻得我回府，一脸担心地到书房找我，见面的第一句话就是："我听说你被皇帝哥哥叫去御书房了，没事吧？"

我笑了笑，点了点她小巧的鼻子，"能有什么事，皇上只不过是向我交代去黑水国求亲的一些细节。"

"原来是这样。看你回来得这么晚，我还以为皇帝哥哥又为难你了。"

"皇上怎么会为难我呢，再说昨晚我与皇上已把话说得很清楚了。好了，天色已晚，你早点休息吧。"

清早，我同破军出了府门，跨上早已立于门外的马，对着身后相送的天香和如风抱拳道别。

"这次去黑水国求亲成功后，我会尽快回来的。"

破军提醒我："四弟，我们该出发了。皇上正在十里亭等我们。"

我拉着缰绳，手中的马鞭一挥，与破军纵马向城外的十里亭奔去。

到了城外，远远地看到十里亭中坐着一人，而亭外是大队的人马，还有马车，车上装着好几个大箱子。

我骑着马靠近亭子后，从马下跳了下来，走到亭中，看到欧阳天域正手握着茶杯，望着我。

我低头跪下："臣李木然参见皇上。"

欧阳天域扶我起身，我起身后整了整衣服："皇上，恕臣之罪。"

"你何罪之有？"欧阳天域笑问。

"让皇上等臣实不应该。"

欧阳天域听后，笑着说："让朕等你，岂止这回，如果说治你的罪，恐怕你早就死了好几回了。不管怎样朕都会等你的。"

他的一语双关，让我心又一沉，回笑一声："皇上真会开臣的玩笑，只有臣等君，哪有君等臣的道理。"

"如果不是君与臣的关系，只是一个痴心的男子等着一个心爱的女子能回头看他一眼呢？"欧阳天域接着又问。

我望着欧阳天域眼中暗藏的情意，不以为意地一笑："皇上这个比喻不恰当，不过臣想送皇上一首诗，不知皇上可否愿意听？"

欧阳天域随即笑着点头

"也许说出来，皇上会怪罪于臣，不过臣想借这首诗点醒皇上罢了。"

随后轻声吟诵：

美女渭桥东，春还事蚕作。
五马如飞龙，青丝结金络。
不知谁家子，调笑来相谑。
妾本秦罗敷，玉颜艳名都。
绿条映素手，采桑向城隅。
使君且不顾，况复论秋胡。
寒螀爱碧草，鸣凤栖青梧。
托心自有处，但怪傍人愚。
徒令白日暮，高驾空踟蹰。

我念完后，本以为欧阳天域会生气，但他不怒而笑："借诗寓义，好诗，不过朕却被你比作好色之徒。李爱卿，只有你敢这么说朕。"

我看着皇上的一脸笑意，一本正经地说："皇上您可错怪臣了，臣只是表明自己的心意罢了。"

他止住笑，眺望着远方，沉声道："只是表明心意？李爱卿的心意，朕早已知晓，何需再表明心意。"欧阳天域沉默了良久，转过头望着我笑，"李爱卿，你眼中的王者是如何的？"

我沉思了一下，回禀："皇上，臣眼中的王者应该是以国家与百姓的福祉为己任的。"

"原来李爱卿眼中的王者是这样的，那你认为朕可具备这样的条件？"欧阳天域接着又问。

"皇上在臣的眼中已经做得很好了。"

"李爱卿此话是恭维，还是出于真心？"欧阳天域再问。

"皇上，臣一向是实话实说，绝无恭维之嫌。"

欧阳天域点了点头，接着问："那你为何认为明霜公主一定是朕合适的皇后人选？是因为你与她之间的交情，还是因为她对朕的爱意？"

"皇上，臣认为明霜公主是适合的皇后，当然有臣的道理，但绝不是像皇上所说那样。"我低着头回禀。

欧阳天域笑了笑："那原因何在？抬起头来回话。"

我将头抬起，望着欧阳天域，一脸的平静："明霜公主无论从谋略、武功还是身份上都是匹配皇上的上上人选。再加之明霜公主对皇上有爱意，所以会成为皇上治理国家的最佳帮手。"

"李爱卿所说之话，确有道理，但是如果是你成为朕的皇后，不是比明霜公主更能辅助朕？在你的陪伴下，朕的天域也许才能有一个太平盛世！"

我听到“太平盛世”这几个字，心中想到唐朝的开元盛世，脸上露出笑意：“太平盛世是每个帝王最向往的，但是臣却向往平凡的生活，也许是臣的心境所至。不过皇上提到太平盛世，让臣想到曾在历史上看到过有一个朝代曾达到开元盛世，就如同太平盛世一样。”

欧阳天域摇了摇头说：“不是李爱卿的心境所至，是因为李爱卿心中挂念的人所至吧，至于你刚才提到有个朝代曾达到开元盛世，是怎么一回事？”

“皇上，那是一个伟大的朝代，也是当时世界上最强盛的国家，百姓富足，国库充盈，城中散布着各国的商人，经济也空前繁荣。”我扬着眉，说出了那段历史。

欧阳天域沉醉在我的讲述之中，时而露出惊奇之色，时而又发出惊叹声，而我也用那段历史引出治国之道：治国的根本在于治人，人通政和，自然天下太平。

欧阳天域越听越入迷，好奇地问：“李爱卿就是从那个朝代来的？”

我摇了摇头，摆了摆手：“这些都是臣那个时代的历史课本上所讲述的，臣那个时代当然比那个朝代更加的进步。”

欧阳天域紧接着又问：“你的时代又是如何？”

“臣的那个时代，也可称为大同时代，取自天下大同之意，人人平等，没有权贵之分，男女之间也是平等的，男和女都可以上学识字，长大后用自己所学创造财富，养活自己。男女通过自由恋爱组成家庭，感情失和的夫妻通过离婚可以再次寻找另一半。没有战争，处处和平。”

欧阳天域露出惊讶的表情：“李爱卿，真有这样的朝代存在吗？”

我点了点头，笑着说：“当然是真的，臣就是活生生的例子啊！您所看到臣的行事作风都是从那个时代学来的，臣在那个时代也就是一普通人而已。”

我看到欧阳天域只是望着我，沉思不语，笑着问：“皇上，您在想什么？时辰不早了，臣要起程了。

欧阳天域回过神来，说了一句：“如果那个时代的能人能到天域国来，那天域国的太平盛世不就指日可待了吗？”

“皇上，您真会说笑，臣能到这儿，也是机缘巧合而已，说不定哪天臣也会回到属于自己的时代。”

欧阳天域突然抓住我的双臂，一脸紧张的样子：“你不能回去。你答应过朕，就要信守承诺。难道你放得下慕容吗？”

我不知道该如何回答皇上的话，推开他的手，转身走出十里亭，望着天：“皇上，臣若是回去也是天意，岂是人能控制的？”

欧阳天域走到我身边，指着天，大声叫道：“就算朕不能控制，但是朕会阻止你回去，朕说到做到。”

我转过头看着欧阳天域："皇上，有些事非人力所能阻止的。"

"那李爱卿当真舍得下慕容？"

欧阳天域又问着同样的问题。

我笑着回他："舍不舍得，并不是按臣的心意而为的，如果真是凭臣的心意而为的，那臣也不会入朝堂，早就回到自己的时代了，又怎么会遇上你们？"

欧阳天域低头不语，我接着说："皇上，臣再也不能耽搁起程的时间了，臣先行告退。"

欧阳天域抬起头："李爱卿此去要小心。朕会在天域国等着你带回好消息。"

我向欧阳天域跪别后，翻身上马，对欧阳天域抱拳："臣定不负使命。"

我挥了挥手，对着破军高声叫道："起程黑水国。"

破军得令后，上了马指挥着求亲队伍跟在我的身后缓缓向黑水国方向行进。

【20】

破军看到我皱着眉，不开心的样子，问我："刚才皇上与你说什么了，让你紧皱眉头。"

我笑了笑，"我没事，只是在想皇上所说的话，还有就是想如何向黑水国求亲的事。"

"我们到黑水国求亲，你可要想好如何求明霜公主答应婚事，如果她不答应，又该怎么办？"破军一脸疑惑地问。

"我自有妙计，先暂时保密。"

我们一行人经过几日的行程终于抵达了黑水皇城。

远远地就望到黑水明皇正一脸笑意地带着大批人等候着我们。

我骑着马来到黑水明皇面前，抱拳一笑："太子殿下，别来无恙。"

"李大人，别来无恙。不过从李大人的脸上看得出李大人此次前来是志在必得。"

"说什么志在必得，此次在下是前来黑水国求亲，又不是打仗。太子殿下，真会说笑。"

"在下这样说当然有道理了，想请问李大人，你当真能说服小妹嫁于欧阳天域吗？"黑水明皇眼中虽充满着疑问，可是完全看不出是真的关心此事，有看好戏之嫌。

我自信满满地回笑："对于如何说服明霜公主，在下早就想好对策，不过却要太子殿下与太子妃娘娘从旁协助才是。我想太子殿下与太子妃娘娘也是希望看到明霜公主能嫁与她心中所爱之人吧。"

"那是当然，不过据在下所知，欧阳天域下旨命你前来求亲，是你力谏促成。不知是不是因为李大人觉得愧欠欧阳天域或是小妹才会这么做。"

这时，我脸上笑意顿无，一脸正经地说："皇上也曾问过在下是否有私心，才会力促此事，可是在下却对皇上说，明霜公主是成为皇后的最佳人选，不仅是因为她心中爱着皇上，更是因为她的才情，她的智慧，她的皇家身份。"

黑水明皇笑着反问:“李大人除了皇家身份，好像其他的方面也很适合成为皇后啊！欧阳天域心中的人选是李大人，不知小妹嫁与他，会不会成为后宫弃妃呢？我可只有这个亲妹妹，可不想让她嫁到异地去受罪。”

我看着黑水明皇一副护妹心切的样子，忙笑着说：“难道我们要在城门口争论此事吗？”

黑水明皇忙致歉于我：“刚才多有得罪，请李大人见谅，李大人请入城，明日在皇宫再讨论此事不迟。”

破军指挥着求亲队伍跟在我的身后进了黑水皇城，我们被安置在皇宫的别院之中。

破军推门进来禀报：“明霜公主与太子妃来了，正在别院的大厅等着四弟。”

我对着破军点了点头，起身走向他：“那我们去见一见老朋友。”

我一脸笑意地朝外走去，破军摸着头跟在我身后。

来到大厅门前耳中就听到里面传出咯咯的娇笑声。

“让二位久等了。”我走到她们面前坐下后，笑对着明霜说:“此次我前来求亲之事，你应该知道了吧，不知妹妹怎么想的？”

明霜苦笑了一声：“怎么一见面就说这事？我们姐妹三人好久不见，我有些贴己的话要同姐姐说，不如到你房中再说？”

香琦也附和着点了点头，她的肚子已经大得很明显了。我用手摸着她的肚子：“太子妃，看你的身子，应该有五六个月了吧？”

香琦脸上洋溢着幸福的笑，点了点头：“是呀，再过几个月就要临盆了。太子哥哥最近管我管得严死了，这也不能去，那也不能去，不能做这个，也不能做那个，都快把我憋坏了。”

“你呀，真是身在福中不知福。你们不是说有贴己的话要说吗，随我来吧。”

我笑着引路，明霜扶起香琦，小心翼翼地跟在我的身后。

到了门口，我吩咐着破军：“我与明霜公主还有太子妃有私事要谈，你就不要跟来了。”

破军点了点头后，转身离开了大厅。我们一行三人来到我的房间后，我倒了三杯茶放在桌上，然后坐下说：“霜霜，我刚才问你的事，你是怎么想的？”

明霜喝了一口茶，笑中带着顾虑：“多谢姐姐从中帮忙，但是妹妹不能答应此事，至于原因，想必姐姐也知道。对了，姐姐是如何知道我心中有欧阳天域的？”

“霜霜，其实我也是看到你在雪儿受封晚宴上所表现出的神情，猜测的。我知道你拒绝必有我的原因，但是霜霜你有没有想过，错过皇上，你会后悔一辈子的。”

香琦这时开口劝她：“霜霜，我也觉得姐姐说得对，既然你的心中有欧阳天域，为

何要拒绝此事？你看我现在多幸福，你也知道我嫁给你哥哥之前，你哥哥心中只有姐姐一人，但是现在你哥哥的心中却只有我一人。你嫁给欧阳天域，也会和我一样幸福的。”

霜霜低着头沉思着，我接着又说：“虽说皇上现在心中没有你，但是不代表以后他的心中也没有你，我只不过是他生命中的一个过客，你却是要陪伴他一生之人。”

霜霜抬起头，双眼含疑地问：“可是欧阳天域心中却没有当你是他生命中的过客，他早已将你刻在他的心中。从他的一言一行都可以感到他将你看得很重。”

接着她讲述我与慕容不辞而别之后发生的事，想让我明白欧阳天域到底有多执著。

欧阳天域醒来后，得知我与慕容留书避世，便对着天发疯地大叫：“你承诺过会留在朝堂之上。朕做错了什么，你要如此对朕？不，你不能离开朕，你说不要找你，但是朕偏要找你，就算翻遍天下也要找到你。”

风流云与雪儿走到欧阳天域面前，一脸紧张地问：“皇上，你怎么了？”

欧阳天域看着二人苦笑，眼中含着悲伤之情：“朕怎么了？朕就是不知道朕怎么了，所以李爱卿才会同慕容不辞而别。”

风流云惊叫一声：“你说什么，李兄同慕容一同离开了？”

欧阳天域点了点头，而此时屋中的破军与宇文化都走出屋，风流云望着他们，想从他们眼中看到一丝希望。可那两人眼中的悲伤之情告诉风流云，这一切都是真的。

雪儿这时反而笑：“欧阳天域，你不认为这是好事吗？李大人与慕容将军情投意合，况且她早有归隐之意。如果李大人继续留在朝中，她的女儿身暴露，你能护她周全吗？”

“朕是一国之君，朕的话就是圣旨，为什么不能护她周全？”欧阳天域此时大声怒吼。

“你当然不能。”霜霜轻脆好听的声音传人他耳中，她的身后是香琦与黑水明皇。

“为什么不能？李爱卿之所以会走，你也是主因之一。”欧阳天域这时气急攻心，口无遮拦地指着霜霜厉声就骂。

霜霜一脸不解地反问：“为什么我会是主因？李大人走是迟早的事，就算你是皇上也不能拦阻她。你难道忘了李大人因为你而撞桌自尽一事？”

欧阳天域微讽：“你的好姐妹李木然为了你，力劝朕立你为后，她真是善解人意呀。”

霜霜脸色一变。

黑水明皇一脸严肃地问：“欧阳天域你说清楚，为什么会说李大人力劝你立我妹妹为后。”

“说清楚？谁又对朕说清楚李木然为什么会不辞而别？原因到底是什么？”欧阳天域此时已理智尽失，说着气话。

霜霜低下头，心中暗自心惊：“姐姐是如何知道我的心事？”

宇文化走到她面前，递给她我留给欧阳天域的信。

当霜霜展开信纸，看到上面的内容时，脸色大变，忙对众人说：“这不可能，李大

人不会是因为我的原因不辞而别的。”

欧阳天域一脸指责，怒问：“为什么不会是因为你？朕告诉你，就算李木然是对的，朕这次也不会听她的。朕发誓翻遍天下也要找到她，到时朕要强立她为后，这是她逼的，因为她不遵守承诺在先。”

“难道你还要将她再一次逼向绝路吗？”雪儿不满欧阳天域的做法，愤怒地说。

“就算将她逼死，朕也要将她留在朕的身旁。”

此时的欧阳天域眼露凶色，全身散发着狂霸之气。

霜霜这时跪在他面前哀求：“请你高抬贵手放李大人归隐，让她与慕容将军能双宿双栖，我求你了。”

欧阳天域看着苦苦哀求的霜霜，怒火更盛，厉声骂她：“你越是求朕，朕越是要如此做。李木然劝朕立你为后，但朕偏不遂她愿。朕心目中的皇后人选非她莫属，朕劝你还是省点力气。当朕找到她后，你也好好劝劝。”

风流云这时出声：“皇上，如果你这样做，臣不惜一切代价也要维护李大人的幸福，哪怕落得一个惨死的下场。臣说过，李大人的幸福就是臣的幸福，所以请皇上三思。”

破军这时也站出来，力劝欧阳天域：“李大人不辞而别肯定有她的理由，如果皇上真的一意孤行，臣也会站在李大人这边。”

黑水明皇与香琦也大声说：“我们也站在李大人这边。李大人此次离去一定有她的原因，不会无缘无故就离开的。”

霜霜见哀求无用，起身，眼露狠绝之色，怒骂：“欧阳天域，我知道你心中皇后人选是李大人，但是我从没有奢望过得到你的爱。就算我对你有意，但是请你放心，我是绝对不会做你的皇后，也不会委屈自己陪在你身边，因为我也有我的骄傲。如果你真的逼李大人做她不愿意的事，第一个不放过你的人就是我。”

【21】

“你们在这争论一些无关紧要的问题干什么？现在最重要的是寻李大人与慕容将军回来，问明他们离去的缘由。虽然我与李大人接触不多，但我知道李大人做任何事都是有她的理由的，你们在这争论不休也无济于事，解铃还需系铃人啊！”

风流云走到雪儿身边附和着说：“雪儿说得对，先找到李大人和慕容将军才是当务之急。既然他们是昨夜离开的，应该不会走太远，我们分头去找。”

众人听后也纷纷点头。

冷静下来的欧阳天域，突然面现惊讶之色，嘴中念念有词：“不会是这样的，不会是这样的……”

众人眼中皆露出不解之色望着欧阳天域。

欧阳天域看着众人盯着他看，平复了一下心情，用平缓的语气说："明雪公主说得对，现在的任务就是寻李爱卿与慕容回来。"

众人一致决定兵分三路找寻我与慕容。

雪儿与风流云一组，黑水明皇与霜霜一组，欧阳天域与破军还有宇文化一组，而香琦有孕在身，在宫中等消息。

分配完之后，众人飞身上马，向三个方向奔去。

黑水明皇与霜霜二人骑着马，沿路打听着我与慕容，但是大多数人都说没看到过。

黑水明皇看着眼中泛着焦急之色的霜霜，劝慰道："小妹，你别急，我想他们应该走不远。"

霜霜望着黑水明皇微微苦笑："太子哥哥，不是我心急，是因为我想问清楚姐姐，为何知道我喜欢欧阳天域的事，因为这事只有对雪儿说过。"

"对呀，我也没看出来你心中钟意之人会是他，你是何时喜欢上他的？"黑水明皇笑问。

霜霜看了一眼黑水明皇，低着头骑着马轻声说："我第一次见到他，就对他颇有好感，与他接触越多，越感到自己的心陷得深。到了无以自拔的地步，我才会找了个借口回黑水国，就是为不再见到他，这样我心里也会好过些。"

"那现在呢，他已知道你的心意，如果他真得听从李大人的建议，立你为后，你愿意吗？"

黑水明皇提出了一个假设性的问题，霜霜久久不语，随后开口："也许我会嫁给他，但是我知道他的意中人是姐姐，所以我不会强求他爱我，只要能陪伴在他身边我就心满意足了。"

"可是你刚才对欧阳天域说，你也有自己的骄傲，你这样说，不是自欺欺人吗？"

黑水明皇不明白自己的小妹心里是作何想的。

霜霜抬起头，再次苦笑："我的话虽是这么说，但是如果真的嫁给他，还是会为他爱的人不是我感到不开心。太子哥哥你也许觉得我的话前后很矛盾，但是这却是我心里的话。"

"你也别难过了，现在最重要的是寻回李大人与慕容将军。"

"嗯，我们快点赶到下个市集，再打听一下。"

他二人驾着马向下个市集飞驰而去。

欧阳天域等三人也边走边停，问着路人，可是得到的答案却都是不知道。

破军看着眉头紧皱的欧阳天域，好言相劝："皇上，休息一下再找不迟。"

一旁的宇文化也附和着："皇上，龙体珍重。如果李大人知道皇上因找她而生病，

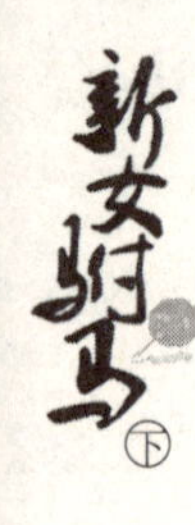

心中会过意不去的。”

欧阳天域不理会两人的话，继续问着路人。

破军与宇文化看着欧阳天域如此，叹了一口气，紧跟着欧阳天域向路人询问。

破军与宇文化终于还是未能忍住，将欧阳天域拖住，在一家茶摊坐下，要了一壶茶，给欧阳天域倒了一杯。

“皇上，我们找了那么久，喝口茶再找也不迟。”

欧阳天域也觉得口渴，接过茶一饮而尽。破军接着说：“皇上，你说为什么李大人要与慕容将军不辞而别？”

欧阳天域摇了摇头：“朕也不清楚，只有寻到他二人才知道原因。”

听到这里，我摇了摇头，劝着霜霜：“就算那日我与慕容不辞而别后，皇上表现出来的执著有多强烈，但我的心中却已住着另外一个人。虽然我知道皇上心中的想法，但是他也知道我最后的选择会是什么。你对太子殿下所说的心中矛盾之情，我想你暂时抛开，好好想一想你与皇上之间到底有没有可能走到一起？”

香琦笑着附和我的话：“对呀，姐姐说得没有错。姐姐一直都很有主见，也知道自己想要什么，就算是皇上，也不能阻止她的想法与做法。”

明霜再苦笑了一声：“我知道姐姐心中只有一个慕容将军，可是如今慕容将军生死未明，如果说慕容将军真的离你而去，我想欧阳天域不会让你离开他的身边的。”

“霜霜，你这个假设，我早已设想过，如果真的是慕容离我而去，我想我会选择离世，也许离世后，我会回到原本属于我的时代。”我一脸坚定地说。

“姐姐，这可使不得。你说回到原本属于自己的时代是什么意思？”香琦不解地问我。

明霜也用疑惑地眼神看着我，我笑了笑：“我原来就不是这个时代的人，是因为一次机缘巧合才会来到这个时代。”

明霜惊诧地问：“不是这个世界的人，是什么意思？”

香琦睁大着眼睛，望着我，等着我的下文。

我将我来到这个世界的事原原本本地讲给了明霜与香琦听，明霜与香琦听完后，惊叫：“难怪姐姐与我们不同。除了我们，还有多少人知道这个秘密？”

我伸出三个手指，笑了笑，“只有皇上、慕容还有天香公主知道此事，其他人都不知道。”

香琦连忙说：“既然这样，你为什么要告诉我与霜霜。”

“因为你们与我是好姐妹呀，当然要分享彼此的秘密，不是吗？”我脸上露出笑意。

明霜接着便说：“那欧阳天域更不可能放你走的，你的与众不同让他为之着迷。”

我起身走到窗前，推开窗望着天空，指着天，问她们：“你说皇上能扭转天意吗？”

明霜也起身走到我的身边，轻声说：“如果无力违天，欧阳天域还是要试着扭转天意，

因为他对你的爱，还有君王的霸气，都会让他冒险一试。”

“也许你说得对，但是我却不相信他能扭转天意，我与他离别也许会是在刑场之上。”我转过头笑着说。

香琦这时开口问我：“为什么与他离别会是在刑场上？”

明霜也看着我，一脸疑惑之色：“你为什么会有此想法。”

我淡笑一声：“也许是直觉吧。”

我没敢说出黄梅戏上的《女驸马》最后一场是刑场处决，只不过戏中是大团圆的结局，可是我却没有把握我的结局如同戏上一样，因为来到这个朝代后，我所扮演的冯素贞所走之路早已偏离了原本的轨道。

屋中陷入了一片沉静之中，我走到随身带来的琴旁，坐了下来，对着明霜与香琦：“想不想听我弹琴唱曲？”

这句话打破了屋中沉闷之气，香琦莞尔一笑，说道：“想听呀，都好久没有听到姐姐弹琴唱曲了。真是怀念曾经听姐姐弹琴唱曲的日子，你说对吗，霜霜？”

霜霜走到我面前，笑着问：“不知姐姐今日要弹何曲给我们听？”

我抬头笑望着明霜，轻拨琴弦，“一曲《追梦人》如何，这曲子可是专门唱给你听的。”

让青春吹动了你的长发，让它牵引你的梦。
不知不觉这城市的历史已记取了你的笑容。
红红心中蓝蓝的天，是个生命的开始。
春雨不眠隔夜的你曾空独眠的日子。
让青春娇艳的花朵绽开了深藏的红颜。
飞去飞来的满天的飞絮是幻想你的笑脸，
秋来春去红尘中谁在宿命里安排。
冰雪不语寒夜的你那难隐藏的光彩。
看我看一眼吧莫让红颜守空枕。
青春无悔不死永远的爱人。

让流浪的足迹在荒漠里写下永久的回忆，
飘去飘来的笔迹是深藏的激情你的心语。
前尘红世轮回中谁在声音里徘徊。
痴情笑我凡俗的人世终难解的关怀。
看我看一眼吧莫让红颜守空枕，
青春无悔不死永远的爱人。

让青春吹动了你的长发让它牵引你的梦，
不知不觉这城市的历史已记取了你的笑容。
红红心中蓝蓝的天是个生命的开始，
春雨不眠隔夜的你曾空独眠的日子。

一曲《追梦人》不禁道出我对明霜的感慨，也道出我心中对慕容的思念。

香琦轻拭眼角的泪水：“姐姐，这曲子怎么让人听了心中悲悲的、空空的。”

明霜也一脸哀思：“姐姐，你说这曲是专门唱给我听的，可是妹妹却听出此曲暗含姐姐对慕容将军的思念之情。”

我起身走到明霜身边，拉着她的手来到桌边让她坐下后，轻声说：“霜霜、香琦，其实这首曲子本就是我要送给霜霜的，可是唱到一半时却让我想起远在天山治伤的慕容。”

香琦一脸担心地劝慰我：“姐姐，虽然说天山那边没有传回消息，但是我相信慕容将军一定会回到姐姐身边，因为姐姐那么地思念他。他一定会听到姐姐思念的声音，尽早回到姐姐身边，陪着姐姐走过这一生的。”

香琦紧握着我的手，而明霜也将我的手紧紧握住。

我望着她们为我加油打气的眼神，心中一阵感动：“谢谢你们，我不会放弃的，只要一日没消息传回，我就一日不会死心的。我相信慕容终会回到我的身边，陪着我走过春夏秋冬，相伴一年又一年。”

“嗯，一定会的。姐姐，我们都相信会有那么一天的。”

明霜与香琦一脸笑意地点着头，我也笑着点了点头，心中充满了期待。

第六章 谁在乎谁主春秋

【22】

第二天一大早，我穿戴好官服后，与破军来到了黑水皇宫上朝的大殿门前。在殿门口等候的时候，看到了黑水明皇正向我这边走来。

我笑着迎上去，“太子殿下，早上好。”

“李大人满面春风的，是不是想到今日求亲必定成功呀。本太子听说昨日霜霜去见你，你曾问过她是否愿意嫁与欧阳天域，可是她好像并没有答应你。不知李大人要如何向父皇求亲呢？”

我一脸自信的笑：“太子殿下，在下当然是有备而来的，况且昨日虽然说明霜公主没有答应此事，但是经过我一番劝说，她似乎有点动心。今日，我会让玄皇应允此门婚事，并且劝说明霜公主心甘情愿地嫁与吾皇。”。

黑水明皇见我如此，略带嘲弄地笑了笑，“那本太子就拭目以待了。早朝的时间到了，本太子先行一步了。”说完，便笑着走进了大殿。

破军走到我的身边，小声地问：“四弟，你真有把握求亲成功吗？”

我点了点头，一脸笑意：“待会儿，你别说话，我自有办法求亲成功。”

破军对我傻笑：“那我跟着你来干什么？什么也帮不了你！”

“来为我壮胆呀。我一个人心里还有点怕，你在身边，我起码不是一个人孤军奋战呀。”

就在这时，听到里面传出一声：“有请天域国使臣李木然与破军晋见。”

我与破军迈步走进了大殿，看到黑水国的众臣都以看好戏的眼神望着我，八成是认为我这次来求亲是白跑一趟。我却要让他们知道，我这次一定会求亲成功的。

我与破军走到大殿中央，对着端坐在龙椅之上的玄皇行礼。

“使臣李木然奉吾皇之命，前来黑水国求亲，这是吾皇所下的求亲诏书，请玄皇过目。”

我双手呈上诏书，玄皇使了一个眼色给身旁的太监，那太监走到我面前，用手取过诏书，走回到龙椅旁，将诏书递给了玄皇。

玄皇看过诏书后说：“原来李大人是前来为天域帝求娶明霜公主的，不过李大人你这次肯定要白跑一趟了，因为我们黑水国有个不成文的习俗，就是子女的婚事，需要双方父母与子女一致同意，才能成就一段姻缘。”

我其实来之前就知道黑水国有这习俗，不过针对此习俗，我早就想好了对策。

“在下早就知道黑水国有此习俗，但是在下还是想问一下玄皇，您本人的意思和玄后的意思是怎样的？”

“朕与皇后的意思当然是赞成，但是还要看明霜自己的意思。”

我得到我想要的答案后，笑了笑：“如果玄皇与玄后不反对，这就好办了，至于明霜公主那儿，请不用担心，在下自有办法让她同意。”

黑水明皇这时站了出来：“请问李大人有何办法能让小妹心甘情愿答应此事？”

“办法不是没有，只不过要请明霜公主本人来到这个大殿上，本使臣才能说出是什么办法。”

玄皇与黑水明皇一脸的疑惑，连身旁的破军也用不解的眼神望着我。

“请玄皇宣召明霜公主前来，在下自然会说出劝说明霜公主的办法。”

“命人去将玄后与明霜公主宣来。”

太监得旨后，离开了大殿，这时大殿中的群臣议论纷纷：“明霜公主能答应吗？”

“我看悬，谁都知道明霜公主心气高，受不得委屈，再说天域帝心中本来就有人，这不是明摆嫁过去会受气吗，明霜公主肯定不会答应的。”

我听到他们谈论的话语，但笑不语，黑水明皇看我笃定的样子，走到我面前：“李大人可真沉得住气。”

“等明霜公主来了自会见分晓，太子殿下心中可是也希望明霜公主嫁与吾皇？”

“不反对也不支持，保持中立。本太子尊重小妹的任何决定。”

“哦，是这样。不过在下心里明白，太子殿下还是希望自己的小妹能够得到幸福的。”

黑水明皇点了点头算是默认了，然后对我说：“你那日在黑水国都城门口所说的话可是你心中真实想法，而不是因为想让欧阳天域死心才会力促明霜嫁与欧阳天域的吧。”

我一脸正色地回了一句：“那是当然的，在下心中如果是想让皇上死心，也不会赔上明霜的幸福，太子殿下你太小看我李木然了。”

“不是本太子小看你李木然，而是因为这关系到小妹的终生幸福，所以才会如此问李大人的，因为欧阳天域对李大人的那份情实在太重了。”黑水明皇毫不掩饰地说出了他心中的想法。

“我能理解太子殿下护妹心切，毕竟你是明霜公主的亲大哥，而且你也只有这个亲

妹子，为她担心是应当的。不过在下向你承诺，如果明霜公主入主后宫，在下会尽可能地帮她，不会让她感到孤身一人在异乡会很无助，因为在下对此深有体会。”

“有李大人这句话，本太子就放心了。不过就算有你帮她，明霜幸不幸福也要靠她自己。”黑水明皇一脸感叹地说。

“也许有些事我是帮不上忙，但是多一个人想办法，总比一个人在那苦想要好得多。”

我与黑水明皇刚谈完话，便听到太监高声大叫道：“皇后娘娘与明霜公主晋见皇上。”

我转过头看到大殿门口，玄后拉着明霜的手走了进来，对着玄皇行完礼后，玄后走到玄皇身边坐下，而明霜就站在玄后身边。

玄后见我站在大殿中央，笑道：“李大人多日不见，还是风采依旧。”

“多谢玄后的夸奖，在下此次前来求亲，还望玄后能帮在下一把，劝一劝明霜公主。”

玄后对着明霜笑了一下：“这事，哀家可帮不了你，还是李大人自己劝说明霜吧。”

明霜这时开口：“李大人，关于此事，我早就说过不会答应的，请李大人见谅了。”

“在下知道明霜公主心中的想法是什么，不如你先听一听在下为此次求亲专门准备的一首曲子，这曲子包含了吾皇的一片心意。”

我用眼示意破军，破军赶紧将背后所背的琴取下交到我的手上。

霜霜不明白地反问：“这曲子是欧阳天域让你带给我的？”

我笑了笑：“这曲子虽不是吾皇让本使臣带给公主的，但是这曲子却表达了吾皇对公主的一片心。”

明霜又问：“那此曲何名？”

我盘坐在地上，将琴放在膝上，轻轻拨动琴弦，对着明霜说：“一曲《天下》，聊表吾皇求亲的诚意。”

烽烟起寻爱似浪淘沙，遇见她如春水映梨花。

挥剑断天涯，相思轻放下。

梦中我，痴痴牵挂。

顾不顾将相王侯，管不管万世千秋。

求只求爱化解，这万丈红尘纷乱永无休。

爱更爱天长地久，要更要似水温柔。

谁在乎谁主春秋，

一生有爱，何惧风飞沙。

悲白发，留不住芳华，

抛去江山如画换她笑面如花，抵过这一生空牵挂。

心若无怨爱恨也随他，天地大情路永无涯，

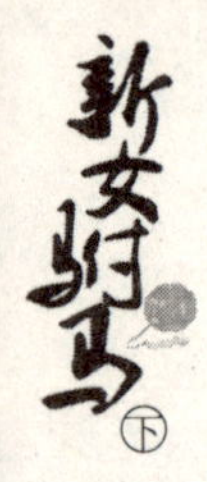

只为她袖手天下。

顾不顾将相王侯，管不管万世千秋。

求只求爱化解，这万丈红尘纷乱永无休，

爱更爱天长地久，要更要似水温柔。

谁在乎谁主春秋，

一生有爱，何惧风飞沙。

悲白发，留不住芳华，

抛去江山如画换她笑面如花，抵过这一生空牵挂。

心若无怨爱恨也随他，天地大情路永无涯。

只为她袖手天下。

烽烟起寻爱似浪淘沙，遇见她如春水映梨花。

挥剑断天涯，相思轻放下，

梦中我，痴痴牵挂。

明霜听后，对着我苦笑，“这首曲子，确实让人感动，但是这曲中的佳人恐怕不是我，而是另有其人吧，你说呢，李大人？”

我将琴拿起，起身，摇头一笑：“公主是多心了，这首曲子中的佳人会是你，所以在下才以这首曲子作为求亲的曲子。”

“我们打个赌如何，如果你将这首曲子唱与欧阳天域听，然后问他心中的佳人是谁，如果是我，我就应承此事，如果不是，那此事就此作罢，你看如何，李大人。”

我眼中闪着坚定的光：“好，就与公主立下赌约，如果吾皇说此曲中的佳人是公主，那公主就得答应嫁于吾皇，成为后宫之首。请公主与在下签下赌约，以此为证。”

我与明霜立下赌约，然后各执一份。

我对着玄皇请求：“请求玄皇下旨，命明霜公主随本使臣一同前往天域国，验证此赌约的最后结果。”

玄皇点头应允之后，随即宣旨：“明日，明霜公主与李木然一同前往天域国。”

翌日，黑水明皇与香琦来到黑水国都城的门口送我与明霜。

香琦笑着对明霜与我说：“霜霜，你这次去天域国，我希望能传回你与欧阳天域成婚的好消息，李大人也能收到慕容将军平安返回的消息。”

我开口一笑：“如果我下次来黑水国，应该是参加你肚中孩子的满月庆典吧。”

我转过头对着黑水明皇，笑问：“太子殿下，你说我与明霜公主一同返回天域国，最后的结果会是如何？”

黑水明皇邪邪一笑，反问：“你说呢，李大人？”

“那当然是马到功成，因为皇上与明霜公主的婚是结定了。”

明霜这时笑着说：“那可说不准，李大人别忘了你我之间的赌约，最后花落谁家还是个未知数，不过我却觉得，我的胜算比较大。”

我笑着反驳：“是吗，明霜公主是否太自信了点？我倒觉得你与皇上是天作之合。此番去天域国，说不定明霜公主就有去无回了，因为你要留在天域国准备大婚的事。”

明霜笑了笑，也不言语，径自走到马前，翻身上马：“李大人，还不快点上马，天色已晚，再不上路，恐怕又要耽搁行程了。”

我回了一声：“好！”

我走到马前，飞身上了马，对着身后的破军叫道：“准备起程。”

破军整理了一下队伍，然后自己上了马，将手一挥，大队人马跟在我与明霜身后向着天域方向进发。

我与明霜回过头，对着向我们挥手的黑水明皇还有香琦抱了抱拳，转过头扬起马鞭，朝着前方奔去。

【23】

我与明霜在路上有说有笑，而破军不时也会插上一句逗趣的话，就这样行至皓月当空。

我们找了一处空旷之地，搭起了帐篷，升起了火堆，围着火堆，将干粮拿了出来，就着水咽下。

破军不知从何地打来的野味，放在火上烤，不一会儿香气四溢，闻着这香气又想到以前与慕容他们在河边烤鱼的日子。

明霜见我一脸笑意，好奇地问：“李大人，究竟为何发笑？”

“我又想起以前同欧阳天域他们在河边烤鱼的日子。”

明霜笑了笑说：“原来是这样，李大人不要再追忆过去了，说不定以后还会有这样的日子。”

我转过头对着明霜问：“如果说没有我的存在，你会不会嫁与皇上？”

明霜摇了摇头：“不知道，你本就已存在于欧阳天域的心中，从他第一眼看到你开始，他就对你情根深种。”

我知她没明白我的意思，又问：“假如我不存在，但你对皇上有情，可皇上出于某种目的娶你，你会不会答应嫁给皇上。”

明霜低着头轻声说：“你这个问题倒是问倒我了，也许会嫁，也许不会嫁，这要看当时的情形如何，不过最后的结果究竟会是怎样无人知晓。对于此种假设性问题，只

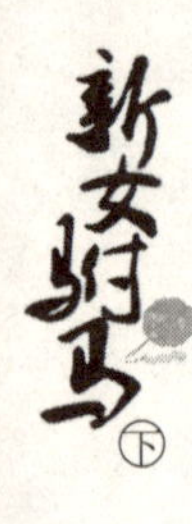

有亲身经历后才会有一个确切的答案。”

“也许吧，当时皇上曾问过如果没有慕容，我会不会因此而对他不同，从而接受他，当时我也是如同你一样，说这个假设性的问题根本就不存在，就算存在，我当时给他的答案也是不可能。”我抬起头望着天上的明月说。

明霜这时将头抬起望着我，不解地问：“你为什么会如此说，也许没有慕容将军，情况又不同呢？”

我将头转向明霜，摇了一下头：“没有慕容，也许会不同，但是我也不可能让皇上知道我是女儿身，而且我早已想好如何从朝堂上脱身。”

明霜点了点头，明白我所讲的意思，笑着说：“也许吧。”

我紧接着吩咐破军：“等会儿，你找几个人轮流守夜，最主要是保公主殿下的安全。”

破军点了点头，起身去安排人守夜去了。

“保我的安全，我说应该是保你的安全吧！你想，我身怀武功，自保绰绰有余，而李大人却不会武功，如果真发生什么事，危险最大可是李大人。好了，不同你说了，我想早点休息，明天一早还要赶路呢。”

她起身走向自己的帐篷，我坐了一会儿后，也起身走向自己的帐篷。躺在临时搭的床上，望着帐篷顶，想着如果真的对欧阳天域唱了那曲，不知道欧阳天域会说曲中佳人是谁呢？就这样想着想着，眼皮一沉，进入了梦乡。

我正睡得香时，被一阵吵闹声给惊醒，起身走到帐篷外，看到一群蒙面人正与破军等人打斗，我意识到我们遇袭了。

“快点去保护公主！”

我连叫了几声，破军似乎没有听到，我急匆匆地来到公主休息的帐篷处，掀开布帘，发现公主根本不在帐篷内。

我一脸紧张，转身出了帐篷，对着外面大喊：“霜霜，你在什么地方？”

我躲躲闪闪地一边跑，一边找寻着霜霜，这时我看到眼前好像有什么东西向我飞来，待我看清是利箭，此时我已无处可躲此箭，闭上眼等着利箭入体。

可我耳中却清楚地听到叮的一声，我睁开眼，发现是霜霜在我身边，手中正握着一把剑，而我的脚下是那支利箭。

我一脸着急，忙问：“你去哪了，我正在找你，生怕你出事？”

明霜对着我大声吼叫：“你不好好在帐篷里呆着，跑出来干什么？我不是给你说了，我会武功，自保没有问题，而你却不懂武功，如果你出事怎么办？”

“就算你会武功，但毕竟是金枝玉叶，如果有什么闪失，我怎么向太子殿下交代，怎么向皇上交代。”

明霜白了我一眼：“那现在该怎么办，你看我们的人根本不是那群蒙面人的对手。”

我点了点头，对着破军大声叫："破军，这样下去不是办法，我们要想办法脱身。"

破军对着我叫道："你们往河边跑，到时我们在河边会合。"

我听后拉着明霜的手向着拴马的地方奔去，来到马前，解开缰绳，我二人跃至马背。

"你先行一步，我随后就来。"

明霜不明白我的意思，问我："为什么我要先行一步，我们应该一起向河边而去。"

我没有回答她的话，骑着马向着破军奔去，当快到他身边时，我大声叫："破军，快点将手伸给我！"

破军听到这个声音后，对攻击他的人虚晃一刀，顺势将手伸出，我拉紧他的手，用力将破军拉上马。

破军也相当配合地将身子跃起，借我的拉力稳稳地落在马背上，他接过我的缰绳，将马头转到另一个方向，朝着明霜的方向奔去。

那群蒙面人看到不远处的明霜，飞身上马向我们这个方向奔来，口中不停地叫："不要放过明霜公主。"

我从他们的话语中才意识到，他们的目标原来是公主。

我在公主的身后叫："霜霜，这样也不是办法，我想到一个计策，就由我与破军引开追兵，而你则驾马向黑水国方向。"

明霜回过头来说："这怎么能行，这样不是让你们身陷危险之中。"

"现在他们的目标是你。"

破军这时接口："公主，李大人所说没有错，你就应承了吧。"

"要我答应也可以，不过之前我与李大人的赌约取消，换成如果李大人不能与我在黑水国会合，那么我不会答应嫁与欧阳天域。"

我没想到霜霜会如此说，感激地点了点头："我一定会及时到黑水国与霜霜会合。"

我们找了一个树丛，迅速对换了彼此的衣物，而后由破军载着我向河边奔去，而明霜却躲在树丛后。

我脸上照例蒙着面纱，不时回头看追赶的蒙面人，当我看到明霜已从树丛中出来，向着我们反方向骑着马飞驰而去时，我对着破军大笑，比着胜利的姿势。

"我们成功了！"

当我们被蒙面人拦截下来，从中骑着马走出一人来，我定眼一看原来是那日围攻我与慕容之人。

我嘲讽一笑："真是好巧，是不是我们两人犯冲，为什么我们又会遇上？"

那蒙面人听出我的声音，脸色微变："李大人，为什么每次见到你，都是以女装示人，难道你不怕别人知道你是女子吗，这可是犯了欺君之罪。"

"我也不想以女装示人，不过这都是你逼我这么做的。在下有一个问题想问你，就

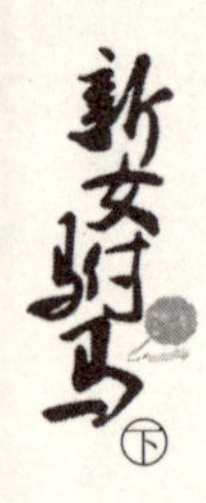

是你这次来刺杀的是明霜公主，对不对？”

蒙面人点了点头，我接着又问：“那为什么要刺杀公主？”

蒙面人阴笑一声，“李大人，你不觉得你是白问吗？”

“那你能不能让我当个明白鬼，让我知道是谁指使你的？”

那人冷笑一声，说了一句：“有些事少知道为妙。”

我不再言语，使了一个眼色给破军，他先下了马，将我扶了下来。

蒙面人对我说道：“李大人，请吧。”

我笑了笑与破军走向不远处的马车。

我上了马车后，转身对着蒙面人问：“在下还不知道你的尊姓大名，不会这也对在下保密吧。”

蒙面人笑着说：“我的姓名不足提起，你只管叫我老七就行了。”

“老七这个名字有趣，莫非你排行老七，才以老七自称。”

“李大人果然聪明，我是排行老七，不过李大人再聪明，恐怕也无法阻止我家主人的计划。”

我淡笑一声：“你家主人的计划？不说我也知道，无非是想坐上皇帝的宝座而已。当真这个皇位这么吸引人吗，你家主人处心积虑谋化这么久就是为了得到这个宝座。”

老七冷哼一声：“李大人，我刚才还夸你聪明，可是你这会儿又犯糊涂了。我家主人才不稀罕这个宝座，只是想扶一人坐上这个位子。”

“哦，原来是这样，那这和刺杀明霜公主有何关系，她又不是天域国的人，就算皇上要迎娶她，也要她答应才成。可是目前明霜公主并没有答应此事，你们刺杀她，是为何？”

“李大人，此事是何原因，你就不要多问了，只要你乖乖地配合我就行了。时辰不早了，我们还要赶到离黑水国最近的地方休息。”

老七挥了挥手，只见一个人骑着马来到他的面前，老七将一封信交与那人后，命令他：“你去黑水国送个信，务必将信交到黑水明霜的手上。”

我听到此话，转身进了车内，坐在破军的身旁。

破军担心地问：“刚才担心死我了，你刚才那样问，不怕那人对你不利吗？”

我笑了笑，拍了拍他的肩：“三哥，别担心，他不会把我怎样的。上次他将我与慕容围住，就曾说过不会杀我，要留我看一场好戏，这是他主人的意思。”

破军紧接着又问：“那现在我们该怎么办，难道要明霜公主前来换我们吗？”

“你想明霜公主是那种傻瓜吗，她回到黑水国后，一定会告知黑水明皇我们现在的情况，再加上刚才老七让一人去送信，所以黑水明皇与明霜会想好对策来营救我们的。”

破军一脸不信的样子，我又对他说：“我有点累了，能靠在你的肩头休息一下吗？

刚才马骑得太快了，我有点头晕。”

破军听到我这么说，脸一红，点了点头，我靠在他的肩头将眼闭上，渐渐进入了梦乡。

【24】

当我再次从梦乡中醒来的时候，听到外面有对话声，像是那个老七与黑水明皇，还有霜霜的声音。

老七大声问：“明霜公主，不是让你自己一个人来吗？为何有他。”

黑水明皇笑着说：“本太子陪着小妹一同前来，当然是有原因的。”

老七接着问：“有什么原因，你说。”

“如果今日小妹来换李大人与破军，你们出尔反尔怎么办？小妹被你们抓住后，你们还是没有放李大人和破军，到时吃亏不是小妹吗？不仅上了你们的当，还没有将李大人与破军救出来。“

老七又说：“这个理由还站得住脚。”

黑水明皇略带焦急地质问：“李大人与破军呢？”

我与破军看到有人将帘布拉开，随着帘布的打开，我正好看到站在不远处的黑水明皇与明霜。

“太子殿下，公主殿下，你们何必为了我只身前来。”

破军附在我耳边小声说：“你说得不错，他们果然来了。”

黑水明皇这时开口笑道：“看样子，李大人过得还很好，不过我的小妹却很担心你，说什么也要来。”

老七见我与黑水明皇尽说着一些无关紧要的话，插话道：“要叙旧，等正事办完了，你们叙个够。”紧接着老七又对着黑水明霜说：“人你也看到了，还不快到我们这边来。”

黑水明皇拉住黑水明霜欲前行的身子，对着老七提出要求：“你还没有放李大人与破军下车。”

老七又挥了一下手，只见一人走上车子，将我与破军带下了车。

老七接着说：“我放李大人与破军走到你那边，但是公主也得同时走向我们这边，这样对大家都公平。”

黑水明皇悄悄使了个眼色给黑水明霜，黑水明霜回了一个了然于心的眼色，挪动着步伐朝着老七那边走去。

我与破军被两个人押着朝着黑水明皇的方向走。

当我们与黑水明霜擦身而过时，破军的脸色有变，我低头一看，原来是他手上有了一把小匕首。

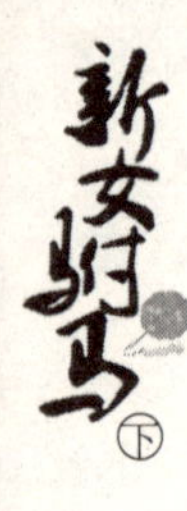

破军用这把匕首割着捆绑着他的绳子，而我尽量用身体掩护着破军，怕被押着我们的两人看到有什么不对。

我回过头看到黑水明霜走得非常慢，我想她肯定是在拖延着时间。

当破军终于用匕首割断绳子后，我顺势用身子猛地撞了押着我的人，那人一直注视着前方，根本没料到我会撞他，随即向后退了几步。

我这时大叫："公主快回来！"

破军这时早已用小匕首割破押他之人的喉咙，然后奔到我的面前，抵挡着刚才押我之人。

明霜听到我的叫声后，立刻转身向黑水明皇的方向跑，而老七这时大叫："快对准公主射箭。"

黑水明皇听到老七命人射箭，大声喝令："众将士听令，用箭射贼人，务必将那带头之人生擒。"

四周突然站起许多拿弓的将士，纷纷将箭射向老七他们。

破军刺死押我之人后，将我抱起，跑向黑水明皇。

当我们到达黑水明皇身旁时，我们的面前立刻站满了士兵，而明霜却还在向我们这边跑的路上，这时我发现，老七已举弓瞄准了明霜。

我大声叫："公主小心！"

明霜听到我这声小心，回头一看原来是老七正用箭对着她，她的眼中露出了惊惧之色。

我拉着黑水明皇大叫："公主有危险，怎么办？"

黑水明皇还没反应过来，那支箭离弦而出，射向黑水明霜。

破军从我身边身形一闪，奔向了明霜的方向，在那支箭快接近明霜身体时，破军及时的将明霜的身子一转，用自己的身子挡住了那支箭。

我眼中闪着泪光，哭叫："破军，不要！"

黑水明皇挥了一下手，率领着大批士兵奔到黑水明霜与破军身边，令士兵将他们围住，然后骑着马向老七的方向奔去，眼中冒着仇恨的光。

我奔到破军与黑水明霜的身边，看到一支箭正插在破军的背上，他的衣服被黑血给浸湿，而此时破军早已昏了过去。

霜霜呆望着我，我蹲下身子，不敢触碰那支插在破军背后的箭。

我抽出身旁一位士兵腰间挂着的宝剑，朝着老七的方向跑去，此刻，我的心中充满了恨意，想到破军所受的重伤，还想到慕容在箭雨中紧紧搂着我微笑的样子。

我加快了步伐，嘴中大喊："老七，你拿命来！"

此时的老七见带来的人死的死，伤的伤，他只得不停地往后退，当看到黑水明皇

骑着马举着剑向他冲来时，他调转马头，向着远方逃命。

黑水明皇放下剑，举起马上带着的弓，搭箭瞄准着老七射去，只见老七的马长鸣了一声，将老七重重的摔在地上。

老七从地上爬起来，看那马已中箭而死，又看到黑水明皇已骑着马来到他的面前。

黑水明皇骑在马上，一副居高临下的样子，冷眼看着坐在地上的老七恨恨地说："你为什么要刺杀公主？"

老七自知已无生还的可能，笑了笑："我只是奉命行事，至于原因恕在下无法回答。"

我这时跑到黑水明皇马旁，厉声问："奉命行事，那你总该知道是奉谁的命？快说！"

老七摇了摇头，快速地吃下一个东西，瞬间他的嘴边流出鲜血，对着我笑："主公的计划天衣无缝，李木然，你就等着看欧阳天域是怎么死的，还有天域国的皇帝是怎么被主公所扶之人取代的，哈哈哈。"

老七连笑三声后，气绝身亡。

我跑到老七的面前，对着他又吼又踢："你不能死，快说破军是中了什么毒？"

黑水明皇从马上下来，奔至我的身边，将我拉住，怒吼："李大人不要这样，我从他身上搜一搜，看有没有什么解药？"

我这时停下了吼叫，也停下了踢老七的脚。

黑水明皇蹲下身，在老七的身上搜了一遍，从他衣服中拿出一个玉瓶，还有一封信。

黑水明皇将信与玉瓶递到我的手上，我展开信纸看到上面写着：

行刺明霜公主，只许胜不许败。

我又将玉瓶打开，一股清香扑鼻而来。我不敢肯定这能不能解破军身上所中之毒。

黑水明皇看出我心中的疑惑，对我说："先回黑水皇宫，让御医看过之后，再问一下他，这是否是解药。"

我听后点了点头，慢慢走回破军与黑水明霜的身边。

我看到霜霜正在运功为破军疗伤。

"明霜公主，还是不要强行运功逼毒了，我们先回黑水皇宫再作打算。"

黑水明皇命人抬着破军，而我与霜霜共骑着一匹马向着黑水国的方向行进。

在回程的路上，霜霜问我："要不是因为我，破军也不会中箭。李大人，都是我的错。"

"不，这不是公主的错，是隐在暗处的敌人太阴险了，我回到天域国，一定要将幕后黑手揪出来，为破军还有慕容报仇，也为天域国除掉隐患。"

明霜这时对我说："李大人，与欧阳天域的婚事，我同意了，我要去天域国帮你，把那隐藏在暗处之人挖出来，也是我报答破军救命之恩的唯一方法。"

"公主，你不必这样，如果你真的不想嫁与皇上，我可以回去复旨，推掉两国联姻。"我劝着明霜。

明霜一脸坚定地对我说：“不，我已决定。就像你说的那样，给彼此一个机会，也许我会得到自己想要的。就算没有得到我想要的幸福也无所谓，只要能守在他的身边就好。”

我握紧明霜的手说：“如果你当真这么做，我不会坐视你的幸福不理的，我会帮你在后宫中站稳脚，并且撮合你与皇上，让皇上慢慢发现你才是他最佳的皇后人选，你才是他命定的良人。”

“嗯，我明霜也是个不服输的人，我就不信守在他身边，不能让他看到我的好。李大人，我希望大婚之时，慕容将军能够陪你一起出席。”

“我也希望这样，不过希望毕竟是希望，有时候‘希望越大，失望越大’，但我还是希望能在你大婚之时收到一份惊喜。”

“有希望总好过没希望。李大人，我们现在什么也不要想，只希望破军能够早点解了身上的毒，快点好起来。”

我点了点头，回望了一下昏迷中的破军，暗自说：三哥，你不会有事的。

我们回到黑水皇宫后，破军被送到了原先我们住的别院中，而宫中御医很快来到别院。

御医诊治了一番破军的伤势，对着我说：“李大人，虽说箭伤易治，但是破大人所中之毒却相当棘手。”

我忙把玉瓶交到御医手上：“这是从下毒之人身上搜出来的，你看看是不是解药，可否解破大人身上之毒。”

御医接过玉瓶后，揭开瓶塞，倒出一粒药丸，闻了闻：“这香味像是解药，但是能不能解破大人身上之毒，下官可就不敢保证了。”

我拿过玉瓶后，倒出几粒药，扶起破军，将药喂入他口中，见他咽喉处动了一下，我知药已下肚。

我见破军一脸惨白，强忍住欲坠的泪水。

我转头对着御医、黑水明皇、霜霜、香琦说：“你们也累了一天了，先回去吧，破军有我照顾就行了。”

霜霜这时开口：“还是让我留下来与你一起照顾破军吧。两个人照顾还可以轮流休息一下。”

我禁不住霜霜的苦苦哀求，点了点头。

【25】

我将水盆放在桌上，然后用毛巾放在水中浸湿，拧干之后，走到床边，用湿毛巾

擦拭着破军额头上冒出的汗，顺便为他清理了伤口周围的血渍。

霜霜问我："姐姐，用不用去熬点粥，等破军醒来时，让他进食。"

我想了想，点了点头说："还是我去熬粥吧，你在这照看他。"

霜霜点了点头后，接过我手上的湿毛巾为破军擦拭着，我却走出了别院，来到厨房，生了火，开始熬粥。

粥熬好后，我端着粥向破军的卧房走去，推门进去就看到睡眼蒙胧的霜霜正坐在床边守着破军。

我走上前去，轻轻在她耳边说："你先去睡一下吧，等会儿再来换我。"

霜霜点了点头，便在躺椅上躺下，很快就睡着了，连被子也忘了盖在身上，我起身拿起被子走到躺椅旁，将被子轻轻盖在明霜的身上。

明霜无意识的拉了拉被子，眼睛却没有睁开，我笑了笑，转身走到床边守着破军。

半夜的时候，我突然被一阵叫声惊醒。不知不觉中我就趴在床边睡着了。

我揉了揉眼，看到破军的口中不停地叫："好痛！"

我起身紧张地问："哪里痛，快告诉我。"

破军的眼闭着，但是全身却不停地扭动着，我大声叫道："你快说，你哪里痛？"

此时破军的脸已扭曲变形，显然是承受着极大的痛楚，我连忙叫醒霜霜。

"你快去请御医过来，破军好像很难受，不知道是不是今日我喂他服下的药有问题。"

等御医来后，御医为破军把了脉，对我与明霜笑着说："真是可喜可贺，破大人体内的毒已解了，看来今日李大人所喂之药就是解药。"

我不解地问："那为什么他刚才叫好痛，而且全身扭动，脸也因疼痛而变形？"

御医笑着解释："这是因为药效发作，所以破大人才会感到疼痛。"

"哦，原来如此。多谢御医为破军诊治，这么晚叫你来，真是不好意思。"我一脸歉意地说。

那名御医却笑着回礼："李大人再这样说，在下脸都要红了。"

霜霜这时开口："那破军多久能醒过来呢？"

御医回禀："明日就会醒来，不过刚醒来时，他会感到口渴，千万不要给他水喝，应该先让他进食。"

我不解地问："这是为什么？"

"是因为解毒的时候消耗了大量的体内水分，如果喝太多水的话，会食欲不振，但是先进食再喝水，就比较好，因为肚中有食物，喝水会更想吃东西。"

"那进食的东西，是不是以清淡为主。"我又问。

"对，李大人说得不错，清淡的粥配小菜是最开胃的，所以明日以清粥与小菜为主，等到了中午之后，可以进食一些蔬菜和柔软的米饭，这样就可以慢慢调理好身体。"

霜霜与我听完后，点了点头，我对着御医说：“我们会照着你所说做的，请大人赶紧回去休息吧。”

御医离开后，我对霜霜笑着说：“我刚才熬的粥，恐怕破军暂时不能食用，要不你趁热吃了吧，免得浪费。”

明霜笑了笑说：“你不饿吗？我们一起吃吧，这还是我第一次吃李大人所熬的粥。”

霜霜一边喝着粥，一边对我说：“这粥真好吃，没看出姐姐还有这厨艺。”

我笑了笑，对霜霜说：“以前在家中无事可做时，就熬粥喝。不过我只会熬粥，其他的菜，我可不会。“

“那慕容将军是不是吃过你熬的粥，他是怎么评价的？”霜霜笑着问。

“他还不是跟你一样说好吃，估计那会儿，他是饿坏了才会如此说的。”

“那你为他做粥的时候，他知道你是女儿身吗？”

我摇了摇头：“那时的他还以为是作为四弟的我，出于关心才会为他做粥的，当时他还取笑我，如果有人能嫁与我为妻一定会很幸福。”

“他真是这样说的，他也太迟钝了，当时你肯定暗示过他，可是他却没听出来。”霜霜笑着说。

我点了点头，叹息一声：“是呀，当时的我可是在言语上多次暗示他，可是他却只认为我是他四弟，压根就没有想过我是女子。”

霜霜接着问：“我真的很好奇，这么迟钝的人怎么会博得你的欢心，让你整颗心放在他身上。”

“我也不知道，也许是因为他温柔的笑，也许是他不经意间对我的关心照顾，让我的心忍不住为他而动。”

“可是比他好的人也很多呀，为什么偏偏要选他，除开欧阳天域不说，还有风流云、破军、宇文化，这几人都比他强吧，虽说他是大将军，可是对待感情还不如这几人，你看看现在躺在床上的破军，他默默地守候着你，不求回报，他可比慕容强。”

我摇了摇头：“虽然我知道他们倾心于我，但是我的心告诉我，谁才是我所能依靠的。”

霜霜见我如此，叹了一口气：“为什么你就不能试着接受欧阳天域呢。别的不说，光是他对你的这份情，就值得你留在他的身边陪伴他，辅佐他。如果你成为一国之后，我相信你与欧阳天域定能将天域治理成一个太平盛世。”

“也许你说得不错，可是入宫为后不是我想走的路，宫中就如金丝笼一般禁锢着身体，也消磨着人的意志，我个人追求的是平凡、自由自在的日子，不适合皇宫。”

我对着霜霜说出了自己心中所渴求的生活。

霜霜紧接着问：“这就是你无法接受欧阳天域的真实原因？你心中有他，你也会拒

绝进宫，远离朝堂的是是非非？”

“是的，我的想法很简单，就是想过着无拘无束的日子，而在皇宫是不可能有这种日子的。”

霜霜不再言语，看了看床上的破军：“那他们呢，你也可从他们之中找到你想依靠的人啊。”

我喝了一口茶，好笑地说：“他们是谁？你不要告诉我是风流云，他可是你妹夫。破军可是被我的贴身丫环看上了。至于李兆庭，他与天香已互生爱慕之心，所以你说的他们不存在。”

“你就是喜欢为别人着想，却不为自己考虑，你呀，我该说你什么好？”

“那就不要说了。对了，我还要告诉你一件事，就是你成为天域国的一国之母后，在后宫之中要提防一个人，那人就是东方玉，她曾是欧阳天域最宠爱的妃子，离皇后只有一步之遥。”我一脸严肃地对着霜霜言道。

“那个东方玉我也听说过，她不会是我的对手，不过你的话，我会放在心上的。”

我将话题扯开，询问着霜霜：“对了，给我说一说你回去搬兵的事。”

霜霜向我道出那日，我们引开追兵后所发生的事。

第七章　唯愿当歌对酒时

【26】

霜霜骑着马回到了黑水皇宫，下了马后立刻向黑水明皇的寝宫跑去，刚进门就看到黑水明皇正与香琦说笑着。

她跑到他们面前，对着黑水明皇面带急色地大叫："太子哥哥快点派兵，再迟恐怕就晚了。"

"什么再迟恐怕就晚了，你不是与李大人他们在一起吗，为什么你又回来了？"香琦看着满头大汗的霜霜，赶忙问她。

"现在不是解释的时候，请太子哥哥带兵跟着我来就行了。"

黑水明皇被霜霜拖着来到校场，霜霜对着正在操练的士兵，大叫："停下来，太子殿下有话要说。"

校场上的士兵排好队后等着黑水明皇开口说话，黑水明皇不知道该说什么，望着霜霜。

霜霜向黑水明皇伸手说："兵符拿来！"

黑水明皇将怀中兵符拿出，递到霜霜的手上。

霜霜接过兵符，对校场的士兵大声说："本公主命令左校卫带领十万精兵，由本公主亲率前往不远处的河边增援李大人。"

左校卫跪下："臣得令。"

在路上，黑水明皇眼含疑惑之色："你现在可以说为什么要带兵去增援李大人了吧！你为什么没跟他们在一起？"

霜霜一脸担心地看着黑水明皇："李大人和破军为了掩护小妹，所以与我换了衣服，引开了追杀小妹之人，你看现在我身上的衣服正是李大人的衣服。"

黑水明皇惊道："为什么会发生这种事，究竟是何人要行刺于你？"

霜霜摇了摇头："我也不知道。不管是谁要刺杀我，这都不重要，现在最重要的是

救李大人与破军。”

当他们刚出城门口，只见一把匕首向霜霜飞来。她眼明手快将匕首接住后，发现匕首上插有一纸条。

她将纸条取下后，展开一读：“李木然与破军现在在我们手上，如果你想让他们活命，就用你的命来换。如果想好了，就明日一个人到落霞坡来。无名氏。”

黑水明皇提议：“既然李大人与破军落在他们手上，我们只有另想办法营救。”

霜霜眼中泛起了泪光，对着黑水明皇激动地说：“就照他们的意思，用我的命换李大人与破军的命。”

“那怎么成，李大人与破军之所以将追杀你的人引开就是为了救你，如果你贸然去送死，那岂不是辜负了李大人与破军的一番努力？我想他们没见到你，还不会对李大人与破军痛下杀手。现在我们从长计议，想一个法子，既能救出李大人与破军，又能将那伙贼人一网打尽。我想如果李大人在这儿，也会这么说的。”

霜霜将眼中的泪水擦干，忙问：“照你这么说，我们下一步该如何做？”

黑水明皇皱着眉想了想，说：“我倒想到一条计策。”

“什么计策？”霜霜欣喜地问。

“明日你还是一个人去落霞坡，但是我们会埋伏在落霞坡的周围，只等他们出现后，我们合力将他们一网打尽。”

霜霜一脸担心地说：“可是你们埋伏在四周，他们会有所察觉的，万一到时打草惊蛇，他们拿李大人与破军泄愤怎么办？”

“这一点我早想到了。我们小时候经常去落霞坡，当时我们可是发现了一条捷径可以直达那儿的。”

黑水明皇笑着点醒霜霜，霜霜回想起小时候确实经常与哥哥抄近路去落霞坡看日出。

霜霜这时开心一笑，对着黑水明皇道：“那这个计策具体的安排是怎样的？”

黑水明皇笑了笑：“具体安排是这样的，我带着士兵连夜抄近路赶到落霞坡在四周埋伏好，而你走大道，在明日到达落霞坡之前，我会在落霞坡等着你，到时我会陪着你面对那帮贼人，他们看到我陪你来，定会问你为什么不是你一个人，而那时我会有话应对他们。”

霜霜点了点头后，黑水明皇带着大队人马从另一个方向急速前行，霜霜骑着马慢慢沿着官道向落霞坡走去。

黑水明皇一行用了三个时辰就来到了落霞坡，然后部署了一下，下令给左校卫：“明日，看本太子的手势行事，千万别轻举妄动，坏了救人的大事。”

“属下明白。”左校卫低头领命。

黑水明皇与士兵们稍作休息，只等明日的太阳升起。

霜霜一路上走走停停，想着等会儿到了落霞坡自己千万不能慌，也不能让他们看出什么不对的地方，就算看到我与破军，也要保持冷静。

第二日的太阳从落霞坡升起，洒下金光一片，照醒了落霞坡上休息的黑水明皇与众士兵。

黑水明皇对左校卫又交代了一番后，就从另一条路走上官道，等着霜霜。

霜霜骑着马看到不远处落霞坡的官道上有一人正对着她笑，待她走近时，才发现是黑水明皇。

“太子哥哥，你等了很久了吧？”

“没有多久，好了，我们去赴约。”黑水明皇一脸轻松地说。

霜霜看到自己的哥哥一点都不紧张，又问：“太子哥哥，为何你不紧张？你知道吗，我从昨日到现在紧张得要命，而且这心也是七上八下，生怕看到李大人他们时沉不住气。”

黑水明皇伸出手拍了一下她的肩：“哥哥当然也紧张，但为了救人必须要保持冷静才行，只有这样才能救出李大人与破军。”

霜霜点了点头。

来到落霞坡后，黑水明皇与霜霜下了马后，黑水明皇带着霜霜走到黑水明皇早已事先确定的位置上，等着那群人的出现。

接下来的事情就是我所看到的老七等人中了黑水明皇的埋伏，但不幸的是棋差一着，让破军为救霜霜受了伤。

第二日清早，我两人先后醒来，发现破军不在床上，连忙走到门前，推开门刚想喊人去找破军，却看到破军正在练武。

“姐姐，破军正在练武呢，快看那边。”

我顺着霜霜指的方向，看到一个熟悉的身影正在不停地翻动着。

我跑上前，对着破军语带责备：“你伤刚好，不宜练武。”

破军停下，走到我面前，对着我自豪地说：“你看我精神好得很，没有你说得那么严重。”

霜霜也走到破军的面前，对着破军抱拳：“多谢那日救命之恩，我已经答应姐姐，与欧阳天域完婚。”

破军一听这话，高兴地说：“四弟，你这趟没白来，总算是求亲成功了。不如我们今日就起程返京，向皇上禀报这个好消息。”

“不急，既然霜霜已经答应此事，就不会有变数。你不要多想，好好养伤，等养好伤后，我们才起程回天域国。我已修书一封给皇上，告诉了他此消息和迟归的原因。”

破军劝我：“那怎么行，咱们还是赶紧回天域国，你不是想尽快查出幕后黑手吗？”

“没关系，等回到天域国，我自有办法引那幕后之人现身，好了，不要再说政事了，现在去吃早饭。”

我拉着霜霜与破军向饭厅走去。

饭厅内，看到正在等着我们的黑水明皇与香琦。

我走上前，笑问黑水明皇：“你们怎么来了？”

香琦笑着接话：“我们是来看破军的，看他好点没有。”

破军听到此话，感谢地笑了笑：“多谢太子与太子妃对在下的关心。在下基本上没事了，本想明日启程返天域国，可是四弟却让我先休养几天。”

霜霜接着说：“太子哥哥，小妹已答应李大人，他们起程之日也就是我出嫁之时，到时候小妹会随李大人回天域国，与欧阳天域成婚。”

“你想清楚了，霜霜，这一去可就不能回头了？”黑水明皇一脸严肃地说。

霜霜点了点头，坚定地说：“小妹已想好了，不管最后结局会是怎样，都心甘情愿地接受。”

香琦笑着推了黑水明皇一下：“你这个做哥哥的，不祝福妹妹就算了，哪有这样说的。霜霜你不要怪你哥，他也是为你好。”

我看着黑水明皇，明白他此刻的心情，于是对他说：“在下之前承诺的事一定会做到。请太子殿下放心，明霜公主此去天域国不会有事的。”

黑水明皇听后随即摇头：“李大人言重了，小妹今后的路会是怎样的，任何人都帮不了她，只有靠她自己走。”

霜霜紧接着又说：“太子哥哥，小妹知道你的意思。小妹会走好今后的路，小妹出生在皇家，什么没见过？什么没听过？现在不过是从这个皇宫到了另一个皇宫而已，太子哥哥不必担心。”

“霜霜，你能这样想就好。哥哥这有块玉佩权当你出嫁的礼物。”

黑水明皇拿出一块晶莹剔透的玉佩交到霜霜的手上。

霜霜接过后，惊叫：“这玉佩不是你的兵符之一吗，为什么你要送给小妹？”

我听到此话，心中惊叹他这个做哥哥的对妹妹真是用心良苦，为了怕她在天域国受委屈，竟然将兵符给了自己的妹妹。

黑水明皇笑了笑：“当你需要应急时，这玉佩也许能起点作用。”

我走到霜霜身旁，推了她一下，笑着说：“你快收下吧，真羡慕你有这样一个疼你的好哥哥。”

香琦听后笑着反问：“李大人没有哥哥吗？”

我摇了摇头，霜霜转头便笑：“你不是有三个大哥吗？欧阳天域、慕容天霖、破军，他们可是对你呵护备至，你还不知足。”

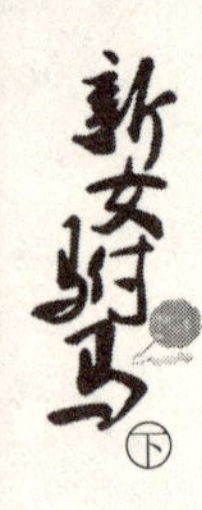

香琦恍然大悟："对呀，我怎么没想到，还是霜霜反应快。"

"好呀，你们竟敢取笑我，那三人虽是我的结义兄弟，可是也没你说得那样吧。"我娇嗔地说。

"好了，不说了，再说你的脸就要红了，对了还有一个人脸也要红了。"霜霜意有所指地笑着说。

"谁呀，谁的脸要红了。"我装傻地说。

"当然是你身后的破军哥哥。"

香琦一语道破，我的脸顿时红了。

"好了，不要再闹了。破军才醒，肚子一定饿了，而你二人守了他一夜也一定饿了，快过来坐下吃早饭。"黑水明皇适时地插嘴进来。

用餐完毕之后，霜霜对我说："再过几日我就要离开黑水国了，我现在想去落霞坡看一下落霞，李大人要不要一起去？"

我听到"落霞坡"三个字，自嘲一笑："我们刚从那九死一生回来，你还要去？"

黑水明皇眼中充满回忆之色，笑着说："我想霜霜定是怀念过往看落霞的日子，想到这也勾起了我的回忆。"

"对呀，我以前常跟太子哥哥与霜霜去那儿的，那里可是装满了我们儿时的记忆。"香琦靠在黑水明皇的肩上笑着说。

我突地站起身，笑着提议："那好，我们就再去落霞坡，现在就出发。"

"好呀，我先去备车，你们随后就来。"

【27】

我们来到皇宫门外，一辆马车早已等在宫门口，黑水明皇一脸笑意走到我们面前，指着马车。

"快上马车吧，要不然赶不上看落霞了。"

走了没多久，就到了落霞坡，我们下了车后，走到落霞坡的坡边，寻了一个空旷的地方坐下。

我起身走到坡边，望着远处的夕阳已染红了天空，笑着吟诵："落霞与孤鹜齐飞，秋水共长天一色。今日才体会到诗句中的意境，真是美呀。"

香琦一脸笑意，夸我："今日我才见识到李大人的满腹经纶。"

黑水明皇对我一笑："李大人，你看到这夕阳，可是诗性大发。"

"也许吧，不过再美的夕阳也有落幕之时，就如同人一样，岁月催人老，不是和这夕阳一般？"

霜霜不赞同地反问："这想法未免太消极了，李大人什么时候也有这消极的想法？"

"不是我的想法消极，这是人从年幼到老必经之路，难道你能永保青春吗？"

霜霜摇了摇头，不再言语。

"还有一句是描写夕阳的，'夕阳无限好，只是近黄昏'这句恰恰印证了我刚才所说的话。"

香琦这时插嘴道："李大人，虽然我们不能阻止岁月在我们脸上留下痕迹，但是只要心不老，人也不会老。"

我听到这话，心中一震，是呀，我怎么没想到，我在那个时代不是看到过许多老者仍在为社会尽一份心力，可谓是人老心不老。

"香琦你一语惊醒梦中人，确实如你所说，人老心不老，才能永远保有一颗赤子之心。"

香琦不好意思地低下头，小声说："我哪有你说的那么好，我只是将心底所想讲出来罢了。"

我摇了摇头，对着黑水明皇恭喜："太子殿下有如此良妻，还愁黑水国不富强吗？"

黑水明皇轻搂着香琦，对我开怀一笑："那也是李大人的功劳，要不是她那段时间与你在一起，也不会像现在一样说出自己内心的想法。所以李大人才是我黑水国的大功臣，不仅让我得一良妻做伴，也教了我许多治国的良方。"

霜霜一脸笑意，央求我："李大人，这次我远嫁天域国，你可要多多帮我出谋划策，也好让我能帮到欧阳天域。"

"本来我想的不是现在让你嫁到天域国，因为现在天域国内藏有一伙乱臣贼子，我怕到时连累到你。"

霜霜拉着我的手，一脸鼓励地笑："怎么会连累到我呢，我正想与你并肩作战，帮欧阳天域平息内乱呢！"

我看到霜霜眼中的真诚，用力地点了点头："前面也许有更大的危险等着我们，但是只要我们保有一颗赤子之心，相信我们能平安渡过难关。"

我转过头看向天边的晚霞，一脸微笑地迎着余晖，大声叫道："一切都会好起来的。天霖你一定会回到我身边的，还有天域国也会平安无事的！"

起程的日子终于到了，在黑水国都城门口，我与破军骑着马，而霜霜坐在为她专门所做的马车上，打扮得跟新嫁娘一样，而她的身后是大队陪嫁之人还有陪嫁的物品。

我看到玄皇、玄后、黑水明皇与香琦眼含着泪，看着登上车的霜霜。

霜霜下车对着他们跪下，叩了三个响头，抬起头，已是泪流满面："父皇、母后，太子哥哥，香琦，我这一去恐怕要很长一段时间才能回来，请你们保重，霜霜在此拜别你们。"

我看着霜霜拜别亲人，这让我想到我来到这个朝代这么久，离开双亲的日子也快三年了，我的心一酸，眼泪从我眼中滑下，滴在空中，被风吹着四散飘去。

破军看到我如此，一脸关心地问："四弟，你怎么落泪了？"

我用手擦了一下眼角，回眸一笑："只是看到霜霜这样，有些感伤罢了。"

霜霜此时起身，上车坐好，向我致意可以起程了。

"破军，可以起程了。"

破军听到我的话后，对着身后众人大声叫道："起程！"

我与破军骑着马走在前面，霜霜的马车紧跟在我们身后，而马车后是保护霜霜的士兵还有陪嫁的宫女。

我们边走边停，用了一个月的时间才到达了天域国。当我们走到天域国的都城门口时，我看到欧阳天域正站在城楼上望着我，眼中仿佛写着：他正在等待着心爱妻子。

楼下早已站满了百官，我与破军下了马后，对着城楼之上的欧阳天域跪道："臣李木然与破军参见皇上。"

欧阳天域此时向我与破军摆了一下手后，消失在城楼之上。

当我们站起身来之时，看到城门口正站着欧阳天域。

我走上前去，启禀："臣已带着明霜公主回到天域国，请问皇上，明霜公主是安排在宫中，还是安排在臣的状元府内？"

欧阳天域亲热地拉着我的手，一脸笑意："李爱卿辛苦了，明霜公主还是安排在状元府，朕想明霜公主也是希望在大婚之前能住在状元府的。"

我抽出手笑着谢恩，"臣领旨。"

霜霜从车上走下来，来到欧阳天域面前，欠身下跪，温柔地唤了一声："明霜参见皇上。"

欧阳天域看了她一眼，扶她起身："公主远嫁到天域国，刚开始一定会很不习惯，不过朕会安排人教导公主宫中礼仪。"

霜霜听着欧阳天域不带感情的话语，心中一沉，随即一笑，一脸骄傲地回敬："多谢皇上的关心，明霜会好好学习天域国的文化，以便能当好这个一国之母。"

我听出他们一见面言语上就有冲突，赶紧笑着说："皇上，明霜公主赶了一个月的路，想必累了，臣即刻带明霜公主回状元府休息。"

欧阳天域点了点头，我转过头对着霜霜比了一个请的动作："请公主上马车，我们要进城了。"

霜霜上了马车后，我与破军引领着身后的大队人马进入天域京城内，向着状元府走去，沿路早已站满了前来目睹未来皇后风采的人。

我听到两边的百姓纷纷议论："黑水国公主好漂亮呀，你看那眉像弯月似的，还有

那嘴红得跟樱桃似的，那一脸的贵气和周身散发着皇家风范，真不愧为皇家公主。”

我放慢速度，对坐在车上的霜霜小声笑道：“百姓对你的评价不错，看来你这个皇后位子是坐定了。”

“是他们没看过你女装模样，如果是看到你女装的样子，估计拥戴你为皇后的人超过我。”

我笑了笑，回头看着仍旧站在城楼之上的欧阳天域，心中说道：皇上，希望您能以大局为重，舍弃小情小爱，实现你心中的梦想，建立一个太平盛世。

到达状元府后，我一眼就看到天香与如风站在府门口翘首以待，便下马走到天香与如风面前。

“娘子，有没有想为夫呀，还有如风你有没有想你家公子？”

天香甜甜一笑：“夫君，我当然想你了，天天都在为你祈祷，祈祷你能平安到家。”

如风拉着我的手：“公子，你总算平安回来了，当得知你在回天域国的路上遇险时，我与公主担心死了。对了，破军的伤怎么样？”

“我还以为你是真的担心我呢，原来是担心破军呀！三哥你过来，让如风看看你有没有事。”

破军下了马走到如风面前说：“我身子这么结实，怎么会有事？谢谢如风关心。”

我看着如风紧张地打量破军的样子，小声在天香耳边说：“你看如风那样子，就像是妻子紧张自己的夫君一样。”

我看到仍坐在车上的明霜，心中暗叫：坏了，只顾说话，忘记向天香介绍她未来的嫂子了。

我牵着天香的手走到车前：“这就是未来的皇后，你的嫂子，黑水国的明霜公主，你以前虽然认识，但是我还是有必要介绍一下。”

“虽然是旧识，不过今日的霜霜真是美，比从前多了一份皇家贵气，虽然还是让人觉得冷冷的，不过这冷冽的气质倒是与皇帝哥哥颇为相似。”

霜霜被天香这么一说，扑哧笑出声来：“怎么天香公主嫁了人还是没变，就跟从前一样，说话直来直去的，还是那个天真藏不住话的公主。不过，我喜欢。”

“我跟着夫君学了许多，以后不准说我天真了。不过我也喜欢你冷若冰霜的样子，面虽冷但是心却是热的。来吧，未来的皇后，我的大嫂该下车进府了。”

【28】

傍晚时分，我接到宫中一道圣旨，大意是：明晚，皇上将在御花园宴请朝中众臣及皇亲国戚，并会宣布大婚的日期。

天域国内那股暗藏的势力为什么会悄无声息了，是不是他们正在筹划着更大的阴谋，想到这，我脸上布满了愁云。

天香与霜霜来到书房找我，天香一脸的担心：“你是不是在担心明天的晚宴的事？这只是一般的接风晚宴，我想应该不会有什么事。”

霜霜笑着点了点头：“姐姐，你就是太过于小心了，不要再想明晚晚宴了，我们说点别的有趣之事。”

我看着她们，一脸笑意：“我并不是担心明晚晚宴的事，是在想为什么最近没有天域国暗藏的那股势力的任何消息。那次在黑水国刺杀霜霜没有成功，他们应该不会就这么算了。明天的晚宴，皇上会宣布大婚的日子，我怕他们会派人来暗杀霜霜。”

“应该不会。黑水国前往天域国的路上是杀我最好的时机，但是他们都没有得逞，如果换作在皇宫内的御花园内怕是不会那么轻易得手，御花园四周戒备森严，他们如何混得进来？好了，不要再想了，说点开心的事。”霜霜笑着宽慰我的心。

天香赶忙提议：“对呀，夫君大人，你就不要再想政事了，你看外面的月色如水甚是好看，要不我们到凉亭坐一下，配上茶水糕点，一边赏月，一边聊天。”

霜霜不住的拍手叫好：“这个主意好，今晚可是八月十五的前一天。”

她拉着我的手就往外走，而天香也紧跟在我们身后。

我看到不远处向自己走来的如风，忙叫：“如风，你快去准备些茶水与糕点，端到凉亭来，对了，再带壶酒，叫上破军到凉亭赏月。”

如风听到后点了点头，转身消失在夜色中，我们行至凉亭。

天香指着天上的明月，惊叫：“快看，有流星！”

与霜霜抬头望向天空，正好看到一颗流星拖着长长尾巴飞逝而过，我赶紧闭上眼，双手合十，念念有词。

等我睁开眼时，看到天香与霜霜用奇怪的眼神看着我。

“你刚才在做什么？我们不明白。”天香好奇地问。

“在我们家乡有个习俗，看到流星飞过时，许下心愿，就会心想事成，所以刚才我在许愿。”

霜霜笑了笑：“原来你们的家乡还有这种习俗，真有趣。你刚才许的什么愿啊？”

我摇了摇头，忙说：“许的愿说出来可就不灵了，我们快坐下赏月吧。”

天香这时打趣地说：“我知道夫君许的什么愿，肯定是希望慕容将军早些回到天域国，回到夫君的身边。”

霜霜笑着点了点头，附和一笑：“我心中也是这么想的，不过，不知道我们猜得对不对？”

我轻轻打了她们一下，娇嗔：“我才不是许的这个愿，你们呀，猜错了。

如风端着茶水与糕点走了进来，看到天香与霜霜笑看着我，又看到我满脸通红。

她在桌上放下茶水与糕点后，美目含疑："两位公主，你们在笑什么，为什么公子的脸如此红？"

天香与霜霜忽然笑得更大声，天香指着我，对如风说："你想知道这是为什么，就问一下你家公子。"

"你别听她们胡说，对了，三哥怎么没来？"

"哦，他睡下了，所以没来。"

如风唇边含笑，眼中带情，我听出这句话有问题，故意问："你怎么知道他睡下了，难不成你一直在他身边照顾他？"

如风脸一红，低着头，娇羞无比地说："公子，你又在取笑如风了，刚才，我去他房间叫他，听到里面传出鼾声，才知道他睡下了，为了不打扰他睡觉才没叫他过来。"

天香一脸坏笑地说："如风，你是不是有私心，为什么没见你对你家公子这么关心呢？我看呀，夫君你的书童动凡心了，被那个破军给迷住了。"

霜霜看到如风脸比刚才更红了，对着我笑："李大人，你的书童既然倾心于破军，你这个做主子应当成人之美，为她与破军牵线搭桥，让你的小书童早日了却心愿，嫁个如意郎君。"

"我正有此想法，不过这也要看如风意思，万一她没有这个意思，我不是白忙活了？对吧，如风？"我开玩笑地对如风说。

如风的脸红得跟猴子屁股似的，嘟哝了一句："不理你们了，明日还要早起呢，我去睡了。"

她见我们还在笑，脚一跺，转身跑出了凉亭，转眼，消失在我们的视线中。

我止住笑，轻声责怪着她俩："看吧，就是你们说她，才把她给吓跑的。"

天香笑着反驳一句："你还不是一样，还有脸说我们。对了，说正经的，你有没有向破军提起如风喜欢他的事？"

"还没有，我觉得应当找个适当的时机向三哥说明此事，但是此事也要三哥同意才行。如果三哥没有这个意思，我也不会强行让他们成亲的，毕竟心意相通才是最重要的。"

"李大人说得不错，强扭的瓜不甜。"霜霜点了点头附和着。

天香站起身来看着高挂在天的圆月，央求我："夫君，今晚月色如此美丽，何不弹奏一曲？"

我笑了笑起身，仰望着明月："是呀，月色真的很美，不过今晚我不想弹曲，只想吟诗。"

霜霜也站起身来到我的身旁，"那李大人想吟什么诗呢？"

我心中想到一首诗，随口吟来：

花间一壶酒，独酌无相亲。

举杯邀明月，对影成三人。

月既不解饮，影徒随我身。

暂伴月将影，行乐须及春。

我歌月徘徊，我舞影零乱。

醒时同交欢，醉后各分散。

永结无情游，相期邈云汉。

“好诗，李大人果然不凡，诗中我最喜欢的是‘举杯邀明月，对影成三人’，真是绝句！”霜霜笑赞。

天香点了点头，对我一笑，“夫君，这首诗的名字叫什么？”

“《月下独酌》！”我随即回笑一声。

天香这时一脸疑惑地问：“可是现在我们是三个人在月下呀，这首诗好是好，但是不应景，不行，夫君再吟一首应景的诗。”

我笑了笑，开口又念：

海上生明月，天涯共此时。

情人怨遥夜，竟夕起相思。

灭烛怜光满，披衣觉露滋。

不堪盈手赠，还寝梦佳期。

“这首诗恐怕是夫君心境的真实反映吧，是不是看着天上的明月，想着慕容将军，才会吟诵此诗？”

天香像是看穿我心事，话中有话，但我摇了摇头：“只是觉得前两句耐人寻味。”

“哦，原来是因为头两句的缘故，不过当听到你念头两句时，我也被此诗所吸引，‘海上升明月，天涯共此时’，好美的意境。”霜霜似有领悟地说。

“不过，此诗还不是很应景，夫君你再想一想还有没有其他的应景诗，前两首都不适合今晚气氛，过于悲伤了。”天香摇着我的手臂，撒着娇。

“你呀，还跟个小孩子似的，我这脑中的所藏之诗可没有那么多，你让我马上想出一个应景的诗谈何容易。”

我点了点天香的额头，天香对我做了一个鬼脸，振振有词：“谁叫你是天域国有名的才子呢，你如果作不出来，谁还能作出来？”

我笑了笑，转身抬头望着明月，脑中搜寻着应景的诗句，突然想到李白有一首诗曾描绘过月色，我大声吟诵：

青天有月来几时，我今停杯一问之：
人攀明月不可得，月行却与人相随？
皎如飞镜临丹阙，绿烟灭尽清辉发？
但见宵从海上来，宁知晓向云间没？
白兔捣药秋复春，嫦娥孤栖与谁邻？
今人不见古时月，今月曾经照古人。
古人今人若流水，共看明月皆如此。
唯愿当歌对酒时，月光长照金樽里。

我的声音刚落下，突然听到一阵拍手声夹着叫好声："好诗，李爱卿果然不负天域第一才子之名。"

我循声望去，看到在光影晃动之间，一身着龙袍，脸带笑意的俊雅挺拔之人正踏着月色向我们走来。

当他走到凉亭时，我眼带疑惑地问："皇上你怎么来了？"

"因为想来，所以来了。"

霜霜会意一笑："皇上是特意来找李大人的吧。"

"不是，是来找你的，朕想与公主单独谈一下。"欧阳天域将头转向霜霜，笑着说。

天香眼含笑，拉着我，娇嗔一声："既然是这样，那小妹与夫君先回房了，皇帝哥哥，千万不能欺负霜霜姐，要是小妹知道霜霜姐受了委屈，可不会轻饶皇帝哥哥。"

欧阳天域一脸宠溺的笑，哄着天香："不会的，你与李爱卿早点去休息吧，与公主谈完后，朕会送公主回房的。"

天香一脸笑意拉着我的手转身离开了凉亭，向卧房走去。

【29】

回到居所，我心中充满了疑虑与担心，生怕霜霜受到委屈。不知道欧阳天域这么晚来找霜霜所为何事？

哄天香睡下后，我转身离开居所，向着凉亭方向慢慢走去。路过霜霜居所时，看到她脸上挂着泪推门而入。

本欲转身回房的我，还是走到凉亭，想看一看欧阳天域走没走，我想问一问他，

究竟他对霜霜说了什么，以至于霜霜泪流满面。

快到凉亭时，看到欧阳天域一脸怅惘若失的样子，我刚才的念头瞬间打消。

我欲转身离开时，一个声音在我身后响起：“李爱卿，为何这么晚还没有睡？”

我看着他，不知道该如何开口。

欧阳天域见我不说话，又问：“李爱卿来找朕，是不是有什么事？”

“皇上，臣来主要是问一下大婚的事。明霜公主去哪儿了呢？”

“明霜公主已回房，朕本想送她的，可是她说不用，如果不是看到你来，朕也要离开了。”

欧阳天域脸上带着惯有的笑容，这笑容我太熟悉不过了，显然是办成什么事才会有这样的笑容，刚才盘算好想问的事哽在口中，换成了另一句问话。

“皇上，臣离开朝中这几日，有没有什么异常发生？”

“能有什么异常？李爱卿过于担心了。不过，朕还是很欣慰，毕竟李爱卿关心朝堂，也就如同关心着朕一样。”

欧阳天域的脸上露出幸福的微笑，让我的心纠结不安，难道说他还未打消对我痴念？

“皇上，臣护送明霜公主回天域国时遇袭，所以想早日查明真相，以保天域国的太平。”

欧阳天域走到我身边，将我的头抬起，眼含情，唇带笑：“你知道吗，你最迷人的地方，不是你的美貌，而是在处理政事时的认真劲儿。”

欧阳天域突如其来的举动，惊得我退了几步，故作镇静地语出警告，“皇上，请谨守君臣之礼，如果被其他人看到，会误会皇上有断袖之癖。”

欧阳天域见我退后，又快走了几步，来到我面前，调笑一声：“李爱卿，如果说你真的是男子，说不定朕也会爱上你，而不怕有人说朕有分桃之好。”

“皇上，臣已说得很清楚了，望皇上还是将心思放在即将成为您皇后的明霜公主身上，她才是陪你度过一生之人。”我抬起头直视他的眼，坚定地说。

“可是朕的心中认定你才是陪朕过一生之人，而不是明霜公主。”

欧阳天域又逼近了一步，眼中有着异常的执著与坚持，他的喘息声让我感到害怕。

我忙低下头，揖首便拜：“皇上，臣已多次表明心迹了，为什么皇上还要知难而上，而不是知难而退？”

“朕是皇上，脑中从来没有什么知难而退，只有知难而上，李爱卿，朕还是想说，如果慕容将军无法照顾你，朕愿意代慕容照顾你，就算你的心中只有他，朕也想照顾你。”

欧阳天域再一次用手将我低垂的头轻轻托起，我从他的眼中看到深深的爱意与坚持。

“皇上，你这是何苦呢？即便是慕容真的无法返回臣的身边，臣也会追随他而去，说不定臣会回到原本属于臣的那个时代，为什么你就是要苦苦相逼呢。”

我摇了摇头，落下无奈的泪。

欧阳天域用手心接着这滴泪，动情地说：“你看朕接着这滴泪，像是接着你一样，如果你选择随慕容而去，那朕也会选择随你而去，也许我们会在那个时代再相遇。那时候，你的眼中，心中可否会全都是朕？”

“皇上，您不能这样做，如果您这样做，那天域国的百姓又该怎么办？”我拉着他的袖子激动地说。

欧阳天域反握住我的手，眼中闪着爱与恨，带着命令语气说着强硬的话。

“你的心中有慕容天霖，有天域国百姓，可是为什么没有朕？朕现在反而羡慕天域国的百姓能拥有你对他们的关心与爱护。既然你不想朕随你而去，那你就不能随慕容而去。”

我低着头，抽出自己的手，转过身走到池塘边，望着水中游来游去的锦鲤，低声地说：“如果人是鱼该多好，就没有这么多的烦恼。”

欧阳天域走到我身边，指着水中的鱼，反问：“你怎么知道鱼没有烦恼，也许它们羡慕你身为人呢？”

我转头笑了笑：“也许吧，人非鱼焉知鱼之乐，人非鱼焉知鱼之苦。皇上，时辰不早了，您该回宫了。”

欧阳天域笑了笑，带着请求的一问：“你可愿意送朕到府门？”

我点了点头，苦笑一声：“臣送君本就无可厚非，这是做臣子理应严守的本分。”

欧阳天域一脸笑意，拉住我的手，开心地说：“执子之手，与子偕老，朕想永远牵着你的手不放，可是朕心中明白，你希望牵你手之人是慕容，不过你现在权当是他在牵你的手，可好？”

我没有言语，任他牵着我的手，而我的思绪早已飘到天山，默默地跟着欧阳天域向着府门走去，而我不知道不远处的天香与霜霜正注视着我们。

府门口，一辆黄色的马车早已等候了多时，我与欧阳天域走到马车前，欧阳天域转过身面向着我，脸带不舍之情，眼中藏着深情，口中说着令人动情的话语。

“真的不想放开你的手，好想就这么一直牵着，直到我们老得走不动为止。”

“皇上，您该上车了，夜深了会不安全。”

我低下头恭送着欧阳天域，但他却愣在原地不走，不知道还想说什么。我抬起头，看到他脸上有着压抑之色。

我又再重复了一遍刚才的话，他不甘心地登上马车，眼含关心地望着我。

“你也早点回去休息吧，晚上风大小心着凉。”

我恭送着欧阳天域离开后，失神落魄地返回了自己的房中，仰面倒在床上，闭上眼，一觉睡到了天明。

一大清早，我梳洗穿戴好官服后，来到了饭厅，看到天香与霜霜正在等我吃早饭。

我走到她们身边笑着说："你们起得好早！"

天香转头一笑，便问："夫君，你今日要陪同霜霜姐上朝受封吗？"

我摇了摇头："今天的晚宴，皇上会宣布大婚的举行时间，册封霜霜为皇后的诏书也会当场臣宣读。"

"那就好，我正愁你上朝后找不到说话的人，既然霜霜姐不同你上朝，那我可以带她四处逛逛，我想霜霜姐离开天域国这么久，一定很想看一看现在的天域国变成什么样了。"

"出去逛可以，但是霜霜曾待过的醉红楼不能去，这样对她的声誉有影响，而且会造成不必要的麻烦，也许一些有心人会拿此事做文章。"我一脸正经地说。

"李大人，我还真的想去以前待过的醉红楼看一看，见一见老朋友。不过听你这么一说，我还真的不能去。天香妹妹，不如我们就在状元府逛一下就行了，顺便找个地方聊聊天。"霜霜宽慰着天香。

"那只有这样了。夫君你下朝之后，不如相约在天下第一楼吃饭，因为我们好久都没去天下第一楼了。"天香笑靥如花地说出请求。

"那好呀，不过不能耽误了今晚的晚宴。"

我点了点头，转身离开了饭厅，赶往皇宫参加早朝。

早朝之上，欧阳天域简单询问了一下有无奏折。

东方信这时站出来禀报："启禀皇上，臣有事要奏。"

欧阳天域笑问："东方爱卿有何事要奏？"

"皇上，自从明霜公主来到天域国之后，国中百姓纷纷议论，说皇上为何要立一个他国女子为皇后，而不在天域国之内挑选一位才貌俱佳之人为后，难道说天域国的女子不如他国女子？"

欧阳天域笑而不答，将眼看向我，我明白他的意思，走了出来。

"臣认为此想法极其偏颇，立他国女子为后，并不是贬低本国女子无才无貌，是为了能彰显我天域大国的风范和皇上的气度。再说立他国女子为后，古来有之，所以臣认为这两者没有可比性。"

东方信笑着说："皇上，李大人的话细细品味确实有道理，可是百姓却不是李大人，也没有李大人的远见，所以请皇上在立后的事上，还是要三思。"

欧阳天域笑着反问东方信："那诏书已发，如果临时更改，不是失信于黑水国，也失信于天下吗？"

听着此话，我心中没好气地说：现在才出声，不是早就想好如何应对，为何还要让我出来解决此事。

东方信一时语塞，我见机会来了，忙低头上禀："还是皇上考虑得远。东方大人，如果能解决此难题，也许皇上会考虑改立他人为后。"

东方信此时看着我，眼中冒着寒意，好像与我有多大的仇怨似的。我不知道自己到底哪里得罪他，以至于他要处处针对我。

下朝之后，我急急忙忙向殿门走去，刚到殿门口，东方信挡住了我的去路，对我冷嘲热讽："李大人，好口才，在下着实佩服。"

我笑了笑："东方兄，太夸奖下官了。对了，东方兄，等会儿我要去天下第一楼，你要不要一起去？"

"难得能得到李大人相邀，但是我有要事，不能相陪，告辞了。"

看着他远去的背影，我心想:本来是诚心想邀他去天下第一楼，顺便找他好好聊聊，看能不能问出他的转变究竟是何原因，但没想到被他拒绝了，那就改日有机会再找他聊。

第八章　天若有情

【30】

刚到天下第一楼，就看到站在门口的欧阳天域。

欧阳天域看到我，走至我面前，笑着说：“你肯定奇怪，朕怎么知道你要来天下第一楼，是不是？”

我点了点头，他接着说：“因为朕知道你与天香还有明霜公主相约在此，所以才会来的。”

我不解地问：“皇上是如何得知此事的？”

欧阳天域不说话，牵着我的手走进了天下第一楼，我想甩开他的手，奈何他死死地抓住不放。

我小声说：“皇上，这样有失体统，会让人误以为你我有断袖之癖。”

“朕倒是希望他们误会，但是恐怕不会如你所愿，因为今日天下第一楼只有你与朕和天香、明霜公主四人。快点走吧，她们可能等急了。”

我没想到欧阳天域会如此做，只得加快了步伐紧跟着他来到天字号包房。

进了包房后，我看到天香与明霜早已坐在桌边，桌上摆满了酒菜。

我走到天香身边坐下后，小声问：“天香，是不是你告诉皇上，我们今日在这相聚。”

天香笑着眨了眨眼，摇着头：“不是我说的，是霜霜姐邀皇上来的。”

我看向霜霜，不明白霜霜为何会邀皇上来。

“事先没给李大人说，是怕你怪我。此次我请皇上来是想证明我们那次的赌约谁胜谁负。”

“你不是说取消了赌约了吗？”

霜霜摇了摇头，又说：“我是这样说过，但还是想知道结果。”

天香一脸笑意地望着我，“听霜霜姐给我讲了那个赌约之后，我也很想知道皇帝哥哥的选择是如何的？”

我转头问欧阳天域：“皇上，臣想你的选择应该与臣相同吧。”

欧阳天域不明白地看着我：“赌约是何，朕都不清楚，如何与李大人的心思一样。不如将赌约说来听听，待朕听后再做决定不迟。”

霜霜将那日的情形说了一遍后，天香笑着拍着手，站起身来，“夫君你太有才，能想到以曲求婚，霜霜姐你太幸福了。”

欧阳天域也笑着说：“没想到李爱卿能想出这招，不过那曲子朕没听过，也不好作答。”

“这有何难，命人将琴取来，由夫君再唱一次不就可以知道皇帝哥哥心中的答案是什么。”天香兴奋地叫道。

我连忙推脱：“今日臣的嗓子不舒服，改日再唱。”

霜霜明白我想混过去，笑着挑衅：“李大人是不是怕输，所以才会找此借口？”

我看着霜霜，心想：霜霜，你这是何苦。

霜霜看着我，又说：“李大人，请吧，我们都等着你唱呢。”

此时不知是谁已将琴摆在我的面前，我笑了笑，抚动琴弦，唱了当日那求亲曲。

曲终之时，我笑问欧阳天域：“皇上，听了此曲，臣想皇上与臣当初的答案应该是一样的吧。”

欧阳天域沉默不语，我转头看到霜霜脸上写满了紧张，天香也一脸好奇地看着欧阳天域，而我虽表现出镇静，其实心里也没有底，不知道皇上会说出怎样的答案。

大约一盏茶的工夫，欧阳天域出声：“朕的想法与李爱卿的相同。”

这一句话让我悬着的心彻底放下了，其他二人，一个是失望表情，一个虽表面上是开心的表情，可内心是否开心就不得而知。

我笑对着霜霜：“明霜公主，胜负已分，你可还满意？”

“李大人，虽说是你胜了，但是皇上的心思是否真的如他所说的一样，这就不得而知了，也许只有皇上自己才明白，他的那个答案是否真如他所说的一样。”

欧阳天域笑着接口：“明霜公主，朕既然这样说，当然代表朕心里也是这么想的，好了。曲也听完了，你们都饿了吧，赶紧趁热吃，凉了可就不好吃了。”

我举起筷子夹了菜到天香碗里，笑着说：“快吃吧，晚上还要赴宴呢。”

欧阳天域见我夹了菜给天香，他也夹了菜送到了霜霜的碗中，笑道：“你尝一尝这菜，这可是天下第一楼的招牌菜。”

霜霜没想到欧阳天域会夹菜给自己，细细咀嚼之后，笑着对欧阳天域说：“这菜真好吃。”

我看着他们的举动，突然想到曾与慕容在酒楼用餐的情形，脸上也浮上了笑容。

“看着皇上能与明霜公主如此，臣心中也很欣慰。臣希望皇上与明霜公主能白头到

老，生死相随。”

天香听出我话语中的言外之意，忙打趣地说：“夫君，那我们是不是同皇帝哥哥和霜霜姐一样白头到老，生死相随啊？”

我点了点头，欧阳天域这时开口：“李大人的这句生死相随，让朕想到你曾讲过的故事，现在想想倒是耐人寻味。”

我回笑了一声，接着说：“故事都是假的，不足为信。”

“故事虽假，但情却是真的，不是吗？”

欧阳天域反问我一句，我愣了一下，不知该如何回他。

从天下第一楼出来后，欧阳天域先回宫中，而我与天香还有霜霜漫步走在大街上。

霜霜看我不说话，笑问：“刚才在天下第一楼内，皇上所说的话，李大人怎么看？”

我笑了笑：“什么话？”

“就是那句‘故事虽假，但情却是真的’。”天香接口补充。

我看着她俩望着我，沉默了一会儿，笑着回话：“话虽不错，但是却要在对的时间遇到对的人，如果是在错的时间遇到对的人，那只会徒增伤感了吧。”

“夫君的话好深奥，天香不明白。”天香满脸不解地说。

霜霜脸上挂着领悟的笑：“李大人，那你认为霜霜与皇上是属于哪种呢？”

我笑着反问：“那你自己认为是属于哪一种呢？虽说当局者迷，旁观者清，但是感情的事还是当事人比较清楚。”

“夫君，你们都明白，为什么只有我不明白。”天香撅着嘴说。

我指着不远处的一个身影说：“娘子会明白的，你看谁来了。”

天香顺着我所指的方向，看到了李兆庭，而李兆庭也看到了我们，满面笑容向我们走来。

看着霎时脸红的天香，我调侃道：“现在明白刚才我们所说的话了吧。”

天香娇嗔一句：“还是不明白。”

李兆庭走近我们之后，先是向霜霜与天香行礼：“草民见过天香公主与明霜公主。”

霜霜与天香向他致意后，我忙笑着说：“你来得正好，天香有些事不明白，只有你才能解她心中疑惑。”

李兆庭望着天香，问我：“什么事，为什么是我才能解惑？”

“当然只有你才能，我与霜霜去那边走一走，你与天香聊一聊。”

我用眼示意霜霜，霜霜心领神会后，跟着我向别处走去。

天香在我们身后焦急地大叫：“你们去哪儿，等等我。”

我回过头笑着对李兆庭说：“李兄，天香就拜托你了，等你们聊完后，请送天香到皇宫参加晚宴。”

李兆庭对我点了点头，忙问："那天香公主不用换宫装出席吗？"

我没有回头，直接摆了摆手。

"记得准时出席晚宴，我与霜霜会在宫门口等你的。"

宫门前，我与霜霜一眼就看到向我们走来的李兆庭与天香。

待他们走近后，我笑问："看来娘子心中已无疑惑了，李兄可真有本事啊。"

李兆庭笑了笑："那在下就告辞了。对了，李大人，查访一事已有进展，明日在下会登门拜访，向李大人细说。"

我点了点头，看着李兆庭远去的背影，我默念道：兆庭，希望你能明白我的一片心意。

天香与霜霜见我站着动也不动，忙拉着我说："我们快进去吧，不要误了时辰。"

我转头对着她俩笑了笑，大声笑着说："走吧！"

她二人随着我一同走进了皇宫，在太监的引导下来到了御花园。

刚到御花园门口，已有宫女在那等候，那宫女对我说："皇上有旨，请天香公主与明霜公主先去更衣，李大人先请进吧。"

我点了点头，走进了御花园。

御花园内早已坐满了人，我刚想找到我的座位坐下时，东方信走到我面前，不怀好意地笑着说："李大人终于心想事成了，皇上今晚就会宣布立明霜公主为后。"

我回敬了一句，"东方大人，怎么是在下心想事成呢，皇上的思想，不是我们做臣子的能左右的。"

东方信一脸鄙夷的笑："真的是这样的吗？似乎李大人对皇上的影响力超乎想象，大得惊人。"

我一脸正色："东方大人，饭可以乱吃，可话不能乱说，有些话说出来可是会杀头的。"

东方信一语双关，嘲弄了一句："李大人也怕杀头吗？就算要杀头，杀的也是旁人，皇上可舍不得杀你。"

我眼带警告之色，话中藏着怒意："东方大人，此话何意？难道你想说我与皇上有着非同寻常的关系吗？如果你这样认为，那可是污辱了皇上，这可是欺君的大罪。"

"不要把话说得这么吓人，到底是谁犯了欺君之罪还不知道呢？"

东方信转身走回到他的座位坐下，我一时还没反应过来。

我在想：东方信是不是已知道我的真实身份了？如果他知道了，为什么不揭发我，是因为没有确实的证据还是因为其他什么原因？

我走到自己的座位坐下后，耳中听到太监高叫："皇上驾到。"

座位上坐着的群臣均起身低头跪下恭迎着欧阳天域。

欧阳天域来到正中的黄色龙椅上坐下后，对着群臣，摆了一下手："各位爱卿请起。"

我们听到这声后皆起身走回了自己的座位上，坐好，等着晚宴的开始。

御花园的门口有声音传来："玉贵妃率众嫔妃晋见皇上。"

欧阳天域示意身旁的太监，太监立刻叫："宣。"

打扮得雍容华贵的东方玉率领着各色后宫佳丽进入了御花园。

"赐座。"欧阳天域说了一句。

我总觉得今日的东方玉有所不同，少了以往的目中无人，多了娴静温柔，这究竟是怎么回事？难道说这是霜霜将入主后宫所带来的改变。

【31】

天香与明霜轻移莲步走进了御花园，她二人的出现让在场众人惊艳不已。

天香粉色的衣服配上头上并不烦琐的头饰，再加之她俏丽的面容，灵动的大眼，将天香的皇家气质与少女的活泼凸现出来。

霜霜冷艳的气质配上红色的衣裙和天香形成鲜明的对比，脸上的妆虽浓，但却不觉得突兀，一点而红的小嘴配上白玉般的瑶鼻，加之如水的明眸，让她的美兼具诱惑。

我转眼看了一下欧阳天域，发现他的眼中也闪着惊讶，虽说他已知霜霜很美，但是经过细心妆扮后的霜霜还是强烈地吸引住了他的目光。

霜霜与天香缓缓走到园中跪下，柔声便起："霜霜参见皇上，天香参见皇上。"

欧阳天域脸带笑容温柔地说："两位公主请起，明霜公主到朕身边来坐。"

一旁跪下的宫女扶起霜霜与天香，而后霜霜在宫女的搀扶下慢慢走到欧阳天域身旁，欧阳天域拉着霜霜的手示意她坐在他的身旁。

霜霜欠了欠身，满面笑容，回了一句："谢皇上。"

我看着他俩，心中有预感他们会是一对让人羡慕的皇上与皇后，我的脸上不禁浮上了笑容。

这时，我耳边响起一个声音："夫君，有什么事这么好笑，你的脸上堆满了笑容，不如说出来让为妻高兴一下。"

我看着坐在身旁的天香，摇了摇头："没什么事，只是看到皇上与明霜公主，让我备感开心。"

"原来如此，看着明霜姐姐与皇帝哥哥这样，我也十分开心。"

东方信起身对着欧阳天域笑着询问："皇上，听闻公主殿下才智过人。微臣有一事不明想请公主解惑，望皇上恩准。"

我听到东方信如此说，就知他有意刁难霜霜。

欧阳天域面上带笑地夸赞霜霜："明霜公主确实聪慧过人，不知东方爱卿有什么不解之事要问明霜公主？"

"谢皇上恩准。公主殿下，臣有一上联想了许久都未对出，想请公主殿下帮忙对出下联，以解臣心中烦闷。"

"东方大人，你不妨说出上联，看本公主能否对出。"明霜一脸笑意地问。

"公主殿下，此联的上联是'水冷酒一点两点三点'，不知公主听后能否对出下联。"东方信看着明霜，心中窃喜，此联如此难，看你如何对。

我初听此联，就觉得耳熟，好像曾经在什么地方看到过，但是我一时又想不起下联是什么了。

在我沉思时，东方信又说："公主殿下可是想到下联？"

东方信得意之色从他眼中露出，我心中焦急万分，这下联究竟是什么？

我脑中突然闪过一个画面，原来我曾在大学的图书馆看诗词时，看到过关于此联的书，这联在书上还被评为十大难对之联。

我脑中慢慢回忆起此联的下联，心中的焦急立刻烟消云散。

天香看着明霜许久都未对出下联，急着问我："夫君，这该如何是好？霜霜姐如果对不出下联，会让百官与后宫诸妃耻笑，这个东方信摆明就是找碴。"

我附在她耳边轻声说："为夫自有妙计。"

天香听到这话，脸上顿时由忧转为喜："我就知夫君有办法，那要如何帮霜霜姐呢。"

我起身，笑了笑："皇上，臣看明霜公主可能还要想一想，不如让臣弹奏一曲，也许听过此曲，明霜公主能对出下联。"

"好呀，李爱卿的仙曲妙音的确能启发人心智，不知李爱卿要弹何曲？"

欧阳天域看我出来解围，心知我已想到下联，想借曲传意告知明霜，当下就同意我弹曲。

东方信显然猜出我的心意，对我一笑，"李大人的妙曲在天域国可是流传甚广，臣虽听过一次，但是总觉得没听够，能再次聆听李大人的妙音，臣也感欣慰，臣想在座的诸位也急切想听到李大人的妙音吧。"

我转过身对着东方信一脸笑意："东方大人太抬举在下了。当然会挑特别的曲子恭贺明霜公主成为天域国的国母。"

"夫君，琴已来了，赶快弹琴吧。"天香忙叫我。

我走到琴旁，席地而坐，轻抚琴弦，和着琴音对着明霜笑着说："谨以此曲恭祝明霜公主成为天域国的国母。明霜公主你可要仔细听，也许听过此曲，那下联就可得。"

霜霜听出我的言外之意，微笑地对我点了点头，我紧接着开口就唱：

你说你最爱丁香花，因为你的名字就是它，
多么忧郁的花，多愁善感的人啊。

花儿枯萎的时候，当画面定格的时候，

多么娇嫩的花，却躲不过风吹雨打。

飘啊摇啊的一生，多少美丽编织的梦啊，

就这样匆匆你走来，留给我一生牵挂。

那门前开满鲜花是你多么渴望的美啊，

你看那满山遍野，你还觉得孤单吗？

你听那有人在唱那首你最爱的歌谣啊，

尘世间多少繁芜，从此不必再牵挂。

那门前开满鲜花是你多么渴望的美啊，

你看那满山遍野，你还觉得孤单吗？

你听那有人在唱那首你最爱的歌谣啊，

尘世间多少繁芜，从此不必再牵挂。

我一边浅吟低唱，一边想着远在天山的慕容，心中一阵惆怅，曲终歌止，我双眼已饱含泪水。

我强忍住泪水，起身对着欧阳天域笑着说，“臣已弹完，希望此曲能启发明霜公主想出下联。”

“好曲，好词，李爱卿此曲名为何？”欧阳天域笑问。

我笑着说出祝愿的话，“一曲《丁香花》，希望皇上与明霜公主的感情如丁香花的花香般浓烈而不转淡。”

霜霜看着我，点了点头，显然已明白那下联该如何对。

霜霜转过头，笑对欧阳天域：“皇上，多亏李大人的琴音，臣妾已想到下联了。”

“那公主快说一说下联为何，好一解东方爱卿心中的烦闷。”

霜霜笑吟吟地望着东方信：“我的下联就是‘丁香花百头千头万头’，不知东方大人可满意这个下联？”

东方信拱手一笑：“明霜公主当真聪慧过人，只不过听了一曲李大人的《丁香花》，就能想到用曲名来对臣的上联，真不负黑水国才女之名。臣心中的烦闷已解，多谢明霜公主，不过下官还想谢一谢李大人，不是李大人这曲，也许此下联还不能得。”

“东方大人过谦了，下官弹这曲只是为了助兴，没想到明霜公主能从此曲对出下联。皇后聪慧是天域国大幸，臣想，皇上能得此贤良的皇后，不只是百官之福，也是天域国百姓之福，东方大人你觉得呢？”

东方信脸上挂着笑容：“李大人，这当然是天域国的百官之福，也是天域国的百姓之福。”

欧阳天域牵着明霜的手起身宣布:"朕宣布册封明霜公主为后，三日之后举行大婚。"

百官与众嫔妃纷纷起身走到欧阳天域面前跪下："皇上圣明。"

我看着依靠在欧阳天域怀中的明霜，脸上洋溢着幸福之情，我心中的一块大石终于落下。

晚宴结束之后，我带着天香向宫外走去，刚到宫门口，就看到东方信正站在宫门口。

他看到我，一脸的笑意："李大人刚才那曲真是妙呀。李大人能想到以曲传意，下官佩服啊。"

"东方大人何出此言？明霜公主能想出下联，并不是本官以曲传意，是因为明霜公主本就蕙质兰心。"

"是不是以曲传意，暂且不说，恭喜李大人终于如愿以偿，让明霜公主顺利成为天域国的皇后。"东方信言语之中夹着嘲讽之音。

这时，天香对着东方信笑着说："东方大人，本公主有些累了，如果没有其他事，我想与夫君早点回去休息，东方大人请自便。

东方信听出天香的不快之意，笑了笑转身向着东方府走去。

我牵着天香的手向着马车走去，上了马车后，看到车上已坐着霜霜。

天香笑吟吟地说："明霜姐姐，你今晚真棒，看到你现在这么幸福，我也为你感到高兴。"

"今晚不是我最出彩，是李大人。如果不是她，恐怕我还想不出这下联。"明霜语带感激地说。

"霜霜,看你说到哪去了,如果说是我以曲传意,不如说是霜霜聪慧过人,一点就通。"

天香这时拉着我与霜霜的手打趣一笑："好了，你们都聪明，就我不聪明，夫君弹琴之时，我早就沉醉在曲子中，早已忘记了那个上联。"

"你呀，这时候还有心思逗我们开心。"

我点了点天香的额头，天香对我笑了一声，对着明霜说："以后你就是我皇嫂了，要是夫君欺负我，你可要站在我这边，帮我好好整治一下夫君。"

"我看呀,不是李大人欺负你,是你欺负李大人吧！我呀,帮理不帮亲。"明霜笑着说。

"你们合着欺负我，我可不是好欺负的，看我先整治你，然后再整治夫君。"

天香扑向明霜，我在一旁拉着天香："天香，你这个疯丫头，不要闹了。"

嬉闹中，我们回到了状元府。

【32】

回到状元府的第二日，李兆庭就登门拜访，我知道他来的原因是什么，就请他到

书房一叙。

到了书房，我让他坐下说话，并命人奉上茶水。

待他喝过茶后，我问他："那日，你说事情有进展了，不知你查到什么？"

"是这样的，我查出派出杀手杀明霜公主的人与东方府有关，而且东方信似乎也与此事有关。"李兆庭神色严肃地说道。

我听完他的话，陷入了沉思中，低声问："这消息是否可靠？难道说东方信因他父亲的事想造反不成？但是据我所了解，他只是针对我，并没有对皇上不满，再说现在他的姐姐贵为贵妃，没有理由造反啊！我想他派出杀手杀明霜公主，也应该是为了他的姐姐，因为他极力反对皇上立明霜公主为后。"

"就算是这样，他也犯了死罪。杀未来的皇后，这不是诛灭九族之罪吗？"

"那你可有证据证明是东方信所为？"我反问。

李兆庭摇了摇头，我起身在书桌旁来回地走动，想着该如何办才好。

这时天香进到书房，对我一笑，"听说驸马一大早就在书房用功，走吧，吃饭去。"

当她看到李兆庭，脸顿时红了，"我不知道你也在，你吃过早饭没有，要不与我们共进早餐？"

李兆庭起身对着天香施礼："草民参见天香公主。"

我这时故意笑着说："天香，你的脸为什么这么红？是不是因为李公子呀！"

天香走到我面前，打了我一下，嗔怪道："夫君，你这说的是什么话，我是因为走得太急了，才会脸红的。你们在谈什么呀？"

我对着李兆庭比了一个请的动作，笑着说："没谈什么。李公子这么早来状元府，一定是没吃早饭，走吧，到饭厅用餐，请。"

李兆庭点了点头，随后我们三人来到了饭厅用餐，刚到饭厅就看到已入坐的霜霜。

李兆庭走到明霜公主面前，低头行礼："草民参见明霜公主。"

"你就是李兆庭吧，不错，长得一表人材，温文尔雅，难怪天香会对你动心。"

霜霜直白的话，让天香与李兆庭羞得满脸通红。

我一脸责怪地说："霜霜，你的话也太直了吧。你看他们被你的话吓傻了。"

"都傻了才好呀，正好是一对。"

霜霜还在拿话取笑着天香，天香这时反应过来，忙急道："霜霜姐，李公子好不容易来状元府一趟，你就少说点吧。你看李公子都不敢坐了。"

"天香，我只说了一句，你就这么维护李公子，那你身旁的驸马爷该怎么想？"

霜霜继续用话逗着天香，我看到李兆庭有想离开的念头，我连忙又说："霜霜，李公子这次来可是带来一个关于上次遇袭的内幕消息，你想不想听，如果想听，就闭上嘴。"

霜霜不再言语，我请李兆庭坐下后，将刚才在书房所谈之事告诉了霜霜。

霜霜忙问：“那驸马预备怎么办？现在没有证据证实是东方信派人所做，就算让皇上知道也没有用啊。”

这时李兆庭接口：“我会加派人手，找出证据，证明是东方信所为。”

霜霜转过头对着李兆庭笑语带歉：“刚才多有得罪，那些只是玩笑话，李公子不要放在心上。”

李兆庭刚想接口，天香抢先说：“李公子才不是小气之人，你呀太小看李公子了。”

“是我错了还不行，我的天香妹妹，李公子人才出众，是你托付终身的良伴，这样说，你该满意了吧。”明霜一脸笑意地哄着天香。

天香没好气地说：“你，不跟你说了。李公子不要理这个疯女人，她呀三日后要进宫长伴君王侧了，所以现在高兴得尽说疯话。”

李兆庭起身拱手恭喜霜霜：“得闻明霜公主已受封为天域国的国母，李兆庭在此向明霜公主致喜了。”

霜霜起身回礼：“多谢李公子的吉言，但不知李公子何时与天香结成良缘呀？”

我咳嗽了一声，笑着说：“他们要结成良缘，也要等我这个驸马消失呀。”

霜霜轻轻打了自己脑门一下，自嘲一笑：“不好意思，没想到你。不过我们也不能拖太久，我总觉得李大人的身份似乎已有外人知晓。”

“真的吗，霜霜姐说的都是真的吗，夫君？”天香这时担心地问。

我笑着安慰天香：“不碍事，现在他们还不敢将我的身份揭穿，因为他们也没有证据证明我是女子。我们要抓紧时间查出祸乱天域国之人。”

“东方信是不是知道你是女儿身？”李兆庭突然问了一句。

我摇了摇头：“我也不敢肯定，从几次与他的对话中，感觉到他似乎知道什么，但是又好像不知道。如果他知道，以他的性格必然会说出来，所以我也很疑惑。”

“要不，我去试探一下东方信如何？”明霜提议。

我疑惑地问：“你要如何试他？”

“我想再做一次醉红楼的花魁，只要你们引东方信来青楼即可。”

“这万万不可，你现在已贵为皇后，不能再去艳楼，如果被发现，东方信更有借口劝皇上另立他人为后。”我摇着头。

“李大人，我想学你蒙上面纱试他，你看这个主意如何？”

我看着明霜一脸的坚决，起身摇头：“这个办法倒是可行，但是由我亲自来试她。”

天香不敢相信自己的耳朵，惊叫一声：“夫君你亲自来，不是说笑的吧。”

李兆庭起声阻止：“这怎么行，万一被东方信识破，他不是就有你是女儿身的证据了吗？”

我笑了笑，一脸自信的样子：“他不会发现的，我不仅要脸上蒙纱，而且会隔帘见他，

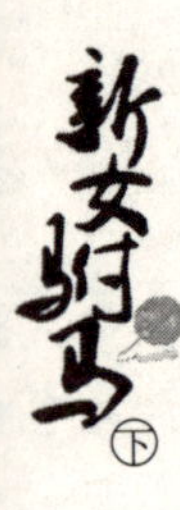

这样他不能近我身，当然也不会发现我是谁。”

“如果他从声音判断呢？”明霜又问。

“声音上更不可能，现在我用的是假声，而且陪他去醉红楼的人还会是我，只是使一个障眼法，让我消失片刻，而后再出现在他面前，他就不会有所怀疑。”

“那要如何引他上醉红楼？听说他从不上青楼的。”李兆庭困惑地说。

“对呀，我也听皇帝哥哥说过，东方信虽为官宦子弟，却无官宦子弟的坏毛病。”

我点了点头，“确实如此，我曾记得有一次我要去醉红楼教霜霜曲子，曾邀他同往，结果他的表情说不出来的怪，而且眼神中流露出对我的惋惜之情，后来我从慕容口中，才得知他从不上青楼的。”

“那怎么办才好，他从不上青楼，如何引他去呢？”明霜苦着脸问。

天香也是叹了一口气，摇了摇头，李兆庭坐在椅子上眉头紧锁。

我神秘地吐出一句话：“我有方法引他去醉红楼。”

“什么方法快说？”天香一听这话来了精神，急切地问。

我自嘲地笑了笑：“当然得借助我曾是天域第一美女的名声了，没想到这个称号在此时还挺管用的。”

“这天域第一美女与引东方信去醉红楼有何关系？”李兆庭不解地问。

“当然有关系，东方信也曾听说过天域第一美女冯素贞的事。当时我曾问他，如果冯素贞在你面前，你是否也想看一看面纱后的面容，他对我说，会。因此引他上醉红楼的计策就是让他知道那里有一女子酷似天域第一美女冯素贞，这样他就会因好奇而去。”

“原来是这样，不知道他会不会上钩？”明霜皱着眉问。

“当然会，我会将我的自画像让他看到。”我一脸自信地说。

“自画像，是你蒙着面纱着女装的自画像吗？”天香忙问。

我点了点头，李兆庭又问：“那这自画像要如何让东方信看到呢？”

“对呀，李公子说得没错，这画像如何能让东方信看到？”天香接口询问。

“这呀，就要靠在座的其中一人引他看到画像了。”

“你说的这个人不会是我与天香吧！”霜霜指着自己与天香惊诧地说。

我摇了摇头。李兆庭不解地问：“我？为什么是我？我与他只有数面之缘而已，如何引他看到画像？”

“当然有方法，就是你请他到家中为画像题词，这样他就能看到。”

李兆庭摇了摇头：“他本就知道我与你的关系，会问我为什么不找你而找他，到时候我该怎么回他？”

“这点我也想到，所以整个引他入局的计划是这样的。”

他们听了我的计策后，呆愣在饭厅，不相信这个计策可行，我也懒得解释这计策对东方信这种人最管用，便先行离开，到书房去准备自画像去了。

我心中暗想：东方信我不信你就不上钩，因为我知你是一个好诗画之人，况且还很自负。

我待画干之后，请人裱好，交到了李兆庭的手上。

李兆庭接过画后，天香眼中藏着好奇，拉着李兆庭的袖子，急着大叫："快展开看一下，我从没看到过夫君着女装蒙面纱的样子，不知道是什么样的，真是令人期待。"

霜霜也将头凑上，虽然她看过我着女装，但是不知道蒙面纱的我究竟是怎样的，也是眼带好奇之色。

李兆庭将画卷展开后，映入他们眼帘的是一位身着白色丝裙的女子，绾着简单的发髻，面上蒙着一块白纱，体态娜婀多姿，手拿着牡丹锦扇。

一双如秋水般的明眸含情地望着天上排成一排向南飞的大雁，让人心生怜惜，进而想用手揭去她的面纱，抚平她脸上的愁容？

【33】

我与李兆庭依计行事，我先是到了李府等着东方信的到来。

李兆庭将画卷挂在了自己屋中，然后在案几上焚上香，做好这些工作后，他就前往国丈府邀请东方信过来题字。

我知道东方信一定会起疑心，就教李兆庭如何说，才能请他来李府看画，并事先排了一遍，我扮东方信来发问，而李兆庭按着我教的回他。

首先我学着东方信的口吻，问他："不知李公子来府上有何贵干？"

李兆庭笑了笑："是这样的，草民家中有一幅画像，听闻东方大人精通书法，想请东方大人为此画留下墨宝。"

"李公子，你不是与驸马相交甚好吗？而且驸马又是天域第一的才子，琴棋书画无不精通，为什么不请驸马为你的画像题字？"

"东方大人，你有所不知，此画像非同一般，而是我未过门的娘子冯素贞留给我的自画像。近日看着画像总觉得缺些什么，后来才想到画像缺字来配，所以想请人题字在画像上，虽说驸马爷是当今才子，但是他说，论书法还是东方大人技高一筹，所以草民才贸然来访，请东方大人为画像题字。"

我学着东方信的样子，笑了笑："既然李公子盛情相邀，本官再不去，好像有点说不过去。不知李公子想在画像上题什么字？"

"东方大人，这你不用担心，虽然驸马爷没有为画像题字，但却作了一首诗，你将

诗题在画像上即可。”李兆庭笑着回我。

“哦，驸马为你的画像作了诗。看来我非去不可了，这样一来不仅能让我见识到天域第一美人的风采，而且也可以见识一下天域第一才子所作的诗有何高明之处。”

我们演练了好几遍后，我提醒李兆庭，要见机行事，不能照搬我的话，这样容易露出破绽。

李兆庭对我点了点头，一脸自信地出府。

李兆庭果然邀得东方信过府题字，他们来到挂画像的卧房，我藏身在卧房中的内屋，透过窗上的小洞，看着外面，而耳中听着他们二人的对话。

东方信笑着问：“何来的沁人之香？”

“东方大人，这是草民为画像焚的香，是来自异域的奇香。传说此香沁人心脾，能使身心疲惫之人感到舒畅。”李兆庭忙解释。

东方信点了点头，回笑：“看来，李公子对这天域第一美人还真是用情之深。”

“那是当然，毕竟从小青梅竹马，而且自幼又订了亲，只是我与她有缘无分。”

李兆庭一往深情的样子，让东方信为这对璧人也深感惋惜。

当他走近画像，我看到东方信眼中流露出怜爱之情。

李兆庭见东方信看得出神，咳嗽了几声。

东方信回过神来，对着李兆庭问：“为什么会是遮着面纱？”

“这是她的习惯，而且天域国大多数人都知道天域第一美人常以白纱覆面，虽见不到面纱之下的面容，但是光从一双灵动的大眼就知其美丽无比。”

“那你有没有看过她面纱之下的真容？”东方信又问。

李兆庭摇了摇头，略带惋惜地说：“自从小一别，再见时，她就以白纱遮面示人，所以直到她过世，草民也没见过她面纱之下的面容。”

“不会入棺时也是以白纱覆面下的葬吧？”东方信惊诧地再问。

李兆庭点了点头，不再言语，走到画像前，点了一炷香，对着画像拜了三拜后，将香插在香炉中。

东方信此时也拿起放在桌上的香点燃后，向着画像拜了一下，而后将香插在香炉中，“天妒红颜，真应了那句话‘自古红颜多薄命’。”

李兆庭走到书桌前，将我在纸上写好的诗交给了东方信。

东方信展开念道：

红藕香残玉簟秋。轻解罗裳，独上兰舟。云中谁寄锦书来？雁字回时，月满西楼。

花自飘零水自流。一种相思，两处闲愁。此情无计可消除，才下眉头，却上心头。

东方信读着诗看着画，情不自禁地大叫：“好诗，此诗当配此画，驸马不愧为天域第一才子。”

“东方大人，请吧。”

东方信拿起早已准备好的笔，蘸上墨汁，龙飞凤舞地将那首诗题在了画像上。

题好后，李兆庭笑赞：“好书法，看来驸马爷说得没错，东方大人书法造诣相当深厚，草民不知要练多久才能达到东方大人这种境界。”

“李公子，你太过抬举在下了，这首诗才作得好，驸马真是好文采。”东方信回笑。

这时，我笑吟吟地从里屋走出来，“谁在说我的文采好？”

李兆庭故作惊讶般大叫：“驸马爷你怎么还在，怎么没有下人来通报一声，草民还以为驸马爷等得不耐烦走了呢！”

我走近李兆庭，笑了笑：“本官还不是听下人说，你去请东方大人为你的画像题字，所以特意留在此处等候两位，本官事先给下人打好招呼，不让你知道本官在此处等，怕的是东方大人看到本官，不会留下墨宝，那本官不是白等了。”

东方信走到我面前，笑了笑：“李大人，过奖了。李公子，字已题完了，本官也该走了。”

我见东方信要走，故意说：“李公子，本官看你也不用看画像思故人了。听说最近醉红楼来了一位面遮白纱的女子，样子与画像上的人差不多，要不本官带你去醉红楼见一见这位面遮白纱的女子。”

李兆庭看我在对他使眼色，连忙说：“好呀，可是样子长得再像，也不见得品性相同。”

东方信听到醉红楼有与画像上的女子相似之人，眼中露出好奇之色。我暗笑：鱼上钩了。

我接着又说：“李公子，不如今晚我们就去醉红楼见识一下。只有你见过画像上的女子，到时你见到醉红楼那位蒙面女子可要说一说你心中的感受。”

“东方大人，本官看你不如与我们同往，你不是也对天域第一美人感到好奇吗？你为草民的画像题字，草民还没有好好感谢你，不如今晚由草民做东，请你与驸马爷同去醉红楼会一会这蒙面女子，你看可好？”

李兆庭话锋一转，向东方信发出邀请。

东方信刚想摇头拒绝，我走上前去，抢着说：“东方大人难道不想知道冯素贞的事吗？本官知道你从不上青楼，但是这一次只是去见一见那蒙面女子，不关风月。东方大人你怎能忍心拒绝李公子诚意相邀之心呢？”

东方信抬眼见到李兆庭一副诚心相邀的样子，笑着点了点头：“那好吧，让李公子破费了。”

我们三人步行前往醉红楼，哪知在那儿碰上了欧阳天域。

欧阳天域看到我们三人，一脸好奇地问我们：“你们怎么会来醉红楼？东方公子，

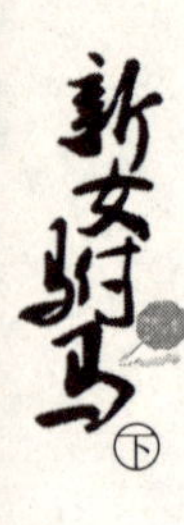

你不是从不来青楼的吗？”

我怕欧阳天域坏了我的大事，走上前去开玩笑地说：“欧阳公子，你为什么来醉红楼？难道你还缺女人吗？”

欧阳天域看着我，又露出深情的目光，小声说：“就是缺一个女人，可是这个女人却心有所属，所以我只有来此借酒消愁啊。”

我明白他的话中有话，回笑一声：“那好呀，今日是东方兄第一次上青楼，所以我们不能怠慢了他。你说对吗，欧阳公子？”

“那就别在外面候着了，我们一同进去吧。”

欧阳天域拉着我的手，示意东方信与李兆庭跟在后面。

【34】

进了醉红楼后，老鸨见是我们几个，便笑脸相迎。

“各位爷，好久不见，你们也是慕那面覆白纱的素素而来的吧？”

欧阳天域一脸不解地问：“什么面覆白纱的素素，是新来的吗？”

“这位爷，你有所不知，这素素姑娘就同那走了的霜霜姑娘一样，卖艺不卖身，而且要凭喜好接客。你看这么多爷都是为了见她一面而来的。如果博得素素的青睐，还能让你看一下面纱之下的真容。”

李兆庭调笑一声：“哦，她可比霜霜强多了！她靠面纱遮面还能吸引这么多人来，真厉害。”

欧阳天域来了兴趣，忙问：“那你有没有人看到过她面纱下的真容呢？”

老鸨摇了摇头，笑着就回，“这位爷，素素姑娘刚来这儿的时候，就是以面纱遮面进入醉红楼的。”

“那看来这位素素姑娘还挺神秘，是不是故意这样，吸引客人点她的牌为你赚钱啊？”我故意笑着说。

“这位爷，看你说到哪去了，自从霜霜姑娘走后，醉红楼就一日不如一日。素素一来，醉红楼的生意就慢慢好转了。就算这是素素姑娘玩的花样，也要有真本事才行啊。不是我吹牛，素素姑娘可是琴棋书画样样精通，要她弹奏一曲可是千金难求，她唱的曲可同当今驸马爷相媲美。”

“那你听过驸马爷唱曲吗，你怎么能拿素素姑娘与驸马爷相提并论？”李兆庭故意又问。

老鸨这时不知该如何接下句，没好气地回了一句：“反正你们听了就知道。”

欧阳天域拿出一锭金子，对着老鸨笑了笑：“那妈妈就安排那位素素姑娘来雅间一

会。”

老鸨见钱眼开，笑着点头：“那几位爷稍等片刻，小翠，快带几位爷上楼上雅间，端上酒水瓜果，好好招待几位大爷。“

老鸨的叫声刚停，一个长得挺机灵的小姑娘，跑到我们面前，张口就笑：“各位爷请随小翠上楼。”

我们跟着小翠上了楼后，被引到一间雅间中，我们各自坐在桌边，随后就有人送上酒水瓜果。

我们吃着瓜果，喝着酒，谈论着这位素素姑娘，我笑着问：“欧阳公子，你认为这位素素姑娘真如老鸨所说的色艺双绝吗？”

“也许这是她们的经营之道，我不信天下还有第二个冯素贞。不过说来也巧，这个素素姑娘，为何名字中也带个‘素’字，是不是想让人误以为她就是第二个冯素贞？”

东方信倒是一脸相信地开口：“这倒不见得，也许真如老鸨所说，这位素素姑娘琴棋书画样样精通呢！之前走的霜霜不就是一个很好的例子吗？欧阳公子不是也见过吗？”

这个东方信，真是无时无刻不在提醒着欧阳天域，霜霜曾在醉红楼待过。

我忙笑着将话题引回到素素身上：“等会儿见到她，就知道老鸨说的是不是真的了。”

我们大概等了半个时辰，老鸨走了进来，一脸歉意地笑：“不好意思，素素姑娘刚起身，正在梳洗打扮，请各位爷稍等片刻，如果几位爷觉得闷，要不先让其他的姑娘来陪各位爷。”

东方信摇了摇头：“不用了，你先出去吧。”

我却开口一笑：“东方兄，怎么说这话，我们是来喝花酒的，妈妈，你就先叫几个姑娘进来。”

东方信刚要反驳的时候，跑进来一人，我一看原来是破军。

“你来得正好，我们正在喝花酒，要不你也加入。”

破军一脸焦急地拉着我袖子，激动地说：“四弟，天香公主失足落水了，你快跟我回去看一看。”

“什么，天香失足落水！严不严重？”我故意着急地问。

欧阳天域也一脸地担心地看着破军，破军摇了摇头，只是说：“我也不清楚，我一听到此事就到李府找你，结果李府的人说你来醉红楼了，所以我才急急忙忙地来这找你。”

“那欧阳公子、东方兄，李公子，我不能作陪了，先行一步。”

我起身跟着破军就要往外走，欧阳天域此时也跑到我身旁，眼中有担忧之色。

“我跟你一起去。”

我心中暗喜，巴不得你一起去，反正我也没打算让你见那位素素姑娘。

我与欧阳天域回到府上后，就看到霜霜正站在天香的房门前，一脸忧心地走来走去。

我二人走到霜霜面前，我故作担忧地问："天香怎么样了？"

"刚请过大夫诊治过，吃了药已睡下了。"

"那就好，请皇上一同进去看一看天香。"

欧阳天域与我走进了房间，来到床边看到天香睡得很香。

"皇上，臣看公主并无大碍，您先回宫吧，如果天香醒来，臣会派人回禀皇上的。"

欧阳天域点了点头，嘱咐我："那你就好好照顾天香，至于三日后大婚筹办的事，朕就交给其他人来办，你不用操心了。"

我点了点头，送欧阳天域出了府，然后返回天香的房中。

我对着床上之人："还在装，皇上都走了。"

天香这时睁开眼，一脸讨好的样子："夫君，我的演技还不错吧，将精明的皇帝哥哥都骗过去了。对了，你是不是该登场了？"

霜霜走了进来，笑着说："马车都已备好了，我们起程吧。"

"这场计诱东方信的好戏就要开始了。"我笑着说道。

我经过精心装扮，覆上面纱，站起身转了一圈，对着她俩问："像不像画像上的人？"

"当然像了，你是画像上的本尊，哪有不像之理！尤其这对美目楚楚可怜，像极了画像上的人。"天香笑着说。

"那还不扶我到马车上，再晚，恐怕那东方信就要走了。"我脸上带着整人的笑。

"是，素素姑娘，奴婢们这就扶小姐上马车。今晚，东方信死定了，说不定还会被你迷住呢。"霜霜开玩笑地回了我一句。

我打了霜霜一下："你呀，就会取笑我，快走吧。"

我们上了马车，从醉红楼的后门进入，然后在老鸨的带领下来到了东方信他们的雅间。

老鸨一把推开门，摇着绣帕，笑口一开："二位大爷，让你们久等了，素素姑娘已到。"

东方信与李兆庭同时抬起头，望向门口。

我轻移莲步缓缓走进了雅间，柔声问候："让两位公子久等了，素素有礼了。"我慢慢将头抬起，用眼望向他们。

东方信此时简直是看呆了，不敢相信站在他面前之人真得如同画像上所画之人，而李兆庭偷眼看了一下东方信，明白他已入局。

"素素姑娘，请坐。"

我摇了摇头，吩咐老鸨："妈妈，屏风呢？"

"你看我这脑子，把这事忘了，请姑娘稍等片断，屏风马上就到。"老鸨笑着说。

“要屏风做什么？”李兆庭佯装不知地问。

“这位爷，你有所不知，素素姑娘弹琴时都要在面前放一屏风，这样她才能奏出妙音。”老鸨满脸堆着笑，忙解释。

东方信回过神来后，开口问我：“请问素素姑娘为何要以面纱覆面？”

我看着他，轻笑一声：“这是素素的习惯。难道公子不认为若隐若现更吸引人吗？”

“素素姑娘这番辩驳倒有几分道理。”东方信回笑一声。

“公子，听说这已逝的天域第一美人冯素贞也是以面纱覆面，不知公子是否认为小女子在学她？”我故意这么一问。

“那倒不会，姑娘怎么会有此一问？”东方信反问。

“公子，小女子问这话，主要是因为有人说这天域第一才子驸马爷可能是女扮男装，而且还有人猜测这驸马爷就是那已逝的天域第一美人冯素贞，不知公子可否听到这些传言。”

我话锋一转，扯到了正题。

“素素姑娘，我也是第一次听你说，虽说驸马爷长相出众，比女子还要美，但是从我与他相识这么久来看，他是货真价实的男子，如果真如姑娘所说，那公主早就禀告皇上，说驸马是女儿身了。”东方信不以为然地笑着回我。

“姑娘，屏风来了，还有琴也摆好了。”老鸨适时的插话进来。

我转过身慢步走到屏风后，将面纱取下，轻抚琴弦，对着东方信淡笑一声，“不知公子想听什么曲子？”

隔着屏风，我看到东方信笑着比了一个请自便的动作。

我轻抚琴弦，开口便问:“有道是‘天若有情天亦老，人间正道是沧桑’，我看公子，心中似乎有许多烦心事，不如说出来，也许会好过一些。”

东方信笑着回我，“素素姑娘，从哪看出我心中有许多烦心的事？”

我没有接他的话，开口唱道：

人生，梦如路长，

让那风霜风霜留脸上。

红尘里，美梦有多少方向，

找痴痴梦幻的心爱，路随人茫茫。

人生是梦的延长，

梦里依稀依稀有泪光。

何从何去，你我心中方向，

风悠悠在梦中轻叹，路和人茫茫。

人间路，快乐少年郎，
在那崎岖，崎岖中看阳光。
红尘里，快乐有多少方向，
一丝丝像梦的风雨，路随人茫茫。
一丝丝像梦的风雨，路随人茫茫。

我透过屏风看到东方信听着这曲，已陷入了沉思之中。

我笑着收住琴音，刚想问东方信时，耳中传来叫好声。听着这熟悉的声音，我明白欧阳天域又折回了醉红楼，赶紧戴上了面纱。

【35】

东方信与李兆庭抬头看向门口站着的欧阳天域，起身相迎。

李兆庭假装急切地问："欧阳公子，你不是随李兄回府了吗，为何又折回来了？天香公主现在情形如何，要不要紧？"

欧阳天域笑着摇了摇头："有劳二位如此关心天香公主，不过公主现在已无大碍。至于李兄，他要在府上照顾天香公主，所以不能前来。"

我从屏风后传出语带好奇地问："不知前来的是哪位公子，为何要称赞本曲好，我这曲可是为刚才那两位公子所唱的。"

欧阳天域听后走到我面前，隔着屏风一笑："此曲妙在似是在说情，但又好像不是，似是在寓意，也好像不是，所以我才赞这曲子好。而且素素姑娘刚才所为让我想起了李兄，我感到你与她很相像。"

"是吗，看来素素无缘得见公子口中的李兄了，素素还有点事，就不能再相陪了，望三位公子见谅。"

我从东方信口中已得到我想要，找了个借口想走，因为我怕欧阳天域发现我就是素素，但我的如意算盘被欧阳天域的一句话击个粉碎。

欧阳天域笑着挽留："我刚来，素素姑娘就要走，是不是在下入不了姑娘的眼？"

我转过身隔着屏风，回笑一声："公子，你言重了，素素离开确实有事在身，并不是因为公子的到来。请公子不要误会素素。"

欧阳天域赶紧又语出挽留之意："既然是这样，素素姑娘能否再多留一会儿，我听妈妈说，你精通诗词，所以想请素素姑娘以此曲的意境为题作一首诗，你看如何？"

我此时计上心来，暗自一笑："又是妈妈在胡说了，我只通音律，不通诗文，请公子原谅。"

欧阳天域听后笑了笑，直接越过屏风来到我的面前，用眼望着我，呆呆地说了一句话："你是她吗？"

李兆庭没料到欧阳天域会这样做，赶紧走到欧阳天域身旁，小声说："欧阳天域公子，刚才妈妈曾给我们打过招呼，素素姑娘都以屏风挡住客人。你犯了素素的大忌，我怕素素姑娘因此生气，不再见我们。"

欧阳天域看着我的一双眼，面露惊讶之色，再听到李兆庭的一席话，连忙揖首："刚才多有冒犯，望姑娘原谅。"

我看着他，回笑了一声："公子来得晚，不知者不罪。素素先行告退了。"

我慢慢走到门前，迈着小步跨过门槛离开了雅间。

到了醉红楼的后门，天香与霜霜从门后走出，连忙问我："怎么样，探到什么没有？"

我点了点头，用手帕擦了额头冒出的冷汗，忙回她们："原来那个东方信并不知道我是女儿身。刚才好险，差点让欧阳天域识破我的身份。"

天香眼含惊诧之色，大叫："什么，皇帝哥哥又折回醉红楼了，他不是回宫了吗？"

"我也不知道他为什么会返回醉红楼，还好我想到脱身之计，我怕再待下去，他会发现是我伪装成素素的。"

我拍着自己的胸，大舒了一口气，霜霜笑了笑，"既然已得到想要的答案，我们赶紧回去吧，万一皇上从醉红楼出来，又到状元府，到时没发现我们，才会露馅呢。趁他还没离开醉红楼，快走吧。"

我们刚到府，才换好衣服，就听到外面有人叫："皇上与李公子来了，正在大厅等驸马爷。"

我赶紧来到大厅，看到他二人，忙问"李公子不是在醉红楼吗？为什么与皇上一起来府上。"

欧阳天域笑着解释："朕本想回宫的，可是忍不住心中的好奇，又折返醉红楼，没想到刚巧碰上素素姑娘弹曲。素素姑娘离开后，朕担心天香，就来这看望下。"

"天香一切安好，只是还在睡。皇上要不要去她房里看一下？"我连忙询问。

"不必了，既然天香安好，天色也已晚，朕要回宫了。李爱卿，你也早点休息。李公子不走吗？"

我这时插口："想必李公子很是担心天香，不如进屋看一下天香再走？臣先送皇上出府。"

欧阳天域点了点头，我示意李兆庭去天香房中，李兆庭点了一下头，向欧阳天域行了礼后，就向天香卧房走去。

我送欧阳天域来到府门外，欧阳天域一脸好奇地打量着我，还把手放在我眼下，然后说了一句："越看你越像朕今晚所见到的素素姑娘。"

“皇上，看您说的，臣怎么会是素素姑娘呢？想必是皇上眼花了，将她看成臣了。”我胡乱找个理由搪塞欧阳天域。

欧阳天域笑了笑，深看我一眼，转身离开。

我看着他走远后，才摸了摸狂跳的心，感到背后有凉意，原来背上的衣服全被冷汗打湿了。

我来到天香屋中，看到李兆庭正与天香和霜霜坐在椅子上喝着茶等我。

我走到他们面前，抢过天香手中的茶杯，一口将茶水喝干，长长喘了一口气，笑着说：“天香，不好意思，我是紧张过度，太过口渴了。”

天香忙笑着说：“没关系，反正那杯茶我也没喝过。皇帝哥哥终于走了？”

我点了点头，坐下便问：“你们几时离开的醉红楼？”

李兆庭笑着回我：“你有所不知，你离去后，他们还在谈论着你。”

“谈论着我，为什么会谈论着我？”我不解地问。

“是这样的，皇上开玩笑说东方大人看上素素姑娘了，提议让他迎娶素素姑娘为妻，我也看出东方大人好像真的对素素姑娘一见钟情。”

李兆庭看着我笑，我忙问不会只是谈论这些吧。

李兆庭摇了摇头，接着将谈论的话，原原本本告诉了我。

原来东方信也觉得素素像我，怪不得会引起欧阳天域的怀疑。

“什么，你说东方信对素素姑娘一见钟情，是不是真的？霜霜，我就说驸马此去必定迷住东方信，你看灵验了吧。”

天香的声音传入我的耳中，打断了我思绪。

我抬头望向天香，嗔怪一句：“你这乌鸦嘴，好的不灵，坏的灵。”

“什么叫好的不灵，坏的灵！我的夫君可是人见人爱，我做娘子的高兴还来不及呢，霜霜，你说对吧。”天香取笑我。

霜霜开口问我：“那接下来该如何做，我想东方信还会去醉红楼找素素，到时你不出现，该编什么样的借口。”

“这个我早想好了，我还会露个几次面，等东方信再来时，就让老鸨说我已远走异乡了，再也不会回来了，时间久了，东方信就会忘了素素姑娘的。”

我笑着说出早已想好的脱身之计。

“要是他没忘，怎么办？要是他不停追问老鸨，你的下落，怎么办？”天香不赞同地又问。

我自信地说：“反正老鸨也不知道我去哪了，所以东方信不可能追问出答案。”

“你还真狠，这种招数都想得出来。看来这世间又要多一个痴情种了。”天香又开玩笑地说。

“你呀，唯恐天下不乱。三日后，霜霜就要进宫，我们也该为她庆贺一下。不如明晚我们去天下第一楼。”我笑着提议。

天香向霜霜揖首一拜：“好呀，未来的皇嫂，小妹向你请安了。”

霜霜看着天香这样，张口便笑：“天香，你太逗了。不如李公子明晚也来天下第一楼吧。”

李兆庭点了点头，向我们告辞后，便离开了状元府。

夜深人静，我坐在书房，看着书，脑中却是想着还在天山治伤的慕容。

他到天山已有很长一段时间了，一直没有他的消息，让人捎去天山的信也有好几封了，却不见回音。

难道说慕容出事了，风流云他们为了不想我伤心，所以才没有捎信给我？

我越想越不对，走到窗前，望着天上闪烁的星星，双手合十，将眼闭上，对着天祈祷：祈愿苍天保佑天霖能逢凶化吉，早日回到我的身边。

第二日清早，我在宫门口，看到东方信，忙问：“听说东方大人昨晚见到素素姑娘了，你说一下这素素姑娘是不是和同画像上的人相似啊？”

东方信点了点头，并没有作声，接着穿过了宫门向大殿走去。

我跟在他身后，暗笑一声：这次倒是没看到我就冷言冷语的。

不过看他这样，好像真如李兆庭所说，迷上素素姑娘了，看来得快点实施我的计划，不要让东方信陷得太深才是。

“你一个人在宫门口自言自语说着什么，早朝就要开始了，你不怕晚了吗？”

我耳中飘进一个熟悉的声音，转过头一看，原来是宇文化。

我随即一笑：“没说什么，一起进去吧。”

第九章　爱情好像水晶

【36】

大殿之上，早已分列着百官。

太监高叫一声：“皇上驾到！”

大殿上的百官齐刷刷地跪下，三呼万岁。

“各位爱卿平身吧，今日有何事要奏？”欧阳天域开口笑问。

东方信站出来，低头禀报：“启禀皇上，再过两日就是皇上的大婚之期，是不是要大赦天下？”

“东方爱卿，你不说，朕还把这事给忘了，你就拟一道圣旨，然后宣告天下，各地牢狱之中的囚犯，在大婚之日全部放出，撤销他们所犯之罪。”

“臣领旨。皇上的大婚不是由李大人所负责吗，不知李大人筹备得如何？”东方信又问。

欧阳天域刚想开口说话，我站出来，回禀：“启禀皇上，臣已在加紧筹备皇上的大婚，到时给皇上一个满意安排。至于皇上昨日提到由其他人来办理此事，臣想了想还是不要交于他人办理，因为明霜公主现居于状元府，理应由臣一力承担才是。”

“那好吧，就有劳李爱卿了。天香公主睡醒后，身体还好吧？”欧阳天域一脸关心地询问。

“多谢皇上的关心，天香公主身体已无大碍，请皇上不要过于担心，还有请皇上这两天好生休养，大婚的时候，肯定会累着皇上的。”我低着头回禀。

“要累也是累着李爱卿，朕有何可累的，倒是你，要保重身体，不要累出病才是。”

“臣再次谢过皇上的关心。”

东方信又开口上禀：“皇上，臣想协助李大人一起筹备大婚之事，以减轻李大人的负担，望皇上恩准。”

欧阳天域听后大喜，忙说：“那好呀，李爱卿，东方爱卿这么有心，你就与他一同

负责大婚所有事项吧。"

"臣领旨。"

虽然我心中不愿意与东方信一起筹备婚礼，但是皇上已开口，我只得遵命。

下朝之后，在宫门口，我看到东方信，笑问："你之前不是很反对皇上立明霜公主为后的吗，现在为何又要协助我筹备大婚？"

"此一时彼一时，难道说李大人不欢迎吗？"东方信笑着反问。

我实在猜不出这东方信的葫芦里卖的究竟是什么药，但既然欧阳天域已应承让东方信与我一同操办大婚的事，那这两日就好好合作，不要误了欧阳天域与霜霜的大婚才是。

站在我身旁的宇文化笑着说："这样才对嘛。想我们三人一同参加科考，一同参加殿试，还同时被皇上封官，这样的缘分，就算修几辈子也修不到啊！所以呀，从今以后，东方兄不要再对李兄说出'从此以后不再是朋友'这样的话。"

东方信随即回笑："我那时只是被谎言所蒙蔽，以至于伤了我与李兄之间的兄弟之情，还望李兄不要见怪才是。"

我看着眼前判若两人的东方信，不知道该不该相信他的话。

"李兄还在生我的气吗？不如这样可好，我今日做东去醉红楼，你也可以见一见素素姑娘，弥补你昨日的遗憾。"东方信笑着提议。

宇文化惊叫一声："东方兄，你不是从不去青楼的吗，为何昨日去了醉红楼？那个素素姑娘是谁，我怎么没听说过醉红楼有叫这个名字的姑娘。"

我开玩笑地说："原来宇文兄经常去醉红楼，是不是有相好的姑娘呀？"

宇文化脸一红，连忙解释："李兄，又取笑我，我才没有经常去醉红楼呢，也没有相好的姑娘。"

东方信这时开口："李兄，你还没有回答我，愿不愿赏脸同去醉红楼。"

我一时没了主意，如果去，他们怎么会见到素素姑娘，我就是素素姑娘，如果不去，如何能得知这东方信所说的话是真是假。

宇文化看我与东方信都愣着不说话，忙帮我解围："东方兄，你也真是的，李兄已成亲，如果去醉红楼，被天香公主知道，还不揪掉李兄的耳朵。"

我听到宇文化开玩笑的话，计上心来，说："东方兄，我本来是有心去，但是你也知道昨日天香公主落水的事，所以我得赶回府照料天香公主，不如下次由我做东去醉红楼如何？"

"那好吧，你赶紧回去看一看天香公主。"

东方信点了点头，我装着急匆匆的样子向着状元府走去。

虽然我没陪他去成醉红楼，但是后来，我听到老鸨报信说，东方信与宇文化知道

素素去塞外后，就再也没去醉红楼找过素素。

我心中的大石终于落下，安心与东方信一起筹备大婚的事，经过紧张的筹备后，大婚如期举行。

大婚当日，宫中彩灯高挂，到处满是大红的颜色，而状元府也是张灯结彩，因为作为霜霜出嫁的临时娘家，当然也是要喜庆一下的。

我来到霜霜的卧房前，在门外对她说："我先进宫了，你可要好好打扮一下，今日可是你大喜的日子。"

天香在屋内，高兴地回我："夫君，等霜霜姐打扮妥当，我再进宫找你。"

我听到此话，转身走出了驸马府，在宫门口便遇到了东方信。我笑着问："东方兄，来得好早。"

东方信也回笑一声，"李兄还不是一样的，虽说万事已备妥，但我还是担心大婚出差错，所以提早进宫。"

"我也是这个意思，我们一同进宫吧。"

我先行一步走进宫门，而身后的东方信，看着我的背影，问了一句："刚才看李兄的背影，好像很眼熟。"

我转过身一笑："当然眼熟了，我们同朝为官这么久，能不眼熟吗？"

"我说的眼熟，是指你的背影好像另一个人，但是这个人我一时想不起来是谁了。"东方信摇着头回我。

"想不起来，就不要想了。快走吧。"

东方信点了点头，跟着我向宫内走去。

宫中大殿上，早已站满了百官，而黑水国也派出了黑水明皇作为代表献上最诚挚的祝福。

我看到黑水明皇出现在大殿之上，走上前去，笑问："你怎么没带太子妃一起来？"

黑水明皇看着我笑："她快临盆了，不宜长途跋涉，所以没带她来。"

"算算日子，也该生了，到时，我可要给刚出生的小太子一个特别的礼物。"

"你怎么知道是男的，万一是女的呢？"

"不管是男是女的，我的礼物都是有用的。"

太监站在皇座旁大声叫："大婚典礼正式开始，有请皇上。"

随着这声音，我与百官都跪在地上等着欧阳天域现身。

欧阳天域缓缓走进大殿，向着龙椅走去。

待他坐在龙椅上之后，对着跪在地上的百官笑了一声："平身。"

我们听到这话，齐齐站了起来。

欧阳天域紧接着转头问近侍太监："皇后到了没有？"

"启禀皇上，皇后马上就到。"

欧阳天域点了点头，对着百官笑着说："今日是册封皇后的大喜日子，朕非常的开心，朕要感谢各国来祝贺的使臣。"

这时，只听到外面太监高叫："皇后娘娘驾到。"

我们又跪下，只见一位蒙着红纱的女子，在宫女的搀扶下，缓缓走进了大殿，径直走向坐在龙椅之上的欧阳天域。

欧阳天域此时已起身伸出手，等着霜霜的来到，霜霜被挽扶着走上高阶，来到欧阳天域的面前，宫女将霜霜的手交到欧阳天域的手上。

欧阳天域拉着她转向百官，示意身旁太监念圣旨。

太监会意后，拿出圣旨，展开宣读："奉天承运，皇帝诏曰：黑水国明霜公主，出身皇室，贤良淑德，蕙质兰心，特册封为天域国皇后，钦此。"

殿上百官大声叫道："皇上英明，万岁，万岁，万万岁！皇后贤良，千岁，千岁，千千岁！"

欧阳天域对着百官摆了摆手："各位爱卿平身。"

百官起身，太监又叫："请皇上揭去皇后头上红纱。"

欧阳天域面对着霜霜，轻轻地揭去了盖在霜霜头上的红纱，一张艳而不俗的容颜展现在他的眼前。

霜霜跪下柔柔地谢恩，"臣妾明霜领旨谢恩。皇上万岁，万岁，万万岁！"

欧阳天域轻轻扶起明霜，一脸温柔地笑："爱妃免礼，随朕前往御花园。"

霜霜点了点头，欧阳天域拉着她的手在太监宫女的簇拥下向着御花园走去。

此时的御花园已被布置得喜气洋洋，欧阳天域牵着霜霜的手走到了正中的王座上，而跟在身后的我们也一一入席。

【37】

大婚的晚宴正式开始，我们边喝着酒边欣赏着歌舞。我看到霜霜不时将菜夹到欧阳天域的碗中，而他们身旁的后宫嫔妃眼中都带着嫉恨之意。

唯独只有东方玉的眼中并没有嫉意，这个发现让我感到很惊讶。

坐在我身旁的天香笑着说："你看霜霜姐姐与皇帝哥哥在一起多好呀，我还看到皇帝哥哥夹菜喂霜霜姐呢。"

我笑了笑，调侃一声："是不是也要为夫夹菜喂你呀。"

天香轻打了我一下："你只会取笑我，我只是在说皇帝哥哥与霜霜姐，怎么又扯到我身上来了？"

我继续笑天香："我知道了，你是希望某个人夹菜喂你，对不对？"

天香听出我的言外之意，羞得满脸通红。

坐在我身旁的黑水明皇好奇地问："为何天香公主的脸如此红？"

我笑了笑回他："她酒喝得太多了。"

近侍太监高叫一声，"各国礼物呈上，请皇上过目。"

欧阳天域坐在王座上看着一件件礼物从他眼前飞过，当最后一个装着一枚玉佩的锦盒经过他眼前时，他脸色微变，忙叫："等一下，拿近点让朕看一下。"

一名太监将锦盒递到欧阳天域的手上，欧阳天域接过锦盒，拿出那枚玉佩，仔细看了一眼，脸色大变，怒问："这是谁送的？"

我看到皇上一脸怒火，不知道这枚玉佩有何不妥之处。

霜霜也用眼望着一脸怒气的欧阳天域，忙问："这玉佩并无不妥之处，为何皇上会如此动怒。"

太监吓得跪在地上，哆嗦地回话："不知是谁送的，礼品清单上也没有此项物品，所以不知道这物品怎么会出现在贺礼中。"

"你是干什么的？既然清单上没有这件礼品，那为何它会出现在朕的面前？事先你没有一一查证吗？来人，将这个没用的东西拉出去斩了。"

那太监赶紧磕头求饶："皇上，饶命呀，奴才按照清单清查过贺礼，当时真的没有这件礼品。"

我不明白为何一枚小小的玉佩会让欧阳天域勃然大怒。

我起身走到欧阳天域的面前，跪下："皇上请息怒，不知是何原因使皇上不开心，但是如此草率地处理一个人，臣以为有些欠妥。请皇上看在今日是大婚之日，不宜见血光，放过此人。"

霜霜也欠身跪下，恳求欧阳天域："皇上，李大人说得不错，请皇上息怒，暂时将此人收押在天牢，等过了今日再作处理。"

欧阳天域扶起她，语气稍显平缓："李爱卿也平身吧。来人，先将这奴才收押天牢，待过了今日再行论处。"

那名太监被拉着出了御花园，欧阳天域龙目含威，扫了一眼在座众人。

"没事，继续吧。"

霜霜倒了一杯酒递到欧阳天域手上，含笑如花，娇羞一声："皇上，这酒甘醇，请喝下这杯酒，也喝下臣妾对你的一片心意。"

欧阳天域接过酒后，浅饮低尝，对着笑靥如花的霜霜，温和地说："爱妃这杯酒当真甘醇，你也喝一杯吧。"

我转身欲向我的位置走去时，看到霜霜给我递了一个眼色。

我会意一笑，向着欧阳天域低头进言："启禀皇上，今日是皇上与明霜公主大喜之日，臣想送上一首诗与一首曲以助兴。"

"好呀，李爱卿文采风流，妙音天下闻，当然得留下一首诗与一首曲子，李爱卿是先送上诗呢，还是先送上曲？"欧阳天域看着我笑问。

"当然是先有诗再有曲。"

我走到自己的座位上，从桌上端起一杯酒，踱着步子，吟道：

今夜星辰今夜风，画楼西畔桂堂东。
身无彩凤双飞翼，心有灵犀一点通。

念完之后，我喝下杯中酒，对着欧阳天域与霜霜道喜："臣恭祝皇上与皇后百年好合，心有灵犀一点通。"

霜霜对我笑了笑，欧阳天域拍手叫好："好诗，李爱卿接下来的曲子又会是怎样呢？"

我笑了笑，走到琴边，双手拨动琴弦，一首清新舒爽的曲子在我的指下飞出，我笑着抬起头唱道：

看你的眼睛写着诗句，
有时候狂野，有时候神秘。
随你的心情左右而行，
脚步乱了，但是心甘如饴。
爱一个人常常很小心，
仿佛手中捧着水晶。
爱一个人有缤纷心情，
看世界仿佛都透过水晶。
我和你的爱情好像水晶，
没有负担秘密，干净又透明。
我给你的爱是美丽水晶，
独特光芒光辉你我心底。

一首《水晶》和着月光，迎着清风，回荡在御花园里每个人的耳中。

"皇上，皇后，希望你们之间的爱也像水晶一样历久弥新。"

霜霜起身走到我的面前，对我莞尔一笑："本宫希望这首曲子也能祝你得到幸福。"

欧阳天域笑着说："李爱卿，好曲，朕敬你一杯。"

我笑着接过他手上的酒杯，一饮而尽。

回到自己的座位上坐下后，天香看着我："夫君，你又想起慕容将军了？"

我摇了摇头，极力掩饰我内心的真实想法："没有，只是一首祝福的曲子。"

酒宴没过多久就结束了，我被欧阳天域召至御书房。

欧阳天域从椅子上起身走到我面前，一脸笑意："朕倒宁愿今日是你与朕大喜的日子。"

"皇上，此话怎讲，难道说你有慕容的消息了？"我故意装出不解他意的样子，提到慕容。

欧阳天域放开紧拉住我的手，背过身："不是，朕只是想让你查这玉佩之事。"

"这玉佩之事是何事？"

"你想不想听一个故事？"

欧阳天域转过身，眼中带着深深的哀思，示意我坐下。

我点了点头，坐在椅子上，等着欧阳天域开口。

欧阳天域缓缓地向我讲述着一个发生在天域皇宫里的爱情悲歌。

"天域国的上一代国君，非常宠爱自己的皇后，而这个皇后曾是天域国最美，也是最贤良的皇后，那个玉佩就是他们之间的定情之物。"

"定情之物上一代君王不就是你的……"我话还没有说完。

欧阳天域又说："但他们却被人所害，害死朕父皇母后之人，朕继位后查了许久都没有查出，而这枚玉佩也不知下落。所以朕今日看到这枚玉佩才会如此震怒。你要暗中调查，朕不想有第三人知道此事。"

我一脸的不解问："皇上，臣不明白，你怎么断定先皇与先后是被人害死的？臣曾听慕容提过，他们病死的时候，你还年幼，而天香公主尚在襁褓中。"

欧阳天域解释着："那只是掩人耳目的说法，太医验出父皇与母后是被人用毒害死的。此毒无色无味，不易被察觉，而且是累积到一定时候才会发作。一直以来，朕都为无法查出谁是害死父皇与母后而耿耿于怀。此事，天香也并不知情，所以不要在她面前提及，朕不想让她知道父皇母后是被他人所害。"

"皇上，你之前调查过此事，可有什么发现？"我又问。

"没有什么发现，但是还是查出母后未进宫之前，与东方胜从小在一块长大，两家也是世交。"

"什么？与东方胜一起长大，两家还是世交？那你有没有问过东方胜呢？"我惊诧地再问。

欧阳天域喝了一口茶，淡淡地说："曾经问过，也曾怀疑过是东方胜，但是东方胜的回答是，虽然他与母后一块长大，但后来他举家迁入京城后，就与母后失去了联系，

直到母后进宫被立为皇后，才得以见面。”

我低头揖首：“那臣会从东方胜这条线上查起，希望能有所发现。臣就不打扰皇上的洞房花烛之夜了，先行告退。”

欧阳天域摆了一下手：“李爱卿，今日你也累坏了，早点回去休息吧，如果查出什么，直接向朕禀报。”

“能不能将那枚玉佩交给臣，臣想从这玉佩查起。”

拿到玉佩后，我退出了御书房。

翌日，我将破军叫来，吩咐他去东方胜的老家走一趟，了解一下东方胜以前的情况，还有就是与他家交好的人家也查一下。

破军问我：“为什么要查东方胜，他不是疯了吗？”

“你不用问这么多，去查就是了，越详细越好。”

我没有解释为什么，破军点了点头，转身走出了书房。

我在书房内拿着玉佩，不停地想着一个问题：为什么这块玉佩会出现在贺礼中，是想用玉佩警告皇上，还是想提醒皇上？

天香走了进来，面带娇笑，“夫君，你陪我进宫一趟，我想去看一看霜霜姐姐。”

“霜霜刚走，就觉得闷了？走吧，我也想去看一看霜霜。”

天香拉着我向着府外走去，刚到府门口就碰到黑水明皇。

“太子殿下是来找我的吗？”

黑水明皇点了点头：“是来与你辞行的，刚接到信，说香琦快生了，让我赶紧回去。”

我笑了笑：“那是好事呀，对了，我正要与天香进宫见皇后，不如你跟我一起进宫向皇后辞行吧。”

黑水明皇点了点头，随后我们三人上了马车，来到了皇宫。

【38】

待我们看到霜霜时，天香取笑着说：“看姐姐气色不错，我想是因为皇帝哥哥的原因。”

霜霜笑了笑，眼神有点恍惚：“天香，你一来就要取笑姐姐吗？太子哥哥，你也来了？”

“这次进宫是来向妹妹辞行的，哥哥想今日起程回黑水国。”

“为什么走得这么急，不多留几天。”明霜不解地问。

我笑着说：“他哪有心思多留几天啊！香琦就要生了，他的心早飞回黑水国了。”

“太子哥哥，是真的？香琦就要生了？”

黑水明皇对着明霜点了点头："希望妹妹与李大人能到黑水国参加皇儿的百日诞。"

"那是一定的，到时候我还要送件特别的礼物给我未来的学生呢。"我忙笑道。

"太子哥哥，那到时你可要来信通知我们。"明霜也笑着点头说。

欧阳天域走了进来，笑问："何事这么高兴呀？"

天香高兴地回了一句："皇帝哥哥，小妹与夫君还有皇嫂正在谈论太子就要做爹的事。"

"原来是这么一回事，对了，香琦几时会临盆？"欧阳天域忙问。

"就这几日吧，所以我来向小妹辞行。"

欧阳天域这时走到霜霜的身旁，拉着她的手，笑着对黑水明皇说："朕与皇后会到黑水国贺喜的。"

我看着欧阳天域与霜霜虽牵着手，可是脸上却未表现出很亲近的样子，觉得有些别扭，准备待欧阳天域走后，好好问一问霜霜。

"李爱卿，你待会儿到御书房来见朕，朕有要事相商。"欧阳天域一脸严肃地对我说道。

我拱手道："臣遵旨。"

当我抬起头来时，看到霜霜看着我的眼中有丝奇怪的神色，很快就恢复了正常，明霜这样的举动让我更加想问个清楚。

欧阳天域与黑水明皇先后出了寝宫，然后我故意支走了天香。

"皇后，你是不是有心事，不妨说给我听一听。"

霜霜摇了摇头，强装笑脸："没有什么心事，本宫还要谢谢你。"

我起身走到她面前故意问："谢臣什么？"

"谢你让本宫进宫服侍皇上呀。"

我又走回到椅子坐下，笑了笑："原来是谢臣这个，不过臣心中有一疑惑想问一下皇后。"

"李大人，有什么事请问吧？"

"臣刚才看到皇上与皇后好像有点貌合神离，所以想问一下皇后，你与皇上之间发生了什么事，希望皇后能明示。"我直言不讳地问。

"本宫与皇上之间能发生什么事？李大人你是不是看错了？"霜霜极力掩饰着脸上的慌乱。

我站起身，走到她面前，再一次问道："我现在以一个好姐妹的身份问你，是不是皇上对你不好？当初让你进宫时，我曾说过，如果你遇到什么困难，一定要告诉我，虽然我不能帮上什么大忙，但是也不是一点用也没有的。所以请霜霜说实话。"

霜霜这时再也忍不住心中的悲伤，双眼泛红，对我轻声说："皇上他昨日酒醉之后

将我误认为你，与我……”

我已明白发生了什么事，随后又问：“那后来又怎么样了。”

霜霜接着一边哭，一边委屈地讲述着大婚当晚所发生的事。

那晚欧阳天域从御书房出来后，并未至寝宫，而是在御花园中独自一人饮着酒，想着今晚我所唱之曲，举着杯大笑：“李爱卿，祝你幸福，也祝朕幸福。”

在皇上寝宫之中的霜霜见欧阳天域还未回到寝宫非常担心。

当她得知欧阳天域在御花园，就带着几个宫女太监赶往御花园。

到了御花园，看到醉倒在桌上的欧阳天域，霜霜吩咐宫女太监将欧阳天域架回寝宫。

回到寝宫后，霜霜亲自照顾酒醉中的欧阳天域。

当她用沾了冷水的手帕替欧阳天域擦拭额头的时候，听到欧阳天域不停地叫：“素贞，素贞！”

霜霜的双眼立刻溢满了泪水，一边哭，一边继续用手帕擦拭着欧阳天域。

欧阳天域突然睁开眼，紧紧抓住了她的手，伤心带怒地问：“素贞，你为什么不做朕的皇后？朕不想要其他人做朕的皇后，你到底为什么不愿意做朕的皇后？”

“因为素贞心中已有人了，所以不能做你的皇后。”

霜霜不忍心看着欧阳天域这么痛苦，说话安慰着他。

“朕知道那个人是慕容天霖。为什么你选择他，就是不选择朕呢？为什么先遇见的人，却是错的人呢？”

欧阳天域脸上已呈现痛苦之色，霜霜强忍着自己心中的悲伤，继续用话安慰他：“皇上，两情相悦，并不分先来后到，你与素贞只是有缘相遇，但却是无缘相守。”

欧阳天域松开抓紧霜霜的手，闭着眼轻轻将霜霜紧紧抱在怀中，低沉而悲伤地反问了一句：“为什么无缘相守，你告诉我为什么，素贞？”

他一边说，一边将嘴印上了霜霜的唇，而手也不停地撕扯着霜霜的衣服。

霜霜此时才反应过来，挣扎着：“皇上，你喝醉了，早点休息吧。”

霜霜挣脱后，将欧阳天域轻轻放倒在床上，但是欧阳天域将她拉倒在床上，翻身压在霜霜的身上，睁着迷蒙的眼，对着霜霜不停地说着：“素贞，朕不会放你走的。朕喜欢你，朕爱你，朕要得到你。”

霜霜苦苦地挣扎，但是欧阳天域喝醉酒后力气相当大，她刚挣脱的手又被欧阳天域压制住。欧阳天域嘴上不停地叫着：“素贞，朕不会负你的。朕虽然不能废弃后宫，但朕以后只会停留在你的身边。”

霜霜放弃了挣扎，眼角滑下一滴泪水，默默对自己说：“也许不能拥有你的心，但我想先拥有你的人。”

欧阳天域发现身下的人不再挣扎，他满脸带笑，对着霜霜好言相哄：“朕不会伤到你，

朕以后会好好待你。”

欧阳天域与霜霜缠绵了一夜，当东方露白时，欧阳天域按着头努力睁开眼睛。

当他的余光看到睡在身边的人时，脸色大变，怒问："为什么你睡在朕的身边。"

霜霜被惊醒，翻身睁着惺忪的眼，突然看到一张怒容正对着她，她睁大了眼，叫道："皇上！"

欧阳天域一脸怒气地又问："朕问你，你为何睡在朕的床上。"

"皇上，臣妾昨晚见你醉倒在御花园中，所以命人将你带回寝宫，而后……"

还没等霜霜说完，欧阳天域讥讽地说："而后就趁朕酒醉，让朕与你圆房是吗？没看出明霜公主的手段颇高，当初你是怎么答应朕的？朕说过会让你成为皇后，但是不会与你同房。你以为这样做，朕就会爱上你吗？你别做梦了！来人，更衣。"

霜霜听着欧阳天域绝情的话语，眼泪忍不住掉了下来，为了维护受伤的自尊，怒视欧阳天域，声声带刺，夹枪带炮："对，这就是臣妾的手段。如果你认为臣妾做错了，你就废了臣妾这个皇后，然后打入冷宫，这样对你对臣妾都好不是吗？你当初所说的话，臣妾没有忘，但是那跟打入冷宫又有何分别？臣妾请求皇上将臣妾打入冷宫。"

欧阳天域转过身，眼含嘲弄之色，阴冷地一笑，口中蹦出句句伤人的话："朕不会将你打入冷宫。朕曾答应过李爱卿要立你为后，要与你相敬如宾，所以今日之事，朕也不会计较。但是朕提醒你，不要再耍什么花样，朕的好皇后。"

听着欧阳天域冷嘲热讽的话，霜霜整个心已冰凉如水，她苦笑了一声："皇上，如你所愿，臣妾不会再出现在你面前，如果没有特别的事，臣妾想沐浴了。"

欧阳天域鼻中冷哼一声，甩了甩袖子，转身走出了寝宫，走时留下一句话："这个寝宫就是你的了。"

霜霜艰难地爬起身，感到身下一阵痛，揭开被子一看，原来白色的床单上有斑斑血迹，那象征她白玉无瑕的身子已染尘。

她冷笑了一声，叫着外面宫女："来人，为本宫准备水，本宫想沐浴。"

宫女们准备好水后，对着霜霜禀道："皇后娘娘，水已准备好，让奴婢们为您更衣沐浴。"

霜霜摇了摇头，让她们都退下，自己脱下身上的衣物，走进了浴桶中。

泡在热水中的霜霜，想着刚才欧阳天域的话，又垂泪不止。

我听完之后，满脸含着怒气，劝着霜霜："霜霜不要再哭了，我这就去找皇上理论去。"

我气愤自己不应该让霜霜进宫，霜霜如果不进宫，也不会受到如此污辱。

霜霜忙拉住我，摇了摇头，眼含泪："不要，这是我自己选的路，怪不得谁，只能怪自己。"

看着霜霜哭红的双眼，我心中有一万个对不起想对霜霜说，但是却没说出口，我

便离开了皇后的寝宫来到了御书房。

我见到欧阳天域开口便问：“不知皇上找臣什么事？皇上正值新婚，理应多陪陪皇后才是。”

欧阳天域没想我第一句话对他说这个，脸霎时变得很难看。

我看着欧阳天域一脸的不悦，知道他心里不高兴，随即笑着说：“皇上，你还没说找臣有何事呢！”

欧阳天域的脸即时换上严肃之色：“是关于那天交代的事，你查得怎么样？”

“皇上，臣已派人去查了，应该过不了多久就会有消息。如果没有其他事，臣先告退了。”

欧阳天域望着我，忽然发火怒问：“李爱卿，你就那么讨厌见到朕吗？跟朕独处真让你有那么烦？”

我心想：我还一肚子火呢，你倒先发起火来。我按下心中的怒气，一脸带笑地回他话：“皇上，您言重了。臣不是想早日查出玉佩的事吗？”

“真是这个原因吗？恐怕是皇后对你说过什么，对不对？”

“皇后对臣并没有说什么，只是说让臣多为皇上分忧。”

我没有将霜霜对我所说的话告诉欧阳天域，我不想让她跟欧阳天域势成水火。

欧阳天域眼中厉色已现，语带威胁：“皇后倒是挺关心朕的，朕知道你与皇后交情匪浅，所以你当初让朕答应之事，朕会遵守，而你答应朕的事也不能失信，如果失信，你知道后果是怎样的。”

我拱手便笑：“皇上，臣怎么会失信于皇上呢？再说皇上与皇后能结为秦晋之好，也是臣一手促成的，所以臣会为了皇后遵守与皇上的约定。不过皇上，皇后刚进宫，希望皇上多陪陪她。”

欧阳天域强硬地打断我的话：“李爱卿，皇后的事，你就不用操心了，现在你要将精力放在玉佩上，帮朕尽快查出实情。你退下吧。”

“皇上，臣就此告退。”

我行完礼后转身走出了御书房，来到了御花园，正好看到天香与霜霜在园中扑蝶。

我走到她们面前，对着天香笑：“天香，我们该回去了。”

天香笑了笑：“你见完皇帝哥哥了？那好，我们现在就回去。”

天香转过头对着霜霜顽皮的一笑：“皇嫂，天香改天来看你，还有祝你与皇帝哥哥幸福。”

霜霜笑了笑，没有说话，我笑着说道：“两个人相处，日久见人心，霜霜，我也祝你与皇上幸福。”

霜霜点了点头，随后我与天香离开了御花园。

【39】

我坐在书房内，想着霜霜今日所说的话，很担心她在宫中的处境。

欧阳天域的话也让我陷入困境中，究竟送这玉佩的人想告诉他什么？先皇与先后的死究竟与这玉佩有何关系？

破军去东方胜的老家调查至今还没有回来，不知道他能带回什么好消息。

状元府内，我接到圣旨宣我进宫，我穿戴好官服，急忙向皇宫走去。

来至御书房，见欧阳天域一脸笑意地拿着一张邀请帖走到我面前，我打开一看，原来是邀请欧阳天域与霜霜去黑水国出席龙子的百日诞。

欧阳天域坐在龙椅上笑着说："李爱卿，黑水明皇发出邀请帖，让朕去参加龙子百日诞。宣你进宫，就是商议此事。"

"不知此事皇上告诉皇后没有？"我低着头问。

"朕还没有告诉她。最近她忙于后宫的事，朕也很少见到她。"欧阳天域笑着说。

我抬起头，语含赞许之意："臣也听说了皇后改革后宫的举措。臣认为皇后的举措相当好。有皇后替皇上管理后宫，皇上应该省心多了。"

欧阳天域看着我，脸色有异："皇后确实帮朕解决了后宫的诸多问题，只是皇后此举恐怕会引来非议。"

"会引来非议？这倒是臣没想到的，不知这非议从何而来？"我不解地问。

欧阳天域言明问题的实质："因为后宫中的嫔妃大多来自官宦之家，如果遣散这些嫔妃回家，那这些官宦之家没有了皇亲，还不心中有怨？况且这些官宦之家的男子多是在朝为官之人，朝堂之上也会引来诸多反对的声音的。你不是也曾说过，朕的后宫是朕平衡朝堂上势力的有力砝码吗？"。

我很乐观地为欧阳天域分析："皇上，话是这样说不错，但是那些官宦之家难道真的因为有女儿在宫中，而达到了'一人得道，鸡犬升天'吗？臣想这不太现实，所以即使有反对的声音，但是过不了多久，他们自然会明白此中道理。"

"李爱卿说得也有理，但是如何平息这些反对的声音呢？"欧阳天域又问。

我一脸自信地看着欧阳天域："皇上，任何革新都会引来反对的声音，但是如果真的是对国家利大于弊，臣认为就算有反对声，也应该实行下去。臣会在上早朝时提到此事，讲出皇后实行此措施的深意，希望百官听了后，能明白皇后的一番苦心以及皇上想让天域国越来越富强的决心。"

"那就有劳李爱卿了。参加百日诞的贺礼就由你来准备，三日后，朕和皇后将启程

黑水国。”

“臣领旨，臣先行告退。”

我行了礼刚想走，欧阳天域走到我面前，笑着提醒：“听说，风爱卿与明雪公主也会来参加，你到时可以问一下他们，慕容现在情形如何了。”

“真的吗？皇上，风大人与明雪公主也会来？太好了，谢谢皇上，臣这就去准备贺礼。”

我高兴地出了御书房，没理会身后那一声叹息声。

三日后，欧阳天域、霜霜和我在一队人马的护送下向着黑水国行进。

到了黑水国后，我们直奔太子寝宫。

黑水明皇笑着说：“你们来了，快来看一看龙子。”

我与霜霜走到摇篮边，看着篮中的小婴儿，他正甜甜地睡着，粉嫩的皮肤，小巧的嘴就像香琦一样，但脸形却像极了黑水明皇。

我摸着婴儿的小胳膊，笑着说：“你看，这孩子长得真好看，完全遗传了爹娘的优点，长大后一定迷倒不少女子。”

明霜点了点头，笑着问：“太子哥哥，有没有取名字？”

黑水明皇摇了摇头，香琦这时开口：“太子哥哥说等李大人来了，让李大人取。”

欧阳天域这时走上前去，看了一眼孩子，笑赞：“太子好福气，不知朕何时能有自己的皇儿。”

我笑着说：“那就要看皇上与皇后两人努不努力了，也许明年这个时候，皇后也会为您生下龙子呢。”

明霜听到我这样说，打了我一下，娇嗔：“你眼中还有皇上与皇后吗？竟然开这样的玩笑。”

欧阳天域此时笑着说：“借李爱卿吉言。”

我转过头，又问：“听说风流云与明雪公主也会来，不知道到了没有？”

黑水明皇笑了笑：“刚接到信说快到了，而且还会带着明雪刚生的孩子来。”

我听后惊叫：“什么，明雪也生了，为什么呀，他们可是比你们晚成亲的。这也太快了。”

香琦笑着说：“我也不知道，据说是早产，幸好母子都平安。”

香琦这时问我：“怎么没看到天香公主？”

我笑了笑：“本来天香公主要随我前来的，哪知她患了风寒，不能前来，不过她让我给龙子带了礼物来。”

香琦这时紧张地问：“那严不严重？”

欧阳天域接口："太子妃不用担心，不碍事。"

"那就好，对了，明日就是百日诞，到时，香琦可是要听一听李大人的妙音，好久都没有听到李大人的妙音了，真是想念得很。"

香琦倚在黑水明皇怀中，我笑了笑："那好呀，反正送给徒弟的礼物就是一把古琴，顺便再送一曲给他。"

"李大人,刚才不是让你给龙子取名字吗,你现在可想到好名字？"黑水明皇笑着问。

"这名字吗，我倒是想到一个。"

"那说来听听。"香琦这时好奇地看着我，笑问。

"太子名讳黑水明皇，而太子妃名讳为香琦，我就各取你们名字中一字，组成了龙子的名字，就叫黑水明齐，不过此'齐'非彼'琦'。"我故作神秘地说道。

"那是哪个'齐'呢？"黑水明皇不解地问。

我走到书桌前，将这个"齐"字用毛笔写在纸上，递给了黑水明皇，香琦、明霜和欧阳天域都走到黑水明皇身旁，用眼望着白纸上的"齐"字。

黑水明皇率先惊喜地大叫："好名字，这个'齐'字改得好。"

香琦抬起头望着我,一脸不明白:"太子哥哥说这'齐'字改得好,不知道有何深意,望李大人明示。"

我走到香琦的面前，笑着解释："这个'齐'搭配着'明'字，意思就是指希望龙子会成为一位治国齐天下的明君，所以才取名为'黑水明齐'。"

"原来此名字还有如此深意，李大人的才智无人能敌。"然后香琦转身对着摇篮中的小婴儿低语："黑水明齐，你的师父给你取了一个好名字，你以后可要成为一位治国齐天下的明君，知道吗？"

小婴儿好像听明白似的笑了。

香琦开心地说："你看，他喜欢这个名字，他笑了。"

众人走到摇篮前，看到婴儿正在笑，一双深黑色的明眸像极了黑水明皇。

【40】

黑水国龙子的百日诞当天，举国欢庆，黑水国皇宫内也到处挂着喜气的灯笼。大殿上都站满了各国使臣与黑水国百官，我与欧阳天域和霜霜也在其中。

我望了一下四周，问欧阳天域："怎么不见风流云他们？"

欧阳天域笑了笑："别心急，朕听黑水明皇说他们今日就能到。"

站在欧阳天域身旁的霜霜也笑着说："是不是想问慕容将军的事？"

"不是的，臣只是想看一下风流云与明雪公主的孩子长什么样，才会这样心急的。"

我连忙掩饰着说。

霜霜笑了笑，又说："可是你的脸上明明写着想见到慕容将军。皇上，你说呢？"

欧阳天域看了我一眼，说："皇后，不要再说了。也许李爱卿心中所想的正是这样呢。"

我明白，欧阳天域不想承认，也不愿承认我在想着慕容。

霜霜不再言语，我看到气氛不对，笑着说："皇后娘娘真是会察言观色，臣真的是想知道慕容将军的近况如何，所以才这么心急想见到他们夫妇。"

霜霜笑了笑，欧阳天域也笑了笑，这时一个声音传入了我们耳中："黑水国第三代储君百日诞正式开始。"

玄皇起身，笑着说："今日是皇孙的百日诞，朕借此想宣布一件事，就是将皇位传于皇儿黑水明皇，从明日起黑水国的君王就是朕的好皇儿，黑水明皇。"

我们都没想到玄皇会在今日宣布传位于黑水明皇。

这时大殿之上的百官跪下齐贺："皇上英明，皇上万岁，万岁，万万岁！"

黑水明皇这时走到玄皇面前跪下："父皇正值盛年，儿臣还有许多要向父皇学习的地方，儿臣恐怕难当此重任。"

玄皇扶起黑水明皇，拍着他的肩："朕想同你母后享享清福，不想再理朝政。希望皇儿不要辜负父皇对你的期望。"

玄后也走到黑水明皇面前，笑着说："明日就是你登上宝座的日子，也是香琦成为皇后的日子。"

香琦低头跪下："臣媳也没有做好成为皇后的准备。"

明皇扶起香琦，笑着说："你早就有母仪天下的资格。父皇、母后，儿臣与琦儿定不会辜负你们的期望。"

我小声对欧阳天域说："明日还得参加黑水明皇登基大典，以及香琦的封后大典，这一趟真是遇上了黑水国的三大喜事。"

欧阳天域点了点头，霜霜笑着说："看来这次到黑水国是惊喜连连，不知道风流云他们来了，会不会带来另一个惊喜？"

霜霜的话音刚落，就听到大殿外的太监高声大叫："明雪公主携驸马风流云，及小侯爷，连同天域国护国将军慕容天霖晋见皇上。"

我立马转过身望向殿门。

"宣！"玄皇大笑着说。

我看着门口站着的三人，叫了一声："天霖！"

慕容向我看来，可是那眼神却是那么的陌生，不带一丝情意。我不知为什么有一种不好的预感。

我听到他问风流云与雪儿，我是不是他们口中所提到的李木然。

风流云与雪儿点了点头。

他又问，为什么他以前的爱人会是男子？难道说他不正常，喜欢男子吗？

风流云与雪儿苦笑了一声，反问他，你看不出来她是女子吗？

慕容再问他们，可是我身着官服，女子怎可当官呢，不是只有男子才能当官吗？

风流云劝慕容，进殿参见玄皇后，再慢慢解释给他听。

我一脸懊恼地说："皇上，慕容将军已不认得我们。"

欧阳天域一脸地不解，霜霜也是如此。

风流云与雪儿先行跪下："参见父皇、母后。"

慕容揖首行礼："拜见玄皇。"

玄皇起身走到他们面前，扶起风流云夫妇，然后笑着说："快让朕看一看小外孙，皇后你也过来看一下。"

玄皇接过雪儿怀中的孩子，看着襁褓中熟睡的小婴孩。

玄后开口笑赞："长得真好看。雪儿，孩子取名字没有？"

雪儿笑了笑："取了，是驸马取的。"

玄后又问："那叫什么名字？"

风流云回禀："启禀母后，孩子名叫风雪夜。不知道小太子取名字没有？"

黑水明皇与香琦抱着孩子走到他们面前，异口同声说："早就取好了，是李大人取的，叫黑水明齐，取治国齐天下之意。你们的孩子为何叫这个名字？"

"因为孩子是在一个风雪夜所生，所以取这个名字。"慕容笑着抢先回话。

我听着慕容爽朗的笑声，心中百肠千转，为什么他认不出我，这是为什么？

宴会后，我来到风流云与雪儿的居所，想问个明白。

风流云见到是我来了，笑了笑："我就知道你会来找我，雪儿，你告诉她吧。"

雪儿拉着我的手走到床边坐下，风流云借口离开了。

我明白风流云为何这样做，毕竟女人之间聊天，他一个大男人在旁会不好开口的。

雪儿看着我，眼带愧意，轻声说："慕容大哥失忆了！"

我听到这句话，心一沉，重复着："失忆了！"

雪儿又说："不过，你不用担心，我正在想办法使他恢复记忆，只是不知道多久才能恢复记忆，因为怕你担心，所以一直没有带信给你。"

"那你们是如何救活他的呢？"

雪儿给我讲了他们在天山上救治慕容的全过程，包括慕容如何与风流云帮她接生的事，以及她与风流云如何成为真心相爱的伴侣。

自从那日分别之后，风流云雇了辆马车，载着雪儿与慕容回到了天山。

在天山小木屋中，风流云与雪儿共同施功为慕容治伤，虽保住了慕容的性命，但

他却一直昏睡。

风流云忙问："雪儿，为何慕容还不醒来？"

雪儿摇了摇头："我也不知是什么原因！我刚才诊过他的脉，已无大碍，再加之天天用雪莲为他治伤，照理他该醒来才是。"

风流云看着一脸憔悴的雪儿，心疼地说："不要再想了，你为了救治慕容都瘦了许多，你好好休息一下吧，让我来照顾慕容吧！"

雪儿关心地说："你还不是消瘦了许多，还说我呢。"

风流云突然紧紧搂住雪儿，柔声说："雪儿，我发觉越和你在一起，就越离不开你，不知你心中现在可有我的存在？"

雪儿笑了笑说："我都嫁与你为妻了，你说我的心中有没有你的存在？"

"你说的可是真的？"风流云不相信地又问。

雪儿点了点头，风流云一把将雪儿抱了起来，转着圈，开心地叫道："雪儿，我好高兴。"

雪儿也开心地笑着。

他们的笑声，惊动了一直昏睡着的慕容天霖。只听到他口中不停叫着："不要，素贞，不要！"

风流云与雪儿被床上之人的叫声所吸引，双双停了下来，走到床边，看到慕容虽闭着眼，但口中却叫道："素贞，不要，你不能死，你答应过我的。"

风流云惊喜地说："慕容，你快醒醒，李兄还在天域国等着你回去呢。"

可是不管他怎么叫，慕容还是不醒，仿佛是听到风流云说到我后，又陷入昏睡中。

风流云一脸丧气地说："那该如何是好，李兄正在天域国等着他呢。"

雪儿轻轻地摇了摇头。

风流云与雪儿照料着昏迷的慕容天霖已有一个多月，虽然每天给他喂食新鲜的雪莲，却始终不见他有醒来的迹象。

风流云担心地问："现在该怎么办，李大人在天域国肯定等急了。"

雪儿皱着眉，"我现在也不知道怎么办才好，要是师傅在就好了。"

风流云这时忙问："那你师傅的医书有没有记载过此类情况该如何医治？"

雪儿听完此话，努力回想着，突然奔到一个衣柜前，不停地找着，风流云走到她身边，问道："你在找什么，用不用我帮忙。"

雪儿也不回他的话，专心地在衣柜中翻弄着，突然她对着风流云激动地大叫："我找到它了，这本医书就是师傅留给我的，我终于找到了。"

"真的吗，这本书上有记载如何医治慕容天霖这种状况吗？"风流云急切地询问。

"我也不知道有没有，不过这本书倾注了师傅毕生的心血，并治愈过许多疑难杂症。"

“那你快看看。”风流云催促着雪儿。

雪儿翻开书，一页一页寻找着治疗慕容天霖的办法，当她翻到最后一页时，看到这页只有一些图，而文字部分却被撕掉了，不过从图上看似乎与慕容天霖现在的症状很像。

风流云等着雪儿的答案，看到她翻到最后一页停了下来，好奇地问：“是不是找到了。”

雪儿叹了口气：“找是找到了，可是只有图没有文字注解，我也不知道该如何着手治疗慕容大哥。”

“怎么会这样！让我看看。”风流云从雪儿手上拿过书：“看得出图注是被人撕去的，不知道是不是你师傅撕去的，你再想一想呢？”

雪儿想了半天也没想出来，对着风流云摇了摇头：“我再研究一下这个图，说不定能找到治疗之法。”

风流云点了点头，将雪儿搂在怀中，轻声说：“你已怀有我们的骨肉了，要更加当心自己身体才是，别太操劳了。”

雪儿笑着点了一下头，对着风流云柔声一笑：“我知道了，你说我们给孩子取什么名字？”

风流云点了一下雪儿的前额，对她说：“为夫这可要好好想一想。”

雪儿眼带好奇地问：“那你喜欢男孩还是女孩？”

“不管你生男孩还是女孩，只要是我们两人的孩子，我都喜欢。”雪儿轻轻伏在他的胸前，低声说：“如果慕容大哥与李大人能同时参加我们孩子的满月酒席就好了。”

“只要你找到治疗的方法，慕容就能回到李大人的身边，等生下孩子，我们就邀请他们来天山参加我们孩子的满月酒席，你说好吗？”

风流云为雪儿描绘着美好的未来。

第十章 几度轮回恋恋不灭

【41】

风流云与雪儿看着眼前的慕容天霖，心中一阵痛，自从他醒来之后，便记忆全无，连自己的名字也忘了，更别说远在天域国的我。

“慕容兄，你又在劈柴？柴已够用了，不用再劈了。”风流云笑着说。

“那怎么行，雪儿姑娘就快生了，到时候可是需要很多柴烧水接生呀。”

雪儿走到他面前，用手绢擦着他额头的汗，对他笑：“多谢慕容大哥，你该扎针了。”

慕容天霖笑了笑：“有劳雪儿姑娘了。”

看着他快步走到木屋中，雪儿对着风流云苦笑：“不知道什么时候慕容大哥才能恢复记忆。”

“会的，你不是天天为他扎针吗，慕容会记起以前所有的事。”风流云安慰地说。

雪儿点了点头，让风流云扶着她走进木屋。

雪儿为慕容天霖进行治疗时，紧闭着眼的慕容天霖仿佛忍受着极大痛苦，不停叫着：“你不能死，我不会让你死的。”突然，他身子一歪，昏倒在床上。

风流云走到雪儿身边，关心地问：“雪儿，你还好吧？为什么慕容兄又昏倒了？我刚才听见他说‘你不能死，我不会让你死的’，是不是他想起什么了。”

雪儿没有回风流云的话，用手搭在慕容的脉搏上。过了一会儿，才转过头对风流云说：“每次扎针他都会说这句话，我也以为他是想起什么了。可是每次他醒来时，就什么都不记得了。不知道是不是他认定李木然已死，有意想忘记过去。”

风流云眉头紧锁：“可是李木然并没有死，只是慕容兄自己认为她死了，那该怎么办？”

雪儿摇了摇头：“我暂时没想到办法，不过就他目前的状况来看，恢复记忆应该是能够做到的。”

这时，雪儿脸上现出痛苦之色，捂着肚子大叫：“夫君，好痛。”

“怎么了，雪儿？是不是要生了？现在是深夜，我到哪儿去找接生婆呢？”风流云急道。

雪儿摇了摇头，断断续续地说：“快去烧水，你来帮我接生。”

“什么，我来？我不会。”风流云看着雪儿的脸越来苍白，惊叫。

“你只要按照我说的去做就行了。”雪儿再也坚持不住，昏倒在床上。

慕容天霖仿佛有感应似的睁开了眼，看到身旁躺着的雪儿，又看到正在烧水的风流云，忙问：“雪儿姑娘怎么了？”

“别问这么多，快来帮我烧水，雪儿可能要生了。”风流云头也不回地说。

“什么？雪儿姑娘要生了？”慕容天霖惊叫着跳下床，跑到风流云身边，一脸焦急地说：“你去照顾她，我来烧水。”

风流云点了点头，跑回床边，这时雪儿已醒过来，有气无力地说：“不用担心，夫君，你只要照着我的话做，就没有事的。”

“雪儿，那我要如何做呢？”风流云急切地问。

雪儿慢慢地告诉了风流云接生的步骤。

这时慕容天霖大叫：“水烧好了，接下来该怎么做？”

风流云忙回他：“拿个盆子将热水倒在里面，快。”

慕容天霖二话不说，把热水端到了风流云的面前，紧接着风流云按着雪儿所说的步骤进行着接生。

大约过了三个时辰，一声婴儿的啼哭从木屋中传出。

紧接着风流云高兴地大叫：“雪儿，你生了一个男孩，长得很像你，你看看。”

雪儿用微弱地声音对着风流云小声说：“孩子也像你，长大后也是个风流种。”

慕容天霖这时笑着插嘴，“不如现在就为孩子取个名字吧。”

雪儿笑着点了点头，对着风流云说：“你这当爹的给孩子取个名字吧。”

风流云笑着说：“这个孩子出生在天山，而且外面正下着雪，又是深夜，我看就叫雪夜如何。”

“风雪夜，这个名字好！雪儿姑娘你看如何？”慕容天霖一脸笑意地问。

雪儿笑着点了一下头，摸着婴儿软白的脸：“雪夜，你看你爹为你取了一个好名字。”

我听完雪儿的讲述后，为她与风流云终于能够心意相通而高兴。另一方面却为慕容难过，也为自己难过。为什么上天的安排是这么的不公平！多灾多难的我们，要到哪一天才到头？

我语带感谢地笑了笑：“雪儿，谢谢你救了慕容天霖一条命。他失忆也是好事，至少他会过得快乐些。”

雪儿不解地问我：“什么叫失忆也是好事，难道你不想让他恢复记忆吗？”

我摇了摇头："让他远离朝堂不是更好？你们还是带他回到天山去吧。"

慕容天霖这时正好与风流云走进来，看到我，笑问："你就是李木然？"

我点了点头，眼含深情与不舍。

"风兄，你不是说她是女的吗？为何我怎么也看不出来她是女的呢？"慕容天霖转过头对着风流云说。

风流云刚想开口解释，我抢先回答："他们是骗你的，我是男子，只不过长得像女子罢了。"

我用眼神示意风流云与雪儿不要说。

"我就说嘛。风兄说我是天域国的护国将军，是不是真的？"

"曾经是，但是你已经辞官很久了。你在天山过得好吗？"我努力控制着欲涌出眼眶的泪水，淡笑着回答慕容。

慕容笑了笑，一脸开心："过得不错，每天日出而作，日暮而息，真的很快乐。"

"快乐就好，希望你永远这么快乐。"我笑着回他。

我转过头，对眼含泪的风流云和雪儿说道："我还没仔细看过你们的孩子，快抱来我看看。"

慕容天霖见风流云与雪儿没有动，走到摇篮边抱起小婴儿，走到我面前，带着温柔的笑，我看着他，仿佛又看到曾经对我呵护备至的慕容。

"明日登基大典后，我与欧阳天域还有霜霜会起程回天域，你们呢，会留在黑水皇宫吗？"我故意这样问。

雪儿摇了摇头，笑着说："应该不会，我想与夫君早日回到天山。"

慕容天霖一副不耐烦的样子："还是天山自由些，不像这里规矩多。"

见过风流云夫妇后，我向欧阳天域还有霜霜道明了慕容不认识我们的缘由。

欧阳天域当时就问："那你准备如何？"

我笑着回他："让他跟风流云夫妇回天山，远离朝堂。"

欧阳天域似乎明白我的心思，点了点头，说："你为他想得真周到。"

霜霜却一脸担心地说："那你怎么办，你不是深爱着他吗？"

"只能将他深埋在心底，因为天域国还有重要的事要办，臣不能离开。当天域国不需要臣的时候，臣自会离开。"我故作平静地说。

"你曾答应过朕，不会离开天域的，你要守信。"

"皇上，你明知道李大人心中只有慕容将军，又何苦拆散一对有情人呢？难道说你心中还没放下对李大人的爱意吗？你这么爱她，就要成全她。"

"那你呢？你明知朕心中只有李爱卿，还是要强留在朕的身边，这又是为了什么？"欧阳天域怒极反笑，反问她。

我不知是不是因为我压抑太久的缘故，发泄似地指责着欧阳天域："请皇上能看一看眼前人，学一学黑水明皇。您放下之后，也许会得到幸福。"

我丢下这番话，向欧阳天域与霜霜行礼后，便头也不回地走出了他们的房间。

【42】

大典完毕后，我们被邀请至御花园参加晚宴。

晚宴上，黑水明皇头戴皇冠，身着龙袍坐在王座上，而身旁是凤冠霞披的香琦，一脸的高贵。

我与欧阳天域还有霜霜坐在一桌，而风流云与明雪公主还有慕容坐在一桌。

我低头喝着闷酒，欧阳天域突然发声："既然放不下，就跟着他去天山吧，朕准你辞官。朕想过了，强留你，只会让你、慕容、皇后还有朕都过得很辛苦。"

我转过头望着欧阳天域，笑了笑，一口回绝了他的提议："一天没有查明天域的内乱，臣就一天不离开天域。皇上的好意，臣心领了。等天域内乱一平，臣就会辞官归隐天山，常伴天霖身旁，就算他不认得臣，臣相信与他朝夕相处，他定会再次爱上臣的。"

欧阳天域点了点头，不再言语。

坐在黑水明皇身边的香琦，笑着对我说："李大人当日曾答应本宫在龙子百日诞的时候，会献唱一首曲子，可是当时李大人却没唱，不知道李大人今日能否献上一曲。"

我笑着站起身，笑着说："那请明后摆上古琴，让在下献上一曲。"

香琦笑了笑，吩咐宫女太监在园中摆上了琴台与古琴。

我走到古琴前坐下，笑着说："不知你们想听何曲？"

黑水明皇这时大笑："当然是由李大人为朕与皇后挑选一首曲子了。"

我脑中想了想，指着头上的明月："趁今晚月色如华，不如送上这曲《城里的月光》。"

随即我拨动琴弦，一首带着淡淡哀伤曲子传出：

每颗心上某一个地方，总有个记忆挥不散。
每个深夜某一个地方，总有着最深的思量。
世间万千的变幻，爱把有情的人分两端，
心若知道灵犀的方向，哪怕不能够朝夕相伴！
城里的月光把梦照亮，请温暖他心房，
看透了人间聚散，能不能多点快乐片段。
城里的月光把梦照亮，请守护它身旁，
若有一天能重逢，让幸福撒满整个夜晚。

动人的旋律在夜空中飞扬，唱进了每个人的心里，也唱出了我的心声。

霜霜听后，小声对欧阳天域说："李大人真是命苦，相爱的人就在眼前，却不认识她，唯有借琴音抒发自己心中的哀伤。"

坐在席上的风流云与雪儿同时叹了一口气。

香琦对着黑水明皇略带哀愁地说："李大人为什么要受这么多苦，本就在眼前的慕容将军却失去了对李大人的记忆，让李大人情何以堪？"

黑水明皇看着香琦眼中带泪，安慰她："朕相信有情人终成眷属，上天不会把李大人与慕容将军分开的。你不要难过了，想一想该如何让慕容将军恢复记忆比较好。如果慕容将军恢复记忆，他会记起李大人的。"

我起身走到黑水明皇面前，笑着恭贺："在下衷心祝愿明皇与明后和小太子能幸福快乐地生活下去。在下明日会同皇上、皇后起程回国。"

黑水明皇语带挽留之意，"这么快就要走，不在黑水国多停留几日？"

欧阳天域笑着说："明皇，李大人的意思正是朕的意思。"

黑水明皇似乎明白我为什么要急着离开黑水国，随即笑着点了点头，"既然这样，那明日朕与皇后去送各位。"

晚宴结束后，我回到房中，想着明日就要离开黑水国，就要离开天霖，心中有万般哀愁不知向谁说。

我想到当日慕容赠琴时，特地对我说这琴身上刻有我的名字。此时摸着这三个字，仿佛看到慕容挑灯刻着我名字的样子，那样的情意让我的心更加地痛。

我满脑子想的都是慕容带笑的脸庞。为什么来到这个时空，会让我生出这许多愁绪，这太不像我。

现代的我是多么的无忧无虑，可是如今却是满腹愁肠无人诉。

第二日，我与欧阳天域和霜霜骑着马准备离开黑水国，刚走到城门口时，我便看到了在那儿等候的黑水明皇等人。

我们三人下了马，走到黑水明皇他们面前。

欧阳天域笑脸相迎："黑水新君亲自来送行，朕备感荣幸。"

我将天香托我带给小太子的礼物交给了香琦："这把古琴名为焦尾，是天香托我送给小太子的礼物，请笑纳。"

香琦接过琴，笑着说："李大人，天香公主这礼太重了。"

我摇了摇头："不重，天香未能随行来此祝贺小太子百日之喜，深表歉意。"

黑水明皇走到我面前故意一问："你不再等一等风流云他们？"

我笑着摇了摇头："不用了，时候不早了，也是该出发的时候了。"

我翻身上马："皇上、皇后，我们该起程了。"

这时，身后传来风流云的叫声："等一等！"

我们三人调转马头，只见风流云带着雪儿骑着马，而他们的身后是驾着马的慕容天霖。

我见慕容天霖一脸的倦意，关心地说："慕容将军，你的身体还没完全康复，要好好休养，别太劳累，以免引发旧疾。"

"李大人，不知道为什么，你让我有一种一见如故的感觉。李大人如果有空，可以到天山找我，让我陪你游览一下天山美景。"慕容天霖笑着向我发出邀请。

我点了点头，眼中含着坚定之色，笑着说："我一定会去的，不过你可要等上一段时间，咱们不见不散。"

我的提议让慕容天霖很开心，不住地点着头。

霜霜在一旁小声地说："皇上，看来失忆并没有让慕容将军完全忘记李大人。你说这种缘分是不是上天注定的？"

慕容一脸笑意地看着我，眼中似有乞求之色，问了一句："你能否为我再弹奏一曲？"

我爽快一笑："好呀，就用你曾送我的琴为你弹奏一曲，希望你永远幸福。"话毕，我便抚琴低唱：

泪有点咸有点甜，你的胸膛吻着我的侧脸。
回头看踏过的雪，慢慢融化成草原，
而我就像你，没有一秒曾后悔。
爱那么绵那么粘，管命运设定要谁离别。
海岸线越让人流连，总是美得越蜿蜒。
我们太倔强，连天都不忍再反对。
深情一眼，挚爱万年，几度轮回，恋恋不灭。
把岁月铺成红毯，见证我们的极限。
心疼一句，珍藏万年，誓言就该比永远更远。
要不是沧海桑田，真爱怎么会浮现。
摆渡过斜风冷雨，春暖在眼前。

望着眼前的慕容天霖，我心中默念，跨越了千年只为和你相遇，我不会这么就放弃你的。天霖，你等着我，我会如约来到天山，陪你终老。

【43】

慕容听着我弹奏的这首曲子，眼神迷离，仿佛已认出我似的，眼中含着当时在箭雨飞来时，护我在怀中的情意。

他突然莫名其妙地痛苦地大叫了一声：“素贞，不要！”

这一声惊得在场所有人都看着他，我停止弹奏，望着他，久久不语。

雪儿小声对着风流云说：“难道慕容大哥记起李大人就是冯素贞？”

明霜问着欧阳天域：“此曲是不是勾起了慕容尘封的记忆？”

香琦小声对着黑水明皇说：“皇上，难道慕容将军知道李大人就是素贞吗？”

黑水明皇摇了摇头，刚想开口时，突然慕容天霖从马上掉了下来，捂着头大叫：“好痛！”

我急忙从马上下来，跑到他的身边，急切地问：“头很痛是不是？明雪公主快来，究竟是怎么回事。”

雪儿跳下马，奔到慕容身边，蹲下身子，用银针刺入他头上几处穴位，慕容天霖立刻昏了过去。

我一脸焦急地问道：“这是怎么回事？天霖是不是因我的琴音，引发旧疾？”

雪儿摇了摇头：“应该是他刚才想起什么了，引发头痛，所以才会喊痛。”

我听后，轻声问了一句：“那他会不会有事？”

“应该不会有事，只要不再强迫他想起以前的事，就会没事。”

“原来是这样，明雪公主你带他回到天山吧，不要再为他施针，也不要再试图帮他恢复记忆，我不想看到他如此痛苦。”我看着怀中的慕容天霖，抚摸着他的脸，眼中带着深深的痛与爱意。

“如果是这样，那他不会再记起你与他的过往！你为何宁愿自己痛苦，也不想让他犯头痛症？”明雪生气地质问我。

我点了点头，将慕容天霖交到她手上，起身上马：“我希望他能永远没有烦恼忧愁地生活下去。明雪公主你能帮我吗？”

明雪点了点头，风流云走到明雪的身旁，接过慕容天霖，对着我会意一笑。

“我们会按照你的吩咐做的，不过李兄你可要守信，一定要来天山。”

我点了点头，立刻调转马头，欲回天域。

欧阳天域一脸动容的问我：“这个结果就是你想要的吗？你难道真的不想让慕容恢复记忆吗？”

我默不作声，只是低下头，心痛的感觉瞬间传遍我的全身。我强压着心痛，对着

欧阳天域笑了笑。

霜霜对着我吼道：“为什么会这样？李大人，你不能就这样放弃，这对你对他都是不公平的。”

黑水明皇质疑道：“你认为慕容这样就能开心过一辈子吗？他忘记了生命中最重要的人，他能得到幸福吗？”

我淡淡地回道：“可是我不想看到他忍受头痛之苦。也许我与他有缘无分，所以我只求他能平安活到老。至于以后的事，以后再说，就算他不能恢复记忆，我也会陪着他，等我平息天域国内乱之后就会去天山找他。”

“何处相思苦？纱窗醉梦中。”我转过头笑对欧阳天域：“皇上，我们该起程了，天域国还有很重要的事等着皇上处理呢。”

欧阳天域点了点头，遂下令一行人向天域进发。

我们刚回来到天域国，就得知我们走后，城中流言四起：天域国的天灾来自皇宫，因为天子无德，引致天怒，降下旱灾。加之久未降雨，百姓便听信谣言，以为真的是皇帝无德才会导致旱灾。

我回到府后，破军已回来，他先是向我禀明去东方胜的家乡并没查出不妥之处。

我坐在书房内，想着明日早朝应该向皇上提什么建议解决民怨之事，这时门吱的一声开了。

天香端着茶走了进来，见我眉头紧锁，便劝慰道：“夫君，你是不是为谣言伤神？”

我点了点头，叹了一口气：“是呀，没想到离开天域国这段时间，国内发生这么大的事。”

“那你准备明天上早朝的时候向皇上怎么说？”

“这谣言矛头直指皇上，我在想是不是与我们最近调查天域国内反叛之人有关。”

天香紧张地说：“不会吧，我想可能是因为久未降雨所致。”

我听后，笑了笑：“最好是这样，如果不是，就坏了，如果真的是反叛之人故意散布谣言，那恐怕他已经准备好要起事了。”

“你这样想也不是办法，还是早些休息吧！李公子最近不在家，想必是亲自去调查此事了。”

“你怎么知道他不在家，是不是趁我不在的这段时间，经常去李府找他？”

天香脸红地说：“你说到哪儿去了！不跟你说了，就会取笑我。”

天香害羞地转身离开了书房。

我走到书房外，月凉如水，感到身上有点冷，双臂环抱，仰望星辰，脑中想着慕容天霖，喃喃自语：“天霖，你应该回到天山了，希望你的头痛症不会再发。”

在我出神之际，突然感到身上一阵暖意，低下头看到身上已多了一件披风。我回

过头，正好对上欧阳天域关爱的眼。

我赶紧低下头，施君臣之礼："臣参见皇上。"

欧阳天域扶起我跪下的身子，说了一句："勿需多礼！"

我抬起头望着他，一脸忧心地问："不知皇上深夜至此，所为何事？如果皇上有事找臣，应该宣臣进宫才是。皇上，现在谣言四起，您出宫太危险了。"

欧阳天域没有说话，只是看着我，我心中有些慌乱，忙低下头，不敢看他。

"李爱卿，朕有那么可怕吗？"

"不是，皇上还没有说这么晚到臣府上有何事呢？"

"如果朕说没事，只是想来看看你呢？"

"皇上如果是想见臣，现在见到了，就请皇上速速回宫。天域国内流言四起，都是针对皇上，皇上此时不宜出宫。"

"看来李爱卿很关心朕，看来，朕此次前来见李爱卿，也不是一无所获。李爱卿，朕所交代的事查得怎么样？"欧阳天域话锋一转，扯到先帝与先后遇害的事上。

"回皇上，破军在东方胜的家乡并没有查出可疑之处。看来此事还需慢慢查。"我据实以报。

"那你怎么看天域国的流言？抬起头回话。"欧阳天域命令我。

我抬起头，直视着欧阳天域的眼："臣也不明白为何有此流言传出。皇上，臣在想此事会不会与天域国内反叛势力有关呢？"

欧阳天域听到这话，眼睛一亮，忙问："李爱卿也是这样认为的，可有证据？"

我摇了摇头："臣毫无进展，不过请皇上放心，臣一定会彻查此事的。"

欧阳天域笑了笑,拉着我的手:"有爱卿这句话,朕就放心了。夜深风寒,要多穿一点,小心冻坏了身子。"

我笑了笑，刚想回他时，欧阳天域已转身离开了，我在他身后大声叫道："皇上，披风！"

他似乎并没有听到我的叫声，消失在夜色中。

回到卧房，看着睡得很甜的天香，突然想起慕容天霖的睡相，我哑然一笑。

我走至琴旁，看着这把慕容天霖送我的琴，自言自语："天霖，还有多久我才能再弹琴给你听？"

第二日上早朝，百官也认为是天灾，纷纷建议皇上祭天。

我听到东方信进谏："皇上，各位大臣也是为了平息流言，才会请皇上提前举行祭天仪式的。"

欧阳天域看着众位大臣都跪下请求，便笑着说："那好，朕答应祭天。此事关乎平息国中流言，所以要准备妥当，不知哪位爱卿能担当此重任？"

东方信站出来，请求："臣愿意负责祭天大典，不知皇上挑选的吉日会是哪天，这地点又在什么地方？"

欧阳天域转过头笑问："李公公，你去查查何日是皇道吉日，查明后，知会东方爱卿一声，此事就交由东方爱卿全权负责，至于地点就在太庙。"

东方信谢完恩后，又说："请皇上恩准，臣想请李大人从旁协助。"

"李爱卿，你意下如何？"欧阳天域笑着询问。

我忙跪下，低头便回："臣愿意协助东方大人。"

欧阳天域笑了笑："那好，如果没有什么事，退朝。"

我走到东方信的面前，笑问："东方大人，此次祭天大典，事关重大，不知东方大人会怎样部署？"

东方信笑了笑："李大人，你太心急了，这黄道吉日还没定呢！我们先去太庙看一看如何搭建这祭天台。"

我点了点头，笑着提议："这太庙在距皇城十里之外的翠屏山上，地形险要，为了确保皇上的安全，是不是也应该考虑在四周派兵把守。"

"李大人，这一点我早已想到。我想去太庙看一下，不知李大人是否愿同我前往？"

"我既然从旁协助，理应随你去太庙看一下。"

"那李大人，我们城门见。"

我回到府上换好衣服，便骑着白雪，到城外等东方信。

我看天色也渐渐晚了，索性自个儿先到太庙去。

我给守城的士兵留下话，让他们看到东方大人，就说我已先到太庙去了。

【44】

我骑着马来到翠屏山，在山脚将马拴在树旁，沿着山路向着太庙走去，一边欣赏着两边风景，一边在口中发出赞叹："怪不得天域国的皇室会选此山作为兴建太庙之地，想必也是看中了此山的走势如苍龙望天。"

我看到一个凉亭，便走了进去，准备休息片刻，再向山顶爬去。

这时，我听到一个熟悉的声音在叫我，我随着声音看去，原来是东方信。

我挥了一下手，回笑："东方大人，我在这儿，你先到凉亭来休息一下吧。"

东方信走进凉亭后，笑着说："不好意思，我来晚了。"

"没关系。对了，东方大人最近怎么样？"

"还是老样子。"东方信听到我的问话，脸色一暗："李大人似乎很关心父亲大人，是不是因为某些不能说的原因？"

“东方大人，我看你多虑了。我曾与你父亲同朝为官，自然会关心他的近况。”

“原来是这样。嗯，我想问问李大人，醉红楼的素素姑娘是不是真的与画像中人很像？”

东方信将话题转到素素身上，我心里暗想：他怎么还没忘了素素。

我开玩笑地问：“是不是东方大人对素素姑娘心存爱慕之心，所以才会有此一问？”

“那倒不是，我只是好奇而已。”东方信辩解道。

我起身望向远处，笑问：“东方大人，你能不能听我讲一个故事？”

“什么故事？”

“一个孤儿的故事。”

“孤儿的故事？”东方信颇感兴趣地回我。

我笑了笑，将赵氏孤儿的故事讲给了他听，他越听越入神。

我讲完后，笑着问：“如果你是那孤儿，你会怎么做？”

“李大人，如果你是他会怎样做呢？”东方信反问。

“其实我也不知道该怎么办，一方面那贼人将孤儿养大，有养育之恩，而另一方面孤儿的养父却是反叛之人。常说情义难两全，换了是我也无法选择。”我看着东方信，沉默了一会，又开口说：“如果有一天，东方大人也要站在这样一个两难的境地，会不会像故事中的人一样，大义灭亲呢？”

东方信站起身，走到我面前：“如果我真的遇到这种事，当然会大义灭亲。我是臣子，自然要站在君王这边。”

我点了点头，说了一句：“你能这样想就好。我们上山吧，必须赶在天黑之前下山。”

东方信与我步出了凉亭，向着太庙走去。

到了太庙前，看着眼前宏伟的建筑，我赞了一声：“好壮观！”

东方信笑了笑：“是呀，自从先帝过世，皇上就很少来太庙了。”

“为什么？”

“因为先帝与先后双双于太庙身亡。”

我听了东方信的话，着实吓了一跳。先帝与先后不是死在宫中吗？为什么会死在太庙？为什么欧阳天域没说实话呢？

东方信看到我的脸色有变，笑着说：“怎么，你不知道此事？我还以为皇上会告诉你呢。”

我笑着摇头：“皇上不可能事事都让我知道的。木然好奇东方大人怎么会知道此事呢？”

“我是听父亲大人说的。李大人千万莫要将此事说出去，这可是皇宫里的秘密。”

我点了点头，又问：“难道说皇上不愿来太庙，是因为先帝与先后的事。”

“我想是吧。”

“那为什么皇上会选这儿举行祭天大典呢？他可以选其他地方。”

“祖制规定，凡是祭天都要在太庙，所以皇上不选这儿也不行。”

我看着太庙，心中总有不祥的感觉，总觉得这次祭天会有什么事发生。

东方信抬头看了看天：“天色渐黑，我们赶紧下山，明日再来。”

我点了点头，跟着他往山下走去。来到山脚，我走到树旁，解下缰绳，“那明日几时再来太庙？”

东方信笑着说：“我们明日一早在山脚下碰面。”

我翻身上了马，对着东方信抱拳：“那就此别过，明日再见。”

这时东方信大声请求：“李大人能否搭我一程。”

“你不是骑马来的吗？”我在马上问。

“是呀，可是我的马却不见了。”

“不见了？”

“我也不知道，为了追你，我跳下马就往山上爬，生怕赶不上你，结果忘记拴马了。”

我看天色越来越暗，便伸出手：“那你上来吧，再晚点，城门就要关了。”

东方信脚一蹬，拉住我的手就坐在了马上，我在前，他在后。

他双手拉着缰绳，语带歉意：“真是不好意思，还是由我来驾马吧。”

我点了点头，他又对我说道：“没想到李大人也会穿耳洞，难怪有人会认为李大人是女子。”

“这事我早已解释过，我想东方大人应该知道，勿需我再解释。”

我不自然地笑了笑，东方信又说：“近距离看李大人，发觉李大人的脸比女子还要白，皮肤的光泽比女子还要好，不像我的这么粗糙。”

我回过头，笑了笑：“是吗，想必是遗传的关系，我爹娘皮肤都好。”

“不过，李大人身上为什么会有女儿香呢？”东方信说着还闻了闻我的脖后。

“哦，那是因为天香经常在我的衣服上涂这种香料，所以才会有香味，我都说过她许多次了，可是她却说这样能防虫蛀。东方大人，天色也不早了，咱们早点上路吧。”

我不想在这个话题上纠缠下去，提醒东方信天色已晚了，东方信点了一下头，驾着马回到了状元府。

刚到府门，就看到欧阳天域正站在府门外，我与东方信从马上下来，走到欧阳天域的面前，低下头。

“臣等参见皇上。”

欧阳天域开口应了一声：“免礼，东方爱卿为何与李爱卿在一起？”

我听出欧阳天域话中的不悦，忙回：“臣与东方大人去巡视了一下太庙的环境。因

为东方大人的马不见了，所以才会同乘一匹马回来。”

东方信接口：“要不是李大人，恐怕臣会在太庙休息一晚才能回城。”

欧阳天域一脸笑意地望着我们：“既然天色不早了，东方爱卿就早点回去休息吧，祭天的事还要你多费心。”

东方信行礼之后，转身步行离开，消失在我与欧阳天域眼前。

欧阳天域看着我低着头，问道：“李爱卿为何低着头，是不是有什么事瞒着朕。”

我抬起头，看到欧阳天域眼中有怒火。

“今日同东方大人去太庙，知道了一件事，所以想当面向皇上求证，不过事关重大，请皇上随臣到书房一叙。”

欧阳天域点了点头，径直走到我面前，拉着我的手进了状元府。

我本想甩脱他的手,可哪知我越想这么做,他抓得越紧。到了书房,他才放开我的手。我看着已被抓红的手，生气地说：“皇上，您刚才为什么死死抓着臣的手不放，臣的手差点被您抓断了。”

“你知道为什么，不用朕告诉你。”

欧阳天域坐在书桌边，眼中燃着妒火，我眼中也燃着火，不过是怒火。

“臣不明白，皇上为何发这么大的火。”

欧阳天域起身走到我的面前，质问我，那语气就像是我是红杏出墙的女子。

“你为何要与东方信共骑一匹马，难道你不知道男女授受不亲吗？”

我好笑地反问一句：“那皇上刚才的举动是不是也违反了这条？”

“朕与他不同。”欧阳天域激动地怒道。

我看着他眼中闪着强烈的占有欲，好像我是他的私有物一般，我反唇相讥。

“有何不同？皇上，您应该知道，臣现在是男儿身，两个男子共骑一马，有何不妥？况且我不可以将东方大人一个人留在山下，臣与他同朝为官，这点忙也应该帮。”

我不理解欧阳天域为什么还会这样，都对他说得够明白了，为什么他还会如此纠缠不清，霸手不放。

“朕就是不想看到你与其他男子有过于亲密的举动。”

欧阳天域的怒吼，还有眼中的的妒火，像是一个发现妻子在外招蜂引蝶的男子。

“那如果是臣与慕容如此，那皇上是不是也会如此生气呢？”我再次眼含厉色地质问。

“慕容爱卿例外。”

欧阳天域这会儿倒是平复了心情，虽然语气中有不情愿，但还是接受了我与慕容相爱的事实。

“为什么只有他例外？如果说让臣与其他大臣保持距离，那还不如让臣离开朝堂。

臣觉得现在面对皇上很累，臣也想靠在心爱的人怀中，忘却烦恼。既然皇上不想看到臣与其他人有您所谓的亲密举动，那准许臣辞官，臣会离开朝堂，远走天山，到皇上看不到的地方，这样皇上，也能眼不见心不烦。”

“你就那么想到天山陪慕容？”

欧阳天域看着我的眼，语气中有怨也有恨，更有爱与不舍。

第十一章　祭天大典

【45】

我点了点头："臣太累了，累得不想管任何事。"

欧阳天域听闻这句话，心中的怒气渐渐平息下来。

"朕当日在黑水国就曾许诺，你可以离开天域到天山陪慕容，可是你却没有这么做。朕知你心中的苦，但是朕就是不能容忍你与其他男子过于亲密，朕知道你的心中没有朕，朕也从没有怪过你，只是今日看到你与东方爱卿，那股火不知为什么会上来，也许是因为朕来之前多喝了几杯酒才会如此。"

"皇上，臣认为您应该多看一看您身边的人，比如皇后。您这么晚来找臣，那皇后会怎么想？虽说皇后曾与臣结为好姐妹，不会怪臣，也相信臣与皇上之间没有什么，但是臣却不想看到自己的好姐妹天天以泪洗面。皇上与皇后已有夫妻之实，理应多关心一下皇后。皇上别怪臣多事，皇后当日与您圆房的事，臣知道不是皇后耍的计谋，而是因为皇上喝醉了酒，误将皇后当成臣，才会如此，所以此事，臣也愧对皇后。"

"李爱卿，朕不是不知道那晚之事是朕错怪了皇后，但是每每见到皇后，就会让朕联想到李爱卿。朕也知道皇后对朕一片爱意，可是朕就是无法对她怀有爱意。"

"皇上，您想一想，皇后每晚独守空房，有没有怪过您？她为您解决后宫嫔妃的事，不都是为了皇上着想？她从来不会在您面前有一句埋怨的话，而您呢，当日怪她耍计谋，您知不知道，这对她会造成多大的伤害？"

欧阳天域仿佛听进去般，点了点头："李爱卿，你刚才不是有事要向朕求证吗，是什么事？"

"皇上，先帝与先后死在太庙，为什么皇上对臣说死在皇宫之中？"

欧阳天域一脸歉意地说："确如李爱卿所说，父皇与母后的确是在太庙过世的，但是朕对你说谎，是有原因的。"

"什么原因？"我追问。

“是这样，当时有人怀疑是母后害死父皇，然后饮毒自尽，以谢其罪。当时朕太小，太庙所发生的一切是由东方胜一手负责的，而东方胜对朕说，父皇与母后是在太庙感染了风寒，因诊治不及时而亡的，朕也没有怀疑过东方胜的话，而后，朕登基按照祖制将父皇与母后安葬在太庙后的皇家坟墓里。”

欧阳天域说这话时，眼中带着悲伤。

“那皇上为何不愿意去太庙呢？难道说先帝与先后的忌日，你也从没去过太庙吗？”我又问。

“不错，因为朕在宫中专门修建了一座庙宇，将父皇与母后的灵位摆在里面，香火不熄，每到忌日，朕就会亲自去祭拜。至于不想去太庙祭拜的原因，是因为那里是父皇与母后过世之地，朕不想睹物思人。”欧阳天域一脸忧郁地为我解释。

“也许太庙是解开先帝与先后死因的关键所在，臣认为传出先后谋害先帝的事，应该事出有因。臣会暗中查访太庙的僧人，看有没有人知道先帝与先后的真正死因。”

“那李爱卿的意思是，父皇与母后确实被人所害吗？”

我点了点头，催促欧阳天域：“已过三更了，皇上，还是快些回宫，不要让皇后等急了。”

欧阳天域笑问：“那李爱卿也不打算辞官去天山了吧？刚才是朕不对，还望李爱卿不要见怪。”

我看着双眼带着歉意的欧阳天域：“臣才不对，不该对皇上大吼大叫，皇上没有一气之下治臣的欺君之罪，就已经是臣的万幸了。”

我送欧阳天域出了府门，欧阳天域回望了我一眼，说了一句：“刚才李爱卿对朕说的话，朕会好好想一想，如何对皇后，朕也会好好想一想的。”

第二天，翠屏山下，我随意观望着四周，等着东方信的到来。

这时听到远处传来马蹄声，举目远眺，看到马上的人正是东方信。

他骑着马来到我面前，我满脸带笑：“东方大人，这次可别忘了拴马，要不然等会儿回去的时候，你我又要共骑。”

东方信笑了笑，将马拴在了树旁，“刚才我进宫问过皇上，皇上的意思是将祭天台搭在太庙之外，所以这次上太庙，我们要再详细地巡查一下四周的情形，这也是为了皇上的安全。”

我点了点头，回笑着说：“原来东方大人是进宫面圣去了，你的想法是将祭天台搭在太庙内吧？”

东方信微微一笑，我又说：“其实我也有这个想法，但是我想皇上是不会同意的。因为根据祖制，祭天通常是在室外举行，所以这次祭天一定要小心才是，在外举行，对皇上的安危有很大的影响。”

东方信望着我，朗笑一声："没想到李大人同我心意相通，走，上山吧。"

我跟在东方信的身后向山上爬去，不一会儿，便到了昨日休息的凉亭处。

我用袖子擦着满头的汗，对着前行的东方胜，大声提议："不如先进凉亭休息一下，喝口水解解渴，再继续上山。"

东方信点了一下头，与我同进了凉亭，我们坐下后，我将水袋递给他，他喝了一口，忙递回到我手上。

我连擦都没擦就一仰脖喝干了水袋里余下的水。

他看着我："你为什么不擦一下再喝？"

我笑了笑："你患有传染之症吗？我为何要擦啊？再说，你我同为男子，应不拘小节才是。"

"那倒没有，不过李大人喝水的样子很是豪迈，是不是与慕容将军同赴沙场之后，沾染了慕容将军的豪迈之气，才会如此呢？"

我见他提到慕容，随即一笑："也许吧。对了，东方大人，其实我有一事不明，就是与黑水国缔约后回到天域国，你在朝堂之上好像处处针对我，不知是何原因？"

"李大人，你还记在心上？那时，我只是以事论事，绝无私心，至于那时对你所说的话，也是对你有所误会。"

我看着满脸带笑的东方信眼中闪着真诚，不像是在哄骗我，但我还是不知该不该相信他的话。

"原来如此。看来东方大人心中对我的误会已解，真是庆幸。我也不想失去你这位朋友。"

东方信起身，对我说道："李大人，休息够了，我们就该上山了，要不然等会儿下山天都黑了。"

我起身跟着他继续向山上爬去，到了太庙外，又巡视了一遍四周。

"东方大人，不如我们进太庙看一下如何，光是在外巡视，不知里面情形如何，怎么行。"

走进太庙后，住持带我们四处转了转，当到了一处厢房门外，只见上面写着"禁入"二字。

我好奇地看着住持，忙问："住持，这房为何写着这两个字。"

那住持一脸的慈眉善目，语气温和地说："这厢房是先帝与先后住过的，因先帝与先后双双过世后，皇上便命人封了这间房，不准任何人入住。"

我心中不明欧阳天域为何要这样做，接着又问："那这房从此就没打开过？"

住持点了点头，我又问："皇上也从没进过吗？"

住持又点了点头，笑着回我："皇上曾进来过一次，也是先帝与先后去世后头七，

后来便再也没有进来过。”

住持的话让我心生疑惑，也对这间房产生了浓厚的兴趣。

我久久看着这间房，直到东方信说：“天色不早了，李大人，我们该下山了。”

我这才应了一声：“好，我这就随你下山。”

下山的途中，东方信一脸好奇地问：“刚才看你好像对那间房很感兴趣的样子？”

“没有什么，我这人就是有好奇的坏毛病，看到房门上写着‘禁入’二字，我的好奇心就冒出来了，没有什么特别原因。”我找了一个不容起疑的借口敷衍东方信。

下山后，我回到状元府换上官服连夜进宫晋见欧阳天域。

欧阳天域看到我，笑问：“这么晚，李爱卿有何事求见朕？”

我走上前去，先是行礼，欧阳天域赐坐后，命人奉茶。

我坐下喝了一口茶，一脸严肃地问：“皇上，今日臣与东方大人再次上太庙，进入太庙后，发现一间房写着‘禁入’二字，听住持说是皇上所下的旨意，所以前来求证。”

“哦，朕倒是第一次听说，朕从没有下任何旨意封房，李爱卿是不是弄错了。”

“可是皇上，那住持明明就说是皇上下的旨意，而且还说皇上曾进去过一次，以后就再也没有进去过了，难道说住持敢冒欺君之罪，对臣说谎吗？”我不解地又问。

“那依李爱卿所见，那间房为何会引起你的兴趣？”

欧阳天域神色紧张地看着我，我忙回：“听闻先帝与先后曾住过那间房，所以臣想进那间房，看能不能有所发现，如果那间房是皇上下的旨意封的，臣求皇上恩准臣进去一探究竟，不知皇上意下如何？”

“看来不让李爱卿进去，李爱卿是不会死心的，那好，朕就恩准你进那间房，至于朕为何下那道旨意，其中缘由不便向李爱卿道明。”

我明白欧阳天域的意思，刚才他隐瞒下旨，我就知其中必有原因，至于这个原因，我也不想深究，只要他准许我进那间房即可。

欧阳天域这时起身走到我的面前，笑着问：“需不需要朕陪同前往？”

我站起身，摇了摇头：“不用，臣自己去就行了，请恕臣打扰皇上休息，臣先行告退。”

欧阳天域这时用手拉住我，笑着说：“朕已听你的话，与皇后和好，你对朕心里还有气吗？”

我转过身，一本正经地说：“臣并没有生皇上的气，只是觉得皇上不能辜负皇后对您的一片心意。与黑水国结亲，是臣一手促成的，臣曾经对皇后说过，也许她进宫后，皇上能感受到她对皇上的情意，继而与皇上鸾凤和鸣，皇后也同意臣的说法。才会答应进宫陪伴在皇上身边，当臣得知皇后与皇上之间势同水火的时候，臣心里很是愧疚，认为是臣害了皇后，所以那晚才会对皇上出言不逊，所幸的是，皇上听进臣之言，与皇后和好，那臣心里的一块大石也就放下了。”

"那为什么你对朕却这么冷漠？刚才朕要陪你去太庙时，为什么会拒绝？朕刚才的意思只是站在一个朋友的立场，别忘了你可是朕的四弟，你的安危，朕怎能不理？"

欧阳天域双眼直视着我，眼中有着怒气，我忙回："可是上太庙查先帝与先后的事，皇上不是交给臣了吗，而且皇上出宫，出了事怎么办？所以还是让破军陪臣前往太庙吧，这样皇上应该可以放心了。"

"破军可以，朕也可以。说实话，自从朕进过那房一次后，便再也没进过，所以想再一次进去，因为那里留有父皇与母后身上所特有的气息，让朕可以再次缅怀父皇与母后。"

我点了点头，向欧阳天域提议："臣想夜探太庙，因为白天有太多的人，不好查探。"

"那你定在什么时候？"

"就在今晚。臣已命破军在山脚下等臣，臣出了宫，就会马上赶往翠屏山。"

"那好，等朕换了衣服，随你一同前往。"

欧阳天域转身走进内屋，换好衣服之后，与我迈出了御书房。

我回过头提醒欧阳天域："如果皇上不留话给皇后，就这么出宫，皇后知道了，会担心皇上的。"

"李爱卿，朕早已留话给皇后，勿需担心。"

他什么时候留的话，我怎么不知道，没看他出过御书房，只是在内屋换衣，是留话给帮他递衣的近侍太监还是为他更衣的宫女？我转念一想，既然欧阳天域都说了，我还怀疑做什么，简直是多管闲事。

【46】

我俩出了宫，骑着马赶到了翠屏山脚，我一眼就看到破军提着灯笼站在一棵树下。

破军见是欧阳天域，赶忙跪下："臣破军参见皇上。"

欧阳天域扶起破军后，提醒着他："现在朕微服出宫，一切从简，快点上山。"

我们爬上山顶之后，那住持见是皇上亲自来了，脸色微微一变。这一微小变化落入我的眼中。

我们来到那间禁入的房门前，住持打开房后，我们四人进入了那间房，破军先是点燃了桌上的蜡烛，而后我看到这间房虽然常年被锁，但是里面好像很干净，像是有人打扫过。

我转过头，笑问："住持，你说这房禁入，为什么这里面却一尘不染，像是有人天天来打扫过。"

"是老衲亲自来打扫的。"

住持和气地回了我一句，倒是没听出这句话有问题，而且也合情合理。

欧阳天域这时接着问："你为什么不派人前来打扫？"

住持低头谦恭地回欧阳天域："启禀皇上，此间房任何人都禁止入内，所以钥匙只有老衲才有，不由老衲打扫，由谁打扫呢，毕竟圣旨不能违啊。"

"那你有心了，可是看这间房，像是有人住过一样，既然是被锁的房，为何这桌上的蜡烛像是新的一样，就算你天天来打扫房间，应该是白天才对，用蜡烛的机会很少，所以蜡烛不应该这么新才对。"

那住持听闻我这话，笑了笑："因为每次来打扫完房间，都会换上新的蜡烛，所以才会如此。"

"原来如此，皇上，看来你要打赏住持了，因为他不仅天天来此打扫此房，而且连蜡烛都每天一换，看来他很尊敬先帝与先后。"我笑着对欧阳天域说。

欧阳天域点了点头，略带赞许地问："你能每天打扫这间房，真的不容易。对了，父皇与母后曾用过的物品，你没换吧？"

住持摇了摇头，忙回："谢皇上谬赞，怎么可能换，皇上，请随老衲来。"

我们跟着住持走到一个大箱子前，住持打开箱子，我们看到里面有许多衣服还有一些只有皇家才有的东西。

欧阳天域拿起一张丝绢，叹了一口气:"这丝绢就是母后最喜欢用的，常年不离身。"

"皇上，能不能让臣看一看。"

欧阳天域将丝绢递到我手上，我拿在手上摸了摸，确实丝滑无比，也柔软无比，想必是上等好丝织成,但是我突然看到丝绢的右下角有一个很小的字,上面写着"玉"字。

我拿着丝绢，笑问欧阳天域："皇上，不知先后未进宫前是不是闺名带一个'玉'字？"

"你怎么知道，母后娘家姓水，是一个天域国很少的姓，而母后闺名为'水玉'，意思就是水中之玉，取高洁无瑕之意。当年父皇第一次见母后时就是这个感觉，所以才会对母后一见倾心，而母后如她名字一样，在后宫之中并不因她是皇后，而遭至其他嫔妃的嫉妒，而是与各宫嫔妃的关系都很好。自从有了朕与天香后，父皇对母后更是宠爱有加，只可惜他们却英年早逝。"

天域深深地叹了一口气，脸上流露出追思之情。

我看着欧阳天域眼中有着悲伤之情，轻声劝慰："皇上，不要再想这些伤心的往事。既然臣已看过这间房，并无发现，所以请皇上随臣下山。"

欧阳天域点了点头，转身向着房门走去，而我趁众人不注意，悄悄藏起了那块丝绢。

我们三人下了山后，先是送欧阳天域回宫，而后我与破军回到了状元府。

自从得知欧阳天域与霜霜鸾凤和鸣之后，其间我也曾到宫中询问霜霜是不是真的，

看到她满面春风的样子，我忙问她是如何与欧阳天域和好的。

她说要多谢我，因为是我力谏欧阳天域之后，欧阳天域才会对她另眼相看，至于怎么和好的，她事物巨细地全部告知于我。

那晚欧阳天域听了我的那番话后，来到皇后寝宫，宫外的宫女刚想禀告，欧阳天域用手示意她不用。

走到寝宫内室的门前，听到霜霜正在担心地问一个宫女："皇上还没有回宫吗？"

"启禀皇后娘娘，确实如此。皇上去驸马府了，皇后娘娘不用这么担心。"

"最近谣言四起，都是针对皇上的，而且国内又藏有反叛之人，皇上这么晚没回宫，你说本宫能不担心吗？"

霜霜一脸的焦急与忧愁，在宫中来回地走着。

"那奴婢再去问一下值日的太监，看皇上回来没有。"

霜霜点了点头，算是应允了。

那名宫女刚走到门口就看见欧阳天域正站在那儿，连忙跪下行礼："奴婢参见皇上。"

欧阳天域笑着摆了摆手，径直走进了寝宫，霜霜听到奴婢的叫声，又看到欧阳天域正一脸笑意地进来，赶紧从床上起身走到欧阳天域面前，下跪行礼。

"臣妾参见皇上。"

欧阳天域轻轻将她扶起，笑着问："皇后，朕让你担心了。"

霜霜不明白欧阳天域为什么会这样说，直直地看着他，略带疑惑地问："皇上，怎么会来臣妾的寝宫？"

欧阳天域牵着她的手走到床边坐下："朕为什么不能来？你是朕的皇后，朕来此当然是来看皇后的。"

"皇上，你之前说过没有什么重要的事不会来见臣妾，为何又会前来？"

霜霜越听越不明白，心里还以为欧阳天域今晚是吃错了药，才会来此。

"那是因为朕被人骂醒，所以才会来找皇后。"

欧阳天域想着刚才在驸马府被我骂的样子，不自觉地笑了笑。

霜霜不解地又问："被人骂醒？何人敢骂皇上，他是不是不想活了。"

"你说呢？以皇后的聪明才智，不会猜不出究竟是何人骂了朕吧。"

欧阳天域双眼含笑地望着霜霜，霜霜想到宫女刚才说皇上去过驸马府，难道说是驸马骂了皇上。

霜霜想到这儿，脱口而出："不会是驸马吧？"

霜霜见欧阳天域面无表情的样子，突然跪下为我求情："皇上，李大人之所以会这样做，应该是为了皇上好，请皇上不要怪罪李大人。"

"你们还真是好姐妹，她为了你骂朕，而你为了她求情。"

欧阳天域轻轻扶起霜霜，笑着说："朕有些累了，想在皇后这儿就寝。"

霜霜看着皇上命人更衣，连忙说："皇上，那臣妾到皇上的寝宫就寝，臣妾就不打扰皇上休息了。"

霜霜刚想走，却被欧阳天域拉住，笑问："你的寝宫不就是朕的寝宫？"

霜霜点了点头，合衣躺在床上，盖上被子。

欧阳天域看着霜霜的样子，心中暗自想笑，这个皇后平时挺聪明的，为何如今倒是笨得看不出自己想跟她修好，看来自己还得主动点，要不然他这个皇后脑中又不知在想什么。

欧阳天域翻过身搂住霜霜，在她耳边呵着暧昧不明的暖气，轻声问："那晚朕喝醉了，没有好好对皇后，朕今晚想弥补那晚的过失，皇后能否给朕这个机会？"

霜霜听到这话，转过头忙道："臣妾并没有怪皇上之意，请皇上不要自责。臣妾也有错，臣妾当时也有私心。"

"皇后有私心，能不能说给朕听一听。"

欧阳天域眼含情望着霜霜，霜霜此时分不清楚欧阳天域眼中的情到底有多真，但是在他温暖的怀抱之中，就算这一切是假的，她也愿相信这一刻欧阳天域的眼中只有自己。

明霜娇羞地据实以告："虽不能得到皇上的真心，但是臣妾还是想拥有一个流有皇上血脉的孩子陪伴臣妾，这样臣妾也不会感到孤独。"

"既然皇后有此私心，朕怎么会让你失望呢，朕想一晚可能不够，不如让朕与你一起努力，就从今晚开始如何？朕的皇后。"

龙床之上，红纱之内，有两个交叠的人影。此时，窗外的月亮也偷偷地躲在了云后，不敢看向寝宫之内。

书房内，我坐在桌旁，拿出袖中所藏的丝绢，盯着它出神。我心想：为何先后的丝绢，每一块都绣了一个"玉"字，难道真的是因为她的闺名带"玉"吗？

当我拿着丝绢对着烛光的时候，隐约看到里面好像浮现着几行字，我念着这些字：

玉在东方，望帝怜之，
玉在东方，望君惜之。

我将这几行字写在纸上，拿着纸，默默念着，脑中却盘旋着一个疑问，这玉不是在水中吗，为什么会在东方呢？

这句中的"帝"字显然是指先帝，那这君也是指先帝吗，如果是指先帝，为什么不同那句一样，反而要用一个"君"字，这太不可思议了，难道说这"君"指的是别人？

百思不得其解的我，在书房枯坐了一晚，天香来找我时，已经是第二日了。

她走到我面前，看到我手中拿着纸，轻轻取下，看着上面的字，再看了看桌上的丝绢，一脸担心地说："夫君，昨夜又一宿未睡？"

我揉了揉略感疲惫的眼："是呀，不过你别担心我，我还撑得住。我要去上早朝，你替我更衣可好。"

"你呀，不用去上早朝了，今天皇上下旨取消了早朝，所以你可以好好到床上去睡一下，不要太过苛责自己了。"

我看着她，点了她的额头一下，娇嗔："敢取笑你相公，看我怎么治你。"

天香这时拿着昨晚我写的那张纸，逗我："如果你欺负我，我就不还你这张纸。"

我停下手上的动作，假意求饶地笑了笑："不要闹了，快将那纸拿给我，那上面的字对我很重要。"

天香这时唇边带笑地读着上面的字，问我："这是不是皇帝哥哥写给夫君的情诗呀？原来夫君这么宝贝，那好，还给你，不知道夫君是不是心里对皇帝哥哥也有了好感才会收下这首情诗。"

"不要胡说，这并不是皇上所写，是从丝绢中得来。"

天香看着桌上的丝绢，双眼含疑地盯着我。

【47】

我走到天香的面前，拿起丝绢，示意她拿着丝绢对着光亮的地方看去。

天香看了一会儿，欣喜地大叫："好神奇，这丝绢中真的有字。这块丝绢是谁做的，好一双巧手，能将字藏在丝绢中。你快告诉我，夫君。"

我取过天香手中的丝绢放在桌上，略带神秘地笑了笑："此事先保密，等一切查明之后就告诉你。好了，既然今天不上早朝，我就去找东方大人商议一下关于祭天的事，你呀，不要将此事告诉其他人，知道吗。"

天香点了点头，忙劝我："你一晚没睡，不困吗？你还是去睡一下吧。你有公事忙，不能陪我玩，那我进宫找皇嫂去。好久没看到她，怪想她的。"

我点了点头："小心点，不要在宫中惹事。"

天香撅着嘴娇憨一声："我现在可不同以往了，怎么会在宫中惹事，只要不遇到那个人。"

我当然明白她所指是谁，摇了摇头，走出了书房，刚到大厅，就看到如风和破军正在说话。

我走到破军面前，笑着吩咐他："那东方胜的家乡你再走一趟，对了，你到我书房，

拿上书桌上的丝绢再去，说不定这次会有所收获。”

破军点了一下头，向着书房方向走去，我看到如风依依不舍的眼神，开玩笑地说：“我的小书僮一脸的舍不得，不如，你陪他一起去。”

如风的脸刷的一下红了，低着头娇羞地说：“看公子说到哪里去了，破军大哥每次出去办事，还不都是为了公子？如风是替公子着想才会对破军大哥好的，公子不要想歪了。”

“想没想歪呢，我就不知道了，不过，这次破军去执行公务，你倒是可以跟着去，因为我想你们假扮成夫妻去查探，这样也不会引起别人的怀疑。”

“公子，你要我与他装成夫妻，那我不就是要恢复女儿身，要是被别人知道了，那公子的身份不就暴露了，这可不行。”如风急道。

我摇了摇头，这时破军正好到了大厅，我叫住破军，说出我的想法，破军也认为不妥，但最后还是被我的话劝服了。

我命如风出了城，再换上女装，与破军扮一对远行的夫妻，等他们回来时，如风再做男装打扮，这样就不会有人发现如风是女子，毕竟那里离京城比较远。

破军被我劝服后，也劝着如风：“就听你家公子的，我们现在即刻动身。”

如风点了点头，脸上挂着笑意，而眼中流露出怀春少女的丝丝情意。

我看着如风与破军出去后，心里祝愿他们这次远行查案，如风能得偿所愿，打动破军的心。

我出了府来到国丈府外，正好看到一顶轿子停在府门外，轿子外面站立的是宫中太监与宫女，东方信也穿着官服站在轿外。

这时我看到从轿上走下一位身穿宫装的女子，原来是东方玉，没想到她今日出宫回自己的娘家省亲。

我心中不禁放宽心了，天香今日进宫应该不会遇到她不想见的人。

我调转马头正准备走时，眼尖的东方信看到了我。

“李大人来了，为什么又要走？”

“今日不上早朝，就想找东方大人商议祭天的事，没成想贵妃娘娘省亲，不想打扰你们姐弟叙旧，我还是改日再找东方大人商议此事。”

东方信转身对着东方玉笑着说：“祭天是大事，姐姐先进府看一看父亲大人，小弟同李大人商议完事后，再陪姐姐说话。”

东方玉笑着点了一下头，东方信命人牵出马后，随着我向着刑部走去。

东方信自从姐姐回宫之后，天天到刑部与我一起商讨祭天的事。

我也暂时停下了调查太庙那间禁入房的事，全力协助东方信筹办这次祭天大典。

一日，我从刑部回到状元府，进了书房，正在看书时，天香走进来，递给我一封信。

“这是国丈府派人送来的。”

我接过信，拆开一看，信上大致说的意思是，让我今日去天下第一楼的天字号包房，东方信有要事相商。

我看完信后，脑中在想，东方信为何会差人送信给我？就算是要讨论祭天的事，也不用到天下第一楼，去刑部就行了啊。

天香见我脸色凝重，忙问：“信上写了什么，为什么夫君脸色这么难看。”

我笑了笑：“信上没写什么，只是东方信让我去天下第一楼天字号包间商量一些事。我正在考虑去不去。”

“你的意思是不想去？为什么？”

“我也不知道这是为什么，但是不去好像也不太好，毕竟皇上交办我协助东方信筹办这次祭天的事，所以我还是去天下第一楼见一见东方信，也许他有什么重要的事要谈。”

“夫君，这就对了，反正你也好长时间没去过天下第一楼了。也许那东方信想借祭天的事与你在天下第一楼聚一下，你不是说你们已经化解误会了吗。”

我点了点头，换了衣服，步行至天下第一楼，刚到门口，早有跑堂的店小二在等我。

“是李大人吧，请随小的来。”

我跟在他的身后上了楼，来到天字号包间，进去之后，发现东方信还没到。

我坐在桌旁，笑问店小二：“东方大人有没有说几时来。”

他摇了摇头，为我倒了一杯茶，走出了包间。

我坐在包间内等了一会儿，这时有人推门进来，我一看原来是东方胜，看他的样子好像并没有疯癫的迹象。

他坐在我身边，疯笑着说：“是你害的我，是你害的我。”

这时东方信也走进来，看到东方胜正对着我胡言乱语，连忙拉开他，一脸歉意地笑。

“不好意思，父亲大人没有吓到你吧，对了，你为什么在这里？”

我看着东方信略带疑惑地反问一句：“不是你约我来的吗？”

我后知后觉般地感到是不是被人设计了。

东方信拉着东方胜，也一脸疑惑地问：“我是接到信，说有人会告知我父亲大人疯癫的真相才会来的，那个人不会是你吧？”

我摇了摇头，看着东方胜，笑问：“你父亲为什么会到这？”

这时东方胜突然挣脱东方信，指着我，眼中带着怒意，口中骂道：“是她害的我，是她害的我。她是女的，她是女的！”

东方信听到东方胜所说的话，好奇地打量着我，我一时之间不知该如何回他。

随后，我只是笑了笑：“东方大人还是先送令尊回去吧，我想我们被人骗来的。”

我刚说完这话，就听到嗖的一声，一把匕首从窗口飞了进来，插在了房内的木柱上。

我与东方信脸上皆惊，而东方胜一脸傻笑，指着那匕首，疯叫："好棒，好好玩！"

东方信走到木柱面前，拿下匕首，发现上面插着一张纸，他打开纸，略看了一下，然后望着我。

"李大人，纸上所写是不是真的？"

我接过纸，读着上面的字：老臣东方胜因揭破李木然女子身份，她伙同皇上用计陷害东方胜大人，以至将他逼疯。

我面不改色地抬眼望向东方信问："你相信上面所说？"

东方信没有回我的话，这时东方胜又叫："她就是女人，她就是女人！"

他趁东方信发愣之际，冲上来扯我的帽子，我一时没防备，头上的帽子被东方胜扯掉，一头青丝落下。

东方信冷眼看着我，仿佛在说，事实胜于雄辩。

我走到东方信面前，抵死不承认我是女子，一脸怒气地反问："如果我真是女子，那皇上为何会让我入朝为官？"

东方信指着我的头发："如果你不是女子，为何有女子一样的头发？"

我将帽子从地上拿起，将秀发塞进帽中，装出委屈状。

"我之前就说过，小时候，我得了重病，看病的大夫对我爹娘说，要从小把我当女孩来养，否则小命不保，所以从小我就穿耳洞，穿女子衣服，连头发也是与女子一样，直到我成年，我爹娘才告知我实情，做回男儿身。"

东方信还是用怀疑的眼神看着我，又问："那纸上所说的你陷害我父亲之事，可是真的？"

"如果你相信我是女子，就会相信那纸上所写，如果你不信我是女子，那纸上所写你又何必当真呢？请东方大人好好想一想，如果我是女子，能冒欺君之罪入朝堂为官吗？难道你认为皇上是傻子，不会发现吗？"

东方信看了看我，又看了看那张纸，点了一下头："姑且信你，但是我还是有所怀疑。"

"这摆明是个局，想引我们来，而且将你父亲也骗来，用这张纸上所写内容离间你我，破坏祭天大事。设计之人可谓煞费苦心。"

我看着东方信眼中的怀疑之色消失，心中的大石终于落下。

从天下第一楼出来后，想到刚才在包间里发生的事，我暗叫一声好险，差点就暴露了自己的真实身份，还好及时想到说辞，才让东方信没有信那纸上所说的。

我回到府后，进到书房看着书，可脑中却想着见到东方胜时的情景。从东方胜进来时，我就发觉他与常人无异，不像是有疯癫之征，难道说他是装的？

可是也不对，当时的他确实表现出疯子一样的行为，这究竟是怎么一回事，还有

骗我去天下第一楼的事也有点怪，这一切都像是精心设计好的。

这幕后之人究竟是谁呢，会不会跟天域国内的反叛势力有关？

【48】

天域国内，到处张贴着皇榜，大致的内容是关于祭天大典定在十日之后，至于地点就在太庙。

祭天的日子又恰好是先皇与先后的祭辰，这个安排是欧阳天域有意想祭完天后，再祭拜先皇与先后。

随着祭天大典的临近，我与东方信暂时住在太庙内的厢房内，一来可以对祭天台的搭建提出整改意见，二来也可以对太庙进行更为严密的布防。

东方信自从来到太庙之后，除了讨论祭天台的事，就一直有意避开我，就是吃饭时候，也是看到我来，转身就走。

我心中不解东方信为什么会这样，而且从他的眼中看不出任何异样之处。

巡视了四周布防的我，路过东方信所住的厢房，听到里面有读书声。

我笑着敲了敲门，门打开之后，东方信看到是我，面无表情地问："李大人前来，是为了讨论祭天台的事？"

我摇了摇头，回笑一声："刚才听到东方大人读书的声音，所以想进来与东方大人探讨一下刚才东方大人所读的诗句。"

东方信笑了笑，忙回绝我："东方信自知才疏学浅，怎能和天域的第一才子讨论诗词，如果李大人没什么事，恕东方信有事不能相陪了。"

他眼看就要关上门，我伸脚卡在门与梁之间，一脸笑意道："东方大人，你太过谦虚了，反正现在无事，不如你我一同喝茶品诗如何？"

东方信刚想说话，我用手将门推开，自顾自地走了进去。

我走到书桌前，看到桌上放着一本诗经。"窈窕淑女，君子好逑。"我转头一笑："原来东方大人正为情所困，要不然也不会读这首诗了。"

"我读这首诗并不是为情所困，只是碰巧罢了，请李大人不要瞎猜。"

"我是不是瞎猜呢，东方大人心里最明白。当日同上翠屏山时，东方大人曾提到过一名叫素素的女子，我看得出东方大人对她颇有好感，不知道她是不是你的意中人。"

我双眼含笑地望着东方信，只见他面显惊诧之色。我走上前去，忙问："东方大人为何如此看我，莫不是把我当成素素姑娘了？"

东方信脸色一变，镇静地轻笑一声："萍水相逢之人，谈不上喜不喜欢。我只是欣赏她的琴艺罢了。"

“原来是这样。东方大人正值年少，为何不娶亲呢，难道说天域国里没有你钟意的女子。”我笑着又问。

“李大人，此乃我私事，好像与李大人没有关系。”东方信一脸不悦地望着我。

“你我同朝为官，我这做同僚的只是出于一片关心，东方大人莫要见怪才是。对了，我听说王丞相的女儿未出嫁，而且此女花容月貌，熟读诗书，与东方大人很相配。东方大人需不需要我替你说媒。”

东方信摇了摇头，指着我，反问：“好像王丞相中意的是你李大人，当日若不是皇上招你为驸马，也许你现在就是王丞相的乘龙快婿了。”

我这时自嘲地一笑：“做丞相的女婿好过做驸马。”

东方信冷冷一笑，语带嘲弄：“是吗，我看你这个驸马做得倒挺舒服的。如果换做是做丞相的女婿，恐怕李大人的日子不好过吧。”

东方信一边说，一边逼近我，我听出此话暗含深意，又看到东方信眼中闪着令我不安的光，我退后了几步，靠在桌子上。

“诗词也讨论完了，我就不打扰东方大人休息了，先行告辞。”

我快步走出了房，东方信在我身后哈哈大笑，那笑声让我心里七上八下的。

回到房中，定了定心神，想着刚才东方信的话，越想越觉得不安，像是有什么事会发生在自己身上。

祭天的日子一天一天的逼近，我的心也一天比一天更不安，东方信的有意回避，住持看我时的异样眼神，这一切都让我无法安睡。

从床上起身后，我来到太庙的大殿之上，本想拜一下菩萨的，却听到有脚步声向大殿走来，我赶紧躲在神像的后面。

这时走进来两个人，由于眼前有布帘遮挡，我只看到一个是黑衣蒙面人，而另一个背对着我。

那蒙面人厉声问那个人：“一切安排妥当了吗？”

“请转告主公，一切都安排好了。”

那个人传出的声音听起来好耳熟，我偷偷地往外张望，想看清是谁，谁知他正好转过脸来，我忙捂住嘴，止住自己差点想叫的欲望，眼睁得大大的。

怎么会是他，是那个住持，他和蒙面人是什么关系，什么安排妥当了，还有那个主公是谁?

正在这时，那个蒙面人又问：“那个李木然怎么样？”

住持阴冷一笑，略带嘲讽地说：“那个人虽精明，但是还是被我骗了，而且她的死期也快到了，主公只要一起事，那个李木然与欧阳天域便一起玩完。”

我听这话，心中暗惊：原来他们是谋反之人，不行，我得下山进宫向欧阳天域禀

明一切，不然祭天的时候，欧阳天域会有危险。

等他们离开后，我悄悄地从神像后走了出来，急匆匆地向山下跑去，来到山下，才发现没有马，这要怎么回去。

我暗骂了一句脏话后，想到事关重大，现在也只好走路回去了。

经过一夜的行程，跑一会儿，歇一会儿，我终于在鸡鸣之时，赶回了皇城，进了城之后，便直奔皇宫。

进宫后，向太监禀明来意，等着欧阳天域的传召。

大约一刻钟的时间，太监回复："皇上还未起身，不如李大人先在御书房等一下，等皇上醒来之后，老奴再行禀报。"

我虽心急，但还是点了点头，随着太监来到了御书房，进到房内坐在椅上等着皇上。

快到正午的时候，欧阳天域终于来到了御书房，他看着我，笑问："听太监来报，你一早就进宫求见朕，是什么要紧的事？你不是在翠屏山上的吗，为什么会来此。"

我忙起身行完礼，一脸焦急地说："臣是有急事求见皇上，因为臣想告知皇上，那太庙的住持是谋反之人，请皇上下令擒拿此人。"

"你说住持是谋反之人，可有证据？"欧阳天域狭长的双眸闪着疑惑，盯着我问。

"昨晚臣因睡不着，所以走出卧房，行至大殿之时，无意中听到住持与一蒙面黑衣人所说之话，所以臣连夜下山赶到皇城，进宫面圣禀明此事。"

欧阳天域走到我面前，语带犹豫地又问："可是光凭你一人之言，就断那个住持有谋反之罪，这样如何服众呢？"

"皇上，眼看祭天大典就要召开，如果谋反之人借祭天起事，到那时，不只是皇上有危险，百官也会有危险。"

我激动地跪下言明事态的严重性。

"你先起来说话，朕知道你一心为了天域国，为了朕的安危。那好，朕随你上翠屏山，先找个借口将住持送下山，不让他参与祭天之事，如此一来，你所担心的事就不会发生，你说呢，李爱卿？"

我点了一下头，欧阳天域说得不错，唯今之计只有如此。

我与欧阳天域带着御林军一同来到了太庙，刚到太庙的大殿门口，就见到有许多和尚正围在大殿门前。

他们口中叫嚷着："住持被人杀死了！"

我与欧阳天域听到他们的叫喊声，脸为之一变。

御林军头领大声叫："皇上驾到！"

那群和尚听到皇上来了，赶紧跪下低头："皇上万岁，万岁，万万岁！"

众人跪下后，我与欧阳天域走进了大殿，我看到地上有一人正躺在血泊之中，我

走上前去一看，原来正是住持。

他的胸口被刺穿，满地是血，显然刚死不久。

欧阳天域走到我的身旁，略带疑惑地问："李爱卿，住持被人所杀，你怎么看？"

我刚想说时，看到东方信正好走进大殿。

东方信见了欧阳天域，忙低头跪下，"臣东方信参见皇上。"

"免礼！"欧阳天域回了一声，示意我接着说。

"东方大人这么晚才到，不知道是不是没听说大殿发生凶案？"我故意答非所问。

东方信起身，笑着解释："皇上，臣今日一大早就去巡视祭天台建造的事，大殿发生凶案一事，臣也是刚才听说。听说皇上在大殿，便急匆匆从祭天台赶到这里来。"

"东方爱卿，你对此事怎么看？"欧阳天域转头问东方信。

"皇上，臣认为李大人倒是有嫌疑。"

欧阳天域听到东方信所说，忙笑问："为什么呢？"

欧阳天域看了看我，颇有兴趣地等着东方信的回答。

东方信看着我，振振有词地说："臣怀疑李大人是有根据的，因为昨晚，臣经过李大人房间时，本想找他谈一下祭天台的事情，哪知敲门后，发现门没关，臣以为是李大人忘关了，所以向屋内叫了一声，可无人应臣，所以臣推门走进去，才发现李大人并不在屋中。"

"你就是凭此怀疑李大人对吗，那李爱卿又做何解释？"

欧阳天域转过头，眼带好奇地望着我，一脸看好戏的样子。

"皇上，臣那时并不在房中，而是在去往皇宫的路途中，试想臣没有马，徒步走到皇宫，花费一晚上的时间应该不为过，如果臣真的是凶手，那又怎么可能在早上赶到皇宫呢？"

欧阳天域笑着点了一下头："刚才李大人已经解释她为什么不在房中，你还认为她有可能是凶手吗？"

我这时看着欧阳天域那张笑脸，简直有冲动想凑上前去撕烂它，明明他知道为什么，还要我自己说出来，这欧阳天域就会变着法，想看我出丑。

东方信摇了摇头，又问："可有人证，证明李大人不在太庙？"

欧阳天域笑了笑，终于开金口："朕就是人证，朕今日听值班的太监说，李大人从早上一直等到正午，而且刚进宫时，满头是汗，如果她在太庙犯案，然后连夜下山，是绝对不可能在早上赶到皇宫的。东方爱卿，你现在是否还是怀疑李爱卿？"

东方信走到我面前，一脸歉意，拱手一拜："李大人，刚才多有得罪，望见谅。"

我随即笑了笑："没有关系，昨晚不在房中，任何人都可能怀疑到我身上，现在误会解释清楚，接下来是不是回归到住持被杀的事上。"

东方信点了点头，我转向欧阳天域进言："皇上，人命关天，请皇上将此案交由刑部处理。"

东方信这时接口反驳："皇上，调查凶案固然重要，但是祭天大典更为重要，现在李大人协助臣筹办祭天大典，根本没有时间调查案件，臣恳请皇上在祭天大典结束之后，再命李大人调查此案，到时候臣会鼎力协助李大人侦办此案。"

"皇上，臣怀疑此事与祭天大典有关，所以才会提出彻查此案，这与祭天大典的筹备并无冲突，反而对祭天大典有所帮助，望皇上准臣在祭天大典之前调查清楚此案。"我忙跪下恳求欧阳天域。

欧阳天域扶起我，笑赞："李爱卿，东方爱卿，朕知道你们一心为了天域国，为了朕。正如东方爱卿所说，祭天大典临近，一切事都要放下，力保祭天大典顺利举行，所以李爱卿，关于住持被杀一案就等祭天大典完毕再行调查。"

欧阳天域金口已开，不容我反驳，我只得下跪领旨。

第十二章　遥望苍天

【49】

祭天大典确实如欧阳天域所说的那样重要，关系着民心的背向。

流言一日不除，欧阳天域就始终处在风头浪尖上，加之天域暗藏的反叛势力至今没有查明，所以他也怕这股势力借助流言闹事，动了天域国的百年根基。

我与东方信陪着欧阳天域巡视了祭天台与四周的布防，欧阳天域赞道："两位卿家心思缜密，这次祭天的事交与二位，朕再放心不过了，等祭天完毕，一一论功行赏。"

我推辞道："启禀皇上，臣不想领什么奖赏，等祭天完毕后，请皇上恩准开国库救济灾民。"

东方信也谢绝封赏："皇上，李大人说得不错。现在正值干旱，有大批的灾民等着救助，所以臣也赞同李大人的提议，开库赈灾。"

欧阳天域拍了拍我们的肩，笑着说："两位爱卿忧国忧民之心，实为我朝楷模，就如你们所说，等祭天完毕，朕便开库赈灾。不过赈灾的事还要有劳两位卿家了。"

"皇上，为君分忧，是臣之本分，所以赈灾一事，臣等会尽力办好。"

我与东方信忙跪下领旨，口中三呼着万岁。

欧阳天域笑声连连，扶起了我与东方信："怎么说着说着又跪下了，都起来吧，天色也不早了，朕该回宫了。"

我与东方信送欧阳天域下山后，在返回山上的途中，我曾几次想找东方信说话，但每次都被他抢先开口。

"李大人，走快点吧，山上还有许多事情等着我们处理呢。"

我点了一下头，想说的话又吞回口中，默默地跟在他身后回到了太庙。

翠屏山上，我与东方信察看了祭天台。又巡察了一下四周的布防，看有没有遗漏的地方。

东方信一路上并没有与我多说话，只是说着关于祭天台及布防的事。

我回到住处收拾了一些衣物，想下山回趟状元府。一来可以看一下破军与如风回来没有，还有天香是否安好，二来命破军暗中调查住持被杀之事。

虽然皇上命我祭天完毕之后再查，可是没说过我不能暗查，所以我打定主意，即刻下山回府。

刚走到下山路口，就碰到了东方信，东方信见我拿着包袱，眼带了然于心之色。

“李大人，这是要去哪儿呀，不会又是去皇宫见皇上吧？”

我回笑了一句：“不是。这么多日在山上，想回府看一下。”

东方信笑了笑，调侃一声：“是不是怕公主独守空闺，所以赶着回去见公主啊？看来李大人还是个痴情男子，如此爱惜着自己的娘子。”

我面色一红，笑了笑：“那山上的事就有劳东方大人了，我明日会回来的。”

东方信用严肃的口吻对我说：“李大人，不是我有意阻你回去看公主，只是临近祭天大典，所以李大人还是等祭天大典结束，再回府与公主团聚，你看呢？”

“但是这山上的事不是处理得差不多了吗，再说我只下山一日，明日就返回山上，应该不会耽误什么大事的。”

我不明白东方信为何这样说，他好像是有意阻止我下山，这让我颇感好奇。

东方信又说：“我父亲大人疯癫在家，需要亲人照顾，我也很想回府一趟，但是一想到祭天的事，我就打消了这个念头。我想李大人应该明白身为长子的我，不能尽孝是多大的罪过，人言常说:忠孝难以两全，所以李大人等祭天大典结束后，再下山不迟。”

我听到他的说辞，才明白他不是好像有意阻止我下山，而是摆明不想让我下山，还搬出他父亲疯癫不能在身边照顾的例子，我无话反驳，只得点了点头。

东方信见我不说话，又提议：“不如我们现在再去巡视一下布防的情况，你也知道山上发生住持被杀一事，你不是也怀疑此事与祭天有关，所以布防的方面应该再加强。”

我背着包袱，跟着东方信，又巡察了一遍布防。

祭天大典眼看就要举行，举国上下对皇上此举都很赞同，京城中的流言也因此事而暂时平息。

欧阳天域与霜霜正在宫中等着量身做祭天时所穿的衣服，而群臣也为祭天的到来做着准备。

翠屏山上的祭天台提前一天完工，我看着眼前的祭天台，高九丈，宽三尺，有九十九层台阶，象征着皇上是九五之尊。

台上放有百年檀香木制成的祭桌，桌上摆满了贡品，天域国的王旗高悬空中，迎风飘扬，王旗上的金龙，遨游九天之上，代表皇上贵为真命天子。

东方信见我望着祭天台出神，在我耳边笑道：“看来李大人很满意此祭天台。”

我转过头笑着反问：“难道说东方大人不满意吗？”

东方信摇了摇头，又问：“你说祭天真的管用吗？也许此次天灾是因人而起的呢？”

我不明白东方信话里的意思，略带疑惑地问：“此话怎讲，难道你也认为像流言所说的那样？”

“流言，我倒是不信，不过人为一说，我倒是深信不疑。也许那个人不是皇上，而是另有其人呢？”东方信看着我，眼中带着令我心绪不宁之色，我从他眼神中似乎看出他想说的那个人是我。

我暂压心中的不安，一脸无所谓的样子：“东方大人何出此言呢？”

东方信笑了笑，抬头望着祭天台，说了一句：“也许到祭天的时候，那个人会出现吧。”

“祭天的时候，那个人会出现？难道说东方大人知道那人是谁？”

我看着东方信神情怡然，心里不由打了一个冷战，为何会这样呢，为什么看到东方信的神情会让我有这种感觉呢？

东方信转过头看着我，眼中一片宁静无波：“我不知道那个人是谁，也许有人会知道，一切都要等到祭天的时候自会分明。”

我愣在原地，不知该如何问他，他笑了笑转身离开。

我看着慢慢远去的东方信，一种极度不安的感觉涌上心头。

我自问：难道是因为最近忙于祭天的事，又太过担心欧阳天域的安危，再加上前几日住持之死，才会导致自己有这种不安的感觉吗？

我走回到自己的房间，坐在床上想着刚才东方信所说之话，不知不觉日已西沉，月已爬上了漆黑的夜空。

想着明日就是祭天大典，我推开窗，看着冷冽的月光，突然有想喝酒的冲动。

独饮未免有些孤单，我猜想东方信可能还没睡，忙起身开门，走到东方信的所住的厢房门前。

我看到他的房中并未没有烛光，暗想：他可能已经醒下，想养足精神以备明日的祭天大典。

我刚想转身离开时，发现屋中有烛光燃起，我欣喜地轻轻敲了敲了门，里面传出东方信的声音。

“是谁？”

“是我，李木然。今晚月色正浓，加之这几日都为祭天之事操心，所以想放松一下，想邀东方兄出来品酒赏月，不知东方兄可否愿意？”

我在门外说出本意，这时吱的一声门开了，东方信一脸笑意，但是额头上好像出了许多汗似的。

东方信借口推托：“没想到李大人还有此雅兴，不过明日是祭天大典，我们还是早

点安睡，以免误了明日的祭天大典。”

我不容他有疑，忙找理由说服他：“东方兄，在下只是想放松一下，不会耽误明日的祭天大典的。再说，东方兄这么一心为国，怎么会误了祭天大典呢？其实邀东方兄还有另一个原因：因为我们俩合作筹办祭天大典，明日就是皇上检验我们完工的时刻，我想提前庆祝明日的祭天大典顺利举行。”

东方信点了一下头，算是应承下来，不知为什么，他看我的眼神有点异样。

我们来到祭天台上，我端起酒杯递给东方信，颇有感慨地说：“在祭天台上饮酒赏月，是不是别有一番滋味在心头？”

东方信笑了笑，接过酒杯，一饮而尽：“没想到李大人会邀我到祭天台来对酒赏月。”

我举起杯，对着明月祈盼：“预祝明日祭天大典顺利举行，天灾早日消除，天域国百姓能安居乐业。”

我说完后，一仰脖喝下了杯中美酒，东方信看着我不说话，眼神中露出奇异之色。

我笑了笑，口中吟道：“人生得意须尽欢，莫使金樽空对月。”

东方信看着我，淡淡的双眸渐渐变浓，莫名其妙地问了一句：“李大人，你究竟是怎么样一个人？”

我笑着自嘲：“我就是我，还会是怎样一个人？东方兄，与我相处这么久，还不知道我是什么人吗。”

没想到，那一晚是我最后一次与东方信把酒言欢。

【50】

翠屏山上太庙外，欧阳天域身着绣有九龙的龙袍，头戴珠帘皇冠，脚蹬朝天靴，眉似剑，龙目之中精光乍现，鼻挺唇薄，脸上带着自信的笑，不怒而威，帝王之相崭露无疑。

他身旁是身着九凤锦衣的霜霜，头戴凤冠，凤冠之下眉似弯月，长长的睫毛掩映着一双带笑的明眸，玉鼻挺立，唇似樱桃，一点而红，双颊飞红，显出皇家风范。霜霜不愧出身皇室，贵气夹着皇后特有的威严，好一个母仪天下的皇后。

朝中大臣身着官服，威严庄重，紧跟在欧阳天域与霜霜的后面，一步一步走向祭天台。

我与东方信身着官服早已立在祭天台的台阶旁。

欧阳天域走到我们面前，开口便赞：“这祭天台气势雄伟，彰显我天域国的国威，真是辛苦两位爱卿了。”

我低着头回禀：“请皇上与皇后娘娘上祭天台。”

欧阳天域携霜霜踏着稳健的步子，一级一级地向着祭天台走去，而群臣早已跪在祭天台前，低着头，口中三呼着万岁。

我与东方信跟在他们身后，也登上了祭天台的顶端。

台上早已放好了三牲祭品，摆着滴泪的香烛，还有巨大的香炉，香炉内插着三根正燃着的粗高檀香，香烟渺渺直上九天。

我低着头，上前一步，毕恭毕敬地跪在欧阳天域面前，将祭天文用双手举过头顶，呈在欧阳天域眼前："恭请皇上宣读祭天文。"

欧阳天域接过我呈上的祭天文，展开后，用雄浑低沉、略带威严的声音朗声宣读："天域国百年基业有赖苍天庇佑，今逢大旱，朕身为天子，为民请愿，恳请苍天降下福泽，造福天域国数万生灵。朕以天子之身祈望苍天垂降甘霖，滋润天域国土，今奉上三牲祭品，以祭苍天。"

读完之后，欧阳天域与霜霜齐齐跪下，而东方信走到我身边跟着跪下。

欧阳天域与霜霜向着苍天叩了三个响头，欧阳天域扶起霜霜，走到台前。

欧阳天域扫视了跪地的群臣，大声说："众位爱卿，今日祭天，不仅是为了天域国的数万百姓，也是为了天域国的百年基业，希望苍天能听到朕之祈愿，降下甘露以解旱灾。"

群臣听后，齐齐喝道："吾皇圣明，吾皇万岁，万岁，万万岁！"

我起身走到祭桌前，倒了一杯酒，走到欧阳天域身旁，低头双手递上酒杯。

"皇上，请以此酒祭谢苍天。"

欧阳天域接过酒杯，对着苍天洒下清酒，风中弥漫着酒香。

东方信这时也端起一杯酒走到霜霜面前，叫了一声："皇后娘娘。"

霜霜接过酒，对着苍天高声大叫，叫声中带着浓浓的祈盼之意。

"祈愿苍天能佑我天域，四海升平！"

她将杯中酒迎风洒下，然后跪在欧阳天域面前带着诚心恳求："皇上，臣妾想抚琴一首以祭苍天！"

"难得皇后一心为了天域国，朕准你抚琴一首以祭苍天，不知皇后想以何曲来祭苍天。"欧阳天域笑着问。

"李大人教了臣妾一首曲子，正适合今日祭天之用。"霜霜虽回着欧阳天域的话，但是一双美目却盯着我看，眼带谢意。

"那朕可要洗耳恭听了。"

我命人取来琴案，焚上香，将琴放在琴案之上。

一切准备好后，我走上前去，低头对着霜霜："皇后娘娘，琴已备妥，请娘娘抚琴。"

欧阳天域牵着霜霜的手走到琴案前，霜霜坐下，欧阳天域立在她的身旁，脸带笑意，

眼含情。

霜霜轻抚琴弦，一首清扬的曲子从她的指尖飞出，传遍了祭天台的四周，这时霜霜口中吟诵：

苍天兮之，唯皇祭之，

天下兮之，唯皇惜之，

祈天兮之，唯妾垂之，

天下福之，唯妾愿之。

欧阳天域听到霜霜口中念出的祭天赋，动情地说："唯妾一人，得皇心之。"

霜霜抬眼望向欧阳天域，四目相对，其中情意映入众臣眼中。

我对着东方信小声说："皇上能得此后，是天域国之福。"

东方信没回我话，只是看着欧阳天域与明霜。

霜霜玉手轻弹着琴弦，不仅是在祭天，也是在诉说对欧阳天域的情意，欧阳天域拱手朝天，一双星目凝望苍天，而后轻轻闭上眼，口中念念有词，一脸的虔诚。

我们跟着皇上望着苍天，轻闭双眼，心中默念着祈求苍天的话。

琴住音止，霜霜站起身，双手合十，对着苍天许下心愿，睁开眼时，看到欧阳天域藏着深意的眼。

东方信这时候走到欧阳天域面前，一脸认真地进言："皇上，今日祭天大典，臣想向皇上说一句，连日旱灾并不是因为天灾，而是因为人祸。"

此话一出，台下众臣皆惊，而台上的欧阳天域、霜霜还有我都眼望着东方信，不知道他究竟想说什么。我脸上虽保持着镇静，但内心却是一片惊愕。

欧阳天域眼含厉色，强忍着怒气，低沉地问："东方信，你何出此言？难道你想借此流言，诬朕是人祸吗？你好大的胆子，敢欺君犯上。"

东方信一脸的无畏，跪下抬头，大声高叫："臣并没有欺君犯上，欺君之人是她。"

我看到东方信看我的眼神中流露出恨意。

我忙跪下："启禀皇上，臣不知东方大人为何要诬蔑臣欺君？"

欧阳天域看着东方信怒问："李爱卿何来的欺君？李爱卿一心为国，朕与众臣还有天域国的百姓都看在眼里，记在心上的，你为何要诬蔑李爱卿？"

"皇上，臣句句属实，臣今日就是拼上一死也要除去这祸乱朝纲、引起旱灾的妖女。而这个妖女就是她，化名为李木然的冯素贞，皇上请你不要再被此妖女迷惑，她女扮男装，考科举，入朝堂，已犯下欺君大罪，请皇上将妖女打入天牢，秋后问斩，以正视听。"

欧阳天域扫视了一眼台下众位朝臣，语气平缓，一脸镇静地反问：“你口口声声地说李爱卿是女子，你可有什么证据？李爱卿可是驸马，如果她是女子，公主会不知道吗？”

东方信这时起身直视着欧阳天域，眼中含着自信与无畏，振振有词地说：“臣当然有证据，证据就是眼前的李大人。李大人如果要以示清白，可以将衣服解开，让众臣看一看你是男子还是女子。”

我看着东方信咄咄逼人气焰，忙对着欧阳天域乞求：“皇上，东方大人让臣脱衣，有辱祭天，既然祭天已完，臣先行告退。”

欧阳天域已然我的心思，对我点了一下头，我起身向着台下走去。

东方信却不顾礼仪，冲到我面前，用手将我的官帽打落，一头乌黑青丝随之散下，和着风飘散在空中。

我心一惊赶紧抱着头，没防备到东方信又将我的官服撕开，台下众臣均倒吸了一口气。

我用手拉着衣服，看着台下群臣，眼中闪着惊慌与羞怯，再看了看东方信一脸的恨意，我明白这次我真的完了。

欧阳天域双眼冒着怒火，大声怒吼：“东方信，你好大的胆子，没朕准许竟敢如此放肆，你还当朕是皇上吗？”

东方信这时取下官帽，对着欧阳天域跪下：“臣早知揭穿李大人的女子身份，会引来杀身之祸，所以臣甘愿受死，希望以臣一死换得天域国天下太平，但是臣请求皇上一定要治李木然死罪。”

东方信低着头不再言语，欧阳天域眼中闪着为难之色，霜霜眼中闪着悲伤之色。

原来此次祭天，不是祭天而是祭人，想到此，我扑通一声低头跪在地上。

“东方大人说得不错，臣女扮男装入朝堂已是欺君，请皇上降臣死罪。如果臣一死能让万民免去旱灾之苦，臣愿一死以祭苍天。”

欧阳天域走到我面前，轻轻将我扶起，脸上带着心痛之色，痛苦地问：“你为什么要这么做，这都是朕的错，朕不想放你离开朝堂，才引来这杀身之祸。”

“皇上，臣妾恳求你看在李大人以往的功绩免她一死，臣妾请求皇上不要降李大人死罪。”霜霜哭着跪在欧阳天域面前，声带哀求。

而台下众臣齐声喝道：“皇上，李大人隐瞒女子身份入朝为官，已犯欺君之罪。请皇上降旨，将李大人打入天牢，秋后问斩。”

台下众臣的声音，台上霜霜的凄冽的哭声，东方信与我低着头跪下的身影，欧阳天域看在眼里，听在耳中，遥望苍天，一双狭长的墨黑色龙目之中藏着心痛与无奈。

欧阳天域苦笑一声，朗声开口，一字一句，声声带着不忍与自责，悠远而绵长。

“李木然罔顾天域律例，以女子之身着男装入朝堂，欺瞒天下，以至引来天灾，让天域国百姓陷于水深火热之中，为正朝纲，解万民于水火，朕降旨，将李木然押入天牢，秋后问斩。”

祭天台上欧阳天域含着心痛宣布了这个决定，霜霜听到后，犹如五雷轰顶，霎时眼前一黑，昏倒在祭天台上。

欧阳天域跪下抱着霜霜大声叫：“快来人，宣太医。”

我看着霜霜因我的事而昏迷，双眼含泪跪下默默念道：“对不起，皇上，是臣不好，连累皇后昏倒，请皇上一定要保重龙体。臣不会怪您，不会怪任何人，这一天虽来得晚了点，但是臣知道这一天迟早会来的。”

祭天台上一阵忙乱，欧阳天域抱着霜霜向台下急速地走去，而御林军扶起我，架着我向台下走去。

这时，东方信走到我面前，恨恨地说：“如果皇后有什么事，李大人就算是死，心里也觉得愧疚吧。”

我看着东方信淡淡地回了一句：“我自知死罪难逃，可是我不怪你。我是女儿身之事是东方胜告诉你的吧，不过东方大人，我想劝你的是，表面上看到的不一定是事实，你没忘记当日在凉亭我所讲的故事吧！天域国能不能太平，就看你怎么做了。”

我脸上带着笑，在御林军的押送下沿着台阶一步一步走下了祭天台。

【51】

天牢之中，我坐在发霉潮湿的床上，想着祭天台所发生的一切，不自觉地笑了笑。

原来自己是扰乱朝纲，引来天灾的妖女，东方信所说的人祸就是自己，我早就该想到他会如此做的。

那日与他交谈之中，他的言语之中不是早就暗示了一切吗？我的心一直不安，总觉得祭天时会发生大事，没想到却是自己被东方信当众揭穿女子身份。

牢门打开的声音传入我的耳中，我看向牢门，看到东方信正站在门口，他对着身后的牢役示意了一下，他们转身离开了牢房。

东方信走到我面前满脸怒气地质问:“你是不是诬蔑父亲大人勾结他国，意欲谋反？”

我看着双眼冒着怒火的东方信，轻声一笑：“既然你的心中已认定我是这样的人，你还来问我干什么？”

“我只是来向你求证，是不是你所为。看来你已经承认。”东方信恨恨地说：“我父亲与你究竟有什么仇，你要如此对他？就算当日他没有审理李家一案，致他们蒙冤，可是后来不是平反了吗？你却要将此事牵怒到父亲大人身上，将他逼疯，你的心肠未

免太毒了一点！”

听着东方信的控诉，我起身走到他面前，反问：“如果东方胜真的疯了，你会知道我是女儿身吗？我早就对你说过，看事情不能只看表面，我也说过我会认罪，但是我希望你能挽救天域国，挽救天域国的百姓，让他们不要陷入战乱之中。”

东方信看着我的眼，沉默了片刻转过身走出了牢房，带着讥笑与愤恨轻轻地说了一句：“李大人，我不用你教。食君之禄，替君分忧，这句话我还懂，李大人现在还关心着万民，我看你不如关心一下自己更好，因为秋后监斩之人会是我，到时候，我要看着你在我眼前死去，这样才能一消我心头之恨。”

牢门大锁重重地锁上，我坐回牢房中铺着的乱草上，心中只有一个念头，东方信，希望你真如你刚才所说那样，为君分忧。

“李大人！”两声熟悉的声音传入我的耳中，我看到牢门口站着李兆庭与破军。

我一脸带笑起身走到他们面前，忙问：“你们怎么来了，这是天牢重地，没有皇上的恩准，不得入内。”

李兆庭忙给我解释，是因为破军进宫求欧阳天域来状元府商量要事为由，将欧阳天域请出了宫。他们也向欧阳天域禀明了他们所查知的东方胜与先后之间的关系，但是欧阳天域不信。他们还提到天香为我双眼含泪，跪求欧阳天域。

天香希望欧阳天域能看在父皇母后仙去之时，她正值襁褓之中，对他们的印象虽淡，但是他们毕竟是她至爱之人，所以请欧阳天域先暂不要问斩我，等一切查明，再做最后的决定。

欧阳天域却对天香言明，当下并无证据证实东方胜确有反叛之意，还有他装疯只是猜测，并无真凭实据，如果推迟处斩我，朝中大臣一定会向他施压的。

随后李兆庭又跪求欧阳天域，禀明想查明真相后，还天域国太平，也还我清白。

破军、如风还有天香也跟着跪下求欧阳天域请他拖延问斩时间，还我一个清白。

欧阳天域看着眼前跪着的众人，应承给破军与李兆庭一个月的时间追查此事，如果一个月后仍无消息，维持原判。

欧阳天域说完之后，起身便欲回宫的时候，李兆庭请欧阳天域恩准他可以进天牢探望我，因为他有许多事要请教我，也许对于侦办此事有帮助。

得到欧阳天域的手谕后，他们才得以进入天牢见我。

我听到破军曾进过宫，忙问他，霜霜怎么样，因为看到她在祭天台昏厥，心中实有不安。

破军对我说，他进宫时，霜霜刚醒，听说是怀上龙脉，所以欧阳天域一脸担心，怕霜霜动了胎气。

我听到这个好消息，也为霜霜感到高兴，这天域国终于后继有人了。

破军看着我头发散乱，衣服单薄，而且面容憔悴，问了一句："四弟，你受苦了。"

我装作很乐观的样子，回了一句："你看我不是好好的？哪里不对劲？你不要担心了。对了公主与如风还好吧，如果她们知道我的事，肯定会吃不好，睡不好，你们出去后，带句话给她们，说我很好，不要担心我。"

李兆庭一脸严肃地说："我们这次进天牢，是有要事找你相商。"

"哦，说来听听，我身在天牢，虽然帮不上忙，但是出主意还是可以的。"我笑着回他。

李兆庭将发现的疑点一一向我道明，还有破军也讲述了他与如风去东方胜老家查出的一切，以及回程途中所遇到的偷袭。

破军与如风两人化成夫妻来到东方胜的家乡——凌源镇。

当到了该镇后，先找了家客栈住下。

破军对如风笑着提议："你今晚睡床上，我睡地上。"

如风想到正值秋天，晚上很冷，忙说："不用，还是你睡床，我睡地上。我自小做丫环习惯了。"

破军摇了一下头，抱着被子在地上铺了起来，如风看到破军如此，抢过被子。

"破军大哥，都跟你说了不要睡在地上，要不我们都睡床，我相信你不会逾越。"

破军脸一红："这怎么行？你是女子，与男子同睡一床，如果传出去，你以后还怎么嫁人。"

"嫁不出去也没关系，一辈子跟着小姐不就行了？对了，破军大哥，如果我嫁不出去，你愿不愿意照顾我一辈子？"

如风没想到自己说出这么大胆的话，又赶紧解释："我开玩笑的，我知道破军大哥心中只有小姐一人，你别当真。"

破军听后笑了笑，没回她的话。

当晚两人睡在一张床上，两人的中间放了一个水碗，这是破军坚持要这么做的，如风争不过他，只有如此。

其实有这个水碗跟没有一样，因为如风晚上睡觉很不老实，喜欢翻来翻去，所以一个翻身就差点将水碗打翻。

还好破军眼疾手快，拿开了水碗，要不然水碗中的水早就洒出来，将床浸湿。

破军刚想放下水碗时，如风一个翻身，一条胳膊正好搭在破军的身上，让破军一动也不敢动。

这时，如风身上的女儿香慢慢飘进破军的鼻中，让破军额头上冒出冷汗，加之手上又端着水碗，苦不堪言。

破军本以为这样就算结束了，没想到的是如风一条腿又搭在了他身上，搅得破军无法入睡，只能睁着眼等到了天明。

如风一大早醒来，看到自己整个人扑在破军身上，脸羞得通红，又看到破军手上拿着水碗，刚想叫，脑中却想着昨晚破军一定被她搅得没睡好。

此时的破军双眼闭着，睡得很死，不时还有微弱的打鼾声，如风慢慢地起身，轻轻将他手上的水碗拿下，放在桌上，又替他盖上被子，静静地看着破军，一脸甜蜜的笑。

破军直到晌午才醒来，看到坐在床边的如风，忙叫：“你怎么不叫醒我，我们今日还有正经事要办。”

如风一脸愧意地说：“我的睡相不好，昨晚一定闹得你没睡好，我醒来时看你睡得这么香，所以不忍心叫醒你，真对不起，我看还是我睡地上好了，要不然你晚上又要睡不好了。”

破军听到如风这样说，脑中浮现出昨晚的情形，脸一下子红了：“不用，你没打扰到我，我们现在就动身到东方家的老宅吧。”

如风听后，点了一下头，与破军两人出了客栈来到了东方家的老宅。

到了老宅，如风整了整衣裙，敲着门，大声叫：“里面有没有人？”

叫了一会儿，门开了，是一位白发白须的老者，他看着如风，忙问:“请问你找谁？”

“我来这，是替人送东西来的。”

如风一边笑着说，一边示意破军将丝绢拿出来递给老者。

那老者接过丝绢，脸上顿时露出笑意：“你们是来找东方老爷是不是？”

如风与破军点了点头，那名老者又问:“可是东方老爷在京城里，你们为何来此？”

如风这时笑着说：“我们路上遇到一个人，知道我们要来凌源镇，所以求我们将丝绢带到这的。”

那老者听后，点了一下头，让开身子，笑着说：“不要站在外面，进来说话。”

破军与如风穿过门跟着老者来到一个厢房门前，那老者推开门，说了一声:“请进！”

破军与如风走进厢房后，看到里面的神案上摆着的灵牌，脸色大变，对着老者问：“这灵牌上的人是东方老爷的什么人？”

破军与如风坐在厢房中听着老者向他们讲述着灵牌上的人与东方老爷之间的事。

如风与破军相互看了一眼，如风一脸好奇地问：“那后来为什么会分开呢？”

老者叹了一口气：“也许是老爷与她有缘无分，虽然自小一起长大，感情深厚，却抵不过命运的安排，所以老爷才会入京为官，就是为能伴在她身边。”

“老人家，听你这么说，你家老爷是为了她才会入京为官的，可是他不是三朝元老吗？为什么是为了她才入京为官的。”

破军疑惑不解地望着老者，那老者又叹了一口气。

“老爷是三朝元老，没错，老爷年轻的时候曾在战场上救过现今皇上的爷爷，当时战事一完，老爷就回到老宅准备与她成婚，哪知回来之后，才知道她已成为太子妃，

老爷为了再见她一面，才会上京接受皇上的请求入朝为官。”

老者说到此处泪已润红眼眶。

“老爷入朝为官不久，皇上退位，太子登基，太子妃自然就成了皇后，母仪天下，老爷也一偿心愿见到了她，可是好景不长，她与皇上在诞下小太子与公主之后双双去世。老爷回到老宅为她立了一块灵牌，而且头七的第一天，老爷还坐在这个厢房一整夜，我晚上经过时还听到老爷对着灵牌说着话，话语中带着哭声，所以我说老爷是这天底下最可怜的人。”

如风与破军神色凝重，然后如风又语带好奇：“那这丝绢是不是他们的订情之物？”

老者点了点头：“这丝绢右下角的‘玉’字，就是当年老爷命人专门为她设计的，所以她也一直用着这种丝绢。”

如风与破军一同起身，然后如风欠了欠身，笑着说：“既然你家老爷在京城，那我们就送这块丝绢去京城交给他，也好慰解他的一片相思之情。”

老者笑了笑，语带挽留：“天色已晚，要不等天明再起身上京。”

破军这时忙推辞：“不用了，我们即刻进京，也好将丝绢早点交到你家老爷手上。”

老者送如风与破军出了府门，如风对着破军，一本正经地说：“看来小姐估计的不错，那个东方胜与先后的关系真的非比寻常。我们赶快回京，向小姐禀明此事。”

破军点了点头，与如风回到客栈，结了账之后，雇了一辆马车，向着京城方向奔去。

第十三章　玉在东方

【52】

回程的官道上，破军驾着马车载着如风，风驰电掣般向着京城方向急赶。

当他们快接近京城时，四周窜出一群蒙面人将马车团团围住。

破军看着这样的情形，对着车内大叫："如风你暂时不要出来！"

如风听到破军的叫声，觉得有异，掀开车帘，看到四周站满了黑衣蒙面人，如风吓得退回车内。

破军回头便叫："不是让你不要出来吗，等会儿你要借机逃走。这里的蒙面人，我会应付。"

如风大声回道："这怎么行，你一个人如何对付这么多人？不如由我引开他们，你逃走。你的脚力比我好，一定能很快到京城的。"

如风的话音刚落，只见一个蒙面人手一挥，四周站着的人攻向马车，破军抽出刀，眼中冒着杀气，以一敌众，挥舞着钢刀，与数十名蒙面人刀剑相向。

此时的风中弥漫着血腥的味道，如风的耳中听到外面的杀声与惨叫声。

她偷偷将车帘掀开，看到破军正一人对付着几十个人，而且满身是血，如风的心揪得紧紧的，忍着欲坠下的泪。

破军的体力渐渐被消耗得差不多，变得只有招架之力，破军也知自己快抵不住，跳回了马车。

"快从车后跳下，我做掩护。"

如风慢慢将身体移到车后，将车帘掀开，从车后跳了下去。

她起身刚想跑，就看见头顶之上有一把明晃晃的钢刀，她吓得眼一闭，以为自己的小命从此玩完，可是她的耳中却传来刀剑相撞的声音。

如风睁开眼，看到是李兆庭正在与那手持钢刀的人打斗着，而且看到李兆庭所带的手下正在帮着破军与蒙面人交手。

如风欣喜若狂地大叫："李公子，你怎么在这儿？"

李兆庭一边举着剑与蒙面人激斗，一边转过头问："你们为什么会在这儿？"

蒙面人看到眼前的形势对他们不利，其中一人手一挥，数十名蒙面人几个纵身就窜入山林中，不见踪影。

如风看到破军昏倒在地上，连忙奔到他面前，看到他身上有几十处伤口，不停流着血。

如风抱着破军，眼泪顺着眼角流下，她焦急地转过头对着李兆庭大叫："李公子，快来看一看破军大哥，他伤得很重。"

李兆庭跑到破军身边，拿出金创药为破军暂时止了血，然后抱着他上了马车。

如风也跟着上了马车，李兆庭吩咐如风："你好好照顾他，我来赶马车。"

如风点了一下头，李兆庭转身来到车前，赶着马车，后面跟着他的手下，骑着马向着京城奔去。

如风在马车上看着破军，心如针在扎，对着破军说："破军大哥千万不要有事，如果你有一个三长两短，我怎么向小姐交代。"

如风突然看到破军好像很冷的样子，用手摸了一下破军的额头，发觉很烫，掀开车帘对着李兆庭着急地叫："破军大哥全身好烫，李公子，该怎么办？"

李兆庭转过头，安慰她："马上就要到京城了，进了京城我们先找大夫医治破军，你不要担心。"

如风看着破军很难受的样子，哭泣地请求："我怕还没到京城，破军大哥这条命就没了。这里离京城虽近，但还是要三天的路程。李公子，这附近有没有小镇，先到小镇找到大夫为破军医治一下，这样比较好。"

李兆庭朝她点了一下头："快到临渊镇了，我们就在那个小镇休息一晚，先为破军治病疗伤。"

如风点了一下头，又坐回破军身边，紧紧靠着破军，想用体温让破军不再感到难受。

破军虽闭着眼睛，但是鼻中又闻到熟悉的香味，脸上不禁露出了笑意。

到了临渊镇后，李兆庭先是找了一家客栈住下，对着如风说："我出去找大夫，你在这儿照顾破军。"

如风点了一下头，焦急地说："你要快去快回，我怕破军大哥的病会越来越重。"

李兆庭吩咐手下好好保护如风与破军后，便骑着马去镇上找大夫。

如风端了一盆水，用浸湿了冷水的毛巾放在破军的额头上，湿毛巾一转眼的工夫就干了，如风又换另一条，就这样不停地换着。

如风见破军的脸渐渐没有之前的红，气息也平稳了，这才脸上带笑，说了一句："总算睡得安稳了。"

这时，门吱的一声开了，如风转头看到李兆庭满头大汗站在门口，他的身旁是一名背着药箱的大夫。

如风急切地说："大夫，你快看一看破军大哥。"

大夫走到床边，将手搭在破军的脉搏上。

大约一刻钟的样子，转过身对如风与李兆庭，轻声说："据脉相所看，应该没有大碍，虽说还有发热的症状，但是已好多了。身上的刀伤经过止血也没什么大碍了，我开服药方，你们按药方抓药，煎好后让他服下，三日之内他的伤就会康复。"

"可是刚才他全身还是很烫的，是不是大夫你弄错了。"如风不解地问。

大夫看了一眼床边的水盆与湿毛巾，忙笑着说："那都是姑娘的功劳，你不停地用冷毛巾替他降热，他才能这么安稳地睡着。"

如风没想到大夫一眼看出自己是女扮男装，脸一红，不再说话。

李兆庭一边领着大夫出门，一边说："大夫，我们先出去吧，你不是要开药方给我吗？"

大夫笑了笑，摸着胡须，跟着李兆庭走了出去。

如风又走回床边，坐在离床很近的凳子上，看着熟睡着的破军，轻轻说了一句："破军大哥，你不会有事了。"

李兆庭按着药方抓了药，命人煎好后，亲自端到了破军的房中，正好看到如风望着床上的破军发呆。

他轻咳了一声，走到如风身边："如风，药煎好了。"

如风回过神来，接过药碗，眼中还有泪花，对着李兆庭说："等他醒了再喝吧。"

"可是药冷了就失了疗效。"李兆庭笑着提醒。

如风摇了一下头："等他醒来，我再去煎一碗药，让他服下。"

李兆庭笑了笑，没再说话，看着如风双眼含情的望着破军："你与破军为何遭人埋伏？"

如风将药碗放在桌上，请李兆庭坐下后，倒了一杯茶递到他手上："我与破军大哥是奉小姐之命到东方胜的家乡调查一件事，在回京途中却遇到蒙面人的埋伏。我到现在也不清楚究竟是什么人要埋伏我们。"

李兆庭又问："那你家小姐让你们调查什么事情？"

"就是关于先后与东方胜之间有何关系的事情，本来已查出实情，赶着回京城向小姐禀告，却被蒙面人伏击，还让破军大哥差一点送了命。"

说到这，如风的泪水从眼眶滴下。

李兆庭看着伤心的如风，笑着安慰："刚才大夫不是说过，破军不会有事，你也不要担心了。说一说你们查到什么了吧！"

客栈内，如风向李兆庭讲述了这次到东方胜的家乡查到的事情，李兆庭听后，心中疑团渐渐解开。

最近他也在查天域国内的反叛势力，据线报，一切证据都指向东方胜，可是东方胜明明疯了，为什么这些事情都与东方胜有关？

突然，他想到一个严重的问题：是不是东方胜是装疯？

如风看着李兆庭脸色越来越凝重，眉头又紧锁，忙问："李公子，你是不是想到什么了？是不是有人想对小姐不利？你为什么会出现在蒙面人埋伏我与破军的山路上？"

李兆庭转过头看着如风，一脸凝重地说："我与你们一样，出京是为了调查反叛势力的事，刚有点眉目就想回到京城告知你家小姐。在离京城不远处我听到打斗声，所以带着人前往那条山路，想看一下发生什么事，结果让我看到你正从车后跳下，而一个蒙面人站在车上用刀想砍你，当下我从马上跳下，飞奔到你身边，用剑挡住了那把刀。"

"原来是这样，对了，你出京城这么久，一定不知道京城中发生了好几件大事。"如风点了一下头说。

"发生了什么大事？"李兆庭忙问。

"京城中盛传干旱之灾是因皇上无德造成的，还有就是皇上为了唤回民心，答应众臣的请求，准备在太庙祭天。"

"那祭天是在什么时候？"李兆庭脸色焦急地再问。

"据我推算，应该在三日之后。"

李兆庭惊叫一声："三日之后？坏了，要出大事！"

如风听到这话，神色紧张地问："会出什么大事？"

"按照你刚才所说，如果先后与东方胜是相互爱慕的关系，那么先帝夺人所爱，东方胜肯定记恨在心，说不定当日先帝与先后就是被东方胜所害，还有据我的人调查，最近发生的事，多和东方胜有关，所以我猜想祭天大典会有事发生，不仅是皇上有危险，你家小姐也有危险。"

"不会吧，东方胜不是疯了吗？为什么所有事跟他有关？"如风不相信地问。

"我也不知道，但是我所查到的事绝对不会错，我现在怀疑东方胜是在装疯。"

李兆庭一脸的阴沉，如风这时吓得大叫："那你赶紧回京城向小姐禀明所有事。小姐这次与东方信一同筹办祭天的事，要是东方信也是东方胜一伙的，那小姐不是两面受敌吗？"

"什么，你说东方信与你家小姐共同筹办祭天的事。"

李兆庭神色大变，如风看着他这样，又问："为什么我一提到东方信，你好像很吃惊的样子。"

李兆庭提高音调，说出了心中所担心的事情。

“东方信可能知道你家小姐是女扮男装，我怕他会在祭天大典上当着众臣的面揭穿你家小姐的真实身份。”

“东方信怎么会知道此事，那次我们在青楼试探他，他好像并不知情？”如风一脸不解地问。

“但是如果东方胜装疯，你说他会不会告知自己的儿子，李木然其实是女儿身。”

“那该怎么办？”

“唯今之际就是赶紧回到京城通知你家小姐，但是破军现在有病在身，不易上路。”

“李公子，你不用担心，你先提前回京，我留下来照顾破军大哥就行了。事不宜迟，你明天就动身回京，我怕晚了，小姐会有杀头的危险。”

李兆庭点了一下头，“我会派几个人留在客栈中保护你与破军，我担心那群蒙面人还会前来。”

“就这么办。小姐能不能逃过此劫，就要看李公子能否在祭天之前抵达京城。”

李兆庭眼含坚定之色看了一眼如风，走出了客房，在外吩咐着手下。

如风又走到床边，望着破军，眼泪又止不住地流了下来，轻声说：“破军大哥赶快好起来吧！小姐现在有危险，我们要赶回去救小姐。”

第二天一大早，李兆庭带着几个手下，骑着马，向京城进发。

【53】

李兆庭连夜兼程赶回了京城，到了京城后，并没有回李府，而是直奔状元府。

天香闻得下人来报，李兆庭来访，不禁喜上心来。

天香对着镜子，梳妆打扮了一番后，才轻移莲步，款款走向大厅。进到大厅，看到李兆庭满脸风尘的样子，笑着走到他身边。

“看你的样子是刚到京城。”

李兆庭看到天香，忘记行礼，急切地问：“公主，怎么只有你出来，驸马呢？”

天香听到这话，心一沉，原来他的心中始终惦记的是驸马。

天香脸上依旧保持着笑：“夫君上翠屏山出席祭天大典，你为什么要找驸马？”

李兆庭突地站起来，拉住天香的手：“驸马正在出席祭天大典？公主恕在下不能久留，我要马上赶去翠屏山。”

天香听到这儿，脸上再也无法保有笑容，一脸怒气地质问：“夫君陪着皇上出席祭天大典有什么危险，为什么你一回来，第一时间想见到的人是夫君，难道说你的心中从来都没有我吗？你信上所说的想我，也是骗我的，其实你心里对夫君还没忘情。”

“公主，你误会兆庭了。不过现在我没有时间向你解释，我要立刻上翠屏山，如果

去晚了，驸马的女子身份就会被揭穿。”

李兆庭稍加解释，就急匆匆地跑向府门外。

天香不明白李兆庭所说的话是什么意思，追在他身后，大叫：“你说的可是真的？不行，带我一起去。”

天香跑到府门外，看到李兆庭已骑着马踏尘而去，天香转头吩咐下人为她牵了一匹马，翻身上马，追赶着李兆庭。

李兆庭骑着马赶到翠屏山脚，从马上跳下，跑向翠屏山上的太庙，一边跑，一边默念：“素贞，你千万不要有事。”

天香尾随其后赶到了山脚下，看到路旁的马背上空空如也，她便赶紧下了马，提着裙向着山上跑去。

当他们俩先后跑到太庙外的祭天台时，耳中刚好听到欧阳天域熟悉的声音，那声音里述说这一个惨烈的事实：驸马的女子身份大白于天下，并获死罪。

天香愣在原地，整个人都傻了，哭着叫喊：“不会的，这不会是真的，皇帝哥哥不会让夫君死的。我要去求皇上，夫君不能死。”

天香加快了脚步跑向祭天台，经过李兆庭身边时，李兆庭拉住了她。

“不要去，现在不要去。皇上已当着众臣面下旨了，你去也是于事无补。”

“兆庭，你不要拦着我，皇帝哥哥最听我的，我去求皇帝哥哥让他收回圣意，你放开我，让我去。”

天香不停地想摆脱李兆庭困着他的手，李兆庭扇了天香一耳光，怒吼：“你以为我不想救李大人吗？可是现在李大人的女子身份当着众臣的面被揭穿，此事一定会传遍天域国，就算是皇上想徇私，朝中大臣与天域国百姓也不会让皇上这么做的。你应该明白皇上虽有无上权力，但是平息民怨与安抚朝中大臣，也不得不做出自己不愿意的事，现在我们先下山，想一想怎么救李大人才是。”

天香捂着脸，对着李兆庭急道：“对，你说得没错。我们现在就下山，看能不能想到办法救夫君。”

李兆庭看着天香激动的神情，再看到她的左脸颊的手掌印，一脸的歉意：“你的脸还疼吗？刚才我也是情急才会动手，对不起。”

天香轻声一笑：“没事，现在最要紧的是怎么救出夫君。你那一巴掌倒是将我打醒了，我这个人就是做事太冲动了，夫君也常这么说我。”

李兆庭牵着天香的手下了山，骑着马回到了状元府，刚到状元府就看到有辆马车停在驸马府外。

李兆庭看那马车很是眼熟，又看到马车上下来了如风和破军。

李兆庭拉着天香走到如风与破军的面前，如风看到他们，焦急地问：“李公子，我

刚听你家仆人说你和公主去翠屏山找我家公子，为什么她没跟你们一起回来？”

天香看了一眼李兆庭，眼中暗含着悲伤，破军看出不对劲，忙问：“是不是李大人出事了？”

李兆庭低垂着头，神情沮丧，如风拉着天香的手着急地问：“公主，公子到底发生什么事了？”

李兆庭抬起头，安抚着如风与破军：“进去详谈。”

一行人走进了状元府，来到了大厅后，如风又问：“李公子，我家公子究竟发生了什么事？”

李兆庭叹了一口气，低声说：“我本以为快马加鞭地赶回京城，能阻止此事发生，没想到还是迟了一步，李大人的女子身份在祭天的时候被当场揭穿。”

如风听到这话，跌坐在地上，大声啼哭：“小姐，你要是有个三长两短，我要怎么向老爷与夫人交待。”

天香这时再也忍不住心中的悲痛，也伤心地哭着。

破军没想到因自己的病延误了回京城的时间，以致四弟被人揭穿身份，心中有说不出的自责，大厅之中再无说话的声音，只听得到哭声。

我听完他们的讲述，提出建议：“你们可从丝绢上所藏着的诗句去找。”

破军一脸不解地问：“丝绢上藏有诗句，我怎么没发现，你当日交给我丝绢时，我只发现右下角有个‘玉’字。”

“那诗句，李大人可还记得？”李兆庭忙问。

我想了想，念道：“玉在东方，望帝怜之，玉在东方，望君惜之。”

他二人听到我口中念出的诗句，不约而同的说：“你是说这首诗是跟先帝、先后还有东方胜有关。”

我点了一下头，分析着这首诗：“玉为何在东方呢，当日我曾问过皇上，先后的名讳为水玉，取自水中之玉的意思，如果按照你们所说，这首诗应是玉在水中，而不是玉在东方。”

“如果按照李大人的意思理解，那整首诗都有问题，先帝与东方胜都对水玉有情，而水玉如果心系先帝与东方胜，那这首诗应为‘玉在水中，望帝怜之，玉在水中，望君惜之’才对。”

李兆庭一脸严肃地提出自己的见解。

“不错，我的理解也是这样，可为什么偏偏要在‘东方’呢，难道说这个‘玉’字指的不是先后，而是另有他人。”

我心里想着那首诗，嘴里飞出了一句让他二人吃惊的话。

“你的意思是，此‘玉’非彼‘玉’，那这个‘玉在东方’指的又会是谁？”李兆

庭不解地问。

突然我的脑中浮现出一个人的面容，我暗自心惊，忙摇着头，嘴里说：“难道是指的她？”

李兆庭与破军见我脸色大变，忙问：“李大人是不是想到什么了？”

我自顾自地又说：“不可能，不可能是她，绝对不可能是她。”

李兆庭与破军又问了我一遍：“李大人，你究竟想到什么，能不能告诉我们？”

我这才回过神来，吩咐他们：“你们先回去，让我再想一想，等想到后，会通知你们来天牢的。”

刚送走破军与李兆庭，又迎来了天香与如风。

我坐在牢中想着那首诗时到底会不会指的是我心中所想的那个人时，如风的叫声在我耳旁响起。

“公子，公主来看你了。”

我转过头看到天香眼含热泪地望着我，我走上前，抓着她的手，担心地问：“你怎么来了，天牢这里阴暗潮湿，不适合你来。”

如风对着牢役厉声说：“还不打开牢门，让我们进去。”

牢役打开了牢门，如风扶着天香，手提食盒走进了牢中。

我牵着天香的手，走到一处略为干净的地方，请她坐下后，开玩笑地说：“你看你，面容憔悴，让为夫看得好心疼。”

如风将食盒打开，把菜端了出来，眼含泪花，语带泣声：“小姐，这都是你爱吃的菜。如风知道牢中的饭菜不好吃，所以特地做了你喜欢的菜带给你吃。这些菜，公主也有份做。”

“什么，你让公主做菜，那怎么行？”我忙斥责如风。

天香强装着笑脸：“没关系，其实这些菜都是如风做的，我只是帮着洗菜，洗米。你快尝一尝，这些菜合不合你胃口。”

我用筷子夹起菜放入口中，眼泪忍不住流了下来，天香忙用手帕擦着我泪水，笑着说：“如风，你看你家小姐，平时坚强得跟男人似的，现在只是吃着我们做的菜，就哭成泪人一样。”

我擦干泪，笑着反驳：“什么叫坚强得跟个男人似的，我本是一名小女子，被逼跟个男人一样，流血不流泪，况且现在我的女儿身已大白于天下，我为什么不能像个女子一样哭呢？”

“都这样了，还跟我抬杠，好，冯小姐，你想哭就哭，今日我来当个男子，让你在我怀里哭个够，这样总行了吧。”

我们三人在天牢之中说着逗趣话语，暂时抛开了一切烦恼。

其间霜霜不顾身怀有孕也曾到天牢来看过我，我看着霜霜一脸忧伤的样子，忙劝她不要难过，以免动了胎气。她却对我说，欧阳天域也很为难，让我不要怪欧阳天域。

【54】

天牢之中，我正坐在破草垫上想着事情，听到牢门吱的一声开了。

我的眼前出现了两个身着宫装的女子，原来是东方玉带着她的宫女来到了天牢。

东方玉看着我，不知她脸上是得意的笑，还是不具任何意义的笑，反正就是笑吟吟地看着我。

“怎么，没想到本宫会来？”

我起身走到她面前，低头跪下：“罪女冯素贞参见贵妃娘娘。”

东方玉轻轻扶起我，我不明白她为何会这样，以前不是对我恨之入骨吗？

东方玉看出我心里所想，又一笑：“你是不是以为本宫来此是为了气你、奚落你？本宫这次前来只是好奇，原以为你是貌似潘安的少年郎，没想到却是赛似天仙的女娇娥，而且还是名震天域国的第一美人冯素贞。”

我假意一笑，猜测她来的目的不单纯是如此。

“娘娘，此次前来不完会是为了好奇心吧？”

“错，就是好奇心，说来奇怪，刚听说你是冯素贞时，我心中突然有一个奇怪的念头，如果你我同在宫中，会不会成为好姐妹。”

“应该不会吧，因为我根本不想进宫，何来同在宫中。”

“如果说皇上强行让你入宫呢？”东方玉不解地问。

我一脸自信地笑着回她：“那是不可能的。皇上曾经试过，不过最后也放弃了。”

“这也不足为奇，皇上爱你爱得太深，以至于他舍不得违你的意，本宫这样说，你不会否认吧。”

我双眼含着笑望着东方玉：“娘娘真会说笑，皇上怎么会爱我至深呢？他现在爱的人可是皇后娘娘，你在宫中不是很清楚吗？”

东方玉笑着点了点头，笑问：“你不怕秋后处斩吗？看你好像跟没事人似的？”

我转过身望着牢窗外的天，说了一句：“人生自古谁无死呢？也许死对我来说是一种解脱。”

东方玉看着我，眼中露出不解之色反问：“那你心爱的慕容将军怎么办？”

我听到她提到慕容天霖，转过头，正色回了一句：“我与他并无瓜葛，请娘娘不要将他与我拉在一起。”

“是吗，但是本宫听皇后娘娘说，你与他心心相印，情比金坚。难道说皇后娘娘是

骗我的？其实你承不承认也无所谓，反正此事说出去，也不会影响到慕容将军的前程，他是护国大将军，这点事还动不了他。”

“如果贵妃娘娘没别的事，我想休息了。”

东方玉听出我话中的逐客之意，笑了笑，示意宫女转身离开了天牢。

我看着东方玉消失的身影，自问道：“那个‘玉在东方’真的是指她吗？”

东方玉走了不久之后，我求牢役带个话给李兆庭与破军，让他们再来一次天牢，我原以为牢役不会这么好心，没想到李兆庭与破军真的来了。

破军进入天牢中，第一句话便问：“李大人，你叫我们来，是不是想到了什么？”

我低着头，眉头紧锁：“我也不敢肯定，只是根据那首诗推断出来的，我猜测‘玉在东方’，所指的人是玉贵妃，因为她的闺名正好是东方玉，正切合这句诗。”

“什么，是玉贵妃？为什么会是她？”破军不明白地又问。

“我也不知道，但是我念着这首诗的时候，第一感觉想到的就是她，而且她是东方胜的女儿，如果说‘君’是指东方胜的话，那这这句诗就好理解了。”

李兆庭不赞同地说：“但是东方玉与先帝有何关系呢，这句‘望帝怜之’又作何解呢？”

“兆庭，你说得没错，这句确实让我百思而不得其解，不过我曾大胆推测：东方玉有可能是东方胜与先后所生，但是这个推断好像又不对，如果是这样的，东方玉与皇上就是同母异父的兄妹了，可为何东方胜还要送自己女儿入宫，这可是有违纲常的。”

“李大人，照你这么说，如果东方胜是有意这么做，为的就是报复先帝与先后。”李兆庭冷静地分析。

破军则是一脸的惊恐，惊叫：“此事可非比寻常，如果真是如此，那皇上与东方玉不就是妹嫁兄了吗，这可是皇室丑闻，如果让天下人知道，那皇上还有何脸面。”

我提醒着他们：“三哥，你也不要如此惊慌，我们只是推测，一切还未证实，再说要证明他们是兄妹，也要有证据呀。我们现在只是就这首诗而推断出的，如果照这么推断，这首诗都可以解了，不过这可是关乎皇室的尊严，所以就算如此，也不能泄露半句出去，更不能让皇上知道。不过你们可以照着这个方向去找证据。”

李兆庭与破军点了一下头，异口同声应承我：“我们知道怎么做，请李大人放心。”

破军接着又说：“今日在上早朝的时候，群臣又向皇上施压，想提前处斩四弟，不过被皇上压下了，我想一定是东方胜搞的鬼。”

我笑了笑，安抚他们：“你们先别管这些，先找证据要紧。”

他们点了点头出了牢房。

【55】

我坐在牢房中，心想着：如果诗中所指真的是东方玉，那句“望帝怜之”作何解释？难道说东方玉与先帝是父女关系，那也不对，他不是东方胜的女儿吗，怎么会变成先帝的女儿呢？

这个疑问一直缠绕在我脑中久久挥散不去，这时候我听到牢门打开的声音。

我看到一个太监模样的人，手拿着圣旨，而他身后站着一个端着盘子的小太监。

那手拿圣旨的太监，对着我叫：“罪臣李木然接旨。”

我走到他面前低头跪下，耳中听到那太监高声宣读着圣旨。

“奉天承运，皇帝诏曰：罪臣李木然，女扮男装入朝堂，欺瞒皇上，祸乱朝纲，以至苍天动怒，降下旱灾，致使天域国百姓流离失所，民不聊生，故今日赐罪臣李木然一杯毒酒，以祭苍天。钦此！”

我接过圣旨，苦笑道：“罪臣李木然领旨，谢皇上留罪臣全尸。”

我接过圣旨，看着圣旨上的字，再看着鲜红的印章，双眼含着笑，对着圣旨喃喃自语：“皇上，臣知你为难，臣不会怪你。”

太监将毒酒递到我面前，尖细的声音不带一点感情地说：“请吧，李大人，喝下这杯酒，好上路。”

我接过他手中的酒杯，看着杯中的酒，暗笑一声：天霖，希望你永远不要忆起你我之间的事，就让记忆永远封存在你的脑海里。我本就是一个死人，只是好命偷活了几年而已，现在也是我离去之时了。

我看着酒水，一幕幕往日与慕容天霖等人把酒言欢、畅快随性的愉悦画面浮现在酒水之中。

我用袖遮住酒杯，想饮下杯中酒时，一个声音大叫：“李大人，不要，那圣旨是假的。”

我听到这话，愣了一下，手一松，酒杯落地。

这时，一个太监在我身后将我的手反扣住，而另一名太监将酒壶端起，捡起地上的酒杯，倒了一杯酒，掰开我的嘴想将酒灌入我口中。

我死命摇着头，不让他们得逞，就在纠缠之际，一道剑光从我眼前闪过，那两名太监转眼倒在血泊之中。

东方信手持的利剑上还有血不断地滴下，我惊叫：“是你，为什么是你？难道说你想亲手杀了我？”

东方信扶起跌坐在地上的我，关心地问：“你有没有事？还好我及时赶到，要不然就与你阴阳相隔了。”

我不解地看着东方信，从他眼中看到的是自责与愧疚。

“你为何会知道那圣旨是假的？为什么会来救我？你不是很想我死吗？”

东方信突然跪下：“请受东方信三拜。”

随后，东方信向我磕了三个响头，我现在心中更加不明白，为什么东方信要如此。

我连忙扶起东方信，不解地问：“你为何要如此，你没有对不起我。我女扮男装欺瞒天下是事实，的确是犯了欺君之罪。”

东方信一脸的愧意：“你曾说过看事情不能光看表面，而且也讲过赵氏孤儿的事，当时，我还以为是你的狡辩之词，直到今晚，我才知道是我错了，原来父亲大人真是谋反之人。”

我看着一脸悔意的东方信，急着问：“你说直到今晚才知道东方胜是谋反之人，是不是他会有所行动？圣旨上的印章确实是皇上的玉玺，应该不是假的才对，为什么你说那圣旨有假？”

东方信低着头，带着歉意地说：“那圣旨本是我父亲草拟再盖上玉玺而成，而那玉玺是他命人从宫中盗出的。我还知道父亲要于皇上生辰之日起事，逼皇上退位，而继位之人就是我。”

听完东方信所言，我心中惊愕不已，原来东方胜密谋这一切不是为了自己，而是为了东方信。

我又问：“那你以前在朝中处处针对我，而后又与我交好，又是为何？”

东方信惭愧地说：“自从知道父亲大人疯癫原因并不是像你所说的那样，我就处处针对你，可后来见逼问不出什么，才会假意与你和好。”

“既然东方胜有意装疯,他不会轻易露出真面目的。那你又是从何得知这些消息呢。”

东方信接着将我奔赴边关后，所发生的种种告诉了我，还有在祭天台为什么会揭穿我的身份原因是什么。

月色正浓，东方信踏着月色来到父亲的房中，推开门看到东方胜在屋中疯跑着，心中一痛，随后换上一脸的笑意，走到仆人面前。

“将饭菜放在桌上，我等会儿亲自喂父亲大人。”

仆人们听到少爷的话后，将饭菜放在桌上，退出了房间。

东方胜跑到东方信面前，一边笑一边扯着他的衣服，疯言疯语：“他们都不陪我玩躲猫猫，看你一脸和气，要不你陪我玩。”

东方信忍住心中悲痛，将他扶到凳子上坐好，捋了捋他散乱的发，轻声说：“好，我陪你玩躲猫猫，不过你要乖乖地吃完饭，吃饱了我才能陪你玩躲猫猫呀。”

东方信将饭菜拿到东方胜面前，而他眼中的泪水已湿润了眼眶，不得以将眼转开。

东方胜这时用手抓着饭，大口大口地吃着，还不时说：“你可要说话算话，等我吃

完陪我玩躲猫猫。”

东方信笑着点了点头，不时用筷子夹着菜放到他碗中，口中说:“慢点吃，别咽着。”

东方胜放下碗，用袖子擦了擦嘴，从他袖中掉出一封信。

东方信捡起掉在地上的信，展开一看，脸色慢慢从平静转为愤怒。

李木然，你我结义，我一直把你当作知己好友，可是你却如此回报我。你逼我父亲至疯的仇我会让你血债血偿。

东方胜眼中溢满笑意，看着将信攥紧在手中的东方信，傻笑一声：“我吃完了，快来与我玩躲猫猫。”

东方信平复了内心的愤怒，换上笑脸说：“今天太晚了，你早点睡，明日我们再玩躲猫猫。”

东方信放下碗，转身离开了东方胜的房中。

翌日，下朝之后，东方信回到府上，走进东方胜的卧房中，一边喂着东方胜，一边得意地说：“父亲大人，再过不久，我就会查出你疯癫的真相，到时候我要让李木然给我一个说法。今日在上朝时，看到李木然一脸的惊诧，我真是开心，他可能没想到我会反驳他的提议。想让明霜公主为后，没那么容易。”

一边吃着饭的东方胜，一边用手玩着东方信的发，嘴中不停地说：“李木然是谁?好不好玩。”

东方信放下手中的碗，扶着东方胜，恶恨恨地说：“李木然谁也不是，他一点也不好玩。他知道你疯癫的真相却要隐瞒我，还当我是他的结义知己吗？我真是个大傻瓜，不过现在我不会再傻下去了。”

隔日，东方信进宫，来到玉香宫拜见自己的姐姐东方玉。

“东方信求见玉妃娘娘。”

“进来吧，自家人何需多礼。”

东方信走进屋内，见到一脸忧郁的东方玉正望向窗外，担心地说：“玉妃娘娘，臣今日求见，是为了皇上立明霜公主为后之事。”

东方玉听后，转身妩媚一笑：“信儿，你当真以为姐姐想当这个皇后吗？”

东方信不明白东方玉此话之意，忙问：“如果姐姐不想当这个皇后，为何会争宠于后宫？而且父亲大人没疯之时也说过想扶姐姐成为皇后。”

东方玉脸上露出不自然的表情，忙说：“你别站着说话，坐吧。”

东方信坐下后，东方玉笑问：“信儿，你不小了，心中可有钟意之人？如有，姐姐向皇上进言，为你赐婚。”

“多谢姐姐的关心，信儿心中还无钟意之人。父亲大人现在又疯癫在家，更让信儿失了成婚之念。”东方信一脸忧郁地回她。

“信儿如果哪天得遇那天域第一美人也不会动心吗？”

“不知道，因为不曾见过，再者听说她已香消玉殒了，所以对信儿来说，天域第一美人只是一个名号而已。”

“可是就算她死了，皇上还是在心中记挂着她，不是吗？”

东方信心中还以为姐姐因太爱皇上才会如此怨怼地说，连忙劝慰：“姐姐对皇上的情意，为何皇上不看在眼里，反而对那已过世的人含情。”

东方玉忙笑问：“信儿，我听说你现在与李木然不对盘，有这回事吗？”

东方信点了点头，算是默认了。

东方玉一脸担心地说：“信儿，你还是当心点，李木然这个人不好对付，他的手段颇多，我怕信儿你吃亏。你看姐姐不就吃了他好几次哑巴亏？皇上对他宠爱有加，你呀就算要对付他，也要量力而为，见好就收，不要被他反将了一军。”

“多谢姐姐的提点，信儿会当心的。姐姐，立后之事信儿没帮上忙，有愧于父亲大人，也有愧于姐姐。”东方信一脸歉意地说。

“没关系，就算是没有明霜公主，姐姐也不可能为皇后的，因为皇上心中的皇后人选一直是那已死之人。”

东方信与玉妃又聊了一会儿，便起身道告辞：“家中还有父亲大人等着我照顾，信儿这就向姐姐告辞了。”

东方信揖首退出了玉香宫，就受到李兆庭邀请去他家为画像题字，本想题完字就回府，却被李兆庭邀至青楼见了一位与画像上颇为相似的人——素素姑娘。

第十四章　相思红豆粥

【56】

回到家中，东方信想着今晚所见的素素姑娘，辗转反侧，无法入睡，脑中一直萦绕着素素姑娘俏丽的身影，耳旁仿佛又听到素素姑娘弹琴唱曲之声。

东方信一夜无眠，顶着黑眼圈来上早朝。

下朝之后，本想邀李木然一同前往青楼见一见素素，可谁知遭到了李木然拒绝。

不过好友宇文化陪同他前往醉红楼。

他二人来到醉红楼后，老鸨笑脸相迎："唉呀，这不是宇文化公子吗，什么风把你吹来了，醉红楼的姑娘们可想死你了。"

"想我，恐怕是想我的钱吧？对了，妈妈，听说醉红楼来了一位素素姑娘，是不是呀。"

宇文化调笑连连，老鸨用绣帕掩嘴一笑："是呀，你怎么知道的？"

"还不是听人说的，这位，你应该见过了吧，他就是昨晚来此的东方公子，他告诉我醉红楼来了一位蒙着面的素素姑娘，所以我前来见识一下。"宇文化指着东方信说。

"可公子来得不是时候，素素姑娘刚好不在醉红楼。"老鸨婉拒道。

"不在？那她去哪了？"东方信暗自失望，忙问。

老鸨支吾作答："素素姑娘去塞外了，什么时候回来没个准。"

"她不是卖身给醉红楼了吗，你能放这棵摇钱树走？"

宇文化不相信老鸨的话，老鸨苦笑一声："素素姑娘来这没签卖身契，所以她可以自由来去。"

东方信一脸紧张地又问，"那你知道她去塞外什么地方了吗？"

老鸨摇了摇头，接着笑了笑："要不我再找几位姑娘陪二位公子，以弥补没见到素素姑娘的遗憾。"

"不用了，宇兄，我们走吧。"东方信一脸失落地说。

宇文化对老鸨干笑一声："既然素素姑娘不在，我们留下来也没什么意思，等哪天

素素姑娘回来，记得通知我们。”

老鸨笑着点了点头。东方信与宇文化离开醉红楼，走在回府的路上。

宇文化看东方信一脸的忧郁，故意问道：“东方兄，你不会对素素姑娘一见钟情，爱上她了吧？”

东方信面无表情地笑了笑：“知音难求，原本以为素素姑娘能成为知音人，但她却走了。好了，就在此分别，各自回府吧。”

东方信回到府后，走进卧房，躺在床上，想着素素蒙着面纱弹琴的样子，他的脸上不禁浮上开心的笑容。

数日之后，东方信端着饭进到东方胜的房中，看到东方胜疯癫的样子，心中又是一阵痛。

他强装笑脸，对着东方胜叫：“父亲，该吃饭了。”

东方胜跑到他的面前，疯笑着说：“吃饭，吃饭，我要吃饭，你喂我。”

东方信连骗带哄地说：“等会儿吃完饭陪你玩捉猫猫，不过得先乖乖将饭吃完，不能剩。”

东方胜仿佛听明白似的点着头，东方信一边喂着他吃饭，一边说：“父亲大人，你很快就能沉冤昭雪了。看着吧，孩儿一定会让李木然不得好死。”

东方胜听着他的话，斜着头，傻傻一笑，“李木然是谁呀，为什么要让他死？”

东方信牙关紧咬，恨恨地说：“他就是害父亲大人发疯之人，他当然要死，不过现在我还没找到他让父亲大人发疯的证据，所以我假意和他和好，目的只有一个，就是查出他让父亲大人疯癫的证据，让皇上知道李木然这个奸险小人是如何迫害朝中重臣的。”

东方信喂完饭后，带着一脸恨意转身离开了东方胜的房间。

祭天大典的前十日，东方信与我商议完事情后，急匆匆地赶回了家。回到府中听仆人说，东方玉在自己曾住过的房中休息。

东方信兴冲冲地走到东方玉的居所，轻轻敲了敲门，听到里面传出一个女声：“是信儿吗？进来吧。”

东方信推门走进了房间，看到坐在床边的东方玉，笑问：“见过父亲大人了？”

东方玉点了点头，示意他坐到她身边，东方信走到床边坐下。

东方玉拉着他的手，抚摸着他的脸：“信儿，你瘦了。是不是为祭天的事操劳的原因，你呀，也要顾及一下自己的身子才是。父亲大人得了疯病，姐姐又在宫中，你独自一人照顾父亲大人，还要兼顾朝廷的事，姐姐看了很是心疼。”

看着东方玉脸上从笑意转为忧伤，东方信宽慰着东方玉：“姐姐不要担心信儿，信儿现在长大了，能照顾父亲大人和姐姐。对了，听说姐姐最近与皇后走得很近，难道

姐姐心中已放下对皇上的情意？”

东方玉无奈地笑了笑：“皇家就是如此，不认命也不行，皇上的心思谁又能捉得住呢？不要担心姐姐，姐姐在宫中一切都好，倒是你要处处小心才是，尤其是那个李木然。”

东方信一脸的恨意：“信儿知道，姐姐是不是奇怪我为什么又会与李木然交好，那都是信儿的计策。信儿想从他身上查明父亲大人致疯的真正原因，我相信李木然是知道实情的。”

东方信见东方玉不说话，忙问：“姐姐，在想什么，想得这么出神。”

“我在想李木然不告诉你实情，也许有不得已的苦衷，你现在还是将重心放在祭天一事上，如果这次能得到皇上的欢心，对你的前程也有帮助。”

东方信不明白自己的姐姐为何说出这样的话，点了一下头，不再言语。

离祭天大典还有五日，东方信带着东方胜从天下第一楼回到国丈府，并将东方胜带回到卧房。

东方信安顿好东方胜后，一脸怀疑地问：“父亲大人，你说李大人是不是女子？之前朝中有人怀疑他是女子，当时，他解释说小时候得病才会被当女子来养，可是今日那匕首所插的纸却说他是女子。”

东方胜突地站起身来，恨恨地说：“信儿，那纸上所写确实属实，为父就是被欧阳天域与李木然所陷害，而且李木然就是那死去的冯素贞，李木然这个名字也是她的化名。”

东方信大惊失色，难以置信地抬头望着自己的东方胜，发现他看上去一点也没有在说疯话，而且还很正常。

东方信双眼含疑，激动地问：“父亲大人，你疯癫之症好了？”

东方胜摇了摇头，又坐回椅中，一脸的落寞。

东方信跪在他身边，好奇地问：“那父亲大人为何要装疯呢？”

东方胜示意东方信坐下后，一脸悲伤地说：“如果不装疯，为父恐怕现在早已头首异处了，当日欧阳天域听信李木然之言，诬蔑为父与黑水国勾结，为了让你知道实情，为父才不得不装疯。”

“那李木然为何要陷害父亲大人呢？难道就是因为她的女子身份被父亲识破？”东方信又问。

“当然不只是这样，为父还知道欧阳天域贪慕冯素贞的美色，想立她为后，才这样做的。欧阳天域这个昏君，为了一己私欲，才会处处维护李木然。信儿，你说这个仇，父亲能不报吗？”东方胜厉声怒道。

东方信看着父亲愤怒的样子，黑眸也随之转为恨色，怒问：“那父亲大人准备怎么报这个仇？”

东方胜冷笑一声，眼中暗藏杀气："你不是帮欧阳天域准备祭天的事吗？"

东方信点了点头，又问："难道父亲大人准备在那个时候揭发李木然是女子，让皇上不得不治李木然欺君之罪？"

"不只这样，我还要让你取代欧阳天域，成为新君。"

东方胜冷眸一转，说出这句让东方信大吃一惊的话。

东方信用颤抖的声音问："你想反？这可是杀头的死罪。"

东方胜逼近东方信，眼含厉色反问："如果不反，难道你要父亲装疯到死吗？"

东方信吓得跌坐在地上，不知该如何回自己父亲的话。

东方胜马上换上满面笑容，蹲下身："刚才只是吓你的，其实为父只想致李木然于死地。虽然心中对皇上不满，好歹为父也是三朝元老，所以你只当刚才是玩笑话。祭天时，由你来揭穿李木然的女子身份。"

东方信抬起头望着父亲点了一下头，恨恨地说："对李木然，当然不能留情，当日她诬陷父亲大人，逼父亲大人只有装疯自保，而且还诓骗我，说你因喝了毒酒才致疯的。当时她的话令信儿深信不疑，没想到原来真相却是如此，怪不得几次三番想从她口中得知真相，她都不说，原来是她做贼心虚，以女色迷惑君王，让皇上不明是非，常言道：红颜祸水误国。不除之，天域国怎可得太平？"

"信儿说得不错，她本就是冯素贞，却化名李木然，女扮男装入朝堂，搅得天域国朝纲大乱。现在天域国正值秋季，却逢大旱，这都是她惹出来的天灾，只要她死，这天灾当消，天域国也会得享太平。"

东方胜将连日来的大旱也归罪于我，显然是想让东方信对我更加憎恨。

"信儿，你还不知道为何那日李兆庭会邀你去，而且还说一名青楼女子像冯素贞，其实据为父派的人调查，那名青楼女子就是冯素贞本人，也就是李木然。你想一想，为什么李木然本来一同与你上青楼的，为什么后来借故离开了？其实这都是他们设下的计，引你入局，你还蒙在鼓里却不自知。"

东方胜道明青楼名妓素素就是我时，东方信愣住了，他万万没想到自己钟意的人会是我。

东方胜看到东方信呆呆地不说话，质疑地问："你是不是也被妖女所迷？信儿，你醒一醒，不要再为她所迷。你想一想你身上的责任，你可是天域国的朝臣之一，你也要帮皇上，就不要再想那个素素了，一心一意地筹备祭天的事。当祭天大典举行的时候，就是你为父申冤之时。"

【57】

东方信想起那日同上翠屏山时，我给他讲的故事，此时的他曲解了那故事的深意，以为我传达着一个信息：东方信的父亲大人是反贼。

东方信站起身，对着东方胜大声承诺："父亲大人，你放心，信儿不会再执迷不悟了，你所说的一切都证明了李木然的险恶用心。"

"当日为父只是冤枉了李兆庭一家，她便记恨在心，设计陷害于我。"东方胜又将李兆庭一家的冤案重提。

东方信不解地问："就算父亲大人冤枉过李兆庭一家，可是他家不是没事了吗？为什么她还不肯放过父亲大人，她也未免太假公济私了吧。"

"你应该知道，李家与冯家是世交，而且李兆庭与冯素贞自小订亲，所以冯素贞才会女扮男装入朝堂，为的就是救李家。冤枉过李家，让李家受苦的人她当然不会放过。"

东方胜曲解着整件事，东方信又问："信儿还有一事不明，就是天香公主与李木然成婚，不会不知道李木然是女儿身，为什么她也会帮李木然隐瞒？"

"信儿，你有所不知，天香公主本来就对你姐姐不满，而李木然帮着她让你姐姐失宠于皇上，所以公主才会帮着隐瞒。这个妖女的本事还不止这些，就连慕容天霖也被她所迷，甘心为她卖命，还有风流云、破军也是如此被她迷惑。这妖女凭借美色网罗朝中众位大臣，而且这些大臣都是皇上所宠信之人，所以说妖女实际上已经掌握了天域国的生杀大权。皇上只是一个摆设，她成了幕后操纵之人，就连刚立的皇后也是她一手促成，连后宫也不放过，妖女可谓诚府之深，让人胆寒。"

东方胜说出一大堆针对我的莫须有的罪名，让东方信心中燃起更大的怒火。

东方信脸色一沉，怒问："听父亲大人这么一说，果然事态严重，看来救皇上，救天域国迫在眉睫。父亲大人你说祭天的时候揭发李木然，那要如何做呢？"

东方胜小声在他耳边说着对策，东方信越听脸上笑意越深，心里默默说："李木然，祭天当日就是你的死期。"

我入狱之后，东方府内，东方信躺在床上，满脑子都是那日在天牢中我对他所说的话。

他翻来覆去地无法入睡，坐起身来，走到桌前，倒了一杯茶，喝下后，脑子中又出现了蒙着面的素素。

东方信暗骂了一句："为什么想来想去都还是她？不行，我不能再想她，她是我的仇人，她是罪有应得，我做得没有错，她临死前还想让我相信自己的父亲大人有反叛之心。"

这时，东方胜敲门声响起："信儿在吗？"

东方信听到是父亲的声音，起身走到门前，将门打开，忙问："父亲大人，你怎么还不休息。找信儿有什么事？"

东方胜看着东方信一脸的疲惫，双眼之间也有郁结，一脸关心地问："信儿，你是不是有心事，不妨说给为父听听，看为父能不能帮你解开心结。"

"父亲大人，信儿有点担心，怕皇上会私放李木然，毕竟皇上对李木然有情。"

"信儿，你大可放心，皇上不会这么做的，因为他也不可能这样做。"

东方信看到自己的父亲如此自信，不解地问："为何父亲大人会如此说？"

"明日，你上早朝就会明白一切的。好了，为父不打扰你休息了，你早点休息吧。"

东方胜转身离开了东方信的卧房，东方信将信将疑地回到床上躺下后，不知不觉就睡着了。

第二天一大早，东方信换上官服，来到皇宫参加早朝。

大殿之上，众位大臣齐齐跪下进言："启禀皇上，既然李木然身犯欺君之罪，加之旱灾还未消除，恳请皇上降旨，三日后处死李木然，以祭苍天。"

东方信这才明白昨晚自己的父亲大人为什么会这么自信，他也跟着跪下恳请："臣还请求皇上恩准在祭天台上处死李木然。"

欧阳天域看着满朝文武百官跪在他面前，众口一词都是让他下旨处死李木然，拍椅而起，龙颜大怒："朕已定下秋后处决，你们如此逼朕，还当朕是你们的皇上吗？是不是想让天下人耻笑朕，说朕是言而无信之人。"

众臣低着头，跪下齐声道："皇上息怒，臣等并不是逼皇上，只是天域国内旱灾连连，灾民尸横遍野，臣等怕引起民怨，所以才会恳求皇上三日之后处决李木然。"

"此事朕已决定，不会有所更改，如果你们胆敢再进言，小心你们项上人头。如果没有其他事，退朝。"欧阳天域一脸怒气，拂袖而去。

众大臣看着欧阳天域离开大殿，议论纷纷。

"看来皇上被妖女迷惑得不轻，皇上定下秋后处决李木然，分明是拖延时间。"

东方信这时走到众位大臣面前，笑着宽慰众位大臣："如果再提三日后处决李木然的事，皇上一气之下会治我们的罪，这不正中妖女的奸计吗？我看，我们就等到秋后，到时候皇上也无话可说。"

百官散去之后，宇文化走到东方信的面前，一脸严肃地指责："东方兄，你就这么想李木然死吗，你应该知道李木然的为人，如果说她诬陷你父亲，我不信。"

东方信脸一黑，反问："你是不是早就知道她是女子？枉我视你为知交好友，这么大的事，还瞒着我？"

宇文化一脸愤恨地说："我知道她是女儿身，但是不揭穿她，是因为敬佩她，敬佩

她能以女子身份入朝堂，和我们这些男儿一争高下。她是天域国的奇女子。我原以为她只是以美色誉满天域，后来才了解到是她的才气和品性让她赢得天域第一美女的称号。为她隐瞒，我心甘情愿，她本可以离开朝堂，但是为了天域国的百姓，为了皇上，为了不负慕容将军的嘱托，仍留在朝堂上，我倒希望她可以自私一些，陪着慕容将军在天山过着逍遥自在的日子，也不会落得今日这个下场。”

“你说慕容将军在天山,皇上不是说他留守边关,处理要事吗？”东方信不明白地问。

宇文化没有回他的话，怒道：“你在祭天台当众揭穿李木然的女子身份，你我的友情就在那天为止了，我宇文化没有你这样的朋友，告辞。”

看着宇文化带着怒气拂袖而去，东方信陷入了深深地思考中：为什么李木然这个祸乱朝纲的妖女，连宇文化也不放过。

随后，东方信咬牙切齿，怒骂：“好你个李木然，害得我失去挚友，害得我父亲大人装疯，这一切都是你造成的。再过一个月就到秋后了，我要看着你死。”

他的手握成拳，握得死死的，双眼露出可怕的凶光。

回府之后，东方信来到东方胜的卧房前，敲了敲门，发现门没关，他走了进去，看到屋内没有人，心中纳闷：父亲为什么不在屋中。

这时，有下人来报，东方玉回府了，东方信听闻，走到府门外迎接自己的姐姐。

看到东方玉从轿中下来，东方信一脸笑意地迎了上去，忙问：“姐姐，你这么晚来这儿，有什么要紧事吗？”

东方玉打趣一笑，“看到姐姐不高兴吗？”

“当然不是，信儿怎么会这么想呢？快点进府吧，姐姐这次回来，要待多久？”

东方信陪着东方玉进了东方府，东方玉笑着回了一句：“就一晚，我有要事找父亲大人。”

东方信好奇的问：“什么事，能告诉信儿吗？”

东方玉摇了摇头，笑着婉拒：“以后你就会知道。”

东方信哦了一声，领着姐姐来到东方胜的卧房外。

“昨日，姐姐去过天牢。”

东方信听到这话，心一惊，脸色大变。

东方玉捂着嘴笑了笑，转身推开门走进了东方胜的卧房，进到房内，发现东方胜不在，转身便问：“父亲大人呢？”

“我不知道，刚才到父亲大人的卧房也没有见到他，不知道他去哪了？”

东方玉走到东方信面前，笑问：“还在想刚才的话？其实姐姐去天牢，只是想满足好奇心，因为你也知道她是天域第一美女，所以姐姐才想见一见她，别担心了。”

东方信眼含恨意地说：“姐姐，你误会了，我并没有担心，只是怕姐姐听到诬蔑父

亲大人的话，让姐姐伤心。那个李木然曾当着我面诬蔑过父亲大人。”

“那你信不信呢？如果你都不信，姐姐会信吗！好了，你出去找一下父亲大人，我在这等着，快去。”

东方玉推了推东方信的身子，东方信点了一下头，走出了东方胜的卧房，在府内找着东方胜。

可他心里却想着刚才姐姐提及进过天牢见过李木然的事，一边走一边想地又转回东方胜的卧房前，突然房内传出激烈的对话声，东方信听出是姐姐与东方胜在说着话。

他刚想推门进去，这时房内飘出一句话，让他顿时停下了推门的手。

【58】

东方胜走到窗前，将窗纸戳了一个洞，将眼睛对着洞看着屋内情形，并偷听了他们的对话。

房内，东方玉一脸担心地问：“父亲大人，听说你最近要起事？这事信儿知道吗？”

东方胜转过头，冷笑道：“他不用知道，到时候他只要登基做皇帝就行了。”

东方玉走到自己父亲面前，忧虑地问：“你知道信儿一向忠君爱国的，如果你不事先让他知道你要推他成为新君，恐怕到时候受到伤害最深的不是欧阳天域，而是信儿。”

“等信儿坐上帝王之位，大局已定，他会想通的，你不用替他担心。”

东方玉这时苦笑一声：“是吗，父亲大人？你如果这么想，女儿也无话可说，但是如果事败，女儿希望父亲大人不要连累信儿才是。我今晚到此就是想告诉你这句话。”

东方胜阴阳怪气地说：“他是为父最引为荣的儿子，为父所做的一切都是为他好，怎么会害他呢？倒是你，不要临阵倒戈才是，起事的那晚你一定要与皇上在一起，要不然就会错过一场好戏。你要记住，那晚是属于皇上的，也是属于信儿的。”

东方玉点了一下头：“你不用担心，我会的。那李木然现在还关在天牢中，你准备怎么处置她，你刚才说起事的日子定在欧阳天域的生辰之日，那时候李木然还未死，你不怕事情有变吗？”

“这点我早就想到，不过李木然再也不会等到那一天，我已安排亲信今晚带着圣旨送毒酒给她。你说欧阳天域的生辰之日，她还会出现吗？”

东方胜一脸的奸笑，东方玉忙问：“就算你假传圣旨，当李木然看到那圣旨时，发现圣旨有假，也不会喝下毒酒的。你以为只有你有亲信在天牢中，皇上就没有派亲信在天牢中保护李木然吗？”

东方胜一脸得意的笑：“那圣旨当然是真的，因为玉玺不会有假，那玉玺能盗出宫，你不是有份参与吗？”

“原来你盗玉玺的用处就在此。”

东方玉万万没想到东方胜盗玉玺会用在毒死李木然身上。

东方胜又得意一笑，眼中闪着志在必得的光：“不过你只猜对了一半，另一半才是重点，逼皇上写退位诏书时，若他宁死也不肯写，我就可以自己写下退位诏书，盖上玉玺，那信儿坐这个皇帝之位就明正言顺了，朝中大臣也没有一个人敢有微言。”

“父亲大人，这一切你早就计划好了，那当初为何要送我入宫。”东方玉冷冽着双眼质问他。

“送你入宫，当然有我的考量，不过你很快就知道为什么送你入宫了。不知道欧阳天域得知自己心爱的李木然在天牢中被毒死，会有什么表情呢？”

东方胜摸着胡须，看着窗外的漆黑的夜，一丝阴冷的笑挂在了嘴边。

东方信听到这里，赶紧向着府内的马厩处跑去，牵出一匹马，翻身上马，挥动着马鞭，向着天牢飞驰去。

东方信一边骑着马，一边回想着李木然曾对他说过的话。

他心中恼恨自己为什么被仇恨蒙蔽了双眼，相信自己父亲所说，陷李木然于死地。他越想越气自己，心中默念着：李木然，你一定要等我。你不会有事的，我一定不会让你有事，是我对不起你，你要等我。

我听完后，忙起身求他：“你现在带我进宫面圣。”

东方信带着我离开了天牢，连夜进到皇宫之中，欧阳天域听闻后，在御书房接见了我们。

我与东方信见到欧阳天域，分别低头跪下说：“罪臣李木然参见皇上，臣东方信参见皇上。”

欧阳天域对我们挥了一下手，一脸不悦地问：“不知东方爱卿带着李爱卿前来，是不是想逼朕早点处决李爱卿。”

东方信起身回禀：“皇上，臣并无此意，今日带李大人前来，是有要事禀报。”

我也跟着起身，语带感谢：“多亏东方大人及时赶到天牢，要不然皇上再也见不到罪臣。”

欧阳天域脸色一变，眼中露出厉色，“何出此言，天牢之中有朕的亲信保护李爱卿，为何李爱卿会说出再也见不到朕的话。”

接着我与东方信，你一句，我一言的将东方胜的阴谋和盘托出。

欧阳天域听后，眼带疑惑，“东方爱卿，你如此对你父亲，不后悔吗？”

东方信跪下低头，掷地有声地说：“臣乃读过圣贤书之人，明知父亲大人叛国，却还包庇父亲大人，这有违纲常。但是臣恳求皇上，能免父亲大人死罪，让他在狱中度过残生。”

欧阳天域点了一下头，笑赞：“自古忠孝难以两全，你大义灭亲，但心存孝心为父求情，朕答应你的请求，东方爱卿请起。”

东方信从地上起身抬起头，眼含泪：“臣感谢皇上为父亲大人所做的一切。”

我走到东方信的面前，授意于他，“东方大人，你可暂且按照你父之言，参加皇上的生辰大典，而我会命人暗中安排一切。”

“李爱卿你身在天牢之中，如何安排一切？”欧阳天域不解地问。

我笑着说出计划的前半部分：“皇上，虽然罪臣关在天牢之中，但是还有皇后、李兆庭、破军在，请皇上让这三人进宫，还有请皇上对外宣布臣已被人毒死在天牢中，这样一来可以让东方胜不会起疑。”

欧阳天域命人宣来皇后等三人，他们来到御书房，看到我与东方信正坐在椅子上。

霜霜不解地问：“皇上，怎么李大人也在，她不是在天牢吗？”

李兆庭与破军也一脸的疑惑，欧阳天域开口一笑：“李爱卿接下来会向各位解释一切。”

我向众人说出了实情，并定下了计策，擒拿反贼东方胜。

御书房中，我们几人正在商量计策的时候，外面有人来报，说风流云为了我闯宫。

我请求欧阳天域，让霜霜将风流云带到御书房来。

欧阳天域恩准后，命霜霜去将风流云带到御书房。

大概一盏茶的工夫，霜霜引风流云来到御书房。

风流云走到我面前，好奇地问：“你怎么会在御书房？你不是被关在天牢吗？外面传你被皇上赐死在天牢中，为何你却安然无恙。”

我提醒他：“风流云，你还没有参见皇上呢？”

风流云走上前去，跪下低头：“臣风流云参见皇上。”

欧阳天域笑问：“听说风爱卿为了李爱卿冒死闯禁宫，还骂朕是奸险小人、缩头乌龟。”

风流云低着头，语含愧意：“臣不知实情，望皇上恕罪。”

“死罪可免，活罪难逃，朕就罚你保护李爱卿的安全。”

欧阳天域走到风流云的身边，扶起他。风流云忙笑着回了一句：“臣领旨，不过臣还要接雪儿还有臣的孩儿进宫，以免他们见不到臣担心。慕容将军也恢复记忆了，也与雪儿在一起，皇上可命人到天下第一楼接他们进宫。”

我听到慕容来天域国，而且恢复了记忆，不禁喜上心来，向着欧阳天域进言：“皇上，慕容将军回来，臣对擒拿叛贼又有更大的把握。”

欧阳天域听后大喜，命人将雪儿还有慕容接到宫中。

慕容天霖进宫见到了我，拉着我的手，自责地说：“四弟，看到你没事，我就安心了。

都怪我失去记忆忘了你，让你受苦了。”

我靠在慕容天霖的怀中，娇柔地说：“能再次看到你，我也心满意足了。不过明日皇上生辰擒拿东方胜一事，你可要当心。”

“夫君，你有了新欢就不要旧爱了？”

我听到是天香的声音，抬头望去，看到天香与如风正笑吟吟地望着我。

我开玩笑地回了一句：“娘子怎么也来宫里了，是不是得知为夫死在天牢中，担心为夫才会进宫的？”

天香与如风走到我面前，打了我一下：“你知不知道，听闻你死在天牢，我们吓了一跳，幸好李公子及时赶到状元府告知我们一切。你呀，就是想让我们担心死。”

“臣参见公主，你刚进宫，肯定有许多话与四弟说，臣就不打扰公主与四弟叙旧了，臣还有事找皇上，先行告退。”

慕容行完礼后与欧阳天域等人离开了御书房。

雪儿也带着孩子加入我们的聊天中，我问她：“为什么慕容会恢复记忆？”

她笑着跟我讲了他们回到天山后所发生的事，而且还说黑水明皇夫妇也已出发来至天域国，应该还在路上，说是带着兵来，所以比他们晚到。

【59】

自从那日在黑水国分别之后，慕容天霖的头痛症发作，昏迷了数日，回到天山才醒。慕容天霖经过调理之后，头痛症已经不再发作，而雪儿也没有再为他施针。

天山之上，风流云与雪儿正在山上采着雪莲，而慕容天霖也在一旁砍着柴。

风流云与雪儿采完雪莲之后，风流云说：“慕容兄，我们该回去了。”

慕容天霖转过头，对着他俩笑了笑，将柴捆好后，背在身上，走到他们面前。

“走吧，我肚子都饿了，想早一点吃到雪儿做的美食。不知道今天吃什么？”

风流云笑着附和：“我娘子的美食就是好吃。你一说，我也觉得饿了。娘子，快点回去做饭给我们吃吧。”

“你们把我当煮饭婆了，就知道吃。”雪儿佯装生气。

风流云软语相迎，哄着雪儿：“当然不是，你可是无所不能、天下第一帅的风流云的亲亲娘子，能做他的娘子，当然是样样精通，色艺俱全。”

雪儿打了他头一下：“少把你以前在青楼厮混的那一套用在我身上，我可不是你那些红粉知己。”

慕容天霖忙取笑风流云：“风兄，你又惹雪儿生气了，你明知她不想听你以前的风流史，你还要说。这不是存心让她生气吗？如果她生气，谁做美食给我们吃？你赶紧向雪儿赔个礼。”

风流云笑着搂紧雪儿，一副讨好的语调：“娘子别生气了，是为夫的不是。要不然这样，今晚为夫任你处置，你看怎样？”

雪儿一听这话，脸一红，娇嗔：“没个正经，慕容大哥还在呢。”

“我没听到，我什么也没听到。既然雪儿气已消，那我们走吧。”慕容天霖一脸笑意地说道。

三人高高兴兴地走回了木屋，雪儿洗好米：“今天，我为你们做粥。”

风流云这时不满地大叫：“什么，做粥？不会吧！现在可是正午，做什么粥呀，又不是早上。”

雪儿抬起头，笑着说：“我这粥的做法可是跟名家学的，你俩能吃上，算你们有福气。”

“跟名家所学？哪位名家呀！我以前可是吃遍天下美食的，说来听听。”风流云笑问。

慕容也一脸不解地问道：“雪儿，这做粥还有名家吗？”

雪儿笑了笑：“这可是天域第一才子所教的。”

“李木然教你的，她会做粥吗？”风流云忙问。

雪儿点了点头，笑问：“夫君，我记得你好像吃过的。慕容大哥受伤的时候，你不是与破军抢着去厨房吃吗，你忘了？”

风流云摸着头，傻笑一声：“好像有这么一回事，不过太久了，不记得什么味道了，当时是早上，理所应当喝粥的。”

“既然这样，你待会儿可得好好品尝一下，起初我也不相信，粥能有多好吃，可是尝了一口她端上来的粥，就央求她教我，而且她还告诉我，这粥有个好听的名字。”

风流云走到雪儿身边，一脸怀疑地问：“粥还有好听的名字？你什么时候跟李木然学的，我怎么不知道。”

慕容天霖此时脸上有着异样的神情，盯着雪儿问：“我也曾经吃过？”

“当然啦，你还不只吃过一回呢，我听说是好几回，每次都是李大人亲自喂你的。对了，夫君，你问我是什么时候学的？”雪儿停顿了一下，想了想，开口一笑：“那是在参加黑水国小太子百日诞的时候，与香琦、霜霜还有李大人一起聊天时，当她聊到曾为某人做过粥，所以我们都央求她做粥给我们吃，结果我们吃了后，都赞不绝口，所以我才会向她请教，跟她学做粥，你说你们是不是有口福了，能吃到名家的粥。”

“你还没告诉我这粥叫什么名字？”风流云好奇地问。

“这粥名可是好听极了，叫‘相思红豆粥’。当时我听到这个名字的时候，问过李大人为何取这个名字，她说是因为想念一个人，才取这个名字的，而且那个人当时吃了她的粥也赞不绝口。”

“你说的那个人，不会是指慕容吧。”风流云小声在雪儿耳边问。

雪儿点了点头，自顾自地开始熬粥。

慕容天霖听到这个粥名，头痛症又开始发作，捂着头大叫：“我的头好痛，我的头好痛！”

他的叫声引得雪儿与风流云跑到他面前，雪儿按住他的脉，对着风流云急叫：“快拿我的银针来。”

风流云赶紧跑到柜子旁，将装有银针的盒子拿到雪儿身边，打开盒子，雪儿以极快的速度，用盒中银针扎在慕容天霖头上各处大穴。

一阵忙碌之后，慕容天霖终于不再喊痛，昏了过去。风流云将他抱上床后，盖上被子，担心地问：“他怎么样？”

雪儿摇了一下头，脸上有着难言之色：“再这样下去，他的头痛症会越来越厉害，我怕到时候连我的银针也压不住。”

风流云焦急地问：“你一定有办法的，你再查一下你师父留下的医书，说不定能找到根治的办法。”

雪儿点了一下头，转过身走到桌旁，认真地翻查着医书。

风流云靠在床边守着慕容天霖，突然他听到慕容在叫，而且额头上布满了汗，像是很心急的样子，脸也不停地抽搐。

风流云转过头忙唤着：“雪儿，快过来，慕容又发病了！”

雪儿听到风流云的叫声，跑到床边，将银针从他头上拔下，慕容随着银针的全部拔下，恢复了平静。

“这是怎么回事，银针扎在头上是为了压治他的头痛症的，为什么拔下之后，他反而平静了许多。”

雪儿也不解地看着慕容天霖，用手按在他脉搏之上，一脸平静地说：“脉息平稳，不像是有事。”

雪儿离开床边又回到桌边拿起医书，随意地翻看，不想一不小心，将水洒在纸上，她赶紧用手帕将纸上的水擦干。

当纸干了后，那医书空白之处出现了很多图，雪儿按着图下注解看着图，越看越高兴，欣喜地大叫：“慕容大哥有救了！”

风流云听到雪儿的叫声，走到她面前：“有办法可以救慕容？”

雪儿将医书拿到风流云眼前，风流云读着上面的字：“欲解头痛症，须按图施针，不仅可解此症，也能让患者恢复因头痛症所引发的失忆。”

风流云一把抱起雪儿，转着圈，哈哈大笑：“照着图上所说，慕容的头痛症能治好，以前的记忆也能恢复。这太好了，这样他就能想起李木然，并且回天域国去找她。雪儿，你真厉害。”

“好了，你先放我下来，我先研究一下再施针，不过这种治法可是很花时间的，少则三个月，多则一年，况且记忆也是需要慢慢恢复的，想让他马上记起以前所有的事，还需时间。”

风流云放下雪儿，一脸笑意地安慰：“总比没得治好。”

“夫君你可就要每天按时上山采雪莲，做成药丸让慕容服下，这样他的病也可以好得快一些。”

雪儿一脸俏皮地看着风流云，风流云笑了笑，在雪儿脸上吻了一下：“这事就交给你无所不能的夫君，对了，你什么时候开始为慕容施针？”

“明日，今晚我还要研究一下医书，看哪种治法适合慕容大哥，因为这里有好几种治疗方法。”雪儿眉头紧锁地回了一句。

“那你的意思是为夫又要独守空房了？”风流云装作一脸委屈。

雪儿轻笑了一声：“夫君大可去找你的红粉知己呀，这下你不是有借口了？”

“还记着今日所说的玩笑话啊，真记仇！你夫君守着你这么好的娘子，怎么会有如此想法呢？你呀好好研究你的医书，我去做药丸去。”

风流云对着雪儿笑了笑，转身走到放雪莲的篮子旁，将雪莲取出放入药盅里慢慢捣着。

雪儿笑了笑，又坐回桌旁，拿起医书，钻研着书上所绘之图。

经过一段时间的施针，慕容的头痛症再也没有复发，而且慢慢想起了一些事，不过只是小时候的事和战场的事。

每次雪儿问他知不知道一个叫李木然的人，他都说听着耳熟但就是想不起来。

不过，风流云因慕容病情好转，下了天山来到黑水国，准备接回他们留下的孩子。

风流云进到皇宫见到黑水明皇，低头行礼：“拜见明皇。”

黑水明皇笑问：“是不是来接雪夜？”

风流云笑着点了一下头：“雪儿惦记夜儿，所以让我下山来接他回去。”

黑水明皇带着风流云来到皇后寝宫，只见香琦正在哄着摇篮中的婴孩。

她抬起双眸，看到是风流水与黑水明皇，忙笑脸相迎：“风流云，你来了。”

风流云行完礼后，走到摇篮边，看着摇篮内熟睡的两位婴孩，脸上洋溢着慈父的温柔笑意：“夜儿没有吵到小太子吧！”

“他们听话得很，从不吵闹，一副兄友弟恭的样子，我真舍不得让你带走夜儿。”

风流云笑了笑：“如果我不带走夜儿，我的娘子不骂死我才怪。”

黑水明皇与香琦听着风流云的玩笑话，哈哈大笑。

这时一个太监走了进来，在黑水明皇耳边小声说着话，黑水明皇脸色大变，对着风流云急问：“慕容将军还没有记起李木然吗？”

“经过雪儿的施针，现在可以慢慢想起以前的事，但是对于李木然还是很陌生，好像还没记起他与李木然之间所发生的事。”

“糟了，朕刚接到天域国传来的消息，李木然陪欧阳天域祭天时，被东方信当场揭穿女子身份，现在被收押在天牢内，听说秋后就要问斩。”

香琦听闻此事，差点没站稳，幸而黑水明皇扶住她。

风流云不解地问:“皇上为什么要处斩李木然，他不是答应过会护李木然周全的吗?不行，我要赶回天域国，救出天牢之中关押的李木然。”

黑水明皇拉着风流云欲走的身子，劝阻他 :“先不要着急，离秋后还有一个月，朕还听说李兆庭与破军正在查东方胜叛国一事，如果查出东方胜叛国，李木然还有得救。”

香琦这时担心地说 :“那如果查不出呢，那姐姐不就要……”

风流云抱起婴孩，向黑水明皇告辞 :“我即刻上天山，带雪儿还有慕容赶到天域国。我不能让李木然死，就此别过。”

风流云抱着婴孩，骑着马赶回了天山。

第十五章　颠覆皇位

【60】

天山小木屋内，雪儿见风流云抱着孩子回来，一脸笑意地接过孩子。

雪儿看到孩子在襁褓中睡得很香，又看到风流云满头是汗，关心地说："你跑得这么急干什么？我晚一天见到孩子也无所谓啊！你看你满头都是汗。"

雪儿拿着手帕擦拭着风流云的额头，风流云一把抓住她的手，激动地说："慕容在什么地方？"

雪儿笑了笑，指了指床："刚为他施完针，睡下了。看你一脸着急的样子，是不是黑水国发生什么事了？"

风流云摇了一下头，对着雪儿叹了一口气："不是黑水国有事，是天域国发生一件惊天动地的事。李木然的女子身份在祭天的时候被东方信当场揭穿，已被判秋后处斩。"

雪儿抱紧了怀中的孩子，一脸的担心，双眼含泪地望着风流云问："这不会是真的！李木然怎么会被揭穿女子身份呢？欧阳天域为什么要判她死罪？他不是钟情于李木然吗，为什么不救她？"

风流云抱紧了雪儿，恨恨地说："那个皇帝，有事的时候都是李木然挡着。不行，我们得赶紧下山到天域国救李木然。"

"好，慕容大哥是不是要跟我们一起去呢？虽然他现在还想不起李木然，但是我们不能留他一个人在山上，毕竟有难的是他心爱之人。"雪儿急切地问。

风流云一脸坚定地说："当然要带慕容去，也许能刺激他想起李木然。"

雪儿点了一下头，将婴孩放在摇篮中，然后简单地收拾着行李，风流云则走到床前，唤醒了慕容天霖。

慕容天霖揉着眼忙问："雪儿收拾行李做什么？"

风流云催促他："我们要赶紧下山，到天域国去，再晚了，怕救不了李木然。"

慕容天霖又听到风流云提到李木然，一脸不解地问："那个李木然是谁？为什么要

去天域国救她？她发生什么事了？”

“别问这么多，总之跟我们下山去天域国就行了，快点。”

慕容天霖点了一下头，慢慢起身向外走去，当他踏出门槛时，脚下一虚，踩了一个空，由于惯性，头朝地跌倒在地上，随后口中大叫了一声：“好疼！”

雪儿与风流云被他的叫声惊动，转过头望向门口，正好看着慕容天霖捂着头，脸上一副很难受的样子，雪儿忙拿起桌上放着的银针，奔到门口，想施针插在他头上。

慕容天霖突然担心地问：“雪儿姑娘，四弟在什么地方？”

雪儿眼含惊喜地望着慕容天霖，又看了看风流云，喜极而泣：“慕容大哥想起李木然了！”

风流云蹲下身不相信地又问了一遍：“慕容你真的想起李木然了？那你告诉我，她是你的什么人？”

“风兄，四弟当然是我心爱之人啰！风兄为何要如此问？我记得当日替她挡了飞箭，不知道四弟可否安然无恙。”慕容天霖一脸不解地问。

“太好了，雪儿，太好了！慕容想起李木然了，这次我们到天域国，李木然就有救了。”风流云一脸的狂喜，对着雪儿大叫。

雪儿开心地点了点头，催着慕容天霖：“事不宜迟，我们赶紧出发天域国。”

慕容连忙问：“你们为什么要赶去天域国救四弟？”

风流云拉起慕容：“没时间了，我们一边走，一边说。”

慕容天霖点了一下头，看着雪儿怀中抱着的婴儿，脸上带笑，跃上马背：“恭喜风兄与雪儿姑娘喜得贵子。”

风流云跃上马背之后，伸出手将雪儿拉上马，三人带着婴儿向着天域国的方向进发。

慕容天霖先行一步抵达天域国，随后赶来的风流云与雪儿到了天域国后，找到与慕容会合地点：天下第一楼。

他们刚进门，就看到靠窗的桌子上趴着的慕容。

雪儿摇了摇慕容，柔声唤道：“慕容大哥，你怎么了，为什么要喝这么多酒？”

慕容睁开醉眼，看到一名女子正站在他面前，他笑了笑，拉着雪儿的手胡乱叫道：“四弟，你来了，我还以为你死了。你终于来了，我们一起离开天域国，你不是说要我陪着你走遍名山大川的吗？我们现在就去。”

雪儿听着慕容的话，看了一眼风流云，风流云扶起慕容走到柜台前，对着掌柜说：“要两间上房。”

那掌柜命人带他们上了楼，进到房中，风流云把慕容放在床上，慕容嘴里还在胡乱地说：“四弟，你不会死的，皇上不会赐死你的。”

雪儿看着慕容一副伤心欲绝的样子，担心地问：“夫君，慕容大哥究竟怎么了，为

什么说李木然已死了？”

风流云转过头看着雪儿，一脸的疑惑：“我也不清楚。要不，我出去打听一下李木然的消息，然后进宫参见皇上。你留在这照顾慕容，我很快就回来。”

雪儿点了点头，风流云转身离开了房间。

而风流云闯禁宫的事就是因为帮雪儿去打听我的消息后发生的。

风流云从客房出来后，下了楼刚想出门上街时，听到不远处的饭桌上有几个人在议论。

“你们知道吗，那个女扮男装的驸马爷被皇上赐死在天牢中。”

“是不是真的，听说那个驸马原来是天域第一美女冯素贞，真是天妒红颜，如此美的女子竟然就这么香消玉殒了。”

风流云听到此话，想到慕容嘴中的醉话，心中火起，暗骂：“欧阳天域，想不到你为了自己，赐死李木然！我不会放过你的。”

风流云气冲冲地骑着马向着皇宫奔去，到了宫门外，也不下马，直接骑着马向着宫内冲去。

守门的侍卫挡也挡不住，只有向内大叫：“有人闯宫，快拦住他！”

风流云将宝剑拔出，一边挥舞，一边大声怒骂：“欧阳天域，你出来，你这个奸险小人！你竟为了自己，逼死李木然，我风流云今日就要为李木然报仇，砍下你的脑袋以祭李木然在天之灵。”

皇宫内的御林军全部出动，阻截着风流云，将风流云团团围住，弓箭手齐齐举着弓，拉着箭，对着马上的风流云。

风流云拉住马，一脸无畏，眼中冒着寒意，怒目圆睁地盯着四面都围着他的御林军。

他又大声叫嚷：“欧阳天域，你这个缩头乌龟，还不出来受死，当初你是怎么应承我的，说会护李木然周全，为何她会死在天牢中？”

“风流云，你不要胡说。”

一个熟悉的声音传到风流云的耳中，他看到一位身着凤衣的美艳女子在宫女太监的尾随下，走到他的面前。

霜霜横眉冷对，口吐怒言：“你知不知道擅闯禁宫，已犯死罪？”

风流云从马上下来，低头跪下，不服气地上禀：“臣风流云参见皇后娘娘，臣只是听闻李大人已死在天牢中，所以才会冒死闯进禁宫。”

“风流云，你身为天域国的重臣，理应严守做臣子的本分，即便是想问李大人的事，也可以进宫求见皇上，问个清楚，不用这样骑着马闯入禁宫。”

“臣知罪，臣只是气急攻心所以才会如此。”

风流云低着头，言语中有知罪悔改之意，霜霜放平声调，语带宽恕之意：“念你初犯，

本宫代皇上恕你之罪，不予责罚，现在你随本宫到御书房见皇上。”

霜霜转身向着御书房走去，风流云起身紧跟在霜霜的身后，接下来就在御书房见到了我。

我与慕容独处时，曾问他为什么会突然之间忆起一切。

慕容语带歉意，眼带自责地说起他曾在施针后做的梦以及得知我死的消息时，内心所受的煎熬与自责。

那还是在天山时，慕容每次听到雪儿提起“李木然”三个字，心中都有一种熟悉的感觉。

他的眼前似乎浮现出我的面容，但是转眼之间又消失了，这种感觉让慕容的心又抽痛了一下。

慕容努力地想忆起一些曾经的事时，头痛症发作，陷入昏迷中。

他仿佛走在一片白茫茫的雾中，雾散开后，看到不远处站着一个身着官服之人。

那背影如此熟悉，他便快走了几步，想走到那人面前，看一看那人的真面目。

当他走近时，那人突然又消失，这时又出现一位身着女装的女子，他发现她的背影与刚才消失的那人一样，都让他有一种亲切之感。

那名身着女装的女子慢慢转过身向他走来，当走到他面前时，慕容看到她脸上蒙着纱，一双似秋水般的美目紧紧盯着自己。

那眼神仿佛在说：“你为什么还不醒，我等你醒来，已很久了。”

慕容刚想开口问她时，雾又起，他再也找不到那人，只能看着白雾大声叫：“你是谁，快出来！”

后来因慕容出房门时不小心，一脚踏空，头朝下重重地摔在雪地上，他起身后，捂着头，此时的脑中窜出那日漫天箭雨向他射来的画面。

而后又让慕容看见一个他熟悉的身影正向他飞奔而来，自己却一脸担心地大吼：“不要过来！”

当那身影渐渐靠近，抬起头时，慕容看到那张熟悉的笑靥带着决绝，与那日在马上弹琴的我相重叠。

慕容心中大惊，叫了一声：“素贞，不要！”

慕容经此之后，想起了我与他所有的一切。

【61】

当得知我被关入天牢后，慕容连夜兼程先风流云夫妇一步赶到了天域国。

慕容本想即刻进宫面圣，却在街上听到有人说：“你们听说没有，关在天牢里的驸马李木然其实是女子，而且昨晚死在天牢中。”

慕容眼中写着不相信，怒气冲冲走到那人面前，揪住他的衣领质问：“你说李木然死了，是不是？”

那人见慕容凶神恶煞的样子，颤声回道：“我也是听人说的，不知道是不是真的。好汉饶命。”

慕容松开手后，那人吓得向远处逃去。

慕容来到天下第一楼，要了一壶酒，一边饮酒，一边自语自说：“为什么会这样？四弟，你不会死的。我不相信皇上会赐死你在天牢中的，不会的，这不会是真的，四弟。”

慕容的酒越喝越多，醉倒在桌上，突然感到有人在摇他，睁开醉眼，看到一名女子正站在他面前，样子似我。

他笑了笑，拉着雪儿的手大声唤我：“四弟，你来了，我还以为你死了。你终于来了，我们一起离开天域国，你不是说要我陪着你走遍名山大川的吗？我们现在就去。”

我听到这儿，偎在慕容的怀中，还依稀可以感到他当时的自责与伤心。

我抬起头，眼含泪，轻声说：“天霖，一切都过去了，让我们忘了过去的不愉快，好吗？”

他眼中带笑，点着头，轻轻搂紧我，述说着暖人心的情话。

欧阳天域生辰大典的前一夜，我坐在御书房内，心中总觉得不安，恐事情有变。

我忙找来风流云，吩咐他到皇城门口迎接黑水明皇，因为听雪儿说黑水明皇带着兵来的。

我的打算是如果皇宫有变，让风流云带我传话，请黑水明皇帮忙，毕竟东方胜这只老狐狸老谋深算，如果擒他不成反被他拿下，也有后招。

生辰大典在大殿隆重举行，而我扮成了霜霜的贴身侍女，而且雪儿用易容丹掩去了我的真容。

至于围剿东方胜反叛大军的重任就交给了慕容天霖，他已按照我的吩咐依计行事，准备来个瓮中捉鳖。

欧阳天域与霜霜高坐在龙椅与凤椅之上，等着众臣朝见，而我就立在霜霜身旁，看着群臣进殿。

群臣低头下跪齐声三呼万岁之后，向欧阳天域献上了生辰祝福。

近侍太监高声宣布：“皇上的生辰大典正式开始，请皇上过目各位大人献上的贺礼。”

他读着名单上的贺礼，一件件礼物从欧阳天域与明霜的眼前飞过。

当读到东方信所送的贺礼时，欧阳天域看到锦盒中只放着一对玉如意，又看了看东方信，东方信脸上并没有表现出异样。

当锦盒关上之时，大殿外突然涌进御林军，将所有人围在大殿上。

欧阳天域气得站起来，怒骂："你们这是干什么？今日是朕生辰大喜，竟敢拿着刀枪进来。"

这时，御林军自动分开一条路，东方胜穿着官服，走到欧阳天域面前，也不下跪，用着略带嘲讽的眼神直视着欧阳天域："臣东方胜前来为皇上贺寿。"

欧阳天域冷笑一问："东方胜你不是疯了吗？看样子好像并无疯癫之像。"

"托皇上的洪福，老臣的疯病又好了。今日来送上令皇上毕身难忘的贺礼。"

东方胜走到欧阳天域身边，从贺礼中拿出东方信所送的锦盒，将锦盒打开，取出玉如意，从暗格中拿出一件龙袍。

他拿着那龙袍，走到东方信的面前，将龙袍披在他的身上。

东方信故作惊讶："父亲大人，你为何要披件龙袍在我身上？"

欧阳天域一脸的震怒，指着东方胜，大吼："东方胜，难道你想造反不成？"

东方胜脸带着得意的笑，转过头，声音不大也不小，让大殿中众人都听得清楚明白，"皇上，你猜得不错。东方胜就是要造反，从此天域改姓东方，而新君就是我儿东方信。"

欧阳天域手一挥，对着殿上的御林军，怒叫："还不将反贼东方胜拿下。"

御林军没有一人动，霜霜这时起身，怒声喝斥："东方胜，你好大的胆子，装疯卖傻，欺瞒君王，包藏祸心，你罪该万死！"

东方胜唇边带着讥讽的笑，大声指责："欧阳天域不配做皇上，他任用妖女为官，祸乱朝纲，引至苍天降下旱灾。我这样做是顺应天意，为天域国百姓的福祉着想。"

东方胜将手一挥，殿内的御林军便将大殿之中的大臣们押向大殿外，重重地关上殿门。

我知道东方胜要将真相一一披露。一般胜利者，都会羞辱失败者，让对方知道自己失败是咎由自取，只能怪自己蠢。

大殿之中，现在只剩下欧阳天域、霜霜与我，还有呆愣在原地的东方信和趾高气扬的东方胜。

这时殿门被人推开，一名小太监引领着身着华服的东方玉，缓缓走了进来，我知道这也是东方胜的用意。

东方玉化着艳丽无比的妆容，俏生生地立在欧阳天域面前，也不下跪，笑靥如花地看着他。

欧阳天域指着东方玉，怒骂："玉妃，原来你同东方胜是一伙的。"

东方玉却充耳不闻似的，转身走到东方信面前，低头下跪："臣妾恭祝新皇登基！"

霜霜起身走到欧阳天域身边，一脸怒火地质问："玉妃，本宫一向待你不薄，为何你要帮东方胜？皇上可是你的夫君。"

东方玉转头，冷哼一声，"夫君？他有当过我是他妃子吗？不妨实话告诉你，我不

爱皇上，我只爱信儿，他才是我的夫君。”

“那你原来为何要使尽百般手段得到皇上的宠幸？”霜霜又问。

“想得到他的宠幸，是因为他像信儿，看到他就像是看到信儿一样。”

东方信听着自己姐姐说出喜欢他的话，一脸痛苦地说：“姐姐，你我是亲姐弟，你不能喜欢我的。”

东方玉轻笑一声：“信儿，我不是你的亲姐姐，你不信问一下父亲大人。”

东方信转眼看向东方胜，东方胜抚须大笑：“你与玉儿不是亲姐弟，你是为父抱养的，是一个卑贱的婢女所生的野种。我就是要让你这个野种登上帝位，让天下人耻笑欧阳天域与欧阳凌天，他们的皇位被一个野种所夺。”

东方胜一脸的震惊之色，连我都没想到，我原本因为东方玉说东方信像欧阳天域，猜测他们俩是同母异父的兄弟，而东方胜为了报夺妻之恨，让他们兄弟相残，哪知不是。

那欧阳天域、东方信、东方玉三人的关系究竟为何？如果说东方信是欧阳天域的胞弟，也不符合丝绢的诗句啊！

霜霜一脸冷笑地又问：“自从我进宫后，你为何要故意接近本宫，而不是恨本宫？”

东方玉这时大笑了一声：“恨你，我为什么要恨你？恨你夺了我的皇后之位？还是恨你深得欧阳天域的宠爱？我接近你自然有我的目的。”

“什么目的？”

东方玉将她的真实目的剖析在我们众人面前，包括她为什么会为了东方信听从东方胜的话，入宫为妃，恃宠而骄。

东方信自从误信我欺瞒他，就常常进宫晋见东方玉。

东方玉每见一次东方信，原来消失的爱意便渐渐转浓，常坐在床边想着小时候与东方信一起玩耍的快乐时光，脸上也时常浮上幸福而开心地笑。

东方玉开心过后，脸上又挂上忧郁，并自言自语：“信儿，你知道姐姐为何要进宫为妃吗，这一切都是为了你，因为自从知道自己并非是你的亲姐姐后，我的一颗心就全扑在你身上。我会争宠，也是因为皇上与你长得非常相像而已。”

每当这时，她脑中会突然闪过一个画面，那是东方胜对她说过的话：“玉儿，为父知道你喜欢信儿，但是信儿以后的路将是如何，就全靠你了，因为为父想让信儿登上大宝，取代欧阳天域成为一国之君。”

东方玉一脸惊诧：“父亲大人，你是不是疯了，这可是要杀头的罪名。”

东方胜避过此问，笑着问：“你可愿进宫为妃？”

东方玉惊得跌坐在地，一脸惨白地问：“父亲大人，你明知玉儿喜欢的人是信儿，为何要逼玉儿进宫为妃？”

东方胜看着东方玉怨怼的眼神，好言相劝：“你不是喜欢信儿吗，你进宫为妃对信

儿有很大的帮助，为了信儿，你必须进宫为妃。”

东方玉一副失魂落魄地样子，启口反问：“难道说让玉儿进宫为妃真的能帮得到信儿吗？”

“玉儿，你也知道这宫中要有为父的内线才行，而你就是为父安排在宫中的内线。”

“这是你的意思，还是信儿的意思？我自小与信儿一起玩到大，玉儿总觉得信儿并不是那种追求权力的人。”

东方胜语重心长地拍着她的肩：“信儿是不是那种人并不重要，重要的是让他登基称帝，而为父会从旁教导他成为一个合格的帝王。下个月你就要入宫成为欧阳天域的妃子，这几日为父请了宫中的礼仪师来教你礼仪，你要用心学。信儿的未来可就掌握在你的手上了。”

东方玉点了点头，算是默许了。

【62】

东方玉发愣地坐在床边，想到一入深宫就再也见不到信儿了，心中一痛，流下了伤心的泪水。

这时，她的房门吱的一声被推开了，她听到一个熟悉的声音传出：“玉姐姐，你在吗？为什么你屋子里漆黑一片？”

东方玉连忙擦干眼泪，装出开心的样子，对着东方信轻笑一声：“刚才烛火被风吹熄了。你站着别动，我这就点灯。”

东方信笑了笑，轻声相阻：“不用姐姐动手，我身上正好有火摺子，让信儿帮你点灯好了。”

黑暗中，火摺子一亮，点燃了桌上的红烛，东方信走到东方玉身边，一脸带笑地坐下。

“玉姐姐，我听父亲大人说，你已入选为妃，下个月就要进宫了，我好舍不得玉姐姐，玉姐姐走了，就再没人陪我玩了。”

东方玉看着信儿一脸的不开心，忙劝慰：“姐姐进宫，你可以随父亲大人不时来宫中探望我呀，真是个傻孩子。”

东方信俊脸一红，一脸傻笑地说：“对呀，我怎么没想到？玉姐姐扮成新娘子的样子一定很好看。”

东方玉看着双眼含笑的东方信，拉着他的手，小心叮嘱：“姐姐进宫后，你可要好好念书，要拿个状元让姐姐高兴高兴。”

东方信一脸自信地点了点头，开心地说：“你放心吧，信儿一定会在科考中夺得头名。

好了，不跟姐姐说了，信儿要去读书了。”

东方信转身跑出了东方玉的闺房。看着他远去的背影，东方玉再次潸然泪下，她眼含忧虑地喃喃自语：“不知道这欧阳天域长的什么样？脾气如何，还有后宫这个人人向往的地方又会是如何？”年纪轻轻的东方玉感到前路一片迷茫。

东方玉进宫之后，没想到深得皇宠，此时的她坐在玉香宫中想着前事，叹息了一声，回想到初次见到欧阳天域的情形，那是她进宫后的第二日，欧阳天域点了她侍寝。

当她第一眼见到欧阳天域时，心中大惊，为何欧阳天域与信儿长得这般相像，而她也从欧阳天域的眼中看到了惊艳之色。紧接着她被封为贵妃，仅低于皇后之位的封赐让她荣宠于后宫。

她自己越来越享受这种权力带来的乐趣，小心谨慎，步步为营，与父亲大人亲密合作，逼欧阳天域立后。

她渐渐淡忘了对东方信的情意，一心扑在后宫争宠上，只因他像他。

在得知欧阳天域心中早有立后人选，并且这个人选就是天域第一美人时，她好像并没有很在意。

其实她心里很明白，自己从没爱上过欧阳天域，只是把他当作是信儿的替身。

信儿因父亲大人的疯癫，经常进宫来探望她，安慰她，又让她加深了对信儿的爱。

在她的眼中，如今的信儿再也不是以前那个不知世事，只知读书的乖小孩。

现在的他出落得越发挺拔修长，深具男儿之气。不仅面容俊朗，而且全身散发着一股迷人高贵的气息，而自己的心又再一次为他而跳动。

她得知东方胜未疯是因为一个蒙面人出现在她眼前。

那晚想信儿想得出神的她，耳畔传来一个低沉的男声：“在下是主公派来的，这是信物。”

东方玉转过头，看到一个黑衣蒙面人掏出一面玉牌，上面刻着一个胜字。

东方玉捂住嘴，虽眼中有着震惊，但还是夹杂着疑惑，问那个蒙面人：“父亲大人不是疯了吗，为什么他的玉牌在你手上，你究竟是何人？”

“玉妃娘娘，这玉牌正是东方胜大人交与在下，让在下进宫与玉妃娘娘商议东方信登基之事，而且东方胜大人并没有疯，是为了掩人耳目故意装疯的。”

那蒙面人的话又让东方玉心一惊，她平复了一下心情，又问：“那信儿知道父亲大人没疯吗？”

那蒙面人冷冷地回了一句：“不知情，因为主公不想让太多的人知道他没疯的事，而且主公还说，玉妃娘娘在宫中这几年也积聚了一些自己的势力，所以请玉妃娘娘从旁协助属下，将属下安插在宫中，以方便以后起事。”

东方玉一脸不悦地问：“父亲大人想让我做什么？”

“让你帮个小忙，就是让属下混进宫中成为太监，好进一步掌握宫中的一举一动。”

东方玉一脸迷惑地问：“就这么简单？”

那蒙面人点了点头，而东方玉明白了自己该如何做，先是让他在宫中等着，她命宫女让一名太监到她宫中来。

当那名太监进来之后，东方玉暗示躲在暗处的蒙面人动手。那蒙面人用力劈了那太监脖后一下，只见那名太监应声倒地失去了气息。

东方玉走到死去的太监身旁，对着那蒙面人小声说道：“接下来的事你该知道如何做，不用我教你吧。”

那蒙面人阴冷地笑了一声，抱起地上已死的太监从后门走了出去。

当他再次返回时，对着东方玉道：“小豆子见过贵妃娘娘。”

东方玉见到已死的太监又站在她面前，脸上一惊，大气都不敢出：“你不是死了吗？”

那个小豆子阴阳怪气地回禀：“真的小豆子当然死了，而在下就是刚才与玉妃娘娘说话之人。”

东方玉长舒一口气，没好气地骂了一句：“那你还不快回你住的地方？有什么需要再来找我。”

小豆子识趣地走出了玉香宫，当他再一次出现在东方玉面前时，看见她正坐在窗前发愣。

他走上前去，低头跪下，尖声尖气地叫喊：“奴才小豆子参见贵妃娘娘。”

东方玉看着眼前家父派到宫中的人，冷笑一声，言语透着不快：“有什么事吗？”

小豆子也不以为意，一脸的笑里藏刀：“主子让奴才给你捎一个话，就是让你查出这皇宫内的玉玺所放之处。”

东方玉冷哼了一声：“你主子难道连这个都不知道吗？玉玺当然在御书房内，要不然会在什么地方。”

“主子当然知道它在御书房之内，但是具体的位置，主子不知道，所以让贵妃娘娘去查一下。”

东方玉一脸为难，没好气地说：“我怎么查？现在皇上不再宠幸于我，我听说他现在很少临幸妃子，更别说去御书房见他了。”

“主子曾对小豆子说过，贵妃一定会有办法的，主子还让小豆子告诉贵妃一句话，少主能不能登上宝座，可就要看贵妃能出多少力了。”

东方玉一脸不高兴地说：“知道了，转告你主子，我会尽力，但要给我时间。”

小豆子起身后留下一句话：“那小豆子就不打扰娘娘休息了，不过这时间不等人，希望娘娘能早点查出玉玺所放之处。”

东方玉待小豆子离去后，眼中的泪从眼眶内滑下：“为什么会变成这样？信儿，姐

姐的命好苦呀。”

东方玉虽嘴上这么说，但是脑中还是在盘算着如何才能查出玉玺放在御书房的何处?

她突然想到刚进宫的霜霜，计上心来，有意接近霜霜，讨好霜霜，取得她的信任。

【63】

霜霜与欧阳天域双双离宫去黑水国参加小太子百日诞，回到天域皇宫的头一天，欧阳天域在皇后寝宫就寝。

东方玉得到此消息，激动不已，在自己的玉香宫开心地大笑。

东方玉心中已明，原来欧阳天域还是接纳了霜霜，这对她来说可谓是好消息，既然皇上与皇后鸾凤和鸣，那自己打探玉玺的事就可事半功倍。

就在东方玉庆幸之余，一个她不愿听到的声音响起。

“奴才见过贵妃娘娘。”

玉妃看着跪在地上的小豆子，略带指责地问：“你来干什么？”

小豆子这时起身，阴笑一声：“主公，让奴才带话，玉玺的事要在祭天之前查出放在什么地方。”

东方玉乍听此话，脸色大变，“为什么在祭天之前，难道说……”

小豆子又阴笑一声：“玉妃娘娘既然心里已明白，就请抓紧点时间，主公可是催得紧。”

东方玉脸带不悦，厉声回了一句，“知道了，你先下去吧，玉玺的事，我自有主张，不会误了大事。”

“娘娘知道就最好，没什么事，奴才先行告退。”

小豆子转身离开玉香宫，东方玉看着天上的冷月，心中有了主张。

第二日清早，东方玉早早来到霜霜寝宫请安。

见到霜霜一脸的喜意与娇羞，东方玉假意带笑：“皇后娘娘，玉妃前来向你请安。”

霜霜眼中藏着喜，脸上带着笑，说着感谢的话：“难为妹妹这么挂念姐姐，本来这次从黑水国回来，想去看看妹妹的，没想到妹妹却来向姐姐请安。”

“对了，妹妹，这次去黑水国，姐姐还为妹妹带了一个礼物，姐姐这就拿给你。”

霜霜笑着吩咐宫女取出锦盒，东方玉接过锦盒，打开一看，原来是一枚黑珍珠。

东方玉将锦盒合上后，退还给霜霜：“皇后娘娘，这黑珍珠可是你们黑水国珍视的国宝之一，妹妹怎么可以收如此重的礼呢。”

“妹妹，这礼物在黑水国经常都可以看到，没有什么稀奇的，再说，姐姐刚进宫的

时候，心情不好，多亏妹妹前来开解。你就收下此物，收下姐姐对你的一片心意。”霜霜又将黑珍珠交到东方玉的手上，东方玉笑了笑：“那妹妹恭敬不如从命了，对了，姐姐，趁你这么好的心情，我们到御花园去采花如何？”

“好呀，那我们现在就去。”

第十六章　离世的决绝

【64】

东方玉进了国丈府，来到东方胜的房内，见到东方胜还是装出疯癫的样子，便令所有人退下。

东方玉冷哼一声："父亲大人见到女儿应该恢复正常了。"

东方胜笑了笑，一脸好奇地问："好女儿，为什么皇上会准你出宫探亲？"

"女儿自然是有办法，如果连这点小事都办不好，怎么能办父亲大人交与的大事。"

东方胜满脸堆笑："以前我们父女俩关系可不是这样，为何现在变成水火不容了。"

东方玉苦笑一声，反问："父亲大人，你说这是为什么？原来我很相信父亲大人，而父亲大人也很帮女儿，为了让女儿在宫中立足，帮了女儿很多忙，我还以为你已经放弃了当初助信儿登基的想法，可是现在为什么又起此心？"

东方胜一脸气愤地说："是我的错吗？是皇上的错。他从没将我这个三朝元老放在眼里。之前送你入宫，本以为你得宠后，能册封为皇后，可是他却一心只想立他人为后，几次三番与我作对，甚至伙同李木然设计我，你说父亲能不反吗？"

东方玉冷笑着反驳："但是父亲大人，你勾结黑水国的事是事实。就算李木然与皇上有心设计你，他们也要能找到治你罪的把柄，但你偏偏中了他们的计，让事情败露。你能怪别人吗，要怪只能怪你自己。"

"不错，是我中了他们的计，但是他们也中了我的计，我装疯骗了他们，这让我可以在幕后操纵着一切，比在朝中做官更好。"东方胜双眼含着杀气。

东方玉又问："玉玺找到之后，你准备怎么做？"

东方胜露出老狐狸一样的笑："这个你不用管，只管找到玉玺所在地就行了。玉儿，最近听说你和皇后走得很近，是不是为了玉玺之事？"

"当然是，现在皇上对我不再宠幸，所以只好借助皇后帮忙。"

东方胜假意提醒："那你要当心，皇后也不是省油的灯，她出身皇室，也领过兵打过仗，你还是小心为妙。"

“那是自然。皇后最近心情不错，所以我会在这几日利用她探知玉玺的确切位置。”

东方胜不解地问：“让你做这种事，你的心中不难过吗？你不是对欧阳天域还有爱意吗？”

东方玉一脸坚定，像是请求也像是威胁：“父亲大人，可能你不知道玉儿为什么会对欧阳天域有意，那是因为他像信儿。你当初明知玉儿心中有信儿，而且信儿并非我的亲弟弟，你还强逼我入宫，我唯有寄情在欧阳天域身上。你大可放心，我会帮你到底，不过我的条件是，当信儿登基，我要陪在他身边，就算不能成为他的妃子，我也要陪在他的身边，不知父亲大人能否答应女儿的请求？”

东方胜老谋深算地笑了笑：“玉儿，你的条件我答应你，不过到时候信儿肯不肯又是另一回事。欧阳天域准你探亲几日？”

东方玉斩钉截铁地回了一句：“三日！”

“那好，这三日你就好好陪陪信儿，回宫之后加紧查探玉玺的事，做父亲的也不是这么绝情，你先下去吧，我想信儿快回来了。”

东方玉在东方府上待了三日后，返回了皇宫，而东方信这三日的陪伴让她备感欣慰。

回到宫中之后，东方玉先去了皇后寝宫见霜霜：“皇后娘娘，玉妃回宫向您请安了。”

霜霜扶起东方玉，关心地问：“怎么样，家里一切还好吧。”

东方玉点了点头：“还好，就是父亲大人还是老样子，让我很是担心。”

霜霜见她双眼垂泪，忙劝慰：“你不要这样想，姐姐知你心中难过，但是你是后宫妃子，有些事也是迫不得已，况且你还可以不时出宫回家看一下亲人，哪像姐姐，离家这么远，想回去一次都难。”

东方玉听到霜霜的话，点了一下头，假意提出建议：“姐姐也可以让皇上恩准你回乡省亲呀，现在皇上这么宠你，这点小事，皇上一定会答应的。”

霜霜笑着摇了摇头：“不用了，上次去参加皇兄与皇嫂孩子的百日诞，也算是回去省过亲了。”

东方玉又在皇后寝宫坐了一会儿，转身离开了，回到自己的玉香宫中。

小豆子早已在宫中等她，她见到小豆子，没好气地问：“你来干什么？”

“是主公让奴才再次提醒娘娘，务必在三日之内探明玉玺所在之处。”

“知道了，回禀你们主公，本宫会在三日内得知玉玺所在之处，本宫有点累了，你先下去吧。”

东方玉瞪了一下小豆子，小豆子行完礼后，退出了玉香宫。

玉妃坐在床边，想着该如何利用霜霜探知玉玺的下落，左思右想，也没想到办法。

翌日，玉妃听闻欧阳天域微服出宫，又来到皇后寝宫请安，先是行了礼，假意关心地问：“姐姐，看你脸色不好，是不是哪里不舒服。”

“没什么事，只是担心皇上，皇上出宫还没有回来，让姐姐心里好不安。你想现在国内流言四起，天域国还藏匿着反叛之人，姐姐怕皇上有事。”

玉妃这时拉着明霜的手，劝慰：“姐姐，勿需担心，皇上这次出宫不是带着御林军吗？而且还是由李大人陪同，应该不会有事。”

明霜点了点头，一脸感激地笑着说：“还是妹妹善解人意。”

东方玉见霜霜如此担心欧阳天域，计上心来，怂恿着霜霜：“姐姐，看你的样子其实还在担心着皇上，既然如此，不如妹妹陪姐姐去御书房看一看。”

明霜不解地反问：“去御书房？”

“是呀，你想每次皇上回宫，不都是第一时间去御书房吗？现在妹妹陪您到御书房看一下皇上回来没有，如果没有回来，我们就在御书房等着皇上回来，这也好过您在这里为皇上担心。”

“妹妹所言极是，那事不宜迟，我们赶紧去御书房。”

明霜起身便出了寝宫，玉妃低首跟在霜霜后面，带着宫女太监向御书房走去。

一路上，东方玉心里都在祈祷着皇上还没有回来。

到了御书房的门口看到外面站着的太监，霜霜上前便问：“皇上回来没有？”

那太监见是皇后娘娘还有玉贵妃，连忙跪下：“奴才参见皇后娘娘，贵妃娘娘。”

霜霜示意他起身，然后东方玉重复着霜霜的话：“刚才皇后娘娘问你皇上回来没有，你怎么没回？”

那太监低头回禀：“皇上还没有回宫，请皇后娘娘恕奴才刚才未能及时回禀。”

霜霜摇了一下头，颇含担心地又问：“本宫能不能进御书房等皇上？”

那太监忙回：“没有皇上的口谕，任何人都不能进御书房。”

东方玉脸上带着怒，厉声大骂：“连皇后娘娘也不行吗？你这奴才有几条小命敢阻皇后娘娘，是不是不想活了，如果皇上回来，看怎么治你的罪。”

那太监吓得又跪下，嘴中说着求饶的话：“请二位娘娘息怒，奴才真的不敢让二位娘娘进御书房，如果皇上知道是奴才放你们进去的，会治奴才死罪。”

东方玉忙接口，冷笑一声：“那你就不怕皇后娘娘治你的死罪？”

霜霜听到这儿，扶起那太监，劝着东方玉：“别吓他，既然皇上有旨，我们还是回去等吧。”

东方玉心想才不会让这么好的机会错过，再次出言相劝：“不如妹妹陪你在御书房外等皇上，不过就是风大，妹妹怕姐姐受寒生病。”

东方玉故意当着那太监摸了一下霜霜的手，大叫：“姐姐，你的手好凉呀，是不是身上穿太少了，你看妹妹这记性，忘记提醒姐姐多穿一点。”

那名太监走上前去，拱手便拜：“皇后娘娘，请入御书房等皇上，不过皇后娘娘如

果见到皇上，请为奴才说句好话，让皇上不要治奴才的罪。”

【65】

霜霜与东方玉走进了御书房，东方玉先扶明霜坐到椅子上，然后自己坐在霜霜的旁边：“姐姐，皇上应该快回来了。”

东方玉这时起身：“姐姐，刚才走得急，是不是觉得口渴，妹妹吩咐他们奉茶。”

“那有劳妹妹了。”

东方玉转身走出御书房命人端上两杯茶，在门外接过宫女手中的茶盘，对着他们厉声说：“你们先下去吧，这有本宫伺候皇后娘娘。”

宫女太监散去后，她反身关上门，藏在帘布后，将一包白色药粉倒入茶中，晃了几下，然后笑吟吟地端着茶盘，走进了内室。

霜霜见东方玉端着茶进来，忙问：“为什么不让宫女端进来？”

东方玉将茶盘放在桌上，端起一杯茶，递到霜霜面前，笑着说：“妹妹亲手为姐姐奉茶，这茶不是更有味道吗？”

霜霜笑了笑，接过茶杯，揭开茶盖，刚想饮时，转头又问：“妹妹，你说太阳都落山了，为何皇上还没回来？”

玉妃一脸笑意地劝说：“姐姐，不要担心，妹妹相信皇上一定没事，看你一脸倦意的样子，喝口茶提提神，也好继续等着皇上。”

霜霜端起茶杯喝了一小口，然后放下茶杯，关心地问：“你也喝一口吧，你跑进跑出的，一定口渴了。”

东方玉见霜霜喝下茶，笑眯眯地走回自己的位置坐下，端起茶杯，喝了一口。

“如果姐姐觉得累了，不如闭眼休息一下，妹妹会帮姐姐等皇上的。”

霜霜摇了摇头，突然感到一阵倦意涌上，便昏睡在椅子上。

东方玉见那包药已起效，轻手轻脚地走到霜霜身边，在她耳边轻声唤叫：“姐姐，姐姐！”

看到霜霜毫无反应，东方玉走到离椅子不远处的御桌前，东翻翻，西弄弄，也没有发现玉玺，然后她又走到书架前，乱翻了一阵也一无所获。

正当她感到失望时，手一不小心碰到一本书，书架突然向外移，从书架后的墙壁上出现了一个四方的暗格，那里面放着一个明黄色的包裹。

东方玉走到那个暗格前，从里面小心取出明黄色包裹，将布打开，展现在她眼前的是一个四四方方的玉印，她将印底朝上，上面清楚刻着四个字“天域御印”。

东方玉脸上顿时露出了笑意，心想：这个就是玉玺了。

正在她得意之际，她听到外面的太监叫："奴才参见皇上！"

她赶紧将布包好玉印，然后放回暗格中，轻轻动了一下刚才碰到的书，书架又恢复原位。

她不慌不忙地走到霜霜面前，从袖口里掏出一个玉瓶，打开瓶塞，将瓶口放在霜霜的鼻下。

她见霜霜眼睛在转动，知道霜霜就要醒来，便迅速将玉瓶放回袖中。

霜霜醒来看见东方玉正站在她面前，忙问："是不是皇上回来了？"

东方玉点了点头，关心地说："刚才见姐姐睡得很香不忍叫醒你，可是现在皇上回来了，所以妹妹才叫醒姐姐的。"

东方玉的话音刚落，就听到欧阳天域的声音响起："皇后、玉妃，你们怎么在御书房内？"

然后欧阳天域转过身对着跟来的太监，一脸不悦地怒问："朕不是说过，没有朕的准许，任何人不得进御书房吗，你这狗奴才有几个脑袋敢违抗圣意。"

那太监扑通一声跪在了地上，肩头不停地抖动："皇上饶命，奴才只是不忍皇后娘娘在御书房外等皇上着凉，才会请皇后娘娘进到御书房等皇上。"

霜霜这时与东方玉忙跪下："臣妾参见皇上。"

欧阳天域转过身看着她们，刚想说话，霜霜抬头望着欧阳天域为那太监求情："臣妾担心皇上安危，原本想在御书房外等皇上的，这名小太监因体谅臣妾，怕臣妾感染风寒，所以才会请臣妾入御书房等皇上，如果皇上要怪罪，就怪罪臣妾吧。"

欧阳天域听后，对着跪在地上的太监摆了一下手，示意他退下，那太监起身后，吓得赶紧退出御书房。

欧阳天域走到霜霜面前，扶起她，语带怜爱地说："爱妃体贴朕，朕怎么会怪罪于你。"

欧阳天域又转过头对着东方玉平静不带一丝感情地说："你也起来吧。"

东方玉起身后，歉意一笑："臣妾是陪同皇后娘娘等皇上，既然皇上安然回宫，那臣妾先行告退了。"

欧阳天域点了点头，东方玉对霜霜使了一个眼色后，转身离开了御书房。

东方玉刚回到玉香宫，就看到小豆子正站在屋内。

小豆子见到她，拱手便问："奴才见过贵妃娘娘，三日期限已到，不知娘娘可打探出玉玺放在何处？"

东方玉走到桌边坐下，从口中吐出三个字："《三字经》！"

"娘娘，你不会想说《三字经》里藏着玉玺吧。"小豆子一脸不解地笑着望向玉妃。

"当然不是，那玉玺就藏在御书房内书架后的墙里，移开书架的机关就是那本名为《三字经》的书。"

小豆子听后，诡异一笑，忙行礼："那就不打扰娘娘休息了，奴才告退。"

玉妃冷笑着问："你不会是想今晚就去盗玉玺吧，你不先禀告你家主公？"

小豆子笑着摇了摇头，退出了玉香宫，玉妃看着消失的人影，心中说道："父亲，你走的是一条险路。这次的事，我都是看在信儿份上才帮你的，希望到时事败，你不要连累信儿才是。"

【66】

东方玉说完后，指着身旁的小太监，冷笑着说："如果想知道玉玺如何失窃的，这就要问他了。"

那小太监笑着抬起头，将脸上的人皮面具撕下，原来是老七，而霜霜也曾见过此人，指着他问："你不是死了吗，为什么会出现在大殿？"

那人阴笑了一声，"你那日所见之人确实死了，他名叫老七，而我是老八。"

我这才心中已明，原来是孪生兄弟，难怪如此相像。

他走到东方胜的面前，低头跪下："参见主公。"

东方胜得意一笑，向我们说着他为什么会勾结黑水国作乱，为什么会装疯，还有许多我们都不知道的事情。

东方胜告诉我们，他勾结黑水国的原因就是如果一旦两国开战，欧阳天域就无暇过问朝中政事，从而使大权旁落。

虽然有个王丞相处处与他作对，但是他早就想好对策，如何对付王丞相。

没成想会杀出一个我，让他感到措手不及，而且我死咬着李家一案不放，让他心中慌乱，所以才会命人暗杀我。

暗杀不成，而我又破了李氏一案，让他心中更加憎恨我，又拿我没办法，就想到利用黑水国太子除去我。

哪知黑水国太子爱上了我，处处护着我，更让东方胜感觉我是他夺权的阻碍。

后来被我设计，叛国罪行败露，他便故意装疯卖傻，骗过所有人，让他可以藏身幕后更易行事。

之后边关告急，我远赴边关，他加紧了准备，伺机而动，哪知事情真的如他所愿，欧阳天域为了我也奔赴边关，长时间滞留边关。

他趁机怂恿朝中大臣向王丞相施压逼欧阳天域回朝，一来是试探欧阳天域是不是出了意外，二来就是他认为时机已到。

而后他有意向东方信泄露我是逼他致疯的罪魁祸首，然后挑起东方信对我的恨意，一步步引领东方信达到他的目的。

当他得知欧阳天域未死，便派出杀手于晚宴当晚射杀欧阳天域，哪知却被我挡下。他只得暂时停下刺杀欧阳天域的计划，转而加紧朝中的策动。

他本以为我中了毒会不治而亡，哪知我未死，还与慕容天霖悄然远走黑水国。他想到慕容天霖的存在也是对他的威胁，所以命人围剿我们，但他为了报复我当日设计之仇，故意放我一条生路，为的就是让我看逼宫的好戏。

我与欧阳天域回国之后，向欧阳天域提议迎霜霜进宫，立为皇后，他就派出杀手刺杀霜霜。

事败后，他见霜霜立后之事已成定局，便在城中散布谣言，闹得满城风雨，也使欧阳天域面对着万民的指责，从而不得不筹办祭天大典。

他看到东方信为素素所迷，为了阻止东方信沉迷情网，命人调查出我就是素素，然后在一个恰当的时机，由疯变为正常，混淆黑白，诬我是妖女，挑唆东方信在祭天大典当众揭穿我的身份。

其实祭天大典时他本想起事，但是看到东方信听他提到起事后惊吓的样子，便将起事之日订在欧阳天域的生辰之日。

他命东方玉打探到玉玺所在之处后，命老八去盗玉玺，想到我关在天牢中还未死，恐我坏事，便命人假传圣旨，想以毒酒加害我。

当他得知我已死在天牢之中的假消息后，就开始策动朝中大臣。

东方府内，东方胜走进卧房后的密室，看见密室里早已站满了朝中支持他的大臣，还有一群黑衣蒙面人。

他站在他们面前，大声说：“皇上无道，任用妖女为官，祸乱朝纲，使得天域国民不聊生，受着旱灾之苦，所以我东方胜想另立新君，还天域国一个天下太平。今日召集大家前来，就是商讨逼宫一事。”

站在东方胜面前的众位大臣还有一群黑衣蒙面人，齐齐跪下问：“主公英明，另立新君乃顺应天意之举。现在皇上被妖女迷惑，祸及天域国。请主公下令起事，逼欧阳天域退位让贤。”

东方胜狂笑一声，大呼：“既然大家心往一处想，那起事之日就是欧阳天域的寿辰之时，让我们为他献上最后也是最有意义的生辰贺礼。”

“好，主公万岁，万岁，万万岁！”众人群声齐道。

东方胜用手示意他们住嘴：“我不是新君，我只是辅佐新君之人，你们的这声留待新君登基的时候再叫吧。接下来，我们商议一下起事的一些细节。这次起事只许成功不许失败，如果新君即位，你们就是开国功臣，所以千万不能有二心，如果被我发现，你们知道后果会是如何。”

众人听了均点了点头，与东方胜一起商讨起事的部署。

万事俱备，只欠东风，而这个东风就是东方信进献的生辰礼盒，内藏龙袍。

【67】

东方胜穿戴整齐后，自言自语：“欧阳天域，过了今日，这个天下就会改姓东方。”

他闪身进了密道，出现在欧阳天域过目贺礼的时刻。

东方胜说完一切后，一脸胜利者姿态，俯视着所有人。

欧阳天域冷笑了一声：“你讲完了？可是你没听过‘螳螂捕蝉，黄雀在后’吗？”

东方胜不怒反笑，反问一句：“难道说皇上自认是黄雀吗？”

欧阳天域也轻笑一声点了点头，东方胜这时又狂笑一声：“欧阳天域，你太自信了，这只是戏的开始，最精彩的部分还没开始。你可要睁大眼，竖起耳，千万别错过了我精心为你准备的生辰好戏，此戏可是媲美当年李木然所为你精心安排的大戏，那戏是假，可此戏却是真。”

东方胜略停顿了一下，转过头对着东方玉，一脸不怀好意地笑：“玉儿，你不是很想知道，为什么为父会坚持送你进宫吗？”

东方玉看着东方胜双眼冒着报复得逞的神色，心中有一种不好的预感，怯声便问：“当初父亲大人说是为了信儿才送我入宫的，难道不是这个原因？”

东方胜这时仰天狂笑，指着欧阳天域，一字一句地说：“当然不是，那是因为……”

大殿之上剑拔弩张，等着东方胜的下文，而这时从殿门飞来一支镖，直飞向我。

我躲闪不及，那支镖擦着耳旁飞过，一缕秀发随之落下。

我看着插在龙椅之上的飞镖，显而易见，不是想杀我，而是向我示警。

这时，欧阳天域与霜霜对我惊叫：“李木然，你没事吧？”

这句叫声，让东方胜的脸为之一变，也制止了他接下来想说的话，指着我厉声便问：“你究竟是谁？”

我笑了笑，服下一粒化容丹，转瞬之间，我的脸恢复往昔。

我看到东方胜与东方玉一脸的惊诧，而我笑着将插在龙柱之上的飞镖拔下，看到上面插着一张纸和一封信。

我展开那张纸，低头一看，原来是慕容天霖的笔迹。我看了那信，脸色也随之一变。

我将那纸与信塞入怀中，一脸笑意的对欧阳天域说道：“恭喜皇上，慕容将军已将东方胜带来的反叛大军尽数擒拿，关在天牢中的大臣们也已救出，而慕容将军亲率御林军把守在大殿门外，只等东方胜伏法认罪。”

“好，慕容将军不愧为护国大将军，此一役打得漂亮。”

欧阳天域大喜，霜霜也喜上眉梢。

东方胜看着大势已去，指着东方信，怒问："是你告知他们的，也是你救下李木然的，对不对？"

东方信跪在地上，低着头，语带着哭泣之声："信儿之所以会这么做，也是像每一个熟读圣贤书的人一样，知道自己身为天域国的子民，应该忠君爱国。请父亲大人恕信儿不孝，不过皇上已经答应信儿，会免父亲大人一死，只将父亲囚在天牢之中，了此残生。"

东方胜指着我，又怒骂东方信："李木然，又是你坏了我的好事。信儿，你为何要这么做，父亲所做的一切都是为了你，虽然你不是我亲生的，可为父待你有如亲生，为什么你要这样对我？"

东方胜悲愤之情溢于言表，但他转眼看着欧阳天域却一脸的喜意，然后对着我狂笑着说："我东方胜虽然今日输了，但我不会让你们好过的，玉儿，你进宫的原因就是……"

我知道他想说出令人难以想象的实情，我忙接口，沉声说了一句："东方胜，如果你还念在对水玉的情分上就不要说，不要让下一代承受上一代的怨恨。"

东方胜不停地狂笑着，那种神情简直令人胆寒，他眼中有着这数十年的恨与爱，有着对这个王朝的悲与痛，他不甘心，不甘心就此认输。

东方玉看到自己的父亲变得如此疯狂，惨笑一声，她艳丽的妆容早已被泪水浸花。她轻轻走到东方胜的面前，低头跪在东方信的身边，好言规劝："父亲大人，你曾答应过玉儿，如果事败，不会连累信儿，你就听信儿的，不要再执迷不悟了。"

东方胜呆呆地，痴痴地看着东方玉，我从他的眼神中仿佛看到水玉年轻妖娆的玉容。

他突然又开始令人心惊的狂笑，止住笑后，冷眼直视着我，口中吐出令我恐惧的语句："看来李大人都知道了，你不让我说，我偏要说，玉儿，让你进宫就是要看到你们姐弟同寝，做出乱伦丑事，让整个天域皇家蒙羞，让欧阳凌天死不瞑目。玉儿，你可知道，你是为父的亲生女儿，也是水玉的亲生女儿。"

此言一出，震惊四座，欧阳天域当场呆住，霜霜担心地望着双眼发愣不再言语的他。

可怕的事实通过东方胜的口大白于人前。他不惜牺牲自己亲生女儿的终生幸福，只是为了报那夺妻的锥心之痛。

东方玉哭喊着扑倒在东方胜的脚边，扯着东方胜的衣襟，悲愤地大声吼叫："父亲大人，这不是真的。你骗我，我不是你的女儿，我不是欧阳天域的姐姐。"

"哈哈，痛快，欧阳凌天，这是你造的孽，当初你抢夺我心爱之人，就会想到有这么一天。"

东方信看着发疯似的父亲，再看着一旁哭得死去活来的东方玉，眼神中射出杀意，我看出东方信想做什么。

我跑上前去拉住他，示意他不要，他却回瞪我一眼，那双眼血红中透着凄凉，吓得我站在原地不敢再动。

他一步一步走向狂笑不止的东方胜，突地从腰间抽出软剑，对着东方胜的胸口用尽全身力气狠命一刺。

那软剑笔直地穿胸而过，鲜红的血如残阳一般从胸口流出，东方胜的双手沾满了自己的胸口所流出的血。

整个大殿霎时静下来了，只听得到滴答，滴答的声音。

东方信满脸溅满了鲜血，眼含着爱与恨，死死盯着张口结舌的东方胜，攥紧剑柄，口中如狂风暴雨般地怒吼："你为什么要这么做，为什么？这究竟是为什么？姐姐是你的亲生女儿，为什么你要把她当作报复的工具？你为了一己私欲，亲手将女儿推向万劫不复的地狱，这是为什么？"

东方胜此时的脸上带着慈父一样温和的笑，哽咽着，带着宠溺与自豪的口吻："信儿，为父这辈子唯一没做错的事就是收养了你，将你养育成才。"

话音刚落，他拖着东方信的手，猛地用力，那剑从东方胜的胸口退出，霎时胸口冒着大股的血，而他带着歉意与离世的笑，向后倒去，当场毙命。

东方信手中的剑落在了地上，脸色惨白如雪，双眼直愣愣地望着倒在血泊中的东方胜。

猛然间，我看到东方玉停止了哭泣，慢慢爬到东方胜的身旁，回头望了望自己的亲弟弟欧阳天域，婉然一笑。

那笑好美，如同三月桃花般艳丽迷人，那笑也好凄凉，带着离世的决绝。

我奋力跑向东方玉，焦急地大叫："不要，东方玉！不要做傻事！东方信快阻止她！"

奈何，等东方信反应过来时，东方玉已捡起地上带着亲生父亲血的软剑，惨笑一声："父亲大人，你是不是从来都没爱过我？那好，今日我就还血于你，他日你我再无瓜葛！"

那把软剑轻轻一抹，血流如注，染红了东方玉白玉一般的颈，就如那丹顶鹤头上的一点红，虽美却毒。

东方信抱着摇摇欲坠的东方玉，跌坐在地，双眼含悲，大声哭叫："姐姐，你为什么这么傻，为什么要寻死？"

东方玉轻柔地摸着东方信的脸，微微一笑，脸上带着满足与欣慰，用微弱地但足以让每个人都听到的声音对着东方信说着爱语："能躺在你的怀中死去，姐姐好高兴。信儿，如果有来世，希望你我能共结连理。你喜欢姐姐吗？"

东方信低垂着头，将嘴轻轻印在东方玉的额头，温柔地、深情地吐出一句令人心动与感伤的话："姐姐，信儿喜欢你！"

东方玉轻轻闭上双眼，脸上带着幸福的笑，手一垂，死在东方信的怀中。

第十七章　香消玉殒

【68】

欧阳天域跑到东方玉的身边跪下，脸上写着愧疚与自责，眼中有着对东方玉深深的眷念之情，大声地哭喊："姐姐，你不能死，你是我的姐姐！"

东方信轻轻移开欧阳天域的手，将东方玉抱在怀中，慢慢起身，背对着欧阳天域向着大殿门口走去，留下一句让人心酸的话。

"皇上，她不是你的姐姐，是你的玉妃，是臣的姐姐。臣想带着姐姐到一个没有仇恨，只有快乐的地方。"

我看着东方信就那样消失在大殿门口，慕容天霖看着大殿中已死的东方胜，明白伤害已然造成。

他命御林军守在门外，他走进大殿，反身将殿门重重地关上，然后走到我的身边。

我轻轻靠在慕容胸前，眼泪流了下来，打湿了他胸前的衣襟，他拍着我的背安慰着我。

霜霜这时走到欧阳天域身边，默默地陪着默不作声的他。

我将头轻轻抬起，轻声说："天霖，我想将那个故事告诉皇上，你说好吗？"

慕容天霖没吭声，只是望着我一脸温柔地笑着，他的眼中写着鼓励与支持，还有浓浓的爱意以及对欧阳天域深深的兄弟情。

我转身走到欧阳天域身边，示意霜霜离开。

空旷的大殿之上，只剩下我与欧阳天域，还有死去的东方胜。

我将欧阳天域搂在肩头，柔声问："皇上，臣想讲个故事给你听，想听吗？"

欧阳天域点了点头，我慢慢地向他讲述着欧阳凌天、水玉、东方胜三人之间的爱恨纠葛。

东方胜自小与水玉青梅竹马，两小无猜，本来两人成年之后就会完婚。

奈何东方胜与欧阳凌天之父，也就是你的皇爷爷相交甚深。

因边关危急，皇爷爷决定御驾亲征，为了兄弟情义，东方胜便陪同你皇爷爷，前去边疆打仗。

临别的前一晚，东方胜与水玉花前月下，情到浓时，一时把持不住，珠胎暗结。

临别送行，水玉许下承诺：“胜哥哥，等你凯旋归来之时，就是你我成亲之时。”

东方胜一去就是三年，因缘巧合之下，当朝太子欧阳凌天奉皇爷爷之命带着东方胜的书信来到凌源镇，初见水玉，惊为天人，强纳入宫，立为太子妃。

东方胜得胜归国，兴冲冲地赶回凌源镇时，听闻水玉已册封为太子妃。

东方胜心中虽有气，但为了水玉还是答应了皇爷爷的请求，上京为官，再见水玉时，水玉已是母仪天下的皇后。

欧阳凌天知道水玉心中只有东方胜，所以对东方胜委以重任，希望能弥补对东方胜的亏欠，也想讨得水玉欢心，欧阳凌天甚至视水玉与东方胜所生之女玉儿为己出，宠爱有加。

水玉心感欧阳凌天的关爱之情，渐渐被他吸引，慢慢爱上了欧阳凌天。

东方胜因知水玉移情别恋，来到皇后寝宫内抢夺玉儿。

水玉一脸的泪水，哭着哀求东方胜：“你不要带走玉儿，求你了。皇上很疼玉儿，虽然玉儿不是他的亲骨肉，但他视如己出，对我和玉儿真的很好。”

东方胜看着自己心爱的女人口中说着别的男人，心中嫉火直冒。

东方胜抱着玉儿，临出宫门时，因怨气难平，恶狠狠地诅咒道：“你与他会后悔的。他让我失去心爱之人，我要让他失去皇位，我要报复他，还有你肚中的他的骨肉。”

他带着怒，带着恨，带着爱，还带着不甘，走出了皇后的寝宫。水玉看着东方胜抱着玉儿离开寝宫，哭倒在地。

这时欧阳凌天走进来，看见水玉满脸带着泪，坐在地上。

他走上前去，轻轻扶起她，搂在怀中，安慰道：“你不要难过了，小心身子，你现在可是怀有身孕。玉儿跟着他，朕很放心，是朕对不起他。”

水玉望着欧阳凌天满含愧疚的眼神，摇了摇头，自责地说：“不是你对不起他，是臣妾对不起他。他恨臣妾没有关系，只要不要伤害到皇上与玉儿。”

欧阳凌天感动地搂紧水玉，温柔地抚摸着她的背。

东方胜回到府上，看着摇篮中的玉儿，开始策划报复欧阳凌天与水玉之事。

又到一年一度的祭天大典，欧阳凌天、水玉与东方胜全都移至太庙居住。

那段时间，东方胜指使住持在酒中下毒，欧阳凌天未察觉，将毒酒饮下，此毒并不是马上就会毙命，而是要等一段时间才会发作。

祭天大典结束之后，要离开太庙的前一晚，东方胜备下酒席，请欧阳凌天与水玉，共庆祭天大典的成功。

那次是欧阳凌天喝下最后一次的毒酒，毒性发作，当场毙命，而水玉看到欧阳凌天的惨死，质问道："东方胜，你为什么要这么做？"

东方胜却埋怨她："玉儿，你为什么要移情别恋，爱上欧阳凌天？"

而后东方胜又好言相劝："既然欧阳凌天已死，从此你归稳田园，和我一起过平凡夫妻的生活吧。"

哪知水玉不从，将剩余毒酒喝下，这一次的毒不似以往欧阳凌天所喝，而是加重了毒性的剧毒，水玉就此香消玉殒，追随欧阳凌天而去。

东方胜因痛失爱人，将错全推在欧阳凌天身上，所以订下毒计，十八年后让玉儿入宫为妃，陪伴君王，让你们姐弟同寝。

而后又发动政变，想推举自己的养子东方信成为皇上，哪知事败，所以吐露实情，让你与东方玉陷于万劫不复的境地，以报夺妻之恨。

欧阳天域听着我娓娓道来的真相，望着我，轻声问："那你说朕接下来该如何面对群臣？如何面对天下百姓？"

我扶起他，一脸温柔，说着支持与鼓励的话。

"皇上，这不是你的错，你也是受害者，臣希望皇上忘记此事，励精图治，造福苍生，让天域国在皇上的治理下国富民强，四海升平。"

霜霜与慕容天霖这时走了进来，霜霜带着笑意走到欧阳天域身边，鼓励他："李大人说得不错，皇上，天域国的百官还有天域国的百姓都在看着你，你不能就此放弃，你应该打起精神，带领天域国走向李大人所说的太平盛世。"

慕容天霖也跪下说着支持的话："皇上，天下苍生的福祉全系于皇上一人身上，请皇上忘记今日所发生的一切。"

欧阳天域点了一下头，对着我们朗声说："你们说得对，朕一定会为天域国开创一个太平盛世。"

我看着欧阳天域恢复了帝王的气概，我跪下请罪："请将罪臣押回天牢。"

霜霜与慕容听到此话，均大惊，欧阳天域笑道："李爱卿平乱有功，当可免死罪。"

"皇上，罪臣深知罪臣所犯之罪不可免，请皇上为了天域律法，不要徇私，请皇上命人将罪臣押入天牢。"

一旁的慕容不解地问："素贞，为什么你要如此？"

我笑了笑："天霖，身为臣子应当服从天域律法。"

我向欧阳天域行礼后，起身出了殿门，向着天牢走去。

天牢之中，我正看着窗外的明月，想着又快到中秋节了，常言说：人月两团圆，可是自己好像没有这个福气。

听破军说早朝时，众位大臣力谏皇上不要轻判于我，其实这是我早料到的，如今

天域国旱灾来了，这个罪责理当由我承担。

就在我陷入沉思之际，牢门打开，一个黑衣蒙面人站在我的面前，拉着我说：“跟我走。”

我惊道：“你是谁，我为什么要跟你走？”

那人将黑巾拿下，我才看清原来是慕容天霖。

我一脸担心地问：“你怎么会来这里？”

慕容天霖拉着我的手，眼中闪着爱意与不舍：“我是来带你走的，我不能看到你死。”

我心虽感动，但还是一脸正色地说：“天霖你错了，你不应该来，你来此救我，是犯了杀头的大罪，你快走吧。”

“怎么慕容将军也在呀。”

我听到欧阳天域的声音，忙跪下求饶：“请皇上饶恕慕容将军私闯天牢之罪。”

欧阳天域笑着扶起我，对着慕容天霖说：“朕想单独与李爱卿说一会儿话，你先回去吧。”

慕容行完礼后，深看了我一眼，转身走出了天牢。

欧阳天域看着我依依不舍的神情，笑了笑：“李爱卿如此不舍，刚才为何不与慕容一起远走呢？”

我转过身一笑，“想是一回事，做又是一回事。”

欧阳天域不解地问：“如果今日朕说，想纳你为妃，以解你死罪，你可愿意？”

我转过头，看了一眼欧阳天域，笑着反问：“你的心里不是早就知道答案了，为何还要多此一问？”

欧阳天域走上前去，将我的身子扳向他，他的眼中有爱意，有不舍，还有说不出来的感情。

我直视他的眼，唇边带笑地说：“皇上，如果臣说这次死劫只是臣新的开始，你会作何想？”

“你的意思是，如果你死，就会回到原本属于你的年代，是这个意思吗？”

我只是笑，并没有回答他的话，然后跪下请求：“臣自知死罪难逃，请皇上可否答应我三个要求？”

欧阳天域忙将我扶起，轻轻替我将散乱的头发绾在耳后，脸上带着宠爱的笑：“李爱卿的要求，朕怎会不答应呢？别说是三个，就是百个，朕也会答应。”

我望着欧阳天域，轻声唤了一句：“二哥，这也许是四弟最后一次叫你了，希望四弟走后，你与两位哥哥能快乐而幸福地生活下去。”

欧阳天域此时眼含泪，紧紧地抱住我：“四弟，如果你离去，我们如何能快乐而幸福地生活下去呢？”

“二哥，四弟这一走，苦的是天香公主，四弟想恳求二哥，能让四弟为天香与李兆庭他们主婚，四弟想看到他们结为夫妇，这样，我也走得安心。”

我低下头，不忍再看欧阳天域伤心的眼神。

欧阳天域用颤抖的声音笑着说：“好，二哥答应你，明日就为他们举行大婚，到时候四弟就是主婚人。”

“二哥，再过几日就是四弟行刑的日子，四弟想在那天穿着嫁衣与慕容结为夫妇，最后请求二哥让霜霜与香琦大婚结束之后，带着琴到天牢来一趟，四弟想送她们一曲以作留念。”

欧阳天域听完后，紧紧抱住我，泣不成声地说：“二哥答应你，这是二哥最后一次抱你，不是以皇上身份，而是以二哥的身份。”

欧阳天域松开我，轻轻拭去眼角的泪，对我一笑：“刚才是沙子进到眼睛里了，所以四弟不要以为二哥在哭。”

我笑了笑，心领神会地说：“四弟明白，二哥是当朝天子，威严无比，怎么会哭呢？天色已不早了，请二哥回宫吧。”

欧阳天域笑着点了一下头，转过身向牢外走去。

【69】

当牢门重重锁上，他深深地回望了我一眼，那一眼包含着深深的情，至于这个情究竟是怎样的情，我也说不清楚。

我背对着他，不忍他看到我眼中已含泪，一声轻唤让我情不自禁地回头。

“素贞！”

我转过头看到是欧阳天域在唤我，他看到我双眼含泪，轻轻说：“二哥只想叫一声你的真名。”

我含着泪，笑着点了一下头，“你曾逼我叫你的名字，可这一次我是心甘情愿地叫你一声：天域，你要珍重。”

欧阳天域喜极而泣地转身离开了天牢。

我看着欧阳天域迈着步子一步一步离开天牢，那影子拖得长长的，让我心中一酸，眼泪止不住地流下。

李兆庭与天香的大婚就在今晚举行，我曾听破军提起今日上早朝时，欧阳天域下旨赐婚，让李兆庭与天香公主完婚。

我在天牢之中换下囚服，与破军坐着马车来到李府。

我同欧阳天域他们打了招呼后，听到外面锣鼓喧天，忙走向后堂去通知新郎官，

让他出来迎接新娘子。

来至新房前，我轻轻地将门推开，李兆庭转过身，正好望见门口站着书生打扮的我。

我笑着走向他，绕着他转了一圈，笑赞："好俊俏的新郎官，天香看到你，还不被你迷死？她心里恐怕早就乐开花，巴不得早点与你入洞房。"

李兆庭被我看得不好意思，脸上微红，嗔怪："你一见到我，就取笑我，我的俊雅哪及你的万分之一。"

"好了，不跟你闹了。我是来通知你接花轿的。"

我拉着李兆庭的手向外走去，李兆庭到了府门口，看到花轿正等在门外，宫女们扶出蒙着喜帕的天香走到李兆庭面前，李兆庭接过天香的手，将她慢慢牵进喜堂。

高堂之上坐着李家主父、主母，而欧阳天域夫妇还有黑水明皇夫妇分坐在两旁，黑水明皇夫妇旁边坐着的是风流云夫妇，而欧阳天域夫妇身旁坐着的是破军与如风。

喜堂之上文武百官都坐着观礼，慕容站在我的身旁，所有人脸上都带着笑望着一对新人跪在地上。

我这时提高嗓门高声叫："一拜天地，二拜高堂，夫妻对拜，礼成，送入洞房。"

李兆庭与天香在我的叫喊声中结为夫妻，我走到李兆庭面前，拱手便笑："恭喜李兄娶得娇妻，希望李兄与娇妻举案同眉，百首同心。"

热闹的婚礼结束后，我回到自己曾住过的状元府，走进常去的书房，随意翻着书，突然看到桌上有一个锦囊，锦囊下还压着一张纸。

我拿起纸轻声念道："夫君，这是天香最后一次叫你夫君，桌上锦囊应是你珍爱之物，是为妻收拾衣物的时候发现的。"

我拿起锦囊，轻轻打开，发现里面有一张纸，还有一粒丹药。

我展开纸一看，上面写着：女施主，当你打开这个锦囊时，老衲知道是你的大劫已到，不过老衲不能化解此劫，只有一谒相赠：前世今生终虚无，一粒丹药助重生。

我这才想到是当日去庙里为慕容祈福时，一位得道高僧赠与我的，我将丹药揣在怀中，回到了天牢。

刚进天牢，我就看见霜霜与香琦站在牢外，手上拿着琴。

我走到她们面前，一脸笑意："你们来了。"

霜霜与香琦点了一下头，我们走进牢中，坐在早已铺好的琴案上。

我开怀一笑，却看着她们眉头紧锁，忙问："今日是天香公主与李兆庭的大喜日子，为什么你们看上去一点都不开心呢？"

香琦哭泣地问："姐姐，你就要行刑了，我们还开心得起来吗？那日，慕容将军来天牢想带你走，为什么你不跟他走呢？为什么要留下？"

我走到香琦面前，轻轻拭去她脸上的泪，笑着说："天域国不能因为我而破了律法，

我想天霖会明白的。我身犯欺君大罪，本就该处死。”

霜霜走到我面前，不赞同地说：“你虽说得不错，可是你有没有想过你这一去，慕容会怎样，你的爹娘知道了，又会怎样？”

“在我离开妙州时，爹娘就应该想到我这一去恐怕再难返乡。好了，不要说这么多了，行刑之日也是我与慕容成亲之时，到时候你们要弹曲祝福我们，今日让你们来，就是教你们一首曲子，在行刑时弹奏。”

行刑的日子终于到了，而我与慕容天霖成亲的日子也到了。

一大清早，如风来到天牢中为我妆扮。

当我换上大红的喜服，配以精致妆容时，看着镜中的自己，眉眼中含着新嫁娘害羞的笑。

我转头笑着问了一句：“如风，我好看吗？”

如风强忍着泪，赞道：“当然好看，小姐可是天域第一美人，怎能不好看？”

“那你快为我戴上喜冠，也许天霖在祭天台等急了。对了，我的古琴带来没有？”我着急地问。

“都带了，小姐，看你这么着急想嫁的样子，小心新郎官笑你。”

“他才不会，他高兴还来不及呢。如风，我走之后，你就回妙州，我已交待破军，让他送你回去，这可是小姐最后为你的终身幸福做的特别安排，你可要好好把握住。”

如风再也忍不住心中悲痛，大声哭泣地说：“小姐，你不要离开我，我们一同回妙州，好不好？”

我擦干她脸上的泪，点了一下她额头，笑着说：“别傻了，今日可是你家小姐大喜的日子，只许笑不许哭。”

如风破泣为笑，不住地点着头，将喜冠戴在我头上，盖上喜帕，扶着我向天牢外走去。

天牢外早就停放了喜轿，我上了轿后，一路吹吹打打，经过市集，我掀开窗帘，看到有许多人站在街的两旁，指着我议论纷纷。

“我听说呀，这驸马原来是女的，而且还是天域第一美女冯素贞，最奇的是居然以将死之身嫁给护国大将军，而这护国大将军居然同意了，你说将军是不是吃错药了？”

“你懂什么，驸马虽为女儿身，但是助天域国平乱有功，皇上特赐她与慕容将军成婚的，我还听说，慕容将军本就喜欢驸马，所以才会答应的。”

“就算相互喜欢，可是驸马今日行刑，结了等于白结。”

“不是有人说她是妖女转世吗？应该不会死吧。“

“我看是仙女转世才对，也没见她对我们做过什么坏事。”

“天降旱灾不是坏事吗？好了，别说了，反正过了今日，就会见分晓。”

喜轿终于被抬至祭天台下，我被如风从轿中扶了出来，听着外面吵杂一片，想必

是祭天台下早已站满了人，都是来看这场特别的婚礼。

祭天台上，没有喧天的锣鼓，没有喜庆的唢呐，我身着大红的嫁衣，喜帕之下头戴着珠冠，垂下的珠帘掩隐着我带笑的丽颜，一颗心带着新嫁娘的喜悦有节奏地咚咚跳着。

我在如风的搀扶下，轻移莲步，慢慢走向我的幸福，虽然这幸福如璀璨的烟花般短暂，但却是我这一生梦寐以求的时刻。

我的手被如风轻轻交到一个厚实的手掌上，我知道那是慕容天霖的手。我能感觉到上面厚厚的茧，他的手紧紧握着我，像是握着自己的幸福一样，不忍放开。

我们跪在祭天台上，在如风的叫喊声中，我们对天拜了三拜。

起身后，慕容天霖揭开喜帕，我隔着喜冠上垂下的珠帘看到他的脸。

他脸上虽带着笑，可是从眼神中看得出他内心是一片悲凉。

我这时轻启朱唇，脆生生地说：“你忘了当日参加风流云与雪儿大婚时，雪儿曾留给风流云考虑的时间，看他要不要揭开喜冠上的珠帘，如果不揭开，这场婚礼就此取消。”

慕容这时打断了我的话，笑着说：“当日你曾问过我这个问题，可是我却不假思索地说，我会立刻揭开珠帘，不会有半分的犹豫不决。”

慕容用因激动而颤抖的双手分开挡在他眼前的珠帘，一张如同往昔的温柔笑脸映在了我所爱着的眼中。

但他却看到是我蒙着面纱的脸。

我调侃一笑：“天域第一美人常以面纱遮面。夫君，如果你一辈子都看不到娘子面纱下的脸，会不会感到后悔？”

慕容轻摇一头，眼中带着浓情厚意，一脸温柔带笑地许下承诺：“只要你能留在我身边，此生足矣！”

我转头示意如风将琴放在琴案上，娇柔一声：“夫君，当日你去边关，我曾答应你，在你凯旋归来之时会送上一曲，如今，你已归来，是该娘子献上这一曲一诗。”

尾声 天妒红颜

慕容天霖眼中含着泪，脸上却依然带着笑，好像在说，真的好想与你醉笑三千场。

我在心中对着慕容说：别了，天霖，此生能嫁与你为妻，我已无怨。

琴声歇住，我看到一人走向我，那是一位身着僧袍的年轻僧人，原来是东方信。

东方信看着我，眼中含着笑，双手合十，低头施佛礼，报法号："贫僧悟悔来此祝女施主与慕容施主百年好合，永结同心。"

我看着他，笑了笑，双手合十，回施佛礼："多谢大师吉言，希望大师也能如愿，早登极乐，超脱苦海。"

悟悔转过身向着台下走去。我笑着走到台前，对着霜霜还有香琦招手，大声地叫："你们不是说好要送我一曲，以表对我新婚的祝贺吗，还不快点送上。"

霜霜与香琦各自怀抱着琴，登上祭天台，坐在已摆好的两张琴案上，唇含笑，眼含泪，一曲清音《凤求凰》随着她们的玉手轻弹在琴弦上飞出。

我随着曲子舞动着衣袖，为慕容献上最后一舞，云袖翻飞，我如一只彩蝶般，绕着慕容舞动着，双眼含情，双手随着节拍，来回摆动。

这时，霜霜与香琦口中吟道：

去年今日此门中，人面桃花相映红。
人面不知何处去，桃花依旧笑春风。

我手腕一翻，面纱随着风飘散在地，一张含笑的丽颜迎着慕容，眼中是闪着爱意的光。

我听到祭天台下众人倒吸了一口气。

曲终舞止，我纵身跳下祭天台，台上台下顿时惊叫连连。

而此时的我，心中没有离别的伤痛，只有满足而欣慰的喜悦，双眼轻轻闭上，展开双臂，感受着和煦的风轻拂着我的脸颊。

我突然感到自己落入一个温暖的怀抱，我心顿明，是他，唯有他才能将我牢牢地护在他的羽翼之下。

我睁开眼，看见慕容天霖温柔带笑的脸，娇嗔一笑：“我知道你会接住我，你曾说过会永护我周全，可是曲终自会人散。天霖，能成为你娘子，是我今生最大的夙愿，今日得偿夙愿，我死而无悔。”

我想着来时在花轿上已服下丹药，刚才喝和衾酒时，那杯酒其实是毒酒，跳舞时就感到肚内绞痛难忍，只是强忍着不让慕容看出。

可是如今在他怀中，那疼痛加剧，我的嘴角也不争气地流出了血。

“两情若是长久时，又岂在朝朝暮暮。”

我轻轻地默念着这两句诗，潸然泪下。

慕容看着我，轻轻擦去我嘴角的血，拭去我眼角的泪，眼含情，忍着心痛，轻声说着情话。

“能娶到你做娘子，也是慕容天霖此生最大的心愿。你不是说成亲后，希望我陪你游遍名山大川吗，还有你曾说过：不离不弃，天涯相随。我这就带你去畅游天下，看尽这人世间的美景。”

我笑了笑，慢慢将眼闭上，我知道大限已到，我再也不能陪在慕容身边了。就算死，我也想在他心中留下我最美的笑颜，而我终于可以含笑而去。

苍天之上，电闪雷鸣，暴雨倾盆，仿佛也在诉说着：天妒红颜！

补记　江山美人

慕容天霖迎着雷电，紧紧抱着冯素贞，这个他至爱一生的女子，立身于狂风暴雨之中。

他眼中含着泪，脸上带着悲愤，仰天发出凄冽的长啸，发泄着心中的悲与痛——“素贞”！

冯素贞躺在慕容天霖怀中，脸上带着绝美的笑，安详地睡着了。

回想刚才，身着嫁衣的她为心爱的人唱着动听的歌，为心爱的人跳着优美的舞。

那一刻她仿佛是月光下舞动的精灵，飘逸出尘，虽眷恋着红尘，但是归期已到。

她如飞蛾扑火一般跳下了祭天台。

空中的她，闭着眼，张开双臂，合身的嫁衣勾勒出她妖娆而纤细的身躯，飘散的青丝缠绕在如白绸般丝滑的脸颊上。

她如九天的仙女，一心只想落入凡尘，不想再回到孤寂的青天之上。

天上打着雷，闪着电，下着暴雨，想惊醒这沉睡中的仙子，但她此时此刻只想躺在心爱之人的怀中感受着他的暖暖爱意，沉醉于只有她和他的世界里。

黑水明皇耳中虽听到香琦伤心的哭声，但不感到难过，反而为冯素贞感到高兴，她终于得到她想要的。

而此时的欧阳天域感到胸口一闷，口中有一股腥甜，突地一口鲜血喷出，洒在他明黄色的龙袍上，那么的刺眼，就如同冯素贞唇角边的那道鲜红的血痕。

他眼前一黑，昏厥在龙椅上。

“皇上！”霜霜摇着欧阳天域，命人赶紧将太医唤来救治欧阳天域。

风流云搂紧雪儿，眼含悲，心含痛，看着慕容天霖抱起已死去的李木然，一步步向着山下走去，消失在风雨中。

如风扑倒在破军怀中，大声痛哭：“小姐死了，小姐死了，为什么老天要这么对小姐，为什么？”

破军紧紧抱住如风，看着地上残留着的面纱，心痛得如同被撕裂般。

李兆庭紧紧抓住天香的手，轻声劝慰：“不要难过，也许素贞是到了一个我们不知道的地方继续活着。”

天香听到此话，转哭为笑：“姐姐曾说过她不属于这个朝代，也许她真的能回到属于自己的朝代快乐而幸福地生活着。”

李兆庭紧搂着天香，笑看着渐渐消失在眼前的慕容与冯素贞。

他的心其实真的好痛，为她痛，也为慕容痛，为什么有情人终不能成为眷属，却要阴阳相隔。他嘴中默念着那句诗：“人面不知何处去，桃花依旧笑春风。”

祭天台下，立在不远处的东方信看着远去的慕容与冯素贞，口中念着佛谒，为她超度。

但自责与心痛却紧紧缠绕着他早已安定的心，终是自己害了她。

他入太庙落发为僧，取法号悟悔，长伴青灯古佛，本想为姐姐，为义父赎罪。

可现在赎罪中又多了一个她，一个曾与他把酒言欢的李木然，一个曾为他弹曲唱词的素素，一个曾令他怦然心动的冯素贞。

相逢是缘，相爱是缘，相恨是缘，这一切都是缘，缘尽人散，一切终成空。

大雨足足下了三天三夜，缓解了天域国的旱灾，天域国内却笼罩在悲伤中。

欧阳天域病倒在宫中，风流云辞官与雪儿、雪夜归隐在天山。

黑水明皇与香琦在天域皇宫逗留了一阵子，待欧阳天域的病稳定后，也离开了天域国，回到了黑水国。

破军遵从冯素贞的遗愿，辞官带着如风返回了妙州。

冯素贞在妙州的爹娘早就听闻冯素贞已死的消息，受不住打击卧病在床。

破军与如风成婚后，守在冯素贞爹娘身旁尽孝，直至他们离世。

慕容自从在祭天台消失之后，就再也没有他的消息，无人知道他现在身在何处，只知道他带着冯素贞的尸体，远走天涯，完成对冯素贞的承诺。

霜霜在欧阳天域生病的期间，诞下龙子。

不知是不是由于龙子出世，带着喜气，欧阳天域的病也因此慢慢地好起来。

龙体康复后的第一件事就是赐太子名讳欧阳怀素。

天香于冯素贞死后第二年，产下一子，取名李天霖。

如风在冯素贞的爹娘死后的第二年，也产下一子，取名破天。

天香得知霜霜产下龙子，曾进宫晋见欧阳天域。

在御书房内，天香看着久病初愈的欧阳天域，一脸关心地坐到他的身旁：“皇帝哥哥，姐姐都已去世一年了，你还没放下吗？”

欧阳天域没想到天香会如此直白地问他，他心里自嘲一笑。

天香见欧阳天域并未回话，只是在笑，又重复问了一句 :“还没放下，是吗？”

欧阳天域淡然一笑，摇了摇头 :“早已放下，只是为失去一位知交好友而惋惜，慕容至今下落不明，也让朕颇为担心。”

天香笑着进言 :“也许慕容将军把姐姐葬在姐姐所喜欢的地方，常伴在墓旁，这未尝不是一种幸福。皇帝哥哥不要再担心此事，小心龙体。”

御书房的门吱的一声开了，霜霜抱着怀素走了进来。

天香走到霜霜身旁，看着怀素 :“小太子好像皇帝哥哥，从小就散发着王者气度。”

欧阳天域走到霜霜身旁，逗弄着小太子。

这时一个太监手持着卷轴走了进来，跪下启禀 :“皇上，宫中画师已将画像画好。”

欧阳天域点了一下头，笑着说 :“呈上来。”

霜霜与天香一脸不解地望着欧阳天域，霜霜忙问 :“皇上，你命画师画画，是画自己吗？臣妾怎么没听皇上说过。”

欧阳天域笑而不答，命人将画卷展开，挂于墙上。

霜霜与天香抬头看向画卷，两人同时惊叫 :“是姐姐，画得好像，就如同当日在祭天台上一模一样。”

画卷之上一位明眸皓齿的绝代佳人正在翩翩起舞，衣袂飞扬，俏脸上挂着绝美的笑。

欧阳天域命人文房四宝伺候，提笔在画像上留下墨宝 :“红颜男装本绝世，一曲一舞留清史。”

天香与霜霜见到所题之字，异口同声笑着说:“好画配好字，皇上，这两句真配姐姐。”

欧阳天域龙目含笑，看着画作，回想着初见冯素贞时，心中不觉得好笑，原来真如李爱卿所说 :“缘分本天定，姻缘不由人。”

天域史书记载 :天域三年，素有天域第一美女之称的妙州冯素贞，红颜男装，化名李木然，考科举中状元，入朝堂，深得皇上器重。

天域四年，冯素贞远赴边关，助天域国与黑水国结盟，化干戈为玉帛。

天域五年，冯素贞助帝平内乱，却因身犯欺君，被帝赐死于祭天台，一代红颜从此香消玉殒。

离世当日，苍天有泪，连下三天三夜暴雨，哀叹红颜命薄!

天域二十五年，太子怀素行弱冠之礼，正式受封册立为太子，帝大赦天下，举国欢庆。

坊间传闻 :有人在天域国皇城内见一英伟男子，携着一大一小，面蒙白纱的俏丽女子，她们的双眼极似当年的冯素贞，如璀璨星辰般清澈透亮。

坊间也将冯素贞的红颜传奇加以编撰，说书一行蔚然成风于酒肆茶馆。

——全书完——